CHONGWENGUAN

读古人书　友天下士

百余年前，崇文书局于武昌正觉寺开馆刻书，成晚清四大书局之一。所刻经籍，镌工精雅，数量众多，流布甚广，影响巨大。为赓续前贤，昌明国学，弘扬文化，本社现致力于传统典籍的出版。既专事文献整理，效力学术，亦重文化普及，面向大众。或经学，或史论，或诸子，或诗词，各成系列，统一标识，名之为“崇文馆”。

崇文馆

CHONGWENGUAN

中国古典诗词校注评丛书

元稹诗全集【汇校汇注汇评】

谢永芳　编著

长江出版传媒｜崇文书局

中国古典诗词校注评丛书
编撰委员会

前　言

中唐，在唐诗的分期中，通常是指唐代宗大历元年（766）至唐文宗大和九年（835）之间的时期，以李白、杜甫、高适、岑参的相继离世与韩愈、柳宗元、元稹、白居易等文坛标志性人物的相继出现，以及这一时期相比于前一时期在时代精神和审美趣尚等方面所发生的重大转变，作为区划前、后两个时间节点的依据。中唐，是中国诗史上非常辉煌和光荣的时期之一，可称诗国又一高潮。光绪二十四年（1898），陈衍提出古近体诗演变所经历的三个历史阶段，即开元、元和、元祐“三元”说。二十年后，沈曾植易“开元”为“元嘉”，以禅理说诗，又提出了诗学家应该渐次打通的三种境界或进境，也即元祐、元和、元嘉“三元”说。在这两种影响甚大的诗学观点中，中唐的元和都处于相当关键的一环，盖叶燮《唐百家诗序》所谓“古今诗运关键”：

> 贞元、元和时，韩、柳、刘、钱、元、白凿险出奇，为古今诗运关键。后人称诗，胸无成识，谓为中唐，不知此“中”也者，乃古今百代之“中”，而非有唐之所独，后此千百年，无不从是以断。

而在元和诗坛上，元稹无疑扮演了极为重要的角色。对此，《旧唐书·元稹白居易传论》曾经做出过一个著名的论断：

> 国初开文馆，高宗礼茂才，虞、许擅价于前，苏、李驰声于

后；或位升台鼎，学际天人，润色之文，咸布编集。然而向古者伤于太僻，徇华者或至不经，龌龊者局于宫商，放纵者流于郑卫。若品调律度，扬榷古今，贤不肖皆赏其文，未如元白之盛也。昔建安才子，始定霸于曹、刘；永明辞宗，先让功于沈、谢。元和主盟，微之、乐天而已。

作为有唐一代之文学的一位盟主式人物，元稹及其诗歌的文学价值和文学史价值，自然会引起后来者的高度重视。

元稹（779—831），字微之，行九。其先为鲜卑族人，原姓拓拔氏。后迁居洛阳，改汉姓元，遂称洛阳人。至迟至隋代，又迁居长安。唐代宗大历十四年（779），元稹出生于长安靖安坊祖宅。唐德宗贞元十年（794），以明二经及第。十九年（803），中吏部平判科第四等，授秘书省校书郎。唐宪宗元和元年（806）参加制举科考试，为敕头，授左拾遗，寻出为河南县尉。旋丁母忧。四年（809）二月，授监察御史。三月，充剑南东川详覆使。五六月，回长安，旋即分务东台。五年（810）三月，被夺俸征还，至长安，复被贬为江陵士曹参军。在江陵期间，有过短暂的襄阳、潭州、淅阳之行，并曾随幕主严绶讨张伯靖。九年（814）十月，严绶移节襄阳，元稹为从事，自江陵来到唐州。十年（815）正月，诏回长安。三月，再贬为通州司马。六月，至通州。九月底，赴兴元疗疾。十二年（817）秋或冬，自兴元返回通州。十三年（818）三月或四月，通州刺史卒，权知州务。年底，迁虢州长史。十四年（819），入朝为膳部员外郎。十五年（820）正月，令狐楚为宪宗山陵使，元稹为判官。约二月，迁祠曹员外试知制诰。五月，又迁祠部郎中、知制诰，赐绯鱼袋。唐穆宗长庆元年（821）二月，迁中书舍人、翰林承旨学士，赐紫金鱼袋。十月，出为工部侍郎。二年（822）二月，以工部侍郎同平章事。六月，罢相，出为同州刺史。三年（823）八月，改越州刺史、浙东观察使。唐文宗大和三年（829）九月，诏为尚书左丞。岁杪，至长安。四年（830）

正月，除户部尚书兼鄂州刺史、御史大夫、武昌军节度使。五年(831)七月二十二日，暴卒，年五十三。赠尚书右仆射。六年(832)七月十二日，葬于咸阳县奉贤乡洪渎原元氏之祖坟。著有《元氏长庆集》等。《旧唐书》卷一六六、《新唐书》卷一七四有传。

在《叙诗寄乐天书》中，元稹曾谓"适值河东李明府景俭在江陵时，僻好仆诗章，谓为能解，欲得尽取观览，仆因撰成卷轴"，以"色类相从"为原则，详分已诗为十类：旨意可观，而词近古往者，为古讽；意亦可观，而流在乐府者，为乐讽；词虽近古，而止于吟写性情者，为古体；词实乐流，而止于模象物色者，为新题乐府；声势沿顺、属对稳切者，为律诗，以五言、七言为两体；律诗中稍存寄兴、与讽为流者，为律讽；抚存感往，取潘子悼亡为题者，为悼亡；晕眉约鬓，匹配色泽，剧妇人之怪艳者，为艳诗，分今、古两体。在这"十体"中，颇为后人称道的，首先就是乐府诗。

在《乐府古题序》中，元稹集中表达了对乐府诗的看法：

> 乐府肇于汉魏。按仲尼学《文王操》，伯牙作《流波》、《水仙》等操，齐牧犊作《雉朝飞》，卫女作《思归引》，则不于汉魏而后始，亦以明矣。况自风雅至于乐流，莫非讽兴当时之事，以贻后代之人。沿袭古题，唱和重复，于文或有短长，于义咸为赘剩，尚不如寓意古题，刺美见事，犹有诗人引古以讽之义焉。曹、刘、沈、鲍之徒，时得如此，亦复稀少。近代唯诗人杜甫《悲陈陶》、《哀江头》、《兵车》、《丽人》等，凡所歌行，率皆即事名篇，无复倚傍。余少时与友人乐天、李公垂辈谓是为当，遂不复拟赋古题。昨梁州见进士刘猛、李馀各赋古乐府诗数十首，其中一二十章咸有新意，予因选而和之。其有虽用古题，全无古义者，若《出门行》不言离别，《将进酒》特书列女之类是也。其或颇同古义，全创新词者，则《田家》止述军输，《捉捕》词先蝼蚁之类是也。刘、李二子方将极意于斯文，因为粗明古今歌

诗同异之旨焉。

其基本观点是：其一，乐府自肇始以来，在内容方面即形成了“莫非讽兴当时之事，以贻后代之人”的传统。其二，后世所作“古题乐府”，有两种情况：一种是“沿袭古题，唱和重复”，这样的作品“于义咸为赘剩”，事实上背离了乐府“讽兴当时之事”的传统精神；另一种是“寓意古题，刺美见事”，这样的作品体现了“引古以讽之义”，即继承了乐府的传统。刘猛、李馀的“古题乐府”中，有一些“咸有新意”之作，就属于“寓意古题，刺美见事”一类。其具体写法，又有两种：一是“虽用古题，全无古义”，即不再沿袭古题的规定题旨，而只是借用了一个古题的题目，诗的内容与古题毫无关系；二是“颇同古义，全创新词”，即在沿用古题的同时，也沿袭了古题的传统题旨，但使用了全新的诗料和诗歌语言，这同样实现了内容的创新。其三，杜甫“凡所歌行，率皆即事名篇，无复倚傍”。也就是说，杜甫的“歌行”都是“新题乐府”。在杜甫的影响下，作者自己和白居易、李绅也都不再写作拟“古题乐府”。

元稹所作，是上述理论观点的具体实践，如《田家词》：

牛吒吒，田确确，旱块敲牛蹄趵趵。种得官仓珠颗谷，六十年来兵簇簇，月月食粮车辘辘。一日官军收海服，驱牛驾车食牛肉。归来收得牛两角，重铸锄犁作斤劚。姑舂妇担去输官，输官不足归卖屋。愿官早胜雠早覆，农死有儿牛有犊，誓不遣官军粮不足。

写出农民所受的残酷征粮之苦，末三句以决绝的口吻表达出发自内心的愤怒与悲怆情绪。如果与《织妇词》相结合，可以见出作者并未因所表现民生疾苦的角度不同，而改变某种固定的写法，即都是以诗人旁白式的叙事，作为全篇的基本内容，同时也构成立论的基础，再在结尾部分借诗中人物之口，直陈作者胸臆。

贞元十九年(803),元稹娶京兆尹韦夏卿之女韦丛为妻。元和四年(809),韦氏去世,年仅二十七岁。元稹的悼亡诗,真实地抒发出了对韦丛的感愧交并之情。如《遣悲怀三首》:

谢公最小偏怜女,自嫁黔娄百事乖。顾我无衣搜荩箧,泥他沽酒拔金钗。野蔬充膳甘长藿,落叶添薪仰古槐。今日俸钱过十万,与君营奠复营斋。

昔日戏言身后意,今朝皆到眼前来。衣裳已施行看尽,针线犹存未忍开。尚想旧情怜婢仆,也曾因梦送钱财。诚知此恨人人有,贫贱夫妻百事哀。

闲坐悲君亦自悲,百年都是几多时。邓攸无子寻知命,潘岳悼亡犹费词。同穴窅冥何所望,他生缘会更难期。唯将终夜长开眼,报答平生未展眉。

“遣悲怀”,实则挥之不去,无法排遣。第一首,通过对昔日夫妻贫贱相守时几件生活琐事的回忆,表达深长的思念之情。第二首,紧承上首,描写亡妻身后日常生活中引发哀思的几件事,事事触景伤情。第三首,以“悲君”总结前两首诗,以“自悲”引出下文,层层逼进,突出并深化主题。又如《六年春遣怀八首》其二、其五:

检得旧书三四纸,高低阔狭粗成行。自言并食寻高事,唯念山深驿路长。

伴客销愁长日饮,偶然乘兴便醺醺。怪来醒后傍人泣,醉里时时错问君。

前者写有一天清理旧物时,忽然找到几页韦丛生前写给自己的书信,说二人并餐而食,算不得苦,只是不放心你一人独自在外。睹物思人,感怆之意自在其中。后者颇具深曲之美:一是悼念亡妻,偏偏写旁人哭泣，以旁人的感泣深寓自己的无比伤心；二是以醉里忘却丧妻之痛，反写永远无法忘却的哀思；三是怀念亡妻的话，不著一字，却从醉里着笔，而且醉话也不写，只以“错问”了之；四是醉眼睁开，醉里寻觅，正见“觉来无处追寻”的空寂；五是“乘兴”倾杯，醉醺醺，引来旁人抽泣，妙用反衬，极其感人；六是“时时错问君”，再现生前夫妇形影不离的恩爱情景；七是醉里沉靡之态，醒后惊愕之状，隐约可见。

元稹悼亡诗中的细节描写，是对前代悼亡诗中睹物思人、追忆生活细节的写法，如潘岳《悼亡诗》其一中“望庐思其人，入室想所历。帏屏无仿佛，翰墨有余迹。流芳未及歇，遗挂犹在壁”等的进一步发展。其真实性与《祭亡妻韦氏文》中所云并无不同：

> 况夫人之生也，选甘而味，借光而衣，顺耳而声，便心而使，亲戚骄其意，父兄可其求，将二十年矣，非女子之幸耶？逮归于我，始知贱贫，食亦不饱，衣亦不温。然而不悔于色，不戚于言。他人以我为拙，夫人以我为尊。置生涯于濩落，夫人以我为适道；捐昼夜于朋宴，夫人以我为狎贤。隐于幸中之言。呜呼！成我者朋友，恕我者夫人。有夫如此其感也，非夫人之仁耶？呜呼歔欷，恨亦有之。始予为吏，得禄甚微，以当日之戚戚，每相缓以前期。纵斯言之可践，奈夫人之已而？况携手于千里，忽分形而独飞。昔惨凄于少别，今永逝与终离。将何以解予怀之万恨，故前此而言曰：死犹不悲。

平易通俗，深入浅出，是元稹悼亡诗的显著特点，除了取材于具体可感的生活小事之外，在语言上的表现也很突出，字字从肺腑出，句句见真性情，格外感人。又，组诗形式，对于系统化、多角度、多侧面、全方位表现某种情态或表达某种感情，效果是不言而喻的。之前的悼亡诗不乏运用组诗形式的先例，如潘岳《悼亡诗》、江淹《悼室人》等，但元稹在继承了他们传统的基础上，充分发挥组诗的集束效应，手法显得更为纯熟，表现更为精致，影响亦更为深远。另外，用格律诗来悼亡，虽不始于元稹，但与韦应物等人多用古体诗悼亡相比，元稹无疑是在悼亡中大量引入格律诗的诗人。这是一个重要的变化。随后，经过李商隐等人积极响应，近体诗逐渐成为悼亡诗的重要形式。

哀艳缠绵的绮丽小诗，是元稹诗歌的重要组成部分。如《离思五首》其二、其四：

山泉散漫绕阶流，万树桃花映小楼。闲读道书慵未起，水晶帘下看梳头。

曾经沧海难为水，除却巫山不是云。取次花丛懒回顾，半缘修道半缘君。

这一组诗，韦縠在其《才调集》中加上并以《莺莺诗》作为第一首，题作《离思六首》。可见，它们应该都是为莺莺而作。从内容上看，这组诗也与每首第三句都用“忆得双文”句式的《杂忆五首》一样，描写莺莺在不同场合中的种种情态。其中，如极富画面感的第二首，就并非一般想象所能得。稍有不同的是，从第四首中“曾经沧海难为水，除却巫山不是云”的说法，明显可以见出，这组诗对莺莺的赞美要比《杂忆五首》更甚。而赞美之甚，显然是由于眷念之深、思念之切所致。综观元稹情诗中与莺莺有关的篇章，格调往往与众不同，尤其是与悼亡题材的庄重相比，大多露情溢态，充满风流浪子气息。这第四首诗却是一个符合受众审美期待的例外，这也许也是它之所以闻名遐迩的缘由之一。

在元稹的近体诗中，次韵相酬的长篇排律代表着唱和诗体制在中唐时期所发生的重大变化。而其绝句之出色者，亦不只在艳情一端。如《行宫》：

寥落古行宫，宫花寂寞红。白头宫女在，闲坐说玄宗。

全篇仅二十字，却已将昔盛今衰之感浓缩在内，可谓《连昌宫词》的缩写。又如《闻乐天授江州司马》：

残灯无焰影幢幢，此夕闻君谪九江。垂死病中惊坐起，暗风吹雨入寒窗。

诗写在听到好友被贬时，内心强烈的感同身受之情。以“垂死病中”反衬“惊坐起”，刻画形体动作而包蕴着极丰富的感情，表现震动之强烈，于是作者的愤怒和悲痛之情便跃然纸上。而“暗风”一句又在不动声色的景物描写中，将所有的感伤和凄凉包蕴其间，设境尤极凄其，所以备觉沉挚。

白居易《唐故武昌军节度处置等使正议大夫检校户部尚书鄂州刺史兼御史大夫赐紫金鱼袋赠尚书右仆射河南元公墓志铭》有云：

公著文一百卷，题为《元氏长庆集》，又集古今刑政之书三百卷，号《类集》，并行于代。公凡为文，无不臻极，尤工诗。在翰林时，穆宗前后索诗数百篇，命左右讽咏，宫中呼为“元才子”。自六宫、两都、八方至南蛮、东夷国，皆写传之。每一章一句出，无胫而走，疾于珠玉。又观其述作编纂之旨，岂止于文章刀笔哉？实有心在于安人治国，致君尧舜，致身伊皋耳。抑天不与耶，将人不幸耶！予尝悲公始以直躬律人，勤而行之，则坎壈而不偶，谪瘴乡凡十年，发斑白而归来。次以权道济世，变而通之，又龃龉而不安，居相位仅三月，席不暖而罢去。通介进退，卒不获心。是以法理之用，止于举一职，不布于庶官；仁义之泽，止于惠一方，不周于四海，故公之心不足也。逢时与不逢时同，得位与不得位同，富贵与浮云同，何者？时行而道未行，身遇而心不遇也。

较为恰当地评价了元稹的一生（尽管此墓志之润笔达六七十万钱），包括其“述作编纂之旨”。元稹之诗，也确实曾经流传非常之广，影响非常之大，恰如其同作于长庆四年（824）的《白氏长庆集序》及《永福寺石壁法华经记》中所云：

予始与乐天同校秘书之名，多以诗章相赠答。会予谴掾江陵，乐天犹在翰林，寄予百韵律诗及杂体，前后数十章。是后各佐江、通，复相酬寄。巴蜀江楚间洎长安中少年，递相仿效，竞作新词，自谓为“元和诗”。而乐天《秦中吟》、《贺雨》讽谕等篇，时人罕能知者。然而二十年间，禁省、观寺、邮候墙壁之上无不书，王公、妾妇、牛童、马走之口无不道。至于缮写模勒，衒卖于市井，或持之以交酒茗者，处处皆是。（扬、越间多作书，模勒乐天及予杂诗，卖于市肆之中也。）其甚者，有至于盗窃名姓，苟求自售，杂乱间厕，无可奈何。予尝于平水市中，（镜湖傍草市名。）见村校诸童竞习诗，召而问之，皆对曰：“先生教我乐天、微之诗。”固亦不知予之为微之也。又鸡林贾人求市颇切，自云本国宰相，每以百金换一篇。其甚伪者，宰相辄能辨别之。自篇章以来，未有如是流传之广者。

又明年，徙会稽。路出于杭，杭民竞相观睹。刺史白怪问之，皆曰：“非欲观宰相，盖欲观曩所闻之元白耳！”由是僧之徒误以予为名声人，相与日夜攻刺史白，乞予文。

后来，杜牧、胡震亨所云，均可旁证元氏此序所言不虚：

尝痛自元和已来有元、白诗者，纤艳不逞，非庄士雅人，多为其所破坏。流于民间，疏于屏壁，子父女母，交口教授，淫言媟语，冬寒夏热，入人肌骨，不可除去。（杜牧《唐故平卢军节度巡官陇西李府君墓志铭》）

初疑元相白集序所载未尽实，后阅《丰年录》：开成中，物

价至贱，村路卖鱼肉者，俗人买以胡绡半尺，士大夫买以乐天诗。则所云交酒茗，信有之。（胡震亨《唐音癸签·谈丛一》）

不过，至迟至元稹去世不到三百年后的宋徽宗宣和六年（1124），首次刊行“北宋即仅有此残本”（《四库全书总目》卷一五一）六十卷《元氏长庆集》的刘麟，在所作序言中就已经发出了这样的感叹：

《新唐书·艺文志》载其当时君臣所撰著文集，篇目甚多。《太宗集》四十卷，至武后《垂拱集》一百卷，今皆弗传。其余名公巨人之文，所传盖十一二尔，如《梁苑文类》、《会昌一品》、《凤池稿草》、《笠泽丛书》、《经纬》、《冗余》、《遗荣》、《雾居》，见于集录所称道者，毋虑数百家，今之所见，仅十数家而已。以是知唐人之文，亡逸者多矣。呜呼，樵夫牧叟诡异怪诞之说，鬼神幻惑不根之言，时时萃为一书，以诒好事者观览。至于士君子道德仁义之文，经国济时之论，乃或沉没无闻，岂不惜哉！元微之有盛名于元和、长庆间，观其所论奏，莫不切当时务，诏诰、歌词自成一家，非大手笔曷臻是哉！其文虽盛传一时，厥后浸亦不显，唯嗜书者时时传录，不亦甚可惜乎！

即便是在又过了将近八百年之后的“五四”以来，现代意义上的元稹研究成果不可谓不丰，却也仍然难以与其历史贡献和地位完全相称，主要包括元、白研究冷、热不均（据粗略统计，在整个20世纪，有关元稹研究的论文约250篇，其中合论元白者占了五分之一强），元稹诗文研究本身存在空白区等。这或者也可以说是元稹命运的历史选择，以及元稹文学作品的经典化进程中沧桑之感的一种体现。

元稹一生创作的诗歌数量很多，其元和十年（815）所作《叙诗寄乐天书》即云：“自十六时至是元和七年，已有诗八百余首。”元和十四年(819)所作《上令狐相公诗启》亦云:“某始自御史府谪官于外,今十余年矣。闲诞无事,遂用力于诗章。日益月滋,有诗向千余首。”在流传过程中,也出现过相当程度的亡佚。明万历三十二年(1604),娄坚序马氏刻本《重刻元氏长庆集》有云:

> 世所传集,刻于宋宣和中建安刘氏,收拾于缺逸之余,功已勤矣。然考《唐书·艺文志》,《元氏长庆集》凡一百卷,又《小集》十卷,而所与白书,自叙年十六时至元和七年,有诗八百余首,凡十体、二十卷;七年已后,又二百五十首,此其二十余年之作也。计其还朝至殁,不知复几百首。今已杂见于集矣,而古诗不过百三十余,律诗不过三百余,共三十卷。又他文三十卷,类次既非其旧,卷帙半减于前,盖诗之亡者,已不翅如其所传,则他文之不见于其书者,又可知也。

本书为展示元稹诗歌全貌,以上海古籍出版社新近出版的周相录《元稹集校注》为底本(其所据底本为文渊阁《四库全书》本),参以冀勤校点《元稹集》、陈尚君《全唐诗续拾》、杨军《元稹集编年笺注》等,总收诗作860余首(组诗拆分计数,不含断句);排序依照《元稹集校注》,并简单合并为古诗、古体诗、挽歌伤悼诗、律诗、乐府、补遗等六编;行文中亦据周相录《元稹年谱新编》、卞孝萱《元稹年谱》以及佟培基《〈全唐诗〉重出误收考》等,对相关互见重出诗作(诗句)略作提示。注释主要参考《元稹集校注》、《元稹集编年笺注》等,择善而从,以协助读者排除阅读过程中可能会遇到的障碍。评析则注重在读解文本的基础上,兼采众长,灌注史识,纵横比较,适度发挥,力求准确还原元稹的诗史贡献和地位。

限于水平,书中恐难免存在这样那样的不足,衷心希望读者批评指正。必须说明的是,这本小书在编写过程中,对前修时彦的相关研究成果多有参考,除上文已经指出的以外,主要还有陈才智、陈寅恪、戴伟华、范淑芬、刘宁、孟二冬、钱志熙、苏仲翔、孙望、童养年、万曼、王运熙、吴伟斌、吴相洲、谢思炜、许总、张达人、张蓬舟、曾广开、朱金城以及日本学者池田温等。所有这些，都尽可能在正文中以随文作注的方式加以说明，以为读者提供方便。责任编辑王重阳编审付出了辛勤的劳动。谨此一并致谢。

谢永芳
2014年8月8日
于黄冈师范学院

目　录

甲编　古诗

乙编　古体诗

丙编　挽歌伤悼诗

丁编　律诗

戊编　乐府

己编　补遗

甲编

古诗

思归乐

山中思归乐，尽作思归鸣。尔是此山鸟，安得失乡名[①]。应缘此山路，自古离人征。阴愁感和气，俾尔从此生。我虽失乡去，我无失乡情。惨舒在方寸，宠辱将何惊。浮生居大块，寻[②]丈可寄形。身安即形乐，岂独乐咸京。命者道之本，死者天之平。安问远与近，何言殇与彭。君看赵工部，八十支体轻。交州二十载，一到长安城。长安不须臾，复作交州行。交州又累岁，移镇广与荆[③]。归朝新天子，济济为上卿。肌肤无瘴色，饮食康且宁。长安一昼夜，死者如霣[④]星。丧车四门出，何关炎瘴萦。况我三十余[⑤]，百年未半程。江陵道涂近，楚俗云水清。遐想玉泉寺，久闻岘山亭。[⑥]此去尽绵历，岂无心赏并。红餐[⑦]日充腹，碧涧朝析酲。酿酒[⑧]待宾客，寄书安弟兄。闲穷四声韵，闷阅九部经[⑨]。身外皆委顺，眼前随所营。此意久已定，谁能苟求[⑩]荣。所以官甚小，不畏权势倾。倾心岂不易，巧诈神之刑。万物有本性，况复人至[⑪]灵。金埋[⑫]无土色，玉坠无瓦声。剑折有寸利，镜破有片明。我可俘为囚[⑬]，我可刃为兵[⑭]。我心终不死，金石贯以诚。此诚患不至[⑮]，诚至[⑯]道亦亨。微哉满山鸟，叫噪何足听。

【题解】

白居易曾和答元稹《思归乐》、《阳城驿》、《桐花》、《大觜乌》、《四皓庙》、《雉媒》、《松树》、《箭镞》、《古社》、《分水岭》等十首诗。据知，元稹的这十首诗，以及白居易没有和答的另外七首诗，均作于元和五年(810)自东都洛阳赴长安，或自长安贬江陵途中。

思归乐，杜鹃别名。元稹由东台监察御史左降江陵府士曹参军，作离乡之行，于赴任贬所途中闻思归之鸣，自然不能无所感发。不过，此诗一“反思归之意”（周相录《元稹集校注》），并以元和初年出镇岭南与荆南的“赵工部”赵昌为比，宣示达观之意。

【注释】

①失乡名：指以“思归”为名。

②寻：《诗》毛传：“八尺曰寻。”

③“广与荆”：原作“值江陵”，据残宋蜀本（简称蜀本，下同）、清卢文弨所见宋刻全本及校记（简称卢本、卢校，下同）、明杨循吉影钞本（简称杨本，下同）、扬州诗局本《全唐诗》（简称《全诗》，下同）改。

④霣（yǔn）：古通“陨”，降，落下。

⑤余：蜀本、卢本、杨本、《全诗》作“二”。

⑥玉泉寺、岘山亭：分别在今湖北当阳玉泉山东麓、湖北襄阳南。

⑦红餐：赤米所炊之饭。赤米，米之粗恶者。

⑧酿酒：蜀本、卢本、杨本、《全诗》作“开门”。

⑨九部经：佛教一切经分为修多罗（契经）、祇夜（应颂）、和伽罗（授记）、伽他（调颂）、尼陀罗（因缘）、优陀那（自说）、伊帝目多（本事）、阇陀伽（本生）、毗佛略（方广）、阿浮达摩（未有）、婆陀（譬喻）、优婆提舍（论议）等十二种类，称为“十二部经”。《释氏要览》卷中《十二分教》：“若小乘只有九部，无自说、授记、方广等。”盖以小乘法浅易咨、不明因行成佛之义以及未显广理之故。

⑩苟求：蜀本、卢本、杨本、《全诗》作“求苟”。

⑪至：蜀本、卢本、《全诗》作“性”。

⑫金埋：蜀本、卢本作“珠碎”。

⑬俘为囚：蜀本、卢本作“囚为俘”。

⑭刃为兵：被杀死。刃，杀。兵，《释名·释丧志》：“战死曰兵。”

⑮至：原作“立”，据蜀本、卢本、杨本、《全诗》改。

⑯诚至：原作“虽困”，据蜀本、卢本、杨本、《全诗》改。

【辑评】

清叶矫然《龙性堂诗话》初集："元稹云：'玉碎无瓦声，镜破有半明。'白居易云：'捣麝成尘香不减，拗莲为寸丝难断。'较李义山蚕死丝尽，蜡灰泪干，又进一解。"

春　鸠

春鸠与百舌①，音响讵同年。如何一时语，俱得春风怜。犹知化工②意，当春不生蝉。免教争叫噪，沸渭桃花前。

【题解】

据下一首《春蝉》起二句"我自东归日，厌苦春鸠声"所云，知此诗作于元和五年(810)自洛阳赴长安途中。鸣声不似百舌那般婉转动听的春鸠，仍然能够得到春风的怜爱。不过，上天毕竟还是有分寸的，并没有让那些争噪不休的蝉也来参加春天的合唱。全篇在交织着困惑与欣慰之情的抒发中，寄寓了人生感慨。

【注释】

①百舌：亦名伯劳。《淮南子》高诱注："百舌，鸟名，能易其舌效百鸟之声，故曰百舌也。"

②化工：原作"造物"，据蜀本、卢本、杨本、《全诗》改。

春　蝉

我自东归日，厌苦春鸠声。作诗怜化工，不遣春蝉生。及来商山道，山深气不平。春秋两相似，虫豸百种鸣。风松不成韵，蜩螗沸如羹。岂无朝阳凤，羞与微物争。安得天上雨，奔浑河海倾。荡涤反时气，然后好晴明。

【题解】

此诗作于元和五年(810)自长安赴江陵途中。诗作即物起兴，以品高直谏的“朝阳凤”自比，在对得志小人如水滚羹沸一般的表现发泄不满情绪的同时，也表达出了对长安“晴明”、时局好转的期待。蝉，本不应活动于春天，但因商山(在今陕西商州东)道中的气候“春秋两相似”，才诱发了它在春天的活动。这跟白居易“人间四月芳菲尽，山寺桃花始盛开”(《大林寺桃花》)所表达的字面意思，有相类似的地方。所以，在作者看来，“荡涤反时气”，作为政治清平的前提条件，主要指的就是，希望扫除诱发蜩螗(tiáo táng)一类“微物”“反时气”活动的不正常政治气候。

兔　丝

人生莫依倚，依倚事不成。君看兔丝蔓，依倚榛与荆。荆榛易蒙密，百鸟撩乱鸣。下有狐兔穴，奔走亦纵横。樵童斫将去，柔蔓与之并。翳荟生可耻，束缚死无名。桂树月中出，珊瑚石上生。俊鹘度海食，应龙[①]升天行。灵物本特达，不复相缠萦。缠萦竟何者，荆棘与飞茎[②]。

【题解】

此诗作于元和五年(810)自长安赴江陵途中。作者开宗明义：“人生莫依倚，依倚事不成”，再通过写“依倚榛与荆”的兔丝，以之比拟附势趋炎者，并以桂树、珊瑚、俊鹘、应龙等“特达”之物自比自勉，抒发“翳荟生可耻，束缚死无名”的人生感慨，表达不依附权贵的思想。

【注释】

①应龙：传说中一种有翼的飞龙。《述异记》卷上：“龙，五百年为角龙，

千年为应龙。”

②飞茎:《文选》张铣注:“飞茎,直生枝也。”

古 社

古社基址在,人散社不神。唯有空心树,妖狐藏魅人。狐惑意颠倒,臊腥不复闻。丘坟变城郭,花草仍荆榛。良田千万顷,占作天荒田。主人议芟斫,怪见不敢前。那言空山烧,夜随风马[①]奔。壮[②]声鼓鼙震,高焰旗帜翻。逡巡荆棘尽,狐兔无子孙。狐死魅人醒[③],烟消坛墠[④]存。绕坛旧田地,给授有等伦。农收村落盛,社树新团圆。社公千万岁,永保村中民。

【题解】

古代封土为社,各栽植其方位之土所宜之树,以为祭祀社神(土地神)的场所。此诗作于元和五年(810)自长安赴江陵途中,随所见闻而抒发感慨。

这里面间接涉及对“丛祠”一语的理解。古代百姓聚居之处,均须立社以祭土神(即诗中所云“社公”)。其方式一般是选择邻近长势茂盛的树木,以土涂封其根部作标志,定以为社。则古所谓社,实即被神化了的树木。之所以要以树为社,大概是因为在古人心目中,茂盛的树木就是土神的化身,能生育五谷。这种被奉为社的树,也称“丛社”,或“社丛”。由于这种树是土神的象征,古人认为有鬼神依附其上,故又称“神丛”。可见,“丛”是作为土神象征的社树,而不是一般的荒野丛林。丛旁立祠以备祭祀,即谓之“丛祠”,也就是社祠,是古人祭土神的庙。此外,古代社木是严禁砍伐的,其周围相当于一小块自然保护区,狐鼠也就往往厕身其间,故又有“城狐社鼠”之说。

【注释】

①马：明董氏茭门别墅刻本（简称董本，下同）、明马元调鱼乐轩刻本（简称马本，下同）、明张之象编《唐诗类苑》（简称《类苑》，下同）、明胡震亨《唐音统签》（简称胡本，下同）作“长”。

②壮：蜀本、卢本、杨本、《全诗》作“飞”。

③醒：原作“灭”，据蜀本、卢本、杨本、董本改。

④坛墠（shàn）：筑土曰坛，除地曰墠。此指古社。

松　树

华山高幢幢，上有高高松。株株遥各各，叶叶相重重。槐树夹道植，枝叶俱[①]冥蒙。既无贞直干，复有罥挂虫。何不种松树，种[②]之摇清风。秦时已曾种，憔悴种不供。可怜孤松意，不与槐树同。闲在高山顶，樛[③]盘虬与龙。屈为大厦栋，庇廕[④]侯与公。不肯作行伍，俱在尘土中。

【题解】

此诗元和五年（810）作，周相录《元稹集校注》以为作于自洛阳至长安途中，卞孝萱《元稹年谱》则认为与以下八首均作于自长安贬江陵途中。无论如何，诸篇都用比与兴几乎完全融为一体的手法写成，颇有可以求之于言外之意者。即以本首而言，作者在并非完全不动声色的景物描写中，寄寓对现实的哀怨和不平，也表达了高致标持之意。

【注释】

①俱：蜀本、卢本、杨本作“但”。

②种：蜀本、卢本、杨本、《全诗》作“使”。

③樛（jiū）：《说文》：“下句曰樛。”

④廕（yìn）：封建时代由于父祖有功而给予子孙入学或任官的权利。

芳　树

芳树已寥落，孤英尤可嘉。可怜团圆[①]叶，盖覆深深花。游蜂竞钻刺，斗雀亦纷拏。天生细碎物，不爱好光华。非无歼殄法，念尔有生[②]涯。春雷一声发，惊燕亦惊蛇。清池养神蔡[③]，已复长虾蟆。雨露贵平施，吾其[④]春草芽。

【题解】

此诗作于元和五年(810)自长安赴江陵途中。作者以芳树自比立朝之节，与“钻刺”的游蜂和“纷拏”的斗雀等对照来写，针砭时政，有感而发。

【注释】

①团圆：卢本、《全诗》、《类苑》、清季振宜编《全唐诗》(简称季本，下同)作“团团”。

②有生：卢校曰：“疑‘有生’倒。”

③神蔡：大龟的美称。《左传》杜预注：“大蔡，大龟。”陆德明《释文》：“一云龟出蔡地，因以为名。”

④其：《字汇补》：“其，借作期。”

桐　花

胧月上山馆，紫桐垂好阴。可惜暗淡色，无人知此心。舜没苍梧野，凤归丹穴岑。遗落在人世，光华那复深。年年怨春意，不竞桃杏林。惟占清明后，牡丹还复侵。况此空馆闭，云谁恣幽寻。徒烦鸟噪集，不语山嵚岑[①]。满院青苔地，一树莲花簪。自开还自落，暗芳终暗沉。尔生不得所，我愿裁为琴。安置君王侧，调和元首音。安问宫徵角，先辨雅郑淫。宫弦春以君[2]，君若春日临。商弦廉以臣，臣作旱天霖。[3]人安角声畅，人困斗不任。羽以类万物，祆物神不歆[4]。征以节百事，奉事罔不钦。五者苟不乱，天命乃可忱。君若问孝理，弹作梁山吟[5]。君若事宗庙，拊以和球琳[6]。君若不好谏，愿献触疏箴。君若不罢猎，请听荒于禽。君若侈台殿，雍门可沾襟[7]。君若傲贤隽，鹿鸣有食芩。君闻祈招[8]什，车马勿骎骎[9]。君若欲败度[10]，中有式[11]如金。君闻薰风操[12]，志气在愔愔[13]。中有阜财语，勿受来献赆[14]。北里当绝听，祸莫大于淫。南风苟不竞[15]，无往遗之擒。奸声不入耳，巧言宁孔壬[16]。枭音亦云革，安得沴与祲[17]。天子既穆穆，群材亦森森。剑士还农野，丝人归织纴[18]。丹凤巢阿阁[19]，文鱼游碧浔。和气浃寰海，易若溉蹄涔[20]。改张乃可鼓，此语无古今。非琴独能尔，事有谕因针[21]。感尔桐花意，闲怨杳难禁。待我持斤斧，置君为大琛。

【题解】

此诗作于元和五年(810)自长安赴江陵途中。作者由桐花而及于琴，由琴而及于政，随笔生发，表情达意。如果与白居易《初与元九别后忽梦见之及寤而书适至兼寄桐花诗怅然感怀因以此寄(元九初谪江陵)》中“悲事不悲君”云云对读，可以发现，元稹这首诗的可贵之处，在于充分表明心迹的同时，也是悲事不悲人的。

【注释】

①嵚岑(qīn cén)：高峻貌。《楚辞》洪兴祖补注：“嵚岑，山高险也。”

②“宫弦”句：《礼记·乐记》：“宫为君，商为臣，角为民，徵为事，羽为物。五者不乱，则无怗懘之音矣。”

③“商弦”二句：《史记·田敬仲完世家》：“驺忌子以鼓琴见威王，威王

说而舍之右室。须臾，王鼓琴，驺忌子推户入曰：‘善哉鼓琴！’王勃然不说，去琴按剑曰：‘夫子见容未察，何以知其善也？’驺忌子曰：‘夫大弦浊以春温者，君也；小弦廉折以清者，相也。’”

④“袄（yāo）物”句：《资治通鉴》胡三省注：“袄，与妖同。”歆，享用。

⑤梁山吟：古乐曲名，传说曾子雪天思亲，作此以寄托忧思。

⑥球琳：泛指美玉。《尚书》孔传：“球琳，皆玉名。”

⑦“雍门”句：据《说苑·善说》，战国齐人雍门子周，善鼓琴，曾访薛公孟尝君，先以言辞，继以琴声，使孟尝君意识到破国亡邑之悲而痛哭流涕。

⑧祈招：《逸诗》篇名。《左传·昭公十二年》：“昔穆王欲肆其心，周行天下……祭公谋父作《祈招》之诗，以止王心。”《传》仅记存六句，余已佚。

⑨骎骎（qīn）：马疾驰貌。《诗》毛传：“骎骎，骤也。”

⑩败度：败坏法度。

⑪式：准则。《诗》毛传：“式，法也。”

⑫薰风操：相传舜造五弦琴，唱《南风歌》，表达育养百姓之情。中有“南风之薰兮”云云，因以“薰风”指《南风歌》。

⑬愔愔（yīn）：《左传》杜预注：“愔愔，安和貌。”

⑭賝（chēn）：通“琛”，珍宝。《集韵》：“琛，《尔雅》：‘宝也。’或从贝。”

⑮“南风”句：《左传·襄公十八年》：“晋人闻有楚师，师旷曰：‘不害，吾骤歌北风，又歌南风，南风不竞，多死声，楚必无功。’”杜预注：“歌者吹律以咏八风，南风音微，故曰不竞。师旷唯歌南北风者，听晋、楚之强弱。”

⑯孔壬：大奸佞。《后汉书》李贤注：“孔，甚也；壬，佞也。”

⑰沴（lì）与祲（jìn）：灾害，不祥。

⑱纴（rèn）：《礼记》孔颖达疏：“纴为缯帛。”

⑲阿阁：阁有四柱及檐溜者。《文选》李善注：“阁有四阿，谓之阿阁。《周礼》郑玄注：‘四阿，若今四注者也。’”或谓即指高楼。

⑳蹄涔：马蹄大的小水注。《淮南子》高诱注：“涔，雨水也。满牛蹄迹中，言其小也。”

㉑谕因针：谕，同“喻”。针，规诫。

雉 媒

双雉在野时，可怜同嗜欲。毛衣前后成，一种文章足。[1]一雉独先飞，冲开芳草绿。网罗幽草中，暗被潜羁束。剪刀摧六翮[2]，丝线缝双目。啖养能几时，依然[3]已驯熟。都无旧性灵，返与他心腹。置在芳草中，翻令诱同族。前时相失者，思君意弥笃。朝朝旧处飞，往往巢边哭。今朝树上啼，哀音断还续。远见尔文章，知君草中伏。和鸣忽相召，鼓翅遥相瞩。畏我未肯来，又啄翳[4]前粟。敛翮远投君，飞驰势奔蹙。罥挂在君前，向君声促促。信君决无疑，不道君相覆。自恨飞太高，疏罗偶然触。看看架上鹰，拟食无罪肉。君意定何如，依旧雕笼宿。

【题解】

雉媒，是指为猎人所驯养，用以诱捕同类的野雉。《文选·射雉赋》徐爰注曰："媒者，少养雉子，至长狎人，能招引野雉，因名曰媒。"此诗作于元和五年(810)自长安贬江陵途中。牛党人物把元稹视为李德裕一党，所作必是因同党中有中途变节，并甘心被他人所利用以陷害同志者，所以喻意影射，抒发愤慨之情。

关于"牛李党争"，按《旧唐书·李宗闵传》的说法，是唐朝后期以牛僧孺、李宗闵与李德裕、郑覃等分别为领袖的牛、李两党之间的争斗，自宪宗元和三年(808)制策案始，至宣宗大中三年(849)李德裕贬死崖州止。傅璇琮《略谈唐代的牛李党争》一文提出，元稹因为太过热衷于仕进，往往在进退出处上招人非议。但他由江陵召回不久，在起草贬令狐楚为衡州刺史的制词中，指责令狐楚在元和时"密隳讨伐之谋，潜附奸邪之党"，即附和李逢吉，阻挠对淮西的用兵，又巴结权臣皇甫镈，排斥裴度等贤臣。李逢吉正是李宗闵、牛僧孺等人早期的庇护者。后来，又因长庆元年科试案直接与李宗闵发生冲突。正因如此，牛党人物把元稹视为李德裕一党，屡加排斥。至于白居易，因为妻子是牛党骨干杨汝士从父之妹这层姻亲关系，在文宗时牛李斗争激烈之际，他主动请求出居洛阳，过着安闲不问世事的生活。因之，后期未能写出如前期《新乐府》、《秦中吟》那样的诗篇。我们当然不能简单地说元稹是李党，白居易是牛党，但如果脱离牛李党争的现实，元、白政治态度的变化及其在文学作品中的表现，也就得不到合理的解释。

【注释】

①“毛衣”二句：毛衣，鸟的羽毛。文章，羽毛上错杂的色彩与花纹。

②六翮（hé）：鸟类翼上通常有六根坚硬的大毛，故以六翮代指鸟翼。

③依然：依恋貌。

④翳：隐蔽狩猎者之器具。《礼记》郑玄注：“翳，射者所以自隐也。”

【辑评】

清钱良择《唐音审体》卷六：“婉转曲折，字字血泪，深痛至此，不堪多读。”

箭　镞

箭镞本求利，淬砺良甚难。砺将何所用，砺以射凶残。不砺射不入，不射人不安。为盗即当射，宁问私与官。夜射官中盗，中之血阑干[①]。带箭君前诉，君王悄不欢。顷曾为盗者，百箭中心攒。竟将儿女泪，滴沥助辛酸。君王责良帅，此祸谁为端。帅言发硎罪，不使刃稍刓。[②]君王不忍杀，逐之如迸丸。仍令后来箭，尽可头团团。发硎去虽远，砺镞心不阑。会射蛟螭[③]尽，舟行无恶澜。

【题解】

此诗作于元和五年(810)自长安赴江陵途中。作者以箭镞自比,表达无所畏惧的惩恶决心和勇气,不被理解认同之余,甚至把批评的矛头直接指向了当时的皇帝。白居易读后很感动,却也不无忧虑,因而在所作《答箭镞》中"寄言控弦者,愿君少留听"。元稹后来好像是接受了白居易把眼光放远一些的劝告,可惜仍然未能获得很大的成功。

【注释】

①阑干:交错杂乱貌。

②"帅言"二句:发硎(xíng),谓刀剑从磨刀石上磨成。硎,磨刀石。《广韵》:"硎,砥石。"刓(wán),圆钝无锋刃貌。《广韵》:"刓,圆削。"

③蛟螭(chī):蛟与龙的并称,相传蛟能发洪水,龙能兴云雨。

赛　神

村落事妖神,林木大如村。事来三十载,巫觋[1]传子孙。村中四时祭,杀尽鸡与豚。主人不堪命,积燎曾欲燔[2]。旋风天地转,急雨江河翻。采薪持斧者,弃斧纵横奔。山深多掩映,仅免鲸鲵[3]吞。主人集邻里,各各持酒樽。庙中再三拜,愿得禾稼存。去年大巫死,小觋又妖言。邑中神明宰,有意效西门。焚除计未决,伺者迭乘轩。庙深荆棘厚,但见狐兔蹲。巫言小神变,可验牛马蕃。邑吏齐进说,幸勿祸乡原。逾年计不定,县听良亦烦。涉夏祭时至,因令修四垣。忧虞神愤恨,玉帛意弥敦。我来神庙下,箫鼓正喧喧。因言遣妖术,灭绝由本根。主人中罢舞,许我重叠论。蜉蝣[4]生湿处,鸱鸮[5]集黄昏。主人邪心起,气焰日夜繁。狐狸得蹊径,潜穴主人园。腥臊袭左右,然后托丘樊[6]。岁深树成就,曲直可轮辕。幽妖尽依倚，万怪之所屯。主人一心好，四面无篱藩。命樵⑦执斤斧，怪木宁遽髡⑧。主人且倾听，再为谕清浑。阿胶在末派，罔象⑨游上源。灵药逡巡尽，黑波朝夕喷。神龙厌流浊，先伐鼍与鼋⑩。鼋鼍在龙穴，妖气常郁温。主人恶淫祀⑪，先去邪与惛⑫。惛邪中人意，蛊祸蚀精魂。德胜妖不作，势强威亦尊。计穷然后赛，后赛复何恩。

【题解】

赛神，谓设祭酬神，为旧时乡间重要活动之一，常用仪仗、箫鼓、杂戏迎神，热闹非凡。此诗作于元和五年(810)自长安赴江陵途中。作者就淫祀着笔，纵横议论，既影射朝廷姑息养奸，致使城狐社鼠气焰甚嚣，更指出当务之急，乃在于唤醒人主自强的觉悟。

【注释】

①巫觋(xí)：古称为人祷祝能见鬼神者。《荀子》杨倞注："女曰巫，男曰觋。"

②燔(fán)：焚烧。《韩非子·和氏篇》："燔诗书而明法度。"

③鲸鲵：即鲸。雄曰鲸，雌曰鲵。

④蜉蝣(fú yóu)：一种水生小虫。《诗》毛传："蜉蝣，渠略也，朝生夕死。"

⑤鸱鸮(chī xiāo)：俗称猫头鹰，古人以为恶鸟。

⑥丘樊：田园。《文选·月赋》："臣东鄙幽介，长自丘樊。"刘良注："丘园藩篱之中。"

⑦樵：蜀本作"狐"。

⑧髡(kūn)：本义削发，引申为斩除。

⑨罔象：古代传说中的水怪，此泛指。《国语·鲁语下》："水之怪曰龙、罔象。"

⑩鼍(tuó)与鼋(yuán)：鼍，扬子鳄；鼋，大鳖。《楚辞》王逸注："大鳖为鼋，鱼属也。"

⑪淫祀：《礼记·曲礼下》："非其所祭而祭之，名曰淫祀。"
⑫惛（hūn）：糊涂。

大觜乌

阳乌有二类，觜白者名慈。求食哺慈母，因以此名之。饮啄颇廉俭，音响亦柔雌。百巢同一树，栖宿不复疑。得食先反哺，一身长苦羸。缘知五常性，翻被众禽欺。其一觜大者，攫搏性贪痴。有力强如鹘，有爪利如锥。音声甚呋㖞[①]，潜通妖怪词。受日余光庇，终天无死期。翱翔富人屋，栖息屋前枝。巫言此乌至，财产日丰宜。主人一心惑，诱引不知疲。转见乌来集，自言家转孳。白鹤门外养，花鹰架上维。专听乌喜怒，信受若神龟。举家同此意，弹射不复施。往往清池侧，却令䴔鹭[②]随。群乌饱粱肉，毛羽色泽滋。远近恣所往，贪残无不为。巢禽攫雏卵，厩马啄疮痍。渗沥脂膏尽，凤皇那得知。主人一朝病，争向屋檐窥。呦鷕呼群鹏[③]，翩翻集怪鸱。主人偏养者，啸聚最奔驰。夜半仍惊噪，鸺鹠[④]逐老狸。主人病心怯，灯火夜深移。左右虽无语，奄然皆泪垂。平明天出日，阴魅走参差。乌来屋檐上，又惑主人儿。儿即富家业，玩好方爱奇。占募能言鸟，置者许高赀。陇树巢鹦鹉，言语好光仪。美人倾心献，雕笼身自持。求者临轩坐，置在白玉墀[⑤]。先问鸟[⑥]中苦，便言乌若斯。众乌齐搏铄[⑦]，翠羽几离披[⑧]。远掷千余里，美人情亦衰。举家惩此患，事乌逾昔时。向言池上鹭，啄肉寝其皮。夜漏天终晓，阴云风定吹。况[⑨]尔乌何者，数极[⑩]不知危。会结弥天网，尽取一无遗。常令阿阁上，宛宛宿长离[⑪]。

【题解】

此诗作于元和五年(810)自长安赴江陵途中。作者所选择描写的大觜乌,是阳乌中的败类,生性贪痴,专以妖言惑主,贪残无所不为,却得到两代主人庇护,在鹓鹭等善鸟面前飞扬跋扈,最终落得巢覆身灭的下场。结合元稹同样见事风生、议论锋出的《有鸟二十章》中含蓄而又辛辣的鞭挞来看,当朝权幸中恐的确不乏此类嘴脸,也是中唐时期政治生态乃至社会丑态的曲折表现。

【注释】

①呔哇(yāo wā):恶鸟鸣声。呔,卢校:"疑呔乃哰之俗。"

②鹓(yuān)鹭:鸟中品位之高者,喻有才德之人。

③"呦鷕(yōu yǎo)"句:呦鷕,鸟鸣声。鵩(fú),鸟名。《文选·鵩鸟赋》李善注引《巴蜀异物志》:"有鸟小如鸡,体有文色,土俗因形名之曰鵩。不能远飞,行不出域。"

④鸺鹠(xiū liú):鸱鸮之一种,古人以为不祥之鸟。

⑤墀(chí):台阶。

⑥鸟:蜀本作"乌"。

⑦搏铄:搏击,即群起而攻之。

⑧离披:纷乱衰残貌。

⑨况:蜀本、卢本作"咒"。

⑩数极:寿数将尽。

⑪"宛宛"句:宛宛,盘旋屈曲貌。长离,凤凰的别称。《后汉书》李贤注:"长离,即凤也。"

【辑评】

明钟惺、谭元春《唐诗归》卷二九:"[白居易]钟云:元白浅俚处,皆不足为病,正恶其太直耳。诗贵言其所欲言,非直之谓也。直则不必为诗矣。又二人酬唱,似惟恐一语或异,是其大病。所谓同调,亦不在语语同也。今取词旨蕴藉而能自出者,庶使人知真元白耳。""[白居易《和微之大觜乌》]钟云:写到可笑可哭处,极痛极快,物无遁情,然风刺深微之体索然矣。知此，可与读元白诗。”“[元稹]钟云：看古人轻快诗，当另察其精神静深处。如微之‘秋依静处多’，乐天‘清冷由本性，恬淡随人心’、‘曲罢秋夜深’等句，元白本色，几无寻处矣。然此乃元白诗所由出，与其所以可传之本也。”

清吴震方《放胆诗》：“微之此诗盖指王伾、王叔文、仇士良、李逢吉辈也。微之以宪臣贬江陵参军，李绛、崔群、白居易皆论其枉，故香山和此诗尤为激直云。”

分水岭

崔嵬分水岭，高下与云平。上有分流水，东西随势倾。朝同一源出，暮隔千里情。风雨各自异，波澜相背惊。势高竞奔注，势曲已回萦。偶值当途石，蹙缩又纵横。有时遭孔穴，变作呜咽声。褊浅[1]无所用，奔波奚所营。团团井中水，不复东西征。上应美人意，中涵孤月明。旋风四面起，井深波不生。坚冰一时合，井深冻不成。终年汲引绝，不耗复不盈。五月金石铄，既寒亦既清。易时不易性，改邑不改名。定如拱北极[2]，莹若烧玉英[3]。君门客如水，日夜随势行。君看守心者，井水为君盟。

【题解】

此诗作于元和五年(810)自长安赴江陵途中。分水岭，作为地名，所指非一。作者感于世事，托物寓意，以分流水讥逐流奔竞者，以井水喻坚贞自守者。白居易曾赞美元稹的操守如“无波古井水，有节秋竹竿”(《赠元稹》)，说明元稹托井水以自明的守静专一品格，并非完全出于自我标榜。

【注释】

①褊(biǎn)浅：狭窄浅薄。

②“定如”句：地球自转轴指向北极星，故地球自转而北极星宛若不动。

《论语·为政》:“譬如北辰,居其所而众星拱之。”

③“莹若”句:相传玉石火烧三日不热。玉英,玉之精英,此指玉之极晶莹者。

四皓庙

巢由[①]昔避世,尧舜不得臣。伊吕[②]虽急病,汤武乃可君。四贤胡为者,千载名氛氲。显晦有遗迹,前后疑不伦。秦政虐天下,黩武穷生民。诸侯战必死,壮士眉亦嚬[③]。张良韩孺子,椎碎属车轮[④]。遂令英雄意,日夜思报秦。先生相将去,不复婴世尘。云卷在孤岫,龙潜为小鳞[⑤]。秦王[⑥]转无道,谏者鼎镬亲[⑦]。茅焦脱衣谏[⑧],先生无一言。赵高杀二世,先生如不闻。刘项取天下,先生游白云。海内八年战,先生全一身。汉业日已定,先生名亦振。不得为济世,宜哉为隐沦。如何一朝起,屈作储贰[⑨]宾。安存孝惠帝,摧悴戚夫人。舍大以谋细,虬盘而蠖伸[⑩]。惠帝竟不嗣,吕氏祸有因。虽怀安刘志,未若周与陈[⑪]。皆落子房术,先生道何屯[⑫]。出处贵明白,故吾今有云。

【题解】

此诗作于元和五年(810)自长安赴江陵途中。“商山四皓”,是指秦末的唐秉(东园公)、吴实(绮里季)、崔广(夏黄公)、周术(角里先生)四位“博士”隐士。《史记·留侯世家》云:“顾上有不能致者,天下有四人。四人者年老矣,皆以为上慢侮人,故逃匿山中,义不为汉臣。”后来刘邦想废掉太子盈,吕后用张良之计迎四皓出辅太子,刘邦这才作罢。四皓庙,在今陕西商县西。

元稹此篇,意在“讥其出处不常”(《酬翰林白学士代书一百韵》自注)。从安惠帝的最终结果上看问题,可能是受桓玄观点的启发,也与杜甫《幽人》中“局促商山芝”之论相仿佛，更是有感于当时的政治形势以及自己的现实境遇。白居易也写过一首《题四皓庙》，有把元稹比成张良，而自比四皓之意，看重在乱世能够保全自己，立意与元稹大不相同。后来，元稹除了在《论教本书》中不指名地提到过四皓：“惠帝废易之际，犹赖羽翼以胜邪心。”诗中基本上没再提到四皓。

【注释】

①巢由：巢父、许由的并称，传说为唐尧时隐士。

②伊吕：伊尹、吕尚的并称。

③嚬：通“颦”，皱眉头。《正字通》：“嚬，眉蹙也。”

④“张良”二句：孺子，古代称天子、诸侯、世卿的继承人。属车，帝王出行时之侍从车。

⑤“云卷”二句：岫（xiù），《文选》薛综注：“山有穴曰岫。”龙潜，《易》孔颖达疏：“潜者，隐伏之名；龙者，变化之物……圣人作法言，于此潜龙之时，小人道盛，圣人虽有龙德，于此唯宜潜藏，勿可施用，故言勿用。”比喻圣人未遭其时或贤才未蒙知遇。

⑥王：蜀本、杨本、胡本、《类苑》作“皇”。

⑦鼎镬（huò）亲：受鼎镬酷刑。

⑧“茅焦”句：据《说苑·正谏》，秦时齐人茅焦冒死谏秦始皇迁母不孝，谏后脱衣就刑。秦始皇纳谏，尊其为上卿。

⑨储贰：太子。

⑩蠖（huò）伸：像尺蠖一样伸延其体，比喻人生得意。

⑪周与陈：周勃与陈平。

⑫屯：艰难。《说文》：“屯，难也。象草木之初生，屯然而难。”

【辑评】

明胡震亨《唐音癸签》卷七：“白诗祖乐府，务欲为风俗之用。元与白同志。白意古词俗，元词古意俗。陈绎曾按：乐府古与俗正可无论，患在易晓易尽，失风人微婉义耳。白尝规元乐府诗意太切、理太周，欲稍删其繁而晦其义，亦自知诗病概然，故云。”

清乾隆敕编《御选唐宋诗醇》卷一九：“元诗责四皓定惠帝以酿吕氏之

祸，此事后之论，未免过苛。假令当年废长立爱，如意嗣位，所恃以托孤者独一周昌耳，绛、灌诸人未必帖然心服，且产、禄辈根蒂深固，吕雉构患益急，保无意外之变耶？”

青云驿

岧峣[①]青云岭，下有千仞溪。徘徊不可上，人倦马亦嘶。愿登青云路，若望丹霞梯。谓言青云驿，绣户芙蓉闺。谓言青云骑，玉勒黄金蹄[②]。谓言青云具，瑚琏并象犀[③]。谓言青云吏，的的颜如珪。怀此青云望，安能复久栖[④]。路途[⑤]信不易，风雨正凄凄。已怪杜鹃鸟，先来山下啼。归家尘雾黯[⑥]，忽遇蓬蒿妻。延我开荜户[⑦]，凿窦宛如圭。逡巡来叙别，头白颜色黧。[⑧]馈食频叫噪，假器仍乞醯[⑨]。向时延我者，共拾藿与藜[⑩]。乘我牂牁马，蒙茸大如羝。[⑪]悔为青云意，此意良噬脐[⑫]。昔游蜀关[⑬]下，有驿名青泥。闻名意惨怆，若坠牢与狴[⑭]。云泥异所称，人物一以齐。复闻阊阖[⑮]上，下视日月低。银城蕊珠殿，玉版金字题。[⑯]大帝直南北，群仙侍东西。龙虎俨队仗，雷霆轰鼓鼙。元君[⑰]理庭内，左右桃花蹊。丹霞烂成绮，素云轻若绨[⑱]。天池光滟滟，瑶草绿萋萋。众真千万辈，柔颜尽如荑。手持凤尾扇，头戴翠羽笄。云韶互铿戛[⑲]，霞服相提携。双双发皓齿，各各扬轻袿[⑳]。天祚乐未极，溟波浩无堤。秽贱灵所恶，安肯问黔黎。桑田变成海，寓县[㉑]烹为齑。虚皇[㉒]不愿见，云雾重重翳。大帝安可梦，阊阖何由跻。灵物可见者，愿以谕端倪。虫蛇吐云气，妖氛变虹蜺[㉓]。获麟书诸册，豢龙醢为醯。[㉔]凤皇占梧桐，丛杂百鸟栖。野鹤啄腥虫，贪饕不如鸡。山鹿藏窟穴，虎豹吞其麛[㉕]。灵物比灵境，冠履宁甚睽。

道胜即为乐，何惭居稗稊[26]。金张好车马，于陵亲灌畦。[27]在梁或在火，不变玉与鹈。[28]上天勿行行，潜穴勿凄凄。吟此青云谕，达观终不迷。

【题解】

此诗作于元和五年(810)自长安赴江陵途中。青云驿，在今陕西商洛。古代馆、驿并用，青云馆即青云驿。全篇借题发挥，写作者身登青云，失其所望，忆及当年过青泥驿的情景，追悔当初不甘栖迟，欲登高位，徒劳苦辛，直到被贬逐之后，才悟出"云泥异所称，人物一以齐"——云泥名异实同的道理。又谓既然如此，何不变得达观一些，不再迷溺于升沉得失，而是以道胜为乐呢？

【注释】

①岧峣(tiáo yáo)：山峰高耸貌。

②黄金蹄：《太平广记》卷三九七引《玉堂闲话》："佛用金蹄银角犊儿由西合悬梯而上，其间千房万屋缘空蹑虚，登之者不敢回顾，将及绝顶，有万菩萨堂。"

③"瑚琏"句：瑚琏，宗庙盛黍稷的玉制礼器。《论语》何晏《集解》引包咸曰："瑚琏，黍稷之器，夏曰瑚，殷曰琏。"并，蜀本、卢本、杨本、《全诗》作"杂"。

④栖：蜀本、卢本、杨本、《全诗》作"稽"。

⑤路途：蜀本、卢本、杨本、《全诗》作"攀援"。

⑥"归家"句：蜀本、卢本、杨本、《全诗》作"才及青云驿"。

⑦荜(bì)户：用竹荆编织的门户。

⑧"逡巡"二句：黧(lí)，黑中带黄之色。来叙别，蜀本、卢本、杨本、《全诗》作"吏来谒"。

⑨醯(xī)：醋。

⑩"共拾"句：拾，蜀本、卢本、杨本作"舍"。藜，杨本作"梨"，卢校"宋作梨，似非"。

⑪"乘我"二句：牂牁(zāng kē)，国名，在今贵州一带。蒙茸，形容马毛杂乱不整。羝，公羊。

⑫噬脐：犹言自噬其脐，比喻后悔莫及。《左传》杜预注："若啮腹齐，喻不可及也。"

⑬关：蜀本、卢本、杨本、《全诗》作"门"。

⑭狴（bì）：兽名，常图其形于狱门，故以之代指牢狱。

⑮阊阖：《楚辞》王逸注："阊阖，天门也。"

⑯"银城"二句：银城、蕊珠殿，神仙居处。玉版，指上有图形或文字、象征祥瑞或预示休咎的玉片。

⑰元君：道教对女子成仙者之美称。

⑱绨（tí）：厚实光滑且有光泽的丝织品。

⑲"云韶"句：云即《卿云》，古歌名，传说虞舜将禅位于禹，卿云现，乃与百官同唱此歌。韶，舜乐名。铿戛，犹言铿金戛玉，形容音乐洪亮动听。

⑳袿（guī）：《释名》："妇人上服曰袿，其下垂者，上广下狭，如刀圭也。"毕沅疏证："上服，上等之服也。"

㉑寓县：犹天下。

㉒虚皇：道教神名。

㉓虹蜺（ní）：也作虹霓，常有内外二环，内环称虹，外环称蜺。

㉔"获麟"二句：《春秋·哀公十四年》："春，西狩获麟。"杜预注："麟者仁兽，圣王之嘉瑞也。时无明主出而遇获，仲尼伤周道之不兴，感嘉瑞之无应，故因《鲁春秋》而修中兴之教，绝笔于'获麟'之一句。所感而作，固所以为终也。"豢龙，古代名马。醢（hǎi），古代将受刑者剁为肉酱的酷刑；臡（ní），有骨的肉酱，均泛指肉酱。

㉕麛（mí）：《礼记》陆德明《释文》："麛，鹿子也。"

㉖稗稊（tí）：稗草和稊草，比喻地位卑微。

㉗"金张"二句：金张，金日磾、张安世的并称，后为显宦代称。于陵，战国时隐士，或即齐人陈仲子。

㉘"在梁"二句：玉在火而色不变，喻君子坚守节操；鹈（tí）在梁非其常，喻小人暂时得志。

阳城驿

商有阳城驿，名同阳道州。阳公没已久，感我泪交流。

昔公孝父母，行与曾闵[1]俦。既孤善兄弟，兄弟和且柔。一夕不相见，若怀三岁忧。遂誓不婚娶，没齿同衾裯[2]。妹夫死他县，遗骨无人收。公令季弟往，公与仲弟留。相别竟不得，三人同远游。共负他乡骨，归来藏故丘。栖迟居夏邑，邑人无苟偷。里中竞长短，来问劣与优。官刑一朝耻，公短终身羞。公亦不遗布，人自不盗牛。问公何能尔，忠信先自修。发言当道理，不顾党与雠。声香渐翕习[3]，冠盖若云浮。少者从公学，老者从公游。往来相告报，县尹与公侯。名落公卿口，涌如波荐[4]舟。天子得闻之，书下再三求。书中愿一见，不异呈天虬[5]。何以持为聘，束帛藉琳球[6]。何以持为御，驷马驾安辀[7]。公方伯夷操，事殷不事周。我实唐士庶，食唐之田畴。我闻天子忆，安敢专自由。来为谏大夫，朝夕侍冕旒[8]。希夷惇薄俗，密勿献良筹[9]。神医不言术，人瘼曾暗瘳[10]。月请谏官俸，诸弟相对谋。皆曰亲戚外，酒散目前愁。公云不有尔，安得此嘉猷。施余尽酤酒，客来相献酬。日旰[11]不谋食，春深仍弊裘。人心良戚戚，我乐独油油[12]。贞元岁云暮，朝有曲如钩。风波势奔蹙，日月光绸缪。齿牙属为猾，禾黍暗生蟊[13]。岂无司言者[14]，肉食吞其喉。岂无司搏者，利柄扼其鞲[15]。鼻复势气塞，不得辩薰莸[16]。公虽未显谏，惴惴如患瘤。飞章八九上，皆若珠暗投。炎炎日将炽，积燎无人抽。公乃帅其属，决谏同报仇。延英殿[17]门外，叩阁仍叩头。且曰事不止，臣谏誓不休。上知不可遏，命以美语酬。降官司成署[18]，俾之为赘疣。奸心不快活，击刺砺戈矛。终为道州去，天道竟悠悠。遂令不言者，反以言为訧[19]。喉舌坐成木，鹰鹯化为鸠[20]。避权如避虎，冠豸[21]如冠猴。平生附我者，诗人称好逑。私来一执手，恐若坠诸沟。送我不出户，决[22]我不回眸。唯有太学生，各具粮与糇[23]。咸言公去矣，我亦去荒陬[24]。公与诸生别，步步驻行驺[25]。有生不可诀，行行过闽瓯[26]。为师得如此，得为贤者不。道州闻公来，鼓舞歌且讴。昔公居夏邑，狎人如狎鸥。况自为刺史，岂复援鼓桴[27]。滋章[28]一时罢，教化天下遒。炎瘴不得老，英华忽已秋。有鸟哭杨震，无儿悲邓攸。[29]唯余门弟子，列树松与楸。今来过此驿，若吊汨罗洲。辞曹讳羊祜[30]，此驿何不侔。我愿避公讳，名为避贤邮。此名有深意，蔽贤天所尤。吾闻玄元教，日月冥九幽[31]。幽阴蔽翳者，永为幽阴囚。[32]

【题解】

阳城(736—805)，字亢宗，祖籍定州北平(今河北定县)人。进士及第后，隐居中条山。李泌为宰相时，拜为谏议大夫，日惟饮酒，不肯多言朝事。韩愈曾作《诤臣论》予以批评。贞元十一年，裴延龄诬逐陆贽、张滂、李充等人，阳城伏阁上疏力劾裴延龄，陆贽从而得免。后出刺道州，有善政，甚得民心。《旧唐书》卷一九二、《新唐书》卷二〇七有传。道州治所在营道县(今湖南道县)。阳城驿，在今陕西商南东陕、豫交界处。

此诗作于元和五年(810)自长安赴江陵途中。作者因过此驿而忆及同名的阳城其人其事，由人及己，多所感慕。后来，杜牧写过一首《商山富水驿》(驿本名与阳谏议同姓名因此改为富水驿)：

> 益戆由来未觉贤，终须南去吊湘山。当时物议朱云小，后代声华白日悬。邪佞每思当面唾，清贫长欠一杯钱。驿名不合轻移改，留警朝天者惕然。

表达的也是对忠直之士的景仰之情，可以参读。

【注释】

①曾闵：曾参、闵损的并称。

②衾裯(chóu)：卧具。

③翕习：《文选》吕延济注："翕习，威盛貌。"

④波荐：原作“数万”，据蜀本、卢本、杨本、《全诗》改。

⑤“不异”句：蜀本作“天骥与天虬”，卢本、《全诗》、清钱谦益所录校文（简称钱校，下同）作“不异旱地虬”，杨本作“天异旱地虬”，马本、《类苑》、胡本作“天异呈天虬”。

⑥“束帛”句：束帛，古代聘问、馈赠礼物。《周礼》贾公彦疏：“束者十端，每端丈八尺，皆两端合卷，总为五匹，故云束帛也。”藉，古代祭祀朝聘时陈列礼品的垫物。

⑦“驷马”句：驷马高车为尊贵者之所乘。辀（zhōu），车辕，代指车。

⑧“来为”二句：谏大夫，即谏议大夫，为清望之官。冕旒（liú），古代天子及士大夫以上的礼冠，后专指皇帝之冠，此借指皇帝。

⑨“希夷”二句：希夷，谓清静无为，纯任自然。《老子》：“视之不见名曰夷，听之不闻名曰希。”惇（dūn），劝勉。密勿，机密。

⑩“人瘼（mò）”句：瘼，疾苦。瘳（chōu），病愈。《说文》：“瘳，疾愈也。”

⑪旰（gàn）：原作“吁”，据蜀本、杨本、《类苑》、《全诗》改。《说文》：“旰，晚也。”

⑫油油：悠然自得貌。

⑬蟊：吃苗根的害虫。《尔雅》：“食根，蟊。”

⑭司言者：指谏议大夫等司谏诤的官吏。

⑮“岂无”二句：司搏者，指御史台等属官。司搏，伺机捕捉。其，原作“如”，据《全诗》、校宋明嘉靖刊本《唐文粹》（简称《文粹》，下同）、钱校改。鞲，革制臂套。

⑯薰莸（yóu）：《左传》杜预注：“薰，香草；莸，臭草。”喻善与恶。

⑰延英殿：唐代宫殿名，在延英门内。

⑱司成署：国子监的别称。

⑲訧（yóu）：通“尤”，过失。《说文》：“訧，罪也。”

⑳“喉舌”二句：“喉舌”句，谓讽谏者避祸不言，犹如木偶。鹰鹯（zhān），比喻忠勇之士，而化为鸠，则变为无所作为的懦夫了。

㉑冠豸：即戴豸冠。豸冠，即獬豸冠，古代御史所服。

㉒决：通“诀”，《史记》司马贞《索隐》：“决者，别也。”

㉓糇（hóu）：《广韵》：“糇，干食。”

㉔荒陬(zōu):荒僻之地。

㉕行驺(zōu):车马。

㉖闽瓯:闽,古种族名,生活于今浙江南部与福建一带,后因称福建为闽。瓯,古地名,在今浙江温州一带,后为温州之别称。

㉗鼓桴(fú):鼓槌。全句谓阳城与民休息,教化为先。

㉘滋章:繁苛的法令。

㉙"有鸟"二句:据《后汉书》,杨震以忠遭忌,免官自尽。传说死时有大鸟飞临丧典,悲鸣落泪。据《晋书》,邓攸逃亡之中弃子全侄,后竟无子嗣。时人哀之。

㉚"辞曹"句:辞,原作"祠",据卢本、《晋书·羊祜传》改。羊祜镇荆州,抚士卒,惠百姓。卒后,荆人尊之,避其名讳,屋室皆以门为称,户曹改为辞曹。

㉛"吾闻"二句:玄元教,即道教。九幽,九泉之下。

㉜"幽阴"二句:谓蔽贤者将久沉深渊,永世为幽界囚徒。后一个"阴"字,《全诗》、《文粹》、钱校作"翳"。

【辑评】

宋葛立芳《韵语阳秋》卷七:"阳城德行道义,为士林之所敬服。德宗以银印赤绂,起于隐所,骤拜谏官,可谓贤且遇矣。故学生闻道州之贬,投业而叫阍,贤士怆驿名之同,摛辞而颂德,可以知其贤不诬也。然韩退之《诤臣论》乃极口贬之,何哉?其言曰:'今阳子实一匹夫,在谏位不为不久,而未尝一言及于政。视政之得失,若越人之视秦人之肥瘠。问其官,则曰谏议也。问其政,则曰我不知也。有道之士固如是乎?'考之本传,以谓他谏官论事苛细,帝厌苦。城寖闻得失且熟,犹未肯言。客屡谏之,第醉以酒而不答,盖其意有所待也。至德宗逐陆贽,欲相裴延龄,而城伏蒲之疏始上。廷争恳至,累日不解。故元微之诗云云。而白乐天亦云:'阳城为谏议,以正事其君。其手如屈轶,举必指佞臣。卒使不仁者,不得秉国钧。'柳子厚亦云:'抗志厉义,直道是陈。'盖退之《诤论》乃在止裴延龄为相之前,而三子颂美之言乃在阳城极谏之后尔。"

苦雨

江瘴气候恶，庭空田地芜。烦昏一日内，阴暗三四殊。巢燕污床席，苍蝇点肌肤。不足生诟怒，但苦寡欢娱。夜来稍清晏，放体阶前呼[①]。未饱风月思，已为蚊蚋[②]图。我受簪组身，我生天地炉[③]。炎蒸安敢倦，虫豸何时无。凌晨坐堂庑，努力泥中趋。官家事不了，尤悔亦可虞。门外竹桥折，马惊不敢逾。回头命僮御，向我色踟蹰。自顾方濩落，安能相诘诛。[④]隐忍心愤恨，翻为声煦愉。逡巡崔嵬日，杲曜[⑤]东南隅。已复云蔽翳，不使及泥涂。良农尽蒲苇，厚地积潢污。三光不得照，万物何由苏。安得飞廉车，磔裂云将躯。[⑥]又提旄阳剑，蛟螭支节屠。[⑦]阴沴[⑧]皆电扫，幽妖亦雷驱。煌煌启阊阖，轧轧掉干枢[⑨]。东西生日月，昼夜如转珠。百川朝巨海，六龙[⑩]蹋亨衢。此意倍寥廓，时来本须臾。今也泥鸿洞[⑪]，鼋鼍真得途。

【题解】

雨久曰苦。此诗元和五年至九年(814)作于江陵。诗写“自顾方濩落”的作者面对“江瘴气候恶，庭空田地芜”的执事环境，既担忧“官家事”，更希望能够有所作为。

在唐宋诗人笔下，“苦雨”几乎成为了一个特定的文化符码，既外化心境，又隐含无奈。如李白《玉真公主别馆苦雨赠卫尉张卿二首》其二曰：“苦雨思白日，浮云何由卷。”白居易《霖雨苦多江湖暴涨块然独望因题北亭》有云：“自作浔阳客，无如苦雨何。”苏轼《寒食雨二首》其一则说：“今年又苦雨，两月秋萧瑟。”与元稹所作一样，都是经由自然现象而至于精神层面，不断拓展并丰富其内涵的结果。悠悠千载之下，“苦雨斋老人”周作人更是将

“苦雨”这一意象的深沉意味推向了极致。

【注释】

①呼：打鼾。

②蚊蚋（ruì）：即蚊子。蚋，蚊类昆虫。

③天地炉：《庄子·大宗师》：“今一以天地为大炉，以造化为大冶。”

④“自顾”二句：濩（hù）落，亦作“瓠落”，引申为不合时宜，落魄失意。诘诛，诘问其过，加以惩治。

⑤杲（gǎo）曜：日光明亮貌。

⑥“安得”二句：飞廉，风神，一说能致风之神禽名。磔（zhé）裂，古代车裂人体的酷刑。云将，寓言中云之主将。

⑦“又提”二句：蜀郡旌阳令许逊以神剑斩蛟等事，详《朝野佥载》卷三。旌，原作“精”，据胡本改。

⑧阴沴：天地四时阴气不和而产生的灾难。

⑨干枢：天之中轴。古人认为天体运行如车之有干轴，故云。

⑩六龙：传说中六龙为日神驾车。

⑪鸿洞：同“澒洞”，绵延弥漫貌，此状水势之盛。

种　竹

并序

昔乐天赠予诗云：“无波古井水，有节秋竹竿。”予秋来种竹厅下，因而有怀，聊书十韵。

昔公怜我[①]直，比之秋竹竿。秋来苦相忆，种竹厅前看。失地颜色改，伤根枝叶残。清风犹淅淅，高节空团团。鸣蝉聒暮景，跳蛙集幽栏。尘土复昼夜，梢云良独难。丹丘[②]信云远，安得临仙坛。瘴江[③]冬草绿，何人惊岁寒。可怜亭亭干，一一青琅玕[④]。孤凤竟不至[⑤]，坐伤时节阑。

【题解】

此诗元和五年(810)作于江陵。作者秋来忆友,种竹厅前,有怀而作,卒章显志。所感慨者,乃在诗人虽以竹之高节自喻,但无奈“孤凤竟不至”,唯有“坐伤时节阑”。所依韵之白居易原唱《赠元稹》,末云“所合在方寸,心源无异端”,可见二人相知之深,也可与白氏另一首《酬元九对新栽竹有怀见寄》中“吟我赠君诗,对之心恻恻”之意相通。后来,苏轼《临江仙》(一别都门三改火)中的“无波真古井,有节是秋筠”,即承元白诗而来,而改“竿”为“筠”,被认为“遂觉差逊”(袁文《瓮牖闲评》)。

【注释】

①我:原作“有”,据卢本、《全诗》、钱校改。

②丹丘:传说中神仙所居之处。《楚辞》王逸注:“丹丘,昼夜常明也。”

③瘴江:《文粹》、钱校作“沿瘴”。

④琅玕(gān):传说中的仙树,此处借以形容竹色青翠。

⑤“孤凤”句:传说凤凰非梧桐不栖,非练食(竹实)不食。

和乐天赠樊著作

君为著作诗,志激词且温。璨然光扬者,皆以义烈闻。千虑竟一失,冰玉不断痕。谬予顽不肖,列在数子间。因君讥史氏,我亦能具陈。羲黄眇云远,载籍无遗文。煌煌二帝道,铺设在典坟。尧心惟舜会,因著为话言。皋夔益稷禹,粗得无间然。[1]缅然千载后,后圣曰孔宣[2]。迥知皇王意,缀书为百篇[3]。是时游夏辈,不敢措舌端。信哉作遗训,职在圣与贤。如何至近古,史氏为闲官。但令识字者,窃弄刀笔权。由心书曲直,不使当世观。贻之千万代,疑信[4]相并传。人人异所见,各各私所偏。以是曰褒贬,不如都无焉。况乃丈夫志,用舍贵当年。顾予有微尚,愿以出处[5]论。出非利吾己,其出贵道全。全道岂虚设，道全当及人。全则富与寿，亏则饥与寒。遂我一身逸，不如万物安。解悬不泽手，拯溺无折旋。神哉伊尹心⑥，可以冠古先。其次有独善，善己不善民。天地为一物，死生为一源。合杂分万变，忽若风中尘。抗哉巢由志，尧舜不可迁。舍此二者外，安用名为宾⑦。持谢著书郎，愚不愿有云。

【题解】

樊著作，即樊宗师(766？—824)，字绍述，南阳人。元和三年擢军谋宏远科，授著作佐郎。《新唐书》卷一五九其父樊泽传附。此诗元和五年(810)作于江陵。白居易原唱《赠樊著作》为元和四年所作，诗中有云：

> 元稹为御史，以直立其身，其心如肺石，动必达穷民。东川八十家，冤愤一言伸……君为著作郎，职废志空存。虽有良史才，直笔无所申。何不自著书，实录彼善人。编为一家言，以备史阙文。

高度赞扬元稹在东川的作为，劝樊著作不妨把像元稹这样为百姓们做过善事的人的业绩记录下来，并认为这些记载将会成为一家之言，可以对正史起到补苴罅漏的功用。元稹读了白居易的诗以后，心中很是不安，觉得友人称赞得有些过分了，于是和作了这一首，表明自己的态度，共勉兼以自砺：只要“兼济天下”，不愿“独善其身”；解民于倒悬，拯民于水火，不顾自身安逸和妻女幸福；为君执法，为民申冤，不愿名标史书，流芳百世。这些想法和做法，都确实是值得大力表彰的。

【注释】

①“皋夔”二句：皋陶，虞舜的司法官。夔，虞舜的典乐官。益，即伯益，佐禹治水有功，禹欲让位于益，益避居箕山。稷，即后稷，虞舜时的农官。禹，虞舜的治水官。《论语·泰伯》：“舜有五人而天下治。”间然，非议，异议。

②孔宣：即孔宣父，古代对孔丘的尊称。

③百篇：《尚书》的代称。

④信：原作“言”，据蜀本、卢本、杨本改。

⑤出处：出仕与退隐。《易·系辞上》："君子之道，或出或处，或默或语。"

⑥伊尹心：兼济天下之心。伊尹名挚，又名阿衡，说商汤以王道，被委以国政，佐汤为相。详《史记·殷本纪》。

⑦"安用"句：不图虚名。名为宾，《庄子·逍遥游》："名者，实之宾也，吾将为宾乎？"成玄英疏："然实以生名，名从实起，实则是内是主，名便是外是宾。"

和乐天感鹤

我有所爱鹤，毛羽霜雪妍。秋望一滴露，声洞林外天。①自随卫侯去，遂入大夫轩。②云貌久已隔，玉音无复传。吟君感鹤操，不觉心惕然。无乃予所爱，误为微物迁。因兹谕直质，未免柔细牵。君看孤松树，左右萝茑③缠。既可习为鲍，亦可薰为荃。④期君常善救，勿令终弃捐。

【题解】

此诗元和五年（810）作于江陵。白居易原唱为《感鹤》，是讥刺那些只求温饱，胸无大志之辈，认为这种人必然会被别人牵着鼻子走，无法坚持操守，所谓"物心不可知，天性有时迁。一饱尚如此，况乘大夫轩"。言下之意，白居易自己绝不愿成为这样的人。元稹所作同样离合于鹤、人之间，但与白居易诗中表现出的在处世上宁折勿弯，不能有一点随和相比，想法颇有差异。他认为，读了友人的诗以后，确实能使自己有所警惕。可是，人生在世，一味的清直孤高是行不通的，总不免要为各种生活上的事务所纠缠，只要善于处理，甚至可以化害为利，而不必采取硬性的决裂或抛弃的态度："期君常善救，勿令终弃捐。"日后，元稹的确基本上就是这样做的。

【注释】

①"秋望"二句：望，《全诗》、钱校作"霄"。洞，《全诗》、钱校作"闻"。

②“自随”二句：《左传·闵公二年》：“狄人伐卫。卫懿公好鹤，鹤有乘轩者。将战，国人受甲者皆曰：‘使鹤，鹤实有禄位，余焉能战。’……卫师败绩。”

③茑(niǎo)：常绿寄生灌木名。

④“既可”二句：谓人性之化，在于游习。《大戴礼记·曾子疾病》：“与君子游，苾乎如入兰芷之室，久而不闻，则与之化矣；与小人游，腻乎如入鲍鱼之次，久而不闻，则与之化矣。”鲍鱼，盐渍鱼，其气腥臭。荃，香草名，即菖蒲。鲍，原作“饱”，据清何焯校记(简称何校，下同)改；蜀本、卢本作“匏”。

谕宝二首

沉玉在弱泥，泥弱玉易沉。扶桑[1]寒日薄，不照万丈心。安得潜渊虬，拔壑超邓林[2]。泥封[3]泰山址，水散旱天霖。洗此泥下玉，照耀台殿深。刻为传国宝[4]，神器人不侵。

冰置白玉壶，始见清皎洁。珠穿殷红缕，始见明洞彻。镆铘[5]无人淬，两刃幽壤铁。秦镜[6]无人拭，一片埋雾月。骥踊环堵中[7]，骨附筋入节。虬蟠尺泽内，鱼贯蛙同穴。艅艎[8]无巨海，浮浮矜瀼滈[9]。栋梁无广厦，颠倒卧霜雪。大鹏无长空，举翮受羁绁[10]。豫樟无厚地，危柢真卼臲。[11]圭璧无卞和，甘与顽石列。舜禹无陶尧，名随腐草灭。神功伏神物，神物神乃别。神人[12]不世出，所以神功绝。神物岂徒然，用之有[13]施设。禹功九州理，舜德天下悦。璧用充传玺，圭用祈太折。[14]千寻豫樟干，九万大鹏歇。栋梁庇生民，艅艎济来哲。虬腾旱天雨，骥骋流电掣。镜悬奸胆露，剑拂妖蛇裂。珠生照乘光[15]，冰莹环坐热。此物比在泥，斯言为谁发。于[16]今尽凡耳，不为君不说[17]。

【题解】

此诗元和五年至九年(814)作于江陵。全篇关于宝物的论议,分四个方面,大抵分合有致:一是宝物需要呵护,二是宝物需要赏识,三是只有“神人”才能掌握好宝物,四是宝物要对生民有用。从诗末四句“此物比在泥”云云,以及上述物与物、人与物之间发生关联的过程,又都颇可以借助于佛家因缘和合之说加以解释的情况来看,作者借与可能是虚拟的非“凡”之人讨论跟宝物相关的问题,由物及人,以人喻物,其中的每一个要点,也许都有相当明显的现实针对性。如“镆铘无人淬,两刃幽壤铁”,说的也可以是贤才有待使用和锻炼的问题;“秦镜无人拭,一片埋雾月”,是说贤才常常被埋没,又不无不平之愤;“圭璧无卞和,甘与顽石列”,则是说大凡宝物被认识,也需要一定条件的道理。

【注释】

①扶桑:日出之处。

②邓林:古代传说中的树林。《山海经》:“夸父与日逐走,入日,渴,欲得饮,饮于河渭,河渭不足,北饮大泽。未至,道渴而死。弃其杖,化为邓林。”喻荟萃之所。

③泥封:古代帝王封禅时所用的玉牒有玉检、石检,检用金缕缠住,用水银和金屑泥封。

④传国宝:即传国玺。武则天时一度改称传国宝。

⑤镆铘(mò yé):亦作“莫邪”,此泛指宝剑。

⑥秦镜:传说秦始皇有镜,能照见人心之善恶。

⑦“骥跼(jú)”句:跼,局限于。环堵,四周环着每面一丈见方之土墙,形容空间狭小。

⑧艅艎(yú huáng):船名,此泛指大船。

⑨瀎潏(miè jué):《文选》刘良注:“没滑瀎潏,疾流之貌。”

⑩羁绁(xiè):羁束犬马之具,马曰羁,犬曰绁。比喻行动受牵制。

⑪“豫樟”二句:豫樟,亦作“豫章”,枕木与樟木的并称。此喻栋梁之材。卼臲(wù niè),动摇不安貌。

⑫神人:蜀本、杨本、《类苑》作“人神”。

⑬有:原作“乃”,据蜀本、卢本、杨本改。

⑭“璧用”二句:“璧用”句,《全诗》、钱校作“璧充传国玺”,董本、马本作“璧国充传玺”,《类苑》作“璧宝充传玺”;蜀本、卢本“用”作“固”,杨本“用”阙。祈太折,谓供封禅泰山所用。《礼记》郑玄注:“坛、折,封土为祭处也。”

⑮“珠生”句:相传古代有照乘珠,能照亮车乘前后。

⑯于:蜀本、卢本、杨本作“凡”。

⑰不说:原作“陈说”,据蜀本、卢本、《全诗》改。

说　剑

吾友有宝剑,密之如密友。我实胶漆交,中堂共杯酒。酒酣肝胆露,恨不眼前剖。高唱荆卿歌,乱击相如缶。更击复更唱,更酌①亦更寿。白虹坐上飞,青蛇匣中吼。②我闻音响异,疑是干将偶。为君再拜言,神物可见不。君言我所重,我自为君取。迎箧已焚香,近鞘先泽手。徐抽寸寸刃,渐屈弯弯肘。杀杀霜在锋,团团月临纽。③逡巡潜虬跃,郁律④惊左右。霆电满室光,蛟龙绕身⑤走。我为⑥捧之泣,此剑别来久。铸时堇山⑦破,藏在松桂朽。幽匣狱中埋⑧,神人水心守。本是稽泥淬,果非雷焕有⑨。我欲评剑功,愿君良听受。剑可剸犀兕⑩,剑可切琼玖⑪。剑决天外云,剑冲日中斗。剑隳⑫妖蛇腹,剑拂佞臣首。太古初断鳌,武王亲击纣。燕丹卷地图,陈平绾花绶。曾被桂树枝,寒光射林薮⑬。曾经铸农器,利用剪稂莠⑭。神物终变化,复为龙牝牡⑮。晋末武库烧,脱然排户牖。为欲扫群胡,散作弥天帚。自兹失所往,豪英共为诟(音苟)。⑯今复谁人铸,挺然千载后。既非古风胡,无乃近鸦九。⑰自我与君游,平生益自负。况擎宝剑出,重以雄心扣。此剑何太奇，此心何太厚。劝君慎所用[18]，所用无或苟。潜将辟魑魅[19]，勿但防[20]妾妇。留斩泓下蛟，莫试街中狗。君今困泥滓，我亦坌[21]尘垢。俗耳惊大言，逢人少开口。

【题解】

此诗元和五年至九年(814)作于江陵。诗人热情赞扬“宝剑”，显然不仅仅是对“干将”的喜爱，而是有所政治寄托，并且清楚地表露了“潜将辟魑魅，勿但防妾妇。留斩泓下蛟，莫试街中狗”的政治期待和决心。不过，作者既言“自我与君游，平生益自负”，又言“劝君慎所用，所用无或苟”，最后却说“君今困泥滓，我亦坌尘垢。俗耳惊大言，逢人少开口”，不免透漏出些许不被理解、认同的苦恼，借咏剑以浇胸中块垒。在这里，说剑即是说你说我。

白居易也写过一首《鸦九剑》。陈寅恪《元白诗笺证稿》认为，白诗不能与元稹此篇无关，但二者的主旨颇有不同，录以参阅：

> 乐天诗云：“欧冶子死千年后，精灵暗授张鸦九。鸦九铸剑吴山中，天与日时神借功。”盖“欧冶子死千年”者，喻周衰秦兴六义始刓，迄于乐天之时约有千年之久也。“张鸦九”者，乐天所以自喻。“鸦九铸剑”者，乐天以喻其作新乐府欲扶起诗道之崩坏也。是取《鸦九剑》为题，即指《新乐府》之作而言，亦可以推见矣。故此篇小序所云“思决壅也”，结语所云“不如持我决浮云，无令漫漫蔽白日。为君使无私之光及万物，蛰虫昭苏萌草出”，实不仅为此篇之主旨，《新乐府五十首》之作，其全部旨意亦在于斯。由此观之，乐天此篇之作，乃总括叙述其前此四十八篇之主旨者也……盖乐天此篇以鸦九之剑，乐天自身及其新乐府作品融而为一，诚可谓物我两忘，主宾俱泯矣。

【注释】

①酌：原作“舞”，据蜀本、卢本、杨本、《全诗》改。

②“白虹”二句：白虹、青蛇，宝剑名。

③“杀杀”二句：杀杀，刀剑寒光四射貌。纽，剑柄上用以悬系饰物的

襻纽。

④郁律：屈曲夭矫貌。

⑤绕身：原作“逐奋”，据蜀本、卢本、杨本、《全诗》改。

⑥“我为”句：董本、马本、《类苑》、胡本作“何人为铸之”。

⑦堇山：在今浙江绍兴境内。

⑧“幽匣”句：匣，原作“质”，据蜀本、卢本、杨本、《全诗》改；中，卢本、杨本、《全诗》作“底”，蜀本作“边”。

⑨“本是”二句：是，蜀本、卢本、《文粹》作“用”。焕，原作“涣”，据蜀本、卢本、《全诗》改。

⑩“剑可”句：剸（tuán），割断，截断。兕（sì），古代犀牛类动物，一说即雄犀牛。

⑪琼玖：《诗》毛传：“琼、玖，玉名。”

⑫隳（huī）：毁坏。

⑬薮：卢本、《文粹》、钱校作“莽”，卢校“‘莽’有某音，自叶”。

⑭稂（láng）莠：泛指对禾苗有害的杂草。

⑮牝（pìn）牡：鸟兽的雌性与雄性。

⑯“自兹”二句：往，卢本作“在”。诟，《玉篇》：“诟，耻辱也。”

⑰“既非”二句：风胡，亦称“风壶”，春秋楚人，精于铸剑、识剑。鸦九，张姓，唐人，善铸剑。

⑱用：原作“宝”，据卢本、《全诗》、《文粹》、钱校改。

⑲魑（chī）魅：《左传》杜预注：“魑魅，山林异气所生，为人害者。”

⑳防：原作“惊”，据蜀本、卢本、杨本、《全诗》作改。

㉑坌（bèn）：粘积。

书　异

孟冬初寒月，渚泽蒲尚青。飘萧北风起，皓雪纷满庭。行过冬至后，冻闭万物零。奔浑驰暴雨，骤鼓轰[1]雷霆。传云不终日，通宵[②]曾莫停。瘴云愁拂地，急霤[③]疑注瓶。汹涌潢潦[④]浊，喷薄鲸鲵腥。跳趫[⑤]井蛙喜，突兀水怪形。飞蚋奔不[⑥]死，修蛇蛰再醒。应龙非时出，无乃岁不宁。吾闻阴阳户，启闭各有扃。后时无肃杀，废职乃玄冥。[⑦]座配五天帝，荐用百品珍。[⑧]权为祝融夺，神其焉得灵。[⑨]春秋雷电异，则必书诸经。仲冬雷雨苦，愿省蒙蔽刑。

【题解】

此诗元和五年至九年(814)作于江陵。古人认为，自然界的灾变乃是上天对人的警告，与人事之当否密切相关，执政者宜有所敬畏，自省政令得失，并及时补救。篇末四句“春秋雷电异”云云，正是这一古老思想的艺术表达，当有一定的现实针对性。

【注释】

①鼓轰：蜀本、卢本作“若随”。

②宵：蜀本、卢本作“夕”。

③霤(liū)：《玉篇》：“霤，雨屋水流下也。”

④潢潦：《文选》张铣注：“潢潦，雨水流于地者。”

⑤跳趫(qiáo)：跳跃。

⑥不：蜀本、卢本作“未”。

⑦“后时”二句：后时，失时。玄冥，古代传说中的冬神、水神。

⑧“座配”二句：五天帝，五方之帝。《周礼注疏删翼》卷一二：“王氏曰：帝即《易》‘帝出乎震’之帝，所以主乎元气，革而为五：春青、夏赤、夏季黄、秋白、冬黑，是为五天帝。”珍，蜀本、卢本作“馨”。

⑨“权为”二句：祝融，古代传说中的夏神、火神。焉，蜀本、卢本作“安”。

和乐天折剑头

闻君得折剑，一片雄心起。讵意铁蛟龙，潜在延津水。[①]

风云会一合，呼吸期万里。雷震[2]山岳碎，电斩鲸鲵死。莫但宝剑头，剑头非此比。

【题解】

此诗元和五年(810)之前作。白居易原唱《折剑头》末云："勿轻直折剑，犹胜曲全钩。"是说不要轻视那折断了的直剑，它比弯曲的全钩还要强硬。不和韵的元稹"和"诗，末二句"莫但宝剑头，剑头非此比"为一篇之旨，也是说尽管它遭受了严重的挫折，但不要不珍惜断剑而不用，一般所宝贵的剑头其实还比不上它。和作与原唱的刚直个性与气质遥相呼应，具体创作思路固然不尽相同，但都同样抒发了锄奸除恶的满怀"雄心"壮志，表现出宁折不弯、不折不挠的精神和信念。

【注释】

①"讵意"二句：延津，即延平津，在今福建南平东南。意，蜀本、杨本、马本、董本、季本作"忆"。

②震：蜀本、卢本作"迸"。

松　鹤

渚宫[1]本坳下，佛庙有台阁。台下三四松，低昂势前却。是时晴景丽，松梢残雪薄。日色相玲珑，纤云映罗幕。逡巡九霄外，似振风中铎。渐见尺帛光，孤飞唳空鹤。徘徊耀霜雪，顾慕[2]下寥廓。蹋动樛盘枝，龙蛇互跳跃。俯瞰九江水，旁瞻万里壑。无心眄乌鸢，有字悲城郭。[3]清角已沉绝，虞韶亦冥寞。[4]骞翻勿重留，幸及钧天作。[5]

【题解】

此诗元和五年至九年(814)作于江陵。诗写一只原本逡巡于九霄云外的鹤，“孤飞唳空”而来，令人耳目一新——声若风中振铃般清脆，羽如丝绸的光泽一样悦目，借以抒发一种心理上的清旷感，以及蕴含在这一形象中的精神气质。诗末“清角已沉绝”四句，写人间虞韵清角已绝，愿这只内心高洁的孤鹤回归钧天，就是这种离世远尘的精神的寄托，兼以自喻。

【注释】

①渚宫：春秋楚国的别宫，故址在今湖北江陵境内。此代指江陵。

②顾慕：声音停住不散貌。

③“无心”二句：眄（miǎn），斜视。“有字”句，《艺文类聚》卷九〇引《列仙传》：“苏耽去后，忽有白鹤十数只，夜集郡东门楼上，一只口画作书字，言曰：‘城郭是，人民非，三百甲子当复归。’咸谓是耽。”

④“清角”二句：清角，《文选》李善注：“《激征》、《清角》，皆雅曲名。”虞韶，虞舜时的乐曲名。

⑤“骞翻”二句：骞翻，飞举，高翔。骞，《全诗》、胡本、卢校作“鶱”。钧天，钧天广乐之省。后因指天上的音乐。

竞　渡

吾观竞舟子，因测大竞源。天地昔将竞，蓬勃昼夜昏。龙蛇相嗔薄，海岱俱崩奔。[①]群动皆搅挠，化作流浑浑。数极斗心息，大和蒸混元[②]。一气忽为二，矗然画乾坤。日月复照耀，春秋递寒温。八荒坦以旷，万物罗以繁。圣人中间立，理世了不烦。延绵复几岁，逮及羲与轩。炎皇炽如炭，蚩尤[③]扇其燔。有熊[④]竞心起，驱兽出林樊。一战波委焰，再战火燎原。战讫天下定，号之为轩辕。自是岂无竞，琐细不复言。其次有龙竞，竞渡龙之门[⑤]。龙门浚如泻，潨射[⑥]不可援。赤鳞化时至，唐突鳍鬣掀。乘风瞥然去，万里黄河翻。接瞬电烻出[⑦]，微吟霹雳喧。傍瞻旷宇宙，俯瞰卑昆仑。庶类咸在下，九霄行易扪。倏辞蛙黾穴，遽排天帝阍。[8]回悲曝鳃者[9]，未免鲸鲵吞。帝命泽诸夏，不弃虫与昆。随时布膏露，称物施厚恩。草木沾我润，豚鱼望我蕃。向来同竞辈，岂料由我存。壮哉龙竞渡，一竞身独尊。舍此皆蚁斗，竞舟何足论。

【题解】

此诗元和五年至九年(814)作于江陵。与作者另外的一首《竞舟》一道，堪称唐诗中写竞渡篇幅最长、用力最大的两首诗。此首连用原始战争场景来比喻龙舟竞技的非凡气势，充分表现出硬派竞技的风貌，而不是休闲娱乐的意味，篇末所蕴含的万类竞争之意，也因此而具有一种崇高感和使命感。这种写法，与《竞舟》力求真切可感的实笔叙写之法不同。刘禹锡也写过一首《竞渡曲》，开篇云："沅江五月平堤流，邑人相将浮彩舟。灵均何年歌已矣，哀谣振楫从此起。杨桴击节雷阗阗，乱流齐进声轰然。"由屈原而联想到自己的命运，抒发贬谪伤感之情，又是一种写法。

【注释】

①"龙蛇"二句：嗔薄，忿怒搏击。嗔，通"瞋"。薄，搏击。海岱，今山东渤海至泰山之间之地区。崩奔，杜甫《阆州东楼筵奉送十一舅往青城》仇兆鳌注："山下堕曰崩，水急流曰奔。"

②"大和"句：大和，一作"太和"，天地间阴阳会合冲和之气。混元，天地之元气，此指天地。

③蚩(chī)尤：古代神话传说中东方九黎族之首领。

④有熊：黄帝之国号。此借指黄帝。

⑤龙之门：即龙门，在今陕西韩城与山西河津之间。黄河至此，两岸峭壁对峙，形如门阙，故云。

⑥漴(chóng)射：瀑布下泄貌。

⑦"接瞬"句：接瞬，眨眼之间。电烻(yàn)，闪电。烻，《集韵》："烻，光也。"

⑧"倏辞"二句：蛙黾(miǎn)，即蛙。古人认为蛙与鱼同穴。天帝阍

(hūn)，天宫之门。阖，门。

⑨曝鳃者：指未登上龙门而化龙之鱼。《后汉书》刘昭注引《交州记》："有堤防龙门，水深百寻，大鱼登此门化为龙，不得过，曝鳃点额，血流此水，恒如丹池。"

寺院新竹

宝地琉璃坼[1]，紫苞琅玕踊。亭亭巧于削，一一大如拱。冰碧林外寒，峰峦眼前耸。槎枒矛戟合，屹仡龙蛇动。[2]烟泛翠光流，岁余霜彩重。风朝竽籁过，雨夜鬼神恐。佳色有鲜妍，修茎无臃肿。节高迷玉镞，箨[3]缀疑花捧。讵必太山根，本自仙坛种。谁令植幽壤，复此依闲冗。居然霄汉姿，坐受藩篱壅。噪集倦鸱乌，炎昏繁蠛蠓[4]。未遭伶伦听，非安子猷宠。[5]威凤来有时，虚[6]心岂无奉。

【题解】

此诗元和五年至九年(814)作于江陵。全诗紧扣题面，吟咏寺院新竹，于篇末"威凤来有时，虚心岂无奉"二句始稍稍透漏己意，让人意识到所咏不能与作者当时境遇下的志意无关。陆时雍《唐诗镜》卷四六评曰："亦自修耸。"所评亦竹亦人，可谓得其诗心。

【注释】

①琉璃坼(chè)：形容地表如琉璃炸裂般裂开。坼，《说文》："坼，裂也。"又，寺院称琉璃地。

②"槎枒(yā)"二句：槎枒，错杂不齐貌。屹仡(gē)，挺拔雄劲貌。

③箨(tuò)：《集韵》："箨，竹皮也。"

④蠛蠓(miè měng)：蚊类虫名。

⑤"未遭"二句：伶伦，黄帝时的乐官，曾订正乐律。子猷，东晋王徽之

字子猷。

⑥虚：蜀本作“灵”。

酬别致用

风行自委顺，云合非有期。神哉心相见，无朕安得离。我有悬愤志，三十无人知。修身不言命，谋道不择时。达则济亿兆，穷亦济毫厘。济人无大小，誓不空济私。研机[①]未淳熟，与世忽参差。意气一为累，猜仍良已随。昨来窜荆蛮，分与平生隳。那言返为遇，获见心所奇。一见肺肝尽，坦然无滞疑。感念交契定，泪流如断縻[②]。此交定生死，非为论盛衰。此契宗会极，非谓同路岐。君今虎在匣[③]，我亦鹰就羁。驯养保性命，安能奋殊姿。玉色深不变，井水挠不移。相看各年少，未敢深自悲[④]。

【题解】

此诗约元和五年(810)作于江陵。致用，李景俭，贞元十五年登进士第，曾参与“永贞革新”，元和三年贬江陵户曹参军。李景俭原唱已佚。诗写向知己倾诉心曲，末八句“君今虎在匣”云云，为一篇之重。明显可见，原本只要处境稍好，儒家思想就会重新占据上风，兼济之志又会重新显现的元稹，在深知自己处境危殆的情况下，开始逐渐采取一种较为现实的态度，即接受被贬的事实，韬光养晦。于是，元稹贬谪江陵时的思想，已不如前期激进，而是带有较为温和的色彩了。这种变化，客观地反映在了他的作品中，也影响到了他文学创作的发展进程。洞悉友人思想变化的白居易，在为其所写的《墓志铭》中的痛惜之语，正可以参读：

> 予尝悲公始以直躬律人，勤而行之，则坎壈而不偶，谪瘴乡凡十年，发斑白而归来。次以权道济世，变而通之，又龃龉而不安，居相位

仅三月，席不暖而罢去。通介进退，卒不获心。是以法理之用，止于举一职，不布于庶官；仁义之泽，止于惠一方，不周于四海，故公之心不足也。逢时与不逢时同，得位与不得位同，富贵与浮云同，何者？时行而道未行，身遇而心不遇也。

【注释】

①研机：亦作“研几”，穷究精微之理。《易》韩康伯注：“极未形之理则曰深，适动微之会则曰几。”

②断縻(mí)：断绳。

③匣：通“柙”，《说文》：“柙，槛也，以藏虎兕。”

④悲：蜀本、卢本作“非”。

竹　部

石首县界

竹部竹山近，岁伐竹山竹。伐竹岁亦深，深林隔深谷。朝朝冰雪行，夜夜豺狼宿。科首[①]霜断蓬，枯形烧(去声)余木。一束十余茎，千钱百余束。得钱盈千百，得粟盈斗斛。归来不买食，父子分半菽[②]。持此欲何为，官家岁输促。我来荆门掾[③]，寓食公堂肉。岂惟遍妻孥[④]，亦以及僮仆。分尔有限资，饱我无端腹。愧尔不复言，尔生何太蹙。

【题解】

此诗元和九年(814)作于自江陵赴潭州途中。石首县，今属湖北。《元和郡县志·江陵府》：“石首县，本汉南郡华容县地，唐武德四年复置，属荆州，以石首山为名。”诗写竹民在隆冬的深谷中辛辛苦苦地伐竹，“朝朝冰雪行”四句可谓真实写照。但卖竹所得都要充作官府的租税，自己却过着饥寒交迫的生活。诗人由此反躬自检，并对竹民深表同情。全篇直接反映民生疾苦，情感沉挚动人，语言质朴自然。

【注释】

①科首：谓芟除竹梢。科，砍，剪。

②半菽（shū）：半菜半粮，此泛指粗劣的饭食。

③荆门掾（yuàn）：指江陵士曹参军。荆门，荆州，此借指江陵。王维《寄荆州张丞相》赵殿成笺注："唐人多呼荆州为荆门。文人称谓如此，不仅指荆门一山矣。"掾，属官佐贰的统称。

④妻孥（nú）：妻子和儿女。

赛　神

楚俗不事事，巫风事妖神。事妖结妖社，不问疏与亲。年年十月暮，珠稻欲垂新。家家不敛获，赛妖无富贫。杀牛贳[①]官酒，椎鼓集顽民。喧阗[②]里闾隘，凶酗日夜频。岁暮雪霜至，稻珠随陇湮。吏来官税迫，求质倍称缗[③]。贫者日消铄，富亦无仓囷[④]。不谓事神苦，自言诚不真。岳阳贤刺史，念此为俗屯。未可一朝去，俾之为等伦。粗许存习俗，不得呼党人。但许一日泽，不得月与旬。吾闻国侨[⑤]理，三年名乃振。巫风燎原久，未必怜徙薪。我来歌此事，非独歌政仁。此事四邻有，亦欲闻四邻。

【题解】

此诗元和九年（814）作于自江陵赴潭州途中，颂扬地方良吏惠政，彰显儒家民本思想。从另外的角度看，诗中写楚俗巫风之盛，固然表达了诗人对这种愚昧行为的担忧与批判，不过，这一风俗本身，却也在白描般的语言中真切地展现出来了。元稹同时所作，从多个方面写出了楚地特异的民情风俗。

【注释】

①贳（shì）：赊欠。《说文》："贳，贷也。"

②喧阗（tián）：喧闹。

③缗（mín）：成串之铜钱，一千文为一缗。此泛指钱。

④仓囷（qūn）：贮藏粮食之仓库，方形曰仓，圆形曰囷。

⑤国侨：春秋郑国大夫公孙侨，字子产，其父公子发，字子国，遂以父字为氏。

竞　舟

楚俗不爱力，费力为竞舟。买舟俟一竞，竞敛贫者赇。[①]年年四五月，茧实麦小秋[②]。积水堰堤坏，拔秧蒲稗稠。此时集丁壮，习竞南亩头。朝饮村社酒，暮椎邻舍牛。祭船如祭祖，习竞如习雠。连延数十日，作业不复忧。君侯馔良吉[③]，会客陈膳羞。画鹢[④]四来合，大竞长江流。建标明取舍，胜负死生求。一时欢呼罢，三月农事休。岳阳贤刺史，念此为俗疣。习俗难尽去，聊用去其尤。百船不留一，一竞不滞留。自为里中戏[⑤]，我亦不寓游。吾闻管仲教，沐树惩堕游。节此淫竞俗，得为良政不。我来歌此事，非独歌此州。此事数州有，亦欲闻数州。

【题解】

此诗元和九年(814)作于自江陵赴潭州途中。诗写反对因竞舟这样的"楚俗"耽误农时，影响民众生活，主张改革旧俗，为民造福。与上一首热切关怀国计民生的用意完全相同，甚至通篇句法类同，只不过一说赛神，一写竞舟而已。行文中，作者为表达"节此淫竞俗，得为良政不"的观点，以曾辅佐桓公成就霸业的管仲“沐树”之典为比，颇为恰当：

> 桓公问管子曰：“民饥而无食，寒而无衣，应声之正，无以给上。室屋漏而不居，墙垣坏而不筑，为之奈何？”管子对曰：“沐涂树之枝也。”桓公曰：“诺。”令谓左右伯沐涂树之枝。左右伯受沐涂树之枝，阔其年，民被白布，清中而浊，应声之正，有以给上。室屋漏者得居，墙垣坏者得筑。（《管子·轻重》）

所谓“沐树”，即砍除树枝，使无树荫，以使民无游憩之所，各归本业。

【注释】

①“买舟”二句：俟（sì），等待。赇（qiú），带着礼物去求人。《说文》：“赇，载质也。”段玉裁注：“谓载质而往求之偁貣也。质，谓以物相赘。”

②小秋：即将成熟。秋，庄稼成熟。《说文》：“秋，禾谷孰也。”

③“君侯”句：君侯，古代称列侯，唐时称州郡长官等尊贵者。馔（zhuàn），安排食物。

④画鹢（yì）：船的别称。《淮南子》高诱注：“鹢，大鸟也，画其像著船头，故曰鹢首。”

⑤戏：原作“献”，据蜀本、杨本、《全诗》、董本改。

茅　舍

楚俗不理居，居人尽茅舍。茅苫[①]竹梁栋，茅疏竹仍罅。边缘堤岸斜，诘屈檐楹亚。篱落不蔽肩，街衢不容驾。南风五月盛，时雨不来下。竹蠹茅亦干，迎风自焚灺[②]。防虞集邻里，巡警劳昼夜。遗烬一星然，连延祸相嫁。号呼怜谷帛，奔走伐桑柘。[③]旧架已新焚，新茅又初架。前日洪州牧，（韦大夫丹。）念此常嗟讶。牧民未及久，郡邑纷如化。峻邸俨相望，飞甍[④]远相跨。旗亭红粉泥，佛庙青鸳瓦[⑤]。斯事才未终，斯人久云谢。有客自洪来，洪民至今藉。惜其心太亟，作役无容暇。台观亦已多，工徒稍冤咤。我欲他郡长，三时务耕稼。农收次邑居，先室后台榭。启闭[6]既及期，公私亦相借。度材无强略，庀役[7]有定价。不使及僭差[8]，粗得御寒夏。火至殊陈郑，人安极嵩华。谁能继此名，名流袭兰麝。五袴有前闻，斯言我非诈。

【题解】

此诗元和六年至九年(814)作于江陵，主张改善楚地民众的居住条件，因其诚挚之意，而得陆时雍“率而真”(《唐诗镜》卷四六)之评。为表达官吏应以德政惠施于民的观点，跟上一首类似，也于诗末使用了廉范“五袴(kù)”典，期州牧以之为楷模：

建中初，迁蜀郡太守，其俗尚文辩，好相持短长，范每厉以淳厚，不受偷薄之说。成都民物丰盛，邑宇逼侧，旧制禁民夜作，以防火灾，而更相隐蔽，烧者日属。范乃毁削先令，但严使储水而已。百姓为便，乃歌之曰：“廉叔度，来何暮。不禁火，民安作。平生无襦今五袴。”(《后汉书·廉范传》)

【注释】

①茅苫(shān)：编成片状以覆盖屋顶之草席。

②焚灺(xiè)：燃烧。灺，余烬。《说文》：“灺，烛烬也。”灺，蜀本作“化”。

③“号呼”二句：怜，原作“邻”，据蜀本、杨本、董本、马本、《全诗》改。桑柘(zhè)，桑木和柘木。

④飞甍(méng)：甍之两端扬起，有飞举之势，故云。

⑤青鸳瓦：黑色的屋瓦，一俯一仰，如鸳鸯然，故称。瓦，蜀本、杨本、《全诗》下有“去声”。

⑥启闭：古代称立春、立夏为启，立秋、立冬为闭。

⑦庀(pǐ)役：雇用工匠、役夫。

⑧僭(jiàn)差：僭越失度。僭，原作“潜”，据蜀本、杨本、《全诗》、胡本、何校改。

后　湖

荆有泥泞水，在荆之邑郛。[①] 郛前水在后，谓之为后湖。环湖十余里，岁积潢与污。臭腐鱼鳖死，不植菰与蒲[②]。郑公理三载，(严司空绶。)其理用煦愉。岁稔民四至，隘廛亦隘衢。公乃署其地，为民先矢谟。人人傥[③]自为，我亦不庀徒。下里得闻之，各各相俞俞。[④]提携翁及孙，捧戴妇与姑。壮者负砾石，老亦捽茅刍[⑤]。斤磨片片雪，椎隐[⑥]连连珠。朝餐布庭落，夜宿完户枢。邻里近相告，新戚远相呼。鬻者自为鬻，酤[⑦]者自为酤。鸡犬丰中市，人民岐下都。[⑧]百年废滞所，一旦奥浩[⑨]区。我实司水土，得为官事无。人言贱事贵，贵直不贵谀。此实公所小，安用歌袴襦[⑩]。答云潭及广，以至鄂与吴。万里尽泽国，居人皆垫濡。富者不容盖，贫者不庇躯。得不歌此事，以我为楷模。

【题解】

此诗元和八年(813)作于江陵，赞赏严绶改造后湖，使民众安居乐业，所谓“得不歌此事，以我为楷模”。有学者曾指出，元和时期，在激烈的政治斗争中，诗人们多有长期贬谪的经历，加上当时世俗文化空前兴盛，对民俗的关注便与写实思潮形成了渗透与联结，因而各种民俗风情的摄照，实已成为诗坛甚为普遍的创作倾向。如元稹而外，即另有李绅的悯农诗、张祜的江南杂题、刘禹锡居夔州时直接仿民歌之作以及柳宗元在柳州时的田园诗，等等，其创作旨趣及其在文学史上的价值和影响固各有不同，但就对特定民间生活情状的描述，类同一幅幅民俗画卷的意义而言，共同点无疑是显而易见的。

【注释】

①“荆有”二句：荆，蜀本、卢本作“问”，卢校“问，疑是闻”。泥，蜀本、卢本作“湣”。郛，外城。《说文》：“郛，郭也。”

②菰(gū)与蒲：多年生草本植物。

③傥：原作“说”，据蜀本、杨本、董本、《全诗》改。

④“下里”二句：里，蜀本、杨本、董本、马本、《类苑》、胡本、季本作“俚”，似是。俞俞，和乐愉悦貌。《庄子》成玄英疏：“俞俞，从容和乐之貌也。”

⑤“老亦”句：捽(zuó)，拔。刍(chú)，草。

⑥隐：《集韵》：“隐，筑也。”

⑦酤(gū)：卖酒。《说文》：“酤，卖酒也。”此泛指买卖。

⑧“鸡犬”二句：丰，周国都名，在今陕西西安西南。岐，岐山，在今陕西岐山县境，周代曾建都于此。岐与丰皆借指江陵。都，《尔雅》：“都，聚也。”

⑨奥浩：大片可定居之地。奥通“墺”，可定居之所。《汉书》颜师古注：“奥，读曰墺，谓土之可居也。”

⑩裤襦(rú)：指地方官吏的善政。

八骏图诗

并序

良马无世无之，然而终不得与八骏并名，何也？吾闻八骏日行三万里，夫车行三万里而无毁轮毁辕[①]之患，盖神车也[②]。行三万里而无丧精褫魄[③]之患，亦神之人也。无是三神而得是八马，乃破车掣御踬[④]人之乘也，世焉用之？今夫画古者，画马而不画车驭，不画所以乘马者，是不知夫古者也，予因作诗以辩之。

穆满[⑤]志空阔，将行九州野。神驭四来归，天与八骏马。龙种[⑥]无凡性，龙行无暂舍。朝辞扶桑底，暮宿昆仑下。鼻息吼春雷，蹄声裂寒瓦。尾掉沧波黑，汗染白云赭[⑦]。华辀本修密，翠盖尚妍冶。御者挽[8]不移，乘者寐不假。车无轮扁斫，辔无王良把。[9]虽有万骏来，谁是敢骑者。

【题解】

此诗元和五年至九年(814)作于江陵。八骏，传说中周穆王的八匹骏马。然八骏之名，其说不一。《穆天子传》卷一："天子之骏，赤骥、盗骊、白义、踰轮、山子、渠黄、华骝、绿耳。"郭璞注："八骏，皆因其毛色以为名号耳。"诗作借写千里马的无人识别，以感慨于现实中人才的被压抑，正卒章所谓"车无轮扁斫，辔无王良把。虽有万骏来，谁是敢骑者"。这与杜甫《天育骠骑歌》中"如今岂无腰褭与骅骝，时无王良伯乐死即休"，韩愈《马说》中"策之不以其道，食之不能尽其材，鸣之而不能通其意，执策而临之曰：天下无马。呜呼！其真无马邪？其真不知马也"云云，可谓同一感慨。尤其是诗中"龙种无凡性"以下八句，充满了浪漫主义的想象，具有较强的感染力，也有利于表达思想感情。不过，陈寅恪《元白诗笺证稿》评曰："此篇修词虽至工妙，寓旨则殊平常。"亦是仁智之见。白居易稍早前也作有一首同题诗，记载题材来源和八骏的奇异形象，用意惩戒，与元诗交相辉映。

《元白诗笺证稿》又认为，《八骏图诗》的题材之所以在贞元、元和前后兴盛，原因可能主要在于以周穆王八骏之事比附唐德宗八马幸蜀之事。后来在中山大学讲课时谈及元稹此诗，陈寅恪依然延续了《笺证稿》的思路，以为此诗与其《望云骓马歌》之间不无关联。唯其所言《八骏图》源自唐太宗昭陵石刻八骏云云，实属无稽之谈。揆诸画史，《八骏图》这一历史题材绘画，六朝时便已有多位画家绘制，至唐代依然流行。

【注释】

①毁辕：蜀本、杨本、董本、马本、《全诗》作"坏辕"，似是。

②也：《类苑》作"者"。卢校："宋本脱也字，有一者字。文弨案：下云三神，而各本止有神车、神人二神而已。详序与诗，并是三神，当有御者一段，而宋本亦脱去，今窃为补之云云。共增二十一字，去一之字。"

③褫(chǐ)魄：丧失胆魄。褫，《字汇》："褫，夺也，解也，脱也。"

④踬(zhì):跌倒。《六书故》:“踬,行有罥戾失足也。”

⑤穆满:即周穆王,姬姓名满,周昭王之子。

⑥龙种:骏马。

⑦赭(zhě):赤褐色。《唐语林》补遗一:“赭,黄色之多赤者。”

⑧挽:原作“腕”,据蜀本、卢本改。

⑨“车无”二句:轮扁,名扁,春秋时齐国著名造车工匠。王良,春秋时著名善驾车之人。斫(zhuó):砍。

画　松

张璪画古松,往往得神骨。翠帚①扫春风,枯龙戛②寒月。流传画师辈,奇态尽埋没。纤枝无萧洒,顽干空突兀。乃悟埃尘心,难状烟霄质。我去淅阳山,深山看真物。

【题解】

此诗元和九年(814)作于江陵。诗中所云张璪(zǎo),为唐代著名画家,字文通,吴郡人,曾因事被贬为衡州司马。淅阳,《旧唐书·地理二·山南东道》:“均州下,隋淅阳郡之武当县。”元稹有庄在此。又据《葬安氏志》,元稹本年秋曾有淅阳之行。

【注释】

①翠帚:形容松树枝叶的颜色与形状。

②戛(jiá):同“戞”,敲击。《字汇》:“戛,俗戞字。”

遣兴十首

始见梨花黄①,坐对梨花白。行看梨叶青,已复梨叶赤。

严霜九月半，危蒂几时客。况有高高原，秋风四来迫。

莫厌夏日长，莫愁[2]冬日短。欲识短复长，君看寒又[3]暖。城中百万家，冤哀杂丝管。草没奉诚园[4]，轩车昔曾满。

孤竹迸荒园，误与蓬麻列。久拥萧萧风，空长高高节。严霜荡群秽，蓬断麻亦折。独立转亭亭，心期凤皇别[5]。

艳艳剪红英，团团削翠茎。托根在褊浅，因依泥滓生。中有合欢蕊，池枯难遽[6]呈。凉宵露华重，低徊当月明。

晚荷犹展卷，早蝉遽萧嘹。露叶行已重，况乃江风摇。炎夏火再伏[7]，清商暗回飙。寄言抱志士，日月东西跳。

买马买锯牙，买犊买破车。[8]养禽当养鹘，种树先种花。人生负俊健，天意与光华。莫学蚯蚓辈，食泥近土涯。

爱直莫爱夸，爱疾莫爱斜。爱谟[9]莫爱诈，爱施莫爱奢。择才不求备，任[10]物不过涯。用人如用己，理国如理家。

爟爟[11]刀刃光，弯弯弓面张。入水斩犀兕，上山椎虎狼[12]。里中无老少，唤作癫儿郎。一日风云会，横行归故乡。

团团规[13]内星，未必明如月。托迹[14]近北辰，周天无沦没。老人[15]在南极，地远光不发。见则寿圣明，愿照高高阙。

河清谅嘉瑞，（是岁黄河清。）[16]吾帝真圣人。时哉不我梦，此时为废民。光阴本跳踯，功业劳苦辛。一到江陵郡，三年成去尘。

【题解】

这一组诗元和七年(812)作于江陵。“宽心应是酒，遣兴莫过诗。”(杜甫《可惜》)组诗承继先唐“遣兴”诗歌以及杜甫“遣兴体”的创作经验而来，主要抒写作者贬谪江陵后的所思所感。如第三首，借荒园孤竹，表达愤懑与孤高的心情。诗写孤竹闯进了荒园，不幸与“蓬麻”混在一起。本来它枝繁叶茂，微风过处，萧萧作声，虚心自持，高大挺拔，但现在非常孤立。不过，一旦寒霜降临，荡涤污泥浊水，蓬麻之辈必将覆灭。此时唯有翠竹傲然挺立，高耸入云，期待凤凰善于鉴别而翩翩飞来。以孤竹自况，寄托非常明显，并希望有朝一日重新受到重用。又如第七首，讲用人之道。诗中提出，人的优点是在一定范围内说的，超出了这个范围，优点就有可能转化为缺点。比如，过"直"往往流于夸诞，过"疾"难免走向偏激，一味博施易造成不必要的浪费，事事老谋深算就与诡诈难分彼此。现实中的人很少是完美无缺的，用人之道在于发挥长处，而不是超出限度去苛求他。另外，对待人才的优缺点，要像对待自己身上的优缺点一样清楚、客观、公正。采取这样的态度，人才才会乐于尽职，为国家做出应有的贡献。所论当非无的放矢，却也能体现出哲理性和普遍性。

另外，组诗第二首中写到"城中百万家"，韩愈《出门》诗中也说过："长安百万家"。据日本学者平冈武夫《长安与洛阳》一书中的考证和统计，当时长安一般住民和官吏及其关系者总数约为八十万……长安的兵士数目，可推想约有十万……宗教方面的人数，大概总在五万以上的人口……进京赶考的人总数约五千到七千人，加上随从当近一万……聚集在这世界都会的旅行者，数目也不会少。这说明，唐代长安城人口百万的说法确实有一定的根据，诗可以证史。

【注释】

①黄：原作"房"，据蜀本、卢本及文意改。

②愁：蜀本、杨本、《类苑》作"悲"。

③又：蜀本、卢本作"已"。

④奉诚园：在长安安邑坊，本为唐德宗时名将马燧故宅，后献于帝，改名奉诚园。

⑤别：辨别，此处引申为赏爱。白居易《见紫薇花忆微之》："除却微之见应爱，人间少有别花人。"

⑥遽：蜀本、卢本作"遂"。

⑦火再伏：谓心星（大火，心宿二）隐没。农历六月黄昏大火之位置在中天，大暑后逐渐向西退伏。再伏，蜀本、卢本作"乃代"。

⑧“买马”二句：锯牙，谓马之锐牙如锯齿。破车，损坏车乘，此指快牛。《晋书·石虎载记》：“快牛为犊子时多能破车。”

⑨谟：《说文》：“谟，议谋也。”徐锴系传：“虑一事，画一计为谋，泛议将定，其谋曰谟。”

⑩任：使用，利用。《广雅》：“任，使也。”

⑪燿燿(huò)：光亮闪烁貌。

⑫“上山”句：上，原作“入”，据蜀本、卢本、《全诗》改。椎，蜀本、卢本、杨本作“摧”。

⑬规：圆形。古人认为所有日月星辰都在一个圆形的球面上运行，这个圆形球面就是人头顶上的天空。

⑭“托迹”二句：由于地球自转轴指向北极星，故北半球的人无论何时都能看到北极星及周围之星。

⑮老人：指老人星，南部天空一颗光度较亮之二等星，古人以为象征长寿。

⑯“河清”句：古代谶纬家认为，浑浊的黄河变清澈，是圣君肇临、天下太平之兆。因用作称颂君圣世平之典。

【辑评】

明陆时雍《唐诗镜》卷四六：“（第二首）好是遣兴语，第未得老”、“（第七首）似箴铭语，却得不厌”、“（第八首）语气侃侃”。

野节鞭

神鞭鞭宇宙，玉鞭鞭骐骥。紧綛野节鞭，本用鞭赑屃。①使君鞭甚长，使君马亦利。司马并马行，司马马憔悴。短鞭不可施，疾步无由致。使君驻马言，愿以长鞭遗。此遗不寻常，此鞭不②容易。金坚无缴绕，玉滑无尘腻。青③蛇坼生石，不刺山阿地。乌龟旋眼斑，不染红④头泪。长看雷雨痕，未忍驽骀[5]试。持用换所持，无令等闲弃。答云君何奇，赠我君所贵。我用亦不凡，终身保明义。誓以鞭奸顽，不以鞭蹇踬[6]。指撝[7]狡兔踪，决挞怪(平声)龙睡。借[8]令寸寸折，节节不虚坠。因作换鞭诗，诗成谓同志。而我得闻之，笑君年少意。安用换长鞭，鞭长亦奚为。我有鞭尺余，泥抛风雨渍。不拟闲赠行，唯将烂夸醉。春来信马头，款缓花前辔。顾[9]我迟似挛，饶君疾如翅。

【题解】

此诗元和五年至九年(814)作于江陵。诗作以鞭拟人，写不以自己的短鞭换“使君”所赠的长鞭，因为它们各有功用，难于相互替代，所谓寸有所长，尺有所短。全篇连下十六“鞭”字，为古代文学作品中所不多见。

【注释】

①“紧緫(rěn)”二句：马鞭的柄多为竹根节所制，长约四、五寸，其首有铁环，贯皮条以策马。故常称马鞭为节鞭。竹根节密，节之间距离仅寸许，故又可谓之“寸节”。赑屃(bì xì)，龟的别名，古代石碑的石座雕作赑屃状，取其力大能负重之义。

②不：蜀本、卢本作“未”。

③青：蜀本、卢本作“龙”。

④红：杨本、董本、《全诗》、《类苑》、胡本作“江”。

⑤驽骀(tái)：指劣马。

⑥蹇(jiǎn)踬：处境困顿。此指处境困顿之人。蹇，跛足。

⑦指撝(huī)：亦作“指挥”，谓有意安排。

⑧借：原作“惜”，据蜀本、卢本改。

⑨顾：原作“愿”，据卢校改。

旱灾自咎贻七县宰

同州时[1]

吾闻上帝心，降命明且仁。臣稹苟有罪，胡不灾我身。胡为旱一州，祸此千万人。一旱犹可忍，其旱亦已频。腊雪不满地，膏雨不降春。恻恻诏书下，半减麦与缗。半租岂不薄，尚竭力与筋。竭力不敢惮，惭戴天子恩。累累妇拜姑，呐呐[2]翁语孙。禾黍日夜长，足得盈我囷。还填折粟税，酬偿贳麦邻。苟无公私责，饮水不为贫。欢言未盈口，旱气已再振。六月天不雨，秋孟亦既旬。区区昧陋积[3]，祷祝非不勤。日驰衰白颜，再拜泥甲鳞[4]。归来重思忖，愿告诸邑君。以彼天道远，岂如人事亲。团团囹圄中，无乃冤不申。扰扰食廪内，无乃奸有因。轧轧输送车，无乃使不伦。[5]遥遥负担卒，无乃役不均。今年无大麦，计与珠玉滨。村胥与里吏[6]，无乃求取繁。符[7]下敛钱急，值官因酒嗔。诛求与挞罚，无乃不逡巡。生小下里[8]住，不曾州县门。诉词千万恨，无乃不得闻。强豪富酒肉，穷独无蒭薪。俱由案牍吏，无乃移祸屯。官分市井户，迭配水陆珍。未蒙所偿直，无乃不敢言。有一于此事，安可尤苍旻[9]。借使漏刑宪，得不虞鬼神。自顾顽滞牧，坐贻灾沴臻。上羞朝廷寄，下愧闾里民。岂无神明宰，为我同苦辛。共布慈惠语，慰此衢客[10]尘。

【题解】

此诗长庆三年(823)作于同州。据《元和郡县志》卷二，“七县”，是指同州所辖冯翊、朝邑、韩城、白水、夏阳、澄城、郃阳等七个属县。作者在诗中通过全面概括人民疾苦，再以表示委婉测度语气的"无乃"句式连续发问（实则近乎声嘶力竭地痛骂官吏的横征暴敛），从而做出"为政不仁"的结论，不仅比韦应物《寄李儋元锡》中的"身多疾病思田里，邑有流亡愧俸钱"更为深刻，也更为集中地体现了元稹讽喻诗的特殊风格。

后来者评价元稹诗作，往往会跟对他的道德评判纠缠在一起，导致因人废言的情况屡屡发生。不过，也有一些论者从具体篇章着眼，辨析元稹的创作心态及其诗作特点，予以一定程度的肯定。如王应麟，在其《困学纪闻》卷一四中即以元稹此诗中"上羞朝廷寄，下愧闾里民"句为例，认为"稹可谓知所职矣，其言不可以人废"。

【注释】

①时：蜀本、卢校、杨本无。

②呐呐：形容说话迟缓，含混不清。

③积：周相录《元稹集校注》据文意改为"稹"。

④泥甲鳞：泥塑之龙，古代用以祈雨。

⑤"轧轧"二句：轧轧，象声词，车轮转动时与车轴摩擦发出的声音。伦，匹敌，均等。

⑥"村胥"句：村胥，犹村正，古代基层官吏。白居易《人之困穷由君之奢欲策》："盖以君之命行于左右，左右颁于方镇，方镇布于州牧，州牧达于县宰，县宰下于乡吏，乡吏传于村胥，然后至于人焉。"里吏，里中的官吏。

⑦符：古代盖有官府印信的下行公文。《新唐书・百官志一》："凡上之逮下，其制有六：一曰制……六曰符，省下于州，州下于县，县下于乡。"

⑧里：蜀本、杨本、董本、马本、《类苑》、胡本作"俚"。

⑨苍旻（mín）：苍天。旻，天空。

⑩阛客：市民。

【辑评】

明陆时雍《唐诗镜》卷四六："谆恳处不厌其烦。"

虫豸诗七篇

并序[1]

天之居物于地也，有兽宜山宜穴，鱼宜水宜泥，鸟宜木宜洲，虫宜草宜腐秽。风雨会而寒暑时，山川正而原野平衍，然后郛闬[2]屋室以州之人之宜，人不得其宜，而之鸟兽虫鱼之所宜，非虫鱼兽鸟之罪也。然而自非圣贤，人失所宜，未尝无不得宜之叹云。始辛卯年，予掾荆州之地，洲渚湿垫，其动物宜介[3]，其毛物宜翅羽。予所舍，又荆州树木洲渚处，昼夜常有翅羽百族闹，心不得闲静，因为《有鸟二十章》以自达[4]。又数年，司马通川郡[5]，通之地，丛秽卑褊，烝瘴阴郁，焰为虫蛇，备有辛螫[6]。蛇之毒百，而鼻褰[7]者尤之。虫之辈亦百，而蝱、蟆、浮尘、蜘蛛、蚁子、蛒蜂之类，最甚害人。其土民具能攻其所毒，亦往往合于方籍，不知者，遭[8]辄死。予因赋其七虫为二十一章，别为序，以备琐细之形状，而尽药石之所宜，庶亦叔敖之意焉。

【题解】

此七组诗元和十年至十三年(818)作于通州司马任上。总序末“叔敖之意”，是指春秋时期楚人孙叔敖尝遇两头蛇，畏他人重见而丧生，杀蛇而埋之，时人以为积阴德必有善报。又，总序中“辛卯岁”即元和六年，元稹上年贬为江陵士曹参军，而此云六年，疑事后误记。

这组大型组诗，重在突出描写所咏之物的特点，而机锋所向，则在讥刺所咏之物分别比拟的对象，即各种各样的人，从而整体表现贬谪时期的境遇和心绪。这种咏物寓讽的手法，在贬谪文士的创作中较为多见，可以称为诗中寓言体。元稹贬官时期，另外所作如《有鸟二十章》等，也是意在讥刺的比拟之作。在中唐文学史上，刘禹锡的这类诗作，如《聚蚊谣》、《飞鸢操》等，尤为世人所传诵。

关于此类大型组诗的配置与结构方式，可以进一步指出的是：

其一，题、序、注因其所具有的说明性质和叙事功能，可以在很大程度上帮助解决体制短小的诗作本身难于履行叙事纪实职能的问题。

其二，题、序、注、诗四位一体，联袂表达，也与诗人们交往、集会频繁的创作背景有关。应人缘事作诗，需要通过这样的说明，使创作的特定时空、具体人事和独特心境，在诗歌内容中找到准确的对应关系。

其三，也是传播意识的"自觉"使然。基于对作品传播的期待，作者们开始更加关注读者的反映，为了能够更好地被理解和接受，题、序、注正是对自己的诗歌进行解释的有效手段。于是，尽量交代时间、地点、人物，说明体式、用韵等形态特点，也就成为诗歌整体形式不可或缺的有机组成部分。

其四，受"以文为诗"风气的影响，诗序也逐渐吸收诗歌的表现手法和精神意趣，变为诗化小品，从而具有独立的艺术价值和审美内涵。不妨也可以视之为破体为文的一种尝试。总之，随着题、序、注分量的加重，诗歌已经不再是单纯的诗，而是成为诗与文风格意境呼应，叙事抒情结合，多种表现手段熔铸的艺术共同体。（参李正春《唐代组诗研究》）

【注释】

①七篇并序：蜀本无，杨本、董本、《全诗》作"七首并序"，皆小字。卢校："马本……改七首为七篇，作大字，皆非旧也。"

②郛闬（hàn）：意谓筑起城墙。闬，里巷之门。

③介：指有甲壳的昆虫或水族。《吕氏春秋・孟冬纪》："其虫介，其音羽。"高诱注："介，甲也。"

④达：卢校"疑遣"。

⑤通川郡：川，原作"州"，据蜀本、卢本改。州曰通州，郡曰通川，其实一也。

⑥辛螫：原指毒虫刺蜇人，此喻指荼毒虐害。

⑦鼻褰（qiān）：谓毒蛇之鼻向上。

⑧遭：卢本、杨本、《全诗》作"毒"。

巴蛇三首

并序[1]

巴之蛇百类，其大蟒，其毒褰鼻。蟒，人常不见；褰鼻，常遭之。毒人则毛发皆竖起，饮溪涧而泥沙尽沸。验方云：攻巨蟒用雄黄烟，被[2]其脑则裂，而鷣鸟[3]能食其小者。巴无是物，其民常用禁术[4]制之，尤效。

巴蛇千种毒，其最鼻褰蛇。掉舌翻红焰，盘身蹙白花。喷人竖毛发，饮浪沸泥沙。欲学叔敖瘗[5]，其如多似麻。

越岭南滨海，武都西陷戎[6]。雄黄假名石[7]，鷣鸟远难笼。讵有隳肠计，应无破脑功。巴山昼昏黑，妖雾毒濛濛。

汉帝斩蛇剑，晋时烧上天。自兹繁巨蟒，往往寿千年。白昼遮长道，青溪蒸毒烟。战龙苍海外，平地血浮船。[8]

【注释】

①三首：蜀本、杨本无，董本、全诗作小字。并序，杨本无。

②被：蜀本、卢本作“破”。

③鷣(yín)鸟：亦称负雀，鹞的别称。

④禁术：巫术符咒之法。

⑤瘗(yì)：埋葬。

⑥“武都”句：武都山，在今四川绵竹北。陷，卢本、杨本、《全诗》作“隐”。

⑦“雄黄”句：雄黄一名黄金石，古人以为生山之阳，是丹之雄，故名雄黄。

⑧“战龙”二句：《易·坤》：“上六，龙战于野，其血玄黄。”龙战，阴阳二气之交战。玄黄，血流甚多貌。苍海，同“沧海”。

蛒蜂三首

并序[1]

蛒，蜂类而大，巢在褰鼻蛇穴下，故毒螫倍诸蜂虿[2]。中手足辄断落，及心胸则圮裂[3]，用它蜂中人之方疗之，不能愈。巴人往往持禁以制之，则差[4]。

巴蛇蟠窟穴，穴下有巢蜂。近树禽垂翅，依原兽绝踪。微遭断手足，厚毒破心胸。昔甚招魂句，那知眼自逢。

梨笑清都月，（京开元观多梨花蜂。）蜂游紫殿春。[5]构脾[6]分部伍，嚼蕊奉君亲。翅羽颇同类，心神固异伦。安知人世里，不有噬人人。

兰蕙本同畹[7]，蜂蛇亦杂居。害心俱毒螫，妖焰两吹嘘。雷蛰吞噬止[8]，枯焚巢穴除。可怜相济恶，勿谓祸无余。

【注释】

①三首：蜀本无，杨本、董本、《全诗》作小字。

②蜂虿（chài）：均为有毒刺的螯虫。

③圮（pǐ）裂：破碎，分裂。

④差：病愈，后作“瘥”。《方言》卷三：“南楚病愈者谓之差。”

⑤“梨笑”二句：清都，即清都观，原为隋宝胜寺，在长安永兴坊。“京开元观多梨花蜂”，蜀本作“蜂，京多梨花”，《全诗》“京”下有“都”字。卢校“‘蜂，京多梨花’。案，当作‘京多梨花蜂’。今本多开元观三字”。紫殿，汉代宫殿，在甘泉宫。此泛指堂殿。

⑥构脾：指蜜蜂营构用以酿蜜的蜂房，其形如脾，故云。

⑦“兰蕙”句：兰蕙，兰草与蕙芷，俱为香料名。畹（wǎn），古代地积单位。此泛指花圃。

⑧“雷蛰”句：谓冬季来临，蜂蛇不再能吞噬兰蕙。

蜘蛛三首

并序[1]

巴蜘蛛大而毒。其甚者，身运[2]数寸，而踦[3]长数倍其身，网罗竹柏尽死。中人，疮痏瀵湿[4]，且痛痒倍常。用雄黄苦酒涂所啮，仍用鼠妇虫[5]食其丝，尽，辄愈。疗不速，丝及心，而疗不及矣。

蜘蛛天下足，巴蜀就中多。缝隙容长踦，虚空织横罗。萦缠伤竹柏，吞噬及虫蛾。为送佳人喜，珠栊无奈何[6]。

网密将求食，丝斜误著人。因依方托绪，挂罥遂容身。截道蝉冠碍，漫天玉露频。儿童怜小巧，渐欲及车轮。

稚子怜圆网，佳人祝喜丝。那知缘暗隙，忽复啮柔肌。毒腠[7]攻犹易，焚心疗恐迟。看看长妖绪，和扁欲涟洏[8]。

【注释】

①三首：蜀本无，杨本、董本、《全诗》作小字。

②运：原作“边”，据蜀本、卢本改。

③踦（qī）：脚胫。《集韵》：“踦，足胫也。”

④疮痏（wěi）瀵（jí）湿：痏，疮。瀵，泉水涌出。

⑤鼠妇虫：亦作蛜蝛、伊威，体形椭圆，栖于阴湿壁角处。

⑥“为送”二句：佳人喜，蜘蛛之一种曰喜蛛，古人以其出现为喜兆。珠栊（lóng），珠饰的窗棂。

⑦腠（còu）：表皮与肌肉之间。

⑧“和扁”句：和扁，古代良医秦和与扁鹊的合称。涟洏（ér），泪流貌。

蚁子三首

并序[1]

巴蚁众而善攻栎栋，往往木容完具，而心节朽坏。屋居者不省其微，而祸成倾压。

蚊子生无处，偏因湿处生。阴霪[2]烦扰攘，拾粒苦罂譍[3]。床上主人病，耳中虚藏鸣。雷霆翻不省，闻汝作牛声。

时术功虽细，年深祸亦成。攻穿漏江海，噆[4]食困蛟鲸。敢惮榱[5]栎蠹，深藏柱石倾。寄言持重者，微物莫全轻。

攘攘终朝见，悠悠卒岁疑。讵能分牝牡，焉得有蝝蚳[6]。徙市[7]竟何意，生涯都几时。巢由或逢我，应似我相期。

【注释】

①三首：蜀本无，杨本、董本、全诗作小字。

②霪(yín)：久雨。

③"拾粒"句：拾粒，此指蚊子捡拾饭粒。罂(yīng)譍：细碎之声。卢本、杨本、董本、《全诗》下有注"平声"。

④噆：蜀本、卢本作"哳"。

⑤榱(cuī)：椽子。

⑥蝝蚳(yuánchí)：蚁卵。

⑦徙市：古礼，天子诸侯丧，庶人不外出求觅财利，以示忧戚，因移市于巷中以供其急需，谓之徙市。此处借指求雨。

蟆子三首

并序①

蟆，蚊类也。其实黑而小，不碍纱縠②，夜伏而昼飞，闻柏烟与麝香辄去。蚊蟆与浮尘，皆巴蛇鳞中之细虫耳，故啮人成疮，秋夏不愈，膏楸叶而傅之，则差。

蟆子微于蚋，朝繁夜则无。毫端生羽翼，针喙噆肌肤。暗毒应难免，羸形日渐枯。将身远相就，不敢恨非辜。

晦景权藏毒，明时敢噬人。不劳生诟怒，只足助酸辛。隼眦看无物，蛇躯庇有鳞。天方刍狗③我，甘与尔相亲。

有口深堪异，趋时讵可量。谁令通鼻息，何故辨馨香。沉水[4]来沧海，崇兰[5]泛露光。那能枉焚爇[6]，尔众我微茫。

【注释】

①三首：蜀本、杨本、董本、《全诗》作小字。

②纱縠(hú)：精细、轻薄的丝织品的通称。

③刍狗：古代祭祀时用草扎成之狗形物。《老子》："天子不仁，以万物为刍狗；圣人不仁，以百姓为刍狗。"魏源《本义》："结刍为狗，用之祭祀，既毕事则弃而贱之。"借喻微贱无用之物。

④沉水：即沉香，香木名。此指用沉香制作之香。

⑤崇兰：丛生之兰草。《读书杂志》余编："崇兰，犹丛兰耳。《文子·上德》：'丛兰欲茂，秋风败之。'《说文》：'丛，聚也。'《广雅》：'崇，聚也。'是崇与丛同义。"

⑥焚爇(ruò)：烧毁。

浮尘子三首

并序[1]

浮尘，蠛类也。其实微不可见，与尘相浮而上下。人苦之，往往蒙絮衣自蔽，而浮尘辄能通透及人肌肤。亦巢巴蛇鳞中，故攻之用前术。

可叹浮尘子，纤埃喻此微。宁论隔纱幌，并解[2]透绵衣。有毒能成痏，无声不见飞。病来双眼暗，何计辨雰霏[3]。

乍可巢蚊睫[4]，胡为附蟒鳞。已微于蠢蠢，仍害及人人[5]。动植皆分命，毫芒亦是身。哀哉此幽物，生死敌浮尘。

但觉皮肤憯[6]，安知琐细来。因风吹薄雾，向日误轻埃。暗啮堪销骨，潜飞有祸胎。然无防备处，留待雪霜摧。

【注释】

①三首：蜀本、杨本、董本、《全诗》作小字。

②解：能。陶潜《九日闲居》："酒能祛百虑，菊解制颓龄。"

③雰（fēn）霏：霜雪纷降貌。喻浮尘子飞散。

④"乍可"句：乍可，张相《诗词曲语辞汇释》："乍可，犹只可也。"蚊睫，蚊子的睫毛，形容极为细微。蚊，蜀本、杨本、董本、《类苑》作"蛟"。

⑤人人：蜀本、卢本、杨本、董本、马本、《全诗》作"仁人"。卢校"疑人人"。

⑥憯（cǎn）：《说文》："憯，痛也。"

蝱三首

并序[1]

巴山谷间春秋常雨，自五六月至八九月，雨则多蝱，道路群飞，噬马牛血及[2]蹄角，旦暮尤极繁多。人常用日中时趣[3]程，逮雪霜而后尽。其啮人痛剧浮螟，而不能毒留肌，故无疗术。

阴深山有瘴，湿垫草多蝱。众噬锥刀毒，群飞风雨声。汗粘疮痏痛，日曝苦辛行。饱尔蛆残腹，安知天地情。

千山溪沸石，六月火烧云。自顾生无类[4]，那堪毒有群。搏牛皮若截，噬马血成文。蹄角尚如此，肌肤安可云。

辛螫终非久，炎凉本递兴。秋风自天落，夏蘖[5]与霜澄。一镜开潭面，千锋露石棱。气平虫豸死，云路好攀登。

【注释】

①三首：蜀本、杨本、董本、《全诗》作小字。

②及：至，到。《广雅》："及，至也。"

③趣：《汉书》颜师古注："趣，读曰趋。趋，疾步也。"

④无类：犹言无遗类，无幸存者。《汉书》颜师古注："言被诛戮无遗类也。"

⑤夏蘖（bò）：夏天所孳生的害虫。

楚歌十首[①]

江陵时作

楚人千万户，生死系时君。当璧便为嗣，贤愚安可分。干戈长浩浩，篡乱亦纷纷。纵有明在下[②]，区区何足云。

陶虞事已远，尼父独将明。[③]潜穴龙无位，幽林兰自生。楚王谋授邑，此意复中倾。未别子西语，纵来何所成。

平王渐昏惑，无极转承恩。[④]子建犹相贰，伍奢安得存。生居宫雉閟[⑤]，死葬寝园尊。岂料奔吴士，鞭尸郢市门。

惧盈因邓曼，罢猎为樊姬。盛德留金石，清风鉴薄帷。襄王忽妖梦，宋玉复淫词。万事捐宫馆，空山云雨期。

宜僚市南[⑥]住，未省食人恩。临难忽相感，解纷宁用言。何如晋夷甫，坐占紫微垣[⑦]。看著五胡乱，清谈空自尊。

谁恃王深宠，谁为楚上卿。包胥心独许，连夜哭秦兵。千乘徒虚尔，一夫安可轻。殷勤聘名士，莫但倚方城[⑧]。

梁业雄图尽，遗孙世运消。宣明徒有号，江汉不相朝。碑碣高临路，松枝半作樵。惟余开圣寺[⑨]，犹学武皇妖。

江陵南北道，长有远人来。死别登舟去，生心上马回。荣枯诚异日，今古尽同灰。巫峡朝云起，荆王安在哉。

三峡连天水，奔波万里来。风涛各自急，前后苦相推。倒入黄牛漩，惊冲滟滪堆。[⑩]古今流不尽，流去不曾回。

八荒同日月，万古共山川。生死既由命，兴衰还付天。栖栖王粲赋，愤愤屈平篇[⑪]。各自埋幽恨，江流终宛然。

【题解】

这一组诗约元和五年(810)作于江陵。这组政治咏史诗借写发生在楚地的往事,从不同的角度抒发骚人迁客之感,表现逐臣一片忠爱之诚。如第三首,写楚平王乱政事。诗写平王昏庸,费无极弄权,以致楚国君臣、父子相互猜疑忌恨,酿成祸端,直接导致伍员借吴兵伐楚,平王被掘墓鞭尸,郢都失陷。全篇客观记叙史事,事真史实,不加任何议论,而劝诫、讽谏之旨自见。又如第六首,写申包胥救楚事。诗作开篇即以"谁恃王深宠,谁为楚上卿"的连续诘问,将受宠的楚国上卿临危自保、不思勤王救国的行径,同"包胥心独许,连夜哭秦兵"挺身拯救国难的行为,进行强烈而又鲜明的对比。接着以"千乘徒虚尔"同"一夫安可轻"作联内二句对比,把楚虽有强大的军事力量而不能临危御侮卫国,同一介草民申包胥哭动秦王、借得救兵助楚复国再作深入一层的对比。在如此一褒一贬、一扬一抑地层层对比的基础上,结二句提出自己的主张和告诫,事明而理豁。

论世知人,以意逆志,均为有见。

【注释】

①十首:蜀本作小字。

②在下:蜀本、卢本作"君在"。

③"陶虞"二句:陶虞,古代传说中圣君陶唐与虞舜的并称。尼父,对孔子的尊称。《礼记》郑玄注:"尼父,因其字以为之谥。"父,同"甫",对丈夫之美称。

④"平王"二句:王,原作"生",据蜀本、卢本、《全诗》、胡本及何校改。极,原作"复",据蜀本、杨本、董本、马本、《全诗》改。

⑤"生居"句:宫雉,皇宫的围墙。雉,古代计算城墙面积的单位。此代指皇宫。閟(bì),深闭。

⑥市南:原作"南市",据何校改。

⑦紫微垣:指中书省。开元元年,改中书省曰紫微省,中书令曰紫微令。

⑧方城:春秋楚国北部之长城,由今之河南方城循伏牛山北至今邓县,为古九塞之一。此泛指防御工事。

⑨开圣寺：在荆州四望山。

⑩“倒入”二句：黄牛漩，指黄牛滩。滟滪堆，长江瞿塘峡口的险滩。

⑪屈平篇：指屈原《哀郢》。王夫之《楚辞通解》认为，《哀郢》为楚国郢都（即江陵）被秦将白起攻破而东迁于陈之事作。

【辑评】

黄叔灿《唐诗笺注》：

此首见国家必任用贤人，谓楚若无申包胥，则平时深宠上卿谁能存之，盖见千乘之贵不足重，一夫之贱安可轻，为国家者，可不殷勤聘士而徒恃立国之险乎？（评第三首）

“惧盈”、“罢猎”，将楚国两事两两相形，而兴亡祸福自尔瞭然，以见匡救之不可无人也。（评第四首）

此首言山川日月终古不改，人之穷达总由天命，如王粲之赋《登楼》，屈平之作《离骚》，空自结恨，江流宛然而幽恨总难伸也。（评第十首）

襄阳道

羊公名渐远，惟有岘山碑。[①]近日称难继，曹王任马彝[②]。椒兰俱下世，城郭到今时。汉水清如玉，流来本为谁。

【题解】

此诗元和五年（810）作于自长安赴江陵途中。诗作连用相关典故，以写遭受贬谪的心境，曲传不平与无奈之意。

【注释】

①“羊公”二句：《晋书·杜预传》：“预好为后世名，常言‘高岸为谷，深谷为陵’，刻石为二碑，纪其勋绩，一沉万山之下，一立岘（xiàn）山之上，曰：‘焉知此后不为陵谷乎？’”

②“曹王”句：曹王即李皋，天宝十一年嗣曹王。初，扶风马彝未知名，

皋首辟之，卒以正直称于时。彝曾谏阻皋买张柬之林园，皋纳而称善。

赋得鱼登龙门

用登字[①]

鱼贯终何益，龙门在此[②]登。有成当作雨，无用耻为鹏[③]。激浪诚难溯，雄心亦自凭。风云潜会合，鬐鬣[④]忽腾凌。泥滓辞河浊，烟霄见海澄。回瞻顺流辈，谁敢望同升。

【题解】

此诗当是早年所作，但具体创作时地不详。古人作诗，有摘取前人成句为题者，多在题首冠以"赋得"二字。试帖诗是这样，文人应制、集会酬答也是如此。后来，有些触景生情之作也会以"赋得"冠名。全篇抱定"鱼登龙门"之题而赋，一气旋折，用笔如游龙戏海，首先就表现在起首二句"起得如怒猊转石"（李因培《唐诗观澜集》卷一七）。

【注释】

①用登字：蜀本无。

②此：蜀本、杨本、董本、马本、《全诗》、明刻本《文苑英华》（简称《英华》，下同）作"苦"。

③"无用"句：谓鱼跃不过龙门，而仍为鱼，鱼可化为鹏。《庄子·逍遥游》："北冥有鱼，其名为鲲。鲲之大，不知其几千里也。化而为鸟，其名为鹏。鹏之背，不知其几千里也。怒而飞，其翼若垂天之云。是鸟也，海运则将徙于南冥。南冥者，天池也。"

④鬐鬣（qí liè）：借指马。

【辑评】

袁枚《诗学全书》：

首二点题。次联、三联用开合法，写欲"登"之心。"泝"同溯，逆流而上也。四联实写“登”字。五联写足“登龙门”。“溟涬”，混茫貌。末二抬高自己，有不肯乞怜意。

永贞历

是岁秋八月太上改元永贞传位今皇帝

象魏才颁历①，龙镳已御天②。犹看后元历③，新署永贞年。半岁光阴在，三朝礼数迁④。无因书简册，空得咏诗篇。

【题解】

此诗永贞元年(805)作于长安。题注中“是岁”云云，《旧唐书·顺宗纪》云：“永贞元年八月庚子，立皇太子为皇帝，自称太上皇。辛丑，改元。”“太上”指顺宗，“今皇帝”指宪宗。贞元二十一年，发生了著名的“永贞革新”运动。元稹当时虽在长安，但仅为秘书省校书郎，人微言轻，不可能直接参与永贞革新的重大决策。革新失败，唐宪宗李纯登基改元，百官朝贺，而元稹对此态度冷淡，不但没有参加改元庆典，还写下一首《永贞二年正月二日上御丹凤楼赦天下予与李公垂庾顺之闲行曲江不及盛观》，并在稍后所作的这首《永贞历》末尾写道：“无因书简册，空得咏诗篇。”意思是，自己虽然无权将永贞革新的历史功绩载入史册，却要在诗作中表明支持和赞许的态度，尽管这样做可能起不到什么实际的作用。一种无可奈何之情笼罩全篇。

【注释】

①“象魏”句：古代宫门外两边高耸之楼观，其下常为悬布法令之所。《淮南子·俶真训》：“神游魏阙之下。”高诱注：“魏阙，王者门外阙也，所以悬教民之书于象魏也。巍巍高大，故曰魏阙。”颁历，古代前年年末颁布次年所行之新历。

②“龙镳”句：谓皇帝驾崩。龙镳，仙人之坐骑。

③后元历：德宗在位时所颁布之历法，即贞元历。

④“半岁”二句：贞元二十一年正月初一日至二十三日为德宗朝，正月二十三日至八月初四日为顺宗朝，八月初四日以后为宪宗朝。

塞马

塞马倦江渚，今朝神彩生。晓风寒猎猎，乍得草头行。夷狄寝烽候[①]，关河无战声。何由当阵面，从[②]尔四蹄轻。

【题解】

此诗元和五年至九年(814)作于江陵。诗人以“今朝神彩生”的塞马自寓，期待建功立业，所谓“何由当阵面，从尔四蹄轻”。

【注释】

①烽候：即烽火台，设烽墩举火报警或报平安。

②从：同“纵”，放任。《论语》邢昺疏：“从，读曰纵，谓放纵也。”

鹿角镇

洞庭湖中地名

去年湖水满，此地覆行舟。万怪吹高浪，千人死乱流。谁能问帝子[①]，何事宠阳侯[②]。渐恐鲸鲵大，波涛及九州。

【题解】

此诗元和九年(814)作于自江陵赴潭州途中。此前一年，元稹从严绶讨张伯靖，曾经过洞庭湖。诗作即由此而生发感慨，谓乱虽已平息，但如果根源不除，势必会危及整个神州。吴伟斌《元稹考论》认为，诗中是以阳侯喻叛藩。无论如何，元稹此诗都堪称“切当时务”（刘麟《元氏长庆集序》）之作。

【注释】

①帝子：指湘水之神湘夫人，相传湘夫人为帝尧之女，故称。

②阳侯：古代传说中波涛之神。

感事三首

此后并是学士时诗[1]

为国谋羊舌[2]，从来不为身。此心长自保，终不学张陈[3]。
自笑心何劣，区区辨所冤。伯仁虽到死，终不向人言[4]。
富贵年皆长，风尘旧转移[5]。白头方见绝，遥为一沾衣。

【题解】

这一组诗长庆元年（821）作于长安。组诗运用三个非常贴切的典故，来暗喻自己抱冤受屈的境遇，表达内心悲苦愤懑的感受。可与下一首并读。

高棅《唐诗品汇》以初、盛、中、晚“四唐”分期为经，以正始（初唐）、正宗、大家、名家、羽翼（盛唐）、接武（中唐）、正变、余响（晚唐）、旁流（方外异人）“九品”品第为纬，凡九十卷，共计选录 620 家 5769 首。元稹入选 9 首，除这组诗中的第三首外，另 8 首分别为：《田家词》、《连昌宫词》、《夏阳亭临望》、《西还》、《行宫》（题作《故行宫》，作者作王建，题下注“一作元稹诗”）、《闻白乐天左降江州司马》、《忆事》、《和乐天早春见寄》。又，高氏稍后所增补之十卷《唐诗拾遗》中，补录元稹诗 3 首：《分流水》、《清都夜境》、《四皓庙》。

【注释】

①诗：《全诗》作“作”。

②“为国”句：谓自己忠诚报国，不谋私利。

③张陈：张耳、陈馀的并称。二人均为大梁名士，彼此为刎颈之交，但在楚汉之争中，发生权势冲突，陈馀最终死于张耳之手。后因以为同阵营者因权势而成仇之典。

④“伯仁”二句：周顗字伯仁，晋元帝时仆射，与王导交厚。永昌元年，导之堂兄江州刺史王敦起兵反，导赴阙待罪。顗于元帝前为导辩护，帝纳其言而导不知。及敦入朝，问导如何处置顗，导不对，敦遂杀顗。后导知顗曾救己，涕曰负此良友。

⑤移：蜀本、杨本、董本、马本、《全诗》作“稀”。

题翰林东阁前小松

檐碍修鳞[1]亚，霜侵簇翠黄。惟余入琴韵，终待舜弦张。

【题解】

此诗长庆元年(821)作于长安。诗借题咏翰林东阁前小松以自喻，曲折传达出作者当时备受“檐碍”、“霜侵”，志不得伸的政治处境。不过，即便如此，“惟余”二句仍然写出了一种期待之情。

【注释】

①鳞：龙鳞，形容松树树皮斑驳貌。王维《访吕逸人》：“闭户著书多岁月，种松皆老作龙鳞。”

乙编
古体诗

清都夜境

自此至秋夕七首并年十六至十八时作①

夜久连观静，斜月何晶荧。寥天如碧玉，历历缀华星。楼榭自阴映，云牖深冥冥。纤埃悄不起，玉砌寒光清。栖鹤露微影，枯松多怪形。南厢俨容卫②，音响如可聆。启圣发空洞③，朝真④趋广庭。闲开蕊珠殿，暗阅金字经⑤。屏气⑥动方息，凝神心自灵。悠悠车马上⑦，浩思安得宁。

【题解】

此诗贞元十年(794)作于长安。上一年，年仅十五岁的元稹以明二经擢第，居西京开元观，与胡灵之等同好唱酬。正如作者后来在《答姨兄胡灵之见寄五十韵》中所云，尽管“浩思安得宁”，在“曩时游行之地”如此清悠的环境中，诸人仍然经常“观松青黛笠，栏药紫霞英。尽日听僧讲，通宵咏月明”，真是屏气动息，凝神心灵，非常的惬意，写来自然笔意空灵。

另外，唐代重进士轻明经。陈寅恪《唐代政治史述论稿》中曾举康骈《剧谈录》卷下所记载的元稹求见李贺遭到拒绝一事为例，来说明这种社会风气：

> 元和中，进士李贺善为歌篇，韩文公深所知重，于缙绅之间每加延誉，由此声华藉甚。时元相国稹年老，以明经擢第，亦攻篇什，常愿交结贺。一日，执贽造门。贺览刺不容，遽令仆者谓曰：“明经擢第，何事来看李贺?”相国无复致情，惭愤而退。其后左拾遗制策登科，日当要路。及为礼部郎中，因议贺祖祢讳晋，不合应进士举。亦以轻薄时辈所排，遂成轗轲。文公惜其才，为著《讳辩录》明之，然竟不成事。

从这一记载的真实性而言，可以说是荒谬，元稹明经擢第时，李贺才四岁，又怎能发生这一事件？但若把这看作其时特有的社会风气的反映，则可觇知唐代文人的普遍心态，就得承认这一记载确是不失为珍贵之社会史料。周勋初《唐宋两朝历史人物轶事汇编的编制》认为，陈寅恪提出的这种“通性之真实”的理论，“为史料的活用打开了大门”。程千帆《唐代进士行卷与文学》进一步指出，这个虚构的故事，“同时也反映了应明经举或从明经科出身的人，一般是不以诗文为贽去进谒他人，即不从事于行卷的；如果这样做了，就可能因为违反常情而被奚落一场，如这个故事中所描绘。事实上，我们也还没有在文献中看到应明经举的人从事行卷的事例。”

【注释】

①七首：《全诗》无。作，蜀本、杨本、《全诗》作“诗”。

②容卫：古代之仪仗、侍卫。

③“启圣”句：启圣，开启睿智。空洞，道教语，谓化生元气的太虚之境。

④朝真：道家、道教谓修炼养性之术。

⑤金字经：宗教之经籍。

⑥气：原作“风”，据杨本、马本、《全诗》改。蜀本作“飞”。

⑦马上：原作“上马”，据蜀本、杨本、《全诗》改。

【辑评】

明许学夷《诗源辩体》卷二八：“微之集五言古有《清都夜境作》，下注云：‘自此至《秋夕》七首，并年十六至十八时作。’中颇有类韦苏州语，惜未尽工耳。故知微之初年即与乐天同一源也。”

明陆时雍《唐诗镜》卷四六：“滴沥成响。”

春晚寄杨十二兼呈赵八

时杨生馆于赵氏

蒙蒙竹树深，帘牖多清阴。避日坐林影，余花委芳襟。倾樽就残酌，舒卷续微吟。空际飏高蝶，风中聆素琴。广庭备幽趣，复对商山岑。独此爱时景，旷怀云外心。迁莺恋嘉木，求友多好音。自无琅玕实，安得莲花簪[1]。寄之二君子，希见双南金[2]。

【题解】

此诗贞元十年至十二年(796)作于长安，宜与下一首《与杨十二李三早入永寿寺看牡丹》并读。杨十二，当即杨巨源，字景山，行十二，河中(今山西永济)人，与元稹、白居易为诗友。赵八，或即赵昌。

【注释】

①莲花簪：道士之服。《蜀梼杌》卷上："嫔妃妾妓皆衣道服、莲花冠，髽髻为乐，夹脸连额，渥以朱粉，曰'醉妆'，国人皆效之。"

②双南金：美称杨十二与赵八。南金，南方所产之优质铜。《诗》毛传："南谓荆、扬也。"郑玄笺："荆、扬之州，贡金三品。"孔颖达疏："金即铜也。"

与杨十二李三早入永寿寺看牡丹

晓入白莲宫[1]，琉璃花界净[2]。开敷多喻草[3]，凌乱被幽径。压砌锦地铺，当霞日轮映。蝶舞香暂飘，蜂牵蕊难正。笼处彩云合，露湛红珠莹。结叶影自交，摇风光不定。繁华有时节，安得保全盛。色见尽浮荣，希君了真性[4]。

【题解】

此诗贞元十年至十二年(796)作于长安。李三，指李顾言，字仲远，行三，曾官监察御史，居常乐里，与元稹、白居易过从较密，元和十年春卒。永寿寺，在长安永安坊。徐松《唐两京城坊考》卷二曰："景龙三年(709)，中宗为永寿公主立。"

以上两首诗，写景清雅，格高调逸，在表露一二知己间的襟怀抱负的同时，又都蕴含着一定的哲理。可以看到，通过与友朋切磋琢磨，即如作者

《叙诗寄乐天书》中所云："年十五六，粗识声病……不数年，与诗人杨巨源友善，日课为诗。"元稹的诗歌创作技巧的确已经有了长足的进步。

【注释】

①白莲宫：东晋释慧远于庐山东林寺，与慧永、慧持、刘遗民、雷次宗等，结社精修念佛三昧，誓愿往生西方净土，又掘地植白莲，故称白莲社。后因称佛寺为白莲宫。此指永寿寺。

②"琉璃"句：琉璃，佛教以七宝庄严形容净界，琉璃即七宝之一。花界，莲花界之省称，此指永寿寺。

③"开敷"句：开敷，指开花。敷，布，开。多喻草，指牡丹。佛教常以花草树木示人佛理。《妙法莲华经》卷三："如彼草木，所禀各异，佛以此喻，方便开示，种种言辞，演说一法。"

④真性：佛教谓人本来就具有之不妄不变之心体。

春余遣兴

春去日渐迟，庭空草偏长。余英间初实，雪絮萦珠网[①]。好鸟多息阴，新篁已成响。帘开斜照入，树袅游丝上。绝迹念物闲，良时契心赏。单衣颇新绰，虚室复清敞。置酒奉亲宾，树萱[②]自怡养。笑倚连枝花，恭扶瑞藤杖。步屧[③]恣优游，望山多气象。云叶遥卷舒，风裾动萧爽。簪缨固烦杂，江海徒浩荡。野马[④]笼赤霄，无由负羁鞅[⑤]。

【题解】

此诗贞元十年至十二年(796)作于长安。诗作取材春日田园生活及民间情事，语言通俗明畅，诗风质朴清新，与当时已经成熟的张籍、王建诗风甚为相似。

这种以通俗语言写民间情事的特点，在白居易贞元十六年进士及第前后所作的《春村》诗中也有所表现：

二月村园暖，桑间戴胜飞。农夫春旧谷，蚕妾祷新衣。牛马因风远，鸡豚过社稀。黄昏林下路，鼓笛赛神归。

而更为突出的，则是体现在元稹贬江陵时所作诸诗中，如《赛神》等。

后来，宋代诗人王之道作有一首《追和元微之春余遣兴示王觉民》：

物态有荣悴，时令互消长。随身名利场，鱼鸟在罗网。岂无金屈卮，听此石方响。残花日晴阴，落絮风下上。春事虽已阑，余芳尚堪赏。我有临溪亭，疏棂为君敞。青青小荷钱，雅与水相养。狂吟醉题壁，纵步懒扶杖。仰止李谪仙，笔端走群象。九原不可作，夜梦见精爽。栖栖亦固矣，君子坦荡荡。相期醉酴醾，偕来众无鞅。

追摹元氏此篇，同样写得明白晓畅，真朴有致，也可见出元稹诗作在后代传播接受状况之一斑。

【注释】

①“雪絮”句：雪絮，即柳絮。珠，《全诗》作“蛛”。

②树萱：种植萱草。萱，俗称金花菜。

③步屧（xiè）：行走，漫步。屧，《广韵》：“屧，屐也。”

④野马：野外蒸腾的水汽。《庄子·逍遥游》：“野马也，尘埃也，生物之以息相吹也。”郭象注：“野马者，游气也。”成玄英疏：“此言青春之时，阳气发动，遥望泽薮之中，犹如奔马，故谓之野马也。”一说野马即尘埃。《一切经音义》卷三“野马”孙星衍校正：“或问：‘游气何以谓之野马？’答云：‘马，特塺字假音耳。野马，言野尘也。’”

⑤羁鞅：驾驭牲口的用具。羁，马络头。鞅，架在牛脖上的器具。

【辑评】

明陆时雍《唐诗镜》卷四六：“爽霁。”

清王尧衢《古唐诗合解》卷二：“‘春去’四句：写春晚字字雅贴，春暮则日渐长，庭空则草易长，残花所余之英与初生之实相间，而柳飘之絮，萦网如雪也。‘好鸟’四句：好鸟且知息阴，人可不知休息？新竹成响，将有干霄之势矣；帘外乏客，开斜阳以入来；树静无风，袅游丝而直上。二句写闲静寂寥之况如见。‘绝迹’四句：绝迹于世，念时物之长闲，抚此良时，得吾心之幽赏，春服颇成宽绰之衣，虚堂复有清旷之地，以下便力描遣兴处。‘置酒’四句：此解是家乐，置酒以奉亲朋，即《伐木》章饮酹之意。倚花所以乐少年，扶杖所以敬老者也。‘步屧’四句：此外游之乐。屧，屐也，登山步屧以恣优游，望山而春甚多气象，云如雪叶，望空中之卷舒，风动衣裾，觉秋气之萧爽，殊自得矣。‘簪缨’四句：簪缨仕宦之途，固烦杂而难久，江海水云之乡，徒渺茫而奚适。吾观野马笼乎赤霄，遍地红尘，吾亦何由负羁鞅以他往哉？野马者尘埃也，出《庄子》。羁所以络马，鞅靷也，皆行具。”

忆云之

为鱼实爱泉，食辛宁避蓼。人生既相合，不复论窕窕[①]。沧海良有穷，白日非长皎。何事一[②]人心，各在四方表。泛若逐水萍，居为附松茑[③]。流浪随所之，萦纡牵所绕。百龄颇跼促，况复迷寿夭。芰发[④]君已衰，冠岁予非小。娱乐不及时，暮年壮心少。感此幽念绵，遂为长悄悄[⑤]。中庭草木春，历乱递相扰。奇树花冥冥，竹竿风袅袅。幽芳被兰径，安得寄天杪[⑥]。万里潇湘魂，夜夜南枝鸟[⑦]。

【题解】

此诗贞元十年至十二年(796)作于长安。云之，钱校、何校均疑当作灵之。灵之，即胡灵之，元稹姨兄，亦为幼时玩伴，贞元十年前后曾寓居长安永寿寺。诗写与亲密无间如同一人的朋友分别之后，忆及对方的感慨、思念之情。

【注释】

①窕窕：远离貌，睽违貌。

②一：原作“二”，据蜀本、杨本、董本、《全诗》改。

③松茑：即松萝、女萝。

④芟(shān)发：头发脱落。芟，除草，割。《说文》："芟，刈草也。"此借指脱落。

⑤悄悄：心忧。《诗·邶风·柏舟》："忧心悄悄，愠于群小。"

⑥天杪(miǎo)：天际。《广雅》："杪，末也。"

⑦南枝鸟：《古诗十九首·行行重行行》："胡马依北风，越鸟巢南枝。"因借喻思念故乡。

别李三

阶蓂①附瑶砌，藂兰偶芳藿②。高位良有依，幽姿亦相托。鲍叔知我贫，烹葵③不为薄。半面契始终，千金比然诺。人生系时命，安得无苦乐。但感游子颜，又值余英落。苍苍秦树云，去去缑山④鹤。日暮分手归，杨花满城郭。

【题解】

此诗贞元十年至十二年(796)作于长安。李三，李顾言。诗写送别友人，感慨良多。《王闿运手批唐诗选》卷二评曰："唐派。"应该是说，此诗以情景为主，即便叙事说理，也是寓于情景之中，出以唱叹含蓄，正是唐诗的典型特征。当然，所评也涉及了唐宋诗之别，即多以风神情韵擅长正体现出了唐诗之美，而这种美，更多的时候恐怕是需要与宋诗多以筋骨思理见胜相比较，才能体现得更为充分。

【注释】

①蓂(míng)：古代传说中的一种瑞草。《竹书纪年》："又有草荚阶而生，月朔始生一荚，月半而生十五荚。十六日以后，日落一荚，及晦而尽。月小则一荚焦而不落，名曰蓂荚，一曰历荚。"

②"藂(cóng)兰"句：藂，古同"丛"。藿，香草名，即藿香。

③葵：葵菜。元王祯《农书》卷八："葵为百菜之主，备四时之馔，本丰而奈旱，味甘而无毒……子若根则能疗疾：咸无弃材，诚蔬茹之上品，民生之资助也。"《诗·豳风·七月》："七月烹葵及菽。"

④缑(gōu)山：即缑氏山，在今河南偃师。

秋夕远怀

旦夕天气爽，风飘叶渐轻。星繁河汉白，露逼衾枕清。丹鸟[①]月中灭，莎鸡[②]床下鸣。悠悠此怀抱，况复多远情。

【题解】

此诗贞元十年至十二年(796)作于长安。诗作以大部分笔墨描写"秋夕"的景致：凉爽的天气，轻飘的落叶，繁密的星河，冷清的露水，闪烁的萤火虫，鸣叫的纺织娘……种种景象中，都隐藏着一丝丝寂寥凄凉的情感，这就是诗末二句所透露的"悠悠""怀抱"。作者虽然只用了最后两句来写"远怀"，而实际上通篇都在写"远怀"。前面以景写情，情在景中，是暗写，后者直抒胸臆，则是明写。

【注释】

①丹鸟：萤火虫的别名。《古今注·鱼虫》："萤火，一名丹良，一名丹鸟，食蚊蚋。"

②莎鸡：虫名，又名络纬，俗称纺织娘。

东西道

天皇开四极，便有东西道。万古阅行人，行人几人老。顾我倦行者，息阴[①]何不早。少壮尘事多，那言壮年好。

【题解】

此诗元和五年(810)作于自洛阳赴长安途中。古人以三十为壮年,诗人上年出任监察御史,受命出使东川,平反东川八十八家百姓的冤案,弹劾贪赃枉法的东川节度使严砺。回朝之后,紧接着又以监察御史身份分务东台,本年奉调回京,可谓“尘事多”,因于途中宣泄由此而产生的“倦行”情绪,似略有不平之气。

【注释】

①息阴:犹息影。《庄子·渔父》:“不知处阴以休影,处静以息迹,愚以甚矣!”后因喻归隐闲居。

分流水

古时愁别泪,滴作分流水。日夜东西流,分流几千里。通塞两不见,波澜各自起。与君相背飞,去去心如此。

【题解】

此诗约元和五年(810)作于自洛阳赴长安途中。诗写与“君”相别相背而去,犹如分流之水,各自西东。其中或有不便明言,不待明言处,而出之以譬喻。宋宗元评首二句为“奇僻”(《网师园唐诗笺》卷三),相当准确。

《元氏长庆集》卷五已收此诗。《文苑英华》卷一六三载于司空曙《望水》诗后,题下无作者名,依其书体例,作司空曙本属可疑,而《唐音统签》卷二五五据以收入司空曙集中。《全唐诗》卷二九三、卷四〇〇并收之,分署司空曙、元稹。《诗渊》、《唐诗品汇》之《唐诗拾遗》卷二录此诗,均署作者为元稹。可见,这种类型的唐诗互见,应该是由于部分整理者在文献辑编过程中未经辨别,出现误判所致。而大凡互见之作,从另外的角度来看,似乎也可以在相当程度上表明它们受欢迎的程度。

西　还

悠悠洛阳梦，郁郁灞陵[1]树。落日正西归，逢君又东去。

【题解】

此诗元和五年(810)作于自洛阳赴长安途中。

【注释】

①灞陵：原名霸陵，汉文帝刘恒之陵墓，在今陕西西安东。

【辑评】

俞陛云《诗境浅说续编》首句言己之东游，次句言己之西还。辛苦归来，方冀与故人乐共晨夕，君又东去，马上相逢，能无怅怅？诗止言我还君去，而离情旅思皆于诗外见之。

含风夕

此后拾遗时作

炎昏倦烦久，逮此含风夕。夏服稍轻清，秋堂已岑寂。载[1]欣凉宇旷，复念佳辰掷。络纬惊岁功，顾我何成绩。青荧微月钩，幽晖洞阴魄。水镜涵玉轮，若见渊泉璧。参差帘牖重，次第笼虚白。树影满空床，萤光缀深壁。怅望牵牛[2]星，复为经年隔。露网袅风珠，轻河泛遥碧。讵无深秋夜[3]，感此乍[4]流易。亦有迟暮年，壮年良自惜。循环切中肠[5]，感念[6]追往昔。接瞬无停阴，何言问陈积。馨香推蕙兰，坚贞谕松柏。生物固有涯，安能比金石。况兹百龄内，扰扰纷众役。日月东西驰，飞车无留迹。来者良未穷，去矣定奚适。委顺在物为[7]，营营复何益。

【题解】

此诗元和元年(806)作于长安。诗写“炎昏倦烦”既久，晚来有风，因而心生感念，归于“委顺在物为，营营复何益”。

【注释】

①载：用在句子开头，表示强调，无意。

②牵牛：原作“牛斗”，据蜀本、卢本、杨本、《全诗》改。

③秋夜：原作“稠景”，据蜀本、卢本、杨本、《全诗》改。

④乍：原作“年”，据蜀本、卢本、杨本、《全诗》改。

⑤肠：原作“感”，据蜀本、卢本、杨本、《全诗》改。

⑥念：原作“今”，据蜀本、卢本、杨本、《全诗》改。

⑦物为：泯灭心灵，如物无知，听凭上天的安排。

【辑评】

《王闿运手批唐诗选》卷二：“不必如此多，此染乐天习气。又曰‘委顺在物为’，‘物’当作‘无’。”

秋堂夕

炎凉正回互，金火郁相乘[1]。云雷暗交构[2]，川泽方蒸腾。清风一朝胜，白露[3]忽已凝。草木凡气尽[4]，始见天地澄。况此秋堂夕，幽怀旷无朋。萧条帘外雨，倏闪案前灯。书卷满床席，蠨蛸[5]悬复升。啼儿屡哑咽，倦僮时寝兴[6]。泛览昏夜目，咏谣畅烦膺。况吟获麟章，欲罢久不能。尧舜事已远，丘道安可胜。[7]蜉蝣不信鹤，蜩鷃肯窥鹏[8]。当年且不偶，殁世何必称。胡为揭闻见，褒贬贻爱憎。焉用汩其泥[9]，岂在清如冰。非白又非黑，谁能点青蝇。[10]处世苟无闷，佯狂道非弘。无言被人觉，予亦笑孙登。

【题解】

此诗元和元年(806)作于长安。诗写秋堂之夕，幽怀满腹。末四句"处世苟无闷"云云，所言孙登，居北山土窟之中，好读《易》，弹一弦琴。旋居宜阳山，善啸。文帝使阮籍往观，与语，不应。嵇康从之游三年，问其所图，终不答。将别，谓康曰："子才多识寡，难乎免于今之世矣。""笑孙登"，是表明诗人的生活态度有别于佯狂出世之人。

【注释】

①"金火"句：古人以为，西方属秋属金，南方属夏属火，夏秋之交，为金火交替之时。

②"云雷"句：云雷，《类苑》、胡本作"雷云"。暗，杨本、《全诗》作"时"。

③露：原作"云"，据蜀本、杨本、董本、马本、《类苑》、胡本、《全诗》改。

④凡气：犹言重浊之气。夏天气浊，秋天气清，秋天降临，故云凡气尽。

⑤蟏蛸(xiāo shāo)：即蟢子，古人以为喜兆。《诗》孔颖达疏："蟏蛸，长踦，一名长脚，荆州河内人谓之喜母。此虫来著人衣，当有亲客至，有喜也。"

⑥寝兴：睡下与起床。

⑦"尧舜"二句：事，卢本作"去"。丘道，孔丘之道，即儒家之道。

⑧"蜩鷃(yàn)"句：《庄子·逍遥游》讲小大之辨时，言斥鷃讥笑大鹏云："彼且奚适也，我腾跃而上不过数仞而下，翱翔蓬蒿之间，此亦飞之至也。而彼且奚适也？"

⑨汩其泥：搅浑泥沙。

⑩"非白"二句：《论衡·累害》："青受尘，白取垢。青蝇所污，常在练素。"青蝇点素喻小人谗害好人。

酬乐天

时乐天摄尉予为拾遗

放鹤在深水，置鱼在高枝。升沉或异势，同谓非所宜。君为邑中吏，皎皎鸾凤姿。顾我何为者，翻侍白玉墀。昔作芸香侣[①]，三载不暂离。逮兹忽相失，旦夕梦魂思。崔巍骊山顶，宫树遥参差。只得两相望，不得长相随。多君岁寒意，裁作秋兴诗。上有[②]风尘苦，下言时节移。官家事拘束，安得携手期。愿为云与雨，会合天之垂。

【题解】

此诗元和元年(806)作于长安。本年四月，白居易授盩厔尉；七月，权摄昭应事。白居易原唱为《权摄昭应早秋书事寄元九拾遗兼呈李司录》：

> 夏闰秋候早，七月风骚骚。渭川烟景晚，骊山宫殿高。丹殿子司谏，赤县我徒劳。相去半日程，不得同游遨。到官来十日，览镜生二毛。可怜趋走吏，尘土满青袍。邮传拥两驿，簿书堆六曹。为问纲纪掾，何必使铅刀。

元稹诗作与之近似，在互道慰勉中表达相惜之意。

稍可说者，为此诗开篇的荒诞拟象之法。设喻拟象，最常见的方法是"譬于事"。世事纷繁复杂，比喻的拟象也是多种多样。因事情悖理失常，就会以荒诞的形象手法拟喻，即以不可能的事比不正常的事。如屈原《湘君》所云："采薜荔兮水中，搴芙蓉兮木末。"这种错乱颠倒之象，概括起来就是《怀沙》中所说的良莠不分之状："变白以为黑兮，倒上以为下。"后来，逐渐成为一种修辞传统。

【注释】

①芸香侣：芸香，花叶香气浓郁，可用于驱蠹书之虫，故以之称富于藏

书的秘书省。

②有:《全诗》作“言”。

杨子华画三首[①]

杨画远于展[②],何言今在兹。依然古妆服,但感时节移。念君一朝意,遗我千载思。予[③]亦几时客,安能长苦悲。

皓腕卷红袖,锦鞲臂苍鹘[④]。故人断弦心,稚齿从禽[⑤]乐。当年惜贵游,遗形寄丹雘[⑥]。骨象[⑦]或依稀,铅华已寥落。似对古人民,无复昔城郭。予亦观病身,色空俱寂寞。[⑧]

颠倒世人心,纷纷乏公是。真赏画不成,画赏真相似。丹青各所尚,工拙何足恃。求此妄中精[⑨],哀[⑩]哉子华子。

【题解】

此三诗元和五年至九年(814)作于江陵。杨子华,北齐世祖时任直阁将军、员外散骑常侍。尝画马于壁,夜听蹄啮长鸣如索水草;图龙于素,舒卷辄云气萦集。世祖使居禁中,非有诏不得与外人画,天下号为“画圣”。

三首诗各所侧重。第一首写观画后的总体感受。谓杨子华的画远在展子虔之前,为何此时还能看到?画中人物的装束打扮仍和古时候一样,但看了以后感觉到时代已经变了。杨君当年作画的心意,千载之后的今天还值得思考。人生在世,都不过是来去匆匆的过客,既然如此,又何必长久地苦苦悲伤。第二首具体写一幅女子射猎图。是说今天看来,画面上人物的形体依稀可见,但脸上的脂粉已经稀疏脱落了。这就像面对古人,但已经看不到当年城郭的繁华景象了。还是佛家说得好:世上的一切事物,无论是这有形的图画,还是已不复存在的城郭,都同样是虚幻寂寞的。第三首可以看作作者的画论。谓人心颠倒,往往以是为非。就绘画创作而言,客观世界中有欣赏价值的,很难画成;画成了值得欣赏的,也只是与真的事物有相似之处而已。各人对于绘画艺术有各人的崇尚、爱好,判断工与拙就很难有统一的标准。既然如此,杨君又何必深究于此呢?

【注释】

①三首:蜀本无,杨本、董本作小字。

②展:指展子虔,渤海(今山东阳信)人,善画道释人物故实。为唐代绘画之祖。

③予:原作"子",周相录《元稹集校注》据文意改,第二首同,可从。

④苍鹗:鸟名,即鱼鹰。

⑤从禽:追逐禽兽,即田猎。

⑥"遗形"句:用画记录下当时人物之神采。遗形,超脱形骸,描摹精神。丹雘(huò),即丹雘,可供涂饰之红色颜料。此借指绘画。

⑦骨象:骨骼相貌。

⑧"予亦"二句:观病,佛教语,谓观察妄惑的智力。色空,色即是空。佛教谓一切有形之物为色,而万物皆由业缘而生,本非实有。

⑨精:胡本、孙淇校作"情"。

⑩哀:杨本、孙淇校作"嗟"。

西州院

东川官舍

自入西州院,惟见东川城。今夜城头月,非暗又非明。文案床席满,卷舒赃罪名。惨凄且烦倦,弃之阶下行。怅望天回转[①],动摇万里情。参辰[②]次第出,牛女颠倒倾。况此风中柳,枝条千万茎。到来篱下笋,亦以[③]长短生。感怆正多绪,鸦鸦相唤惊。墙上杜鹃鸟,又作思归鸣。以彼撩乱思,吟为幽怨声。吟罢终不寝,冬冬复铛铛。

【题解】

此诗元和四年(809)作于梓州。东川官舍,剑南东川节度使之治所,在梓州(今四川三台)。剑南东川,至德二年置,领梓、遂、绵、剑等州,广德二年废,大历元年复置,二年又废,寻复置。诗写夜宿东川官舍,思归念亲,感怆幽怨。

【注释】

①天回转:即银河回转,由于地球之自转,银河始终自西向东移动。此谓夜已深。

②参辰:参星与辰星,分别于酉时与卯时出现在天空的西方和东方,出没各不相见。

③以:《正字通》:"以,与已同。"

台中鞫狱,忆开元观旧事,呈损之,兼赠周兄四十韵

忆在开元观,食柏练玉颜。疏慵日高卧,自谓轻人寰。李生隔墙住,隔墙如隔山。怪我久不识,先来问骄顽。十过乃一往,遂成相往还。以我文章卷,文章甚斒斓[①]。因言辛庾[②]辈,亦愿访[③]羸孱。既回数子顾,展转相连攀。驱令选科目[④],若在阛与阓[⑤]。学随尘土坠,漫数公卿关。惟恐坏情性,安能惧谤讪。还招辛庾李,静处杯巡环。进取果由命,不由趋险艰。穿杨二三子,弓矢次第弯。推我亦上道,再联朝士班。二月除御史,三月使巴蛮。蛮民詀(竹感反)諵[⑥]诉,啮指明痛瘝[⑦]。怜蛮不解语,为发昏帅[⑧]奸。归来五六月,旱色天地殷。分司别兄弟,各各泪潸潸。哀哉剧部职,惟数赃罪锾[⑨]。

死款依稀取，斗辞方便删。道心常自愧，柔发难久黫[10]。折支望车乘，支痛谁置患。奇哉乳臭儿，绯紫襉袯间[11]。渐大官渐贵，渐富心渐悭。闹装辔头觿[12]，静拭腰带斑。鹞子绣线韘[13]，狗儿金油（去声）镮[14]。香汤洗骢马，翠篾笼白鹇[15]。月请公主封[16]，冰受天子颁。开筵试歌舞，别宅宠妖娴。坐卧摩绵[17]褥，捧拥綟丝鬟[18]。旦夕不相离，比翼若飞鸾。而我亦何苦，三十身已鳏。愁吟心骨颤，寒卧支体痯[19]。（五闲反，又渠云反。）居处虽幽静，尤悔少愉懒[20]。不如周道士，鹤岭临潼湾[21]。绕院松瑟瑟，通畦水潺潺。阳坡自寻蕨，村沼看沤菅[22]。穷通两未遂，营营真老闲。

【题解】

此诗元和四年(809)作于洛阳。鞫(jū)狱，审理案件。开元观，即清都观。损之，李宗闵，字损之，行七，唐宗室，贞元二十一年登进士第，元和三年中贤良方正能直言极谏科。周兄，即周隐客，与元、白有交游，隐居河南济源西之玉阳山灵都宫。诗作在旧事的回忆和感慨中，涉及了中唐社会的诸多方面。

贞元、元和年间，一批士大夫将热情投入重建中央集权的政治活动，同时也把儒学的整顿与复兴视为己任。这股思潮表现在文学领域，以韩愈、柳宗元、白居易、元稹等人为代表，掀起了一场影响很大的文学革新思潮。这就是通常所说的中唐“古文运动”和“新乐府运动”。他们强调社会的伦理秩序，强调文学的讽喻规劝功能，希望他们的创作能够在社会政治活动中发挥应有的作用。但随着中兴之梦的破灭，重振儒学的愿望也难以实现，审美风尚与文学思想很快发生了背离儒学传统的变化，重功利的文学思想退出了历史舞台，很多士大夫对日将西倾的社会政治大为失望，转而纵情自适，以这首诗中所说的“开筵试歌舞，别宅宠妖娴”的生活来自我麻醉。因胸中不平而鸣，文学创作中也出现了种种有悖于中和之美的创作倾向，如“流荡”、“矫激”、“浅切”、“淫靡”、“险怪”等。李肇《唐国史补》卷下谓此种种倾向或风格，“俱名为‘元和体’”。

【注释】

①斒斓(bān lán)：通“斑斓”。

②辛庾：辛指辛丘度，行大。庾指庾敬休，字顺之，南阳新野(今属河南)人，与元稹有姻懿关系。

③访：原作“放”，据蜀本、卢本及何校改。

④科目：指唐代分科选拔官吏之名目。《日知录·科目》：“唐制，取士之科，有秀才，有明经，有进士，有俊士，有明法，有明字，有明算，有一史，有三史，有开元礼，有道举，有童子；而明经之别，有五经，有三经，有学究一经；有三礼，有三传；有史科。此岁举之常选也。其天子自诏曰制举……见于史者凡五十余科，故谓之科目。”

⑤阓(huì)与阛(huán)：阓，市之门；阛，绕市之墙。《广雅》王念孙疏证：“阛为市垣，阓为市门，而市道即在垣与门之内，故亦得阛阓之名。”此泛指喧闹之市区。

⑥詀諵(zhān nán)：低声碎语貌。

⑦痛瘝(guān)：疾苦，病痛。

⑧昏帅：指剑南东川节度使严砺。

⑨锾(huán)：古代重量单位，一说为六两。

⑩黫(yān)：黑色。《史记·天官书》：“黫然黑色甚明。”

⑪“绯紫”句：指因门荫而得高官。绯紫，红色与紫色之官服。唐制，散官五品以上服绯，三品以上服紫。此泛指高官所穿之官服。椾被：襁褓。椾，同“绷”，包裹婴儿之小被。

⑫“闹装”句：闹装，王骥德《古本西厢记校注》：“盖闹装犹杂装之谓。”觿，同“觽”，鞶辔之有舌环。

⑬韠：鹞子身上用丝线织成之饰物。

⑭“猗儿”句：猗，同“狗”。镮(huán)，泛指圆圈形物体，亦作“环”。

⑮白鹇(xián)：鸟名，又称银雉。

⑯“月请”句：《唐六典·公主邑司》：“公主邑司官各掌主家财货出入、

田园征俸之事。”请，告诉。封，卢本、杨本、《全诗》作“俸”。

⑰绵：明嘉靖刊本《唐诗纪事》（简称《纪事》，下同）、季本作“锦”。卢校“疑锦”。

⑱綟（lì）丝鬟：黄黑色发髻，此借指年轻女性仆人。綟，用莀草染成之颜色，黑黄而近绿。

⑲痺：麻痹。

⑳愉㦨：懈怠。愉，同“偷”；㦨，同“懒”。

㉑“鹤岭”句：鹤岭，缑氏山之岭。潼，蜀本、杨本、董本、《全诗》作“钟”。

㉒沤菅：水浸茅草，使之柔韧。菅，多年生草本植物。

【辑评】

清王闿运《王闿运手批唐诗选》卷二：“亦押韵，乃不如韩稳。”

韦氏馆与周隐客、杜归和泛舟

天色低淡淡，池光漫油油。轻舟闲缴绕，不远池上楼。时物欣外奖[①]，真元[②]随内修。神恬津藏满[③]，气委支节柔。众处岂自异，旷怀谁我俦。风车[④]笼野马，八荒安足游。开颜陆浑[⑤]杜，握手灵都[⑥]周。持君宝珠赠，顶戴头上头。

【题解】

此诗约元和五年（810）作于洛阳。韦氏馆，即东都履信坊韦夏卿宅，在洛阳定鼎门街。杜归和，或即杜元颖。诗写与友人泛舟游赏园林的情景，略有感慨。

【注释】

①“时物”句：时物，应时之作物。外奖，外在的激励。

②真元：谓人之元气。

③“神恬”句：古代养生理论认为，津液储蓄则精神饱满，津液外泻则生

机衰竭。

④风车：传说中凭风而行之神车。

⑤陆浑：原指今甘肃敦煌一带。汉置县，五代废，故城在今河南嵩县东北。

⑥灵都：即灵都观。

刘氏馆集隐客、归和、子元、及之、子蒙、晦之

湿垫绿[①]竹径，寥落护岸冰。偶然沽市酒，不越四五升。诗客爱时景，道人话升腾。笑言各有趣，悠哉古孙登。

【题解】

此诗约元和五年(810)作于洛阳。刘氏馆，疑指刘敦质之宅。子元，即吕炅，缑氏(今河南偃师)人，贞元十九年与元稹同榜中第，元和初任校书郎，与元稹交往较密。及之，即庾承宣，贞元八年进士及第，官终天平军节度使，与元氏有姻懿。子蒙，即卢真，行十九，郡望范阳(今河北蓟县)，与元稹唱和较多，惜皆不存。晦之，窦晦之，元稹诗友。诗作描绘园林风光，以及与人同游同赏的情趣和情谊。与它时它地同题材之作，往往注重园中花鸟树木的精神气质，并结合自身的秉性及遭遇，写伤嗟之叹的做法不同。

【注释】

①绿：蜀本、杨本、董本、马本、《全诗》、《类苑》、胡本、季本作“缘”。

寄隐客

我年三十二，鬓有八九丝。非无官次第，其如身早衰。今人夸贵富，肉食与妖姬。而我俱不乐，贵富亦何为。况逢

多士朝，贤俊若布棋。班行次第立，朱紫相参差。谟猷密勿进，羽檄[1]纵横驰。监察官甚小[2]，发言无所裨。小官仍不了，谴夺亦已随。时或不之弃，得不自弃之。陶君喜不遇，顾我复何疑。潜书周隐士，白云今有期。

【题解】

此诗元和五年(810)作于自洛阳赴长安途中。作者通过描写外在形貌的细微变化，抒发年华老去、时不我予的惆怅与愁怨，表达对友人的羡慕之意。这是由于元稹或因受白居易的影响而对个体生命非常爱护，同时对监察御史一职也渐生失望。

【注释】

①羽檄：《史记》裴骃《集解》："魏武帝《奏事》曰：'今边有小警，辄露檄插羽，飞羽檄之意也。'推其言，则以鸟羽插檄书，谓之羽檄，取其急速若飞鸟也。"

②"监察"句：《唐六典·御史台》："监察御史十人，正八品上。"

元和五年予官不了，罚俸西归，三月六日至陕府，与吴十一兄端公、崔二十二院长思怆曩游，因投五十韵

小年闲爱春，认得春风意。未有花草时，先醲[1]晓窗睡。霞朝淡云色，霁景牵诗思。渐到柳枝头，川光始明媚。长安车马客，倾心奉权贵。昼夜尘土中，那言早春至。此时我独游，我游有伦次。闲行曲江岸，便宿慈恩寺。[2]扣林引寒龟，疏丛出幽翠。凌晨过杏园[3]，晓露凝芳气。初阳好明净，嫩树怜低庳[4]。排房似缀珠，欲啼红脸泪。新莺语娇小，浅水光流

利。冷饮空腹杯，因成日高醉。酒醒闻饭钟，随僧受遗施。餐罢还复游，过从上文记。行逢二月半，始足游春骑。是时春已老，我游亦云既。藤开九华观，草结三条隧。[5]新笋踊犀株，落梅翻蝶翅。名倡绣毂车，公子青丝辔。朝士遇旬休，豪家得春赐。[6]提携好音乐，剪铲空田地。同占杏花园，喧阗各丛萃。顾予烦寝兴，复往散憔悴。倦仆色肌[7]羸，蹇驴行跛痹。春衫未成就，冬服渐尘腻。倾盖吟短草[8]，书空忆难字。遥闻公主笑，近被王孙戏。邀我上华筵，横头坐宾位。那知我年少，深解酒中事。能唱犯声歌，偏精变筹[9]义。含词待残拍，促舞递繁吹。叫噪掷投盘，生狞摄觥使。[10]逡巡光景晏，散乱东西异。古观闭闲门，依然复幽閟。无端矫情性，漫学求科试。薄艺何足云，虚名偶频遂。拾遗[11]天子前，密奏升平议。召见不须臾，憸庸[12]已猜忌。朝陪香案班，暮作风尘尉。[13]去岁又登朝，登为柏台吏[14]。台官相束缚，不许放情志。寓直[15]劳送迎，上堂烦避讳。分司在东洛，所职尤不易。罚俸得西归，心知受朝庇。常山攻小寇，淮右择良帅。[16]国难身不行，劳生欲何为。吾兄谙性灵，崔子同臭味。投此挂冠词，一生还自恣。

【题解】

此诗元和五年(810)作于自洛阳赴长安途中。吴十一，即吴士矩，章敬皇后弟吴溆之子，元稹从姨兄，早年相识于凤翔。端公，唐代侍御史的别称。崔二十二，即崔韶，字虞平，排行二十二，与元白俱有交谊，约卒于长庆年间。院长，洪迈《容斋四笔》卷一五《官称别名》云："唐人好以它名标牓官称……御史、拾遗为院长。"

诗写初仕京城时期的生活。时而在长安，时而浪迹外州他县，生活上漂泊不定，精神上困苦孤独。之所以如此孤独，是因为他“早岁而孤，资性疏愚。不得为达识者所顾，亦不愿与顺俗者同趋。行过二十，块然无徒”（《祭翰林白学士太夫人文》）。心情低落而愤懑，有时只好在诗中酒里寻求暂时的解脱，向佛道中寻求精神寄托。又，全诗共五十韵，全都是上声韵和去声韵，因而其中“随僧受遗施”之“施”必然也应读去声而不是平声。可见俗音影响所及，已不限于敦煌民间写本，文人雅士也在所难免。（参黄征《敦煌语言文字学研究》

【注释】

①醲（nóng）：《广雅》：“醲，厚也。”

②“闲行”二句：曲江，在今陕西西安南，有河水曲折盘桓，故名。慈恩寺，在长安晋昌坊，今西安南郊。

③杏园：在长安通善坊，故址在西安南郊大雁塔南。每年春，赐新及第进士宴饮于此。

④低庳（bì）：低矮。

⑤“藤开”二句：九华观，在长安朱雀门街，开元十八年唐睿宗女蔡国公主舍宅所立。三条隧，泛指京都之纵横大道。

⑥“朝士”二句：旬休，古代官吏每十天休假一天，称旬休。春赐，春天以朝廷或皇帝之名义赏赐权贵之物。寒食过后取榆火以赐贵近，即其类也。

⑦肌：《类苑》作“饥”。

⑧“倾盖”句：倾盖，车上之伞盖靠在一起。亦指初次相逢或订交。草，《全诗》、《类苑》作“章”。

⑨变筹：即在律令中使用“改令”手段以变换酒令。

⑩“叫噪”二句：投盘，即骰盘，唐代酒令之一，用于活跃酒筵气氛。白居易《东南行一百韵》自注：“骰盘、卷白波、莫走、鞍马，皆当时酒令。”摄，代理，兼理。觥使，宴席上掌管行酒之人。

⑪拾遗：古官名。唐武则天垂拱元年始置左、右拾遗二员，从八品上，分隶中书、门下，掌供奉讽谏，为士人之清选。此指拾遗之职责拾遗补阙。元稹元和元年官左拾遗。

⑫憸(xiān)庸：奸佞无能之辈。

⑬“朝陪”二句：香案班，朝班。风尘尉，指河南县尉。元稹元和元年九月由左拾遗出为河南县尉。

⑭柏台吏：指监察御史。元和元年四年二月除监察御史。柏台，御史台的别称。《汉书·朱博传》载汉代御史台列植柏树，故称。

⑮寓直：寄宿于其他官署当值，后泛指夜间于官署值班。

⑯“常山”二句：前者指讨伐成德军节度使王承宗。后者指元和四年十一月，淮西节度使吴少诚卒，吴少阳擅杀少诚之子而代立，朝廷发兵讨之。

寄吴士矩端公五十韵

此后并江陵士曹时作

昔在凤翔日，十岁即相识。未有好文章，逢人赏颜色。可怜何郎面，(吴生小字何郎。)二十才冠饰。短发予近梳，罗衫紫蝉翼。伯舅各骄纵，仁兄未摧抑。事业在杯盘，诗书甚徽纆。[①]西州[②]戎马地，贤豪事雄特。百万时可赢，十千良易借[③]。寒食桐阴下，春风柳林侧。藉草送远游，列筵酬博塞。[④]萎蕤云幕翠，灿烂红茵赩。[⑤]鲙缕轻似丝，香醅腻如軄[⑥]。将军频下城，佳人尽倾国。媚语娇不闻，纤腰软无力。歌辞妙宛转，舞态能剜刻。筝弦玉指调，粉汗红绡拭。予时最年少，专务酒中职。未能[⑦]愧生狞，偏矜任狂直。曲庇桃根盏，横讲捎云式[⑧]。乱布斗分朋，惟新间谗慝。[⑨]耻作最先吐，羞言未朝食。醉眼渐纷纷，酒声频饺饺[⑩](爱黑反)。扣节参差乱，飞觥往来织。强起相维持，翻成两匍匐。边霜飒然降，战马鸣不息。但喜秋光丽，谁忧塞云黑。常随猎骑走，多在豪家匿。夜饮天既明，朝歌日还昃[⑪]。荒狂岁云久，名利心潜逼。时辈多得途，亲朋屡相敕[12]。闲因适农野，忽复爱[13]稼穑。平生中圣人，翻然腐肠贼。[14]亦从酒仙去，便被书魔惑。脱迹壮士场，甘心竖儒域[15]。矜持翠筠管，敲断黄金勒。屡益兰膏灯，犹研兔枝墨[16]。崎岖来掉荡，矫枉事沉默。隐笑甚艰难，敛容还屴崱[17]。与君始分散，勉我劳修饰。岐路各营营，别离长恻恻。行看二十载，万事丝[18]何极。相值或须臾，安能洞胸臆。昨来陕郏会，悲欢两难克。问我新相知，但报长相忆。岂无新知[19]者，不及小相得。亦有生岁游，同年不同德。为别讵几时，伊予坠沟洫[20]。大江鼓风浪，远道参荆棘。往事返无期，前途浩难测。一旦得自由，相求北山[21]北。

【题解】

此诗元和五年(810)作于江陵。诗作写到正在成长中的少年元稹，既无严父拘束，又因"伯舅各骄纵，仁兄未摧抑"，得以比较广泛地接触社会，或凭吊古迹，或走马打猎，或观看赌博，或欣赏歌舞。这种生活际遇，大大开阔了诗人的视野，对其性格的形成，不无影响。对毫无忌讳的放纵生活进行细腻和绮丽的铺排，就像这首诗中所写的，表现了对内心欲念满足的自得，还有略带颓唐的精神排遣，也是市民化文人的庸俗和文人化市民的多情的糅合。元和式的"淫靡"、"浅切"，以及苏轼所说的"元轻白俗"，在这里得到了很好的说明。

在唐代家族与文学研究中，婚姻关系是一个重要的观照视角。可以看到，母教以及母系家族的影响，对文学家的成长也起着重要作用。其中，继母教子与寡母抚孤，则是唐代贵族家庭教育的特殊方面，由此也产生了相当数量的文学家，元稹便是其中之一，另外还有如韦承庆、颜真卿、杨收、李景让，等等。

白居易《唐河南元府君夫人荥阳郑氏墓志铭(并序)》即有云：

夫人为母时，府君既没，积与稹方龆龀，家贫无师以授业。夫人亲执[诗]书，诲而不倦。四五年间，二子皆以通经入仕。

元稹八岁时，叔父元宵、父亲元宽相继辞世。约在元稹四岁时始“母其家”的母亲郑氏，带着元积、元稹来到凤翔，“依倚舅族”。舅家长辈同情他无父家贫，不肯拘管太严。此诗中“伯舅各骄纵”云云，以及元稹同一年所作《答姨兄胡灵之见寄五十韵》序中所云：“时方依倚舅族，舅怜，不以礼数检，故得与姨兄胡灵之辈十数人为昼夜游。”说的都是这种情况。

【注释】

①“事业”二句：事业，才能。在，原作“若”，据蜀本、卢本改。徽纆(mò)，绳索。《易》陆德明《释文》：“刘云：三股曰徽，两股曰纆，皆索名。”此比喻束缚。

②西州：指凤翔。凤翔府在长安之西，故云。

③借：蜀本、杨本作“惜”。何校：“宋板作惜者误。”

④“藉草”二句：藉草，《文选》李善注：“以草荐地而坐曰藉。”博塞，即六博、格五等博戏。《庄子》成玄英疏：“行五道而投琼(即骰子)曰博，不投琼曰塞。”

⑤“萎蕤(ruí)”二句：萎蕤，草本植物。赩(xì)，《玉篇》：“赩，大赤色。”

⑥“香醅(pēi)”句：香醅，茶水上所结之薄膜。膱，原作“织”，据卢校改。

⑦能：蜀本、卢本、杨本、《纪事》作“解”。

⑧捎云式：周相录《元稹集校注》疑为李捎(一作梢)云所创立之酒令。

⑨“乱布”二句：谓参与者分成不同小组，一比高低，为取胜而不断变换花样，暗耍手段。谗慝(tè)，奸邪。

⑩咳咳：打嗝声。

⑪昃(zè)：太阳偏西。

⑫敕：告诫。

⑬爱：卢本作“忧”。

⑭“平生”二句：中(zhòng)圣人，醉酒的隐语。腐肠贼，腐蚀肠胃之贼，古人多指美酒佳肴。

⑮竖儒域：指科举考试。竖儒，对儒生之鄙称。

⑯兔枝墨：吴均《古意》："泪研兔枝墨，笔染鹅毛素。"

⑰岃崱（lì zè）：形容态度端正。

⑱丝：胡本、《全诗》作"纷"。

⑲知者：蜀本、卢本作"新知"。

⑳沟洫（xù）：《周礼》郑玄注："主通利田间之水道。"

㉑北山：即钟山。此代指归隐之地。

三月二十四日，宿曾峰馆，夜对桐花寄乐天

微月照桐花，月微花漠漠。怨淡不胜情，低徊拂帘幕。叶新阴影细，露重枝条弱。夜久春恨多，风清暗香薄。是夕远思君，思君瘦如削。但感事暌违，非言官好恶。奏书金銮殿[①]，步屣青龙阁[②]。我在山馆中，满地桐花落。

【题解】

此诗元和五年（810）作于自长安赴江陵途中。曾峰馆，即层峰驿，在陕西商州之东、武关之西。诗写赴任贬所途中，夜宿驿馆，于桐花飘落的月下，思亲念友，心潮起伏，思绪萦回。微微的月光映照着桐花，月下之人忧怨盈怀，不堪承受。那灯光透过密叶投下的细细碎荫，浓重露水压得弱枝柔条沉沉欲垂，夜风不时吹送来阵阵桐花微香。境、物、我三者融汇，落寞失意之感一齐袭来，郁结心头。全篇在平淡静默中寄寓着深情，饱含着忧郁，以景写情，情景交融。

【注释】

①金銮殿：唐代宫殿名，为文人学士待诏之所。

②青龙阁：青龙寺之阁。青龙寺在长安朱雀门街，本隋之灵感寺，龙朔二年城阳公主奏立为观音寺，景云二年改青龙寺。

酬乐天书怀见寄

本题云：初与微之别后，忽梦见之，及寤，而微之书至，兼览桐花之什，怅然书怀。此后五章并次用本韵。

新昌[①]北门外，与君从此分。街衢走车马，尘土不见君。君为分手归，我行行[②]不息。我上秦岭南，君直枢星北[③]。秦岭高崔嵬，商山好颜色。月照山馆花，裁诗寄相忆。天明作诗罢，草草从所如。凭人寄将去，三月无报书。荆州白日晚，城上鼓冬冬。行逢贺州牧[④]，致书三四封。封题乐天寄[⑤]，未拆已沾裳。拆书八九读，泪落千万行。中有酬我诗，句句截我肠。仍云得诗夜，梦我魂凄凉。终言作书处，上直金銮东。诗书费一夕，万恨缄其中。中宵宫中出，复见宫月斜。书罢月亦落，晓灯垂暗花。想君书罢时，南望劳所思。况我江上立，吟君怀我诗。怀我浩无极，江水秋正深。清见万丈底，照我平生心。感君求友什，因报壮士吟。持谢众人口，销尽犹是金。[⑥]

【题解】

此诗元和五年(810)作于江陵。诗写二人深厚情谊，互致慰勉。白居易原唱为《初与元九别后，忽梦见之。及寤，而书适至，兼寄桐花诗。怅然感怀，因以此寄》。元诗题下注云："此后五章，并次用本韵。"此注不妨视为唐诗赓和中首创"次韵"的标志。程大昌《考古编》卷七云：

> 唐世次韵，起元微之、白乐天，二公自号元和体，曰古未之有也。抑不知梁陈间已尝出此……杨衒之《洛阳伽蓝记》载：王肃入魏，舍江南故妻谢氏，而娶元魏帝女，其故妻赠之诗："本为簿上蚕，今为机上

丝。得路(茧)遂腾去，颇忆缠绵时。”其继室代答[见]谢，正次用“丝”、“时”两韵，则亦以唱和为次矣。

如果整体考察创作背景，会发现元、白二人这一系列唱酬诗所彰显的诗史意义。元稹酬和白诗时，面对的不是这一首诗，而是包括本书开篇所云《和答诗十首》在内的一批诗。其中如《和思归乐》，其和韵方式很像律赋中除照押规定的韵脚外，其他韵脚字可以在同类韵中自由选择的情况。元、白的《思归乐》与《和思归乐》等，以赋法铺叙描绘占很大篇幅，可见写作时受到了赋的潜在影响。元稹反复诵读白居易的和诗，和诗中那种类似律赋押大量相同韵脚的做法，如果再稍稍加大难度，就会发展成次韵。作为善“偷格律”(白居易《编集拙诗成一十五卷因题卷末戏赠元九李二十》)的元稹，与白居易在创作中“互事观摩，争求超越”，“非徒仿效，亦加改进”(陈寅恪《元白诗笺证稿》)，受白诗的诱发，加以改进，创为“次韵”是非常自然的事。于是，在元白的交相影响、共同努力下，由元稹最后将次韵一格定型了。

【注释】

①新昌：新昌坊，在长安朱雀门街，白居易居于此。

②行行：蜀本作“为行”。

③“君直”句：时白居易为翰林学士、京兆户曹参军，上直翰林院，在中枢机构之北，故云。

④贺州牧：未详。

⑤寄：蜀本、杨本、董本、马本、《全诗》作“字”。

⑥“持谢”二句：反“众口铄金”意而用之，谓虽遭众口谗毁，而我自持操如一。

酬乐天登乐游园见忆

昔君乐游园，怅望天欲曛①。今我大江上，快意波翻云。秋空压澶漫②，澒洞无垢氛。四顾皆豁达，我眉今日伸。长安隘朝市，百道走埃尘。轩车随对列，骨肉非本亲。夸游丞相第，偷入常侍[③]门。爱君直如发，勿念江湖人。

【题解】

此诗元和五年(810)作于江陵。乐游园，亦作乐游原、乐游苑，故址在今陕西西安南郊。本为秦之宜春苑，汉宣帝改为乐游苑。唐时为长安士女游赏之胜地。白居易原唱为《登乐游园望》：

独上乐游园，四望天日曛。东北何靄靄，宫阙入烟云。爱此高处立，忽如遗垢氛。耳目暂清旷，怀抱郁不伸。下视十二街，绿树间红尘。车马徒满眼，不见心所亲。孔生死洛阳，元九谪荆门。可怜南北路，高盖者何人。

【注释】

①曛(xūn)：昏暗。

②澶(chán)漫：杜甫《承闻河北诸道节度入朝欢喜口号绝句》仇兆鳌注："澶漫，广远貌。"

③常侍：中常侍、内常侍等宦官官职的省称。

酬乐天早夏见怀

庭柚有垂实，燕巢无宿雏。我亦辞社燕，茫茫焉所如。君诗夏方早，我叹秋已徂[①]。食物风土异，衾裯时节殊。荒草满田地，近移江上居。八日复切九[②]，月明侵半除[③]。

【题解】

此诗元和五年(810)作于江陵。诗写身处贬谪之地，彷徨不知所归之感，所谓"我亦辞社燕，茫茫焉所如"。白居易原唱为《春暮寄元九》，可与并读：

梨花结成实，燕卵花为雏。时物又若此，道情复何如。但觉日月促，不嗟年岁徂。浮生都是梦，老小亦何殊。唯与故人别，江陵初谪居。时时一相见，此意未全除。

【注释】

①徂(cú)：《尔雅》："徂，往也。"

②"八日"句：日，何校："'日'疑作'月'。"切，何校："'切'疑作'初'。"切，《广韵》："切，近也，迫也。"

③除：李诫《营造法式》："除谓之阶。"

酬乐天劝醉

神曲清浊酒[①]，牡丹深浅花。少年欲相饮，此乐何可涯。沈机[②]造神境，不必悟楞迦。酡[③]颜返童貌，安用成丹砂。刘伶称酒德，所称良未多。愿君听此曲，我为尽称嗟。一杯颜色好，十盏胆气加。半酣得自恣，酩酊归太和。共醉真可乐，飞觥撩乱歌。独醉亦有趣，兀然无与他。美人醉灯下，左右流横波。王孙醉床上，颠倒眠绮罗。君今劝我醉，劝醉意如何。

【题解】

此诗元和五年(810)作于江陵。白居易原唱为《劝酒寄元九》：

薤叶有朝露，槿枝无宿花。君今亦如此，促促生有涯。既不逐禅僧，林下学楞伽。又不随道士，山中炼丹砂。百年夜分半，一岁春无多。何不饮美酒，胡然自悲嗟。俗号销愁药，神速无以加。一杯驱世虑，两杯反天和。三杯即酩酊，或笑任狂歌。陶陶复兀兀，吾孰知其他。况在名利途，平生有风波。深心藏陷阱，巧言织网罗。举目非不见，不醉欲如何。

【注释】

①清浊酒：古代酒分清浊，清酒为优质酒，浊酒为劣质酒。

②沈机：亦作“沉机”，犹深谋。

③酡（tuó）：《玉篇》：“酡，饮酒朱颜貌。”

和乐天初授户曹喜而言志

王爵无细大，得请即为恩。君求户曹掾，贵以禄奉亲。闻君得所请，感我欲沾巾。今人重轩冕，所重华与纷。矜夸仕台阁[①]，奔走无朝昏。君衣不盈箧，君食不满囷。君言养既薄，何以荣我门。披诚再三请，天子怜俭贫。词曹直文苑，捧诏荣且忻[②]。归来高堂上，兄弟罗酒尊。各称千万寿，共饮三四巡。我实知君者，千里能具陈。感君求禄意，求禄殊众人。上以奉颜色，余以及亲宾。弃名不弃实，谋养不谋身。可怜白华士[③]，永愿凌青云。

【题解】

此诗元和五年（810）作于江陵。本年五月五日，白居易改官京兆府户曹参军，仍充翰林学士。对照原唱《初授户曹喜而言志》来读，可见白居易所欢喜的干禄以奉亲的行为，其背后也包含有将眼前物质、生命所需看得比台阁轩冕更为重要之意。黄周星《唐诗快》卷五即云：

> 乐天为左拾遗，岁满当迁，帝以资浅，且家贫，听自择官，乐天请以翰林学士兼京兆户曹参军，以便养。诏可。此非君臣也，乃父子耳，只“家贫听自择官”六字，千载之下，犹能令人感泣。

元稹在这里也通过酬赠寄诗的方式，对此深表理解赞同。

【注释】

①台阁：汉时指尚书台，后泛指中央政府机构。

②忻(xīn):同"欣"。

③白华士:指白居易。《诗·小雅》有《白华》之篇,其诗已佚,《诗序》曰:"《白华》,孝子之洁白也……有其义而亡其词。"

和乐天赠吴丹

不识吴生面,久知吴生道。迹虽染世名,心本奉天老[①]。雌一守命门[②],回九[③]填血脑。委气荣卫[④]和,咽津颜色好。传闻共甲子,衰颓尽枯槁。独有冰雪容,纤华夺鲜缟。问人何能尔,吴实旷怀抱。弁冕徒挂身,身外非所宝。伊予固童昧,希真亦云早。石坛玉晨尊[⑤],昼夜长自扫。密印视丹田[⑥],游神梦三岛。万过黄庭经,一食青精稻。[⑦]冥搜方朔桃,结念安期枣。[⑧]绿发幸未改,丹诚自能保。行当摆尘缨,吴门事探讨。君为先此词,终期搴瑶草[⑨]。

【题解】

此诗元和五年(810)作于江陵。吴丹,字真存,贞元十六年进士及第,历官秘书省正字、监察御史、水部及库部员外郎、都官及驾部郎中、谏议大夫、饶州刺史等,宝历元年卒,与白居易关系较密。白居易原唱为《赠吴丹》,重点谈的就是一个"闲"字。白诗中指明吴丹是"闲"的,交代能"闲悠悠"的原因,然后言说吴丹位居高官,抱负得展,官场进退自如,得心应手,居官、休闲两不误。对吴丹不隐深山,隐于市朝表示肯定。最后由人及己,做出决定:今后乞当"闲"官,享受清闲。元稹和诗即承此意而来。当然,对于元白而言,因为受到的儒家教育和当时所处的政治环境的影响,退居乞闲,常常会与施展政治抱负、报答君王恩宠相冲突,让人难做决断。于是,只有通过修心,才能做到忙中有"闲",为官求"闲"兼而得之。

【注释】

①天老：传为黄帝辅佐之臣，为道家祖师之一。《后汉书》李贤注："《帝王纪》曰：'黄帝以风后配上台，天老配中台，五圣配下台，谓之三公。'"

②"雌一"句：雌一，处阴柔之势而心专一守。命门，指右肾。《杂经·三十六难》："左者为肾，右者为命门。"

③回九：古代一种吸纳阳气的修炼方法。

④荣卫：中医学名词，荣指血之循环，卫指气之周流。荣气行于脉中，属阴；卫气行于脉外，属阳。荣卫二气散布全身，内外相贯，运行不已，对人体起着滋养与保卫作用。

⑤玉晨尊：玉晨之塑像。玉晨，仙人之号。

⑥"密印"句：密印，佛教认为，诸佛菩萨各有本誓，为标志此本誓，以两手十指结种种之相，是为印象印契，故云"印"；其理趣深奥秘密，故云"密"。此借指道教修炼之秘诀。丹田，道教认为，人体有三丹田，即两眉之间者为上丹田，心下者为中丹田，脐下者为下丹田。

⑦"万过"二句：《黄庭经》，道教经典著作之一，宣讲养生修炼之道，认为脾为中央黄庭，于五脏中特重脾土，故名。青精稻，即青精饭，立夏所吃的乌米饭。相传首为太极真人所制，服之可延年益寿。

⑧"冥搜"二句：方朔桃、安期枣，均为传说中的仙果名。

⑨搴(qiān)瑶草：搴，拔。瑶草，传说中的香草。

和乐天秋题曲江

十载定交契，七年镇相随[①]。长安最多处，多是曲江池。梅杏春尚小，芰荷秋已衰。共爱寥落境，相将偏此时。绵绵红蓼水，飏飏白鹭鸶[②]。诗句偶未得，酒杯聊久持。今来云雨[③]旷，旧赏魂梦知。况乃江枫夕，和君秋兴诗。

【题解】

此诗元和五年(810)作于江陵,回忆与白居易在长安的交游,所谓"旧赏魂梦知"。曲江池作为唐都长安地域最大的公共园林,有着不可替代的作用。唐代城市生活中的许多动人画卷,都是在这种公共游览区域中展开的。元稹等人受白居易的影响,自然免不了在曲江池写诗。诗中"诗句偶未得,酒杯聊久持",是说斟字酌句地推敲,甚至到了"为人性僻耽佳句,语不惊人死不休"(杜甫《江上值水如海势聊短述》)的地步。白居易原唱为《曲江感秋》,可以并读:

沙草新雨地,岸柳凉风枝。三年感秋意,并在曲江池。早蝉已嘹唳,晚荷复离披。前秋去楸思,一一生此时。昔人三十二,秋兴已云悲。今我欲四十,秋怀亦可知。岁月不虚设,此身随日衰。暗老不自觉,直到鬓成丝。

【注释】

①"七年"句:七,蜀本作"六"。镇,经常。

②鹭鸶(sī):水鸟名,因其头顶、胸、肩、背皆长毛如丝,故称。

③云雨:王粲《赠蔡子笃》:"风流云散,一别如雨。"因以之比喻分别。

和乐天别弟后月夜作

闻君别爱弟,明天[①]照夜寒。秋雁拂檐影,晓琴当砌弹。怅望天淡淡,因思路漫漫。吟为别弟操[②],闻者为辛酸。况我兄弟远,一身形影单。江波浩无极,但见时岁阑。

【题解】

此诗元和五年(810)作于江陵。白居易与弟行简作别,孤寂难耐。远在天涯的元稹获知此事后,和赠诗篇,表达相濡以沫之情。白居易原唱为《别舍弟后月夜》:

悄悄初别夜，去住两盘桓。行子孤灯店，居人明月轩。平生共贫苦，未必日成欢。及此暂为别，怀抱已忧烦。况是庭叶尽，复思山路寒。如何为不念，马瘦衣裳单。

【注释】

①明天：月光满天，照亮空际。

②操：《后汉书》李贤注引《别录》："君子因雅琴之适，故从容以致思焉。其道闭塞，悲愁而作者，名其曲曰操，言遇灾害不失其操也。"

和乐天秋题牡丹丛

敝宅艳山卉，别来长叹息。吟君晚丛咏，似见摧颓色。欲识别后容，勤过晚丛侧。

【题解】

此诗元和五年(810)作于江陵。白居易原唱为《秋题牡丹丛》：

晚丛白露夕，衰叶凉风朝。红艳久已歇，碧芳今亦销。幽人坐相对，心事共萧条。

春　月

春月虽至明，终有霭霭光。不似秋冬色，逼人寒带霜。纤粉淡虚壁，轻烟笼半床。分晖间林影，余照上虹梁[①]。病久尘事隔，夜闲清兴长。拥袍颠倒领[②]，步屣东西厢。风柳结柔援[③]，露梅飘暗香。雪含樱绽蕊，珠蹙桃缀房。杳杳有余思，行行安可忘。四邻非旧识，无以话中肠。南有居士俨，默坐调心王。[④]款关[⑤]一问讯，为我披衣裳。延我入深竹，暖我于小堂。视身琉璃莹，谕指芭蕉黄。[6]复有比丘溢，早传龙树方。[7]口中秘丹诀，肘后悬青囊。[8]锡杖虽独振，刀圭期共尝。[9]未知仙近远，已觉神[10]轻翔。夜久魂耿耿，月明露苍苍。悲哉沉眠士，宁见兹夕良。

【题解】

此诗约元和五年至九年(814)作于江陵。诗作咏叹春月，以及月下难以“沉眠”所产生的情思。

【注释】

①虹梁：高架而拱曲之屋梁。《文选》李善注：“应龙虹梁，梁形如龙，而曲如虹也。”

②“拥袍”句：颠倒领，适情任意，不整衣裳。袍，蜀本、杨本、《全诗》作“抱”。

③援：篱笆。

④“南有”二句：居士俨，周相录《元稹集校注》疑指陈俨。居士，在家佛教徒之受过“三归”、“五戒”者。俨，蜀本、卢本作“岩”。心王，佛教认为，心为人身之主宰，一切精神现象之主体，故云。

⑤款关：叩门。

⑥“视身”二句：琉璃，喻身体之坚实。芭蕉，佛经常以芭蕉比喻身体之易灭，人生之短暂。谕指，阐明旨意。

⑦“复有”二句：比丘，指已受具足戒的男性，即和尚。龙树，古印度高僧。

⑧“口中”二句：丹诀，原指炼丹成仙的秘诀，此借指佛教成佛的要诀。“肘后”句，《晋书·葛洪传》：“自号抱朴子，因以名书。其余所著……《肘后要急方》四卷。”后因以“肘后方”喻指仙方。青囊，原指古代医家与术数家盛放书籍及卜具的口袋。此借指佛教典籍。

⑨“锡杖”二句：锡杖，僧人所持禅杖，杖端有一铁卷，中段用木，下安铁纂，振时作声。刀圭，量药的器具，此代指药物。

⑩神：原作“人”，据蜀本、杨本、董本、《全诗》改。

月临花

即林檎花[1]

凌风飏飏花，透影胧胧月。巫峡隔波云，姑峰[2]漏霞雪。镜匀娇面粉，灯泛高笼缬[3]。夜久清露多，啼珠[4]坠还结。

【题解】

此诗约元和五年至九年作于江陵。诗作起首用两个对句描摹林檎花的风姿艳容：林檎花在风中轻盈飘扬，朦胧的月光留下它的绰绰花影，统领全篇。以下四句，连用巫峡云、姑峰雪、娇面粉、高笼缬四种物象，借喻林檎花在月光映照下似白犹红、似红犹白的淡淡花色，美如佳人，意态动人。结二句进一步描写月夜中的林檎花含露欲滴，既是写实又是比喻，暗喻花如美人夜泣。

【注释】

①即：蜀本、卢本、杨本、董本、《全诗》无。

②姑峰：姑射山之峰，在山西临汾境内。

③高笼缬(xié)：古代妇女的高鬟发式。缬，有文彩之丝织物。以花缯束发名缬子髻。

④啼珠：比喻露珠。李贺《苏小小墓》：“幽兰露，如啼眼。”

红芍药

芍药绽红绡，巴篱织青琐[1]。繁丝蹙金蕊，高焰当炉火。剪刻彤云片，开张赤霞[2]裹。烟轻琉璃叶，风亚珊瑚朵。受露色低迷，向人娇婀娜。酡颜醉后泣[3]，小女妆成坐。艳艳锦不如，夭夭桃未可。晴霞畏欲散，晚日愁将堕。结植本为谁，赏心期在我。采之谅多思，幽赠何由果。

【题解】

此诗约元和五年至九年作于江陵。《诗·郑风·溱洧》："维士与女，伊其相谑，赠之以勺药。"郑玄注："其别，则送女以勺药结恩情也。"诗作看似专咏红芍药，个中又喻人，并以物比花，不仅将红芍药描摹得艳丽多姿，楚楚动人，而且深感人在其中，赏心相知，意蕴深含。尤其是结四句"结植本为谁，赏心期在我。采之谅多思，幽赠何由果"，似问非问，似答非答，含蓄蕴藉，意味深长。

【注释】

①"巴篱"句：巴篱，即笆篱。青琐，刻镂成格状的窗户。此喻指篱笆。

②霞：杨本、董本、《类苑》作"霜"。

③泣：原作"并"，据卢本、蜀本、杨本、《全诗》改。

三叹三首[1]

孤剑锋刃涩，犹能神彩生。有时雷雨过，暗吼阗阗声。主人閟灵宝，畏作升天行。淬砺当阳铁[2]，刻为干镆名。远求鸊鹈[3]莹，同用玉匣盛。颜色纵相类，利钝颇相倾。雄为光电烻，雌但深泓澄。龙怒有奇变，青蛇终不惊。

金[4]凤翠皇死，葳蕤[5]光彩低。非无鸳鸾[6]侣，誓不同树栖。飞驰岁云暮，感念雏在泥。顾影不自暖，寄尔蟠桃鸡[7]。驯养岂无愧，类族安得齐。愿言成羽翼，奋翅凌丹梯。

天骥失龙偶，三年常夜嘶。哀猿[8]喷风断，鹍旦[9]含霜啼。

长恐绝遗类，不复蹑云霓。非无駉駉[10]者，鹤意不在鸡。春来筋骨瘦，吊影心亦迷。自此渥洼[11]种，应生[12]浊水泥。

【题解】

此三诗元和七年(812)作于江陵。诗中不仅再次借孤剑表露心迹，还把自己比作一匹不羁的天马。在这里，志节、心性的表白是抒发孤愤的一种有效方式。元稹本即因心性激切、志节刚直而遭贬，而今不仅没有改弦易辙，反而愈加坚贞，其中包含的正是决不妥协、决不后退的愤激之情。后期的元稹固然确实在一定程度上改变了初衷，但这种转变却并不能否定诗人前期作品中大量存在的孤愤情怀和顽强精神。这种情形，有点类似于高尔泰《美是自由的象征》中所说的"人格分裂"："艺术作品往往是作者人格分裂的表现：他在现实中被异化了，但却力图在艺术中过另一种生活，做另一种人"。

【注释】

①三首：蜀本、卢本、杨本、董本、《全诗》无。

②当阳铁：古代当阳所产铸刀之名铁。

③鷿(bì)鹈：水鸟名，俗称陆鸭，古人用其脂膏涂抹刀剑，以防锈蚀。

④金：蜀本、杨本、董本、马本、《全诗》作"仙"。

⑤葳(wēi)蕤：《史记》司马贞《索隐》引胡广曰："葳蕤，委顿也。"

⑥鸾：蜀本、卢本作"鹭"。

⑦蟠桃鸡：《述异记》卷下："东南有桃都山，上有大树名曰桃都，枝相去三千里，上有天鸡，日初出照此木，天鸡则鸣，天下鸡皆随之鸣。"

⑧猿：原作"缘"，据蜀本、卢本改。

⑨鹖(hé)旦：鸟名，即寒号鸟。鹖旦，原作"渴且"，据蜀本、卢本改。

⑩駉駉(jiōng)：马肥壮貌。

⑪渥洼：水名，在今甘肃安西县境，传说产神马之处。

⑫生：蜀本作"在"。

送王十一南行

夏水漾天末，晚旸映遥村。[1]风翻乌尾劲[2]，眷恋余芳尊。解袂方瞬息，征帆已翩翻。江豚涌高浪，枫[3]树摇去魂。远戍宗侣泊，暮烟洲渚昏。离心讵几许，骤若移[4]寒温。此别信非久，胡为坐忧烦。我留石难转，君泛云无根。万里湖南月，三声山上猿。从兹耿幽梦，夜夜湘与沅[5]。

【题解】

此诗约元和九年(814)作于江陵。王十一，疑为王师鲁，时赴湖南使幕为从事。诗写送友人南行时的情景，以及别后深深的失落感。

【注释】

①“夏水”二句：夏水，传说此水冬流夏竭，故名。旸，太阳。映遥，蜀本、卢本、杨本、《英华》、《全诗》作“依岸”。

②“风翻”句：翻，蜀本、杨本、《英华》、《全诗》作“调”。乌尾，桅杆上之乌形风向仪。

③枫：原作“槐”，据蜀本、卢本、杨本、《英华》、胡本、《全诗》改。

④骤若移：原作“归苦复”，据蜀本、卢本、杨本、《英华》、《全诗》改。

⑤湘与沅：湘水与沅水。湘水发源于广西，北流注入洞庭湖；沅水发源于贵州，东北流注入洞庭湖。此借指湖南地区。

遣　昼

密竹有清阴，旷怀无尘滓。况乃秋日光，玲珑晓窗里。旬休聊自适，今辰日高起。栉沐[1]坐前轩，风轻镜如水。开卷恣咏谣，望云闲徙倚。新菊媚鲜妍，短萍怜藿靡[2]。扫除田地静，摘掇园蔬美。幽玩惬诗流，空堂称[3]居士。客来伤寂寞，我念遗烦鄙。心迹两相忘，谁能验行止。

【题解】

此诗元和五年至九年(814)作于江陵。诗写旬休日闲静的日常生活。

【注释】

①栉沐：梳洗。栉，梳子、篦子等梳发用具。

②藿(huò)靡：弱草、浮萍类植物随风摆动貌。藿，同“霍”。

③称(chèn)：符合。

冬夜怀李侍御王太祝段丞

浩露烟𡋯[1]尽，月光闲有余。松篁细阴影，重以帘牖疏。泛览星粲粲，轻河悠碧虚。纤云不成叶，脉脉风丝纾[2]。丹灶炽东序，烧香罗玉书。[3]飘飘魂神举，若骖[4]鸾鹤舆。感念夙昔意，华尚簪与裾。簪裾讵几许，累创吞钩鱼。今[5]闻馨香道，一以悟臭帑[6]。悟觉誓不惑，永抱胎仙[7]居。昼夜欣所适，安知岁云除。行行二三友，君怀复何如。

【题解】

此诗元和五年至九年(814)作于江陵。李侍御，疑指李顾言。侍御，侍御史、殿中侍御史、监察御史之省称。王太祝，未详。太祝，太常卿属员，掌诵读祝文，出纳神主。段丞，未详。丞，中央或地方政府机构之副职。诗写冬夜怀友，有所感悟，所谓“悟觉誓不惑，永抱胎仙居”。

【注释】

①烟𡋯(ài)：烟雾尘埃。

②纾：蜀本、杨本、董本、马本、《全诗》作“舒”。

③“丹灶”二句：丹灶，炼丹用的炉灶。东序，古代宫室的东厢房，为藏图书、秘籍之所。此泛指东厢房。玉书，此泛指道教典籍。

④骖（cān）：乘，驾驭。

⑤今：原作“令”，据蜀本、杨本、董本、马本、《全诗》改。

⑥“一以”句：谓先前所崇尚的簪与裾，于今不过是腐臭的破布而已。臭帤（rú），破旧之布。

⑦胎仙：谓区别于常人，腹中有气而口鼻无呼吸，犹屏气然。

西斋小松二首[①]

松树短于我，清风亦已多。况乃枝上雪，动摇微月波。幽姿得闲地，讵感岁蹉跎。但恐厦终构，藉[②]君当奈何。

簇簇枝新黄，纤纤攒素指。柔芷渐依条，短莎还半委。[③]清风日夜高，凌云竟[④]何已。千岁盘老龙，修鳞自兹始。

【题解】

此诗创作时地不详。诗作借咏物而自伤自叹，正第一首末二句所谓“但恐厦终构，藉君当奈何”。

【注释】

①二首：蜀本无，杨本、董本作小字。

②藉（jí）：顾念，顾惜。《诗词曲语词汇释》：“藉犹顾也。”

③“柔芷（lǐ）”二句：芷，草名，白芷。莎，王念孙《广雅疏证》：“蓑与莎同音，青蓑即青莎也。”此处喻指蓑状松枝。

④竟：《全诗》、钱校作“意”。

周先生

寥寥空山岑，泠泠[①]风松林。流云[②]垂鳞光，悬泉扬高音。希夷周先生，烧香调琴心。神功盈三千[③]，谁能还黄金[④]。

【题解】

此诗或元和四五年(810)作于洛阳。周先生，指周隐客。诗作最为引人注目之处，正如胡震亨《唐音癸签》卷一一所云：

> 元微之《赠周先生》诗云云，四十字用平声字至三十九。古有四声诗纯用平声者，此则偶然犯之，而调叶步虚，殊锵然可诵。

其中的“偶然犯之”，当是指第三句原用了非平声的“月”字。就现有材料来看，最早有意识地创作四声诗的，是晚唐诗人陆龟蒙，“四声诗”这个名称也是他最先叫起来的。

【注释】

①泠泠：原作“冷冷”，据胡本、卢校、何校改。形容风吹松树之声音清越悠扬。

②云：原作“月”，卢校：“月讹”，据改。

③“神功”句：《云笈七签》卷三八：“太极真人曰：学升仙之道，当立千二百善功，终不受报。立功三千，白日登天，皆济人应死之难也。”

④还黄金：道家有所谓烧炼丹药化为金银之术，称黄白之术。

遣春十首

晓月笼云影，莺声[①]余雾中。暗芳飘露气，轻寒生柳风。冉冉一趋府[②]，未为劳我躬。因兹得晨起，但觉情兴隆。

久雨怜霁景，偶来堤上行。空濛天色嫩，杳淼江面平。百草短长出，众禽高下鸣。春阳各有分，予亦淡无情。

镜皎碧潭水，微波粗成文。烟光垂碧草，琼脉散纤云。[3]岸柳好阴影，风裾遗垢氛。悠然送春目，八荒谁与群。

低迷笼树烟，明净幂[4]霞日。阳焰[5]波春空，平湖漫凝溢。雪鹭远近飞，渚牙[6]浅深出。江流复浩荡，胡[7]为坐纡郁。

暄寒深浅春，红白[8]前后花。颜色讵相让，生成良有涯。梅芳勿自早，菊秀勿自赊[9]。各将一时意，终年无再华。

高屋童稚少，春来归燕多。葺旧良易就，新院亦已罗。俯怜雏化卵[10]，仰愧鹏无窠。巢栋与巢幕，秋风俱奈何。

撩乱扑树蜂，摧残恋芳[11]蕊。风吹雨又频，安得繁于绮。酒杯沉易过，世事纷何已。莫倚颜似花，君看岁如水。

绕郭高高冢，半是荆王[12]墓。后嗣炽阳台[13]，前贤甘荜路。善恶徒自分，波流尽东注。胡然不饮酒，坐落桐花树。

花阴莎草[14]长，藉莎闲自酌。坐看莺斗枝，轻花满尊杓。葛巾竹稍挂，书卷琴上阁。[15]沽酒过此生，狂歌眼前乐。

梨叶已成阴，柳条纷起絮。波渌紫屏风，螺红碧筹箸[16]。三杯面上热，万事心中去。我意风散云，何劳问行处。

【题解】

这一组诗约元和六年(811)作于江陵。从这组诗以及《表夏十首》、《解秋十首》、《遣病十首》、《楚歌十首》等作品中，已经看不到作者初到江陵时，仍然保有的那种自信自豪、昂扬奋发的情怀，作品中充斥的基本上是颓废感伤的情调和及时行乐的思想。如第九首中的“沽酒过此生，狂歌眼前乐”，第十首中的“三杯面上热，万事心中去”，都是很明显的表征。这样的借酒浇愁，不再是泄愤，而是自我麻醉，诗人的确开始退缩、消沉了。

【注释】

①声：董本、马本、《类苑》、胡本、季本作“深”。

②“冉冉”句：冉冉，雍容和缓貌。趋府，趋赴公府参见长官。《日出东南隅行》：“盈盈公府步，冉冉府中趋。”

③“烟光”二句：垂碧，蜀本、卢本作“委繁”。琼脉，玉石的纹理，形容纤云飘散之状。

④羃（mì）：杨本、《全诗》作“当”。

⑤阳焰：指春日近地空气受热上升时所呈现远望如水似雾的自然景象。

⑥渚牙：亦作渚芽，洲上初生之草芽。

⑦胡：原作“相”，据蜀本改。

⑧白：原作“日”，据杨本、《全诗》、季本改。

⑨赊：迟缓。《字汇》：“赊，迟缓为赊。”

⑩雏化卵：即卵化雏的倒用。

⑪芳：原作“房”，据蜀本、卢本、季本改。

⑫荆王：即楚王。

⑬“后嗣”句：后嗣，指楚襄王。炽，沉湎于某事。

⑭莎（suō）草：多年生草本植物。

⑮“葛巾”二句：葛巾，用葛布制成之头巾，形如帕而横者，尊卑皆服。稍，清朱骏声《说文通训定声》：“稍，按此字常训禾末。”阁，《说文通训定声》：“阁，凡止而不动皆谓之阁。”

⑯“螺红”句：镶有红色环之碧色筷子。

表夏十首

夏风多暖暖，树木有繁阴。新笋紫长短，早樱红浅深。楝花[①]云幕重，榴艳朝景侵。华实各自好，讵云芳意沉。

初日满阶前，轻风动帘影。旬时得休浣，高卧阅清景。

僮儿拂巾箱，鸦轧[2]深林井。心到物自闲，何劳远箕颍[3]。

江瘴炎夏早，蒸腾信难度。今宵好风月，独此荒庭趣。露叶倾暗光，流星委余素。但恐清夜徂，讵悲朝景暮。

孟月[4]夏犹浅，奇云未成峰。度霞红漠漠，压浪白溶溶。玉委有余润，飙驰无去踪。何如捧云雨，喷毒随蛟龙。

流芳递炎景，繁英尽寥落。公署香满庭，晴霞覆栏药。裁红起高焰，缀绿排新萼。凭此遣幽怀，非言念将[5]谑。

红丝散芳树，旋转光风急。烟泛被[6]笼香，露浓妆面湿。佳人不在此，怅望阶前立。忽厌夏景长，今春[7]行已及。

百舌渐吞声，黄莺正娇小。云鸿方警夜，笼鸡已鸣晓。当时客自适，运去谁能矫。莫厌夏虫多，蜩螗定相扰。

翩翩帘外燕，戢戢[8]巢内雏。啖食筋力尽，毛衣成紫襦。朝来各飞去，雄雌梁上呼。养子将备老，恶儿那胜无。

西山夏雪消，江势东南泻。风波高若天，滟滪低于马。正被黄牛旋，难期白帝下。[9]我在平地行，翻忧济川者。

灵均死波后，是节常浴兰[10]。彩缕碧筠粽，香秔白玉团。[11]逝者良自苦，今人反为欢。哀哉徇名[12]士，没命求所难。

【题解】

这一组诗约元和六年(811)作于江陵。诗作都是写夏日的事情。其中如第十首，屈原去世，人们在端午节这天纪念他。前四句写节日的由来和主要活动，后四句发表看法。人们在端午这天兴高采烈地浴兰汤，吃粽子，想到这些习俗本是为纪念屈原而起，想到屈大夫行吟泽畔，形销骨立、郁愤难平、抱石沉江的苦楚，作者不禁发出“逝者良自苦，今人反为欢”的感叹。只是，再一想到别人的思想言行，别人的悲喜，纪念或者忘却，本就是无法控制的事情。如陆游也曾亲眼目睹，“身后是非谁管得，满村听说蔡中郎”(《小舟游近村舍舟步归》)。若可以听从自己心中的声音，一切皆可释怀。

屈原、蔡邕又何必在地下愤愤不平，成为可悲可怜的“徇名士”呢？不妨尽弃身后之名，聊博世间一乐。元氏此诗颇能反思。

【注释】

①楝花：楝，原作“烟”，据卢校改。花，蜀本、杨本作“光”。

②鸦轧：象声词，形容汲水辘轳转动的声音。

③箕颍：箕山与颍水。相传尧时贤者许由曾隐居箕山之下，颍水之阳。后因称隐居之地。

④孟月：农历四月，为夏季的第一个月。

⑤将：蜀本、卢本作“谁”。

⑥被：蜀本、卢本作“绣”。

⑦今春：蜀本、卢本作“合昏”。

⑧戢戢(jí)：象声词，形容乳燕细弱的鸣叫声。

⑨“正被”二句：黄牛，指黄牛滩。白帝，指白帝城，故址在今重庆奉节东瞿塘峡口。

⑩浴兰：古人以为兰草可祛除不祥，故以兰汤洁斋祭祀。

⑪“彩缕”二句：彩缕，缠粽子的五色丝线。碧筠，包裹粽子的竹叶。缕，原作“楼”，据杨本、《全诗》改。秔(jīng)，同“粳”。

⑫徇名：舍身以求名。徇，通“殉”。

解秋十首

清晨颒[①]寒水，动摇襟袖轻。翳翳林上叶，不知秋暗生。回悲镜中发，华白三四茎。岂无满头黑，念此衰已萌。

微霜才结露，翔鸠初变鹰[②]。无乃天地意，使之行小惩。鸱鸮诚可恶，蔽日有高鹏。舍大以擒细，我心终不能。

往岁学仙侣，各在无何乡[③]。同时骛名者，次第鹓鹭行。而我两不遂，三十鬓添霜。日暮江上立，蝉鸣枫树黄。

后伏[4]火犹在，先秋蝉已多。云色日夜白，骄阳能几何。壤隙漏江海，丝[5]微成网罗。勿言时不至，但恐岁蹉跎。

新月才到地，轻河如泛云。萤飞高下火，树影参差文。露簟有微润，清香时暗焚。夜闲心寂默，洞庭[6]无垢氛。

霁丽床前影，飘萧帘外竹。簟凉朝睡重，梦觉茶香熟。亲烹园内葵，凭买家家曲。酿酒并毓蔬，人来有棋局。

寒竹秋雨重，凌霄[7]晚花落。低徊翠玉梢，散乱栀黄[8]萼。颜色有殊异，风霜无好恶。年年百草芳，毕竟同萧索。

春非我独春，秋非我独秋。岂念百草死，但念霜满头。头白古所同，胡为坐烦忧。茫茫百年内，处身良未休。

西风冷衾簟，展转布华茵。来者承玉体，去者流芳尘。适意丑为好，及时疏亦亲。衰周仲尼出，无乃为妖人。[9]

漠漠江面烧[10]，微微枫[11]树烟。今日复今夕，秋怀方浩然。况我头上发，衰白不待年。我怀有时极，此意何由诠。

【题解】

这一组诗约元和六年(811)作于江陵。铺陈繁富，是元白咏物咏节气一类组诗——另有如元稹的《虫豸诗七篇》、《有鸟二十章》、《表春十首》以及白居易的《有木诗八首》、《和春深二十首》、《池鹤八绝句》、《禽虫十二章》等——的共同特点，颇有辞赋家以体物为主的创作倾向。以组诗的形式进行铺衍，本身也带有赋体罗列性的特征。白居易在《禽虫十二章》序中说："顷如此作，多与故人微之、梦得共之。微之、梦得尝云：'此乃九奏中新声，八珍中异味也。'有旨哉，有旨哉！"可见，所谓"新声"、"异味"，正是因为其中融入了赋以及受赋影响的小说等其他文体成分，所以带来了创作上的某些新的变化。

中唐以来，文人以围棋为闲情雅兴和避世高情之风盛行。元稹、白居易等人更是嗜棋成癖，不仅时常相聚论棋，而且有客来访多以棋待客，正如本组诗第六首中所说的“酿酒并毓蔬，人来有棋局”。后来，元稹还写过《酬段丞与诸棋流会宿弊居见赠二十四韵》，笔墨酣畅，可以看出他是满足于一种高雅情趣的。白居易棋艺虽不精湛，但其爱好一如元稹。

关于本组诗的次序，蜀本以二、三、四、五首作三、四、五、六首，第六首作第二首曰：“簟凉朝睡重，梦觉茶香熟。亲烹园内葵，凭买家家曲。酿酒并毓蔬，人来有棋局。霁丽床前影，飘萧帘外竹。”卢文弨曰：“宋本以首二句作末句，不可从。”

【注释】

①颒(huì)：洗脸。《玉篇》：“颒，洒面也。”

②“翔鸠”句：《礼记·王制》：“鸠化为鹰，然后设罻。”京房占曰：“七月鸠化为鹰。”翔，蜀本作“鸣”。

③无何乡：“无何有之乡”之省，即空无所有之域。此借指道教。

④后伏：即三伏之末伏，自立秋后第一个庚日起，共计十天。《初学记》卷四引《阴阳书》：“从夏至后第三庚为初伏，第四庚为中伏，立秋后初庚为后伏，谓之三伏。”

⑤丝：原作“忽”，据蜀本、卢本改。

⑥洞庭：广阔无垠之空际。《庄子》成玄英疏：“洞庭之野，天池之间，非太湖之洞庭也。”

⑦凌霄：花名，落叶藤本植物。

⑧栀黄：用栀子染成的黄色。

⑨“衰周”二句：孔子生于春秋，为周朝之末，末世而生圣人，是为怪异之事。妖人，反时而生的怪异之人。

⑩江面烧：谓夕阳返照江面，如同着火一般。

⑪枫：原作“风”，据蜀本、卢本、杨本、《全诗》改。

遣病十首

服药备江瘴，四年方一疠[①]。岂是药无功，伊予久留滞。

滞留人固薄，瘴久药难制。去日良已甘，归途奈无际。

弃置何所任，郑公[2]怜我病。三十九万钱，(岁入之大率。)资予养顽瞑。身贱杀何益，恩深报难罄。公其千万年，世有天之郑。

忆作[3]孩稚初，健羡成人列。倦学厌日长，嬉游念佳节。今来渐讳年，顿与前心别。白日速如飞，佳晨亦骚屑[4]。

昔在痛饮场，憎人病辞醉。病来身怕酒，始悟他人意。怕酒岂不闲，悲无少年气。传语少年儿，杯盘莫回避。

忆初头始白，昼夜惊一缕。渐及鬓与须，多来不能数。壮年等闲过，过(上如字，下音戈。)壮年已五。华发不再青，劳生[5]竟何补。

在家非不病，有病心亦安。起居甥侄扶，药饵兄嫂看。今病兄远路，道遥书信难。寄言娇小弟，莫作官家官。

燕巢官舍内，我尔俱为客。岁晚我独留，秋深尔安适。风高翅羽垂，路远烟波隔。去去玉山岑[6]，人间网罗窄。

檐宇夜来旷，暗知秋已生。卧悲衾簟冷，病觉肢体轻。炎昏岂不倦，时去聊自惊。浩叹终一夕，空堂天欲明。

秋依静处多，况乃凌晨趣。深竹蝉昼风，翠茸衫晓露。庭莎病看长，林果闲知数。何以强健时，公门日劳骛。

朝结故乡念，暮作空堂寝。梦别泪亦流，啼痕暗横枕。昔愁凭酒遣，今病安能饮。落尽秋槿花[7]，离人疾犹甚。

【题解】

这一组诗元和八年(813)作于江陵。诗作中，年轻时代曾经有过的那种慷慨激昂的呼号，已经蜕变成了感怀悲叹人生遭际和自我生命。可见，元稹在此期间的创作，对于了解封建时代知识分子的文化性格，极有认识价值。元和贬谪文学的悲伤意绪，还表现为浓郁强烈的思乡怀归之情，如组诗第十首所写。在这里，故乡成了贬谪诗人唯一可以慰藉受伤心灵的处所，也成了他们无比怀念、执著追求的永恒目标。

【注释】

①疠(lì)：《左传》杜预注："疠，疾疫也。"此处指染病。

②郑公：指严绶。元和六年绶节度江陵时进封郑国公。

③作：卢校"疑昨"。

④骚屑：凄清愁苦貌。

⑤劳生：《庄子·大宗师》："夫大块载我以形，劳我以生，佚我以老，息我以死。"后因指辛劳的生活。

⑥玉山：神话传说中的仙山。《山海经·西山经》："又西三百五十里曰玉山，是西王母所居也。"郭璞注："此山多玉石，因以名云。《穆天子传》谓之群玉之山。"岑，山险峻貌。

⑦槿花：即木槿花，朝开夕陨，因喻青春之短暂。

寒

江瘴节候暖，腊初梅已残。夜来北风至，喜见今日寒。扣冰浅塘水，拥雪深竹栏。复此满樽醁[①]，但嗟谁与欢。

【题解】

此诗元和五年至九年(814)作于江陵。诗写"江瘴""腊初"见寒之喜，又感叹无人可与分享。

【注释】

①醁(lù)：《广韵》："醁，美酒。"

玉泉道中作

楚俗物候晚，孟冬才有霜。早农半华实，夕水含风凉。遐想云外寺，峰峦眇相望。松门接官路，泉脉连僧房。微露上弦月，暗焚初夜香。谷深烟壒净，山虚钟磬长。念此清境远，复忧尘事妨。行行即前路，勿滞分寸光。

【题解】

此诗元和七年(812)作于自江陵赴襄阳途中。诗写念玉泉“清境”，忧世俗“尘事”。

【辑评】

清王尧衢《古唐诗合解》卷二：“‘楚俗’四句：楚俗霜迟，叙时候也。‘半华实’，或花或实，半有收也。‘夕水含风凉’，亦是孟冬之候。‘遐想’四句：此解俱从遐想中来，非实历也。盖道中遥见云外之寺，因想其峰峦相望，其松门必接官路，其泉脉必连僧房也。‘微露’四句：渐至日暝，弦月微露，将近山寺，暗闻夜香，谷深而烟尘俱净，山空而钟磬悠长。”

遣　病

此后通州时作①

自古谁不死，不复记其名。今年京城内，死者老少并。独孤才四十，(秘书少监郁。)仕宦方荣荣。李三三十九，(监察御史顾言。)登朝有清声。赵昌八十余，三拥大将旌。为生信异异，之死同冥冥。其家哭泣爱，一一无异情。其类嗟叹惜，各各无重轻。万龄龟菌等②，一死天地平。以此方我病，我病何足惊。借如今日死，亦足了一生。借使到百年，不知何所成。况我早师佛，屋宅③此身形。舍彼复就此，去留何所萦。前身为过迹，来世即前程。但念行不息，岂忧无路行。蜕骨龙不死，蜕皮蝉自鸣。胡为神蜕体，此道人不明。持谢爱朋友，寄之仁弟兄。吟此可达观，世言何足听。

【题解】

此诗元和十年(815)作于通州。诗作“流畅”(陆时雍《唐诗镜》卷四六)而轻松地表达了“视死如归”的态度，通俗得如同一首顺口溜。因病想到死亡，而态度如此轻松，是由于达观。就对待死亡的态度而言，达观包括能够坦然地面对死亡，理智地安排后事，以及安然地告别人生。此篇涉及的是其中第一点，正诗末二句所云“吟此可达观，世言何足听”。

【注释】

①此后通州时作：蜀本、卢本、杨本、董本、《全诗》作“自此通州后作”。

②“万龄”句：龟寿万龄，菌龄朝夕，而不免同归于死，故云。

③屋宅：佛家以家屋喻身体，主人公喻心性。

感　梦

梦故兵部裴尚书相公

十月初二日，我行蓬州①西。三十里有馆，有馆名芳溪②。荒邮屋舍坏，新雨田地泥。我病百日余，肌体顾若刲③。气填暮不食，早早掩窦圭④。阴寒筋骨病，夜久灯火低。忽然寝成梦，宛见颜如珪。似叹久离别，嗟嗟复凄凄。问我何病痛，又叹何栖栖。答云痰滞久，与世复相暌。重云痰小疾，良药固易⑤挤。前时奉橘丸，攻疾有神功。何不善和疗，岂独头有风。(予顷患痰[⑥]、头风,逾月不差。裴公教服橘皮朴硝丸,数月[⑦]而愈。今梦中复征前说,故尽记往复之词。)殷勤平生事,款曲无不终。悲欢两相极,以是半日中。言罢相与行,行行古城里。同行复一人,不识谁氏子。逡巡急吏来,唤呼愿且止。驰至相君前,再拜复再起。启云吏有奉,奉命传所旨。事有大惊忙,非君不能理。答云久就闲,不愿见劳使。多谢致勤勤,未敢相唯唯。我因前献言,此事愚可料。乱热由静消,理繁在知要。君如冬月阳[⑧],奔走不必召。君如铜镜明,万物自可照。愿君许苍生,勿复高体调[⑨]。相君不我言,顾我再三笑。行行及城户,黯黯余日辉。相君不我言,(一本握我手。)命我从此归。不省别时语,但省涕淋漓。觉来身体汗,坐卧心骨悲。闪闪灯背壁,胶胶鸡去埘[⑩]。倦童颠倒寝,我泪纵横垂。泪垂啼不止,不止啼且声。啼声觉僮仆,僮仆撩乱惊。问我何所苦,问我何所思。我亦不能语,惨惨即路岐。前经新政县[⑪],今夕复明辰。賨[⑫]賨满心气,不得说向人。奇哉赵明府[⑬],怪我眉不伸。云有北来僧,住此月与旬。自言辨贵骨,谓若识天真。谈游费闷[⑭]景,何不与逡巡。僧来为予语,语及昔所知。自言有奇中,裴相未相时。读书灵山寺[⑮],住处接园篱。指言他日贵,晷刻似不移。我闻僧此语,不觉泪歔欷(去声)。因言前夕梦,无人一相谓。无乃裴相君,念我胸中气。遣师及此言,使我尽前事。僧云彼何亲,言下涕不已。我云知我深,不幸先我死。僧云裴相君,如君恩有几。我云滔滔众,好直者皆是。唯我与白生,感遇同所以。官学不同时,生小异乡里。拔我尘土中,使我名字美。美名何足多[⑯],深分从此始[⑰]。吹嘘莫我先,顽陋不我鄙。往往裴相门,终年不曾履。相门多众流,多誉亦多毁。如闻风过尘,不动井中水。前时予掾荆,公在期复起。自从裴公无，吾道甘已矣。白生道亦孤，谗谤销骨髓。司马九江城，无人一言理⑱。为师陈苦言，挥涕满十指。未死终报恩，师听此男子。

【题解】

此诗元和十年(815)作于自通州赴兴元疗疾途中。裴尚书相公，指裴垍(jì)。《旧唐书·宪宗纪》云：元和三年九月，“以户部侍郎裴垍为中书侍郎同平章事”。元和五年十一月罢为兵部尚书。元稹与白居易俱曾深受裴垍知遇之恩，诗作写其深切怀念与感激之情。诗末“前时予掾荆，公在期复起。自从裴公无，吾道甘已矣”四句的自白，谓因为有了裴垍的支持与鼓励，虽迭遭政治打击，仍能保持乐观进取的态度。随着元和六年裴垍逝世，诗人失去政治靠山，陷入痛苦彷徨。白居易《梦裴相公》可参读：

> 五年生死隔，一夕魂梦通。梦中如往日，同直金銮宫。仿佛金紫色，分明冰玉容。勤勤相眷意，亦与平生同。既寤知是梦，悯然情未终。追想当时事，何殊昨夜中。自我学心法，万缘成一空。今朝为君子，流涕一沾胸。

【注释】

①蓬州：治所在今四川仪陇南。

②芳溪：馆驿名，故址在今四川仪陇南。

③刲(kuī)：《广韵》：“刲，割。”

④窦圭：即圭窦，形状如圭之墙洞。《左传》杜预注：“圭窦，小户，穿壁为户，上锐下方，状如圭也。”

⑤易：原作“宜”，据蜀本、卢本、杨本、董本、《全诗》改。

⑥痰：蜀本作“疾”。

⑦月：《类苑》作“日”。

⑧冬月阳：《左传·文公七年》：“赵衰，冬日之阳也；赵盾，夏日之日也。”杜预注：“冬日可爱，夏日可畏。”

⑨高体调：谓以高格调相标榜。体调，犹格调。

⑩“胶胶”句：胶胶，鸡鸣声。埘（shí），在墙壁上凿洞而成的鸡窝。《尔雅》：“鸡栖于弋为榤，凿垣而栖为埘。”

⑪新政县：属阆州，治所在今四川南部县东南新政镇。

⑫窴（tián）：同“填”，充满。

⑬赵明府：名未详，当是新政县令。《云麓漫钞》卷二：“唐人则以明府称县令……既称令为明府，尉遂曰少府。”

⑭闷：原作“閟”，据蜀本、杨本、董本、马本改。

⑮灵山寺：又名凤凰寺、报忠寺，故址在今河南宜阳西。

⑯多：重视。《汉书》颜师古注：“多，犹重也。”

⑰始：原作“治”，据蜀本、卢本、杨本、董本、《全诗》改。

⑱理：申辩，辩白。

和东川李相公慈竹十二韵

次本韵

慈竹不外长，密比青瑶华①。矛攒有森束，玉立②无蹉跎。纤粉妍腻质，细琼交翠柯。亭亭霄汉近，霭霭雨露多。冰碧寒夜耸，箫韶风昼罗。烟含③胧胧影，月泛鲜鲜④波。鸾凤一已顾，燕雀永不过。幽姿媚庭实，颢气爽天涯⑤。峻节高转露，贞筠寒更佳。托身仙坛上，灵物神所呵。时与天籁合⑥（音阁），日闻阳春歌。应怜孤生者，摧折成病痾⑦。

【题解】

此诗元和十二年（817）自兴元返通州后作。李相公，指李逢吉，上年四月为门下侍郎同中书门下平章事，本年出为剑南东川节度使，原唱已佚。慈竹，丛生，一丛或多至数十百竿，根窠盘结，四时出笋。竹高至二丈许，新竹旧竹密结，高低相倚，若老少相依，故云。诗作咏竹及人，于赏赞之外，不无自怜幽独之慨，正末句所谓“应怜孤生者，摧折成病痾”。

【注释】

①瑶华：美玉。《抱朴子·勖学》：“故瑶华不琢，则耀夜之景不发。”

②立：原作“粒”，据蜀本、杨本、董本、《英华》、《全诗》“一作”作改。

③含：蜀本、《英华》作“涵”。

④鲜鲜：《英华》、《全诗》作“鳞鳞”。

⑤“颢（hào）气”句：颢气，秋天之气。《吕氏春秋·有始》：“西方曰颢天。”爽，卢本、钱校、《英华》、《全诗》“一作”作“陵”，季本“一作”作“凌”。

⑥合：蜀本、卢本、杨本、《全诗》、《英华》下有小注“音阁”。

⑦痾（kē）：病。

酬东川李相公十六韵

并启。此后至和乐天三首并次用本韵[1]

稹启：今月十二日，州吏回，伏受相公书，示知小生所献《和慈竹》等诗，关达鉴览[2]，不蒙罪退。而又赐诗一十韵，并首序一百二十三言。废名位之常数，比朋友以字之，饰扬涓埃，投掷珠玉，幸甚！幸甚！至于《庙议》末学，《江花》陋词，无不记在雅章，以备光宠，不胜惶骇惊惭之至。昔楚人始交，必有乘车戴笠不忘相揖之誓，诚以为贵富不相忘之难也。况贵贱之隔，不啻于车笠之相悬，而相公投贶[3]珍重，又岂唯一揖之容易哉。稹独何人，享是嘉惠，辄复牵课拙劣[4]，酬献所赐，是犹百兽与凤凰同舞于《箫韶》之中，各极其欢心耳，又何暇自审其形容之不类哉。庆岁[5]专人封用上献，死罪死罪！谨启。

昔附赤霄羽，葳蕤游紫垣。斗班香案上，奏语玉晨尊。[6]戆直撩忌讳，科仪[7]惩傲顽。自从真籍除[8]，弃置勿复论。前时共游者，日夕黄金轩[9]。请帝下巫觋，八荒求我魂。鸾凤屡鸣顾，燕雀尚篱藩。徒令霄汉外，往往尘念存。存念岂虚设，并投琼与璠[10]。弹珠[11]古所讶，此用何太敦。邹律寒气变，郑琴祥景奔。[12]灵芝绕身出，左右光彩繁。碾玉无俗色，蕊珠非世言。[13]重惭前日句，陋若莸并荪[14]。腊月巴地雨，瘴江愁浪翻。因持骇鸡宝，一照浊水昏。[15]

【题解】

此诗元和十二年(817)自兴元返通州后作。李相公，指李逢吉，原唱已佚。诗作回忆与李逢吉往昔“共游”情形，写出对其“投贶珍重”的感激之意，可与诗序互补对读。诗序中所云《庙议》、《江花》，分别指元稹的《迁庙议状》、《使东川·江花落》。在中唐诗坛上，元稹诗歌本文虽多为五言，但序文形式多样，内容丰赡，自成特色。如著名的《乐府古题序》，可以称得上是一篇优秀的文论作品；《卢头陀诗(并序)》等，则直可以传奇视之；又如此篇及《献荥阳公诗五十韵(并序)》二诗，所附者皆为书信体的“启”而非序，亦可见出作者在诗序合一中的创新意识；它如《酬乐天南行诗一百韵(并序)》、《桐孙诗(并序)》等，多述写诗人的遭遇与友人的交谊，大都具有词简义约，感情真挚，风格朴实等特点。

【注释】

①“并启”至“本韵”：蜀本、卢本、杨本、董本作“次用本韵并启”，胡本无。卢校：“马本删去‘次用本韵’四字，而移次首题下注‘此后至和乐天三首并用本韵’十二字于此题下，误甚。若注于此，则是四首，非三首矣。宋本‘并启’二字亦大字，马改作小字，又于‘并’字下添‘次’字。”

②关达：用文书告知。鉴览：审阅。

③贶(kuàng)：赐予，赠予。

④牵课拙劣：勉强写作而成的粗劣作品，是元稹的谦辞。

⑤庆岁：指元和十二年。因本年朝廷平定淮西吴元济叛乱，故云。

⑥“斗班”二句：斗班，唐制，皇帝御殿日，天将微明，宰相及两省官等斗

班于香案前，俟开扇，同时赞拜。朝班分左右侍立，合时称斗班。玉晨，道观名，在大明宫紫宸殿后。

⑦科仪：犹科式。此处指用相应律条加以惩处。

⑧真籍除：指被贬为地方官江陵士曹参军。真籍，本指仙人或仙家之花名册，此借指朝籍，即在朝官员的花名册。

⑨黄金轩：犹黄阁。此泛指高官显宦。

⑩琼与璠（fán）：琼，赤色玉，一说美玉。璠，宝玉。此处借美李逢吉的诗文。

⑪弹珠：《庄子·让王》："今且有人于此以隋侯之珠，弹千仞之雀，世必笑之，是何也？则其所用者重，而所要者轻也。"比喻轻重倒置，得不偿失。

⑫"邹律"二句："邹律"句，相传战国齐人邹衍，精于音律，吹律能使地暖而禾黍滋生。"郑琴"句，郑国乐师师文琴技高超，"当春而叩商弦，以召南吕，凉风忽至，草木成实；及秋而叩角弦，以激夹钟，温风徐回，草木发荣；当夏而叩羽弦，以召黄钟，霜雪交下，川池暴沍；及冬而叩徵弦，以激蕤宾，阳光炽烈，坚冰立散；将终命宫而总四弦，则景风翔，庆云浮，甘露降，澧（醴）泉涌。"

⑬"碾玉"二句：碾玉，经磨治之玉。蕊珠，指《蕊珠经》，道教经籍名。

⑭荪（sūn）：香草名。

⑮"因持"二句：《埤雅》卷三："骇鸡，盖犀之美者，有光，故鸡见影而惊。"

酬独孤二十六送归通州①

再拜捧兄赠，拜兄珍重言。我有平生志，临别将具论。十岁慕倜傥，爱白不爱昏。宁爱寒切烈，不爱旸温暾②。二十走猎骑，三十游海门③。憎兔跳趯趯④，恶鹏黑翻翻。鳌钓气方壮，鹘拳⑤心颇尊。下观犨鬖⑥辈，一扫冀不存。名冠壮士籍，功酬明主恩。不然合（音阁）身弃，何况身上痕。金石有销烁，肺腑[⑦]无寒温。分画久已定，波涛何足烦。尝希苏门啸[⑧]，讵厌巴树猿。瘴水徒浩浩，浮云亦轩轩[⑨]。长歌莫长叹，饮斛莫饮樽。生为醉乡客，死作达士魂。

【题解】

此诗元和十二年(817)作于兴元。独孤二十六，即独孤朗，字用晦，及之子，排行二十六。原唱已佚。《资治通鉴》卷二三九云："(元和十一年)九月，乙亥，右拾遗独孤朗坐请罢兵，贬兴元府仓曹。"诗作写与独孤朗临别之际"具论""平生志"。"长歌莫长叹"末四句，稍有可说者。从元稹的诗句来看，敢于饮酒，并能多饮酒，就能做一个达士。可见，在他的眼中，达士的一个最重要的条件就是能饮酒，否则就算不上达士。元稹本人不善饮酒，本不是一个达士，但他为陪客人饮酒，有舍命陪君子之概，并以做一个"醉乡客"和"达士魂"为荣，由此可见唐人心态，醉中旷放是他们共同追求的目标。

【注释】

①胡本题有大字"用本韵"。蜀本、卢本、杨本、董本、《全诗》题下有小字注"此后至和乐天三首并用本韵"。

②暾(tūn)：形容日光明亮温暖。

③海门：指长江入海处，润州(今江苏镇江)附近长江中有海门山。

④趯趯(tì)：跳跃貌。

⑤鹘拳：即拳鹘，搏击苍鹰。

⑥鬇鬡(zhēng níng)：狰狞，凶恶可憎貌。

⑦胇(fèi)腑：同"肺腑"。

⑧苏门啸：《晋书·阮籍传》："籍尝于苏门山遇孙登，与商略终古及栖神通气之术，登皆不应。籍因长啸而退，至半岭，闻有声若鸾凤之音，响乎岩谷，乃登之啸也。"

⑨轩轩：飞动貌，飞举貌。

酬刘猛见送[1]

种花有颜色，异色即为妖。养鸟恶羽翮，剪翮不待高。非无剪伤者，物性难自逃。百足虽捷捷，商羊亦翘翘。[2]伊余狷然质，谬入多士朝。任气有愎戆[3]，容身寡朋曹。愚狂偶似直，静僻非敢骄。一为毫发忤，十载山川遥。烁铁不在火，割肌不在刀。险心露山岳，流语翻波涛。六尺安敢主，方寸由自调。神剑土不蚀，异布火不燋[4]。虽无二物姿，庶欲效一毫。未能深蹙蹙，多谢相劳劳。[5]去去我移马，迟迟君过桥。云势正横壑，江流初满槽。（江槽，楚语。）持此慰远道，此[6]之为旧交。

【题解】

此诗元和十二年(817)作于兴元。刘猛，彭城(今江苏徐州)人，本年客居兴元。原唱已佚。诗作感谢友人相送。其中，自“未能”句以上的绝大篇幅，是陈述诗人的政治态度和处世精神。这些表述，无异于说为人处世“宁为玉碎，不为瓦全”。用这样的态度行走于官场，其遭遇如何，可想而知。

后来，围绕长庆元年(821)发生的一起科试舞弊案，就很能表现元稹的处世态度。宰相段文昌揭发礼部侍郎钱徽“所放进士郑朗等十四人，皆子弟，艺薄，不当在选中”(《旧唐书·钱徽传》)。穆宗征询元稹、李绅的意见后，决定重试，并以白居易、王起为考官。元稹时为翰林承旨学士，不但对穆宗做出这一决定起了重要作用，而且对重试的试官、命题、纪律等具体事宜也参与了意见。复试结果，十四人中十人落选，其中有重臣裴度的儿子、中书舍人李宗闵的女婿、左补阙杨汝士的兄弟。白居易在《论重考试进士事宜状》中，既承认钱徽所试不公，又认为重试过严，请求穆宗从宽发落，但是未被采纳，钱徽、李宗闵、杨汝士等均被贬。在这个事件中，钱徽、李宗闵等固然有舞弊之过，但是段文昌及其支持者也是因为自己保荐的举子未能入选才揭发钱徽的，并非出于公心。白居易与双方的关系都比较密切，他对此事采取折中的态度，实是因为此中人际关系、是非曲直十分微妙复杂，他不想得罪任何一方。元稹也与原告、被告均有交谊，本来可以采取与白居易相同的态度，可是他却“深怒其事，故有复试之科”（《旧唐书·王起传》），不但促成复试，而且于重试以后还为穆宗写了一篇《戒励风俗德音》，借科考案而历数朝官中的朋党比周之过，并对“居省寺者”、“提纪纲者”、“献章疏者”、“备顾问者”一一指责，矛头所向，遍及满朝。元稹的立场是公正的，态度是坚决的，可是这又如何能够见容于风波险恶的官场呢？据《旧唐书·钱徽传》，“制出，朋比之徒，如挞于市，咸睚眦于绅、稹。”元稹不久即下迁工部侍郎，此后连遭贬斥，直到去世，大约十年光景，基本上是在贬所度过的。

【注释】

①胡本题有大字“用本韵”。

②“百足”二句：百足，马陆的别称。商羊，传说中鸟名，据云大雨前常屈一足起舞。翘翘，高出貌，出群貌。

③愎戇（gàng）：愚钝。

④“异布”句：火浣布即石棉布，遇火而不燃，古代产自僻远之地，被视为珍异之物。燋（jiāo），燃烧。

⑤“未能”二句：蹙蹙，忧惧谨慎貌。劳劳，犹唠唠，殷勤地劝慰告诫。

⑥此：杨本作“比”。

酬乐天赴江州路上见寄三首①

昔在京城心，今在吴楚末。千山道路险，万里音尘阔。天上参与商，地上胡与越。终天升沉异，满地网罗②设。心有无朕环③，肠有无绳结。有结解不开，有环寻不歇。山岳移可尽，江海塞可绝。离恨若空虚，穷年思不彻。生莫强相同，相同会相别。

襄阳大堤绕，我向堤前住。烛随花艳来，骑送朝云去。万竿高庙竹，三月徐亭树。④我昔忆君时，君今怀我处。有身有离别，无地无岐路。风尘同古今，人世劳新故。

人亦有相爱，我尔殊众人。朝朝宁不食，日日愿见君。一日不得见，愁肠坐氛氲⑤。如何远相失，各作万里云。云高风苦多，会合难遽因。天上犹有碍，何况地上身。

【题解】

此三诗元和十年(815)作于通州。诗写对友人贬谪“去国”的劝慰之意，所谓“生莫强相同，相同会相别”，“有身有离别，无地无岐路”。个中深挚情谊，为非“我尔殊众人”者所难言。白居易原唱为《寄微之三首》，录以并读：

江州望通州，天涯与地末。有山万丈高，有水千里阔。间之以云雾，飞鸟不可越。谁知千古险，为我二人设。通州君初到，郁郁愁如结。江州我方去，迢迢行未歇。道路日乖隔，音信日断绝。因风欲寄语，地远声不彻。生当复相逢，死当从此别。

君游襄阳日，我在长安住。今君在通州，我过襄阳去。襄阳九里郭，楼堞连云树。顾此稍依依，是君旧游处。苍茫蒹葭水，中有浔阳路。此去更相思，江西少亲故。

去国日已远，喜逢物似人。如何含此意，江上坐思君。有如河岳气，相合方氛氲。狂风吹中绝，两处成孤云。风回终有时，云合岂无因。努力各自爱，穷通我尔身。

【注释】

①胡本题有大字“用本韵”。

②网罗：蜀本、卢本作“罗网”。

③无朕环：没有缝隙或截面之环。朕，原作“眹”，据蜀本、《类苑》改。

④“万竿”二句：高庙，汉高祖刘邦之庙。徐亭，南昌(钟陵)东湖南徐

稗亭。

⑤“愁肠”句：坐，遂。氛氲，比喻心绪烦乱。

邮　竹

庭有萧萧竹，门有阗阗骑。嚣静本殊途，因依偶同寄。亭亭乍干云，袅袅亦垂地。人有异我心，我无异人意。

【题解】

此诗或元和五年(810)作于自长安赴江陵途中。邮竹，驿站庭院内所栽植之竹。诗写院内翠竹萧萧，门外车马隆隆。闹与静本不是一路，偶然地处在一起。就竹子来说，高大挺拔可凌云，纤和柔美可垂地。生在世上，只有旁人对我有异心，我待他人无二意。全篇物我合一，在对比中表明诗人的孤高正直和卓尔不群。

落　月

落月沉余影，阴渠流暗光。蚊声霭①窗户，萤火绕屋梁。飞幌翠云薄，新荷清露香。不吟复不寐，竟夕池水傍。

【题解】

此诗创作时地不详。诗作运用细腻的语言技巧，表现出内心细微婉约的情感。风格类似的作品，还有如年少之作《清都夜景》，以及后来所写的《月临花》、《红芍药》等等，可见元稹受大历、贞元诗风影响之深。后来，宋代诗人宋祁也有一首同题之作：

已照金枢穴，初乘玉女扉。望花愁桂老，数叶畏蓂稀。汉蚌兼珠隐，边兵背塞归。持将离妾恨，一问上天飞。

两相对读，益显唐风宋调之分野。

【注释】

①蔼：笼罩貌。

高　荷

种藕百余根，高荷才四叶。飐闪[1]碧云扇，团圆青玉叠。亭亭自抬举，鼎鼎难藏擫[2]。不学著水荃，一生长怗怗[3]。

【题解】

此诗创作时地不详。诗咏高荷既难“藏擫”，则自应高自“抬举”，而不学那著水荃甘于沉沦，借以言志。

【注释】

①飐（zhǎn）闪：飘动闪忽貌。

②擫（yè）：压。《广雅》：“擫，按也。”王念孙疏证：“擫之言压也。”

③怗怗（tiē）：驯服貌。《玉篇》：“怗，服也。”

和裴校书鹭鸶飞

鹭鸶鹭鸶何遽飞，鸦惊雀噪难久依。清江见底草堂在，一点白光终不归。

【题解】

此诗创作时地不详。裴校书，未详，原唱已佚。诗写独立清江的鹭鸶，应有自别于“惊鸦噪雀”的精神品格。可与李德裕《咏白鹭鹚》并读：

余心怜白鹭，潭上月相依。拂石疑星落，凌风似雪飞。碧沙常独立，清景自忘归。所乐惟烟水，徘徊恋钓矶。

夜　池

荷叶团团[①]茎削削，绿萍面上红衣落。满池明月思啼螀[②]，高屋无人风张(去声)幕。

【题解】

此诗创作时地不详。玩末句“高屋无人”四字，知此池必豪家之荒池。以此意看首二句中“红衣落”云云，便有一种繁华过后的萧条败落之感。

【注释】

①团团：原作“团圆”，据蜀本、卢本改。

②螀(jiāng)：寒蝉。《本草纲目·虫部·蚱蝉》：“弘景曰：‘寒螀九月十月中鸣，声甚凄急。’”

酬杨司业十二兄早秋述情见寄

今春与杨兄会于冯翊，数日而别。此诗同州作

白发故人少，相逢意弥远。往事共销沉，前期各衰晚。昨来遇弥[①]苦，已复云离巘[②]。秋草古胶庠[③]，寒沙废宫苑[④]。知心岂忘鲍，咏怀难和阮。壮志日萧条，那能竞朝幰[⑤]。

【题解】

此诗长庆三年(823)作于同州。杨司业，指杨巨源，行十二，长庆元年为国子司业。冯翊，即同州，治所在今陕西大荔。杨巨源原唱已佚。诗写知心故友白头相逢，忆及如烟往事，不禁相对唏嘘。诗末“壮志日萧条”二

句，写自己已无复往日豪情，可见其当时宦情心境之消沉，当为对杨巨源早秋述情原唱诗意的回应。

【注释】

①遇弥：蜀本、杨本、董本、马本作“弥遇”。

②云离巘（yǎn）：古人以石为云根，云触石而出，故云。巘，险峻的山峰。

③胶庠：周代学校名。周代胶为大学，庠为小学，后世通称学校为胶庠。《礼记・王制》：“周人养国老于东胶，养庶老于虞庠。”

④宫苑：指沙苑与兴德宫。

⑤朝幰（xiǎn）：朝廷大臣所乘之车辆。幰，车前帷幔。隋朝曾规定，六品以下官员乘车不得施幰。此借指高官。

代杭民作使君一朝去二首①

使君一朝去，遗爱在民口。惠化境内春，才名天下首。为问龚黄②辈，兼能作诗否。

使君一朝去，断肠如剉蘖③。无复见冰壶④，唯应镂金石。自此一州民，生男尽名白。

【题解】

此二诗长庆四年（824）作于越州。本年五月，白居易由杭州刺史改太子左庶子分司东都。古代官吏去职后，百姓念其恩德，不仅会镌刻文字以颂功纪事，也每每以其姓为子孙之名，作为永久的纪念。在友人离任之际，元稹借州民口吻抒发别情，称赞其为官一任，深受爱戴，善政惠民，口碑甚好，堪与古代循吏媲美。

【注释】

①民：《全诗》作“人”。

②龚黄：汉宣帝时循吏龚遂与黄霸。

③剉(cuò)：用锉磋磨。蘖：《类篇》："蘖，黄木。"

④冰壶：比喻品德洁白无瑕。姚崇《冰壶诫序》："冰壶者，清洁之至也。君子对之，示不忘清也……内怀冰清，外涵玉润，此君子冰壶之德也。"

长庆历

年历复年历，卷尽悲且惜。历日何足悲，但悲年运易。年年岂无叹，此叹何唧唧。所叹别此年，永无长庆历。

【题解】

此诗长庆四年(824)作于越州。本年正月，穆宗崩，敬宗即位，依例明年当改元。穆宗一朝，元稹总体而言是备受恩宠的。而今穆宗逝世，自己东山再起之望渺茫，故作此诗，表达悲观失望之情。

丙编

挽歌伤悼诗

顺宗至德大圣大安孝皇帝挽歌词三首

左拾遗时作

不改延洪祚，因成揖让朝。[①]讴歌同戴启，遏密共思尧。[②]雨露施恩广，梯航[③]会葬遥。号弓那独切，曾感昔年招。[④]

前春文祖庙，大舜嗣尧登。[⑤]及此逾年感，还因是月崩[⑥]。寿缘追孝促，业在继明兴。俭诏同今古[⑦]，山川绕灞陵。

七月悲风起，凄凉万国人。羽仪经巷内，辒辌转城闉。[⑧]暝色依陵早，秋声入辂新。自嗟同草木，不识永贞春[⑨]。

【题解】

此三诗元和元年(806)作于长安。相关情形，《顺宗实录》卷五云："元和元年正月甲申，太上皇崩于兴庆宫咸宁殿，年四十六。"《旧唐书·顺宗纪》亦云：元和元年春正月"甲申，太上皇崩于兴庆宫，迁殡于太极殿，发丧"、"六月乙卯，皇帝率群臣上大行太上皇谥曰至德大圣大安孝皇帝，庙号顺宗。秋七月壬申(寅)，葬于丰陵。"同时作者，武元衡《顺宗至德大圣皇帝挽歌词三首》，吕温《顺宗至德大圣大安孝皇帝挽词三首》，分载《全唐诗》卷三一六、三七一。又，据陈寅恪《顺宗实录与续玄怪录》、章士钊《柳文指要》之《体要之部》卷四、卞孝萱《刘禹锡年谱》，顺宗应为宪宗与宦官密谋杀害。

【注释】

①"不改"二句：贞元二十一年正月，顺宗即位后，仍沿用贞元年号。八月庚子，立太子李纯为帝，自称太上皇。辛丑，方改元永贞。顺宗退位，实迫于无奈，元稹有所讳饰。

②"讴歌"二句：戴启，拥戴夏启。此指拥立宪宗。贞元二十一年七月，顺宗之子李纯以皇太子勾当军国政事，次月顺宗内禅，李纯即位，是为唐宪宗。遏密，指皇帝崩后停止举乐。此处指居皇帝丧期间。

③梯航：梯山航海之省，谓长途跋涉。

④"号弓"二句：号弓，《史记·封禅书》载：黄帝采首阳山之铜，铸鼎荆山下。鼎成，有龙迎黄帝上天，后宫从之者七十余人。小臣不得上，攀其龙髯，髯拔，坠黄帝弓，抱弓持髯而泣。此因指顺宗崩殂。昔年招，元稹元和元年中制举，此次制举乃据永贞元年二月顺宗所下诏书举行，故举人为先朝所征。

⑤"前春"二句：谓贞元二十一年正月，顺宗继承德宗之位而登基。

⑥"还因"句：顺宗正月即位，正月崩殂。

⑦"俭诏"句：顺宗即位后，下诏罢宫市，放宫女三百人及教坊女伎六百人，天下诸道除正勅率税外，诸色榷税并宜禁断，除上供外，不得别有进奉等，其尚俭作风，颇类汉文帝。

⑧"羽仪"二句：羽仪，以羽毛为饰之旌旗等，此指送葬之仪仗。辒輬，丧车。闉（yīn），城门。

⑨"不识"句：《旧唐书·顺宗纪》：八月"宜改贞元二十一年为永贞元年。"而次年又改元元和，故永贞无"春"。

宪宗章武孝皇帝挽歌词三首

膳部员外时作[①]

国付重离后，身随十圣仙。[②]北辰移帝座，西日到虞泉。[③]方丈言虚设，华胥事眇然。[④]触鳞曾在宥，偏哭堕髯前。[⑤]

天宝遗余事，元和盛圣功。二凶枭帐下，三叛斩都中。（杨惠琳、李师道传首京师，刘辟、李锜、吴元济腰斩都市。）始服沙陁虏，方吞逻逤戎。（沙陁、吐蕃，自元和初始通中国。）[⑥]狼星如要射，犹有鼎湖弓。[⑦]

月落禁垣西，星攒晓仗齐。风传宫漏苦，云拂羽仪低。路隘车千两，桥声马万蹄。[⑧]共嗟封石检[⑨]，不为报功泥。

【题解】

此三诗元和十五年(820)作于长安。《旧唐书·宪宗纪》云:"(元和十五年)五月丁酉,群臣上谥曰圣神章武孝皇帝,庙号宪宗。庚申,葬于景陵。"杨慎《升庵诗话》卷二评其中第二首曰:"'天宝遗余事'云云,'二凶'谓杨惠琳、李师道,传首京师;'三叛'谓刘辟、李锜、吴元济,斩于都市,斯亦近诗史矣。"

在《升庵诗话》卷一一中,杨慎曾批评过"诗史"说:

> 宋人以杜子美能以韵语纪时事,谓之"诗史"。鄙哉宋人之见,不足以论诗也。夫六经各有体,《易》以道阴阳,《书》以道政事,《诗》以道性情,《春秋》以道名分。后世之所谓史者,左记言,右记事,古之《尚书》、《春秋》也。若诗者,其体其旨,与《易》、《书》、《春秋》判然矣。……杜诗之含蓄蕴藉者,盖亦多矣,宋人不能学之。至于直陈时事,类于讪讦,乃其下乘末脚,而宋人拾以为己宝,又撰出"诗史"二字以误后人。如诗可兼史,则《尚书》、《春秋》可以并省。

同卷中也还用"诗史"评价过其他人的作品:

> 刘文靖公因《书事绝句》云:"当年一线魏瓠穿,直到横流破国年。草满金陵谁种下,天津桥上听啼鹃。"宋子虚《咏王安石》亦云:"投老归耕白下田,青苗犹未罢民钱。半山春色多桃李,无奈花飞怨杜鹃。"二诗皆言宋祚之亡由于安石,而含蓄不露,可谓诗史矣。

以上三者,有相互错杂甚至矛盾之处,将其结合起来,却也仍然可以见出:其一,杨慎不认为元诗当得起"诗史",仅是"近诗史",大概是因为含蓄蕴藉不够。其二,杨慎批评"诗史"的时候,"并不一定就是反对'诗史'"(张晖《诗史》),相反,他对"诗史"二字的要求是相当高的。

【注释】

①三:原作"二",据蜀本、杨本、董本改。时,蜀本作"郎"。

②"国付"二句:指唐宪宗传帝位于唐穆宗后仙驾而去。重离,古代又以皇帝喻日,故亦称皇帝为重离。十圣,指唐宪宗之前高祖李渊以下至顺宗李诵十代皇帝。

③"北辰"二句:北辰,指北极星。虞泉,即虞渊,相传为极西之水域,日

落其中。

④“方丈”二句：方丈，即方壶，古代传说中三神山之一。华胥，传说中的理想国。据说黄帝曾梦游其国，受到启发，遂使天下大治。

⑤“触鳞”二句：触鳞，谓触犯皇帝之怒。在宥，宽宥。堕髯，指宪宗仙逝而去。

⑥“始服”二句：沙陁（tuó），今新疆塔尔巴哈台西南之哲克得里克，唐时西突厥别部居此。逻逤（lá sà），唐时吐蕃之都城，故址在今西藏自治区拉萨。此借指吐蕃。注文中“吐蕃”，原作“突厥”。

⑦“狼星”二句：狼星，星名，常用来指代兴兵作乱者。鼎湖弓，《史记·封禅书》：“黄帝采首山铜，铸鼎于荆山下。鼎既成，有龙垂胡髯下迎黄帝，黄帝上骑，群臣后宫从。上者七十余人，龙乃上去。余小臣不得上，乃悉持龙髯，龙髯拔堕，堕黄帝之弓。百姓仰望，黄帝既上天，乃抱其弓与胡髯号，故后世因名其处曰鼎湖，其弓曰乌号。”

⑧“路隘”二句：两，计算车乘之单位，后作“辆”。声，《全诗》作“危”。

⑨石检：古代封禅时，置于封禅坛方石旁用以封玉检的石条。

恭王故太妃挽歌词二首

校书郎时作

燕姞贻天梦，梁王尽孝思。① 虽从魏诏葬，得用汉藩仪。②
曙月残光敛，寒箫度曲迟。平生奉恩地，哀挽欲何之。

文卫罗新圹③，仙娥掩暝山。雪云埋陇合，箫鼓望城还。
寒树风难静，霜郊夜更闲。哀荣深孝嗣，仪表在河间④。

【题解】

此二诗贞元十九年至贞元二十一年（805）作于长安。恭王，指李通，《旧唐书·肃宗代宗诸子》：“恭王通，代宗第十八子，大历十年封。”太妃，汉代以后尊称诸王之母为太妃。

【注释】

①“燕姞(jí)”二句：燕姞，春秋时郑文公妾，尝梦天使赐兰，后生穆公，名之曰兰。此喻指太妃(恭王母)。梁王，汉梁孝王刘武，性慈孝。此借指恭王。

②“虽从”二句：魏诏，指魏文帝黄初三年十月诏，中有云：“其皇后及贵人以下不之国者，有终没皆葬涧西”。汉藩仪，汉代诸王的车服礼仪。汉献帝曹皇后，魏氏改立，为山阳公夫人，死后，合葬禅陵，车服礼仪皆依汉制。

③“文卫”句：文卫，仪仗警卫。圹，《说文》段玉裁注：“谓堑地为穴也，墓穴也。”

④“仪表”句：谓恭王之母可为宗室诸女性之榜样。河间，指河间王孝恭。

哭吕衡州六首

气敌三人杰，交深一纸书。[①]我投冰莹眼，君报水怜鱼。髀股惟夸瘦，膏肓岂暇除。[②]伤心死诸葛，忧道不忧余。

望有经纶钓，虔收宰相刀。[③]江文[④]驾风远，云貌接天高。国待球琳器，家藏虎豹韬[⑤]。尽将千载宝，埋入五原蒿。

白马双旌队[⑥]，青山八阵图。请缨期系虏，枕草誓捐躯。[⑦]势激三千壮，年应四十无。遥闻不瞑目，非是不怜吴。[⑧]

雕鹗生难敌，沉檀死更香。儿童喧巷市，羸老哭碑堂[⑨]。雁起沙汀暗，云连海气黄。祝融峰[⑩]上月，几照北人丧。

回雁峰前雁，春回尽却回。联行四人[⑪]去，同葬一人来。铙吹临江返，城池隔雾开。满船深夜哭，风棹楚猿哀。

杜预春秋癖，扬雄著述精。在时兼不语，终古定归名。耒水[⑫]波文细，湘江竹叶轻。平生思风月，潜寐[⑬]若为情。

【题解】

这一组诗元和六年(811)作于江陵。吕衡州,指吕温,字和叔,一字化光,河中府河东(今山西永济)人,上年转衡州刺史,本年八月卒于衡州,十月二十四日蒿葬于江陵之野。元稹虽然在事后曾攻击"二王",但也与吕温交往较多。第一首即道两人交情之深,二、三首称吕之才,四、五首写伤逝之悲,第六首再赞吕温之学。组诗情感深沉,道出了吕温一生心事所在,以及诗人的痛惜之情。其中,第六首"末水波文细"一联,《全唐诗》卷三二九作权德舆佚句,注曰见《衡州名胜志》。当误。因当时作者,尚有刘禹锡《哭吕衡州时予方谪居》及柳宗元《同刘二十八哭吕衡州兼寄江陵李元二侍御》。

诗中三次以吕温比作诸葛亮。一来,是因当时"二王"集团成员多好以诸葛比况自己,吕温以诸葛自许,正是他在参与二王集团时的理想。二来,也当是元稹为他往年政治怀抱不得施展而悲伤。又,最末一首中对吕温《春秋》学大为称赞,表明诗人对吕温传陆质的《春秋》学比较了解,对这一学派是肯定的。这正反映出新乐府诗人已接触了《春秋》学派的思想。贞元、元和之际是唐代政治、学术、文学最为活跃的时期,这一新气象的内在精神就是士人政治热情的高涨,士人对现实政治的关注达到了前所未有的程度。以元白新乐府为代表的讽谕诗风的出现,同样也是这一文化思潮的结果。虽然陆质等人与永贞集团关系密切,但《春秋》学派的经学思想不只为永贞集团所有,也不会因永贞集团的失败而被摈弃。

【注释】

①"气敌"二句:三人杰,刘邦称张良、萧何、韩信为人杰。"交深"句,《晋书·刘弘传》:"弘每有兴废,手书守相,丁宁款密,所以人皆感悦,争赴之。咸曰:'得刘公一纸书,贤于十部从事。'"

②"髀股"二句:《三国志》裴松之注引《九州岛春秋》曰:"备住荆州数年,尝于表坐起至厕,见髀里肉生,慨然流涕。还坐,表怪问备,备曰:'吾常身不离鞍,髀肉皆消。今不复骑,髀里肉生。日月若驰,老将至矣,而功业不建,是以悲耳。'"谓吕温胸怀大志。膏肓,古代医学以心尖脂肪为膏,以心脏与隔膜之间为肓,认为乃药力不可及之处。

③“望有”二句：太公望吕尚，姜姓，吕氏，名尚，周初齐人。佐文王，奠定周王朝基业。经纶，整理丝缕，理出思绪，与编成丝绳，统称经纶。引申为筹谋国家大事。虔，吕虔。《晋书·王览传》：“初，吕虔有佩刀，工相之，以为必登三公可服此刀。虔谓祥曰：‘苟非其人，刀或为害。卿有公辅之量，故以相与。’”后祥官至三公，而虔仅为徐州刺史。二句谓吕温颇有才具，但仅至州刺史。

④江文：《英华》、钱校作“鹏心”。

⑤虎豹韬：相传吕尚撰兵书《六韬》，篇名依次为文、武、龙、虎、豹、犬。

⑥“白马”句：古代凶丧舆服。《史记》裴骃《集解》引应劭曰：“素车白马，丧人之服也。”双旌，唐代节度使领刺史者出行时的仪仗。吕温死前为衡州刺史，故云。

⑦“请缨”句：吕温贞元二十年以副使奉命出使吐蕃。枕草，谓刻苦自励，发奋有为。

⑧“遥闻”二句：《三国志》：“（孙）坚曰：‘卓逆天无道，荡覆王室，今不夷汝三族，县示四海，则吾死不瞑目。’”

⑨碑堂：在江陵府西北纪山。

⑩祝融峰：南岳七十二峰的最高峰，传祝融死葬衡山之阳。

⑪四人：周相录《元稹集校注》疑指刘禹锡、柳宗元、凌准、程异。永贞革新失败后，他们分别被贬朗州、永州、连州、郴州司马，均在洞庭湖以南。案：“八司马”中的另外四人韦执谊、韩泰、陈谏、韩晔，分别被贬为崖州、虔州、台州、饶州司马。

⑫耒水：与下句中“湘江”均为湖南境内的主要河流。

⑬潜寐：深眠，为死亡的讳辞。

【辑评】

清黄周星《唐诗快》卷三：“‘尽将千载宝，埋入五丈原’，读此二语，安得不哭。‘雕鹗生难敌，沉檀死更香’，壮而辣。”

僧如展及韦载同游碧涧寺，赋诗予，落句云：他生莫忘灵山别，满壁人名后会稀。展共吟他生之句，因话释氏缘会所以，莫不凄然久之。不十日，而展公长逝。惊悼返覆，则他生岂有兆耶？其间展公仍赋黄字五十韵，飞札相示。予方属和未毕，自此不复撰成，徒以四韵为识[①]

重吟前日他生句，岂料逾旬便隔生。会拟一来身塔下[②]，无因共绕寺廊行。紫毫飞札看犹湿，黄字新诗和未成。纵使得如羊叔子，不闻兼记旧交情。[③]

【题解】

此诗元和六年(811)作于江陵。如展，曾活动于江陵一带之僧人。韦载，松滋主簿，余无考。主簿，县令之掾属，掌检核文书簿籍，勾稽缺犯。碧涧寺，在江陵松滋县(今属湖北)。灵山，灵鹫山，在印度，相传为佛说法处。此指碧涧寺所在之山脉。诗作追忆与僧如展的“旧交情”，当与诗序合而观之。

【注释】

①赋诗：蜀本、杨本、《类苑》作“各赋”，《全诗》、《英华》、钱校作“各赋诗”。别，原作“座”，据元稹《碧涧寺》诗改。

②“会拟”句：会拟，将来应有机会。身塔，佛教徒卒后纳遗骨或全身入塔内，称身塔。

③“纵使”二句：羊叔子，即羊祜，泰始五年出镇荆州。《晋书·羊祜传》：“祜年五岁，时令乳母取所弄金环，乳母曰：‘汝先无此物。’祜即诣邻人李氏东垣桑树中探得之。主人惊曰：‘此吾亡儿所失物也，云何持去？’乳母

具言之，李氏悲惋。时人异之，谓李氏子则祐之前身也。”

公安县远安寺水亭见展公题壁，漂然泪流，因书四韵

碧涧去年会，与师三两人。今来见题壁，师已是前身。芰叶迎僧夏[①]，杨花度俗春。空将数行泪，洒遍塔中尘。

【题解】

此诗元和七年（812）作于江陵。诗作紧承上一首，谓一年之后在公安县远安寺见到僧如展题壁诗，回忆前尘往事，不禁引发感慨，因作此诗，以识怀念。

【注释】

①僧夏：指僧尼受戒的年数。僧尼以七月十六日为岁首，七月十五日为除夕，出家后以夏腊计算年岁，犹常人称年龄为春秋。

寒食日毛空路示侄晦及从简

我昔孩提从我兄[①]，我今衰白尔初成。分明寄取原头路[②]，百世长须此路行。

【题解】

此诗元和十五年（820）作于长安。晦，元晦，元洪之子，宝历元年制科及第，尝为建州刺史、浙东观察使、桂管观察使、卫尉卿分司东都等。从简，元从简，元稹长兄秬之次子。诗写寒食日所感，兼示二侄。

【注释】

①兄:指元秬,元稹同父异母的次兄,元和十四年卒于元稹虢州长史官舍。

②"分明"句:寄,胡本、钱校、《全诗》作"记"。原,指咸阳县奉贤乡洪渎原,元稹祖茔所在。

别孙村老人①

年年渐觉老人稀,欲别孙翁泪满衣。未死不知何处去,此身终向此原归。

【题解】

此诗元和十五年(820)作于长安。"未死不知"二句,不仅可与同时所作上一首中"百世长须此路行"参看,也似包含着对自己政治前途的忧虑。

【注释】

①蜀本、杨本、董本、《全诗》题下注"寒食日"。

和乐天刘家花

闲坊静曲同消日,泪草伤花不为春。遍问旧交零落尽,十人才有两三人。

【题解】

此诗元和十年(815)作于长安。刘家,指元、白密友刘敦质(字太白)家,在长安宣平坊。白居易有《过刘三十二故宅》:"朝来惆怅宣平过,柳巷当头第一家。"刘三十二即刘敦质。白居易原唱为《重到城七绝句·刘家花》：

刘家墙上花还发，李十门前草又春。处处伤心心始悟，多情不及少情人。

元稹和作写因“旧交零落”殆尽而伤感。

褒城驿二首

容州①诗句在褒城，几度经过眼暂明。今日重看满衫泪，可怜名字已前生。

忆昔万株梨映竹，遇逢黄令②醉残春。梨枯竹尽黄令死，今日再来衰病身。

【题解】

此二诗元和十年(815)作于自长安赴通州途中。褒城驿，在今陕西汉中。褒城，兴元府属县名，今并入陕西勉县。诗写赴任途中经过褒城驿，再次见到窦群从前所题诗句，以前自己每看一次都会感觉眼前一亮；又想起曾经在“万株梨映竹”之时，与黄姓友人相遇于此，而今二人皆已作古，自己也已是“衰病”之身，禁不住伤心感慨。

【注释】

①容州：指窦群，元和三年十月贬湖南观察使，既行，改黔州观察使，赴任时经褒城并题诗，元和九年卒。

②黄令：元稹漫游河中时结识之黄姓县令，元和四年元稹出使东川，与之相遇于褒城。

和乐天梦亡友刘太白同游二首

君诗昨日到通州，万里知君一梦刘。闲坐思量小来事，只应元[1]是梦中游。

老来东郡复西州[2]，行处生尘为丧刘。纵使刘君魂魄在，也应至死不同游。

【题解】

此二诗元和十三年(818)作于通州。白居易原唱为《梦亡友刘太白同游彰敬寺》：

> 三千里外卧江州，十五年前哭老刘。昨夜梦中彰敬寺，死生魂魄暂同游。

刘敦质卒于贞元二十年。诗作表达怀念亡友的感伤。后一首中“行处生尘”并非实景，是“老来”诗人因心中过于伤悲，一片茫然，才会有的臆想，与前一首忆昔“小来”同游，恍如梦中，都足见当时物是人非的凄凉心境。“纵使”二句虚拟、夸张并用，想象奇特，构思巧妙，最称妙笔。

【注释】

①元：《日知录》卷三二：“元者，本也。本官曰元官，本籍曰元籍，本来曰元来。唐宋人多此语，后人以‘原’字代之。”

②“老来”句：东郡，指江州，白居易元和十年被贬此处。西州，指通州，元稹元和十年被贬此处。

酬乐天见忆，兼伤仲远

死别重泉閟，生离万里赊。[1]瘴侵新病骨，梦到故人家。遥泪陈根草[2]，闲收落地花。庾公楼[3]怅望，巴子国生涯。河任天然曲，江随峡势斜。与君皆直戆，须分老泥沙。

【题解】

此诗或元和十三年(818)追和于通州。仲远，李顾言，曾官监察御史，居常乐里，与元、白过从较密，元和十年春卒。白居易原唱为《忆微之伤仲远(李三仲远去年春丧)》：

幽独辞群久，漂流去国赊。只将琴作伴，唯以酒为家。感逝因看水，伤离为见花。李三埋地底，元九谪天涯。举眼青云远，回头白日斜。可能胜贾谊，犹自滞长沙。

白诗作时，元白二人失去联系，故此追和之作有"生离"云云。诗末"河任天然曲，江随峡势斜"二句，托物言志。

【注释】

①重泉：犹九泉，旧指死者所归之处。赊：遥远。《正字通》："赊，俗从佘，作赊。"

②陈根草：逾年之宿草。《礼记》郑玄注："宿草，谓陈根也。"此反其意而用之。

③庾公楼：在今江西九江北江滨，相传乃庾亮镇守江州时所建。巴子国，即古代巴国，在今四川东部与重庆地区。

与乐天同葬杓直

元伯来相葬[①]，山涛誓抚孤[②]。不知他日事，兼得似君无。

【题解】

此诗长庆元年(821)作于长安。杓直，即李建，本年二月卒于长安。时元稹在翰林院，白居易在中书省，故能同葬李建。又，据韩愈《故太学博士李君墓志铭》所云，李建死于服食：

余不知服食说自何世起，杀人不可计，而世慕尚之益至，此其惑也。在文书所记，及耳闻相传者，不说；今直取目见亲与之游而以药败者六、七公，以为世诫……刑部尚书李逊，逊弟刑部侍郎建……刑部且死，谓余曰："我为药误。"其季建一旦无病死。

诗写临穴安葬友人，由人及己，抒发哀感。

【注释】

①"元伯"句：张劭字元伯，与范式为友。据说劭死后，灵柩运至圹边即无法移动，直至范式执绋而引，方得前进。

②"山涛"句：山涛字巨源，与嵇康、阮籍等善，为竹林七贤之一。《晋书·山涛传》："康后坐事，临诛，谓子绍曰：'巨源在，汝不孤矣。'"后山涛举绍为秘书丞。

夜　闲[1]

此后并悼亡

感极都无梦，魂销转易惊。风帘半钩落，秋月满床明。怅望临阶坐，沉吟绕树行。孤琴在幽匣，时迸断弦[2]声。

【题解】

此诗元和四年(809)作于洛阳。陈寅恪《元白诗笺证稿》云：

> 今存元氏《长庆集》为不完残本。其第九卷中《夜闲》至《梦成之》等诗，皆为悼亡诗……第一首《夜闲》云："秋月满床明。"第二首《感小株夜合》云："不分秋同尽，深嗟小便衰。伤心落残叶，犹识合昏期。"……第四首《追昔游》云："再来门馆唯相吊，风落秋池红叶多。"皆秋季景物也。《昌黎集》二四《监察御史元君妻京兆韦氏夫人墓志铭》云："(夫人)以元和四年七月九日卒。"知此数诗，皆韦氏新逝后，即元和四年秋季所作也。

元稹的悼亡诗之所以感动后人，与其情感的真挚有很大关系。元稹写了不少梦中与妻相聚的悼亡诗，但多是妻亡至少半年后的作品。在妻子亡故之初，这样的作品连一首都没有。原因可能在于，悲痛使他根本难以入睡，即便入睡了，也睡不深，极易醒转。因而，本篇起首二句"感极都无梦，魂销转易惊"的诉说，是相当真诚的。飒飒秋风，一床明月，一会儿临阶坐望，一会儿绕树沉吟，诗人的身心确实是遭到了前所未有的重创。从写法上讲，以一个“惊”字引出满地苍凉，也可谓精彩至极。

【注释】

①闲：杨本作“间”。

②断弦：古代以琴瑟和谐为夫妇和谐，故以断弦为丧妻之典。

感小株夜合

纤干未盈把，高条才过眉。不禁风苦动，偏受露先萎。不分[①]秋同尽，深嗟小便衰。伤心落残叶，犹识合昏期。

【题解】

此诗元和四年(809)作于洛阳。夜合，一名合昏，合欢别名。诗作借咏小株夜合以写悼亡之情，后来曾被增入汪灏等编《广群芳谱·花谱十八》。

【注释】

①不分：不料。

醉　醒

积善坊[①]中前度饮，谢家[②]诸婢笑扶行。今宵还似当时醉，半夜觉来闻哭声。

【题解】

此诗元和四年(809)作于洛阳。前两句大约是写元稹与韦丛新婚燕尔时的情形。当年正值韦家全盛时期，元稹自己也春风得意，狂歌痛饮，每醉，韦家诸婢前呼后拥，扶持而行，笑语不断。后两句是写现实。与当年一样的醉酒，半夜醒来，阑珊独对，四下寂然，隐约传来的是呜咽凄切的哭声。物是人非的强烈反差，不由人不生悲怆之情。

【注释】

①积善坊：在洛阳定鼎门街。

②谢家：本指谢安之家，此借指元稹岳父韦夏卿之家。

追昔游

谢傅堂前音乐和，狗儿吹笛胆娘歌①。花园欲盛千场饮，水阁初成百度过。醉摘樱桃投小玉，懒梳丛鬓舞曹婆。②再来门馆唯相吊，风落秋池红叶多。

【题解】

此诗元和四年(809)作于洛阳。前六句写妻子生前在娘家欢快可爱的形象，最后两句情调急转直下，生前死后，两番景象，凄凉萧瑟之感溢于言表。与《醉醒》的思路类似。

【注释】

①"狗儿"句：狗儿，吹笛男伎名。胆娘，唱歌女伎名。

②"醉摘"二句：小玉，神话中仙人侍女名，此泛指侍女。曹婆，曹婆罗门创造的乐曲，此借指少数民族或外来乐曲。

空屋题

十月十四日夜

朝从空屋里，骑马入空台①。尽日推闲事，还归空屋来。月明穿暗隙，灯烬落残灰。更想咸阳道，魂车昨夜回。

【题解】

此诗元和四年(809)作于洛阳。陈寅恪《元白诗笺证稿》云：

> 昌黎《韦氏墓志》云："其年(元和四年)十月十三日葬咸阳，从先舅姑兆。"故微之于元和四年十月十四日夜赋诗云"更想咸阳道，魂车昨夜回"也。白乐天代答诗云："鳏夫仍系职。"又云："家人覆墓回。"微之《琵琶歌》云："去年御史留东台，公私蹙促颜不开。"可知韦氏之葬于咸阳，微之尚在洛阳，为职务羁绊，未能躬往，仅遣家人营葬也。

据韩愈所撰墓志铭，韦丛本年十月十三日葬于咸阳。元稹系职洛阳，仅遣家人营葬。诗作即写此际难遣之悲怀，"月明"魂回，尤能道得不自禁之情。

【注释】

①台：东都御史台之省称。

初寒夜寄卢子蒙，子蒙近亦丧妻[1]

月是阴秋镜，寒为寂寞资。轻寒酒醒后，斜月枕前时。倚壁思闲事，回灯[2]检旧诗。闻君亦同病，终夜远相悲。

【题解】

此诗元和四年(809)作于洛阳。十年后，白居易作《览卢子蒙侍御旧诗多与微之唱和感今伤昔因赠子蒙题于卷后》：

> 早闻元九咏君诗，恨与卢君相识迟。今日逢君开旧卷，卷中多道赠微之。相看泪眼情难说，别有伤心事岂知。闻道咸阳坟上树，已抽三丈白杨枝。

卢子蒙，即卢真，"咏君诗"，其中应该包括这一首。从中可以看出元、卢二人之间的亲密关系。正因为关系的亲密，再加上共同的遭遇，元稹有一种对知己的强烈倾诉欲望。诗中的凄凉秋景和萧条心境，只有同病相怜的好友才能真正理解。

以下两首同年之作，角度略有不同，也都表达了基本相似的主题。

【注释】

①子蒙近亦丧妻：蜀本、卢本、董本作小字注，杨本、《全诗》无。

②回灯：剪灯花或添灯油，使灯恢复明亮。

城外回谢子蒙见谕

十里抚柩别，一身骑马回。寒烟半堂影，烬火满庭灰。稚女凭人问，病夫空自哀。潘安[1]寄新咏，仍是夜深来。

【注释】

①潘安：潘安仁（潘岳）省称，丧妻，赋《悼亡诗三首》。此借指卢真。

谕子蒙

抚稚君休感，无儿我不伤。片云离岫远，双燕念巢忙。大壑谁非水，华星[1]各自光。但令长有酒，何必谢家庄。

【注释】

①华星：明星。

遣悲怀三首[1]

谢公最小偏怜女，自嫁黔娄百事乖。[2]顾我无衣搜荩箧，泥他沽酒拔金钗。[3]野蔬充膳甘长藿，落叶添薪仰古槐。今日俸钱过十万，与君营奠复营斋。

昔日戏言身后意，今朝皆到眼前来。衣裳已施行看尽，针线犹存未忍开。尚想旧情怜婢仆，也曾因梦送钱财。诚知此恨人人有，贫贱夫妻百事哀。

闲坐悲君亦自悲，百年都是几多时。邓攸无子寻知命，潘岳悼亡犹费词。同穴窅冥④何所望，他生缘会更难期。唯将终夜长开眼⑤，报答平生未展眉。

【题解】

此三诗元和五年(810)作于江陵。组诗题曰"遣悲怀"，实则挥之不去，无法排遣，不过是为了更深的悼念。其一，再现昔日夫妇在困顿中相守相爱的情形，感叹不能同享荣华富贵，逼出"悲怀"二字，隐含无限凄惨。面对生与死无法逾越的鸿沟，诗人通过对昔日夫妻贫贱相守时几件生活琐事的回忆，表达深长的思念之情，其中成功使用了化静为动之法。其二，紧承上首，描写亡妻身后日常生活中引发哀思的几件事，事事触景伤情。既关合题旨，又总收对亡妻生前的爱恋和身后的思念。在艺术上采用联想手法：人亡物在，人逝情牵；旧爱新愁，思极悲绝。其三，首句以"悲君"总结前两首诗，以"自悲"引出下文。接下来巧用典故，由思量到幻想，由盼望到绝望，由眼前到将来，层层逼进，突出悲怀，深化主题。

【注释】

①遣悲怀三首：蜀本、卢本、杨本、董本作"三遣悲怀"。

②"谢公"二句：韦丛为韦夏卿裴氏夫人所出子女之最幼者。黔娄，春秋鲁国人，一说齐国人，隐居不仕，家贫，卒时衣不蔽体。

③"顾我"二句：荩(jìn)箧，用荩草编织的箱子。泥，柔言索物，俗谓软缠。

④窅(yǎo)冥：幽暗貌。

⑤长开眼：自比鳏鱼，恒不闭目。

【辑评】

明杨慎《升庵诗话》卷八："俗谓柔言索物曰泥，乃计切，谚所谓软缠也。杜子美诗'忽忽穷愁泥杀人'。元微之忆内诗：'顾我无衣搜画匣，泥他沽酒拔金钗。'《非烟传》诗曰：'郎心应似琴心怨，脉脉春情更泥谁。'"

明陆时雍《唐诗镜》卷四六："语到真时不嫌其琐。梁人作昵媟语多出于淫，长庆作昵媟语多出于恳，梁人病重。"

清黄叔灿《唐诗笺注》卷五："此微之悼亡韦氏诗，通首说得哀惨，所谓贫贱夫妻也。'顾我'一联，言其妇德。'野蔬'一联，言其安贫。'十万'仅为营奠营斋，真可哭杀。"

清孙洙《唐诗三百首》："古今悼亡诗充栋，终无能出此三首范围者，勿以浅近忽之。"

清潘德舆《养一斋诗话》卷三："微之诗云'潘岳悼亡犹费词'，安仁悼亡诗诚不高洁，然未至如微之之陋也。'自嫁黔娄百事乖'，元九岂黔娄哉！'也曾因梦送钱财'，直可配村笛山歌耳。至《莺莺》、《离思》、《白衣裳》诸作，后生习之，败行丧身。诗将为人之仇，率天下之人而祸诗者，微之此类诗是也。"

旅　眠

内外都无隔，帷屏不复张。夜眠兼客坐，同在火炉床。

【题解】

此诗元和五年(810)作于自洛阳赴长安途中。诗写旅馆不分内外，更无帷屏，众多旅客，坐、卧在同一张床上。今夕对比，情景大为不同，难免让人感伤。

除　夜

忆昔岁除夜，见君花烛前。今宵祝文[①]上，重叠叙新年。

闲处低声哭，空堂背月眠。伤心小儿[2]女，撩乱火堆边。

【题解】

此诗元和四年(809)作于洛阳。诗写除夕夜中对妻子的思念之情，并以小儿女不懂丧母之痛，仍在奔跑玩耍，来反衬自己的孤独与悲凉。

【注释】

①祝文：古代祭祀死者或鬼神的文辞。

②儿：蜀本、杨本、董本作"男"。

感　梦

行吟坐叹知何极，影绝魂销动[1]隔年。今夜商山馆中梦，分明同在后堂前。

【题解】

此诗元和五年(810)作于自长安赴江陵途中。诗作就谋篇而言，只是平铺直叙，没有起伏曲折；就遣词而言，四句都朴质无华，不事雕饰渲染。但正因平平写来，就更见感情的真挚；看似淡淡着墨，反而见悲痛的深切。首句写一年来哀伤无极的感情状态；次句写一年来影绝魂消的残酷事实；第三句把诗笔收到"今夜"，引入驿馆，点明入梦的时刻和地点；最后一句才展示了梦境。诗作题为《感梦》，却只用了一句描述梦境，但只这一句，就已把前三句所要表达的一年来生活的凄凉与旅途中处境的孤独，全都衬托出来了。

【注释】

①动：时间久长之意。

合衣寝

良夕背灯坐，方成合衣寝。酒醉夜未阑，几回颠倒枕。

【题解】

此诗元和四、五年(810)作于洛阳。合衣谓睡不解衣。末句“几回”云云，孤枕难眠，辗转反侧之意甚明。

竹　簟

竹簟衬重茵，未忍都令卷。忆昨初来日，看君自施展。

【题解】

此诗元和四年(809)作于洛阳。贞元十九年十月，韦夏卿迁东都留守，韦丛随侍，此后似长期在洛阳生活。诗作写睹物思人，想起妻子初来时亲手铺展竹席的情景，不忍在换季时把竹席收起来。

听庾及之弹乌夜啼引

君弹乌夜啼，我传乐府解(去声)古题。良人[①]在狱妻在闺，官家欲赦乌报妻。乌前再拜泪如雨，乌作哀声妻暗语。后人写出乌啼引，吴调哀弦声楚楚。四五年前作拾遗，谏书不密丞相知。谪官诏下吏驱遣，身作囚拘妻在远。归来相见泪如珠，唯说闲宵长拜乌[②]。君来到舍是乌力，妆点乌盘邀女巫。今君为我千万弹，乌啼啄啄泪澜澜。感君此曲有深意，昨日乌啼桐叶坠。当时为我赛乌人，死葬咸阳原上地。[3]

【题解】

此诗元和四年(809)作于洛阳。庾及之，即庾承宣。乌夜啼引，古琴曲名。《演繁露》卷六云："按稹此诗即是其妻为稹赛乌而得还家者，则唐人祀赛乌鬼，有自来矣。"诗写作者因聆听庾承宣弹奏《乌夜啼引》，而引发对"死葬咸阳"的亡妻——"赛乌人"的伤悼之情。先写出乐曲《乌夜啼》古题的本事缘由，自"四五年前"以下，通过类比的方式，写诗人元和初遭贬，妻子韦丛为他拜乌祈祷的经过。自"今君为我"以下，表明创作此诗更为重要的目的，不在开篇所说的"传乐府解古题"，而是因为"感君此曲有深意"，而心生怀想亡妻之念。

【注释】

①良人：古代女子对丈夫的称呼。

②拜乌：即赛乌，祭祀乌鬼以求福祐。

③"当时"二句：赛乌人，指元稹原配韦丛。咸阳原，元稹祖坟所在。

梦　井

梦上高高原，原上有深井。登高意枯渴，愿见深泉冷。徘徊绕井顾，自照泉中影。沉浮落井瓶，井上无悬绠[1]。念此瓶欲沉，荒忙[2]为求请。遍入原上村，村空犬仍猛。还来绕井哭，哭声通复哽。哽噎梦忽惊，觉来房舍静。灯焰碧胧胧，泪光疑冏冏[3]。钟声夜方半，坐卧心难整。忽忆咸阳原，荒田万余顷。土厚圹亦深，埋魂在深埂。埂深安可越，魂通有时逞。今宵泉下人，化作瓶相警[4]。感此涕汍澜[5]，汍澜涕沾领。所伤觉梦间，便隔[6]死生境。岂无同穴期，生期谅绵永。又恐前后魂，安能两知省。寻环[7]意无极，坐见天将昞[8]。吟此梦井诗，春朝好光景。

【题解】

此诗元和六年(811)作于江陵。诗写自己梦中来到高原，原上有深井，徘徊绕井自照时，银瓶掉落井中，惊慌之中，入村请人打捞，结果为猛犬所阻，回来绕井痛哭，哽咽之中惊醒。由此想到咸阳黄土垄中的妻子，以为是亡妻魂魄的幻化，在伤感中度过了一个不眠之夜。银瓶坠井，是唐朝诗人爱用的爱情典故，喻夫妻分离。白居易《井底引银瓶》云："井底引银瓶，银瓶欲上丝绳绝。石上磨玉簪，玉簪欲成中央折。瓶沉簪折知奈何，似妾今朝与君别。"元稹此诗，抒发的也是天人永隔、同穴难期的悲哀。

【注释】

①绠(gěng)：《说文》："绠，汲井索也。"

②荒忙：即慌忙。

③冏(jiǒng)冏：光明貌。

④警：原作"憬"，据蜀本、卢本改，董本、杨本作"誓"。

⑤汍(wán)澜：涕泣貌。

⑥隔：原作"觉"，据蜀本改。

⑦寻环：即循环。

⑧昞(bǐng)：同"炳"，明亮。

江陵三梦三首[1]

平生每相梦，不省两相知。况乃幽明隔，梦魂徒尔为。情知梦无益，非梦见何期。今夕亦何夕，梦君相见时。依稀旧妆服，晻淡[2]昔容仪。不道间生死，但言将别离。分张碎针线，襵叠[3]故屏帏。抚稚再三嘱，泪珠千万垂。嘱云唯此女，自叹总无儿。尚念娇且騃[4]，未禁寒与饥。君复不憘事[5]，奉身犹脱遗。况有官缚束，安能长顾私。他人生间别，婢仆多谩欺。君在或有托，出门当付谁。言罢泣幽噎，我亦涕淋漓。惊悲忽然寤，坐卧若狂痴。月影半床黑，虫声幽草移。心魂生次第，觉梦久自疑。寂默深想像，泪下如流澌[6]。百年永已诀，一梦何太悲。悲君所娇女，弃置不我随。长安远于日，山川云间之。纵我生羽翼，网罗方絷维[7]。今宵泪零落，半为生别滋。感君下泉魄，动我临川思。一水不可越，黄泉况无涯。此怀何由极，此梦何由追。坐见天欲曙，江风吟树枝。

古原三丈穴，深葬一枝琼。崩剥山门坏，烟绵坟草生。久依荒陇坐，却望远村行。惊觉满床月，风波江上声。

君骨久为土，我心长似灰。百年何处尽，三夜梦中来。逝水良已矣，行云安在哉。坐看朝日出，众鸟双徘徊。

【题解】

此三诗元和五年(810)作于江陵。第一首主要写两方面的内容：一是梦中妻子泪眼滂沱，千叮咛万嘱咐，要他把女儿接到身边，以免饥寒交迫，奴仆欺谩，言语间悲不自胜；二是自"惊悲忽然寤"以下，自己惊醒后如痴如狂，对半床月影，听幽幽草虫，心魂俱伤，泪下如泉，坐以达旦。全篇对梦境的描写非常细致真切，反复写哭泣，悲情满纸。第二首在虚实相生，恍恍惚惚中，表达出对亡妻的无限深情。"古原"四句，是作者想象亡妻坟地的情景，采用化虚为实的写法。"久依"二句，似乎亡妻仍然活着，作者盼望她能从远村走来，又化实为虚。"惊觉"二句，写梦醒后的感受，则是实景；而满床明月，江上涛声，又使得现实与梦境若即若离，真假难辨。第三首总收，写妻子去世后，自己痛苦不得自拔，心如死灰。

【注释】

①江陵三梦三首：蜀本、卢本、杨本、董本、《全诗》作"江陵三梦"。

②晻(àn)淡：暗淡，不鲜明。晻，同“暗”。

③襵(zhě)叠：折叠。襵，衣裙或头巾上的褶皱。

④騃(dāi)：愚痴。《一切经音义》卷六引《仓颉篇》：“騃，无知之貌也。”

⑤憘(xǐ)事：好事，喜欢多事。憘，通“喜”。

⑥流澌(sī)：流冰。澌，河流解冻时流动的冰块。《初学记》引《风俗通》：“冰流曰澌。”

⑦“网罗”句：方，原作“生”，据蜀本、卢本改。絷(zhí)维，束缚。

张旧蚊幬

逾年间生死，千里旷南北。家居无见期，况乃异乡国。破尽裁缝衣，忘收遗翰墨。独有缬纱幬[①]，凭人远携得。施张合欢榻，展卷双鸳翼。已矣长空虚，依然旧颜色。徘徊将就寝，徙倚情何极。昔透香田田，今无魂恻恻。隙穿斜月照，灯背空床黑。达理强开怀，梦啼还过臆。平生贫寡欢，夭枉劳苦忆。我亦讵几时，胡为自摧逼。烛蛾焰中舞，茧蚕丛上织。燋烂各自求，他人顾何力。多离因苟合，恶影当务息[②]。往事勿复言，将来幸前识[③]。

【题解】

此诗元和五年(810)作于江陵。诗写作者在旅途中撑开与妻子昔日共寝时的蚊帐，回忆往日帐中的香暖之气，今已不复存在，黯然销魂。白居易有和作《和元九悼往》。单就咏物体制而言，此诗严格说来应属睹物思人的抒情之作，并非典型的咏物之体，具有明显的元稹的个性色彩，与《有鸟二十章》、《虫豸诗七篇》相类似。这是这些咏物之作的长处，也是它的短处。太具个性色彩，往往会缺乏普遍的认识意义，人们尽管可以从中窥到作者委婉曲尽的心态，却未必能够引起共鸣。就本篇而言，从抒情诗的角度看，无疑是上乘之作，从咏物体来看，就缺乏一种物我浑融的契合所能带给人的审美愉悦。因为“蚊帱”在这里，就像《竹簟》中的“竹簟”一样，不过是引发感情的外物，或说是一种契机，都并没有达到类似骆宾王《在狱咏蝉》那种优秀咏物之作中物我浑融的境界。

【注释】

①缬纱帱(chóu)：染有花纹图案的蚊帐。《尔雅》：“帱谓之帐。”

②“恶影”句：《庄子·渔父》：“人有畏影恶迹而去之走者，举足愈数而迹愈多，走愈疾而影不离身，自以为尚迟，疾走不休，绝力而死，不知处阴以休影，处静以息迹，愚亦甚矣。”谓生前无爱，死后无念，解脱之道，在遗弃尘想。

③前识：先见之明。《老子》：“前识者，道之华，而愚之始。”王弼注：“前识者，前人而识也，下德之偷也。”

独夜伤怀赠呈张侍御

张生近丧妻

烬火孤星灭，残灯寸焰明。竹风吹面冷，檐雪坠①阶声。寡鹤连天叫，寒雏彻夜惊。只应张侍御，潜会我心情。

【题解】

此诗元和五年(810)作于江陵。张侍御，张季友，行十三，贞元八年进士，终虞部员外郎，元稹在江陵时的僚友。作者被贬江陵，处于一生的最低谷，故悼亡之悲尤显惨痛。诗中描写的烬火星灭、残灯无焰、风如刀割、静夜雪落、寡鹤长鸣、寒雏夜惊等一连串场景，甚至比赠卢子蒙的诗更为阴冷肃杀。末二句说，只有张侍御能理解他的心情，其实张侍御也只能部分理解他的心情，因为元稹这首诗已经不仅仅是悼亡，而更多的是自伤身世，身世之悲又反过来加强了悼亡的沉痛。综合看来，同病相怜的悼亡之作，数量虽然不是很多，但也是元稹悼亡诗又一种颇具特色的表现形式。

【注释】

①坠：蜀本作“堕”。

六年春遣怀八首

伤禽我是笼中鹤，沉剑君为泉下龙。重纩[①]犹存孤枕在，春衫无复旧裁缝。

检得旧书三四纸，高低阔狭粗成行。自言并食寻高事[②]，唯念山深驿路长。

公无渡河[③]音响绝，已隔前春复去秋。今日闲窗拂尘土，残弦犹迸细[④]箜篌。

婢仆晒君余服用，娇痴稚女绕床行。玉梳钿朵香胶解，尽日风吹玳瑁筝。[⑤]

伴客销愁长日饮，偶然乘兴便醺醺。怪来[⑥]醒后傍人泣，醉里时时错问君。

我随楚泽波中梗[⑦]，君作咸阳泉下泥。百事无心值寒食，身将稚女帐前啼。

童稚痴狂撩乱走，绣[⑧]球花仗满堂前。病身一到繐帷[⑨]下，还向临阶背日眠。

小于潘岳头先白，学取庄周泪莫多。[⑩]止竟悲君须自省，川流前后各风波。

【题解】

这一组诗元和六年(811)作于江陵。第一首写生死相隔，睹旧日衣物而伤情。第二首写有一天清理旧物时，忽然找到几页韦丛生前写给自己的书信，说二人并餐而食，算不得苦，只是不放心你一人独自在外。睹物思人，感怆之意自在其中。第三首说箜篌虽在，但妻子已去。自己拂拭箜篌上的尘土时无意中碰响了琴弦，引起思念之情。第四首写通过亡妻的遗物而引起的怀念之情。婢仆晾晒亡妻遗物是正写，童稚无知是反衬，梳钿香解写其无可挽回，风吹筝鸣写其音容难忘。第五首最具深曲之美：一是悼念亡妻，偏偏写旁人哭泣，以旁人的感泣深寓自己的无比伤心；二是以醉里忘却丧妻之痛，反写永远无法忘却的哀思；三是怀念亡妻的话，不著一字，却从醉里着笔，而且醉话也不写，只以“错问”了之；四是醉眼睁开，醉里寻觅，正见“觉来无处追寻”的空寂；五是“乘兴”倾杯，醉醺醺，引来旁人抽泣，妙用反衬，极其感人；六是“时时错问君”，再现生前夫妇形影不离的恩爱情景；七是醉里沉靡之态，醒后惊愕之状，隐约可见。第六首写自己宦游漂泊，寒食节到了，也不能去咸阳为亡妻扫墓，抱着幼女暗自流泪。第七首写小孩儿只知道玩耍，自己则对着亡妻的灵位独自伤感。第八首引庄子以自释，并言世路风波难料，还须自省，多加小心。

平易通俗，深入浅出，是元稹悼亡诗的显著特点，除了取材于具体可感的生活小事之外，在语言上的表现最为突出，如这组诗中的“检得旧书三四纸，高低阔狭粗成行”、“百事无心值寒食，身将稚女帐前啼”等等，无不平易之极，通俗之极，但字字从肺腑出，句句见真性情，因而格外感人。元稹最大的本领，就是能抒难言之情，状难言之景。

【注释】

①重纩（kuàng）：厚丝绵，此指用厚丝绵制成的被褥。

②“自言”句：并食，两顿饭合成一顿饭吃。高事，指赛乌事。

③公无渡河：即《箜篌引》。

④细：《全诗》、《类苑》、钱校作“钿”。

⑤“玉梳”二句：钿朵，用金银贝玉制成的花朵状发髻饰物。玳瑁筝，用玳瑁装饰的筝。

⑥怪来：难怪。

⑦波中梗：喻漂泊无定。

⑧绣：蜀本作“綵”。

⑨繐(suì)帷：灵帐。

⑩“小于”二句：“小于”句，潘岳三十二岁始生二毛，元稹三十一岁已生白发。“学取”句，《庄子·至乐》：“庄子妻死，惠子吊之，庄子则方箕踞鼓盆而歌。”成玄英疏：“庄子知生死之不二，达哀乐之为一，是以妻亡不哭，鼓盆而歌，垂脚箕踞，敖然自乐。”

答友封见赠

荀令香销潘簟空[①]，悼亡诗满旧屏风。扶床小女君先识，应为些些似外翁。

【题解】

此诗元和六年(811)作于江陵。友封，窦巩，行七，元和二年进士，本年赴其兄黔州观察使窦群处，来回两次途经江陵，与元稹相见。窦巩原唱已佚。外翁，指元稹的岳父韦夏卿。诗作后二句“扶床”云云，谓我那还只能扶着床沿学走路的小女儿，您先前是见过的，应该有一点点像她的外公吧。限于和答诗的规制，伤悼之意稍稍有所克制和转向。后来，清人蒋士铨《咏怀》中亦有“扶床忆娇女”，可见元稹此诗在后世影响之一斑。

【注释】

①“荀令”句：指韦夏卿、韦丛已逝。荀令即荀彧，尝为侍中，守尚书令。传说荀彧得异香，用以薰衣，余香三日不散。

梦茂之[①]

烛暗船风独梦惊，梦君频问向南行。觉来不语到明坐，一夜洞庭湖水声。

【题解】

此诗元和八年(813)作于自江陵赴潭州途中。诗作与《感梦》从远处落笔,先在上半首内写韦丛(字茂之)去世后一年来的情事,到下半首才写到“今夜”,最后写出梦境,而对梦后情景一无描述的写法相反,这首诗首句展现的画面就已是梦后的所见所闻,次句追述梦境,下半首的篇幅则完全用于描写梦觉后一夜不眠的情景。首句中,一个“惊”字、一个“独”字说明梦已惊醒,船内依旧独自一人,所见是暗淡不明的烛光,所闻是推动船行的风声。次句,回想和倒叙所做之梦。这个梦,与《感梦》所述也很不相同:一则,《感梦》写的是作者身在商山驿馆,而梦见与韦丛同在长安故居,这里写的是梦见与韦丛同在船中,梦中的空间与现实的空间是一致的;二则,《感梦》只写“同在后堂前”,似乎梦中的人物是沉默无语的,这里所显示的梦境则以韦丛的频频提问为主要情节,而有问必有答,也就是说,这次的梦是有谈话内容的。下面一句,则在承转中与之形成对照。这就是:梦中是双双同在船内,而觉来则形只影单;梦中有人“频问”,言犹在耳,而觉来则音容俱杳,共语无人。这时,在一片死寂的船舱中,作者当然只有默默坐到天明了。如果说,上句写梦中韦丛的传形之笔是“频问”二字,那么,这句自我写照的传神之笔就是“不语”二字。这两个字包含无限酸辛,既使人如见其块然独坐之状,也使人想见其百转千回之情;而把这一心情融入景物并使其深化的是诗的结句。这船外的水声,不仅加倍衬托出船内的寂静,而且,它与作者的思潮是相通的。作者独坐不语,万念潮生,在其倾听波声之际,心固随之起伏,神也与之俱远。其茫茫百感、悠悠心事似载沉载浮于终夜奔流、无边无际的洞庭湖水之中,我与物、情与景已经化合为一了。总之,这首诗与《感梦》,都堪称记梦悼亡诗中的代表作,所用的语言是浅短的,而蕴含的哀思是深长的;所写的梦境是虚幻的,而流露的感情是真切的。

【注释】

①茂:原作“成”,据韩愈所撰《墓志铭》改。

哭小女降真

雨点轻沤[①]风复惊，偶来何事去何情。浮生未到无生地[②]，暂到人间又一生。

【题解】

此诗元和十四、十五年(820)作于虢州或长安。降真，元稹妾安仙嫔所出之次女，约元和八年生于江陵，元和十四年姐樊夭亡时犹在世，长庆元年兄荆夭亡时已卒。

【注释】

①沤：水中浮泡。

②"浮生"句：浮生，以人生在世，虚浮不定，故云。无生地，佛教语，谓无生无灭的涅槃境界。

哭女樊

秋天净绿月分明，何事巴猿不剩[①]鸣。应是一声肠断去，不容啼到第三声。

【题解】

此诗元和十四年(819)作于虢州。樊，妾安仙嫔所出长女，约元和七年生于江陵，本年卒于虢州。诗写痛失爱女的伤恸。陆时雍《唐诗镜》卷四六评云："语近俚而情痛。"黄周星《唐诗快》卷三则曰："真是无泪可挥。"

【注释】

①剩：多。

哭女樊四十韵

虢州长史时作

逝者何由见，中人[①]未达情。马无生角望，猿有断肠鸣。去伴投遐徼[②]，来随梦险程。四年巴养育，万里硖[③]回萦。病是他乡染，魂应远处惊。山魈邪乱逼，沙虱毒潜婴。[④]母约[⑤]看宁辨，余慵疗不精。欲寻方次第，俄值疾充盈。灯火徒相守，香花只浪擎。莲初开月梵，蕣已落朝荣。[⑥]魄散魂[⑦]将尽，形全玉尚莹。空垂两行血，深送一枝琼。秘祝休巫觋，安眠放使令。旧衣和箧施，残药满瓯倾。乳媪闲于社，医僧愧似醒。[⑧]悯渠身觉剩，讶佛[⑨]力难争。骑竹痴犹子，牵车小外甥。[⑩]等闲迷过影，遥戏误啼声。涴[⑪]纸伤余画，扶床念试行。独留呵面镜，谁弄倚墙筝。忆昨工言语，怜初妙长成。撩风妒鹦舌，凌露触兰英。翠凤舆真女，红蕖捧化生[⑫]。只忧嫌五浊，终恐向三清。[⑬]宿恶诸荤味，悬知众物名。（生而不食荤血，虎、豹、狨[⑭]、猿等皮毛，尽恶斥之。巴南所无之物，及北而默识其名者数辈。）环从枯树得，经认宝函盛。愠怒偏憎数，分张雅爱平。最怜贪栗妹，频救懒书兄。[⑮]为占娇饶分，良多眷恋诚。别常回面泣，归定出门迎。解怪还家晚，长将远信呈。说人偷罪过，要我抱纵横。腾踊游江舫，攀缘看乐棚。和蛮歌字拗（乙教反），学妓舞腰轻。迢递离荒服，持携到近京。未容夸伎俩，唯恨枉聪明。往绪心千结[⑯]，新丝鬓百茎。暗窗风报晓，秋幌雨闻更。败槿萧疏馆，衰杨破坏城。此中临老泪，仍自哭孩婴。

【题解】

此诗元和十四年(819)作于虢州。苦殇情至,千秋绝调。诗末“暗窗风报晓,秋幌雨闻更。败槿萧疏馆,衰杨破坏城”的环境描写,如果与《哭小女降真》后二句“浮生未到无生地,暂到人间又一生”的冷静思索结合起来看,悲极之情显然已经被大大冲淡。后来,宋人多以乐观写哀情,其主要原因固然是由理性精神替代情感冲突,但在具体描写中,往往表现为对事件过程的详尽记叙,这种淡化哀伤的方式,不能不说与在宋代影响广泛的元、白诗(当然,特别是白居易诗)有着一定的渊源关系。

【注释】

①中人:人分上中下三品,上品忘情,中品溺于情,下品不及情。

②遐徼(jiǎo):边远之地。

③硖(xiá):此指虢州。

④“山魈(xiāo)”二句:山魈,《广异记》:“山魈者,岭南所在有之,独足反踵,手足三歧。”沙虱,一种体形小而毒性大的虱子。

⑤约:《英华》、钱校、《全诗》作“幼”。

⑥“莲初”二句:梵,同芃,草盛貌。蕣(shùn),木槿别名,古称其花朝开暮谢。

⑦魂:蜀本、《全诗》、《英华》、钱校作“云”。

⑧“乳媪”二句:社,古代江淮间方言谓母为社。愧,原作“娩”,据卢本、《英华》、钱校、《全诗》改。

⑨讶佛:延请僧人以禳祸祈福。

⑩“骑竹”二句:骑竹,古代儿童常相与骑竹马为戏。牵车,即羊车,古代以羊驾驭的车。

⑪涴(wò):弄脏。

⑫“红蕖”句:化生,佛教所谓“四生”(卵、胎、湿、化)之一,指无所依托,凭借业力而忽然出现者。佛教宣称,信众一心修行,寿终之时,阿弥陀佛与八大菩萨就会接引其往生西方极乐净土,从莲花中化生出世。

⑬“只忧”二句:五浊,佛教谓尘世中烦恼痛苦炽盛,充满五种浑浊不净,即劫浊、见浊、烦恼浊、众生浊、命浊。三清,道教所谓玉清、上清、太清

三清境。

⑭狨(róng):猿猴类哺乳动物。

⑮"最怜"二句:妹,降真。兄,元荆,元稹妾安仙嫔所出,约元和六年生于江陵。

⑯"往绪"句:绪,钱校作"事"。结,钱校作"绪"。

哭子十首

翰林学士时作

维鹈受刺因吾过,得马生灾念尔冤。独在中庭倚闲树,乱蝉嘶噪欲黄昏。

才能辨别东西位,未解分明管带身。自食自眠犹未得,九重泉路托何人。

尔母溺情连夜哭,我身因事有时悲。[①]钟声欲绝东方动,便是寻常上学时。

莲花上品生真界,兜率天中离世途。[②]彼此业缘[③]多障碍,不知还得见儿无。

节量梨栗愁生疾,教示诗书望早成。鞭扑校多怜校少,又缘遗恨哭三声。

深嗟尔更无兄弟,自叹予应绝子孙。寂寞讲堂基址在,何人车马入高门。

往年鬓已同潘岳,垂老年教作邓攸。烦恼数中除一事,自兹无复子孙忧。

长年苦境知何限,岂得因儿独丧明。消遣又来缘尔母,夜深和泪有经声。

乌生八子今无七,猿叫三声月正孤。寂寞空堂天欲曙,拂帘双燕引新雏。

频频子落长江水，夜夜巢边旧处栖。若是愁肠终不断，一年添得一声啼。

【题解】

这一组诗长庆元年(821)作于长安。人生之哀，莫过于幼年丧父、中年丧妻、老年丧子。不幸的是，诗人继八岁丧父、三十岁丧妻之后，在四十三岁时又失去了爱子元荆——诗人当时唯一的儿子。何况，元荆夭折之时只有十一岁，生母安仙嫔又早在他四岁时离开了人世。诗人伤心蚀骨的哀痛，都写在这组诗中，如“深嗟尔更无兄弟，自叹予应绝子孙”、“往年鬓已同潘岳，垂老年教作邓攸”、“彼此业缘多障碍，不知还得见儿无”，都是诗人真情实感的流露，是和着血与泪写成的。这种过于常人的伤痛之情，又是从极细小极平常的事情，如“节量梨栗”、“教示诗书”等写起；所用的词语，也都是俯拾即是的平常话语，如“愁生疾”、“望早成”等。以平易通俗语，写人之常情，但读后却不禁让人心神俱失。

【注释】

①“尔母”二句：尔母，指元荆继母裴淑，此时裴氏似尚未有亲生子女。有，杨本作“不”。

②“莲花”二句：上品，佛经谓将修行而往生西方者，分三类九品，上品上生者乘金刚台，上品中生者乘紫金台，上品下生者入金莲华。兜率天，佛教谓天分许多层，其第四层曰兜率天，内院为弥勒菩萨之净土，外院为天上众生所居之处。古人认为众生死后升天居其外院。

③业缘：佛家语，谓苦乐皆为业力而起，故称。

感　逝

浙东

头白夫妻分无子，谁令兰梦感衰翁。三声啼妇卧床上，一寸断肠埋土中。蜩甲[①]暗枯秋叶坠，燕雏新去旧[②]巢空。情知此恨人皆有，应与暮年心不同。

【题解】

此诗长庆三年(823)至大和二年(828)作于越州。末二句谓伤子之痛，人多有之，然终归与暮年伤子之心不同。

【注释】

①蜩甲：《庄子》成玄英疏："蜩甲，蝉壳也。"

②旧：原作"夜"，据蜀本、卢本改。

妻满月日相唁[①]

十月辛勤一月悲，今朝相见泪淋漓。狂风落尽莫惆怅，犹胜因花压折枝。

【题解】

此诗长庆三年(823)至大和二年(828)作于越州。诗写伤子慰妻。后二句谓辛苦怀胎生下来的孩子旋即夭折，诚然令人伤心落泪，然而如果狂风扫落花，尚能留得花枝健在，也足堪庆幸，只要妻子平安健康，不因此而毁骨伤身，则未来子孙满堂仍自可期。

【注释】

①胡本题有小字注"浙东"。

丁编

律诗

代曲江老人百韵

年十六时作

何事花前泣，曾逢旧日春。先皇初在镐[①]，贱子正游秦。拨乱干戈后，经文礼乐辰。徽章悬象魏，貔虎画骐驎。[②]光武休言战，唐尧念睦姻。琳琅铺柱础，葛藟茂河漘[③]。尚齿惇耆艾，搜材拔积薪。[④]裴王持藻镜，姚宋斡陶钧。[⑤]内史称张敞，苍生借寇恂。[⑥]名卿唯讲德，命士耻忧贫。杞梓无遗用，刍荛不忘询。[⑦]悬金收逸骥，鼓瑟荐嘉宾。羽翼皆随凤，瑜琏肯杂珉[⑧]。班行容济济，文质道彬彬。百度依皇极[⑨]，千门辟紫宸。理[⑩]刑非苟简，稽古蹈因循。书谬偏求伏，诗亡远聘[⑪]申。继登三虎贾，群[⑫]擢八龙荀。海外恩方洽，寰中教不泯。儒林一同异，冠履尽清淳。[⑬]天净三光丽，时和四序均。卑官休力役，蠲赋免艰辛。[⑭]蛮貊[⑮]同车轨，乡原尽里仁。帝途高荡荡，风俗厚谆谆[⑯]。秋[⑰]日耕耘足，丰年雨露频。戍烟生不见，村竖老犹纯。耒耜勤千亩，牲牢奉六禋。[⑱]南郊礼天地，东野辟原畇[⑲]。校猎求初吉，先农卜上寅。万方来合杂，五色瑞轮囷。池籞[⑳]呈朱雁，坛场得白麟。酎金光照耀，奠璧彩璘玢。[㉑]掉荡云门发，蹁跹鹭羽振。集灵撞玉磬，和鼓奏金錞。[㉒]建簴崇牙盛[㉓]，衔钟兽目嗔。总干形屹崒，戛敔背嶙峋。[㉔]文物[㉕]千官会，夷音九部陈。鱼龙华外戏，歌舞洛中嫔。佳节修酺[㉖]礼，非时宴侍臣。梨园明月夜，花萼[㉗]艳阳晨。李杜诗篇敌，苏张笔力匀。乐章轻鲍照，碑板笑颜竣[㉘]。泰岳陪封禅，汾阴颂鬼神。星移逐西顾，风暖助东巡。浴德留汤谷，搜田过渭滨。沸天雷殷殷，匝地轂辚辚。沃土心逾炽，豪家礼渐湮。老农羞荷锸，贪贾学垂绅。[29]曲艺争工巧，雕机变组紃。[30]青凫连不解，红粟朽相因。[31]山泽长孳货，梯航竞献珍。翠毛开越巂[32]，龙眼敞瓯闽。玉馔薪然蜡，椒房烛用银。铜山供横赐，金屋贮宜嚬。班女恩移赵，思王赋感甄。辉光随顾步，生死属摇唇。世族功勋久，王姬宠爱亲。街衢连甲第，冠盖拥朱轮。大道垂珠箔，当炉踏锦茵。轩车[33]隘南陌，钟磬满西邻。出入张公子，骄奢石季伦。鸡场潜介羽，马埒[34]并扬尘。韬袖夸狐腋，弓弦尚鹿䐜。[35]紫絛牵白犬，锦鞯覆花骃。[36]箭倒南山虎，鹰擒东郭㕙[37]。翻身迎过雁，坐射[38]取回鹑。竟蓄朱公产，争藏邴氏缗。桥桃矜马骛，倚顿数牛犉[39]。蔬[40]斗冬中韭，羹怜远处莼。万钱才下筯，五醑[41]未称醇。曲水流觞日，倡优醉度旬。[42]探丸[43]依郭解，投辖伴陈遵。共谓长安[44]泰，那知遽构屯。奸心兴桀黠，凶丑比顽嚚[45]。斗柄[46]侵妖彗，天泉化逆鳞。贷恩叹乃祖[47]，连祸及吾民。猰貐[48]当前路，鲸鲵得要津。王师方业业，暴卒已䜣䜣。[49]番部[50]同谋夏，宗周暂去豳。陵园深暮景，霜露下秋旻。凤阙悲巢鹏，鸳行乱野麏[51]。华林荒茂草，寒竹碎贞筠。村落空垣坏，城隍旧井堙[52]。破船沉古渡，战鬼聚阴磷。振臂谁相应，攒眉独不伸。毁容怀赤绂[53]，混迹戴黄巾。木梗随波荡，桃源斆[54]隐沦。弟兄书信断，鸥鹭往来驯。忽遇山光澈，遥瞻海气真。秘图推废王[55]，后圣合经纶。野杏浑休植，幽兰不复纫。但惊心愦愦，谁恋水粼粼。尽室离深洞，轻桡荡小舲[56]。殷勤题白石，怅望出青蘋。梦寐平生在，经过处所新。阮郎迷里巷，辽鹤记城闉。虚过休明代，旋为朽病身。劳生常矻矻[57]，语旧苦谆谆。晚岁多衰柳，先秋愧大椿[58]。眼前年少客，无复昔时人。

【题解】

此诗或为贞元十年(794)作于长安。作者借曲江老人之口,重现开元天宝盛世景象,并为其衰败而深致惋惜。这种"代言体"诗歌的写法,基本上是通过诗人与人问答的方式来表现主题,就像杜甫在《石壕吏》、《兵车行》中已经成功运用过的那样,极能予人以身临其境之感,从而增强作品的感染力和表现力。只是,因为这是一首政治抒情排律,用典颇多,夹叙夹议,较少精细描写,所以很难在一读之下即给人留下深刻印象。

诗中"李杜诗篇敌"的论断,是在唐人尚未公认李白、杜甫伟大文学成就的时候提出来的,堪称现存唐人文献中并尊李、杜的第一人。直至元和十年(815),韩愈才在《调张籍》中提出影响更大的推尊李杜之论:"李杜文章在,光焰万丈长。"不过,元稹在此前两年的元和八年(813)又写过一篇《唐故工部员外杜君墓系铭(并序)》,是唐代唯一一篇从理论上系统阐发杜诗集大成意义的重要文献,而且还再次论证了李、杜"诗篇敌",即所谓的"差肩"之说。当然,也正是因为这篇墓志铭在接下来的文字中以排律一体比较李、杜,以及《墓系铭》开篇即云"予读诗至杜子美,而知小大之有所总萃焉"(姚铉编《唐文粹》卷六九题作《唐工部员外郎杜甫墓志铭(并序)》,此二句作"余读诗至杜子美,而知古人之才有所摠萃焉"),中篇更云"至于子美,盖所谓上薄风雅,下该沈、宋,古傍苏、李,气吞曹、刘,掩颜、谢之孤高,杂徐、庾之流丽,尽得古今之体势,而兼昔人之所独专矣",反而给人带来了错觉,使得包括《旧唐书》编者在内的众多后来者,因此而误将元稹当作"李杜优劣论"的始作俑者,甚至予以批判。

谢思炜曾在《元稹〈代曲江老人百韵〉诗作年质疑》一文中提出,根据诗体、题材、用语等方面的证据来看,此诗"年十六时作"很可能是元稹本人提供的不可靠之词。并认为,这一点并不必然涉及作者的人品"污点",而是与唐人普遍"好大言"的风气有关。其实,如果一定要质疑的话,结合上文的分析,元氏诗中对盛唐文学标志性成就的判断,不妨也可以成为一个角度。

【注释】

①镐:周朝初期的国都,旧址在今陕西西安西南。此借指唐都长安。

②“徽章”二句：徽章，标志衙署的旗幡。骐驎，即麒麟阁。

③“葛藟(lěi)”句：葛藟，植物名，比喻杰出人才。河漘(chún)，河边。

④“尚齿”二句：惇，重视。耆艾，《汉书》颜师古注：“六十曰耆，五十曰艾。”积薪，喻仕途沉滞。

⑤“裴王”二句：裴、王指裴楷、王戎。姚、宋指姚崇、宋璟。

⑥“内史”二句：分别借指负责治安的官吏，地方亲民的官吏。

⑦“杞梓”二句：杞梓，指小材与大材。蒭荛(ráo)，指割草采薪者。

⑧“瑜琏”句：瑜琏，蜀本、卢本、杨本作“珪璋”；玉制礼器，用于朝聘、祭祀，此喻杰出人才。杂，原作“称”，据蜀本、卢本、杨本、《全诗》改。珉(mín)，似玉之美石，比喻普通人。

⑨“百度”句：百度，百事，各种制度。皇极，帝王统治天下的标准，即所谓大中至正之道。

⑩理：蜀本、卢本、杨本、《全诗》作“措”。

⑪聘：原作“听”，据蜀本、卢本改。

⑫群：蜀本、卢本、杨本作“秀”。

⑬“儒林”二句：一同异，蜀本、卢本、杨本、《全诗》作“精阃奥”。冠履尽，蜀本、卢本、杨本、《全诗》作“流品重”。

⑭“卑官”二句：官，原作“宫”，据蜀本、卢本、何校改。蠲(juān)赋免，原作“贱职少”，据蜀本、卢本、杨本、《全诗》改。

⑮蛮貊(mò)：泛指落后部族。

⑯谆谆：蜀本、卢本、杨本、《全诗》作“訚訚”，忠厚诚恳貌。

⑰秋：蜀本、卢本、杨本、《全诗》作“暇”。

⑱“耒耜(sì)”二句：耒耜，农具。禋(yīn)，《左传》孔颖达疏：“《释诂》云：‘禋，敬也。’”

⑲原畇(yún)：原野上的田地。

⑳池籞(yù)：帝王的园林。

㉑“酎(zhòu)金”二句：酎金，汉代诸侯献给朝廷供祭祀用的贡金。酎，原作“酹”，据蜀本、卢本、杨本、董本改。璘玢(bīn)，光彩缤纷貌。

㉒“集灵”二句：玉，蜀本、卢本作“石”。金錞(chún)，錞于，古代四金

之一。

㉓“建簴(jù)”句:簴,古代悬挂钟磬类乐器架子中的立柱。崇牙,悬挂编钟编磬类乐器木架上端所刻之锯齿。

㉔“总干”二句:总干,挂盾。屹崒(zú),高峻貌。敔(yǔ),古代乐器,雅乐将终时击之以止乐。

㉕文物:指车服旌旗仪仗之类。

㉖酺(pú):古代帝王特许的大聚饮。

㉗花萼:即花萼楼,在兴庆宫西南隅,玄宗时建。

㉘颜竣:颜延之之子,以碑志之文著称。

㉙“老农”二句:锸(chā),铁锹。垂绅,此泛指礼仪。

㉚“曲艺”二句:曲艺,古代指医卜书画之类技艺。组紃(xún),丝绳带。

㉛“青凫”二句:青凫,钱。红粟,储藏过久而变红的陈米。

㉜越巂(suǐ):郡名。

㉝轩车:有屏障的车,古代士大夫以上所乘。

㉞马埒(liè):习射之驰道,两边有界限,使不致逸出道外。

㉟“韬袖”二句:韬袖,古代射猎时所用的皮护臂。鹿膑,鹿的夹脊肉,此借指鹿。

㊱“紫絛(tāo)”二句:絛,用丝线编成的带子。锦鞯覆,蜀本、卢本、杨本、《全诗》作“绣襜被”。骃(yīn),浅黑杂白之马。

㊲东郭㕙:良兔名。

㊳坐射:蜀本、卢本作“掣肘”,杨本、《全诗》作“劈肘”。

㊴牛犉(chún):原作“金银”,据蜀本、卢本、杨本、《全诗》改。

㊵蔬:蜀本、卢本、杨本、《全诗》作“虀”。

㊶五齐:亦作“五齐”,古代按酒的清浊分为五等。

㊷“曲水”二句:流觞,蜀本、卢本、杨本、《全诗》作“闲销”。优,蜀本、卢本、杨本、《全诗》作“楼”。

㊸探丸:指游侠杀人报仇。

㊹安:卢本、杨本、《全诗》作“之”。

㊺顽嚚(yín):顽劣愚恶。

㊻柄：蜀本作"杓"，卢本作"枋"。

㊼"贷恩"句：贷，蜀本、卢本、杨本、《全诗》作"背"。叹，蜀本、卢本、杨本、《全诗》作"欺"。

㊽猰貐（yà yǔ）：古代传说中的食人猛兽。此比喻凶恶之人。

㊾"王师"二句：方，蜀本、卢本、杨本、《全诗》作"才"。𧮫𧮫，二虎相争时发出的声音。

㊿番部：蜀本、卢本、杨本、《全诗》作"杂虏"。

51麏（jūn）：同"麇"，指獐子。此喻包藏二心者。

52堙（yīn）：埋没。

53赤绂（fú）：即赤绶，古代官府上系印纽的红色丝带，是品级较高官员的服饰。

54斅（xiào）：效法，后作学。

55王：原作"主"，据杨本、《全诗》改。

56舲：船。

57矻矻（kū）：勤奋不懈貌。

58大椿：古代寓言中的木名。《庄子·逍遥游》："上古有大椿者，以八千岁为春，以八千岁为秋。"

开元观闲居，酬吴士矩侍御三十韵

十八时作①

静习狂心尽，幽居道气添。神编启黄简，秘箓①捧朱签。烂熳烟霞驻，优游岁序淹。登坛拥旄节②，趋殿礼胡髯。（殿有玄宗皇帝真容。）醮起彤庭烛③，香开白玉奁。结盟金剑重，斩魅宝刀铦④。禹步星纲动，焚符灶鬼詹。⑤冥搜呼直使，章奏役飞廉。仙籍聊凭检，浮名复为占。赤诚祈皓鹤，绿发代青缣。⑥虚室常怀素，玄关屡引枯⑦。貂蝉⑧徒自宠，鸥鹭不相嫌。始悟身为患，唯欣禄未恬[⑨]。龟龙恋瀣[⑩]海，鸡犬傍闾阎。松笠新偏翠，山峰远更尖。箫声吟茂竹，虹影逗虚檐。初日先通牖，轻飔[⑪]每透帘。露盘朝滴滴，钩月夜纤纤。已得餐霞味，应[⑫]嗤食蓼甜。上琴闲度昼，耽酒醉销炎。几案随宜设，诗书逐便拈。灌园多抱瓮，刈藿乍腰镰。野鸟终难絷，鹪鹩本易厌[⑬]。风高云远逝，波骇鲤深潜。邸第过从隔，蓬壶梦寐瞻。所希颜颇练，谁恨突无黔[⑭]。思拙惭圭璧，词烦杂米盐。谕锥言太小，求药意何谦[⑮]。语默君休问，行藏我讵兼。（来诗有问行藏求药物之句。）[⑯]狂歌终此曲，情尽口长箝。

【题解】

此诗贞元十二年（796）作于长安，时已明经及第，守选在家。诗作首联用对仗，尾联不用对仗，在回忆早年的道观闲居生活中表现出了一定的求道热情。元白偏好长篇排律，类似的酬唱也并不只限于两人之间，如元稹此篇即是。这些诗叙生活，谈友情，也写景咏物，其中不乏有韵味的好诗，也有一部分因过重铺叙，展开自我的生活不免于琐碎，失去了诗歌的凝练风采而显得枯燥乏味，不甚耐读。元白在创作酬唱诗的时候，虽说没有表白过以诗炫博，但在客观上，这种诗可以显示博学强记以及铺排的本领，所以在当时颇有影响，造成了一种玩弄文字游戏的风气。

【注释】

①箓（lù）：道教的秘文。

②旄（máo）节：此指道士登坛作法时所设的仪仗。

③“醮起”句：醮（jiào），《颜氏家训》王利器《集解》引卢文弨曰：“道士设坛伏章祈祷曰醮。”烛，蜀本、卢本作“焰”。

④铦（xiān）：锋利。

⑤“禹步”二句：禹步，即跛行。詹，至。

⑥“赤诚”二句：诚，卢本作“城”。缣（jiān），细绢。

⑦枮(zhēn):同“椹”,砧板。

⑧貂蝉:古代官吏的冠饰。唐制,中书令、侍中、散骑常侍冠皆以金蝉貂尾为饰。此指高官显宦。

⑨恬:胡本、《全诗》作“沾”,卢校“一作拈”,何校“疑作沾”。

⑩澨(shì):蜀本、董本、杨本、《全诗》作“淮”。

⑪飔(sī):凉风。

⑫应:蜀本、卢本作“判”。

⑬“鷦鹩(jiāo liáo)”句:鷦鹩,鸟名,形微处卑。厌,满足。

⑭突无黔:本指烟囱无烟,没有被染黑,此处形容奔波忙碌,生活不得安定。

⑮“求药”句:蜀本、卢本、杨本有“本(卢本作‘来’)句有‘永惭沾药犬,多谢出囊锥’”。

⑯“来诗”句:蜀本、卢本、杨本作题下注,“来诗”作“中”,“句”作“意”。

病减逢春,期白二十二辛大不至十韵

校书郎时作

病与穷阴退,春从血气生。寒肤渐舒展,阳脉乍虚盈。就日临阶坐,扶床履地行。问人知面瘦,祝鸟愿身轻。风暖牵诗兴,时新变卖声。饥馋看药忌,闲闷点书名。旧雪依深竹,微和动早萌。推迁悲往事,疏数① 辨交情。琴待嵇中散,杯思阮步兵。世间除却病,何者不营营。

【题解】

此诗贞元二十年至二十一年(805)作于长安。白二十二,即白居易。辛大,指辛度,贞元十九年与元白同榜及第,性迂嗜酒。诗作部分地体现了职务特点。校书郎虽然职务清闲,生活足以自给,但终究不过是九品的低级官员，与他们来往的也只不过是一些穷困的书生。因此，在授官的兴奋之余，在悠闲的任职过程中，不免隐隐地不满于现状、才高位下以及被搁置与被边缘化。诗歌中的“闲”，如本诗中“闲闷点书名”等，其实只不过是不为外人所知的无奈而已，在这层外衣下，更多反映的是空虚、寂寞和消极。当然，也许正是在这个意义上，陆时雍《唐诗镜》卷四六评云：“拈出真趣，非为客语，故佳。”

【注释】

①疏数：此指人际关系的远近，即亲疏。

黄明府诗

并序

小年曾于解县[1]连月饮酒，予常为觥录事[2]。曾于窦少府厅中，有一人后至，频犯语令，连飞十二觥，不胜其困，逃席而去。醒后问人，前虞乡黄丞也。此后绝不复知。元和四年三月，予奉使东川，十六日，至褒城东数里，遥望驿亭，前有大池，楼榭甚盛。逡巡，有黄明府见迎。瞻其形容，仿佛似识。问其前衔，则固曩时之逃席黄丞也[3]。说向前事，黄生惘然而寤，因馈酒一槽[4]，舣[5]舟请予同载。予不免其意，与之尽欢。遍问座隅山川[6]，则曰：“则褒姒所奔之城在其左，诸葛所征之路次其右。[7]”感今怀古，作《黄明府诗》云。

少年曾痛饮，黄令困飞觥。席上当时走，马前今日迎。依稀迷姓氏，积渐识平生。故友身皆远，他乡眼暂明。便邀连榻坐，兼共榼(音的)船[8]行。酒思临风乱，霜棱[9]扫地平。不堪[10]深浅酌，贪怆古今情。逦迤七盘路，坡陀数丈城。[11]花疑[12]褒女笑，栈想武侯征。一种埋幽石，老闲[13]千载名。

【题解】

此诗元和四年(809)作于自长安赴东川途中。本年三月,作者以监察御史的身份充剑南东川详覆使出使四川,来到褒城驿亭遇到迎接的官员,不曾想正是当年河中府虞乡县县丞。若干年后在异地他乡重逢,二人喜出望外,使得故事柳暗花明,平添了波澜,也不禁使人心生"感今怀古"之情。值得提出的是,诗序长达二百余字,主要是补充交代诗歌开头四句"少年曾痛饮,黄令困飞觥。席上当时走,马前今日迎"。所叙不仅有时间跨度,写出了人物性格的豪爽,而且表面上似乎是给故事画上了句号,实际上暗暗留下悬念。

【注释】

①解县:唐时为河中府辖县,在今山西南部。

②觥录事:酒宴上职掌罚酒之人。事,原作"士",据蜀本、杨本、董本、《全诗》改。

③"则固"句:则固,《全诗》作"即"。曩时之,《全诗》谓:"时,一作日,无之字。"

④槽:蜀本、卢本、杨本、董本作"樽"。

⑤舣(yǐ):使船靠岸。

⑥座隅山川:胡本、季本、《纪事》作"褒阳山水"。

⑦"则褒姒"二句:则,原作"则又",据卢校删。后十四字原无,据胡本(无"曰"字)、季本、钱校、《纪事》补。

⑧樀(dí)船:拨船使进。樀,《全诗》作"榜",《纪事》作"剔"。

⑨霜棱:官威。

⑩堪:蜀本、杨本、董本、马本、胡本、季本作"看"。

⑪"逦迤"二句:七盘,古有南栈七盘与北栈七盘。坡陀,山势起伏不平貌。

⑫疑:卢本、杨本、董本、马本作"凝"。

⑬老闲:《纪事》作"空开"。

酬翰林白学士代书一百韵

并序此后江陵时作

玄元氏之下元日，会予家居至，[1]枉乐天代书诗一百韵。鸿洞卓荦，令人兴起心情。且置别书，美予前和七章，章次用本韵，韵同意殊，谓为工巧。前古韵耳，不足难之。今复次排百韵，以答怀思之贶云。

昔岁俱充赋，同年遇有司。八人称迥拔，两郡滥相知。（同年八人，乐天拔萃登科，予平判入等。）逸骥初翻步，鞲鹰暂脱羁。远途忧地窄，高视觉天卑。并入红兰署[2]，偏亲白玉规。近朱怜冉冉，伐木愿偲偲[3]。鱼鲁非难识，铅黄自懒持。心轻马融帐，谋夺子房帷。秀发幽岩电，清澄隘岸陂。九霄排直上，万里整前期。勇赠栖鸾句，惭当古井诗。（予赠乐天诗云："皎皎[4]鸾凰姿。"乐天赠予诗云："无波古井水。"）多闻全受益，择善颇相师。脱俗殊常调，潜工大有为。还醇凭酎酒[5]，运智托围棋。情会招车胤，闲行觅戴逵。僧餐月灯阁，醵宴[6]劫灰池。（予与乐天、杓直、拒非辈多于月灯阁闲游。又尝与秘省同官醵宴昆明池。）胜概争先到，篇章竞出奇。输赢论破的，点窜肯容丝。山岫当街翠，墙花拂面枝。（昔予赋诗云："为见墙头拂面花。"时唯乐天知此。）莺声爱娇小，燕翼玩逶迤。辔为逢车缓，鞭缘趁伴施。密携长上[7]乐，偷宿静坊姬。僻性慵朝起，新晴助晚嬉。相欢常满目，别处鲜开眉。翰墨题名尽，光阴听话移。（乐天每与予游从，无不书名屋壁，又尝于新昌宅说一枝花话，自寅至巳，犹未毕词也。）绿袍[8]因醉典，乌帽逆风遗。暗插轻筹箸，仍提小屈卮[9]。（予有篇箕草筹筯、小盏酒胡之辈，当时尝在书囊，以供饮备。）本弦才一举，下口已三迟。逃席冲门出，归倡借（去声）马骑。狂歌繁节乱，醉舞半衫垂。散漫纷长薄，邀遮守隘岐。几遭朝士笑，兼任巷童随。苟务形骸达，浑将性命推[10]。何曾爱官序，不省计家资。忽悟成虚掷，翻然叹未宜。使[11]回耽乐事，坚赴策贤时。寝食都忘倦，园庐遂绝窥。劳神甘戚戚，攻短过孜孜。叶怯穿杨箭，囊藏透颖锥。超遥望云雨，摆落占泉坻。略削荒凉苑，搜求激直词。那能作牛后，更拟助洪基。（旧说：制策皆以恶讦取容为美。予与乐天指病危言，不顾成败，意在决求高等[12]。初就业时，今裴相公戒予，慎勿以策苑为美。予深佩其言，然而怪其多大[13]，拟取有可取，遂切求潜览，功及费[14]累月无所获。先是，穆员、卢景亮同年应制，俱以辞直见黜。予求获其策，皆手自写之，置在筐箧。乐天、损之辈常诅予箧中有不第之祥，而又哂予决求高等之僭也。）唱第听鸡集，趋朝忘马疲。内人舆御案，朝景丽神旗。首被呼名姓，多惭冠等衰。千官容眷盼，五色照离披。鹓侣从兹洽，鸥情转自縻。分张[15]殊品命，中外却驱驰。出入称金籍[16]，东西侍碧墀。斗班云汹涌，开扇雉参差。切愧寻常质，亲瞻咫尺姿。日轮光照耀，龙服瑞葳蕤。誓欲通愚謇，生憎效喔咿。[17]佞存真妾妇，谏死是男儿。便殿承偏召，权臣惧挠私。庙堂虽稷契[18]，城社有狐狸。似锦言应巧，如弦数易欺。敢嗟身暂黜，所恨政无毗[19]。（予元和元年任拾遗，八月[20]十三日延英对，九月十日[21]贬授河南尉。）谬辱良由此，升腾亦在斯。再令陪宪禁，依旧履阽危。[22]使蜀常绵远，分台更崄巇[23]。匿奸劳发掘，破党恶持疑。斧刃迎皆碎，盘牙老未萎。乍能还帝笏，讵忍折（音浙）吾支。虎尾元来险，圭文却类疵。浮荣齐壤芥，间气咏江蓠[24]。阙下殷勤拜，樽前啸傲辞。飘沉委蓬梗，忠信敌蛮夷。戏诮青云驿，讥题皓发祠。（予途中作《青云驿》

诗，病其云泥一致；作《四皓庙》诗，讥其出处不常。）贪过谷隐寺[25]，留读岘山碑。（寺在亭侧。）草没章台址，堤横楚泽湄。野莲侵稻陇，亚柳压城陴[26]。遇物伤凋换，登楼思漫瀰[27]。金攒嫩橙子，蹙[28]泛远鸬鹚。仰竹藤缠屋，苫茅荻补篱。（南人以大竹为瓦，用荻为篱也。）面梨通蒂朽，火米带芒炊。（面梨软烂无味，火米粗粝[29]不精。）苇笋针筒束，鯾鱼箭羽鬐[30]。芋羹真底可，鲈鲙漫劳思。北渚销魂望，南风著骨吹。度梅衣色渍，食稗马蹄羸。（南方衣服经夏，谓之度梅，颜色尽黦。马食菰蒋，盖北地稊稗之属。）院榷和泥碗，官酤小麹醨。[31]讹音烦缴绕，轻（去声）俗丑威仪。树罕贞心柏，畦丰卫足葵。坳洼饶蘧[32]矮，游惰压庸缁。病赛乌称鬼，巫占瓦代龟。（南人染病，竞赛乌鬼。楚巫列肆，悉卖瓦卜。）连阴蝇[33]张王，瘴疟雪治医。（雨中井作蛙池，终冬往往无雪。）我正穷于是，君宁念及兹。一篇从日下，双鲤[34]送天涯。坐捧迷前席，行吟忘结綦[35]。匡床铺错绣，几案踊灵芝。形影同初合，参商喻此离。扇因秋弃置，镜异月盈亏。壮志诚难夺，良辰岂复追。宁牛终夜永，潘鬓去年衰。（余今年始三十二，去岁已生白发。）溟渤深那测，穹苍意在谁。驭方轻騕褭[36]，车肯重辛夷。卧辙希濡沫，低颜受颔颐。世情焉足怪，自省固堪悲。溷鼠[37]虚求洁，笼禽方讶饥。犹胜忆黄犬，幸得早图之。

【题解】

此诗元和五年(810)作于江陵。白居易原唱为《代书诗一百韵寄微之》。元诗回味平生，包括应试、从政以及遭受打击的经历，重点在用了一半篇幅所铺写的校书郎生活以及为应制举而刻苦攻读的情景，主要包括考中进士后：其一，飞扬的精神状态。其二，游玩生活。几乎不加掩饰地津津乐道，集中展现中唐举子们浪漫不羁的生活，传统诗文习惯表现的志向抱负、抑郁愤懑，被自由洒脱、欢醉甚至是颓废所取代，没有了传统律诗的庄重含蓄，倒是令人想到卢照邻《长安古意》所表现的喧嚣热闹，这完全是以律体包装了的古体内容，是雅俗兼容的新诗体。其三，歌舞宴饮的狂放。生动的细节将欢宴歌舞的场面活现在眼前，意兴飞扬，眉飞色舞，没有律体因典故韵律而导致的滞涩，轻快疾速的节奏甚至多少使人忘记为律体。这种灯红酒绿歌舞宴乐生活对社会上一般文士来说极具诱惑力，极具模仿性，容易使人产生一种感官冲动。杜甫也有饮酒听乐，但趣味大不相同，如《秋日夔府咏怀奉寄郑监李宾客一百韵》咏在夔情事，是和谐地统一沉郁的情感与律诗顿挫的节奏。后来，元稹在制举及第士人中名列第一，成为当时文人所羡慕的殿试状元，高兴的心情是可以想见的，正篇中"唱第听鸡集，趋朝忘马疲"八句所云。

百韵长律，创自杜甫。排律所尚，在气局严整，属对工巧，开阖相生，语排而意不排。元白排律，曲折尽情，能事几毕矣。薛雪《一瓢诗话》所评，有及于此：

> 元白诗言浅而思深，意微而词显，风人之能事也。至于属对精警，使事严切，章法变化，条理井然，其俚俗处，而雅亦在其中。杜浣花之后，不可多得者也。盖因元和、长庆间，与开元、天宝时，诗之运会，又当一变，故知之者少。

【注释】

①"玄元氏"二句：玄元氏，指老子。下元日，古代阴历十月十五日为下元节。居，蜀本、卢本作"信"。

②红兰署：秘书省的别称。

③偲偲（sī）：相互勉励。

④皎皎：原作"皎彼"，据卢校改。

⑤酎酒：反复酿成的醇酒。

⑥醵（jù）宴：会聚凑钱宴饮。

⑦长上：唐武官名，以守卫宫禁与戍边为职责。

⑧绿袍：低级官吏所穿之袍。唐代官吏散官三品以上者服紫，五品以上者服绯，五品以下者服青或绿。

⑨屈卮：有把手的弯柄酒杯。

⑩推：原作“摧”，据蜀本、卢本、杨本改。

⑪使：卢本作“便”。

⑫等：蜀本作“第”。

⑬多大：大惊小怪。

⑭及：蜀本、卢本作“费”。

⑮分张：分摊。

⑯金籍：即金闺籍，名悬金马门，得通出入者。

⑰“誓欲”二句：謇，正直。生憎，最憎。喔咿，献媚强笑貌。

⑱稷契：稷，相传为周之先祖，舜在位时为农官。契，相传为商之先祖，舜在位时为司徒。此泛指贤能之臣。

⑲毗：荒废，损伤。

⑳月：原无，岑仲勉《读全唐诗札记》：“八下显脱月字”，据补。

㉑日：原作“三”，据蜀本、卢本、杨本改。

㉒“再令”二句：宪禁，指御史台。阽(diàn)危，危险。

㉓崄巇(xiǎn xī)：山路危险貌，喻人世或人心险恶。

㉔“间气”句：间气，亦作“闲气”，旧谓影响杰士，禀天地特殊之气，间世而出，故称。江蓠(lí)，亦作“江离”，香草名，又名蘼芜。

㉕谷隐寺：在今湖北襄阳南。

㉖城陴(pī)：城上的矮墙，城堞，亦称“女墙”。

㉗漫瀰：犹弥漫。

㉘瑿(yī)：黑色的美石。

㉙粝(lì)：糙米。

㉚“鳊(biān)鱼”句：鳊鱼，即鳊鱼，古亦称鲂鱼。鬐(qí)，通“鳍”。

㉛“院榷”二句：鹼，卢本作“瞼”。酤(gū)，卖。醨(lí)，薄酒。

㉜尰(zhǒng)：足肿病。

㉝黾：青蛙。

㉞双鲤：一底一盖，把书信夹在其中的鱼形木板，此代指书信。

㉟綦(qí)：鞋带。

㊱騕褭（yǎo niǎo）：古代神马名。

㊲溷鼠：厕所里的老鼠。

纪怀赠李六户曹、崔二十功曹五十韵

昔冠诸生首，初因三道征。[1]公卿碧墀会，名姓白麻称。[2]日月光遥射，烟霄志渐弘。荣班联锦绣，谏路赐笺藤。[3]便欲呈肝胆，何言犯股肱。椎埋冲斗剑，清澈莹壶冰。[4]赤县才分务，青骢已迥乘。[5]因骑度海鹘，拟杀蔽天鹏。[6]缚虎声空壮，连鳌力未胜[7]。风翻波竞蹙，山压势逾崩。僇辱徒相困，苍黄性不能。[8]酣歌离岘顶，负气入江陵。华表当蟾魄，高楼挂玉绳[9]。角声悲掉荡，城影暗棱层[10]。军幕威容盛，官曹礼数兢。心虽出云鹤，身尚触笼鹰。竦足良甘分，排衙苦未曾。[11]通名参将校，抵掌[12]见亲朋。呴沫求涓滴，沧波怯斗升。荒居邻鬼魅，羸马步殑殑[13]。白草堂檐短，黄梅雨气蒸。沾黏经汗席，飐闪尽油灯。夜怯餐肤蚋，朝烦拂面蝇。过从愁厌贱，专静畏猜仍。旅寓谁堪托，官联[14]自可凭。甲科崔并骛，柱史李齐升。[15]共展排空翼，俱遭激远矰[16]。他乡元易感，同病转相矜。投分多然诺，忘言[17]少爱憎。誓将探肺腑，耻更辨淄渑[18]。会宿形骸远[19]，论交意气增。一心吞渤澥，戮力拔嵩恒。[20]语到磨圭角，疑消破弩症。[21]吹嘘期指掌，患难许檐簦。[22]铩翮鸾栖棘，藏锋箭在硼。[23]雪中方睹桂，木上莫施罾[24]。且泛夤沿水，兼过被病僧。有时鞭款段，尽日醉儚僜。[25]蹑屐[26]看秧稻，敲船和采菱。文鱼江火合，唤客谷神应。[27]啸傲虽开口，幽忧复满膺。望云鳍拨剌，透匣色腾凌。每想潢池寇，犹稽赤族惩。[28]夔龙劳算画，貔虎带威棱。[29]逐鸟忠潜奋，悬旌意远凝。弢弓思彻札，绊骥闷牵緪。[30]运甓调辛苦[31]，闻鸡屡寝兴。闲随人兀兀[32]，梦听鼓冬冬（他胜反）。班笔行看掷，黄陂莫漫澄。[33]骐驎高阁上[34]，须及壮时登。

【题解】

此诗元和五年（810）作于江陵。李六户曹，即李景俭。崔二十功曹，不详。诗作通过回味平生以抒满膺“幽忧”。

【注释】

①“昔冠”二句：唐代元和之际，制举试第一、二等已例不授人，元稹以第三次等为第一名，充敕头。三道，唐人以之称制举试。

②“公卿”二句：碧墀，青石台阶的美称，此代指朝堂。墀，原作“鸡”，据卢本、杨本、《全诗》、《纪事》改。白麻，即白麻纸。唐制，由翰林学士代皇帝所起草的重要诏书，用白麻纸书写。制举以皇帝名义招徕天下贤俊，故公布结果的诏书用白麻书写。

③“荣班”二句：联，原作“张”，据卢本、杨本、《全诗》改。“谏路”句，古代越中多以藤皮制纸，名藤纸，较名贵。唐制，谏官的谏书用皇帝赐予的专用纸张书写。路，卢本、杨本、《全诗》“一作”作“纸”。

④“椎埋”二句：椎埋，本指劫杀人而埋之，此泛指埋藏。冲斗剑，即丰城剑。此喻压抑消磨与恶势力斗争的壮气。清澈，杨本、《全诗》作“消碎”，季本作“清彻”。

⑤“赤县”二句：赤县，唐代县分赤、畿、望、紧、上、中、下七等，京都所治为赤县，京之旁邑为畿县，其余则以户口多少、资地美恶为差。此指河南县。元稹元和元年九月由左拾遗出为河南县尉。分务，犹分司。“青骢”句，指被授予监察御史之职。

⑥“因骑”二句：指元和四年出使剑南东川查办严砺等枉法事。

⑦“连鳌”句：连鳌，形容善钓。比喻富有才干，可成大事。

⑧“僇（lù）辱”二句：僇辱，侮辱。苍黄，比喻变化反复，毫无操守。

⑨玉绳：玉衡北两星为玉绳。此泛指群星。

⑩棱层：通“崚嶒”，高耸突兀貌。

⑪“竦足”二句：竦足，恭敬地站立。甘，卢本作“安”，胡本作“巳”。排衙，古代主官升座，衙署陈设仪仗，僚属依次参谒，分立两旁，谓之排衙。

⑫抵掌：击掌，形容谈话时高兴的神情。

⑬殗：困病憔悴貌。

⑭官联：本指官吏联合治事。此指同僚。

⑮“甲科”二句：崔，指崔韶，与元稹元和元年同登制科举。柱史，柱下之史，即御史，因常立殿柱下，故名。李，指李景俭，元和二年，御史中丞崔群引为监察御史，次年群以罪左迁，景俭亦坐贬江陵。元稹元和四年亦曾为监察御史，故云。

⑯激远矰(zēng)：即可射远之矰。矰，古代射鸟所用系有丝绳之箭。

⑰忘言：忘其所言，此泛指忘却善恶。

⑱淄渑：淄水与渑水，皆在今山东境内。相传味道各不相同，混之难以辨别。比喻性质不同的事物。

⑲远：杨本、董本、《类苑》作“达”。

⑳“一心”二句：渤澥，近海。嵩恒，中岳与北岳的并称，此泛指高大的山脉。

㉑“语到”二句：圭角，圭之棱角，比喻锋芒。“疑消”句，即杯弓蛇影。

㉒“吹嘘”二句：指掌，比如事情容易办理。檐簦(dēng)，背着伞。簦，古代有柄之笠，类似于今日的伞。

㉓“铩翮”二句：铩翮，犹铩羽。比喻遭受打击。弸(péng)，弓弦。

㉔罾(zēng)：一种用木棍或竹竿作支架的渔网。

㉕“有时”二句：款段，马行迟缓貌，此借指缓行之马。儚僜(méng dēng)，懵懂，半醒半睡貌。

㉖蹑屐：拖着木鞋走路，形容悠闲貌。

㉗“文鱼”二句：文，《全诗》作“叉”。谷神应，山谷回响。

㉘“每想”二句：潢池寇，《汉书·龚遂传》：“（宣帝）谓遂曰：‘勃海废乱，朕甚忧之。君欲何以息其盗贼，以称朕意？’遂对曰：‘海濒遐远，不沾圣化，其民困于饥寒而吏不恤，故使陛下赤子盗弄陛下之兵于潢池中耳。’”潢池，

积水而成的小池。赤族，诛灭全族。

㉙“夔龙”二句：夔龙，相传夔为舜帝的乐官，龙为舜帝的谏官。后用以指辅弼良臣。貔虎，此比喻勇猛的将士。

㉚“弢弓”二句：弢弓，藏弓入弢，谓失意藏锋。弢，弓袋。彻札，穿透铠甲。緪（gēng），粗绳索。此指马缰绳。

㉛“运甓”句：《晋书·陶侃传》：“侃在州无事，辄朝运百甓于斋外，暮运于斋内。人问其故，答曰：‘吾方致力中原，过尔优逸，恐不堪事。’其励志勤力，皆此类也。”甓，砖。

㉜兀兀：昏愚无知貌。

㉝“班笔”二句：《后汉书·班超传》：“家贫，常为官佣书以供养。久劳苦，尝辍业投笔，叹曰：‘大丈夫无他志略，犹当效傅介子、张骞立功异域，以取封侯，安能久事笔研间乎？’”《后汉书·黄宪传》：“郭林宗少游汝南，先过袁闳，不宿而退；进往从宪，累日方还。或以问林宗，林宗曰：‘奉高之器，譬诸泛滥，虽清而易挹；叔度汪汪若千顷陂，澄之不清，淆之不浊，不可量也。’”

㉞“骐驎”句：骐驎高阁，即麒麟阁，在未央宫，本藏书之所，后宣帝图像功臣于其上。古代以图像于麒麟阁为最高荣誉，人人企羡。

答姨兄胡灵之见寄五十韵

并序

九岁解赋诗，饮酒至斗余乃醉。时方依倚舅族，舅怜，不以礼数检，故得与姨兄胡灵之[1]辈十数人为昼夜游。日月跳掷，于今余二十年矣。其间悲欢合散，可胜道哉。昨枉是篇，感彻肌骨，适白翰林又以百韵见赠[2]。余因次酬本韵，以答贯珠[3]之赠焉。于吾兄不敢变例，复自“城”至“生”，凡次五十一字。灵之本题兼呈李六侍御，是以篇末有云。

忆昔凤翔城，龆年是事荣[④]。理家烦伯舅，相宅[⑤]尽（兹引反）吾兄。诗律蒙亲授，朋游忝自迎。题头筠管缦，教射角弓骍。[⑥]（灵之善笔札，习骑射。）矮马驼鬃鞴，犛牛兽面缨。[⑦]对谈依[⑧]赳赳，送客步盈盈。米碗诸贤让，蠡杯大户倾。[⑨]一船席外语，三榼拍心精。[⑩]传盏加分数，横波掷目成。华奴歌淅淅，媚子舞卿卿。（军[⑪]大夫张生好属词，多妓乐。歌者华奴，善歌淅淅盐。又有舞者媚子，善[⑫]觥令禁言，张生常令纲纪[⑬]。）斗设狂为好[⑭]，谁忧饮败名。屠过隐朱亥，楼梦古秦嬴。[⑮]环坐唯便草，投盘暂废觥。春郊才烂熳，夕鼓已砰轰。荏苒移灰琯[⑯]，喧阗倦塞兵。糟浆闻渐[⑰]足，书剑讶无成。抵璧[⑱]惭虚弃，弹珠觉用轻。遂笼云际鹤，来狎谷中莺。[⑲]学问攻方苦，篇章兴太清。囊疏萤易透，锥钝股多坑。[⑳]笔阵戈矛合，文房栋桷撑。[㉑]豆萁才敏俊，羽猎正峥嵘。岐下[㉒]寻时别，京师触处行。醉眠街北庙，闲绕宅南营。（予宅在靖安北街，灵之时寓居永乐南街庙中。予宅又南邻弩营。）柳爱凌寒软，梅怜上番惊。观松青黛笠，栏药紫霞英。（开元观古松五株，靖安宅牡丹数本，皆曩时游行之地。）尽日听僧讲，通宵咏月明。正耽幽趋[㉓]乐，旋被宦途萦。吏晋资材枉，留秦岁序更。（时灵之作吏平阳，予酬校秘阁，自兹分散。）我鬓鬣数寸[㉔]，君发白千茎。芸阁怀铅暇，姑峰带雪晴。[㉕]何由身倚玉[㉖]，空睹翰飞琼。世道难于剑，谗言巧似笙。但憎心可转，不解跽如擎[㉗]。始效神羊触[㉘]，俄随旅雁征。孤芳安可驻，五鼎几时烹[㉙]。潦倒沉泥滓，欹危践矫衡[㉚]。登楼王粲望，落帽孟嘉情。（龙山落帽台去府城二十里。）巫峡连天水，章台塞路荆。（章华台去府十里。）雨摧渔火焰，风引（去声）竹枝声。分作屯之蹇，那知困亦亨。[㉛]官曹三语掾，国器万寻桢。[㉜]（此后多述李君定交之由，用报灵之兼呈之意。）逸杰雄姿迥，皇王雅论评。蕙依潜可习[㉝]，云合定谁令。

原燎逢冰井，鸿流值木罂。[34]智囊推有在，勇爵敢徒争。迅拔看鹏举，高音侍鹤鸣。所期人拭目，焉肯自佯盲。铅钝[35]丁宁淬，芜荒展转耕。穷通须豹变，撄搏笑狼狞。[36]愧捧芝兰赠，还披肺腑呈。此生如未死，未拟变平生。（一本云：今日负平生。）

【题解】

此诗元和五年(810)作于江陵。诗作追叙昔日同姨兄胡灵之的交游。本诗实一〇四句，五十二韵，韵字五十三。

诗中"尽日听僧讲"云云，述及青春少年整日沉湎于俗讲之中，可以想见当时俗讲受欢迎的程度。这方面的材料还有不少，录以附读。如趙璘《因话录》卷四云：

> 有文淑(溆)僧者，公为聚众谭说，假托经论，所言无非淫秽鄙亵之事。不逞之徒，转相鼓扇扶树，愚夫冶妇，乐闻其说，听者填咽寺舍，瞻礼崇奉，呼为"和尚教坊"。效其声调，以为歌曲。其氓庶易诱，释徒苟知真理，及文义稍精，亦甚嗤鄙之。近日庸僧，以名系功德使，不惧台省府县，以士流好窥其所为，视衣冠过于仇雠。而溆僧最甚，前后杖背，流在边地数矣。

【注释】

①之：其下原有"之"字，据卢本校删。

②赠：杨本、《全诗》作"贻"。

③贯珠：成串的珍珠，比喻诗文文字精美。

④"龆(tiáo)年"句：龆年，童年。脱去乳牙，长出恒牙谓龆。是事，凡事，事事。

⑤相宅：根据堪舆理论选择合适的地方居住。

⑥"题头"二句：题头，书写门头上的横批或匾额。�管，竹管，此借指毛笔。缦(màn)，通"慢"。角弓，以兽角为饰的硬弓。骍(xīng)，赤色的马。

⑦"矮马"二句：韂(chàn)，垂于马腹两侧，用以遮挡尘土的小障泥。犛牛，野牛。一说即牦牛。犛，杨本、《全诗》、卢校有"音茅"。

⑧依：华本作“衣”。

⑨“米碗”二句：米碗，小杯。米，形容极小之量。蠡杯，瓠瓢类大容量之杯。一说用以代瓠瓢的动物介壳。大户，酒量大的人。

⑩“一船”二句：船，指船形酒杯。三榼(kē)拍心，乐曲演奏的规则。

⑪军：原空一格，据杨本、《全诗》、卢校补。

⑫善：杨本、《全诗》作“每”。

⑬纲纪：杨本、《全诗》作“相挠”。卢校云：“又‘相挠’，董、马改作‘纲纪’，非。”

⑭“斗设”句：竞相攀比宴席的奢华。设，肴馔。斗设，杨本作“斗说”。

⑮“屠过”二句：过，拜访。《史记·魏公子列传》：“侯生谓公子曰：‘臣所过屠者朱亥，此子贤者，世莫能知，故隐屠间耳。’公子往，数请之，朱亥故不复谢，公子怪之……(公子将往救赵)，朱亥笑曰：‘……今公子有急，此乃臣效命之秋也。’遂与公子俱。”相传秦穆公之女弄玉，好乐。萧史善吹箫作凤鸣。穆公以弄玉妻之，为作凤楼。二人吹箫其上，凤凰来集，后乘凤飞升而去。卢本、杨本、《全诗》句下有小注：“弄玉楼在凤翔城北角。”

⑯灰琯：亦作“灰管”，古人烧芦苇成灰，分置十二律玉管，放于室内，以占节候。某节候至，相应律管中之灰即自行飞出，以此占验时序。

⑰渐：卢本作“暂”。

⑱抵璧：掷璧，谓不以钱财为重。

⑲“遂笼”二句：云际鹤，即闲云野鹤，比喻远离尘嚣、隐居不仕的人。谷中莺，比喻为尘网所束缚的人。

⑳“囊疏”二句：用车胤囊萤夜读与苏秦悬梁刺股之典形容发奋读书。

㉑“笔阵”二句：笔阵，文章谋篇布局有如军阵，故云。文房，文章写作有如建筑房屋，故云。栋桷(jué)，栋，横梁。桷，方形椽。

㉒岐下：岐山之下。岐山在凤翔府境内。

㉓趋：卢校“疑趣”。

㉔“我鬒”句：鬒，鬘的俗体，指梳于头顶两边之髻。黳(yī)，黑色。

㉕“芸阁”二句：怀铅，从事著述。铅，铅粉，古代书写的辅料。姑峰，即姑射山之峰，在今山西临汾境内。

㉖倚玉：攀附贤能之人。

㉗“不解”句：谓不肯屈己之心志以求通显。跽（jì），两膝着地，上身挺直。擎，执笏貌。

㉘神羊触：神羊，獬豸的别称，能以独角辨邪正曲直，故獬豸冠为御史所戴的发冠。

㉙“五鼎”句：谓自己正直孤行，不知何时即遭大祸。五鼎烹，古代的一种酷刑，用鼎镬烹煮罪人。

㉚矫衡：突出于外的栏杆。

㉛“分作”二句：屯之蹇，屯、蹇为《易》之二卦，均艰难险阻之意。困亦亨，《易》孔颖达疏：“君子处困而不失其自通之道，故曰困亨也。”

㉜“官曹”二句：三语掾，幕僚的美称。国器，国家所需的栋梁，此借指治国贤才。万寻，形容极高。桢，支柱。

㉝“蕙依”句：犹近朱者赤之意。蕙，香草名，所指有二：一指薰草，俗称佩兰；一指蕙兰，色略淡于兰。

㉞“原燎”二句：冰井，藏冰之井。木罂，用木柙夹缚众罂瓶而成的浮渡工具。

㉟铅钝：铅刀，不锋利，此以自比。

㊱“穷通”二句：豹变，谓如豹皮花纹发生显著的变化。比喻人的处境发生重大变化。撄（yīng）搏，触犯，拂逆。

酬许五康佐

次用本韵

奋迅君何晚，羁离我讵俦。鹤笼闲警露，鹰缚闷牵鞲。蓬阁[①]深沉省，荆门远慢州。课书同吏职[②]，旅宦各乡愁。白日伤心过，沧江满眼流。嘶风悲代马，喘月伴吴牛。[③]枯涸方穷辙，生涯不系舟[④]。猿啼三峡雨，蝉报两京秋。珠玉惭新赠，芝兰[⑤]忝旧游。他年问狂客，须向老农求。

【题解】

此诗元和五年至九年(814)作于江陵。许康佐原唱已佚。诗写虽然两人在仕途上都不得意,但许康佐毕竟还在京官任上,自己却流落于“荆门远慢州”,生涯真如“不系舟”一样不由自主。但牢骚归牢骚,日子毕竟还得过下去,于是在答谢许康佐不忘老友、惠寄诗作的同时,作者也通过末二句“他年问狂客,须向老农求”,表达出自己的人生态度:今后,我这个当年的狂客,恐怕要以隐逸田园的农夫而终老了。以元稹这样一个本来很“气锐”“志骄”(辛文房《唐才子传》卷六)的人,最后却以隐逸田园之想来化解心中的痛苦不平,可见他受白居易的影响可能确实是比较深的。

【注释】

①蓬阁:即蓬莱阁,汉洛阳南宫内的东观,为宫中藏书与著书之所,时人称为道家蓬莱。

②“课书”句:谓二人均曾在秘书省任校书郎。课书,校研书籍,为校书郎的职责。

③“嘶风”二句:谓已久滞荆州,空有眷恋故土之情。吴牛喘月,出《世说新语》,刘孝标注曰:“今之水牛,惟生江淮间,故谓之吴牛也。南土多暑,而此牛畏热,见月疑日,所以喘也。”比喻不堪某事,再遇类似的事物而疑心胆怯。

④“生涯”句:《庄子·列御寇》:“巧者劳而知者忧,无能者无所求,饱食而遨游,泛若不系之舟,虚而遨游者也。”此处比喻漂泊不定。

⑤芝兰:《孔子家语》:“与商人居,如入芝兰之室,久而不闻其香,即与之化矣。”比喻有才德的贤人。

送崔侍御之岭南二十韵

并序

古朋友别,皆赠以言,况南方物候饮食与北土异。其甚者,夷民喜聚蛊①。秘方云:以含银变黑为验,攻之重雄黄;②海物多肥腥,啖之好呕泄。验方云：备之在咸食；岭外饶野菌，视之虫蠹者无毒；罗浮[3]生异果，察其鸟啄者可餐。大抵珠玑玳瑁之所聚，贵洁廉；湮郁暑湿之所蒸，避溢欲。其余道途所慎，离怆之怀，尽之二百言矣，叙不复云。

汉法戎施幕，秦官郡置监。[4]萧何归旧印，鲍永授新衔。[5]币聘虽盈箧，泥章未破缄[6]。蛛悬丝缭绕，鹊报语詀諵[7]。再砺神羊角，重开宪简函。(崔君前任已为御史。)鞶缨骢赳赳，绥佩绣縿縿(音衫)。[8]逸翮怜鸿翥，离心觉刃劖。[9]联游亏片玉[10]，洞照失明鉴。遥想车登岭，那无泪满衫。茅蒸连蟒气，衣渍度梅黷[11]。象斗缘溪竹，猿鸣带雨杉。飓风狂浩浩，韶石峻崭崭[12]。宿浦宜深泊，祈泷在至諴[13]。瘴江乘[14]早度，毒草莫亲芟。试蛊看银黑，排腥贵食咸。菌须虫已蠹，果重鸟先鹐[15]。冰莹怀贪水，霜清顾痛岩。[16]珠玑当尽掷，薏苡讵能谗。[17]荆俗欺王粲，吾生问季咸[18]。远书多不达，勤为枉攕攕[19]。

【题解】

此诗元和五年至九年(814)作于江陵。诗序既没有传统赠别诗离别时的气氛心情，也没有交代朋友去岭南的背景以及给朋友的安慰，其兴趣在于“南方物候饮食与北土异”，分条叙述其特性，如聚蛊、海物、野菌、异果、珠玑、玳瑁等，如何防避与利用都说得极为详细，这与唐代笔记类小说很接近。诗中几乎将序中所写的内容用律句来组织铺写，可见其兴趣所在。

白居易对元稹所写内容感兴趣，于是在送别时有意识地拟作了一首《送客春游岭南二十韵》，并暗暗与之一争高下。据题注“因叙岭南方物以谕之，并拟微之送崔二十二之作”，崔侍御或为崔韶。与元诗相比，白诗将首尾部分有关对客人的赞誉与劝勉语大大压缩，而将主要笔墨放在岭南方物，描写得更加充分新奇，可见这是在展示自己对奇特景象的想象力，以蛮荒之景来吸引人。

【注释】

①聚蛊:聚百虫置器中,经年开之,必有一虫尽食诸虫,仅存者极毒,可杀人。

②"以含"二句:银,原作"金",据杨本、董本、《全诗》改。雄黄,矿物名,中药用作解毒杀虫药。

③罗浮:山名。在今广东东江北岸。

④"汉法"二句:幕府之实非始于汉代,而幕府之名今始见于《史记·李牧传》。汉代兵民兼治,掌兵者开置幕府。秦朝每州设监察御史一人,代表皇帝监察地方官吏,同时亦可监军带兵。

⑤"萧何"二句:印,杨本、董本、《全诗》下有小字注"自江陵工(《全诗》作'士')曹拜"。鲍永,光武帝时,以功封关内侯。此以其比崔侍御。

⑥"泥章"句:信函未尝开启,意谓未曾接受聘命。泥章,用泥封缄文书,加盖印章。古代文书囊笥外加绳捆扎,于绳结处以胶泥加封,上盖铃印,以防泄密。亦有将简牍盛于囊内,于囊外系绳封泥者。此制秦汉颇为盛行。

⑦"鹊报"句:古人以鹊的鸣声为喜兆。詀諵,此处形容鸟鸣调低声柔。

⑧"鞶(pán)缨"二句:鞶,马腹大带。绥(ruí)佩,下垂的马头佩饰。縿縿(shān),缨絮下垂貌。

⑨"逸翮"二句:逸翮,强健善飞之鸟之翅。此借指善飞之鸟。劖(chán),剗。

⑩片玉:《晋书·郄诜传》:"累迁雍州刺史。武帝于东堂会送,问诜曰:'卿自以为何如?'诜对曰:'臣举贤良对策,为天下第一,犹桂林之一枝,昆山之片玉。'帝笑。"此用以称美崔侍御。

⑪梅黬(yǎn):梅雨季节衣物受潮所生的霉点。

⑫"韶石"句:韶石,山岩名,在今广东曲江(旧属韶州),相传舜南游登此山,奏韶乐,因名。崭崭,亦作斩斩,山势高峻貌。

⑬"祈泷"句:祈泷,祈祷湍急的水流趋归平缓。諴(xián),诚意。

⑭乘:胡本、《英华》、钱校、《全诗》"一作"作"期"。

⑮鸽(qiān):啄。

⑯“冰莹”二句：贪水，即贪泉。《晋书·吴隐之传》：“广州包带山海，珍异所出……故前后刺史皆多黩货。朝廷欲革岭南之弊，隆安中，以隐之为龙骧将军、广州刺史，假节，领平越中郎将。未至州二十里，地名石门，有水曰贪泉，饮者怀无厌之欲。隐之既至，语其亲人曰：‘不见可欲，使心不乱。越岭丧清，吾知之矣。’乃至泉所，酌而饮之，因赋诗曰：‘古人云此水，一歃怀千金。试使夷齐饮，终当不易心。’及在州，清操愈厉。”痛岩，不详。

⑰“珠玑”二句：《后汉书·钟离意传》：汉显宗以没收交趾太守的赃物赐群臣，钟离意悉以委地，不受，曰：“臣闻孔子忍渴于盗泉之水，曾参回车于胜母之间，恶其名也。此臧秽之物，诚不敢拜。”《后汉书·马援传》：“初，援在交址，常饵薏苡实，用能轻身省欲，以胜瘴气。南方薏苡实大，援欲以为种，军还，载之一车。时人以为南土珍怪，权贵皆望之。援时方有宠，故莫以闻。及卒后，有上书谮之者，以为前所载还，皆明珠文犀。马武与于陵侯侯昱等皆以章言其状，帝益怒。援妻孥惶惧，不敢以丧还旧茔，裁买城西数亩地槀葬而已。”后因喻受谗蒙冤。此反其意而用之。

⑱季咸：传说中的神巫。问季咸，有命运未卜之意。

⑲攕攕（xiān）：揩拭。

酬段丞与诸棋流会宿弊居见赠二十四韵

次用本韵①

鸣局②宁虚日，闲窗任废时。琴③书甘尽弃，园井讵能窥。运石疑填海④，争筹忆坐帷。赤心⑤方苦斗，红烛已先施。蛇势萦山合，鸿联度岭迟。堂堂排直阵，衮衮逼羸师。悬劫偏深猛，回征特险巇。⑥旁攻百道进，死战万般为。异日玄黄队，今宵黑白棋。⑦斫营看迥点⑧，对垒重相持。善败⑨虽称怯，骄盈最易欺。狼牙当必碎，虎口祸难移。⑩乘胜同三捷，扶颠望一词⑪。希因送目便，敢恃指踪奇。⑫退引防边策，雄吟斩将诗。眠床都浪置，通夕共忘疲。晓雉风传角[13]，寒蘩雪压枝。繁星收玉版[14]，残月耀冰池。僧请闻钟粥[15]，宾催下药卮。兽炎[16]余炭在，蜡泪短光衰。俯仰嗟陈迹，殷勤卜后期。公私牵去住，车马各支离。分作终身癖，兼从是事隳。此中无限兴，唯怕俗人知。

【题解】

此诗创作时地不详。段丞，不详。诗作以次韵形式描写下围棋的场面。类似题材的作品，是将世俗生活体验写入律诗，尽管缺少传统律诗的高雅韵味，却也显得真实而有趣味。

【注释】

①二十四韵：胡本无。

②局：棋盘。

③琴：《英华》、钱校、《全诗》"一作"作"诗"。

④"运石"句：用精卫填海典，此指投下棋子。

⑤赤心：专心致志。

⑥"悬劫"二句：劫，围棋术语，指双方争夺某一从属未定的棋眼。征，围棋术语，两边逐之，杀而不止曰征。巇（xī），险。

⑦"异日"二句：谓围棋起源于战争。

⑧点：围棋术语，点眼。

⑨善败：指围棋中弃子救活、弃子争先等以退为进的技法。

⑩"狼牙"二句：狼牙，围棋术语，或指对方长驱直入的棋子。虎口，围棋术语，指已有构成品字状的三子所围成空隙的交叉点。

⑪"扶颠"句：扶颠，扶持危局。词，《英华》、钱校、《全诗》"一作"作"楮"。

⑫"希因"二句：目，围棋术语，指由活棋子所围成的地域。指踪，亦作指纵，指挥谋划。

⑬"晓雉"句：雉，此泛指城墙。角，古乐器名，出自西北游牧民族，鸣角

以示晨昏。此处指角所发出的声音。

⑭玉版：古代用以刻字的玉片。此借指天空。

⑮闻钟粥：寺院开饭，以鸣钟为号。王播少孤贫，尝寄居扬州惠昭寺木兰院，随僧斋食。日久，众僧厌怠，故意斋罢而后击钟。播闻钟就食，扑空，因题“上堂已了各西东，惭愧阇黎饭后钟”。

⑯兽炎：指兽形之炭燃烧时所产生的火焰。

酬窦校书二十韵

次本韵[①]

鸥鹭元相得，杯觞每共传。芳游春烂熳，晴望月团圆。调笑风流剧，论文属对全。赏花珠并缀，看雪璧常连。[②]竹寺荒唯好，松斋小更怜。潜投孟公辖，狂乞莫愁[③]钱。尘土抛书卷，枪筹弄酒权[④]。令夸齐箭道[⑤]，力斗抹弓弦。但喜添樽满，谁忧乏桂然[⑥]。渐轻身外役，浑证饮中禅。及我辞云陛，逢君仕圃田。[⑦]音徽千里断，魂梦两情偏。足听猿啼雨，深藏马腹鞭[⑧]。官醪[⑨]半清浊，夷馔杂腥膻。顾影无依倚，甘心守静专。那知暮江上，俱会落英前。款曲生平在，悲凉岁序迁。鹤方同北渚，鸿又过南天。丽句惭虚掷，沉机懒强牵。粗酬珍重意，工拙定相悬。

【题解】

此诗元和六年(811)作于江陵。窦校书，指窦巩。何时任校书郎，不详。本年赴黔州时，来往两次途经江陵，与元稹相见。诗作通过细诉生平，表达因岁序迁延而引致的“悲凉”心绪，以及临别之际期望友人好自珍重之意。

【注释】

①二十韵：胡本无。

②“赏花”二句：赏，季本“一作”、《英华》、钱校作“咏”。珠并缀，并缀珠之意，谓二人一起写作诗文。璧常连，经常一起行动。连璧，并列的美玉。常，卢本作“相”。

③莫愁：文学作品中的莫愁女，向有郢州（今湖北钟祥）石城、洛阳二说。金陵莫愁女一说，乃是误指石头城为石城。此借指歌伎、倡女。

④“枪筹”句：枪筹，古代酒宴行酒令的用具。酒权，量酒的衡器。

⑤箭道：古代练习射箭的场所。

⑥“谁忧”句：乏，原作“泛”，据《全诗》、《英华》、钱校、何校改。桂然，燃桂以炊，比喻生活费用昂贵。

⑦“及我”二句：云陛，巍峨的宫殿，此借指朝廷。圃田，郑州有圃田县，属义成节度使的辖区。

⑧马腹鞭：虽鞭之长，不及马腹。比喻藏匿惩恶的锋芒。

⑨醪（láo）：酒汁与酒渣未分之酒，即浊酒。

泛江玩月十二韵

并序

予以元和五年自监察御史贬授江陵士曹掾。六月十四日，张季友、李景俭二侍御，王文仲司录、王众仲判官两昆季[1]，为予载酒炙，送声音，自府城之南桥[2]，乘[3]月泛舟，穷竟一夕，予[4]赋诗以纪之。

楚塞分形势，羊公压大邦。因依多士子，参量尽敦厖。[5]岳璧闲相对，荀龙自有双。[6]共将船系泊，况是月临江。[7]远树悬金镜，深潭倒玉幢。[8]委波添净练，洞照灭凝釭[9]。阛阓[10]沙头市，玲珑竹岸窗。巴童唱巫峡，海客话神泷[11]。已困连飞盏，犹催未倒缸[12]。饮荒情烂熳，风棹乐峥摐[13]。胜事他年尽，雄心此夜降。[14]知君皆逸韵，须为应莛撞[15]。

【题解】

此诗元和五年(810)作于江陵。“玩”者，玩赏。诗作表现文人审美与生活情趣。开篇“楚塞分形势”云云，写出了荆楚山水特征，正是这种特征，极易吸引积郁难排的贬谪诗人忘情其中，并尽情讴歌。

【注释】

①“王文仲”句：司录，即司录参军事，唐开元元年改京兆府录事参军事而置，其后长安、洛阳、太原三都及凤翔、江陵、兴元等并置，各二员，正七品上，掌符印，参议府政得失。司，原作“同”，据卢本、《全诗》、《英华》、何校改。判官，隋始置，资佐理，唐节度、防御、采访处置、转运等使之僚属亦有判官。

②桥：原作“淮”，据卢本、杨本、《全诗》、《英华》改。

③乘：原作“攀”，据卢本、杨本、《全诗》、《英华》改。

④予：《全诗》、《英华》下有“因”。

⑤“因依”二句：原作“朋侪”，据卢本、杨本、《全诗》、《英华》改。量，卢本、杨本、《全诗》作“画”。敦厖(máng)，敦厚。

⑥“岳璧”二句：岳璧，犹潘璧。此借以美张季友、李景俭姿容。“荀龙”句，用东汉荀淑八子时人谓为“八龙”典，借以美王文仲、王众仲昆季。龙，原作“隆”，据杨本、董本、马本、《全诗》、《英华》改。

⑦“共将”二句：系泊，卢本、杨本、《全诗》、《英华》作“载酒”。况是，卢本、《全诗》作“同泛”。

⑧“远树”二句：金镜，古代镜子多用铜制成。此处形容月亮。玉幢，形容秀丽的山峰。

⑨釭(gāng)：本指车毂口穿轴用的金属圈，此借指灯。

⑩阗咽：喧闹。

⑪“海客”句：海客，古人认为河、海上与天通，沿水行进可遇到神仙，故

云。泷，湍急之水。

⑫未倒缸：尚未饮醉者。

⑬峥摐（zhēng chuāng）：丝竹音乐声。

⑭“胜事”二句：尽，卢本、杨本、《全诗》、《英华》作“忆”。雄，卢本、杨本、《全诗》、《英华》作“愁”。

⑮“须为”句：《汉书·东方朔传》：“语曰：‘以筦窥天，以蠡测海，以莛撞钟。’岂能通其条贯，考其文理，发其音声哉！”莛（tíng），草茎。莛撞，比喻所持者小而所谋者大。

痁卧闻幕中诸公征乐会饮，因有戏呈三十韵

濩落因寒甚，沉阴与病偕。药囊堆小案，书卷塞空斋。胀腹看成鼓，羸形渐比柴。道情忧易适，温瘴气难排。[1]治艫扶轻杖，开门立静街。耳鸣疑暮角，眼暗助昏霾。野竹连荒草，平陂接断崖。坐隅甘对鹏，当路恐遭豺。蛇蛊迷弓影，雕翎落箭靫。晚篱喧斗雀，残菊半枯荄[2]（音皆）。怅望悲回雁，依迟傍古槐。一生长苦节，三省讵行怪[3]。奔北翻成勇，司南却是呙。[4]穹苍真漠漠，风雨漫喈喈[5]。彼美犹溪女，其谁占馆娃。[6]诚知通有日，太极[7]浩无涯。布卦求无妄，祈天愿孔皆。[8]藏（去声）衰谋计拙，地僻往还乖。况羡莲花侣[9]，方欣绮席谐。钿车迎妓乐，銀翰屈朋侪。[10]白纻颦歌黛，同蹄坠舞钗。（白纻、同蹄，皆乐人姓名。）纤身霞出海，艳脸月临淮。筹箸随宜放，投盘止罚啀。[11]红娘留醉打，觥使及醒差。（《舞引》、《红娘》，抛打曲名。酒中觥使，席上右职。）顾我潜孤愤，何人想独怀。夜灯然槲叶[12]，冻雪堕砖阶。坏壁虚缸倚，深炉小火埋。鼠骄衔笔砚，被冷束筋骸。毕竟图斟酌，先须遣疠瘥[13]。（瘴瘥之徒。）枪旗如在

手，(筹簕色目。)那复敢崴褁[14]。

【题解】

此诗元和八年(813)作于江陵。痁(shān)，疟病之一种。诗写自己生病的情景，如“胀腹看成鼓，羸形渐比柴。道情忧易适，温瘴气难排。治櫨扶轻杖，开门立静街。耳鸣疑暮角，眼暗助昏霾”，很是接近于韩愈诗歌“化丑为美”的手法。这种手法，刘熙载《艺概·诗概》曾经有过评论：

> 昌黎诗，往往以丑为美。然此但宜施之古体，若用之近体，则不受矣，是以言各有当也。

不过，韩愈在古体中表现的内容，却被元稹运用到了律体中来，并且斗险逞才，又并不让人觉得有什么不妥之处。这也可以算作一种体式界限上的突破。

【注释】

①“道情”二句：道情，道德情操。适，卢本作“释”。温瘴，古代称南方山林间致人疾病的毒气为瘴。

②荄(gāi)：草根。

③“三省”句：三省，省察三事。《论语·学而》：“为人谋而不忠乎？与朋友交而不信乎？传而不习乎？”此泛指反省自己的过失。行怪，行为怪异。《礼记》朱熹集注：“索隐行怪，言深求隐辞之理，而过为诡异之行也。”

④“奔北”二句：奔北，败逃。司南，古代辨别方位的仪器，为指南针始祖。呙(wāi)，不正。

⑤喈喈：风雨声。

⑥“彼美”二句：溪女，指西施。馆娃，即馆娃宫，春秋吴王夫差为西施所造，故址在今江苏苏州西南灵岩寺。

⑦太极：最原始而混沌之气，古人谓太极运动而分化出阴阳，阴阳产生四时变化，形成各种自然现象，是宇宙万物的本原。

⑧“布卦”二句：无妄，《易》谓行人得牛，而邑人受诬遭灾。后以无故受害为无妄之灾。孔皆，非常普遍。

⑨莲花侣：同幕的僚友。莲花，《南史·庾杲之传》："（王俭）用杲之为卫军长史，安陆侯萧缅与俭书曰：'盛府元僚，实难其选。庾景行泛渌水，依芙蓉，何其丽也。'时人以入俭府为莲花池，故缅书美之。"后因称幕府为莲府。

⑩"钿车"二句：钿车，用嵌金装饰的车，形容车之华贵。鋃翰，泛指幕府各种公文。鋃，原作"银"，据卢本改。

⑪"筹筯"二句：放，古代行酒方式之一，即重新下筹。啀（ái），饮酒。

⑫槲（hú）：柞栎树。

⑬疠痎（lì jiē）：疟疾。

⑭崴瘣：崎岖不平貌，引申为意绪不平。

酬友封话旧叙怀十二韵

依次重用为韵[①]

风波千里别，书信二年稀。乍见悲兼喜，犹惊是与非。身名判[②]作梦，杯盏莫相违。草馆[③]同床宿，沙头待月归。春深乡路远，老去宦情微。魏阙何由到，荆州且共依。人欺翻省事，官冷易藏威。但[④]拟驯鸥鸟，无因用弩机[⑤]。开张图卷轴[⑥]，颠倒醉衫衣[⑦]。莼菜银丝嫩，鲈鱼雪片肥。怜君诗似涌，赠我[⑧]笔如飞。会遣诸伶唱，篇篇入禁闱。

【题解】

此诗元和六年（811）作于江陵。诗写与友临别之际话旧叙怀。窦巩（字友封）原唱为《江陵遇元九李六二侍御纪事书情呈十二韵》。诗末四句"怜君诗似涌"云云，说明有了歌手的演唱，诗篇就有可能传到朝廷中去。唐代歌妓"取当时名士诗句入歌曲"（王灼《碧鸡漫志》卷一），是当时流行的风气。歌妓对文人诗作的评价和选择，可以在一定程度上影响到文人能否扬名，所以，一些诗人写成诗后主动邀歌妓传唱。从元稹《赠刘采春》中“选词能唱”云云，也可见歌妓有着挑选品评诗作的眼光和能力。又，白居易在《与元九书》中说，娼妓如果会唱《长恨歌》，就觉得比其他人高出一筹，因此“出场费”也比较高：

日者闻亲友间说，礼吏部举选人，多以仆私试赋判传为准的。其余诗句，亦往往在人口中。仆恧然自愧，不之信也。及再来长安，又闻有军使高霞寓者，欲聘倡妓。妓大夸曰：我诵得白学士《长恨歌》，岂同他妓哉？由是增价。又足下书云：到通州日，见江馆柱间有题仆诗者，复何人哉？又昨过汉南日，适遇主人集众乐，娱他宾。诸妓见仆来，指而相顾曰：此是《秦中吟》、《长恨歌》主耳。自长安抵江西，三四千里，凡乡校、佛寺、逆旅、行舟之中，往往有题仆诗者。士庶、僧徒、孀妇、处女之口，每有咏仆诗者。此诚雕虫之戏，不足为多。然今时俗所重，正在此耳。虽前贤如渊、云者，前辈如李、杜者，亦未能忘情于其间哉！

至于白居易这边，也为自己的诗被歌妓演唱而感到自豪，专门写信向元稹炫耀。诗人与歌妓的合作，是一种双方获利的行为，对于诗歌来说，则有更大的机会被保存下来，传之后世。

【注释】

①《联珠集》题作《酬窦其相赠依次重用本韵》。

②判：甘愿。

③草馆：犹草舍，简陋的茅草房。

④但：《联珠集》作“剩”。

⑤弩机：装置于弩木臂后控制发射的机械。扳动悬刀，牙下缩，牙所钩住的弦前击，箭即射出。比喻机谋。

⑥“开张”句：《联珠集》作“看和松叶酒”。图卷，卢校：“宋本作閛巷，讹，但图字亦可疑。”何校：“‘图’字疑作‘闲’。”

⑦“颠倒”句：《联珠集》作“闲施稻田衣”。

⑧赠我：原作“蹋马”，据《联珠集》、卢本、杨本、《全诗》改。

送王协律游杭越十韵

去去莫凄凄，馀杭接会稽。[①] 松门天竺寺，花洞若耶溪。[②] 浣渚逢新艳，兰亭识旧题。[③] 山经秦帝望，垒辨越王栖。[④] 江树春常早，城楼月易低。镜澄湖面嶙[⑤]，云叠海潮齐。章甫官人戴，莼丝姹女提。[⑥] 长干[⑦] 迎客闹，小市隔烟迷。纸乱红蓝压，瓯凝碧玉泥。荆南无抵物，来日为侬携。[⑧]

【题解】

此诗元和五年至九年(814)作于江陵。王协律，指王师范。协律，即协律郎，为王师范入幕期间所带朝衔。全诗一句属杭，余皆属越，似有偏枯之嫌。

【注释】

①“去去”二句：凄凄，原作“栖栖”，据杨本、董本、马本、《英华》、《全诗》改。馀杭，今浙江杭州。会稽，郡名，秦置，在今江苏、浙江交接之处，此指唐之越州。

②“松门”二句：天竺寺，指下天竺寺，在今浙江杭州灵隐寺南山中，隋开皇中就晋慧理翻经院改建。若耶溪，亦名浣纱溪，源出今浙江绍兴南若耶山下，相传为西施浣纱之水。

③“浣渚”二句：浣渚，在今浙江绍兴境内，俗传为西施浣纱之处。兰亭，在今浙江绍兴西南之兰渚山上，东晋永和九年三月三日，王羲之与谢安同游于此，赋诗唱和，王氏作《兰亭集序》以记之。

④“山经”二句：秦望山在今浙江绍兴南。望，原作“葬”，据卢本、钱校、《全诗》改。“垒辨”句，《述异记》卷上：“吴既灭越，栖勾践于会稽之上，地方千里。勾践得范蠡之谋，乃示民以耕桑，延四方之士，作台于外而馆贤士。今会稽山有越王台。”

⑤“镜澄”句：谓湖面澄澈如镜，映现周围高山。此处暗写镜湖，又名鉴湖，在今浙江绍兴南会稽山北麓，东汉马臻主持修浚，因王羲之“山阴路上行，如在镜中游”之语而得名。嵽(dié)，高山。

⑥“章甫”二句：章甫，商代之冠，君子有道艺者之服。宋为殷人之后，故有章甫之冠。官人，古代对男子的敬称。莼丝，莼菜之丝。姹女，少女，美女。

⑦长干：古建康里巷名，故址在今江苏南京。此泛指里巷。

⑧“荆南”二句：抵，底，什么。侬，古代吴越之地称他人曰侬。

送东川马逢侍御使回十韵

风水荆门阔，文章蜀地豪。眼青宾礼重，眉白众情高。[1]思勇曾吞笔，投虚惯用刀。[2]词锋倚天剑，学海驾云涛。南郡传纱帐，东方让锦袍[3]。旋吟新乐府，便续古离骚。雪岸犹封草，春江欲满槽。饯筵君置醴，随俗我餔糟。[4]莫叹巴三峡，休惊鬓二毛[5]。流年等头[6]过，人世各劳劳。

【题解】

此诗元和九年(814)或次年初作于江陵。马逢，贞元五年登进士第，曾官东川节度使从事等，本年秋犹在江陵。诗中“旋吟新乐府，便续古离骚”云云，当指马逢所作《新乐府》而言：

> 温谷春生至，宸游近甸荣。云随天上转，风入御筵轻。翠盖浮佳气，朱楼依太清。朝臣冠剑退，宫女管弦迎。

马逢自觉创作新乐府，内容系宫廷生活，体裁为五律。可见唐人所说的新乐府，除了“乐府新题”之义外，至少还包括马逢、白居易等奉敕或应制所作宫廷生活等歌诗，元稹也很清楚地知道这一点。

【注释】

①“眼青”二句：眼青，犹青眼，谓正眼相看，表示器重。《世说新语》刘

孝标注引《晋百官名》:“嵇喜字公穆,历扬州刺史,康兄也。阮籍遭丧,往吊之。籍能为青白眼,见凡俗之士,以白眼对之。及喜往,籍不哭。见其白眼,喜不怿而退。康闻之,乃赍酒挟琴而造之,遂相与善。”眉白,《三国志·蜀书·马良传》:“马良,字季常,襄阳宜城人也。兄弟五人,并有才名,乡里为之谚曰:‘马氏五常,白眉最良。’良眉中有白毛,故以称之。”后因称兄弟中之最杰出者。

②“思勇”二句:勇,《英华》、胡本作“涌”。吞笔,犹含笔,比喻构思为文。“投虚”句,以庖丁解牛典赞马逢为文技艺之高。

③“东方”句:《册府元龟》卷八四:“则天幸雒南龙门,令从官赋诗,左史东方虬诗先成,则天以锦袍赐之。及之问诗成,则天称其词愈高,夺虬袍以赏。”

④“饯筵”二句:置醴,《汉书·楚元王传》:“元王既至楚,以穆生、白生、申公为中大夫……初,元王敬礼申公等,穆生不嗜酒,元王每置酒,常为穆生设醴。及王戊即位,常设,后忘设焉。穆生退曰:‘可以逝矣!醴酒不设,王之意怠,不去,楚人将钳我于市。’”醴,甜酒。“随俗我餔(bū)糟”,谓放弃操守,与世浮沉。

⑤二毛:头发黑白相间,谓年纪大。

⑥等头:犹等闲,轻易。

酬卢秘书

并序

予自唐京归之岁,秘书郎卢拱作《喜遇白赞善学士诗二十韵》,兼以见贻。白时酬和先出,予草蹙未暇,白[1]频有致师之挑,故篇末不无愤词。其次用本韵,刁然也。

偶有冲天气,都无处世才。未容荣路稳,先蹋祸机开。分久沉荆掾,惭经厮[2]柏台。理推愁易惑[3],乡思病难裁。夜伴吴牛喘，春惊朔雁回[④]。北人肠断送，西日眼穿颓。唯望魂归去，那知诏下来。涸鱼千丈水，僵燕一声雷。幽匣提青镜[⑤]，衰颜拂故埃。梦云期紫阁[⑥]，厌雨别黄梅。亲戚迎时到，班行见处陪。文工犹畏忌，朝士绝嫌猜。新识蓬山杰[⑦]，深交翰苑材。连投珠作贯，独和玉成堆。剧敌徒相轧，羸师亦自媒[⑧]。磨砻刮骨刃，翻掷委心灰。恐被神明哭[⑨]，忧为造化灾。私调破叶箭，定饮搴旗[⑩]杯。金宝潜砂砾，芝兰似草莱。凭君毫发鉴，莫遣翳莓苔。

【题解】

元和十年(815)春初，元稹自唐州被征召回长安，春末贬通州司马。此诗作于长安，时犹未授官。卢拱原唱已佚，白居易酬和卢拱诗为《酬卢秘书二十韵》。诗作开篇四句，足可概括元稹的一生。从元和五年起，断断续续，总共二十年的贬逐生涯，在中唐诗人中是不多见的。这一切都可以从“偶有冲天气，都无处世才”中得到说明。至于类似的排律在诗体发展史上的贡献，赵翼《瓯北诗话》卷四已有精辟论述：

> 近体中五言排律，或百韵，或数十韵，皆研炼精切，语工而词赡，气劲而神完，虽千百言，亦沛然有余，无一懈笔。当时元、白唱和，雄视百代者正在于此。后世卒无有能继之，此又不徒以古体见长也。

【注释】

①白：原作“皇”，据何校改。胡本作“卢”。

②厮：役使。《全诗》作“厕”。

③惑：何校：“‘惑’疑作‘减’。”

④“春惊”句：大雁秋天自北方飞向南方，次年春天天气转暖，自南方返回北方。

⑤“幽匣”句：置镜于匣，恐年华之易逝，不敢常睹镜中之颜。今开匣提镜，以其喜悦之故。青镜，青铜制作之镜，为珍贵之物。青，季本作“清”。

⑥紫阁：唐代曾改中书省为紫微省，中书令为紫微令，因称宰相府第为紫阁。

⑦蓬山杰：指卢拱。蓬山，秘书省的别称。

⑧自媒：犹只顾谋求、营求自己的利益。元稹的“篇末不无愤词”，即指吐突承璀的屡加迫害，严绶的坐视不救。

⑨神明哭：感动鬼神，使之哭泣，形容作品颇有感染力。

⑩搴旗：拔取敌方的旗帜，喻取得胜利。

见人咏韩舍人新律诗，因有戏赠

喜闻韩古调，兼爱近诗篇。玉磬声声彻，金铃个个圆。高疏明月下，细腻早春前。花态繁于绮，闺情软似绵。轻新便妓唱，凝妙入僧禅。欲得人人伏，能教面面全。延清[1]苦拘检，摩诘好因缘[2]。七字排居敬[3]，千词敌乐天。（侍御八兄能为七言绝句，赞善白君[4]好作百韵律诗。）殷勤闲太祝[5]，（张君籍）好去老通川。（自谓）莫漫裁章句，须饶紫禁仙[6]。

【题解】

此诗元和十年(815)作于长安。韩舍人，指韩愈。唐制，以他官兼知制诰，例得称舍人。韩愈上年十二月以考功郎中兼知制诰，故称。诗作所写虽谓“戏赠”，所云新诗实颇具诗史意义。令狐楚所编《御览集》，又名《新唐诗》，专选“研艳短章”和“柔翰”之“新诗”以供皇帝备览。此“新诗”之音色意趣究竟如何？元稹此诗便作了形象的描绘。概而言之，“新诗”的特点即是：音韵清妙婉转，多写花态闺情；细腻绵软，便于歌妓演唱；融会僧禅妙理，体悟淡荡人生。这实际上也是当时诗坛的风气。

【注释】

①延清：宋之问，字延清，作诗讲究声韵，对律诗的定型与成熟有重大

贡献。清，原作“之”，据《英华》、钱校、《全诗》“一作”、何校改。

②“摩诘”句：摩诘，指王维，受家庭影响，信仰佛教禅宗。因缘，佛教认为一切万有皆由因缘假合而生，引起结果的内因称“因”，外因称“缘”。

③居敬：指元宗简，字居敬。元稹族兄，元和十年前曾任侍御史。

④赞善白君：指白居易，元和九年任太子赞善大夫，次年罢。

⑤太祝：官名。张籍元和元年补太常寺太祝，十年不调。

⑥紫禁仙：指韩愈，时兼知制诰。古代王者之宫以象紫微，因称宫禁为紫禁。

奉和权相公行次临阙驿，逢郑仆射相公归朝，俄顷分途，因以奉赠诗十四韵

帝下赤霄符，搜求造化炉。①中台归内座，太一直南都。②黄霸乘轺入③，王尊叱驭趋④。万人东道送，六纛⑤北风驱。栈阁⑥才倾盖，关门已合繻。贯鱼行逦迤，交马语踟蹰。去速熊罴兆⑦，来驰虎豹夫。昔怜三易地，今讶两分途。别路环山雪，离章运寸珠。锋铓断犀兕，波浪没蓬壶。区宇声虽动，淮河孽⑧未诛。将军遥策画，师氏密訏谟⑨。汉上坛仍筑，褒西阵再图。⑩公方先二虏⑪，何暇进愚儒。

【题解】

此诗元和十一年(816)或稍后作于兴元。权相公，指权德舆，元和五年以礼部侍郎同中书门下平章事，本年十月改兴元尹、山南西道节度使。临阙驿，唐代西京长安、东都洛阳均有设置，此指长安近郊的临阙驿。郑仆射，为郑馀庆，元和九年为检校右仆射、兴元尹、山南西道节度使。仆射本因尚书令不轻授(龙朔二年废)而为尚书省之长官，中晚唐渐成安置元老的

荣衔，常不预政事。权德舆原唱已佚。

唐人创作的许多送别、留别、宴饯诗都跟馆驿密切相关。尽管初盛唐时期唐朝政权对馆驿的使用做出了严格限制，但这并不等于中下层文人就没有机会接近馆驿，创作馆驿诗。首先，许多馆驿宴饯都是五品以上官员出面组织的，符合律令所规定的“五品以上职事官”方可入驿的限定。五品以下官员，包括部分未入仕的社会底层人士，以宴会举办者的亲友身份应邀出席宴会，并不被视为“妄受供给”。而且开元以来，律令还进一步放宽限制。其次，中唐时，迎送饯行被制度化，为文人参与这类社交活动创设了条件。所以，至德以后，尽管国运危迫，而京城郊外馆驿，依然人头攒动，热闹非凡。如此诗中所写“万人东道送”的宏大场面，人们会不时看到。文士频频参加此类活动，制序作诗，在送别场所争奇斗艳，成为大历、贞元诗风的重要表现。

【注释】

①“帝下”二句：赤霄符，指诏书。赤霄，极高的天空，此借指皇帝所在的京城。造化炉，指天地。

②“中台”二句：中台，星名，与上台、下台合称三台。汉代以来，以三台当三公之位。此指郑馀庆。内座，星名，五帝内座之省。此指长安。太一，星名，俗称紫微星，又名北极二，离北极星极近，常喻朝廷贵重大臣。此指权德舆。南都，指兴元。德宗因朱泚之乱，兴元元年曾行幸兴元。

③“黄霸”句：黄霸，字公次，汉宣帝时为颍川太守，外宽内明，得吏民心，治为天下第一。玺书褒美，征为太傅。五凤中，拜丞相，封建成侯。轺（yáo），轺车，一马驾的轻车。一说使者之车。

④“王尊”句：《汉书·王尊传》：“先是，琅邪王阳为益州刺史，行部至邛郲九折阪，叹曰：‘奉先人遗体，奈何数乘此险？’后以病去。及尊为刺史，至其阪，问吏曰：‘此非王阳所畏道邪？’吏对曰：‘是。’尊叱其驭曰：‘驱之！王阳为孝子，王尊为忠臣。’”

⑤六纛：六面军中大旗，唐代节度使的仪仗。

⑥栈阁：即栈道，一种在险绝处傍山架木而成的小路。

⑦熊罴兆：指帝王得贤辅之兆。

⑧淮河孽：指吴元济。淮西节度使所辖蔡州、光州、申州等，在淮河上游，故云。

⑨“师氏”句：师氏，周代官名，掌辅导王室、教育贵族子弟及朝仪得失之事，此指朝廷大臣。訏谟，远大宏伟的谋略。

⑩“汉上”二句：《艺文类聚》卷六四引《梁州记》：“沔阳城……在汉水南，旧萧何所筑也。刘备（邦）为汉王，权住此城，盟于城下，今门外有盟坛犹存。”诸葛亮所筑八阵图，说有数处，《水经注》谓在陕西沔县（今勉县）东南诸葛亮墓东。

⑪二虏：指淮西吴元济与淄青李师道。元和十二年，吴元济之乱平；元和十四年，淄青十二州平。

酬乐天东南行诗一百韵

并序

元和十年三月二十五日，予司马通州。二十九日，与乐天于鄠东蒲池村别，各赋一绝。到通州后，予又寄一篇，①寻而乐天贶予八首。予时疟病②将死，一见外不复记忆。十三年，予以赦当迁③，简省书籍，得是八篇。吟叹方极，适崔果州④使至，为予致乐天去年十二月二日书，书中寄予百韵至两韵凡二十四章。属李景信校书自忠州访予，连床递饮之间，悲咤使酒，不三两日，尽和去年已来三十二章皆毕，李生视草而去。四月十三日，予手写为上下卷，仍依次重用本韵，亦不知何时得见乐天，因人或寄去。通之人，莫可与言诗者，唯妻淑在旁知状。其本卷寻时于峡州面付乐天，别本都在唱和卷中，此卷唯五言大律诗二首而已。

我病方吟越⑤，君行已过湖。（元和十年六月⑥至通州，染瘴危重，八月闻⑦乐天司马江州。）去应缘直道，哭不为穷途。亚竹寒惊牖，空堂夜向隅。暗魂思背烛，危梦怯乘桴。（此后每联之内，半述巴蜀土风，半述江乡物产。）坐痛筋骸憯，旁嗟物候殊。雨蒸虫沸渭，浪涌怪睢盱[8]。索绠飘蚊蚋，蓬麻甃舳舻。[9]短檐苫稻草，微俸封（去声）渔租。泥浦喧捞蛤，荒郊险斗貙。[10]鲸吞近溟涨，猿闹接黔巫。[11]芒屩[12]泅牛妇，丫头荡桨夫。酢醅荷裹卖，醨酒水淋沽。[13]（巴民造酒，如淋醋法。）舞态翻鸜鹆[14]，歌词咽鹧鸪。夷音啼似笑，蛮语谜相呼。江郭船添店，山城木竖郛。吠声沙市犬，争食墓林乌。犷俗诚堪惮，妖神甚可虞。欲令仁渐及，已被疟潜图。膳减思调鼎，行稀恐蠹枢。[15]杂莼多剖鳝，和黍半蒸菰。[16]绿粽新菱实，金丸小木奴[17]。（巴橘酸涩，大如弹丸。）芋羹真堑淡，鱲炙（之夜反）漫涂苏[18]。炰鳖那胜羜，烹鯄只似鲈。[19]（通州俗以鯄鱼为脍。）楚风轻似蜀，巴地湿如吴。气浊星难见，州斜日易晡[20]。通宵但云雾，未酉即桑榆[21]。（此后并言巴中风俗。）瘴窟蛇休蛰，炎溪暑不徂。伥魂阴叫啸，鵩貌昼踟蹰。[22]乡里家藏蛊，官曹世乏儒。敛缗偷印信，传箭作符繻[23]。椎髻抛巾帼，镩刀代辘轳。[24]当心鞙铜鼓，背弝射桑弧。[25]（巴民尽射木弓，仍于弓左安箭。）岂复民甿料，须将鸟兽驱。是非浑并漆[26]，词讼敢研朱。陋室鸮窥伺，衰形蟒觊觎。鬓毛霜点合，襟泪血痕濡。倍忆京华伴，偏忘我尔躯。（此后并言与乐天同科共游处等事。）谪居今共远，荣路昔同趋。科试铨衡局，衙参典校厨。[27]（书判同年，校正同省。）月中分桂树，天上识昌蒲。[28]应召逢鸿泽，陪游值赐酺。心唯撞卫磬，耳不乱齐竽。[29]（此后并言同应制时事。）海岱词锋截，皇王笔阵驱。疾奔凌騕褭，高唱轧吴歈[30]。点检张仪舌[31]，提携傅说图。摆囊看利颖，开颔出明珠[32]。并取千人特，皆非十上徒。[33]白麻云色腻，墨诏[34]电光粗。众口贪归美，何颜敢妒姝。秦台纳红旭，酆匣洗黄垆。[35]谏猎宁规避，弹豪讵嗫嚅。[36]胇肝憎巧曲，蹊径绝萦迂。誓遣朝纲振，忠饶翰苑输。

（元和四年为监察御史，乐天为翰林学士。）骥调方汗血，蝇点忽成卢[37]。遂谪栖遑掾，还飞送别盂。痛嗟亲爱隔，颠望友朋扶。狸病翻随鼠，骢羸返作驹。物情良狗俗，时论太诬吾。瓶罄罍偏耻[38]，松摧柏自枯。虎虽遭陷阱[39]，龙不怕泥涂。（此已上并述五年贬掾江陵，乐天亦遭罹谤铄。）重喜登贤苑，方欣佐伍符[40]。（九年，乐天除太子赞善，予从事唐州也。）判身入矛戟，轻敌比锱铢[41]。驿骑来千里，天书下九衢。因教罢飞檄，便许到皇都。（十年春，自唐州诏予召[42]入京。）舟败罂浮汉，骖疲杖过邘。[43]邮亭一萧索，烽堠各崎岖。馈饷人推辂，谁何吏执殳。[44]拔家逃力役，连锁责（音债）逋诛[45]。防戍兄兼弟，收田妇与姑。缣缃工女竭，青紫使臣纡。[46]望国参云树，归家满地芜。破窗尘埻埻[47]，幽院鸟呜呜。（此已下并言靖安里无人居，触目荒凉。）祖竹蘩新笋，孙枝压旧梧。晚花狂蛱蝶，残蒂宿茱萸。始悟摧林秀，因衔避缴芦。[48]文房长遣闭，经肆[49]未曾铺。鹓鹭方求侣，鸱鸢[50]已吓雏。征还何郑重，斥去亦须臾。迢递投遐徼，苍黄出奥区[51]。通川诚有咎，湓口[52]定无辜。（三月稹之通州，八月乐天之江州。）利器从头匣，刚肠到底刳[53]。薰莸任盛贮，稊稗莫超逾。公干经时卧，钟仪几岁拘[54]。光阴流似水，蒸瘴热于炉。薄命知然也，深交有矣夫。救焚期骨肉，投分[55]刻肌肤。（本题云：《寄澧州李十一舍人果州崔二十二员外开州韦大员外通州元九侍御庾三十二补阙杜十四拾遗李二十助教窦七校书兼投吊席八舍人》[56]。）二妙驰轩陛，三英咏袴襦。（庾三十二、杜十四，并居北省；李十一、崔二十二、韦大，各典方州。）[57]李多嘲蝘蜓[58]，窦数集蜘蛛。（李二十雅善歌诗，固多咏物之作；窦七频改官衔，屡有蜘蛛之喜。）数子皆奇货，唯予独朽株。邯郸笑匍匐，燕蒯受揶揄[59]。懒学三闾愤，甘齐百里愚。[60]耽眠稀醒素，凭醉少嗟吁。学问徒为尔，书题尽已于[61]。别犹多梦寐，情尚感凋枯。近喜司戎[62]健，寻伤掌诰徂。（今日得乐天书，去[63]年闻席八殁。）士元[64]名位屈，伯道子孙无。旧好飞琼翰，新诗灌玉壶。几催闲处泣，终作苦中娱。廉蔺声相让，燕秦势岂俱。此篇应绝倒，休漫捋髭须。（乐天戏题篇末云："此篇拟打足下寄容州诗"，故有戏誉。）

【题解】

此诗元和十三年(818)作于通州。白居易原唱为《东南行一百韵》。元诗写于长期被贬之后，内心深处苦闷抑郁压倒往日的欢乐恣肆，于是代替它的为铺写巴楚风俗物产。其中自注所云"半述巴蜀土风，半述江乡物产"的一段，所用的是汉大赋的铺排手法，律句两两对照，水陆山川，虫鱼鸟兽，男童女娃，歌笑啼呼，丰饶物产，美味佳肴；没有抒情和议论，唯见乡村一幕幕散发泥土气息生活图景的真实展示，图景是鲜活的，文字也是通俗的，有汉大赋的铺排却少了汉大赋的虚幻夸诞与堆垛，只是用律诗剪裁法将游览的距离缩短了，景物画面更集中了。没有贵族味，却多了生活气息，真实代替了夸诞，世俗的也是健康的。当然，这与作者具有巴、楚生活体验密切相关，不过类似这种田野生活不难体验，关键在于创作者是否有技巧并勇于打破文体惯性来表现它。可以说元稹给长篇排律吹进了一股强烈的清新的春风，涤荡其浓厚的贵族气息。之前，杜甫长篇虽然也有图景的描绘，如《秋日夔府咏怀奉寄郑监李宾客一百韵》也有一段咏夔州山水、地脉与物产，但所写皆为传统的高雅山水景物，并作为抒情议论的衬托，不同于元稹笔下民风民俗民间景物直接成了欣赏对象。

次韵相酬的长篇排律，是元和体的代表性诗作。与那些"杯酒光景间的小碎诗章"，都是"诗到元和体制新"（白居易《重寄微之诗》）自注的"众称元白为千言律，或号元和格"，即"元和体"。元白在元和年间开创的这种诗风，影响深远。

【注释】

①自"与乐天"以下四句：鄠(hù)，古邑名，本夏之扈国，秦置鄠邑，汉改

鄠县,故治在今陕西户县北,隋徙今治。各赋一绝,指白居易原唱《醉后却寄元九》与元稹酬和《酬乐天醉别》。又寄一篇,指《见乐天诗》。

②疟病:卢本作“病疟”。

③以赦当迁:元和十二年,淮西平,次年元日,大赦天下,其中有贬谪远地官员依次量移条文。

④崔果州:指崔韶。行二十二。

⑤吟越:战国时越人庄舄仕于楚,爵至执珪,虽富贵,不忘故国,病中吟越歌以寄乡思。

⑥六月:原作“闰六月”。

⑦闻:杨本作“间”。

⑧“浪涌”句:怪,水中怪物。睢盱(suī xū),仰视貌,形容放肆无忌。

⑨“索绠”二句:索绠,汲水用的绳索。舳舻(zhú lú),船头与船尾的并称,多泛指首尾相接的船只。

⑩“泥浦”二句:泥,杨本、董本、《全诗》下有小字注“去声”。貙(chū),虎属猛兽。传说常以立秋日杀物祭兽,因有“貙刘”、“貙膢”之祭。

⑪“鲸吞”二句:溟涨,溟海与涨海,此泛指大海。黔巫,指四川巫山与古黔中一带。

⑫芒屩(juē):草鞋。

⑬“酢醅”二句:酢醅,一种未滤的劣质酒。醨酒,薄酒,劣质酒。

⑭鸜鹆(qú yù):亦作鸲鹆,俗称八哥。

⑮“膳减”二句:调鼎,烹调食物。蠹枢,门轴被虫蛀蚀。

⑯“杂蓴”二句:蓴,蓴菜。菰,多年生水生宿根草本植物,嫩茎基部经黑粉菌寄生后膨大,曰茭白。颖果狭圆柱形,曰菰米,亦曰雕胡米。

⑰木奴:指柑橘树。

⑱“鼦炙”句:鼦,竹鼠。涂苏,酒名,古代风俗,农历正月初一,家人先幼后长依次而饮,以避瘟气。

⑲“炰(páo)鳖”二句:炰,将未经处理的食物用泥裹住,放在火上烧烤。羜(zhù),出生五个月的羊羔。鲀(qiú),鱼名。

⑳晡(bū):申时,即午后三时至五时。

㉑“未酉”句：酉，酉时，午后五时至七时。桑榆，日落之时光照桑榆树端，因指日暮。

㉒“伥魂”二句：伥魂，犹伥鬼，旧时谓人死于虎，其鬼魂受虎役使者为伥鬼。鵩，猫头鹰。貌，通“猊”，狮属动物。

㉓“传箭”句：传箭，传递令箭。古代少数民族起兵令众，以传递令箭为号。符繻(rú)，裂繻帛而成的符竹，古代作为出入关卡的凭证。

㉔“椎髻”二句：椎髻，一撮之髻，其形如椎，古代少数民族的发式。巾帼，古代女性的头巾与发饰。镩(cuān)刀，匕首短矛类利器。辘轳，指辘轳剑，剑柄用玉雕作辘轳形，故称。

㉕“当心”二句：䋎(juān)，悬挂。铜鼓，古代西南少数民族所使用的乐器，俗称诸葛鼓，鼓身全部饰有几何形和人与动物的写生图案。弝(bà)，弓背中央手握持的部位。桑弧，用桑木所做的硬弓，此泛指硬弓。

㉖“是非”句：是非齐一，一样对待。

㉗“科试”二句：铨衡局，主管选拔官吏的政府机构。铨衡，本为衡量轻重的器具，引申为品鉴选拔人才。元稹与白居易贞元十八年参加吏部科目选考试，次年及第，授官秘书省校书郎。衙参，古代官吏到上司衙门排班参见，禀白公事。典校厨，指秘书省，秘书省职责之一为校理典籍，刊正错谬。典，主持。

㉘“月中”二句：分桂树，谓二人同时及第。古代科举及第谓之折桂。昌蒲，即菖蒲，此处喻朝中贤达。

㉙“心唯”二句：谓坚持己见，不愿随波逐流，顺俗而变。

㉚“高唱”句：轧，原作“轨”，据卢校、卢本、杨本、《全诗》改。吴歈(yú)，春秋时吴国之歌，后泛指吴地之歌。

㉛张仪舌：借指能言善辩。

㉜“开颔”句：《庄子·列御寇》：“河上有家贫恃纬萧而食者，其子没于渊，得千金之珠。其父谓其子曰：‘取石来锻之！夫千金之珠，必在九重之渊而骊龙颔下。子能得珠者，必遭其睡也。使骊龙而寤，子尚奚微之有哉！’”

㉝“并取”二句：千人特，众人中之杰出者。十上徒，《战国策·秦策

一》:“苏秦始将连横说秦惠王……书十上而说不行。黑貂之裘敝,黄金百斤尽,资用乏绝,去秦而归。”

㉞墨诏:皇帝亲笔书写的诏书。正式制敕用朱笔书写,非正式敕书用墨笔书写。

㉟“秦台”二句:秦台,指秦台镜。红旭,红日。黄垆,黄黑色坚硬的泥土。垆,黑色坚硬的土壤。

㊱“谏猎”二句:谏猎,对天子沉湎于田猎而不豫政事予以规讽。嗫嚅(niè rú),欲言又止貌。

㊲卢:古代樗蒲戏,掷五子全黑者曰卢。

㊳“瓶罄”句:喻休戚相关,利益一致,亦谓物伤其类。

㊴汫:捕兽的陷坑。

㊵“方欣”句:欣,卢本作“甘”。卢校:“马作欣,陈作看,皆非。”伍符,古代军中各伍互保的符信。此借指军队。

㊶“轻敌”句:锱铢,古代重量单位,比喻甚微之数量。据《说文》,锱为四分之一两,铢为二十四分之一两。

㊷予召:卢校:“‘予召’二字似倒。”

㊸“舟败”二句:罂,瓶类容器,比缶大,腹大口小。骖,驾独猿车的三匹马。此泛指马。邘(yú),古国名,西周分封的诸侯国,姬姓,故址在今河南沁阳西北邘台镇。

㊹“馈饷”二句:馈饷,运送军粮。辂,古代车名。殳,古代兵器名,以竹木制成,一端有棱。

㊺“连锁”句:逋诛,逃避诛罚。

㊻“缣缃”二句:缣缃,供书写用的浅黄色细绢,此泛指丝织物。工女,古代从事各种手工劳作的女性。青紫,古代公卿绶带之色。纡,系结,佩戴。

㊼埻埻:尘土飞扬貌。

㊽“始悟”二句:摧林秀,李康《运命论》:“木秀于林,风必摧之;堆出于岸,流必湍之;行高于人,众必非之。”“因衔”句,《古今注》卷中:“雁自河北渡江南,瘦瘠能高飞,不畏缯缴。江南沃饶,每至还河北,体肥不能高飞,恐

为虞人所获，尝衔长芦可数寸，以防缯缴。”

㊾经肆：存放经籍的处所。

㊿鸱鸢：即鸱鸟。

51奥区：腹地。

52湓口：故址在今江西九江。元和十年六月，白居易上疏请捕刺杀武元衡之贼，宰相以宫官先台谏言事，恶之。忌之者复诬言白母看花坠井死，而白作《赏花》及《新井》诗，有伤名教，遂贬江州司马。

53刳（kū）：挖出。

54“钟仪”句：《左传·成公九年》：晋侯“见钟仪，问之曰：‘南冠而絷者谁也？’有司对曰：‘郑人所献楚囚也。’使税之，召而吊之，再拜稽首。问其族，对曰：‘泠（伶）人也。’公曰：‘能乐乎？’对曰：‘先父之职官也，敢有二事？’使与之琴，操南音……公语范文子，文子曰：‘楚囚，君子也。言称先职，不背本也；乐操土风，不忘旧也。’”

55投分：谓义气相合，志趣相投。

56诗题中“澧”，原作“灃”，据杨本、董本、《全诗》、卢校改。李十一舍人，指李建。十一，原作“十”，据《全诗》改。开州韦大员外，指韦处厚。通州元九侍御，指元稹。庾三十二补阙，指庾敬休。庾三十二，原作“庾三十三”，据《全诗》改。杜十四拾遗，指杜元颖。李二十助教，指李绅。窦七校书，指窦巩。席八舍人，指席夔。

57“二妙”二句：驰轩陛，指任京官。轩陛，朝堂。咏袴襦，指任州郡官。注中“杜十四”，原作“杜二十四”，据《全诗》删。北省，唐代对中书、门下省的俗称，因其在尚书省之北，故称。右补阙隶中书省，左拾遗隶门下省。方州，地方州郡。

58蝘蜓（yǎn tíng）：俗称壁虎。

59“燕蒯”句：蒯通，范阳人，秦末汉初的辩士，曾游说韩信起兵，韩信被诛，复说刘邦而被赦。此讥蒯通无操守。

60“懒学”二句：三闾，三闾大夫，战国楚官名，掌昭、屈、景三姓贵族事。百里愚，才能低下，仅能治理一县之地。

61于：《吕氏春秋·审应览》：“昭王曰：‘然则先王圣于？’”高诱注：“于，

乎也。”

㉜司戎：官署名，指尚书省兵部，掌军旅之事，此借指裴垍。

㉝去：原作“六”，岑仲勉《读全唐诗札记》：“据诗序，此是元和十三年作，樊汝霖韩谱注，夔卒十二年，则‘六年’乃‘去年’之讹。”

㉞士元：庞统，字士元，襄阳人，初与诸葛亮齐名，号“凤雏”。

【辑评】

清钱良择《唐音审体》卷一三：“百韵律诗少陵创之。字字次韵元白制之。前人和诗，和其意不用其韵，自元、白创此格，皮、陆继之，后人始以次韵为常矣。二公长律最工最多，不可胜载，各载一篇，以为典则。篇中韵复用图字，当是白偶误而元仍之。《代书诗》亦复衰、吏二韵，此后人所深戒也。”

清沈德潜《唐诗别裁集·凡例》：“元、白长律，滔滔百韵，使事亦复工稳。但流易有余，变化不足。”

清纪昀《删正二冯评阅〈才调集〉》：“一意衍至千言，虽李、杜亦不能力余于词。但首尾妥帖，即是难事，勿概以元轻白俗忽之。”

清赵翼《瓯北诗话》：“古来但有和诗，无和韵。唐人有和韵，尚无次韵，次韵实自元、白始。依次押韵，前后不差，此古所未有也。而且长篇累幅，多至百韵，少亦数十韵，争能斗巧，层出不穷，此又古所未有也。他人和韵不过一、二首，元、白则多至十六卷，凡一千余篇，此又古所未有也。以此另成一格，推倒一世，自不能不传。盖元、白觑此一体为历代所无，可从此出奇，自量才力，又为之而有余，故一往一来，彼此角胜，遂以之擅场。”

和乐天送客游岭南二十韵

次用本韵

我自离乡久，君那度岭频。一杯魂惨淡，万里路艰辛。江馆连沙市，泷船泊水滨。[1]骑田回北顾，铜柱指南邻。[2]大壑浮三岛，周天过五均。[3]波心踊楼阁，规外布星辰。（交广间南极浸高，北极浸[④]低，圆规度外星辰至众，大如五曜[⑤]者数十，皆不在星经。）狒狒穿筒格，猩猩置屐驯。（郭璞云：狒狒，交广山谷间有之。南人俗法，尝用竹筒穿臂以受之。狒狒执臂辄笑，笑则唇蔽两目，人因自筒中出手，以钉钉之于树；猩猩嗜酒好屐，南人尝以美酒置于其所，且排十数屐，猩猩见之，骤相谓曰："吾既[⑥]就擒矣。"然而渐饮至醉，醉则穿破屐而行。既不能去，相与泣而见获。故《吴都赋》曰："猩猩啼而就擒，狒狒笑而被格。"盖为此。）贡兼蛟女绢[⑦]，俗重语儿巾。（南方去京华绝远，冠冕不到，唯海路稍通。吴中商肆多榜云："此有语儿巾子。"）舶主腰藏宝，（南方呼波斯为舶主。胡人异宝，多自怀藏，以避强丐。）黄家砦[⑧]（音柴，之去声，南夷之区落。）起尘。歌钟排象背，炊爨上鱼身。（夷民大陈设，则巨象背上作乐；大鱼出浮，身若洲岛，海人泊舟于旁，因而炊爨其上，鱼不之觉。）电白雷山接，旗红贼舰新。岛夷徐市种[⑨]，庙觋赵佗神。鸢跕[⑩]方知瘴，蛇苏不待春。曙潮云斩斩[⑪]，夜海火磷磷。（海水夜击之则尽如火，盖阴火潜然之谓也。）冠冕中华客，梯航异域臣。果然皮胜锦，吉了舌如人。[⑫]风黗[⑬]秋茅叶，烟埋晓月轮。定应玄发变，焉用翠毛珍。[⑭]句漏沙须买[⑮]，贪泉货莫亲。能传稚川术，何患隐之贫。[⑯]

【题解】

此诗元和五年至九年（814）作于江陵。在白居易拟作《送客春游岭南二十韵》之后，元稹接着又作了这首诗，并次用本韵。可见，此诗名义上是为崔韶所作，而实际是为了应战而求奇炫博。传统送别诗创作于是发生了新变，重心由人物情感转向奇异景物，写法由真实描写转向想象虚构。此诗对南夷的描写带有好奇心理，有的材料来自传说，有的则取自稗史小说。并不太长的篇幅中，夹注达七处之多，读起来给人以郭璞注《山海经》的味道，而《山海经》在传统图书分类中，即属子部小说类。这些详注，有的可在唐人笔记小说中找到相类似的内容。对异乡风土怀有强烈的好奇心，又缺少南方生活的深切体验，于是调动自己的知识储备，并加以想象，景物不再是感情的陪衬，而是成了描写的对象，穷形尽相，翻新刻画。共叙一事，同写某景，唱和可以往还数次；送崔侍御之岭南，本来极为平凡，可能是友人此行的目的地引起了元、白的兴趣，才反复作想象性的描写。

【注释】

①“江馆”二句：沙市，古沙头市，即今沙市，为古代重要贸易港口。泷(lóng)船，南方一种能在急流中行驶的轻舟。

②“骑田”二句：骑田，即骑田岭，位于今湖南郴县南，与越城岭、都庞岭、萌渚岭、大庾岭合称五岭。铜柱，作为边界标志的铜制界柱。马援所立铜柱在林邑国(今越南中部)，此为泛指。

③“大壑”二句：大壑，大海。五均，指以浑天仪观测天象所用之一定刻度，过五均即注中所云圆规度外。

④浸：原作“凌”，据卢校、《全诗》、胡本改。

⑤五曜：指金、木、水、火、土五大行星。

⑥既：胡本作“几”。卢校：“既似当作几。”

⑦蛟女绢：指唐时岭南所贡的生丝织物。蛟女，即鲛女。此借指岭南女性。

⑧黄家砦(zhài)：即黄家寨，在今湖南唐兴。

⑨徐市种：徐市的后代。徐市亦作徐福。市，原作“市”，据《类苑》、胡本改。

⑩跕(dié)：坠落貌。

⑪“曙潮”句：曙潮，早潮。斩斩，堆积高峻貌。

⑫“果然”二句：果然，兽名，即长尾猴。吉了，即秦吉了，善效人言。

⑬黕(dǎn)：污垢。原作“黗”，据杨本、胡本及卢校改。

⑭“定应”二句：玄发，黑发，代指年少时光。翠毛，翠鸟的羽毛，古时以为珍贵饰物。

⑮“句漏”句：句漏，山名，在今广西流县东北，岩穴句曲穿漏，故名。山之最胜处曰白沙洞，产白沙。其下有枯井，即旧时采沙处。葛洪曾修炼于此山窦圭洞。

⑯“能传”二句：稚川术，指修炼养生之术。稚川，葛洪字。隐之贫，《晋书·吴隐之传》：“（隐之在广州）常食不过菜及干鱼而已，帷帐器服皆付外库，时人颇谓其矫，然亦终始不易……归舟之日，装无余资。及至，数亩小宅，篱垣仄陋，内外茅屋六间，不容妻子……后迁中领军，清俭不革。每月初得禄，裁留身粮，其余悉分赈亲族，家人绩纺以供朝夕。时有困绝，或并日而食，身恒布衣不完，妻子不沾寸禄。”

献荥阳公诗五十韵

并序①

启：今月十七日，公会儒于便庑②，稹亦谬容末席。公出《棠树》之首章，且识其目曰：“客有前进士③韦、张，在宋来会学，由我而下，联为五言以美之。”诸生怗怗竦竦④，各尽词以献公。公则举其摧敌，推案析理，次至数联，应若前定。诸儒有不安者，随为刮削，变嫫为妍⑤，不废暮而珠贯成就。瑕不可掩者，稹六联耳。退而自咎，且盛公之所为，因而次用所联“翩”、“贤”等五十一字，合为一诗，止咏公之词业力⑥翰，洎生徒学校之事而已也。其于勋位崇懿在国籍，族地清甲编世家⑦，政事德美播讴谣，俭仁慈爱被亲戚，非小儒造次之所尽。大凡受褊狭者，不可以语大。持杯棬而承澍雨⑧，自满而止，又安能测其霶霈⑨之所至哉。惶恐无任，俯伏待罪，谨以启陈，不宣，谨启。

郑驿骑翩翩，丘门子弟贤。文翁开学日，正礼骋途年。⑩（张秀才正谟，荥阳公首荐登第也。）骏骨黄金买，英髦绛帐延⑪。趋风皆蹀足，侍坐各差肩。⑫解榻招徐稚⑬，登楼引仲宣。凤攒题字扇，鱼落讲经筵。⑭盛气河包济⑮，贞姿岳柱天。皋夔当五百⑯，邹鲁重三千。科斗⑰翻腾取，关雎教授先。（荥阳公寮吏生徒，受诗有百数。）篆垂朝露滴，诗缀夜珠联。逸礼多心匠，焚书旧口传。[18]陈遵修尺牍，阮瑀让飞笺。[19]中的颜初启，抽毫踵未旋。[20]森罗[21]万木合，属对百花全。词海跳波涌，文星拂坐悬。戴冯遥避席[22]，祖逖后施鞭。西蜀凌云赋，东阳咏月篇。[23]劲芰鳌足断，精贯虱心穿[24]。浩汗神弥王，飘飏兴欲仙。冰壶通皓雪，绮树眇晴烟。驱驾雷霆走，铺陈锦绣鲜。清机登突（于吊反）奥[25]，流韵溢山川。墨客膺潜服，谈宾膝误前[26]。张鳞定摧败，折角[27]反矜怜。句句推琼玉，声声播管弦。纤新撩造化，澒洞斡陶甄。卫磬琤鍧极，齐竽僭滥偏。[28]空虚惭炙輠，点窜许怀铅。[29]惫色秋来草，哀吟雨后蝉。自伤魂惨沮[30]，何暇思幽玄。（稹病疟二年，求医在此，荥阳公不忍归之瘴乡。）喜到[31]樽罍侧，愁亲几案边。菁华知竭矣，肺腑尚求旃[32]。抵滞浑成醉，徘徊转慕膻[33]。老叹才渐少，闲苦病相煎。瓦砾难追琢，刍荛分弃捐。漫劳成[34]恳恳，那得美娟娟。拙劣仍非速，迂愚且异专。移时停笔砚，挥景乏戈鋋[35]。仪舌忻犹在，舒帷誓不褰。[36]会将连献楚，深耻谬游燕[37]。蒲有临书叶，韦充读易编。[38]沙须披见宝，经拟带耕田。入雾长期闰，持朱本望研。[39]轮辕呈曲直，凿枘取方圆。呼吸宁徒尔，沾濡岂浪然。[40]过箫资响亮，随水涨沦涟。惜日看圭[41]短，偷光恨壁坚。勤勤雕朽木，细细导蒙泉[42]。传癖今应甚，头风昨已痊。丹青[43]公旧物，一为变蚩妍。

【题解】

此诗元和十一年（816）作于兴元。荥阳公，指郑馀庆。通州时期，元稹的律诗创作已经相当成熟。本来这次宴集，诸生联句贯珠而就，已告结束，然而元稹并未自满而止，他认为自己所吟六联尚有瑕疵，从“退而自咎”来看，他反复琢磨，以求再战，于是“次用所联‘翩’、‘贤’等五十一字”，从而创造出以一敌众的联句新花样。

【注释】

①并序:《全诗》作“并启”,胡本作“有启”。

②便庑:正屋外的侧室。庑,古代堂下周围之屋。

③前进士:唐代称及第而未授官的进士。

④怗怗(tiē)竦竦:肃静恭谨貌。

⑤变嫫(mó)为妍:变丑为美。

⑥力:卢校:“疑‘文’字,或‘才’字。”

⑦世家:以门第高低为序编排的氏族志。荥阳郑氏为唐代五大著姓之一,故云。

⑧“持杯”句:杯棬(juàn),一种木质饮器。此泛指饮器。澍雨,大雨,暴雨。

⑨雱霈(pāng pèi):大雨。

⑩“文翁”二句:谓文翁教化巴蜀,及刘繇与兄后先被荐事。

⑪“英髦”句:英髦(máo),俊秀杰出之士。绛帐,马融讲授,前列生徒,后蓄女伎,因施绛纱帐,以限隔男女。后人因误以绛帐归师道。

⑫“趋风”二句:趋风,小步疾行如风。蹀足,顿脚。差肩,比肩。

⑬“解榻”句:陈蕃为太守,在郡不接宾客,唯徐稚来则特设一榻,稚去则悬之。

⑭“凤攒”二句:谓郑氏受恩非凡,宦景无量。

⑮“盛气”句:河、济,黄河与济水,与长江、淮河合称四渎。

⑯“皋夔”句:《世说新语》刘孝标注引《续晋阳秋》:“陈仲弓从诸子侄造荀父子,于时德星聚,太史奏:‘五百里贤人聚。’”

⑰科斗:古代字体之一,以笔画头圆大,尾细长,形似蝌蚪而得名。此泛指古文典籍。

⑱“逸礼”二句:《仪礼》十七篇以外的古文《礼经》,相传有三十九篇,今佚。古文经学家认为汉武帝时与古文《尚书》等发现于孔子宅壁中,今文经学家则否认逸礼的发现。秦始皇焚书由李斯建议,除秦记、医药、卜筮、种树等书之外,民间所藏《诗》、《书》及诸子百家书一并焚毁。

⑲“陈遵”二句：陈遵善书，与人尺牍，主皆藏之以为荣。阮瑀尝代曹操与韩遂书，于马上草成，呈之，操不能增损。

⑳“中的”二句：中的，箭射中靶心，借指谈话等触及事物的本质。抽毫，抽笔出套，借指写作。踵未旋，未掉转脚跟，形容时间极其短暂。

㉑森罗：使用铺张排比之类手法写作。

㉒“戴冯”句：《后汉书·戴凭传》：“戴凭，字次仲，汝南平舆人也，习京氏易。年十六，郡举明经，征试博士，拜郎中。时诏公卿大会，群臣皆就席，凭独立。光武问其意，凭对曰：‘博士说经皆不如臣，而坐居臣上，是以不得就席。’帝即召上殿，令与诸儒难说，凭多所解释。帝善之，拜为侍中。”

㉓“西蜀”二句：西蜀，以司马相如籍贯代其人。东阳，沈约隆昌元年出为东阳太守，在任著《八咏诗》，首篇即《登台望秋月》。

㉔虱心穿：《列子·汤问》：纪昌学射于飞卫，使学视小如大。昌以氂悬虱于牖，望之二年，虱如车轮，射之贯虱心而悬不绝，以告飞卫，飞卫曰：“汝得之矣。”

㉕窔（yào）奥：室中二隅，喻指深邃高妙的境界。

㉖膝误前：《史记·商君列传》：“卫鞅复见孝公，公与语，不自知膝之前于席也。”

㉗折角：汉元帝时，少府五鹿充宗治梁丘易，以贵幸善辩，诸儒莫敢与之抗论。人有荐朱云者，云入，昂首论难，驳得充宗无言以对。诸儒为之语曰：“五鹿岳岳，朱云折其角。”

㉘“卫磬”二句：卫磬，卫国之磬，借指淫靡的音乐。琤錝（hōng），声音相错杂。

㉙“空虚”二句：輠（guǒ），古代车上盛贮油膏的器具，烘热后流油，润滑车轴。怀铅，谓从事典籍校勘。

㉚沮：卢本作“怛”。

㉛到：同“倒”。

㉜旃（zhān）：旌表。

㉝慕膻：因爱好而争相附集。

㉞成：通“诚”。

㉟“挥景”句:《庄子·徐无鬼》:“鲁阳公与韩构难,战酣,日暮,援戈而撝之,日为之反三舍。”景,太阳。戈鋋,泛指兵器。

㊱“仪舌”二句:忻(xīn),喜悦。“舒帷”句形容刻苦攻读。

㊲“深耻”句:比喻仕途受挫失意。

㊳“蒲有”二句:发奋读书。古代竹简用皮绳(即韦)连缀成书,读书而致皮绳多次断绝,指勤奋不辍。

㊴“入雾”二句:闰,通“润”。研,通“妍”,美丽。

㊵“呼吸”二句:呼吸,汲引,提携。沾濡,蒙受恩泽。

㊶圭:古代测日影的仪器圭表的部件。在石座上平放之尺曰圭,南北两端竖立的标杆曰表。根据日影长短可以测定节气与一年时间的长短。

㊷蒙泉:自谦之辞。蒙,愚昧无知。

㊸丹青:借喻评点诸人之作。

酬乐天江楼夜吟稹诗因成三十韵

次用本韵

忽见君新句,君吟我旧篇。见当巴徼[1]外,吟在楚江前。思鄙宁通律,声清遂扣玄。三都时觉重,一顾世称妍。排韵曾遥答,分题几共联。昔凭银翰[2]写,今赖玉音宣。布鼓随椎响,坯泥仰匠圆。[3]铃因风断续,珠与调牵绵。阮籍惊长啸,商陵怨别弦[4]。猿羞啼月峡,鹤让警秋天。[5]志士潜兴感,高僧暂废禅。兴飘沧海动,气合碧云连。点缀工微者,吹嘘势特然。休文徒倚槛,彦伯浪回船[6]。妓乐当筵唱,儿童满巷传。改张思妇锦[7],腾跃贾人笺。魏拙虚教出,曹风敢望痊。[8]定遭才子笑,恐赚学生癫。裁什情何厚,飞书信不专。隼猜鸿蓄缩,虎横犬迍邅[9]。水墨看虽久,琼瑶喜尚全。才从鱼里得,便向市头悬。夜置堂东序[10],朝铺座右边。手寻韦欲绝,泪滴纸浑穿。甘蔗销残醉，醍醐醒早眠。深藏那遽灭，同咏苦无缘。雅羡诗能圣，终嗟药未仙。五千诚远道，四十已中年[11]。暗魄多相梦，衰容每自怜。卒章还恸哭，蚊蚋溢山川。

【题解】

此诗元和十三年(818)作于通州。白居易原唱为《江楼夜吟元九律诗成三十韵》，《御选唐宋诗醇》卷二三评之云："起联点题，因极赞元九之诗，'道屈才方振'四句作转轴。'顾我文章劣'至'宿结字因缘'，叙自己之诗并及遭际。'每叹陈夫子'至'空令后代怜'，又举古人之能诗不遇者以况两人，结出现在之地，含蓄不尽。其说诗处譬如饮水，冷暖自知；又如食蜜，中边皆甜。两人同调，可方伯牙钟期矣。"元诗可与比观。值得注意的是，元诗中"志士潜兴感，高僧暂废禅。兴飘沧海动，气合碧云连"四句，形象地描绘了诗人唱和时积极的心理状态。

【注释】

①巴徼：古巴国边僻之地。

②银翰：银饰之笔。此泛指笔。

③"布鼓"二句：布鼓，以布为鼓，击之无声。因喻浅陋无识。

④"商陵"句：《古今注》卷中："《别鹤操》，商陵牧子所作也。娶妻五年而无子，父兄将为之改娶，妻闻之，中夜起，倚户而悲啸。牧子闻之，怆然而悲，乃歌曰：'将乖比翼隔天端，山川悠远路漫漫，揽衣不寝食忘餐。'后人因为乐章焉。"

⑤"猿羞"二句：谓白居易之吟诗声悲过猿啼，清如鹤鸣。

⑥"彦伯"句：《晋书·袁宏传》："曾为咏史诗，是其风情所寄。少孤贫，以运租自业。谢尚时镇牛渚，秋夜乘月率尔与左右微服泛江，会宏在舫中，讽咏声既清，会辞又藻拔，遂驻听久之。遣问焉，答云：'是袁临汝郎诵诗，即其咏史之作也。'尚颇率有胜致，即迎升舟与之谭论，申旦不寐，自此名誉日茂。"

⑦"改张"句：改张，改弦更张之省，原指调换乐器上的弦线，并重新调音。此泛指更改变化。思妇锦，典出《晋书·窦滔妻苏氏传》，后因用作妻子思念丈夫之典。

⑧“魏拙”二句：《北齐书·魏收传》：“收每议陋邢邵文。邵又云：‘江南任昉，文体本疏，魏收非直摸拟，亦大偷窃。’收闻乃曰：‘伊常于沈约集中作贼，何意道我偷任昉。’”“曹风”句，谦称自己作品写得不好。《三国志》裴松之注引《典略》：“太祖先苦头风，是日疾发，卧读琳所作，翕然而起曰：‘此愈我病。’”

⑨迍邅(zhūn zhān)：难行貌。

⑩序：正屋两侧的东西厢房。

⑪“四十”句：句下，卢本、杨本、董本、《全诗》有“诸葛亮云：‘扬州万里，浔阳向余五千。’仆今年忽已四十一。”卢校：“向当作尚。”四十，季本、胡本作“四十一”。

酬乐天待漏入阁见赠

时乐天为中书舍人，予在翰林学士①

未勘银台契，先排浴殿关。② 沃心③ 因特召，承旨绝常班。(承旨学士在诸学士上。)飐闪才人袖，(思政对学士，往往宫官传诏。)呕鸦软畢镮④。宫花低作帐，云从积成山。密视枢机草，偷瞻咫尺颜。恩垂天语近，对久漏声闲。丹陛⑤ 曾同立，金銮恨独攀。笔无鸿业润，袍愧紫文殷⑥。河水通天上⑦，瀛州接世间。谪仙名籍在，何不重来还。⑧

【题解】

此诗长庆元年(821)作于长安。题注中“乐天为中书舍人”，实指白居易任主客郎中、知制诰而非本年真授之中书舍人。白氏原唱为《待漏入阁书事奉赠元九学士阁老》。诗末“谪仙名籍在，何不重来还”，朝廷或京城被隐喻为天庭，而被贬谪的士大夫被称为“谪仙”，当他们谪满回朝时则是谪仙回归，这种隐喻和比附虽然并不牵强，但是却同时意味着：作为道教神仙信仰的早期谪仙母题，在唐代士人们的借用中，已然消解了其宗教信仰的意味而人间化了。不但如此，这种早期“谪仙”中被隐喻和还原了的关于贬谪的边缘化情结，郁结于中国士大夫的心底深处，甚至成为了“谪仙”在这一时期被审美化了的一种原型。

【注释】

①在：《类苑》作“任”。

②“未勘”二句：契，指出入银台门的凭证。浴殿，即浴堂殿。

③沃心：使内心受到启发，古代多指以治国之道开启帝王。

④“呕鸦”句：呕鸦，轿子颤动所发出的声音。软轝（yú），轿子。轝，原作“举”，据胡本、钱校改。镮（huán），用以联系轿子与抬轿子的棍棒的金属环。后作环。

⑤丹陛：古代皇宫中漆成朱红色的台阶。

⑥“袍愧”句：唐代官员的服色随散官的高低而变化。元稹迁中书舍人、翰林学士前散官为朝散大夫，服绯，之后散官如故，但因穆宗的私宠，得赐紫，故云。

⑦“河水”句：古人认为河与天通，故云。

⑧“谪仙”二句：白居易于元和初年曾为翰林学士，故元稹期望其再入翰林。

酬乐天早春闲游，西湖颇多野趣，恨不得与微之同赏。因思在越官重事殷，镜湖之游，或恐未暇，因成十八韵见寄。乐天前篇到时，适会予亦宴镜湖南亭，因述目前所睹，以成酬答。末章亦示暇，诚则势使之然，亦欲粗为恬养之赠耳

浙东时作

雁思欲回宾，风声乍变新。各携红粉妓，俱伴紫垣人。水面波疑縠，山腰虹（音降）似巾。柳条黄大带，茭葑（茭葑，草根）

绿文茵。雪尽才通屐，汀寒未有蘋。向阳偏晒羽，依岸小游鳞。浦屿崎岖到，林园次第巡。墨池怜嗜学，丹井羡登真。①（逸少墨池，稚川丹井，皆越中异迹。）雅叹游方盛，聊非意所亲。白头辞北阙②，沧海是东邻。问俗烦江界③，搜畋想渭津。故交音讯少，归梦往来频。独喜同门旧，皆为列郡臣。④三刀连地轴，一苇碍车轮。⑤尚阻青天雾，空瞻白玉尘⑥。龙因雕字识，犬为送书驯。⑦胜事无穷境，流年有限身。懒将闲气力，争斗野塘春。

【题解】

此诗长庆四年(824)作于越州。元稹上年八月始改官浙东观察使，白居易本年五月离杭州刺史，二人同时任官杭、越，唯本年春。白居易原唱为《早春西湖闲游怅然兴怀忆与微之同赏因思在越官重事殷镜湖之游或恐未暇偶成十八韵寄微之》。诗如其序，体现出元白次韵之作韵同意殊，流利明畅的特点。

【注释】

①“墨池”二句：墨池，洗笔砚之池，在今浙江绍兴境内，相传为王羲之洗墨处。丹井，相传葛洪炼丹取水之井，在今浙江绍兴境内。登真，即登仙，成仙。道家称修真得道或成仙之人曰真。

②北阙：古代宫殿的北门楼，为臣下等候朝见或上书奏事之处。此借指朝廷。

③“问俗”句：问俗，访问风俗。此指出守地方。江，指钱塘江。

④“独喜”二句：昔日同门受业者，白居易为杭州刺史，崔玄亮为湖州刺史，故云。

⑤“三刀”二句：谓越州与杭州为近邻。三刀，“州”字的隐语。地轴，古代传说中大地之轴。此借指大地。一苇，《诗》孔颖达疏：“言一苇者，谓一束也，可以浮之水上而渡，若桴栰然，非一根苇也。”此代指钱塘江。

⑥白玉尘：白玉碾成的细尘，此借指雪。

⑦“龙因”二句：《史记·孟子荀卿列传》：“驺奭者，齐诸驺子，亦颇采驺

衍之术以纪文……驺衍之术迂大而闳辩，奭也文具难施；淳于髡久与处，时有得善言，故齐人颂曰：‘谈天衍，雕龙奭，炙毂过髡。’”此处称美白氏的文辞。《晋书·陆机传》“初，机有骏犬，名曰黄耳，甚爱之。既而羁寓京师，久无家问，笑语犬曰：‘我家绝无书信，汝能赍书取消息不？’犬摇尾作声。机乃为书，以竹筒盛之而系其颈。犬寻路南走，遂至其家，得报还洛，其后因以为常。”元、白各刺越、杭，曾以诗筒相赠答。

江边四十韵

官为修宅，卒然有作，因招李六侍御。此后并江陵时作[①]

官借江边宅，天生地势坳。欹危饶坏构，迢递接长郊。怪鹏频栖息，跳蛙颇溷殽[②]。总无篱缴绕，尤怕虎咆哮。停潦[③]鱼招獭，空仓鼠敌猫。土虚烦穴蚁，柱朽畏藏蛟。蛇虺吞檐雀，豺狼逐野麃。[④]犬惊狂浩浩，鸡乱响嘐嘐[⑤]。濩落贫甘守，荒凉秽尽包。断帘飞熠耀[⑥]，当户网蟏蛸。曲突翻成沼，行廊却代庖。[⑦]桥横老颠枿，马病裛刍茭。[⑧]一一床头点，连连砌下泡。辱泥疑在绛，避雨想经崤。[⑨]相顾忧为鳖，谁能复系匏[⑩]。誓心来利往，卜食过安爻[⑪]。何计逃昏垫，移文报旧交。[⑫]栋梁存伐木，苫盖愧分茅。金琯排黄荻[⑬]，琅玕裹翠梢。花砖水面斗，鸳瓦玉声敲。方础荆山采，修椽郢匠铇。[⑭]隐椎雷震蛰，破竹箭鸣骹[⑮]。正寝初停午，频眠欲转胞。[⑯]囷圆收薄禄，厨敞[⑰]备嘉肴。各各人宁宇，双双燕贺巢。高门受车辙，华厩称蒲梢[⑱]。尺寸皆随用，毫厘敢浪抛。篾余笼白鹤，枝剩架青鸦[⑲]。制榻容筐篚，施关拒斗筲。[⑳]栏干防汲井，密室待投胶[㉑]。庭草佣工薙，园蔬稚子掊。[㉒]本图闲种植，那要择肥硗[㉓]。绿柚勤勤数，红榴个个抄。池清漉螃蟹，瓜蠹拾螌蝥[㉔]。晒篆[25]看沙鸟，磨刀绽海鲛。罗灰修药灶，筑垛阅弓弰[26]。散诞都由习，童蒙剩懒教。最便陶静饮，还作解愁嘲[27]。近浦闻归楫，遥城罢晓铙。王孙如有问，须为并挥鞘[28]。

【题解】

此诗约元和五年(810)作于江陵。李六侍御，即李景俭。诗作叙写官舍修竣，招饮友人以示庆祝始末。用险韵三爻，斗险逞才。

【注释】

①卒：卢本、杨本作“率”。

②溷殽：混乱，杂乱。

③停潦：积水。

④“蛇虺(huǐ)”二句：虺，毒蛇。麃(páo)，麇鹿。

⑤嘐嘐(jiāo)：状鸡鸣叫声。

⑥熠耀：磷火，鬼火。此借指萤火虫。

⑦“曲突”二句：曲突，烟囱，此借指地势较高的处所。庖，厨房。

⑧“桥横”二句：枿(niè)，同“蘖”，树木砍伐后留下的桩子。裛，同“浥”，沾湿。

⑨“辱泥”二句：《左传·襄公三十年》：“(赵孟)召之而谢过焉，曰：‘武不才，任君之大事，以晋国之多虞，不能由吾子，使吾子辱在泥涂久矣，武之罪也，敢谢不才。’遂仕之，使助为政。辞以老，与之田使，为君复陶，以为绛县师。”《左传·僖公三十二年》：“蹇叔之子与师，哭而送之曰：‘晋人御师必于殽。殽有二陵焉：其南陵，夏后皋之墓也；其北陵，文王之所辟风雨也。’”

⑩系匏(páo)：系匏瓜而不食，比喻无所作为。匏瓜，果实较葫芦为大，老熟后可剖制成器具。

⑪“卜食”句：卜食，谓周时以占卜择地建都，惟有卜洛邑时，甲壳裂纹食去墨迹，以为吉利，即建都洛邑。后因称择地而居。安爻，吉利之爻。

⑫“何计”二句：昏垫，陷溺，此指困于火灾。移文，古代文体之一，行于互不统辖的官署间，此泛指写成文字告知他人。旧交，指景俭。

⑬“金琯”句：意谓黄色的芦荻如同排列整齐的金琯。金琯，亦作“金

管”，金属制吹奏乐器。

⑭“方础”二句：荆山，在今湖北南漳西，漳水发源处。山有抱玉岩，相传为卞和获璞处。郢匠，楚国郢中的巧匠。因喻指技艺高超的匠人。铇(bào)，用铇子刮平木料等，后作刨。

⑮骹(xiāo)：同“髇”，响箭。

⑯“正寝”二句：停午，正午。转胞，指憋尿。

⑰敝：卢本、胡本作“敞”。

⑱蒲梢：古代骏马名，即汗血马。

⑲“枝剩”句：枝，杨本、季本作“材”。青鸡(jiāo)，水鸟名，鸡鹊，即池鹭。

⑳“制榻”二句：榻，几案。筐篚(fěi)，盛物的竹器。方曰筐，圆曰篚。此指筐篚所盛的物品。施关，设置关卡。斗筲(shāo)，斗容十升，筲容一斗二升，皆量小之容器。此喻指器量狭小或识见短浅之人。

㉑投胶：比喻情投意合。投，原作“持”，据卢本、杨本改。

㉒“庭草”二句：薙(tì)，除草。掊(póu)，扒土。

㉓硗(qiāo)：土壤坚硬贫瘠。

㉔盘蝥(bān máo)：即斑蝥。成虫危害大豆、花生等农作物，中医以之入药。

㉕晒篆：晒翼之鸟留在沙地上的爪印，因古代篆字形如鸟迹，故云。

㉖“筑垛”句：垛，设置箭靶的小土墙。弓弰(shāo)，指弓两端的末梢。此泛指弓箭。

㉗解愁嘲：《汉书・扬雄传》：“哀帝时，丁、傅、董贤用事，诸附离之者，或起家至二千石。时雄方草《太玄》，有以自守，泊如也。或嘲雄以玄尚白，而雄解之，号曰《解嘲》。”

㉘挥鞘(shāo)：挥鞭。鞘，鞭梢，拴在鞭子末端的细皮条。

春六十韵

节应寒灰下[①]，春生返照中。未能消积雪，已渐少回风。

迎气[2]邦经重，斋诚帝念隆。龙骧紫宸北，天压翠坛东。[3]仙仗摇佳彩，荣光答圣衷。便从威仰座，随入大罗宫。[4]先到璇渊底，偷穿玳瑁栊。[5]馆娃朝镜暖，太液晓冰融。[6]撩摘（音剔）芳情遍，搜求好处终。九霄浑可可[7]，万姓尚忡忡。昼漏频加箭，宵晖[8]欲半弓。驱令三殿[9]出，乞与百蛮同。直自方壶岛，斜临绝漠戎。南巡暧珠树，西转丽崆峒。[10]度岭[11]梅甘坼，潜泉脉暗洪。悠悠铺塞草，冉冉着江枫。蚕役投筐妾，耘催荷蓧翁。[12]既蒸难发地[13]，仍送懒归鸿。约略环区宇，殷勤绮镐酆[14]。华山青黛扑，渭水碧沙[15]蒙。宿雾[16]清余霭，晴烟塞迥空。燕巢才点缀，莺舌最惺憁[17]。腻粉梨园白，胭脂桃径红。郁金垂嫩柳，罯画委高笼。[18]地甲门阑大，天开禁掖崇。层台张舞凤，阁道架飞虹。[19]麹蘖调神化，鹓鸾竭至忠。[20]歌钟齐锡宴，车服奖庸功。[21]俊造欣[22]时用，闾阎贺岁丰。倡楼歌细细，农野麦芃芃。[23]贵主骄矜盛，豪家恃赖雄。偏沾打球彩[24]，频得铸钱铜。专杀擒杨若，殊恩赦邓通。[25]女孙新在内，婴稚近封公。游衍[26]关心乐，诗书对面聋。盘筵饶异味，音乐斥庸工。酒爱油衣[27]浅，杯夸玛瑙烘。挑鬟玉钗髻，刺绣宝装拢。启齿呈编贝，弹丝动削葱[28]。醉圆双媚靥，波溢两明瞳。但赏欢无极，那知恨亦充。洞房闲窈窕，庭院独葱茏。[29]谢砌萦残絮，班窗网曙虫[30]。望夫身化石，为伯首如蓬。[31]顾我沉忧士，骑他老病骢。静街乘旷荡，初日接曈昽[32]。饮败肺常渴[33]，魂惊耳更聪。虚逢好阳艳，其那[34]苦昏懵。倜傥[35]还移步，持疑又省躬。慵将疲悴质，漫走倦羸僮。季月[36]行当暮，良辰坐叹穷。晋悲焚介子，鲁愿浴沂童[37]。燧改鲜妍火[38]，阴繁晻淡桐。瑞云低㿥㿥[39]，香雨润濛濛。药溉分窠数，篱栽备幼冲。[40]种莎怜见叶，护笋冀成筒。有梦多为蝶，因搜定作熊。漂沉随壤芥[41]，荣茂委苍穹。震动风千变,晴和鹤一冲。丁宁搴芳[42]侣,须识未开丛。

【题解】

此诗元和六年至九年(814)作于江陵。元稹的山水风景吟咏,无比偏爱错落有致的语意语气,包括这里的《春六十韵》在内,反映出一种有类初唐泛咏风物而又着意于意象经营的迹象。这是中唐时期出现的一种搜研别致境界的诗意思维新特点,一是在风景描写的热情中增生出赏玩兴趣,并在客观再现中介入一个中间物,让赏玩本身显示出相对独立的艺术情趣;二是让主观创意直接切入体物活动,从而以新警奇特的想象力来表现物象的典型特征。至于篇中表现出的新生的铺排风习,也是因为自有格律诗以来,排律就成为文人显示才华、斗智竞思的项目。六十韵已属难工,后来王禹偁写过《谪居感事一百六十韵》,纪昀也写过《三巡江浙恭纪二百韵》,陈衍竟然写出《萧闲堂诗三百韵》,莫不令人望洋兴叹。

【注释】

①"节应"句:寒灰,指葭灰,古代以葭莩之灰置于律管中,节气至则相应律管中葭莩之灰飞出,故云。

②迎气:古代于立春日祭青帝,立夏日祭赤帝,立秋日祭白帝,立冬日祭黑帝,用以迎接四季,祈求丰年,谓之迎气。后汉除祭四帝外,又于立秋后十八日祭黄帝。

③"龙骧"二句:龙骧,马腾跃貌。龙,骏马。天,指皇帝。翠坛,迎春时所筑之坛。翠,东方之色、春天之色。

④"便从"二句:威仰,灵威仰之省,即青帝,东方之神,春神。大罗宫,天宫。大罗,即大罗天,道教所称三十六天中最高重天。

⑤"先到"二句:璇渊,玉池。玳瑁栊,用玳瑁装饰的窗棂。

⑥"馆娃"二句:馆娃,此泛指宫殿。暖,原作"晚",据何校改。太液,池名,在大明宫含凉殿后,故址在今陕西西安东北。

⑦可可:模糊隐约貌。

⑧宵晖:月亮。

⑨三殿：即大明宫的麟德殿。

⑩"南巡"二句：珠树，古代神话传说中的仙树。崆峒，山名，亦作空同，在今甘肃平凉西，相传为黄帝问道广成子之所。

⑪岭：五岭中的大庾岭，亦名梅岭，古时其上多梅，故名。

⑫"蚕役"二句：投，卢本、杨本作"提"。荷蓧翁，《论语·微子》："子路从而后，遇丈人，以杖荷蓧，子路问曰：'子见夫子乎？'丈人曰：'四体不勤，五谷不分，孰为夫子？'植其杖而芸。"此泛指农夫。蓧，竹编农器，用以除草。

⑬难发地：指地表坚硬的土壤。

⑭镐酆(fēng)：均为西周前期的国都。酆，本为商代崇侯虎邑，周文王灭崇后，曾定都于此，故址在今陕西户县北。镐，周武王既灭商，自酆迁都于此，故址在今陕西西安西南沣水东岸。

⑮沙：细绢，后作纱。

⑯雾：原作"露"，据卢本改。

⑰惺憁(còng)：犹醒松，声音轻快。

⑱"郁金"二句：郁金，草本植物，此指用郁金根块染成的黄色。罯(ǎn)画，覆盖。

⑲"层台"二句：舞凤，绘有凤形图案的旗帜。阁道，即复道，楼阁或悬崖间所建上下两层的通道。

⑳"麴糵"二句：麴糵，制酒之麹。此借指施政。化，卢本、杨本作"力"，胡本作"脉"。鹓鸾，犹鹓鹭。比喻班行有序的朝官。

㉑"歌钟"二句：歌钟，伴唱的编钟。钟，原作"声"，据卢本、杨本改。车服，车舆礼服。庸功，功勋。

㉒欣：原作"兴"，据卢本、杨本、《全诗》改。

㉓"倡楼"二句：歌细细，卢本、杨本、《全诗》作"妆爠爠"。芃芃(péng)，植物茂盛貌。

㉔打球彩：打球获胜所得的彩头。打球，即蹴鞠，古代的踢球游戏。

㉕"专杀"二句：杨若，即杨阿若。《三国志》裴松之注："杨阿若，后名丰，字伯阳，酒泉人，少游侠，常以报仇解怨为事，故时人为之语曰：'东市相斫杨阿若，西市相斫杨阿若。'"《史记·申屠嘉传》："嘉为檄召邓通诣丞相

府，不来且斩通。通恐，入言文帝。文帝曰：‘汝第往，吾今使人召若。’通至丞相府，免冠徒跣，顿首谢。嘉坐自如，故不为礼。责曰：‘夫朝廷者，高皇帝之朝廷也。通，小臣，戏殿上，大不敬，当斩，吏今行斩之。’通顿首，首尽出血。文帝度丞相已困通，使使者持节召通，而谢丞相曰：‘此吾弄臣，君释之。’”

㉖游衍：恣意游逛。

㉗油衣：谓酒如油衣的色泽。

㉘削葱：削尖的葱白，形容女性纤细白嫩的手指。

㉙“洞房”二句：窈窕，深远貌，秘奥貌。葱茏（cōng lóng），草木青翠茂盛。

㉚“班窗”句：班婕妤，名不详，成帝时入宫，立为婕妤。后为赵飞燕所谮，退居冷宫，作赋自伤。成帝崩后，充奉园陵。

㉛“望夫”二句：望夫石，多处有之，均属传说。《初学记》卷五引《幽明录》：“武昌山北有望夫石，状若人立。古传云：昔有贞妇，其夫从役，远赴国难。携弱子饯送北山，立望夫而化为立石。”《诗·卫风·伯兮》：“自伯之东，首如飞蓬。岂无膏沐，谁适为容。”

㉜曈昽（tóng lóng）：日出渐明貌。

㉝“饮败”句：谓饮酒过量，口舌常渴，需大量饮水或茶。

㉞其那：怎奈，无奈。

㉟僶（mǐn）俛：勉强。

㊱季月：每季的最后一月，即农历的三、六、九、十二月。此指三月。

㊲“鲁愿”句：《论语·先进》：“暮春者，春服既成，冠者五六人，童子六七人，浴乎沂，风乎舞雩，咏而归。”孔子为鲁人，沂为鲁地，故云。

㊳“燧改”句：古代钻木取火，四季换用不同的木材，称“改火”。《论语》何晏《集解》引马融曰：“《周书·月令》有更火之文。春取榆柳之火，夏取枣杏之火，季夏取桑柘之火，秋取柞楢之火，冬取槐檀之火。一年之中，钻火各异木，故曰改火。”

㊴窊窊（wā）：低下。窊，同“凹”。

㊵“药溉”二句：药，芍药。栽，原作“裁”，据卢本改。

㊶壤芥：泥土与小草，比喻微贱之物。壤，原作“坏”。

㊷搴(qiān)芳：采摘花草。

月三十韵

蓂叶标新朔，霜豪[1]引细辉。白眉惊半隐[2]，虹势讶全微。凉魄潭空洞[3]，虚弓雁畏威。上弦[4]何汲汲，佳色转依依。绮幕残灯敛，妆楼破镜飞。玲珑穿竹树，岑寂思[5]幈帏。坐爱规将合，行看望[6]已几。绛河冰鉴朗，黄道玉轮巍。[7]迥照偏琼砌，余光借粉闱。泛池相皎洁，压桂共芳菲。的的当歌扇，娟娟透舞衣。殷勤入怀什，恳款堕云祈。[8]素液传烘盏，鸣琴荐碧徽。[9]椒房深肃肃，兰路霭霏霏。翡翠通帘影，琉璃莹殿扉。西园筵玳瑁，东壁射蛜蝛。[10]老将占天阵[11]，幽人钓石矶。荷锄元亮息，回棹子猷归。迢递同千里，孤高净九围[12]。从星作风雨[13]，配日丽旌旗。麟斗宁徒设，蝇声岂浪讥。[14]司存委卿士，新[15]拜出郊畿。今古虽云极，亏盈不易违。珠胎方夜满[16]，清露忍朝晞。渐减嫦娥面，徐收楚练机。[17]卞疑雕璧碎，潘感竟床稀。捐箧辞班女[18]，潜波蔽宓妃。氛埃谁定灭，蟾兔杳难希。须遣圆明尽，良嗟造化非。如能付刀尺，别为创璇玑。[19]

【题解】

此诗元和五年至九年(814)作于江陵。这首咏月诗中“渐减嫦娥面，徐收楚练机”，直把“嫦娥”一语作为月的代名词。嫦娥的地位逐渐升高，除了和人们对于月的直接美感印象有密切关系之外，也是由于魏晋六朝而后经过了诗人们的歌咏。如颜延之的《为织女赠牵牛》，已将嫦娥写得较美。到了唐代，这样的例子就更多了。如李白《把酒问月》：“白兔捣药秋复春，姮娥孤栖与谁邻。”杜甫《月》：“斟酌姮娥寡，天寒耐九秋。”对其处境，都寄予深深的同情。李商隐《月》：“姮娥无粉黛，只是逞婵娟。”《霜月》：“青女素娥俱耐冷，月中霜里斗婵娟。”也是竭力形容赞颂嫦娥的姿貌之美。尤其是他的《嫦娥》一诗：“云母屏风烛影深，长河渐落晓星沉。嫦娥应悔偷灵药，碧海青天夜夜心。”虽不免略有微词，仍然非常出色地表现了嫦娥的丰神韵致。

【注释】

①霜豪：月亮的寒光。豪通“毫”，长而细的毛。

②“白眉”句：白眉，状初月之形。眉本一双，月惟一个，故云半隐。

③“凉魄”句：凉，卢本、杨本、《全诗》作“剩”。魄，通“霸”，谓月初出或将没时的微光。一说谓月初生或圆而复缺时的阴暗处。

④上弦：阴历初七初八，月亮缺上半，称上弦；二十二、二十三，月亮缺下半，称下弦。

⑤思：卢本作“隐”。

⑥望：月相名，农历每月十五日（或十四、十六、十七日），日在西，月在东，遥遥相望，称望。

⑦“绛河”二句：绛河，即银河，古代观天象者以北极为基准，银河在北极之南，南方属火，尚赤，故以南方之色称之。黄道，地球一年绕太阳转动一圈，被看作太阳一年在天空转动一圈，太阳如此转动的路线，称黄道。黄道实即地球轨道在天球上的投影，为天球上的假设圆。

⑧“殷勤”二句：班婕妤《怨歌行》：“新裂齐纨素，皎洁如霜雪。裁为合欢扇，团团似明月。出入君怀袖，动摇微风发。”谢灵运《东阳溪中赠答二首》：“可怜谁家妇，缘流洒素足。明月在云间，迢迢不可得。”“可怜谁家郎，缘流乘素舸。但问情若为，月就云中堕。”

⑨“素液”二句：素液，无色的液体，此指酒。徽，七弦琴上区分音节的琴节。

⑩“西园”二句：《文选》吕向注：“西园，谓魏氏邺都之西园也。文帝每以月夜集文人才子共游于西园。”东壁，古人认为东壁二星主文章图书。后因为宫廷藏书秘府之典。

⑪天阵：古代阵法。《六韬》：“武王问太公曰：‘凡用兵为天阵、地阵、人阵，奈何？’太公曰：‘日月星辰斗杓，一左一右，一向一背，此谓天阵。’”

⑫九围：即九州。《诗》孔颖达疏："谓九州为九围者，盖以九分天下，各为九处，规围然，故谓之九围也。"

⑬"从星"句：《尚书》："庶民惟星，星有好风，星有好雨。日月之行，则有冬有夏。月之从星，则以风雨。"孔传："月经于箕则多风，离于毕则多雨。政教失常以从民欲，亦所以乱。"

⑭"麟斗"二句：《淮南子》："麒麟斗而日月食。"《诗·齐风·鸡鸣》："鸡既鸣矣，朝既盈矣。匪鸡则鸣，苍蝇之声。东方明矣，朝既昌矣。匪东方则明，月出之光。"

⑮新：卢本、杨本作"亲"。

⑯"珠胎"句：《吕氏春秋》卷九："德也者，万民之宰也。月也者，群阴之本也。月望则蚌蛤实，群阴盈；月晦则蚌蛤虚，群阴亏。夫月形乎天，而群阴化乎渊；圣人形德乎已，而四荒咸饬乎仁。"珠胎，蚌体中所生成的珍珠。

⑰"渐减"二句：嫦娥，亦称姮娥，月中之神。此代指月亮。楚练，楚地所产的白绢，此借喻月光。

⑱"捐箧"句：班婕妤失宠后，作《团扇诗》，以秋扇见捐自喻。此处借圆形团扇之见弃，喻月亮隐去。

⑲"如能"二句：刀尺，裁量的器具。此借指权力。璇玑，古代观测天象仪器中能运转的部分，此借指整个测天仪器。

饮致用神麹酒三十韵

七月调神麹，三春酿绿醽。雕镌荆玉盏，烘透内丘瓶①。试滴盘心露②，疑添案上萤。满尊凝止水，祝地③落繁星。翻陋琼浆浊，唯闻石髓馨。冰壶通角簟，④金镜彻云屏。雪映烟光薄，霜涵霁色泠。蚌珠悬皎皛，桂魄倒瀴溟。⑤昼洒蝉将饮，宵晖鹤误聆。⑥琉璃惊太白，钟乳讶微青。讵敢辞濡首⑦，并怜可鉴形。行当遣俗累，便得造禅扃。何惮说千日⑧，甘从过百龄。但令长泛蚁⑨，无复恨漂萍。胆壮还增气，机忘反自冥。

瓮眠思毕卓，糟籍忆刘伶。[10]仿佛中圣日，希夷夹大庭[11]。眼前须底物[12]，座右任他铭。刮骨都无痛，如泥未拟停。残觞犹漠漠，华烛已荧荧。真性临时见，狂歌半睡听。喧阗争意气，调笑学娉婷。酩酊焉知极，羁离忽暂宁。鸡声催欲曙，蟾影照初醒。咽绝鹃啼竹，萧撩雁去汀。遥城传漏箭，乡寺响风铃。楚泽一为梗[13]，尧阶屡变蓂。醉荒非独此，愁梦几曾经。每耻穷途哭，今那客泪零。感君澄醴酒，不遣渭和泾[14]。

【题解】

此诗元和五年至九年(814)作于江陵。诗写饮酒所感。

【注释】

①内丘瓶：指唐代邢窑白瓷瓶。内丘县在唐代属邢州。

②盘心露：汉武帝迷信方士，思欲成仙，于建章宫前造神明台，上铸金铜仙人，擎铜盘、玉杯以承露。此处以甘露喻美酒。

③祝地：以酒酹地，表示祭奠之意。

④"唯闻"二句：石髓，石钟乳的别称。古人以为服石钟乳可长生健体。角簟，用细竹篾或白藤织成的竹席。

⑤"蚌珠"二句：皎皛(xiǎo)，光亮洁白。瀴(yīng)溟，水杳远貌。

⑥"昼洒"二句：蝉将饮，古人以为蝉餐风饮露。鹤误聆，《艺文类聚》卷九〇引《风土记》："鸣鹤戒露，此鸟性警，至八月白露降，流于草上，滴滴有声，因即高鸣相警，移徙所宿处，虑有变害也。"

⑦濡首：沉湎于酒。

⑧千日：古代酒名。《博物志·杂说下》："昔刘玄石于中山酒家沽酒，酒家与'千日酒'，忘言其节度。归至家当醉，而家人不知，以为死也，权葬之。酒家计千日满，乃忆玄石前来酤酒，醉当醒耳。往视之，云：'玄石亡来三年，已葬。'于是开棺，醉始醒。俗云：'玄石饮酒，一醉千日。'"

⑨泛蚁：指浮在酒面上的泡沫，此借指酒。

⑩"瓮眠"二句：《晋中兴书》："毕卓，字茂世，新蔡人，少亦放达。泰兴

末，为吏部郎，常饮酒废职。比舍郎酿熟，卓因醉，夜至其瓮间取酒饮。掌酒者不察，执而缚之，郎往视之，乃毕吏部也，遂释其缚。卓遂引主人宴于瓮侧，取醉而去。”

⑪“希夷”句：夹，杨本作“来”，《类苑》作“求”。大庭，本指外朝之廷，此借指人数众多的大众场合。

⑫底物：此物。此处指酒。

⑬“楚泽”句：指被贬江陵士曹参军。古楚地有云梦等七泽，故以楚泽泛指楚地。《战国策·赵策一》：苏秦说李兑曰：“今日臣之来也暮，后郭门，藉席无所得，寄宿人田中，傍有大丛。夜半，土梗与木梗斗曰：汝不如我，我者乃土也。使我逢疾风淋雨，坏沮，乃复归土。今汝非木之根，则木之枝耳。汝逢疾风淋雨，漂入漳、河，东流至海，泛滥无所止，臣窃以为土梗胜也。”

⑭渭和泾：渭水与泾水。渭水清，泾水浊。此处比喻事物的是与非。

感石榴二十韵

何年安石国，万里贡榴花。[①]迢递河源道，因依汉使槎。酸辛犯葱岭，憔悴涉龙沙。[②]初到摽[③]珍木，多来比乱麻。深抛故园里，少种贵人家。唯我荆州见，怜君胡地赊[④]。从教当路长，兼恣入檐斜。绿叶裁烟翠，红英动日华。新帘裙透影，疏牖烛笼纱。委作金炉焰，飘成玉砌瑕。乍惊珠缀密，终误绣帏奢。琥珀烘梳碎，燕支懒颊涂。风翻一树火，电转五云车[⑤]。绛帐迎宵日，芙蕖绽早牙[⑥]。浅深俱隐映，前后各分葩。宿露低莲脸，朝光借绮霞。暗虹徒缴绕，濯锦莫周遮[⑦]。俗态能嫌旧，芳姿尚可嘉。非专爱颜色，同恨阻幽遐。满眼思乡泪，相嗟亦自嗟。

【题解】

此诗元和五年至九年(814)作于江陵。诗作借石榴远离故地的遭遇,以述自伤身世之怀。在谋篇立意上,先叙石榴身世来历,再赋石榴仪容,最后道出惜花之由。叙石榴身世,是怜其流落异乡。叙石榴颜色,是为其所受不公平待遇而抱屈。爱惜石榴,是因其最能寄托诗人刻骨的思乡之情,所谓“满眼思乡泪,相嗟亦自嗟”。我之怜君,乃是惜惺惺,怜同病,怜君亦复自怜。

【注释】

①“何年”二句:据传,石榴乃由安石国传入中土。安石国,即安息国,古波斯国名。

②“酸辛”二句:葱岭,今帕米尔高原及喀喇昆仑山的总称。龙沙,指白龙堆沙漠,在今新疆罗布泊东、甘肃敦煌西。

③摽(biào):通“标”。

④赊:遥远。

⑤五云车:仙人所乘车,以五色云气为之,故云。

⑥牙:草木发芽,后作“芽”。

⑦周遮:遮掩,掩盖。

度门寺

北祖三禅地①,(神秀禅师造。)西山万树松。门临溪一带,桥映竹千重。剪凿基阶正,包藏景气浓。诸岩分院宇,双岭抱垣墉。舍利②开层塔,香炉占小峰。道场居士置,经藏大师封。③太子知栽植,神王④守要冲。由旬排讲座,丈六写真容。⑤佛语迦陵说,僧行猛虎从。⑥修罗抬日拒,楼至拔霜锋。⑦画井垂枯朽,穿池救噞喁。⑧蕉非难败坏⑨,槿喻暂丰茸。宝界留遗事,金棺灭去踪。⑩钵传烘玛瑙,石长翠芙蓉。影帐纱全落,绳床土半壅。[11]（金棺已下，并寺中所有。）荒林迷醉象[12]，危壁亚盘龙。行色怜初月，归程待晓钟。心源虽了了，尘世苦憧憧[13]。宿荫[14]高声忏，斋粮并力舂。他生再来此，还愿总相逢。

【题解】

此诗元和五年至九年（814）作于江陵。度门寺，在今湖北当阳山。诗写希望在禅宗中求得解脱，若最末二句“他生再来此，还愿总相逢”所云。

【注释】

①“北祖”句：北祖，指神秀。三禅，佛教谓色界四禅天之第三禅天，此天名定生喜乐地。地，卢本作“寺”。

②舍利：意谓身骨，释迦牟尼佛遗体火化后留下的坚硬珠状物。后亦指佛教徒火化后的遗骸。

③“道场”二句：道场，佛教徒诵经礼拜的场所。经藏，寺院存放佛经之处。大师，佛十尊号之一，即天人师。后为对僧人的尊称。

④神王：佛教的护法神，形象威严，通常著有甲胄。

⑤“由旬”二句：由旬，古印度计程单位，有相当于我国古代的八十、六十或四十里等诸种说法。“丈六”句，谓寺内有一丈六高的塑像。

⑥“佛语”二句：迦陵，迦陵频伽之省，意为好音鸟，佛教传说中的秒禽。“僧行”句，比喻佛徒经禅定修证所获致的非凡奇迹。

⑦“修罗”二句：修罗，阿修罗之省，意为不端正或非天，古印度神话中的恶神，住于海底，常与天神争斗。佛教采其名，列为天龙八部之一，又列为轮回六道之一。楼至，佛教谓贤劫千佛中最后一佛。

⑧“画井”二句：画井，饰以花纹图案、状如覆井形的天花板。噞喁（yǎn yóng），鱼口开合貌。

⑨“蕉非”句：佛经中每以芭蕉比喻众生躯体的易灭。

⑩“宝界”二句：宝界，即净土，谓无劫浊、见浊、烦恼浊、众生浊、命浊等五浊垢染的清静世界。金棺，金饰的棺木。

⑪“影帐”二句：影帐，犹影堂，寺院中供奉佛祖真影之所，此指度门寺供奉神秀真影之所。绳床，一种可以折叠的轻便坐具，以板为之，并用绳穿

织而成。

⑫醉象：佛教语，谓疯狂如醉之象，比喻危害甚大的迷乱之心。

⑬憧憧(chōng)：心神不定貌。

⑭宿荫：犹宿业，指前世的善恶姻缘。佛教相信众生有三四姻缘，以为过去世所做的善恶业因，可以产生今生的苦乐果报。

大云寺二十韵

地胜宜台殿，山晴离垢氛。现身千佛国，护世四王军。[1]碧耀高楼瓦，赪飞半壁文。鹤林萦古道，雁塔没归云。[2]幡影中天飏，钟声下界闻。攀萝极峰顶，游目到江濆。驯鸽闲依缀，调猿静守群。虎行风捷猎[3]，龙睡气氛氲。获稻禅衣卷，烧畬劫火焚。新英蜂采掇，荒草象耕耘[4]。钵付灵童洗，香教善女薰。[5]果枝低罯罯[6]，花雨泽雰雰。示化维摩疾[7]，降魔力士勋。听经神变见[8]，说偈鸟纷纭。上境光犹在，深溪暗不分。竹笼烟欲暝，松带日余曛。真谛成知别[9]，迷心[10]尚有云。多生沉五蕴[11]，宿习乐三坟。谕鹿车[12]虽设，如蚕绪正棼。且将平等[13]义，还奉圣明君。

【题解】

此诗元和五年至九年(814)作于江陵。大云寺，此处指江陵的大云寺。诗中如“多生沉五蕴，宿习乐三坟”，与解彦融《雁塔》中所云一样：“窅然丧五蕴，蠢尔怀万类。”都是五蕴炽盛苦的诗歌表达。按照佛教的教义，人是由色、受、想、行、识五蕴合和而成，出家正是要断绝这种烦恼，绝大多数文人尽管并不出家，但不妨碍他们借助佛教思想来纾解焦虑。

【注释】

①“现身”二句：佛教谓过去、现在、未来三劫各有一千佛出世。又，佛

教称帝释之外将，分别居于须弥山四陲，各护一方。旧时寺院山门旁多塑身形高大而面目狰狞的四天王像，即其变形。

②“鹤林”二句：鹤林，佛于娑罗双树间入灭时林色变白，如白鹤群栖，故称。此借指大云寺附近的树林。雁塔，指佛塔。

③捷猎：相接貌。

④象耕耘：《文选》李善注引《越绝书》：“舜死苍梧，象为之耕；禹葬会稽，鸟为之耘。”一说耕者以象形为法，耘者如鸟之啄食。

⑤“钵付”二句：灵童，即童真，受过十戒的沙弥。善女，信仰佛教的女性。

⑥罯罯（ǎn）：覆盖貌。

⑦“示化”句：现身说法，宣讲教义。

⑧变见：即变现，谓改变其原来模样而出现。

⑨“真谛”句：真谛，即出世间的真理。佛教谓诸法本空，众生不了，执之为宝而生妄思。若以空观对治之，则执情自忘，情忘即能离于诸相，了悟真空之理。别，佛教认为，一切法无有自性，不可执文取义，当离文字相，而别求义趣之义。

⑩心：卢本作“方”。

⑪“多生”句：多生，佛教以众生造善恶之业，受轮回之苦，生死相续，谓之多生。五蕴，指受色、受、想、行、识五者假合而成之身心。色为物质现象，其余四者为心理现象。佛教不承认灵魂实体，以为身心虽由五蕴假合而不无烦恼。

⑫鹿车：佛教语，三车之一，鹿车喻缘觉乘（中乘）。

⑬平等：谓无差别，指一切现象在共性或空性、唯识性、心真如性等上没有差别。

和友封题开圣寺十韵

依次重用本韵①

梁王开佛庙，云构岁时遥。② 珠缀飞闲鸽，红泥落碎椒③。

灯笼青焰短，香印白灰销。古匣收遗施[4]，行廊画本朝。藏经沾雨烂，魔女捧花娇[5]。亚树牵藤阁，横查[6]压石桥。竹荒新笋细，池浅小鱼跳。匠正琉璃瓦，僧锄芍药苗。旋蒸茶嫩叶，偏把柳长条。便欲忘归路，方知隐易招。

【题解】

此诗元和六年(811)作于江陵。开圣寺，在荆州西望山。窦巩原唱已佚。末二句“便欲忘归路，方知隐易招”既总收全篇，又稍可见出作者此时思想动态。

【注释】

①圣：原作“善”，据何校改。

②“梁王”句：梁王，指南朝梁武帝萧衍。云构，高大建筑物。

③“红泥”句：用花椒和泥以涂壁，温暖芳香。

④遗施：信徒所施舍的钱物。

⑤“魔女”句：魔女，神女，仙女。花，卢本作“香”。

⑥查：通“楂”，树木折断后所遗留的残桩。

牡丹二首

此后并是校书郎已前作

簇蕊风频坏，裁红雨更新。眼看吹落地，便别一年春。

繁绿阴全合，衰红展渐难。风光一抬举，犹得暂时看。

【题解】

此二诗贞元十八年(802)作于长安，都是采用对比手法，写春将去、花将残，表达恋春恋花之意。或者也是名为写花，实则于百般惆怅中兼以写人。

象　人

被色空成象，观空色异真。自悲人是假，那复假为人。

【题解】

此诗贞元十八年(802)作于长安。象人，人形木偶，用于陪葬或祭祀。《周礼》林尹注：“象人，以木刻为人而能跳跃者，以其象人，故名。用以送葬。”诗作显示了对人类存在本身新的关切，不复为盛唐初唐面目，可见中唐时期的这一类作品，已颇有以文为诗的倾向，论理性在加强。

与杨十二巨源、卢十九经济同游大安亭，各赋二物，合为五韵，探得松石

片石与孤松，曾经物外逢。月临栖鹤影，云抱老人峰。蜀客君当问，秦官我旧封。①积膏当琥珀，新劫长芙蓉。②待补苍苍去，樛柯早变龙。

【题解】

此诗贞元十八年(802)作于长安。大安亭，在长安大安坊李晟园内。探得松石，即分题得以松石为题。探得，古代作诗方式之一，指数人相聚，分别寻找题目作诗。亦咏物言志之什。

【注释】

①“蜀客”二句：蜀客，指严君平。“秦官”句：秦始皇二十八年，封泰山，风雨暴至，始皇避雨树下。此树护驾有功，遂被封为五大夫。《汉官仪》谓所封树为松树，遂以为松树之典。

②“积膏”二句：“积膏”句，古人认为琥珀乃松树脂之化石，故云。芙

蓉，周相录《元稹集校注》疑指石上因潮湿而生长的苔藓类植物。

赋得春雪映早梅

飞舞先春雪，因依上番梅。一枝方渐秀，六出已同开。① 积素光逾密，真花节暗催。抟风飘不散，见晛忽偏摧。② 郢曲琴空奏，羌音笛自哀。今朝两成咏③，翻挟昔人才。

【题解】

此诗贞元十八年(802)作于长安。题境虽平浅，而借写早梅的被摧折，也伤叹自己，诗境不俗。诗中同用《梅花落》事，庾敬休《春雪映早梅》、许浑《闻薛先辈陪大夫看早梅因寄》、方干《胡中丞早梅》所抒哀、乐、思、愁之情各不相同，可以相互参读。

【注释】

①“一枝”二句：秀，卢本作“笑”。六出，花分瓣曰出，雪花六瓣，故云六出花。

②“抟(tuán)风”二句：抟，捏聚。晛(xiàn)，日气；原作“睍”，据《类苑》改。

③两成咏：指合前两句所言之《阳春白雪》、《梅花落》两曲而同咏。

【辑评】

元方回《瀛奎律髓》卷二〇：“原批：一句赋雪，一句赋梅，本不为难。起句‘上番梅’不走了‘早’字。三四巧。‘见晛忽偏摧’一句佳，谓日出则雪先消梅如故也。纪昀批：二句六句俱拙鄙，三四尤俗，七句似柳不似梅，六句岂复成语？此试帖体，不似诗论。结自誉非体，亦常语，未见其巧。”

刘文蔚《唐诗合选详解》卷一一：

“飞舞先春雪，因依上番梅”，飞舞，写雪之貌。因依，言雪之相附。首二句平点题面。“一枝芳渐秀，六出已同开”，一枝，谓梅秀吐花也。六出，谓雪花与梅花同开也。二句承题意夹出“映”字。“积素光逾密，填花节暗催”，光逾密，谓积雪已多，其光益密也。填花，谓雪压梅花也。节暗催，谓春节相催也。二句合写幽细。“抟风飘不散，见晛忽偏摧”，抟，抟聚也。晛，日气。摧，减也。二句侧写有致。“郢曲琴三奏，羌音笛几回”，《白雪》，郢中曲名。羌笛有《落梅花引》。“今朝两成咏，翻挟昔人才”，两成咏，指《白雪》、《梅花》两曲。四句引古衬今，语意一串。（总评）言飞舞有先春之雪，因依上早放之梅。梅蘖一枝方渐吐秀，雪花六出已见同开。积素而寒光逾密，真梅而时节暗催。抟风而雪仍不散，见晛而雪若相摧。夫郢有《白雪》之曲，抚琴三奏；羌中有《落梅》之引，吹笛几回；未若今朝兼雪梅曲两咏皆成，翻觉挟昔人之才也。

赋得玉卮无当①

共惜连城宝，翻为无当卮。讵惭君子贵，深讶巧工隳。泛蚁功全少，如虹色不移。可怜殊砾石，何计辨糟醨。江海诚难满，盘筵莫忘施。纵乖斟酌意，犹得奉光仪。

【题解】

此诗贞元十八年(802)作于长安。《文苑英华》卷一八六收于蒋防后，题下无作者名。《唐音统签》卷八六九、《全唐诗》卷七八七作无名氏诗。玉卮无当，玉杯无底，喻东西虽好，却无实际用途。玉卮无当，虽属废器，然本篇翻转落笔，语语是惜无当，句句实赞玉卮，错综变化，可见作者腕力非凡。试律之体，有褒无贬，有颂无刺，此实得体。

【注释】

①卢本、杨本、董本、《全诗》题下有注“韵取卮字”。

【辑评】

清李因培《唐诗观澜集》卷一七：“《韩子》：堂溪空谓韩昭侯曰：‘今有白玉之卮无当，有瓦卮有当，君宁何取？’曰：‘取瓦卮。’左思《三都赋》序：‘玉卮无当，虽宝勿用。’‘讵惭君子贵’，承玉。‘深讶巧工隳’，承无当。‘泛蚁功全小’，贴卮字。”

刘文蔚《唐诗合选详解》卷一一：

“共惜连城宝，翻为无当卮”，秦以十五城换和氏璧，故曰连城宝。首二句笼起全题。“讵惭君子贵，深讶拙工隳”，惟玉卮，故不愧为君子所贵重。惟无当，故深讶为拙工所毁隳。二句上承衍玉卮，下承衍无当。“泛蚁功全少，如虹色不移”，泛蚁，酌汁滓酒也。如虹，玉之色也。惟无当，故泛蚁之功全少。惟玉卮，故如虹之色不移也。二句上实写无当，下实写玉卮字。“可怜殊砾石，何计辨糟醨”，砾，小石也。糟，滓酒；醨，薄酒也。言玉卮可怜，已殊于砾石，但曰无当，将何计而得辨其糟醨耶？二句上申写玉卮，下申写无当。“江海诚难满，盘筵莫妄施”，言已为无当，虽汲尽江海之水而实不能满，故盘筵之间莫妄相施也。又句又咏叹无当意。“纵乖斟酌意，犹得奉光仪”，乖，戾。斟酌，盛酒行觞也。光仪，光辉仪容也。末二句自占身分作结。而错综写来，风义自远。（总评）言共惜其连城之宝，今翻为无当之卮也。夫以玉为卮，讵惭于君子之所珍贵；已云无当，深讶夫拙工之败隳。虽泛蚁之功全少，而如虹之色不移。其色可怜，迥殊砾石。其功何计，难辨糟醨。故实以江海之水，诚难盈满，若列于盘筵之间，莫妄设施也。特是壶觞斟酌之时，纵乖而不适于用，犹得执玉卮而奉其光仪也。

赋得数蓂

元和中作①

将课②司天历，先观近砌蓂。一旬开应月，五日数从星。桂满丛初合，蟾亏影渐零。辨时长有素，数闰或余青。坠叶推前事，新芽察未形。尧年③始今岁，方欲瑞千龄。

【题解】

此诗元和元年（806）作于长安。全篇旁推交通，层次分明，题无剩义。

【注释】

①中：杨本、董本作“年”。

②课：检验。

③尧年：唐尧在位之年，此指唐宪宗在位之年。

【辑评】

清李因培《唐诗观澜集》卷一七：“‘一旬开应月，五日数从星’，二句合看，言旬有五日而遍也。‘桂满从初合，蟾亏影渐零。辨时长有素，数闰或余青’，工细。‘司天’，《国语》：少昊氏之衰，颛顼受之，乃命南正，重司天以属神火，正黎司地以属地。‘虑月’，《帝王世纪》：尧时有草，夹阶而生，每月朔日一荚生，至十五日而足，十六日一荚落，至晦而尽。月小一荚厌而不落。‘从星’，《春秋运斗枢》：老人星临国则蓂荚生。”

刘文蔚《唐诗合选详解》卷一一：

“将课司天历，先观近砌蓂。”课，计也。谓将计其司天之历，先观其近阶砌之蓂。首二句点蓂。“一旬开应月，五日数从星。”一月三十日，一旬开十叶，应月之数。又五日生五叶，应五星之数。二句承出数蓂。“桂满从初合，蟾亏影渐零。”桂满，是望前。从初合，是一日生一叶也。蟾亏，是月半后。影渐零，是一日落一叶也。二句实写数蓂。“辨时长有素，数闰或余青。”二句补写月小余一荚之意。“坠叶推前事，新芽察未形。”二句写足每月更生之意。言荚落一周坠叶，可推前事。荚生更始新芽，用察未形。“尧年始今岁，方欲瑞千龄。”末句以颂扬意作结。（总评）此诗言王将治历明时，先观砌内之蓂，便知是用之时朔也。盖一旬开十叶，以应一月之数。又五日生五叶，以从五星之数。望前则蓂叶俱全，望后则随日渐落。可以辨四时，可以数闰法，又可以验过去未来之事，真帝王之瑞应矣。噫，尧年蓂荚生于庭，亦始于今岁，正可以为千年之瑞也。

赋得九月尽[①]

霜降二旬后，蓂余一叶秋。[②]玄阴迎落日，凉魄尽残钩。[③]

半夜灰移琯，明朝帝御裘[4]。潘安过今夕，休咏赋中愁。

【题解】

此诗元和元年(806)作于长安。诗作主旨在末二句，云秋天既尽，则悲愁之作无因而作矣。

【注释】

①杨本题下有注“秋字韵”，卢本、董本、《全诗》作“秋字”。

②“霜降”二句：二句原作“三句”，据明华坚兰雪堂铜活字本(简称华本，下同)改。元和元年农历九月二十九天，霜降在初八，故二旬后即最末一天。

③“玄阴”二句：月末黄昏，日月俱在天空之西，故云月迎落日。玄阴，指月亮。残钩，指残月。每月最末一天，残月在天之西无疑，但并不出现，此仅为想象之辞。

④“明朝”句：明朝即是十月，孟冬之月。《礼记·月令》：“是月也，天子始裘。”

赋得雨后花

红芳怜静色，深与雨相宜。余滴下纤蕊，残珠堕细枝。浣花江上思，啼粉镜中窥。[1]念此低徊久，风光[2]幸一吹。

【题解】

此诗元和元年(806)作于长安。咏物之作，内容与风格接近于初唐应制诗。重点不在花的精神内涵，而是描写花的外表、颜色及花开的姿态，且每每用女子的妆容来比拟。

【注释】

①“浣花”二句：浣花指杜甫，《春夜喜雨》有云：“晓看红湿处，花重锦官

城。”雨后花，犹如镜中哭泣的女性。东汉时，女性以粉薄拭目下，仿佛啼痕，故云。

②风光：草木反射之光。谢朓《和徐都曹》李周翰注：“风本无光，草上有光色，风吹动之，如风之有光也。”

早　归

春静晓风微，凌晨带酒归。远山笼宿雾，高树影朝晖。饮马鱼惊水，穿花露滴衣。娇莺似相恼，含啭傍人飞。

【题解】

此诗创作时地不详。一首清新活泼的即景抒情小诗，句句状景，生动鲜明，且诗中始终有人在，还满含愉悦之情。当为未入仕途时所作。

晚　秋

竹露滴寒声，离人晓思惊。酒醒秋簟冷，风急夏衣轻。寝倦解幽梦，虑闲添远情。谁怜独欹枕，斜月透窗明。

【题解】

此诗创作时地不详，写初秋夜晚的闲适之情。

送林复梦赴韦令辟

蜀路危于剑，怜君自坦途。几回曾啖炙[①]，千里远衔珠[②]。野性便荒饮，时风忌酒徒。相门多礼让，前后莫相逾。

【题解】

此诗贞元十七年(801)至永贞元年(805)作于长安,时为布衣或秘书省校书郎。林复梦,指林蕴,剑南四川节度使辟为推官。韦令,指韦皋,永贞元年八月卒。诗作于送别祝福中带有劝诫之意。

【注释】

①啖炙:牛心炙,指用牛心做的一种名贵菜肴。《晋书·王羲之传》:"年十三,尝谒周顗,顗察而异之。时重牛心炙,坐客未啖,顗先割啗羲之,于是始知名。"

②衔珠:《搜神记》卷二〇:"隋侯出行,见大蛇被伤中断,疑其灵异,使人以药封之,蛇乃能走……岁余,蛇衔明珠以报之。珠盈径寸,纯白,而夜有光明,如月之照,可以烛室。故谓之隋侯珠,亦曰灵蛇珠,又曰明月珠。"

忆杨十二巨源①

杨子爱言诗,春天好咏时。恋花从马滞,联句放杯迟。日映含烟竹,风牵卧柳丝。南山②更多兴,须作白云期。

【题解】

此诗或早年在长安作,具体时间不详。诗作回忆昔日与友人诗酒游乐生活情景。诗中所云"联句",为旧时作诗方法之一,由二人或数人共作一诗,每人各赋一句一韵、两句一韵乃至两句以上,依次相继,以成全篇。亦有一人出上句,续者作成一联,再出上句,如此轮流相继。

联句之体,相传始于汉武帝君臣之《柏梁台诗》。

【注释】

①巨源:杨本、董本、《全诗》无。

②南山:指终南山。陶渊明《饮酒》其五:"采菊东篱下,悠然见南山。"

夜　合

绮树满朝阳，融融有露光。雨多疑濯锦，风散似分妆。叶密烟蒙火，枝低绣拂墙。更怜当暑见，留咏日偏长。

【题解】

此诗创作时地不详。首联描写合欢花在朝阳映照之下熠熠生辉，加之露珠闪闪发光，相互映衬，一派融和景象。颔联状写合欢花经雨打风吹之后，像刚洗过的锦缎，又像少女在梳理秀发，更显风采动人。后两联描述合欢花枝繁叶茂，稠密似烟，蒙住了如火的红花；低矮的枝条搭在墙上，好似锦绣轻轻拂拭一样。面对如此美丽动人的鲜花，哪一位诗人不流连咏叹，又怎么会计较夏日之短长呢？

新　竹

新篁才解箨，寒色已青葱。冉冉偏凝粉，萧萧渐引风。扶疏多透日，寥落未成丛。惟有团团节，坚贞大小同。

【题解】

此诗或元和五年至九年(814)作于江陵。诗从新竹的体态、色泽、枝叶、丛落、品格等方面着笔，写新竹的笋壳才脱尽，它嫩绿的颜色很快便转青。婀娜多姿的竹节上还带有一层白粉，清风中枝叶萧萧作声。竹冠趋浓，日光从缝隙中照射地面，植株稀疏，尚不十分密集。唯有它圆圆、坚劲的竹节，从小到大一直没变过。由可媲美宋代诗人徐庭筠《咏竹》的末二句“未出土时便有节，及凌云处仍虚心”，始悟全篇竹、人双关，寓意深长。

秋相望

檐月惊残梦，浮凉满夏衾。蟏蛸低户网，萤火度墙阴。炉暗灯光短，床空帐影深。此时相望久，高树忆横岑。

【题解】

此诗元和四年(809)作于洛阳。诗作首二句“檐月惊残梦，浮凉满夏衾”，传递情感信息的成分远多于传递事实信息的成分，与岑参《白雪歌送武判官归京》中“狐裘不暖锦衾薄”、杜甫《茅屋为秋风所破歌》中“布衾多年冷似铁”等几乎只是传递事实信息显然不同，说明自中唐时期开始，衾寒开始成为表达两性间离情别绪的一个相对固定的符号。从诗末“此时相望久，高树忆横岑”二句看，衾之暖寒与否，关键在于谁与共，在于人心，盖情势心理变，则冷暖厚薄变。

春　病

病来闲卧久，因见静时心。残月晓窗迥，落花幽院深。望山移坐榻，行药[①]步墙阴。车马门前度，遥闻哀苦吟。

【题解】

此诗创作时地不详。诗写春病所感。

【注释】

①行药：因病服药之后，漫步以散发药性。

山竹枝

自化感寺携来，至清源，投之辋川耳

深院虎溪竹，远公身自栽。[①]多惭折君节，扶我出山来。贵宅安危步，难将混俗材。还投辋川水，从作老龙回。

【题解】

此诗元和五年(810)作于自长安赴江陵途中。化感寺，在今陕西蓝田。清源，指清源寺，在蓝田境内。辋川，水名，在今陕西蓝田辋谷中，诸水汇合，如车辋环凑，故名。诗借咏叹竹被摧折的遭遇而自伤。

【注释】

①"深院"二句：虎溪，溪名，在江西庐山东林寺前。相传晋僧慧远(即"远公")居东林，送客不过溪，过溪，虎则号鸣，故名。

悟禅三首寄胡杲[①]

近闻胡隐士，潜认得心王[②]。不恨百年促，翻悲万劫长。有修终有限，无事亦无殃。慎莫通方便[③]，应机不顿忘。

百年都几日，何事苦嚣然。晚岁倦为学，闲心易到禅。病宜多宴坐，贫似少攀缘。[④]自笑无名字，因名自在天[⑤]。

近见新章句，因知见在心。春游晋祠水，晴上霍山岑。[⑥]问法僧当偈，还丹[⑦]客赠金。莫惊头欲白，禅观[⑧]老弥深。

【题解】

此三诗创作时地不详。胡杲，曾任怀州司马，后弃官归隐。第一首，前四句直接写胡杲豁然开悟，认得了万法本源，真如实相。悟后的胡隐士对于生死已没有迎拒之心，所以“不恨百年促”，但因众生万劫不肯幡然回头，拾取自家珍宝，所以生出了极大的悲心。后四句写诗人自己的体会。究竟道果，得无所得，修无所修。如果还有能修所修，自然是未到究竟，故云“有修终有限”。末二句谓对于帮助开悟成就的种种方便，不能有一点执著胶粘，一旦明悟，就要顿忘弃舍。如果执著于方便法门，则就是渡河负筏，又添烦恼。尘世烦恼固然要舍，帮助舍弃烦恼之法，到舍烦恼后，也要舍。但有不舍，即成粘著，难契真如。第二首，首联是对人生无常的感悟，和因此引发的对争名夺利等嚣然之事的厌倦。颔联写自己老了，对于“为学”已厌倦，原因是体悟到了学是不能到禅的，只有闲才易到。学只能增添更多的粘缚，而要得道，就得以闲歇为利器，减去那些粘缚。颈联是双关语。明着写宴坐有利于治病，而贫穷是因为不去攀援经营。但此处的病还指烦恼妄想，宴坐又是表示寂静，所以此句还可解为身心寂静，能去除烦恼妄想。此处的贫还指因为“少攀援”，心中的烦恼少了，犹如世人钱少了。末二句，可看出诗人对自己的禅悟十分自信。

【注释】

①杲：原作“果”，据卢本改。

②心王：佛教语，佛教认为，心为人身之主宰，一切精神现象之主体，故称心王。《涅槃经》卷一：“是身如城……手足以为却敌楼橹，目为窍孔，头为殿堂，心王居中。”

③方便：佛教语，谓以灵活方式因人施教，使其领悟佛法真义。《维摩经》：“以方便力，为诸众生分别解说，显示分明。”

④“病宜”二句：宴坐，佛教指坐禅。《维摩诘所说经》：“夫宴坐者，不于三界现身意，是为宴坐。”攀缘，佛教语，谓心随外境纷驰而多变，如猿之攀树枝而摇曳不定，故云。

⑤自在天：佛教语，在色界天之顶。《涅槃经》卷一九：“一切众生，悉是自在天之所作。”

⑥“春游”二句：晋祠，在今山西太原西南悬瓮山下，为周代晋国开国君主唐叔虞的祠庙。霍山，在今山西霍县东南。

⑦还丹:道教徒合九转丹与朱砂再次提炼而成的仙丹,据称服此丹可即刻成仙。

⑧禅观:依禅理参究修竹。

东台去

仆每为崔、白二学士话陶先生喜不遇之事,且曰:仆得分司东台,即足以买山家

陶君喜不遇,予每为君言。今日东台去,澄心在陆浑[①]。旋抽随日俸,并买近山园。千万崔兼白,殷勤承主恩。

【题解】

此诗元和四年(809)作于自长安赴洛阳途中。崔白二学士,崔群、白居易。陶先生,陶潜。买山家,《世说新语·排调》:"支道林因人就深公买印山,深公答曰:'未闻巢、由买山而隐。'"后以喻归隐。在唐代的洛阳,存在着分司、留守府、河南府县以及使职官等四个职官体系,据有的学者大致推测,唐代中后期的分司员额为中央政府法定员额二千六百二十一人的四分之一,约六百五十五人。唐代官员最后的理想,便是以洛阳为致仕地。正如元稹此诗所写,在"殷勤承主恩"的同时,也计划将俸禄拿出一部分,在陆浑山买一座庄园,目的就是作为致仕后的养老之地,所谓"留作功成身退地"(刘禹锡《尉迟郎中见示之作因以和之》)。这一点,从《隋唐五代墓志汇编》中"洛阳卷"所占分量过半的事实,也可以简单地推算出来。

【注释】

①陆浑:原指今甘肃敦煌一带春秋时秦晋二国使居于其地的"允姓之戎"迁居伊川,以陆浑名之。汉置县,五代废,故城在今河南嵩县东北,为古代著名隐逸胜地。

戴光弓

韦评事见赠也

潞府[1]筋角劲，戴光因合成。因君怀胆气，赠我定交情。不拟闲穿叶，那能枉始生。唯调一只箭，飞入破聊城。[2]

【题解】

此诗元和四年(809)作于洛阳。戴光，制弓工匠名，余无考。韦评事，无考。诗作赠答友人赠弓，并以弓自拟，发抒壮志与“胆气”。

【注释】

①潞府：即潞州，治所在今山西长治。

②“唯调”二句：《艺文类聚》卷六〇引《鲁连子》：“齐田单破燕军，复齐城，唯聊城不下。燕将守数月，鲁仲连乃为书著之于矢，以射城中，遗燕将。燕将得书，泣三日，乃自杀。”

刘颇诗

并序

昌平人刘颇，其上三世有义烈。颇少落行阵，二十解属文。举进士科试，不就。负气狭路间，病罂车蔽柩，尽碎之，罄囊酬直而去。[1]南归唐州，为吏所轧，势[2]不支，气屈，自火其居，出契书投火中，繇是以气闻。予闻风四五年而后见，因以诗许之。

一言感激士，三世义忠臣。破瓮嫌妨路，烧庄耻属人。迴分辽海气，闲踏洛阳尘。傥使权由我，还君白马津[3]。

【题解】

此诗约贞元十七年(801)或稍前作于洛阳。刘颇,三世忠义,曾祖、清夷军使刘拯在侯希逸谋叛,辽海侧近军郡守将皆弃走的情况下,独力抗叛,军乱被杀,晋封平州刺史;祖父刘表里为深州长史,亦因忠战死于军;父刘骞为唐州刺史,李希烈叛,刘骞与他人一起谋溃,事败被杀。这些,元稹都已写入《唐故使持节万州诸军事万州刺史赐绯鱼袋刘君墓志铭》,也包括序中所云"碎瓮车"、"火其居"之举。诗写刘颇之义烈,若"破瓮嫌妨路,烧庄耻属人",非常人所能做到,而表现其义烈,也当然不是为了猎奇,而是赞赏和推崇,尤其是跟刘颇的"三世义忠",以及当时藩镇割据的政治情势分不开。

【注释】

①"负气"四句:《唐国史补》卷上:"渑池道中有车载瓦瓮,塞于隘路。属天寒,冰雪峻滑,进退不得。日向莫,官私客旅群队,铃铎数千,罗拥在后,无可奈何。有客刘颇者,扬鞭而至,问曰:'车中瓮直几钱?'答曰:'七八千。'颇遂开囊取缣,立偿之。命僮仆登车,断其结络,悉推瓮于崖下。须臾,车轻得进,群噪而前。"罂(yīng),小口大腹的陶器。

②势:卢本作"分"。

③白马津:渡口名,在今河南滑县北古黄河南岸,北与黎阳津相对。

夜 饮

灯火隔帘明,竹梢风雨声。诗篇随意赠,杯酒越巡行。漫唱江朝曲,闲征药草名①。莫辞终夜饮,朝起又营营。

【题解】

此诗创作时地不详。首联没有直接写宴会上的热闹场面,而是将画面推至室外,让读者从隔帘望到的明亮灯火去展开联想。隔帘的灯火迷离朦胧,别具美感,比正面描写宴会的华灯高照更富一种含蕴幽深的美。夜饮正值风雨之夕，雨丝洒在竹叶上，发出淅淅沥沥的轻响，夜风轻轻摇曳着竹梢，发出一阵阵如箫如管的清音，这充满诗意的情景增添了室内宴饮的兴致。灯火在风雨中更加明亮，帘外凄清如许，更加衬托出帘内的温馨欢乐，令人心向神往，倍感亲切和温暖。中间两联展示宴会的情景，在这特定的环境中，大家的心情非常放松，通过各种娱乐形式来求得心情的愉悦，从而忘掉那官场带来的抑郁和烦躁。尾联点睛，写出厌倦了为仕途而奔波的生活的诗人，向朋友们提出彻夜长饮，不过是为了能够暂时逃避现实，得到片刻的安宁和快乐。在反映当时官僚文士生活之一个侧面，或亦闻一多《唐诗杂论》所谓"病态的小悲剧"的宴饮诗歌中，别有一种深刻的含义。

【注释】

①"闲征"句：以药草名组织成诗。《野客丛书》卷一七："《西清诗话》云：药名诗起自陈亚，非也。东汉已有离合体，至唐始著药名之号，如张籍《答鄱阳客》诗云'江皋岁暮相逢地，黄叶霜前半夏枝。子夜吟诗向松桂，心中万事岂君知'是也。仆谓此说亦未深考，不知此体已著于六朝，非起于唐也，当时如王融、梁简文元帝、庾肩吾、沈约、竟陵王皆有。"

【辑评】

明陆时雍《唐诗镜》卷四六："三、四语创获。"

褒城驿

军大夫严秦修

严秦修此驿，兼涨驿前池。已种千[①]竿竹，又栽千树梨。四年三月半，新笋晚花[②]时。怅望东川去，等闲题作诗[③]。

【题解】

此诗元和四年(809)作于自长安出使东川途中。褒城驿，在今陕西汉中，兴元府属县。军大夫，唐似无此官。严秦，剑南东川节度使之都将。诗作叙写驿站景致变化，表面看似波澜不惊，声色不动，到末二句"怅望东川去，等闲题作诗”，就会猛然发现确如陆时雍《唐诗镜》卷四六所评：“苦语。”后来，晚唐诗人薛能有一首《褒城驿有故元相公旧题诗因仰叹而作》：

鄂相顷题应好池，题云万竹与千梨。我来已变当初地，前过应无继此诗。敢叹临行殊旧境，惟愁后事劣今时。闲吟四壁堪搔首，频见青蘋白鹭鸶。

所指即元稹此诗，颇有同情之意。

【注释】

①千：《英华》作“万”。

②晚花：钱校、《全诗》《英华》作“牡丹”。

③“等闲”句：钱校、《全诗》作“偶然题此诗”，《英华》作“偶然题作诗”。

闲二首①

晻淡洲烟白，篱筛日脚红。江喧过云雨，船泊打头风②。艇子收鱼市，鸦儿噪荻丛。不堪堤上立，满眼是蚊虫。

青衫经夏黕③，白发望乡稠。雨冷新秋簟，星稀欲曙楼。连鸿尽南去，双鲤本东流。北信无人寄，蝉声满树头。

【题解】

此二诗元和五年至九年(814)作于江陵。与以下三首一样，都是在贬所闻见感触中写出逐臣心境。

【注释】

①闲：《纪事》作“闲吟”，《类苑》作“闲居”。

②打头风：即顶头风。

③黕(dǎn)：污垢。

欲　曙

江堤阅暗流，漏鼓急残筹。片月低城堞，稀星转角楼。鹤媒[①]华表上，鹎鵊[②]柳枝头。不为来趋府，何因欲曙游。

【题解】

此诗元和五年至九年(814)作于江陵。

【注释】

①鹤媒：捕鹤者用以诱捕野鹤之鹤。

②鹎鵊(pī jiá)：鸟名，亦称催明鸟，春分始见，凌晨先鸡而鸣，农家以为下田劳作之候。

寄胡灵之

早岁颠狂伴，城中共几年。有时潜步出，连夜小亭眠。月影侵床上，花丛在眼前。今宵正风雨，空宅楚江边。

【题解】

此诗元和五年至九年(814)作于江陵。胡灵之，元稹姨兄。

夜　雨

水怪潜幽草，江云拥废居。雷惊空屋柱，电照满床书。竹瓦风频裂，茅檐雨渐疏。平生沧海意[①]，此去怯为鱼。

【题解】

此诗元和五年至九年(814)作于江陵。

【注释】

①沧海意:犹乘风破浪之志向。

酬李六醉后见寄口号

用本韵[①]

顿愈头风疾,因吟口号诗。[②]文章纷似绣,珠玉布如棋。健羡觥飞酒,苍黄日映篱。命童寒色倦,抚稚晚啼饥。潦倒惭相识,平生颇自奇。明公将有问,林下是灵龟[③]。

【题解】

此诗约元和六年(811)作于江陵。李景俭原唱已佚。口号,古体诗之题名,表示未拟草稿随口吟成。王昌会《诗话类编》卷一:"曰口号者,或四句,或八句,草成连就,达意宣情而已也。"南朝梁时始有此体。诗中"文章纷似绣,珠玉布如棋",属于通过"画缋"类与"珠玉"类对偶而构成的形象批评,继承的是六朝时期"蔚似雕画"、"雕缋满眼"等话语中出现的诗画同质论,即把诗比作一种装饰绘画来把握的诗学观念体系,自然也包含了与苏轼及其以后的"诗中有画"观念相连续的认识。

【注释】

①用本韵:胡本下有小字注"元和中作"。

②"顿愈"二句:《三国志》裴松之注引《典略》:"太祖先苦头风,是日疾发,卧读琳所作,翕然而起,曰:'此愈我病。'"元稹约元和六年于江陵曾患头风,故云。

③"林下"句:谓已有归隐之意。《淮南子》:"千年之松,下有茯苓,上有兔丝;上有丛蓍,下有伏龟。"

归　田

时三十七

陶君三十七，挂绶出都门。我亦今年去，商山淅岸村①。冬修方丈室，春种桔槔园②。千万人间事，从兹不复言。

【题解】

此诗，周相录《元稹集校注》认为约作于元和五年(810)贬江陵士曹参军前后，并云：陶渊明辞彭泽县令时间，诸家年谱所载不同，或言三十七岁，或言三十二岁，故“七”疑为“二”形近之讹。其所依据者，为梁启超《陶渊明年谱》：“(元兴)二年癸卯，先生三十二岁，自江陵还柴桑。”以《癸卯岁始春怀古田舍》二首、《还旧居》一首、《归园田居》六首等诗系于此年。诗写贬谪的打击使作者匡君报国的热情骤减，几乎降到了冰点，所以就有了诗末“千万人间事，从兹不复言”的愤激之言，希望远离官场的黑暗，求得心灵的平静。

【注释】

①“商山”句：元稹在淅水岸边有田产，故云。

②桔槔(gāo)：井上汲水工具。

缘　路

总是玲珑竹，兼藏浅漫溪。沙平深见底，石乱不成泥。烟火遥村落，桑麻隔稻畦。此中如有问，甘被到头迷。

【题解】

此诗约作于元和五年(810)贬江陵士曹参军前后。诗作尽收山野风光于眼底，而在末二句“此中如有问，甘被到头迷”卒章显志式的议论中，非仅切题的“甘”字又堪称诗眼。

诮卢戡与予数约游三寺，戡独沉醉而不行

乘兴无羁束，闲行信马蹄。路幽穿竹远，野迥望云低。素帚茅花乱，圆珠稻实齐。如何卢进士，空恋醉如泥。

【题解】

此诗约元和六年(811)作于江陵。卢戡，卢岳之子。诗写与友人数次相约出游情景，对照彼之沉醉不行与己之“乘兴”“闲行”，略显随遇而安之意。

遣春三首

杨公三不惑[①]，我惑两般全。逢酒判身病，拈花尽意怜。水生低岸没，梅蹙小珠连。千万红颜辈，须惊又一年。

柳眼开浑尽，梅心动已阑。风光好时少，杯酒病中难。学问慵都废，声名老更判。唯余看花伴[②]，未免忆长安。

失却游花伴，因风浪引将。柳堤遥认马，梅径误寻香。晚景行看谢，春心渐欲狂。园林都不到，何处枉风光。

【题解】

此三诗元和五年至九年(814)作于江陵。伤春之作，结构严谨，声情俱佳，意蕴无穷。由第三首“晚景行看谢，春心渐欲狂”一联可见，中唐诗人当歌对酒、赏春行乐、吟诗作赋之时，往往狂兴大发。文学本即激情之产物，

如果缺少了这种“狂”的兴致，缺少了生命力的张扬，文学的抒情审美属性便会大打折扣。中唐诗歌和传奇小说之所以成为唐代文学史上的另一个高潮，与文人入世激情和生命意识在大历之后的再度张扬有着必然的关联。

【注释】

①三不惑：《后汉书·杨秉传》：“秉性不饮酒，又早丧夫人，遂不复娶，所在以淳白称。尝从容言曰：‘我有三不惑：酒、色、财也。’”

②看花伴：指白居易。白居易《西明寺牡丹花時忆元九》：“何况寻花伴，东都去未回。”

岁　日①

一日今年始，一年前事空。凄凉百年事，应与一年同。

【题解】

此诗创作时地不详。诗作以岁日为题，写对人生的感受，表现出一种空虚幻灭的情感。诗人在岁日回忆逝去一年的往事，只觉得空幻如梦，由此而悟到自己的一生也无非如此。这种落寞的情怀显然是和他处于某种政治逆境相联系的，有消极的一面。但这种有哲理性的人生思考，意识到自身有限，人生短暂，也见出诗人超越自我、对永恒的追求。

【注释】

①胡本题下有注“元和中作”。

【辑评】

明袁中道《珂雪斋集》卷三：“夜读所寄《玉茗堂集》，晚年稍入元、白，亦其才大识高，直写胸臆，不拘盛唐三尺，自觉有类元、白，非学之也。今人见诗家流便易读者，即以为同于‘元轻白俗’，然则诗必诘屈聱牙，至于不可读然后已耶？可发一笑也。”

湘南登临湘楼

高处望潇湘，花时万井[①]香。雨余怜日嫩，岁闰[②]觉春长。霞刹分危榜，烟波透远光。情知楼上好，不是仲宣乡。

【题解】

此诗元和九年(814)作于潭州。临湘楼在潭州湘水之滨，余无考。诗写潇湘山水之美，而有思归之意。

【注释】

①万井：千家万户。相传井田之制，以九家为一井。

②岁闰：元和九年闰八月。案：元稹贬江陵期间的元和六年闰十二月。

晚宴湘亭

晚日宴清湘，晴空走艳阳。花低愁露醉，絮起觉春狂。舞旋红裙急，歌垂碧袖长。甘心出童羖[①]，须一尽时荒。

【题解】

此诗元和九年(814)作于潭州。潭州有望湘亭，亦名湘江亭。黄叔灿《唐诗笺注》卷三评云：“‘晴空走艳阳’，‘走’字新。‘露醉’字亦新。结二句言甘心受罚，拚此一时之荒醉矣。”

【注释】

①出童羖(gǔ)：《诗·小雅·宾之初筵》：“由醉之言，俾出童羖。”毛传：“羖羊不童也。”陈奂传疏：“今醉之言，不中礼法，或有从而谓之，彼醉者推其类，必使羖羊物变而无角，谓出此童羖，以止饮酒。”童羖，无角的公羊。

酒　醒

饮醉日将尽，醒时夜已阑。暗灯风焰晓，春席水窗寒。未解萦身带，犹倾坠枕冠。呼儿问狼藉，疑是梦中欢。

【题解】

此诗或元和九年(814)作于潭州。

【辑评】

黄叔灿《唐诗笺注》卷三：醉意可想。“呼儿问狼藉”，问昨日之醉态。“疑是梦中欢”，并未醉时光景，亦几成梦矣。极言其沉湎于酒。

独　游

远地难逢侣，闲人且独行。上山随老鹤，接酒待残莺。花当西施面，泉胜卫玠[①]清。鹈鹕[②]满春野，无限好同声。

【题解】

此诗创作时地不详。诗写“闲人”独游所感。

【注释】

①卫玠(jiè)：字叔宝，卫瓘之孙。自幼风神秀异，总角乘羊车入市，见者以为玉人。

②鹈鹕(tí hú)：水鸟，善游泳与捕鱼。

洞庭湖

人生除泛海，便到洞庭波。驾浪沉西日，吞空接曙河。虞巡竟安在，轩乐讵曾过。①唯有君山②下，狂风万古多。

【题解】

此诗元和八年(813)作于岳州。本年严绶奉命讨张伯靖，元稹为从事，班师时经洞庭湖。诗作写景抒情，起首便冒出“人生”二字，第三联似乎对传说中的舜帝南巡到君山，黄帝张乐洞庭湖这荒蛮之地，隐隐表示怀疑。因为这博大的天下，只有在君山下面的洞庭湖上，“狂风万古多”！含蓄地表示自己被贬谪后的隔世之感。

【注释】

①“虞巡”二句：《史记·五帝本纪》：“(虞舜)践帝位三十九年，南巡狩，崩于苍梧之野，葬于江南九疑，是为零陵。”轩乐，轩辕黄帝之乐。相传黄帝作《云门》、《大卷》、《咸池》之乐，乃张乐于洞庭，阴阳以之和，日月以之明。

②君山：在今湖南岳阳洞庭湖中，为湖中众小山之最著名者。昔秦始皇欲入湖观衡山，遇风浪，至此山止泊，因号焉。

雪　天

故乡千里梦，往事万重悲。小雪沉阴夜，闲窗老病时。独闻归去雁，偏咏别来诗。惭愧红妆女，频惊两鬓丝。

【题解】

此诗或长庆三年(823)至大和三年(829)作于越州。诗写雪天所感的闲情，非关咏雪。

赠熊士登

平生本多思，况复老逢春。今日梅花下，他乡值故人。

【题解】

此诗元和十四年(819)作于自通州赴虢州途中，时为虢州长史。熊士登，疑为熊孺登兄弟。诗中后二句“今日梅花下，他乡值故人”所写，与陆凯著名的“江南无所有，聊赠一枝春”一样，都借梅花而表现出二人之间的友谊。

别岭南熊判官

十年常远道，不忍别离声。况复三巴①外，仍逢万里行。桐花新雨气，梨叶晚春晴。到海知何日，风波从此生。

【题解】

此诗元和十四年(819)作于自通州赴虢州途中。熊判官，疑即熊士登。诗写不忍别友之意，至末二句“到海知何日，风波从此生”，亦人亦己，似不能别无所指。

【注释】

①三巴：巴郡、巴东、巴西之总称，相当于今重庆嘉陵江及綦江流域以东的大部分地区。

水上寄乐天

眼前明月水，先入汉江流。汉水流江海，西江①过庾楼。

庾楼今夜月，君岂在楼头。万一楼头望，还应望我愁。

【题解】

此诗或元和十二年(817)作于兴元。白居易此时在浔阳，即今九江，有晋庾亮所建楼。废楼本在武昌，九江之楼盖后人纪念庾亮而建。诗写于月夜泛舟水上，对景怀人，凄然命笔，寄给在九江的白居易。诗中表达了对挚友的深切怀念，虽路途远隔，难以聚首，但共此明月江水，相思相忆，千里同心。全诗平易亲切，一往深情。以联绵体为散律，“古今绝少”(吴骞《拜经楼诗话》卷一)。

【注释】

①西江：唐人多称长江出峡后流经今两湖、江西一段为西江。

夏阳亭临望，寄河阳侍御尧

望远音书绝，临川意绪长。殷勤眼前水，千里到河阳。

【题解】

此诗约贞元十五年(799)作于同州。夏阳亭，在今陕西合阳。河阳，河南府属县，建中二年于此置河阳三城节度使，故址在今河南孟州。侍御尧，不详。唐汝询《唐诗解》评曰：“道经此亭，而望乡则音书久绝，临行则意绪弥长，独眼前流水能达河阳，所以殷勤问之耳。”是亦“有意”(周珽《唐诗选脉会通》卷四)之作，不可以浅露非之。

日高睡

隔是[1]身如梦，频来不为名。怜君近南住，时得到山行。

【题解】

此诗或元和十年(815)作于长安。卢校:"案:诗与题不合,疑有脱误。"钱校:"诗与题不相类,蒙疑题误,或非全篇也。""疑此篇脱一叶,因而致误。"胡本前篇题作"日高睡",诗阙,下首"失题"诗即此诗。

【注释】

①隔是:亦作"格是"。《容斋随笔》卷二:"乐天诗云:'江州去日听筝夜,白发新生不愿闻。如今格是头成雪,弹到天明亦任君。'元微之诗云云。'格'与'隔'二字义同,'格是'犹言已是也。"

辋　川

世累为身累,闲忙不自由。殷勤辋川水,何事出山流。

【题解】

此诗元和五年(810)作于自长安赴江陵途中。诗中后两句表面上诘问流水,实际上是自责为什么要到繁乱的尘世中倍受烦恼的折磨。当然,这种躁动不安的情绪也正好说明,作者在仕隐关系上不能像王维那样近乎完美地两处。

天坛归

为结区中①累,因辞洞②里花。还来旧城郭,烟火万人家。

【题解】

此诗贞元十二年(796)作于济源。天坛,在今河南济源西王屋山顶。诗写结束了王屋天坛之旅,从清净的道家仙境返回旧日的城邑,这里依旧繁华。

【注释】

①区中：尘世，人世间。

②洞：指万里洞。

雨　后

倦寝数残更，孤灯暗又明。竹梢余雨重，时复拂帘惊。

【题解】

此诗或元和四年(809)作于洛阳。孤灯残更倦寝，竹梢拂帘惊心，似韦氏去世后所为。

晴　日

多病苦虚羸，晴明强展眉。读书心绪少，闲卧日长时。

【题解】

此诗或元和五年至九年(814)作于江陵。诗写晴日强展眉，闲卧心绪多。

直　台

麋①入神羊队，乌惊海鹭眠。仍教百余日，迎送直厅前。

【题解】

此诗元和四年(809)作于洛阳。直台，即值台。诗写在东都御史台值班，微有未能得其所哉之感。

【注释】

①麋：俗称四不像，为原产于中国的珍贵兽类，性温和。《山海经》郭璞注："麋大如小牛，鹿属也。"

行 宫

寥落古行宫，宫花寂寞红。白头宫女在，闲坐说玄宗。

【题解】

此诗约元和五年(810)作于洛阳。行宫，古代京城以外供皇帝出行时所暂住的宫室。这里应该是指洛阳上阳宫。据白居易《上阳白发人》：

> 上阳人，上阳人，红颜暗老白发新。绿衣监使守宫门，一闭上阳多少春。玄宗末岁初选入，入时十六今六十。同时采择百余人，零落年深残此身。忆昔吞悲别亲族，扶入车中不教哭。皆云入内便承恩，脸似芙蓉胸似玉。未容君王得见面，已被杨妃遥侧目。妒令潜配上阳宫，一生遂向空房宿。宿空房，秋夜长，夜长无寐天不明。耿耿残灯背壁影，萧萧暗雨打窗声。春日迟，日迟独坐天难暮。宫莺百啭愁厌闻，梁燕双栖老休妒。莺归燕去长悄然，春往秋来不记年。唯向深宫望明月，东西四五百回圆。今日宫中年最老，大家遥赐尚书号。小头鞋履窄衣裳，青黛点眉眉细长。外人不见见应笑，天宝末年时世妆。上阳人，苦最多。少亦苦，老亦苦，少苦老苦两如何！君不见昔时吕向美人赋，又不见今日上阳白发歌！

天宝末年，曾有一批宫女被"潜配"到这里，由青春年少直到两鬓斑白。元稹诗作首句言行宫之寥落，次句言宫花之寂寞，已将白头宫女所在环境景象之可伤描绘出来，则末句中无限孤独哀怨的白头宫女所说之事，虽未明说，亦必为可伤之事。全篇二十字，已将开元天宝以来由盛而衰的经过浓缩在内，可谓《连昌宫词》的缩写。

《文苑英华》卷三一一王建《温泉宫》下即此诗，无作者名。洪迈《万首唐人绝句》卷六及《容斋随笔》卷二均以为元稹作。《唐音统签》卷三五〇补于王建卷末，注云："一作元稹。"《全唐诗》卷三〇一录作王建诗，题《故行宫》；卷四一〇又录作元稹诗，题注："一作王建诗。"应以元作为是。

【辑评】

宋洪迈《容斋随笔》卷二："白乐天《长恨歌》、《上阳人歌》，元微之《连昌宫词》，道开元间宫禁事，最为深切矣。然微之有《行宫》一绝句云云，语少意足，有无穷之味。"

宋叶寘《爱日斋丛钞》卷三："元稹过华清宫诗'白头宫女在，闲坐说玄宗'，退之过连昌宫诗'宫前遗老来相问，今是开元几叶孙'，各有意味。剑南诗中亦云：'舍北老人同甲子，相逢挥泪说高皇。'"

明瞿佑《归田诗话》上："乐天《长恨歌》凡一百二十句，读者不厌其长；元微之《行宫》诗才四句，读者不觉其短。文章之妙也。"

明高廷礼《唐诗正声》："吴逸一评：冷语有令人惕然深省处，'说'字得书法。"

清黄周星《唐诗快》卷一四："此宫女得与外人闲说旧事，胜于上阳白发人多矣。"

清徐增《而庵说唐诗》卷九："玄宗旧事出于白发宫人之口，白发宫人又坐宫花乱红之中，行宫真不堪回首矣。"

清沈德潜《唐诗别裁集》卷一九："说玄宗，不说玄宗长短，佳绝。只四语，已抵一篇《长恨歌》矣。"

清黄叔灿《唐诗笺注》卷七："父老说开元天宝遗事，听者藉藉，况白头宫女亲见亲闻。故宫寥落之悲，黯然动人。"

清李锳《诗法易简录》："明皇已往，遗宫寥落，借白头宫女写出无限感慨。凡盛事既过，当时之人无一存者，其感人犹浅；当时之人尚有存者，则感人更深。白头宫女，闲说玄宗，不必写出如何感伤，而哀情弥至。"

清潘德舆《养一斋诗话》卷三："《连昌宫词》收场用意实胜《长恨歌》，艳《长恨》而亚《连昌》，不知诗之体统者也。'寂寞古行宫'二十字，足赅《连昌宫词》六百余字，尤为妙境。诗品至微之，犹非浪得虚名也。瞿宗吉以二诗并称，非知诗者也。”

清王尧衢《古唐诗合解》卷四：“评：‘寥落’句：故行宫上加寥落二字，分外凄凉。‘宫花’句：宫无人焉则花光寂寞，空自落残红矣。‘白头’句：此行宫中谁人对此宫花乎，只有白头宫女在耳。连用三‘宫’字，凄然欲绝。‘闲坐’句：玄宗旧事，真不堪说，白发宫人，可怜一世眼见心痛，不觉于对花闲坐时说之，解此寥寂，而故宫中不堪回首矣。”

清宋宗元《网师园唐诗笺》卷三：“妙能不尽。”

俞陛云《诗境浅说续编》：“直书其事，而前朝盛衰，皆在‘说玄宗’三字之中。”

醉　行

秋风方索漠，霜貌足睽携[①]。今日骑骢马，街中醉蹋泥。

【题解】

此诗元和四年(809)作于洛阳。诗写秋风索漠，醉行街中，年仅三十一岁而称“霜貌”，可见韦氏卒后境况。

【注释】

①睽携：亦作“睽携”，分离。《国语》贾逵注：“携，离也。”

指巡胡

遣闷多凭酒，公心只仰胡。挺身唯直指，无意独欺愚。

【题解】

此诗创作时地不详。指巡胡，古代饮宴上的劝酒用具，刻木为胡人状，底圆钝，置盘中，推之不倒，欹侧摇摆，定后视其所指以决定饮酒者。诗写这种游戏的特点，在于具有令人无法推断的意外的一面。

饮新酒

闻君新酒熟，况值菊花秋。莫怪平生志，图销尽日愁。

【题解】

此诗元和五年至九年(814)作于江陵。诗写仕途受挫，饮酒而感喟平生抱负无法施展。

香　球

顺俗唯团转，居中莫动摇。爱君心不恻，犹讶火长烧。

【题解】

此诗创作时地不详。香球，金属制的镂空圆球，内安一能转动的金属碗，无论球体如何转动，碗口均向上，焚香于碗中，香烟由镂空处溢出。诗作咏物，短短二十字，香球的结构却描写分明；语带双关，也正是咏物诗的本色。

景申秋八首

年年秋意绪，多向雨中生。渐欲烟火近，稍怜衣服轻。咏诗闲处立，忆事夜深行。濩落寻常惯，凄凉别为情。

蚊幌雨来卷，烛蛾灯上稀。啼儿冷秋簟，思妇问寒衣。帘断萤火入，窗明蝙蝠飞。良辰日夜去，渐与壮心违。

嗢嗢[①]檐雷凝，丁丁窗雨繁。枕倾筒簟滑，幔飐案灯翻。唤魇儿难觉，吟诗婢苦烦。强眠终不着，闲卧暗消魂。

瓶泻高檐雨，窗来激箭风。病憎灯火暗，寒觉薄帏空。婢报樵苏竭，妻愁院落通。老夫慵计数[②]，教想蔡城东。

风头[③]难着枕，病眼厌看书。无酒销长夜，回灯照小余[④]。三元推废王，九曜入乘除。[⑤]廊庙应多算，参差斡太虚。

经雨篱落坏，入秋田地荒。竹垂哀折节，莲败惜空房。小片慈菇白，低丛柚子黄。眼前撩乱辈，无不是同乡。

雨柳枝枝弱，风光片片斜。蜻蜓怜晓露，蛱蝶恋秋花。饥啅[⑥]空篱雀，寒栖满树鸦。荒凉池馆内，不似有人家。

病苦七[⑦]年后，连阴十日余。人方教作鼠，天岂遣为鱼。鲛绽酆城剑，虫凋鬼火书。[⑧]出闻泥泞尽[⑨]，何地不摧车。

【题解】

这一组诗元和十一年(816)作于兴元。景申，即丙申，元和十一年。唐人避高祖李渊父昞名讳，南北八史及唐人别集等每以景代丙。客地临时组织家庭，自然是简陋不堪。身为小吏而又旅居他乡求医治病，囊中羞涩也是难免的了。组诗写出作者家庭在那一个时期贫寒异常的真实景况与狼狈处境，如“啼儿冷秋簟，思妇问寒衣”、“婢报樵苏竭，妻愁院落通”、“荒凉池馆内，不似有人家”等句，透露的信息十分清晰。

【注释】

①嗢嗢(wà)：水流动的声音。

②计数：谋划。

③风头：即头风，头痛。

④小余：历法名词，古代不满一甲(即六十)，余下的日数称大余；凡不满一日(包括夜)，余下的分数称小余。此泛指一日余下的短暂时光。

⑤“三元”二句：三元，古代术数家以六十甲子配九宫，一百八十年为一

周始，故第一甲子为上元，第二甲子为中元，第三甲子为下元，合称三元。九曜，指梵历中的九星。梵历以九星配日，而定其日之吉凶。九星指日曜（太阳）、月曜（太阴）、火曜（荧惑星）、水曜（辰星）、木曜（岁星）、金曜（太白星）、土曜（镇星）、罗目（黄旛星）、计都（豹尾星）。梵历于开元年间传入中土，被中国古代历法所采用，后删弃。

⑥啅（zhuó）：鸟乱鸣声。

⑦七：原作“十”。元稹自元和五年贬掾江陵，至十一年作此诗，适为七年。

⑧“鲛绽”二句：酆（fēng）城剑，《晋书·张华传》载，张华见斗牛之间有紫气，问于雷焕，雷焕告之以宝剑之精上彻于天，后张华果于丰城狱中掘得双剑，一曰龙泉，一曰太阿。鬼火书，方术迷信类书籍。鬼火，磷火，古代以为乃幽灵之火，故称。

⑨尽：处处皆是。

遣行十首

惨切风雨夕，沉吟离别情。燕辞前日社，蛬[①]是每年声。暗泪深相感，危心[②]亦自惊。不如元不识，俱作路人行。

十五年前事，恓惶无限情。[③]病僮更借出，羸马共驰声。射叶杨才破，闻弓雁已惊。[④]小年辛苦学，求得苦辛行。

徙倚檐宇下，思量去住情。暗萤穿竹见，斜雨隔窗声。就枕回转数，闻鸡撩乱惊。一家同草草，排比送君行。

已怆朋交别，复怀儿女情。相兄亦相旧，同病[⑤]又同声。白发年年剩，秋蓬处处惊。不堪身渐老，频送异乡行。

塞上风雨思，城中兄弟情。北随鹓立位，南送雁来声。遇适[⑥]尤兼恨，闻书喜复惊。唯应遥料得，知我伴君行。

暮欲歌吹乐，暗冲泥水情。稻花秋雨气，江石夜滩声。

犬吠穿篱出，鸥眠起水惊。愁君明日夜，独自入山行。

七过褒城驿[7]，回回各为情。八年[8]身世梦，一种水风声。寻觅诗章在，思量岁月惊。更悲西塞别，终夜绕池行。

褒县驿前境，曲江池上情。南堤衰柳意，西寺[9]晚钟声。云水兴方远，风波心已惊。可怜皆老大，不得自由行。

见说巴风俗，都无汉性情。猿声芦管调，羌笛竹鸡声。[10]迎候人应少，平安火[11]莫惊。每逢危栈处，须作贯鱼行。

闻道阴平郡，翛然古戍情。[12]桥兼麋鹿蹋，山应鼓鼙声。羌妇梳头紧，蕃牛护尾惊。怜君闲闷极，只傍白江[13]行。

【题解】

这一组诗元和十二年(817)作于兴元，每首皆以“情”、“声”、“惊”、“行”四字押韵。下一组《生春二十首》，每章皆以“何处生春早”起首，而后又均以“中”、“风”、“融”、“丛”四字为韵。白居易也写有《和春深二十首》，每首均以“何处春深好”起首，而后又均以“家”、“花”、“车”、“斜”四字为韵。它们都属于文字游戏之作，除了显示高超的驾驭语言的能力与声律技巧之外，正可谓“率不过嘲风月，弄花草而已”(白居易《与元九书》)。

【注释】

①蛬(qióng)：同“蛩”，蟋蟀。

②危心：谓心存戒惧。

③“十五”二句：“十五”句，指贞元十九年元稹与李复礼一同参加书判拔萃科考试事。恓(xī)惶，悲伤貌。

④“射叶”二句：“射叶”句，喻指科举及第，刚进入仕途。“闻弓”句，《战国策·楚策四》：“更羸与魏王处京台之下，仰见飞鸟。更羸谓魏王曰：‘臣为王引弓虚发而下鸟。’魏王曰：‘然则射可至此乎？’更羸曰：‘可。’有间，雁从东方来，更羸以虚发而下之。魏王曰：‘然则射可至此乎？’更羸曰：‘此孽也。’王曰：‘先生何以知之？’对曰：‘其飞徐而鸣悲。飞徐者，故疮痛也；鸣悲者，久失群也。故疮未息，而惊心未去也，闻弦音引而高飞，故疮陨也。’”

比喻因被贬而心情怵惕。

⑤同病：指元稹被贬通州，李复礼被贬文州，二州均为荒远之地，两人遭遇相同。

⑥適：通“谪”。

⑦“七过”句：所记或有讹误。元稹元和四年自长安出使东川，来回两次经过褒城驿；元和十年自长安赴通州，与自通州赴兴元疗疾，复两次经过褒城驿；元和十二年自兴元返通州，第五次经过褒城驿。

⑧八年：指自元和五年至元和十二年元稹遭遇贬谪之八年。

⑨西寺：指西明寺，在长安朱雀门街。

⑩“猿声”二句：芦管，即芦笳，古代的一种管乐器。《类说·集韵》：“胡人卷芦叶而吹，谓之芦笳。”竹鸡，鸟名，多活动于竹林，性喜啼鸣。

⑪平安火：《资治通鉴》胡三省注：“《六典》：‘唐镇戍烽候所置，大率相去三十里。每日初夜，放烟一炬，谓之平安火。’”

⑫“闻道”二句：阴平郡，即文州。翛（xiāo）然，无拘无束貌。

⑬白江：即白水，嘉陵江上游支流之一，源于岷山，流经文州，合羌水入嘉陵江。

生春二十首

丁酉岁作①

何处生春早，春生云色中。茏葱②闲着水，晻淡欲随风。度晓分霞态，余光庇雪融。晚来低漠漠，浑欲泥幽丛。

何处生春早，春生漫雪中。浑无到底③片，唯逐入楼风。屋上些些薄，池心旋旋融。自悲销散尽，谁假入兰丛。

何处生春早，春生雾色中。远林横返照，高树亚东风。水冻霜威庇④，泥新地气融。渐知残雪薄，杪近最怜丛。

何处生春早，春生曙火中。星围⑤分暗陌，烟气满晴风。宫树栖鸦乱，城楼带雪融。竞排阊阖侧，珂伞⑥自相丛。

何处生春早，春生晓禁中。殿阶龙旆日，漏阁宝筝风。药树香烟重，天颜瑞气融。柳梅浑未觉，青紫已丛丛。

何处生春早，春生江路中。雨移临浦市，晴候过湖风。芦笋锥犹短，凌澌玉渐融。数宗船载足，商妇两眉丛。

何处生春早，春生野墅中。病翁闲向日，征妇懒成风。斫筤天虽暖，穿区冻未融。[7]鞭牛县门外，争土盖蚕丛。[8]

何处生春早，春生冰岸中。尚怜扶腊雪，渐觉受东风。织女云桥断，波神玉貌融。便成呜咽去，流恨与莲丛。

何处生春早，春生柳眼中。芽新才绽日，茸短未含风。绿误眉心重[9]，黄惊蜡泪融。碧条殊未合，愁绪已先丛。

何处生春早，春生梅援[10]中。蕊排难犯雪，香乞(音气)拟来风。陇迥羌声怨，江遥客思融。年年最相恼，缘未有诸丛。

何处生春早，春生鸟思中。鹊巢移旧岁，鸢[11]羽旋高风。鸿雁惊沙暖，鸳鸯爱水融。最怜双翡翠，飞入小梅丛。[12]

何处生春早，春生池榭中。镂琼冰陷日，文縠水回风。柳爱和身动，梅愁合树融。草芽犹未出，挑得小萱丛。

何处生春早，春生稚戏中。乱骑残爆竹，争唾小旋风。[13]骂雨愁妨走，呵冰喜旋融。女儿针线尽，偷学五辛[14]丛。

何处生春早，春生人意中。晓妆虽近火，晴戏渐怜风。暗入心情懒，先添酒思融。预知花好恶，偏在最深丛。

何处生春早，春生半睡中。见灯如见雾，闻雨似闻风。开眼犹残梦，抬身便恐融。却成双翅蝶，还绕庳花丛。(一本“傍人惊屡魇，魂逐牡丹丛。”)[15]

何处生春早，春生晓镜中。手寒匀面粉，鬟动倚帘风。宿雾梅心滴，朝光幕上融。思牵梳洗懒，空拔绿丝丛。

何处生春早，春生绮户中。玉栊穿细日，罗幔张(上声)轻风。柳软腰支嫩，梅香密[16]气融。独眠傍妒物，偷铲合欢[17]丛。

何处生春早，春生老病中。土膏蒸足肿，天暖养头风。[18]似觉肌肤展，潜知血气融。又添新一岁，衰白转成丛。

何处生春早，春生客思中。旅魂惊北雁，乡信是东风。纵有心灰动，无由鬓雪融。未知开眼日，空绕未开丛。

何处生春早，春生濛雨中。裛尘[19]微有气，拂面细如风。柳误啼珠密，梅惊粉汗融。满空愁淡淡，应豫忆芳丛。

【题解】

这一组诗元和十二年(817)作于兴元。兴到之语，不过评量烟景，料理风月而已。以第十一首为例，“何处生春早，春生鸟思中”的问答，别出心裁，别具机杼，别开生面，别有一番情味在诗中。后六句连用春天的鹊、鸿雁等五种鸟的不同习性和动作，具体描摹了“春生鸟思中”。它们经过寒冬，现在都仿佛苏醒了，在那里欢快地嬉戏、翱翔，装点着春的原野，春的山河，使春天充满了生命的活力。这些飞行的使者年复一年地传递着春的消息，逗引着人类无限的美好情思。后来，晚明刘荣嗣曾有拟作《余汩没水泥中不知寒热偶阅元微之诗目有何处生春早成诗十首聊寄遐思》，清初钱谦益亦有《仿元微之何处生春早二十首》。

【注释】

①丁酉岁作：卢本、杨本、董本作“丁酉岁凡二十章”。

②茏葱：亦称“葱茏”。

③底：《全诗》作“地”。

④庇：卢本作“在”。

⑤星围：《广博物志》卷二引《楼炭经》云：“大星围七百里，中星四百八十里，小星二十里。星是诸天宫宅。”

⑥珂伞：伞盖以珂为饰之伞，古代达官之舆服。珂，白色似玉之美石。一说为螺属，贝类。

⑦“斫篔(láng)”二句：篔，幼竹。穿区，一块一块用田埂隔开的土地。

⑧“鞭牛”二句：鞭牛，旧俗，立春日造土牛以劝农耕，州县及农民鞭打土牛，象征春耕开始，谓之鞭牛。蚕丛，相传为蜀王先祖，曾教人蚕桑。

⑨“绿误”句：睹柳眼之绿，让人误认为眉心之浓画。

⑩梅援：以梅树织成的园林护卫物，作用犹如篱笆。援通“楥”。

⑪载：同“鸢”，鸟名，即鸱。

⑫“最怜”二句：翡翠，鸟名。据《龙城录》载，隋开皇中，赵师雄游罗浮。一日天寒日暮，于松林间酒肆旁舍，见美人淡妆素服出迎。师雄与语，言极清丽，芳香袭人，因与之叩酒家门共饮。少顷，一绿衣童来，笑歌戏舞。师雄醉寝，但觉风寒相袭。久之，东方已白。起视，乃在大梅花树下，上有翠羽啾嘈相顾，但惆怅而已。

⑬“乱骑”二句：爆竹，古代节日或喜庆日，用火烧竹，毕剥发声，以驱除不祥，谓之爆竹。“争唾”句，古代以旋风为不祥之物，唾之即可避之。

⑭五辛：五辛菜，《本草纲目·菜一·五辛菜》：“五辛菜，乃元日立春，以葱、蒜、韭、蓼蒿、芥辛嫩（辣）之菜，杂和食之，取迎新之意，谓之五辛盘。”

⑮“却成”二句：“却成”句，《庄子·齐物论》：“昔者，庄周梦为胡蝶，栩栩然胡蝶也，自喻适志与，不知周也。俄然觉，则蘧蘧然周也。不知周之梦为胡蝶与？胡蝶之梦为周与？周与胡蝶，则必有分矣，此之谓物化。”庳（bì），两旁高而中间低的屋舍，引申为低矮之意。注中“魇”，原作“压”，据卢本、胡本改。

⑯密：同“蜜”。

⑰合欢：合欢草，传说中的神草名。

⑱“土膏”二句：土膏，土中所含适合植物生长的养分。养，原作“痒”，据卢校改。

⑲裛（yì）尘：湿润的尘土。裛，通“浥”。

嘉陵水

尔是无心水，东流有恨无。我心无说处，也共尔何殊。

【题解】

此诗元和十二年(817)作于自兴元返通州途中。诗中流露出无可诉说的怨望情绪。

漫天岭赠僧

五上两漫天,因师忏业缘。漫天无尽日,浮世有穷年。

【题解】

此诗元和十二年(817)作于自兴元返通州途中。漫天岭,在今四川广元北嘉陵江边,有大、小两岭相连,与下一首诗中所云“百牢关”同在一地。元稹元和四年自京按狱东川,往返两次经过漫天岭;元和十年自京赴通州任及自通州赴兴元疗疾,两次经过漫天岭。此次自兴元返通州,又经过漫天岭。诗写赠僧,亦即一己“五上两漫天”之所悟。

百牢关

天上无穷路,生期七十间。那堪九年内,五度百牢关。

【题解】

此诗元和十二年(817)作于自兴元返通州途中。诗写九年内第五次经过百牢关而生发的世路崎岖之感。

二月十九日酬王十八全素

此后有酬和并次用本韵

君念世上川，嗟予老瘴天。那堪十日内，又长白头年。

【题解】

此诗元和十三年(818)作于通州。王十八全素，疑即王质夫。岑仲勉《唐人行第录》云："质、素相切故也。"诗借酬答友人写出同样的年华逝水之叹。

荥阳郑公以稹寓居严茅有池塘之胜，寄诗四首，因有意献①

激射分流阔，湾环此地多。暂停随梗浪，犹阅败霜荷。恨阻还江势，思深到海波。自伤才畎浍②，其奈赠珠何。

【题解】

此诗元和十年(815)作于兴元。荥阳郑公，指郑馀庆，元和九年至十一年为兴元尹、山南西道节度使。严茅，周相录《元稹集校注》疑指今陕西汉中东南隅，地势低洼，积水为湖，今名东湖。诗作于酬赠中寓"自伤"之意。

【注释】

①茅：钱钞本作"第"。胡本题下有"用本韵"。

②畎浍(quǎn huì)：田间水沟。

酬乐天寄蕲州簟[①]

蕲簟未经春，君先拭翠筠。知为热时物，预与瘴中人。碾玉[②]连心润，编牙小片珍。霜凝青汗简[③]，冰透碧游鳞。水魄[④]轻涵黛，琉璃薄带尘。梦成伤冷滑，惊卧老龙身。

【题解】

此诗或元和十三年(818)追和于通州。白诗作于元和十一年，然以元稹疗疾，两人中断唱和并失去联系，至本年始恢复。蕲州，治所在今湖北蕲春。蕲州竹簟闻名遐迩，韩愈《郑群赠簟》有“蕲州簟竹天下知”之句。白居易原唱为《寄蕲州簟与元九因题六韵》：

笛竹生蕲春，霜刀劈翠筠。织成双锁簟，寄与独眠人。卷作筒中信，舒为席上珍。滑如铺薤叶，冷似卧龙鳞。清润宜乘露，鲜华不受尘。通州炎瘴地，此物最关身。

【注释】

①胡本题下有大字“用本韵”。

②碾玉：指剖分竹子成条状细篾。

③青汗简：竹简，古代用竹简纪事，制简须用火烤，去竹汗，取其易书，且可免虫蛀，故称。

④水魄：即水面，水属阴，魄为阴神，故云。

酬李浙西先因从事见寄之作[①]

近日金銮直，亲于汉珥貂。[②]内人传帝命，丞相让吾僚。浙郡悬旌远，长安谕日遥。因君蕊珠赠[③]，还一梦烟霄。

【题解】

此诗长庆三年(823)作于自同州赴越州途中。李浙西,指李德裕,上年九月出为浙西观察使,原唱已佚。前四句写当权者受皇帝信任,自己遭排斥。后四句言李德裕遣人持诗相赠,情深义重,令人慨叹。

【注释】

①胡本题末有“用本韵”。或为次韵唱和。

②“近日”二句:指长庆元年元稹与李德裕曾同在翰林院供职。珥貂,插戴貂尾。汉代侍中、中常侍于冠上插貂尾为饰。

③蕊珠赠:仙界之赠,借美李德裕见寄之作。

酬周从事望海亭见寄[①]

年老无流辈,行稀足薜萝[②]。热时怜水近,高处见山多。衣袖长堪舞,喉咙转解歌。不辞狂复醉,人世有风波。

【题解】

此诗宝历二年(826)至大和三年(829)作于越州。周从事,指周元范,白居易任杭州、苏州刺史时的幕僚,宝历二年十月白罢苏刺史后入元稹幕。望海亭,在今浙江绍兴南卧龙山顶。诗写两人游赏乐趣,末句“人世有风波”则透漏出对险恶官场的厌弃情绪。今查,周氏与元稹交往之诗有本篇及另一首《馀杭周从事以十章见寄词调清婉难于遍酬聊和诗首篇以答来贶》,而白居易集中所载与其交往之诗多达二十一首(署“周师范”、“周军事”亦即此人),可见在当时诗坛较为活跃,入列张为《诗人主客图》的理由不可谓不充分。

《诗人主客图》以白居易为“广大教化主”,列上入室一人:杨乘;入室三人:张祜、羊士谔、元稹;升堂三人:卢仝、顾况、沈亚之;及门十人:费冠卿、皇甫松、殷尧籓、施肩吾、周光范(一作周元范)、祝天膺(一作祝元膺)、徐凝、朱可名、陈标、童翰卿。另以孟云卿为“高古奥逸主”,李益为“清奇雅正主”，孟郊为“清奇僻苦主”，鲍溶为“博解宏拔主”，武元衡为“环奇美丽主”，各列上入室、入室、升堂与及门若干人。不具录。

对于《诗人主客图》，清人李调元认为它未必反映出了中晚唐诗坛的实际情况，所以评价并不算高，正如其序中所云：

所谓主者，白居易、孟云卿、李益、鲍溶、孟郊、武元衡，皆有标目。余有升堂、入室、及门之殊，皆所谓客也。宋人诗派之说，实本于此。求之前代，亦如梁参军钟嵘分古今作者为三品，名曰《诗品》，上品十一人，中品三十九人，下品六十九人之例。然彼摺拾闳富，论者称其精当无遗，兹则落落仅此数人，于唐代诗人中未及十分之三四。即所引诸人之诗，亦非其集中之杰出者，或第就其耳目所及而次第之，故不繁称博引也。余喜其名之旧，前人有引以入诗歌者，且是本与陈振孙《书录解题》所记符合，故刻以公世之闻其名而未见其书者。

【注释】

①胡本题有“用本韵”三字。或是次韵唱和。

②薜(bì)萝：薜荔与女萝的合称，均为野生植物，常攀缘于山野林木或屋壁之上。

代杭民答乐天

翠幕笼斜日，朱衣俨别筵。管弦凄欲罢，城郭望依然。路溢新城①市，农开旧废田。春坊幸无事，何惜借三年。②

【题解】

此诗长庆四年(824)作于越州。白居易本年五月解杭州刺史任，原唱为《别州民》：

耆老遮归路，壶浆满别筵。甘棠无一树，那得泪潸然。税重多贫户，农饥足旱田。唯留一湖水，与汝救凶年。

对自己的政绩作了谦虚而中肯的评价。元诗则不仅表达了杭民对白居易继续留任的厚望，而且还对其政绩作了另外的说明。

【注释】

①城：何校作“成”。

②“春坊”二句：春坊，太子宫所属官署之名。唐置太子詹事府以统众务，左右二春坊以领诸局。长庆四年白居易由杭州刺史迁太子左庶子分司东都，故云。借三年，即续任三年。唐代官吏之考核，一年一小考，三年一大考，大考的等级决定官职的升降，故官吏每三年为一任。

杏　园①

浩浩长安车马尘，狂风吹送每年春。门前本是虚空界②，何事栽花误世人。

【题解】

此诗贞元十八年（802）作于长安。杏园，在长安朱雀门街，故址在今陕西西安南郊大雁塔南。诗人认识到现实的世界只是一个“空相”，将这种认识直接表现在诗歌中，充满了苦苦的思索和朴素的智慧，即如本诗后二句“门前本是虚空界，何事栽花误世人”所云。

【注释】

①卢本、杨本、董本、《全诗》题下有小字注“此后并校书郎已前诗”。

②“门前”句：杏园在通善坊，北与大慈恩寺、楚国寺、兴唐寺、净住寺等所在的进昌坊为邻，故云。

【辑评】

叶燮《原诗》：人每易视白，则失之矣。元稹作意胜于白，不及白春容暇豫。白俚俗处而雅亦在其中，终非庸近可拟。二人同时得盛名，必有其实，俱未可轻议也。

菊　花

秋丛绕舍似陶家，遍绕篱边日渐斜。不是花中偏爱菊，此花开尽更无花。

【题解】

此诗贞元十八年(802)作于长安。诗作前两句叙事，但没有正面写菊花凝霜斗艳的品格，也没有写金钩挂月的形貌，而是用比喻写出一幅丛丛菊花满院绕屋盛开，好似到了陶渊明家的画图，令人流连忘返，陶醉其中。后两句抒情，写出之所以偏爱菊花的原因。深秋霜煞，百花凋零，菊花自然得天独厚，为人珍爱。诗人将平凡题材，发掘出非凡的诗意和哲理，开拓出幽美的意蕴和境界，因而具有巨大的艺术感染力。

【辑评】

宋吴曾《能改斋漫录》卷一六："李和文公作咏菊《望汉月》词，一时称美。云：'黄菊一丛临砌。颗颗珠露妆缀。独教冷落向秋天，恨东君不曾留意。　雕栏新雨霁。绿藓上，乱铺金蕊。此花开后更无花，愿爱惜、莫同桃李。'时公镇澶渊，寄刘子仪书云：'澶渊营妓，有一二擅喉啭之技者，唯以"此花开后更无花"为酒乡之资耳。''不是花中惟爱菊，此花开后更无花'，乃元微之诗，和文述之尔。"

清冯班《钝吟杂录》卷四："夺胎换骨，宋人谬说，只是向古人集中作贼耳。冷斋称王荆公《菊花》诗'千花万卉凋零后，始见闲人把一枝'，以为胜郑都官《十日菊》，谬也。荆公诗多渗漏，上句'凋零'二字不妥，下句云'一枝'，似梅花，'闲人'二字牵凑。何如微之云'不是花中偏爱菊，此花开后更无花'(乐天深服此语)，语意俱足。郑诗亦浑成，非荆公所及。"

酬哥舒大少府寄同年科第

前年科第偏年少，未解知羞最爱狂。九陌争驰好鞍马，八人同着彩衣裳。(同年科第,宏词吕二炅、王十一起,拔萃白二十二居易,平判李十一复礼、吕四频[①]、哥舒大烦[②]、崔十八玄亮逮不肖,八人皆奉荣养。)自言行乐朝朝是,岂料浮生渐渐忙。赖得官闲且疏散[③],到君花下忆诸郎。

【题解】

此诗贞元二十一年(805)作于长安。哥舒大少府,指哥舒烦。原唱已佚。诗作先扬后抑,前四句及自注所记录的"前年"登第者详细情况,可作史料看。

【注释】

①频:岑仲勉《唐人行第录》:"元集颖讹频,《全诗》(七函一册)或讹頴。"卞孝萱《元稹年谱》则以頴为是。胡本作"頴"。

②烦:《唐人行第录》:"烦一作恒,亦作垣,未详孰是。"

③"赖得"句:秘书省校书郎比较清闲,无甚实际事物需要处理。

幽　栖

野人自爱幽栖所,近对长松远是山。尽日望云心不系,有时看月夜方闲。壶中天地乾坤外[①],梦里身名旦暮间。辽海若思千岁鹤,且留城市会飞还。[②]

【题解】

此诗贞元二十年(804)作于河南济源。本年五月,作者游王屋山天坛。仄起之体,随兴发端,浅俗近似乐府,而严于法度。诗人穷则独善,达则兼济,然总以用世为终身所求,故虽在幽栖之所,视"壶中天地"为摆脱尘世喧嚣,可以休息身心、怡养性情的理想世界,而终非幽栖之人。

【注释】

①"壶中"句:《云笈七签》引《云台治中录》:"施存,鲁人,夫子弟子,学

大丹之道，三百年十炼不成，唯得变化之术。后遇张申为云台治官，常悬一壶，如五升器大，变化为天地，中有日月，如世间，夜宿其内，自号壶天，人谓曰壶公。”又，《后汉书·方术列传》载，传说东汉费长房为市掾时，市中有老翁卖药，悬一壶于肆头，市罢，跳入壶中。长房于楼上见之，知为非常人。次日复诣翁，翁与俱入壶中，唯见玉堂严丽，旨酒甘肴盈衍其中，共饮毕而出。

②“辽海”二句：指丁令威化鹤事。

【辑评】

宋许顗《彦周诗话》：“东坡《祭柳子玉文》：‘郊寒岛瘦，元轻白俗。’此语具眼。客见诘曰：‘子盛称白乐天、孟东野诗，又爱元微之诗，而取此语，何也？’仆曰：‘论道当严，取人当恕。此八字，东坡论道之语也。’”

清都春霁，寄胡三、吴十一

蕊珠宫[1]殿经微雨，草树无尘耀眼光。白日当空天气暖，好风飘树柳阴凉。蜂怜宿露攒芳久，燕得新泥拂户忙。时节催年春不住，武陵花谢忆诸郎[2]。

【题解】

此诗贞元十二年(796)作于长安，时寓居清都观。清都，指清都观。胡三，指胡灵之，行三，元稹姨兄。吴十一，指吴士矩，行十一，章敬皇后弟吴溆之子，元稹从姨兄，早年相识于凤翔。诗写春雨初霁，景色鲜丽，而面对此等景色，首先引起的却是对两位表兄兼好友的思念，足见三人情感友谊之亲密深笃。

【注释】

①蕊珠宫：道教传说中神仙所居的宫殿。此借指清都观。

②“武陵”句：陶渊明《桃花源记》载，武陵渔人入桃花源，见落英缤纷，人际和谐，心善之，虽于归路标记，而终不可复入。武陵，借指清都观。诸郎，借指胡灵之与吴士矩。

【辑评】

清金圣叹《贯华堂选批唐才子诗》卷五上:"(前解)此一解四句,更不能赞其如何着笔,直是满眼一片春霁,其光悦魂动魄。于是,一、二不知应说'宫殿',不知应说'草树',不知应说春色,不知应说日华。且先直书二句,定却自家眼光,然后三、四再与分别细写,言当天却是'白日',风吹乃是'柳阴',意谓此当天白便是'霁',风吹柳阴便是'春'也。(后解)此五、六写蜂燕,又细妙!'蜂怜宿雾',是怜连日未霁之露;'燕得新泥',是得今朝新霁之泥。夫从连日未霁,以至今朝新霁,已自时节暗催,春去不知何限;又况两句脚又带'久'字、'忙'字,真是行尽如驰,而莫之能止。彼武陵诸郎,皆非金铁,如之何其使人不忆耶?"

贞元二十年正月二十五日,自洛之京。二月三日春社,至华岳寺,憩窦师院。曾未逾月,又复徂东,再谒窦师,因题四韵而已①

山前古寺临长道,来往淹留为爱山。双燕营巢始西别,百花成子又东还。暝驱羸马频看堠②,晓听鸣鸡欲度关③。羞见窦师无外役,竹窗依旧老身闲。

【题解】

此诗贞元十二年(796)作于自长安赴洛阳途中。春社,立春后五戊为春社。华岳寺,即西岳庙,在今陕西华阴境内,华山北麓。窦师,未详。末二句对比己之往来奔波与窦师之"闲",因有所感。

【注释】

①卢本、杨本、董本以"华岳寺"为题,以本题为题下小字注。

②堠(hòu):古代标记里程的土堆。

③"晓听"句:《史记·孟尝君列传》:"(秦昭王)囚孟尝君,谋欲杀之。

孟尝君使人抵昭王幸姬求解……夜半至函谷关……关法鸡鸣而出客，孟尝君恐追至，客之居下坐者有能为鸡鸣，而鸡齐鸣，遂发传出。出如食顷，秦追果至关，已后孟尝君出，乃还。”

贞元二十年五月十四日，夜宿天坛石幢侧。十五日，得盩厔马逢少府书，知予远上天坛，因以长句见赠。篇末仍云：灵溪试为访金丹。因于坛上还赠[1]

野人性僻穷深僻，芸署官闲不似官。万里洞中朝玉帝，(上有洞，周[2]万里。)九光[3]霞外宿天坛。洪涟浩渺东溟曙，白日低回上境寒。因为南昌检仙籍，马君家世奉还丹。

【题解】

此诗贞元十二年(796)作于济源。盩厔(zhōu zhì)，在陕西省境，今作周至。诗作首二句叙说自己的情况，有不平之气，以下四句是对天坛景色的描绘，末二句回应马逢来信。

【注释】

①卢本、杨本、董本以“天坛上境”为题，以本题为题下小字注。

②周：胡本作“视”。

③九光：五光十色，形容光芒色彩绚烂。

寻西明寺僧不在

春来日日到西林，飞锡经行不可寻。[1]莲池[2]旧是无波水，莫逐狂风起浪心。

【题解】

此诗元和元年(806)前作于长安。这是一首受佛教影响的非宗教类诗歌,诗末委婉提醒僧人莫动尘心。佛教徒独身修道,必须清心寡欲,但这并不是一件容易的事。因此,佛教规定,出家之前要有许多质问,凡不符合条件的,一律不允许受比丘戒。比如,父母未曾同意;患有癫疾;负债;现任官吏等等,共计十三难、十六遮。至于厌倦出家的清苦生活,愿意还俗,则非常容易,只要对任何一人声明即可。这一难一易,正是基于对独身修道之艰难的认识。

【注释】

①"春来"二句:西林,寺名,在江西星子庐山西麓,与东林寺相对,晋太康中僧慧永建。此借指西明寺。飞锡,僧徒游方时每持锡杖,故称。

②莲池:佛教谓极乐净土,此借指寺院。

与吴侍御春游

苍龙阙[①]下陪骢马,紫阁峰[②]头见白云。满眼流光随日度,今朝花落更纷纷。

【题解】

此诗贞元十二年(796)作于长安。长安的春天万物复苏,风景优美,也是长安的文人士子最喜欢吟咏的季节。作者和在京为官的从姨兄吴士矩一同出游,并以诗描写他们出游所见景色。此诗后来被增入《广群芳谱·天时谱一》。

【注释】

①苍龙阙:汉代宫阙名,此泛指宫阙。

②紫阁峰:山峰名,在今陕西户县南。

晚　春

昼静帘疏燕语频，双双斗雀动阶尘。柴扉日暮随风掩，落尽闲花不见人。

【题解】

此诗创作时地不详。诗写燕子的呢喃透进疏帘，厚厚的阶尘上留着鸟雀孤单的足印，满地落花，在柴门被风吹动的声响中飘零。空洞中有无奈，无奈中又有一种高雅的凄清。

先　醉

今日樽前败饮名，三杯未尽不能倾。怪来①花下长先醉，半是春风荡酒情。

【题解】

此诗约元和五年(810)作于洛阳。元稹大约同时所作，还有以下十一首:《独醉》、《宿醉》、《惧醉》、《羡醉》、《忆醉》、《病醉》、《拟醉》、《劝醉》、《任醉》、《同醉》、《狂醉》，描写醉酒时的种种形态和情趣。

【注释】

①怪来:难怪。

独　醉

一树芳菲也当春，漫随车马拥行尘。桃花解笑莺能语，自醉自眠那藉人。

宿　醉

风引春心不自由，等闲冲席饮多筹。朝来始向花前觉，度却醒时一夜愁。

惧　醉

答卢子蒙

闻道秋来怯夜寒，不辞泥水为杯盘。殷勤惧醉有深意，愁到醒时灯火阑。

【题解】

此诗元和四年(809)作于洛阳。卢真，行十九，元稹诗友，惜与元稹唱和之作皆不存。

羡　醉

绮陌高楼竞醉眠，共期[1]憔悴不相怜。也应自有寻春日，虚度而今正少年。

【注释】

①期：何校作“欺”。

忆　醉

自叹旅人行意速，每嫌杯酒缓归期。今朝偏偶[1]醒时别，泪落风前忆醉时。

【题解】

此诗元和四至五年(810)作于洛阳。

【注释】

①偶:《全诗》作“遇”。

病　醉

戏作吴吟，赠卢十九经济、张三十四弘、辛大丘度[1]

醉伴见侬[2]因酒病，道侬无酒不相窥。那知下药还沾底[3]，人去人来剩一卮。

【题解】

此诗元和四至五年(810)作于洛阳。吴吟，吴声歌曲，如《吴趋行》之类。

【注释】

①大:原作“丈”，据元稹《病减逢春期白二十二辛大不至》改。

②侬:《玉篇》:“侬，吴人称我是也。”

③底:《助字辨略》卷三:“此底字，犹云此也。”

拟 醉

与卢子蒙饮于窦晦之，醉后赋诗共十九首，子蒙叙为别卷。自此至狂醉，皆是夕所赋

九月闲宵初向火，一樽清酒始行杯。怜君城外遥相忆，冒雨冲泥黑地来。

【题解】

此诗元和四至五年(810)作于洛阳。黑地，黑夜。卢子蒙，即卢真。

劝 醉

窦家能酿销愁酒，但是愁人便与销。顾[1]我共君俱寂寞，只应连夜复连朝。

【题解】

此诗元和四年(809)作于洛阳。

【注释】

①顾：原作“愿”，据卢本、钱钞本、胡本改。

任 醉

本怕酒醒浑不饮，因君相劝觉情来。殷勤满酌从听醉，乍可[1]欲醒还一杯。

【题解】

此诗元和四年(809)作于洛阳。

【注释】

①乍可:宁可。

同　醉

吕子元、庾及之、杜归和、周隐客同泛韦氏池①

柏树台中推事人,杏花坛上炼形真②。心源一种闲如水,同醉樱桃林下春。

【题解】

此诗元和五年(810)作于洛阳。吕子元,即吕炅。庾及之,即庾承宣。杜归和,或即杜元颖。韦氏,指元稹妻韦丛的娘家。

【注释】

①周,原作"同",据元稹《韦氏馆与周隐客杜归和泛舟》等改。同,原无,据卢本补。

②"杏花"句:杏花坛,亦作杏坛。三国吴董奉在杏林修炼成仙,后因指道教修炼处。形真,化现世间色身的神仙。

狂　醉

一自柏台为御史,二年辜负两京春。岘亭今日颠狂醉,舞引红娘乱打人。①

【题解】

此诗元和五年(810)作于自长安赴江陵途中。

【注释】

①“舞引红娘”句:均抛打曲名。酒筵上行抛打令时,主宾皆回环而坐,先用香球或杯盏巡传,以乐曲定其始终。曲急促近杀拍时,则有嬉戏性的抛掷,中球或杯盏者须持香球或杯盏起舞。打,即指巡传香球或杯盏时的抛掷。抛打令普遍用妓乐。

伴僧行

春来求事百无成,因向愁中识道情。花满杏园千万树,几人能伴老僧行。

【题解】

此诗约元和元年(806)前作于长安。作者接触佛家确实较早,但“尽日听僧讲”主要兴趣在娱乐而不在教义。青年仕途蹭蹬时,也曾亲近过僧侣,如首二句“春来求事百无成,因向愁中识道情”所云,究其目的,似仅在破愁解闷而已。

古　寺

古寺春余日半斜,竹风萧爽胜人家。花时不到有花院,意在寻僧不在花。

【题解】

此诗创作时地不详。诗作表达一种闲散淡远的心境,正如其末句“意在寻僧不在花”所云。

定　僧

落魄闲行不着家，遍寻春寺赏年华。野[①]僧偶向花前定，满树狂风满树花。

【题解】

此诗创作时地不详。定，谓心专注于一境而不散乱的禅境。诗写落魄的作者外出偶遇花前定僧，心中十分感触，写下这首禅诗，巧用“幡动风动”的禅宗公案，表达了学佛向禅的心情。

此段公案非常著名，出自《坛经·顿渐第八》：“值印宗法师讲《涅槃经》，时有风吹幡动，一僧曰风动，一僧曰幡动，议论不已。惠能进曰：不是风动，不是幡动，仁者心动。一众骇然。”其中，“仁者心动”、“一众骇然”惠昕本《坛经》分别作“人心自动”、“印宗闻之竦然”。又，法海本《坛经》中并没有记载这个故事。

【注释】

①野：卢本、杨本、《全诗》“一作”作“禅”。

观心处

满坐喧喧笑语频，独怜方丈了无尘。灯前便是观心处，要似观心有几人。

【题解】

此诗创作时地不详。观心，佛教认为，心为万法之主体，无一事一物在心外，故观心即能究明一切事理。自然，也没有多少人能够达到像诗中所写“了无尘”的方丈那样的修为。

智度师二首

四十年前马上飞，功名藏尽拥禅衣。石榴园①下擒生处，独自闲行独自归。

三陷思明三突围，铁衣抛尽纳禅衣。天津桥②上无人识，闲凭栏干望落晖。

【题解】

此二首贞元十九二十年(804)左右作于洛阳。诗写"智度师"昔日在战场上英姿勃发，勇武有为，而今却是晚景凄凉，孤独终老。如此结局，不能不令人同情。全篇在强烈的今夕对比中，写尽英雄迟暮失路之悲，极感慨苍凉之致。

赵与旹《宾退录》卷四云："陶谷《五代乱离记》载，黄巢遁免后，祝发为浮屠，有诗云：'三十年前草上飞，铁衣著尽著僧衣。天津桥上无人问，独倚危栏看落晖。'近世王仲言亦信之，笔于《挥麈录》。殊不知此乃以元微之《智度师》诗窜易磔裂，合二为一，元集可考也。"《全唐诗》卷七三三录作黄巢诗，题《自题像》，题下注："陶谷《五代乱离纪》云，巢败后为僧，依张全义于洛阳，曾绘像题诗，人见像，识其为巢云。"首尾二句分别作"记得当年草上飞"、"独倚栏干看落晖"。又，《全宋诗》据王明清《挥麈录》卷五辑以上"三十年前草上飞"一首入陶谷诗卷，则又系未审文意而误录。胡可先《〈全宋诗〉误收唐诗考》已为表出。

【注释】

①石榴园：在今山西解县。

②天津桥：古浮桥名，故址在今河南洛阳旧城西南洛河上。隋炀帝大业元年迁都，以洛水贯都，有天汉津梁之象，因建桥于其地，名曰天津桥。

【辑评】

清黄周星《唐诗快》卷一五："此本微之诗也，何后人相传为黄巢题桥之作？然因诗而想其人，当亦非善菩萨矣。”

西明寺牡丹

花向琉璃地[①]上生，光风炫转紫云英[②]。自从天女盘中见，直至今朝眼更明。

【题解】

此诗元和元年(806)以前作于长安。这首七绝，咏的是寺院牡丹，所用典故，自佛经中拈来，非常妥帖。诗写得明净清新，就像其中所写的让作者“眼更明”的牡丹一样，也令读者眼前为之一亮。

【注释】

①琉璃地：指寺观。相传青色为虚空之色，乃由须弥山南方之琉璃宝映现而成。

②“光风”句：光风，《楚辞》王逸注：“光风，谓雨已日出而风，草木有光也。”紫云英，牡丹花名。

忆杨十二巨源[①]

去时芍药才堪赠，看却残花已度春。只为情深偏怆别，等闲相见莫相亲。

【题解】

此诗创作时地不详。诗写与老友分别已有时日，感叹因二人情深意挚，别时凄怆，至今想来仍令人心伤不已，倒不如随便相交的好。末二句从反面着笔，更能突出深厚的友谊。

【注释】

①巨源:杨本、董本、《全诗》无。

送复梦赴韦令幕

世上如今重检身,吾徒耽酒作狂人。西曹[1]旧事多持法,慎莫吐他丞相茵[2]。

【题解】

此诗贞元十七年(801)至永贞元年(805)作于长安。复梦,指林蕴。韦令,指韦皋。与白居易任职秘省期间的诗歌创作一样,元诗也大致上可以分为应酬性质的送赠诗、记游写景诗、远游诗等三类,内容上的总体特点是闲适,也充分体现了此期任职清闲的职务性格。末句反用旧典之意,以称美韦皋对属吏的宽厚。

【注释】

①西曹:古官名,汉朝丞相、三公府僚属诸曹之一,掌署用府僚事,以掾主事,后军府、郡县等亦置。此指剑南四川节度使属官。

②"慎莫"句:《汉书·丙吉传》:"吉驭吏嗜酒,数逋荡,尝从吉出,醉欧丞相车上。西曹主吏白欲斥之,吉曰:'以醉饱之失去士,使此人将复何所容?西曹地忍之,此不过污丞相车茵耳。'"丞相,此指韦皋。贞元十二年,韦皋加同中书门下平章事,为使相,故云。

送刘太白

太白居从善坊

洛阳大底[1]居人少,从善坊西最寂寥。想得刘君独骑马,古堤愁树隔中桥[2]。

【题解】

此诗约贞元末作于长安。刘敦质，贞元十二年卒。从善坊，在洛阳定鼎门街，刘敦质有宅在此。首二句言洛阳有的坊甚为空旷，为后二句抒发二人的“寂寥”别情作铺垫。

【注释】

①大底：大抵。

②“古堤”句：愁，何校、《全诗》作“秋”。中桥，即新中桥，在洛阳安业坊北，南当长夏门街。

奉诚园

马司徒旧宅

萧相[1]深诚奉至尊，旧居求作奉诚园。秋来古巷无人扫，树满空墙闭戟门[2]。

【题解】

约元和元年(806)以前作于长安。奉诚园，在长安朱雀门街。马司徒指马燧，贞元中为司徒。诗写奉诚园繁华过后的破败、空寂，沧桑感极强。

【注释】

①萧相：即萧何。此借指使相马燧。

②戟门：立戟之门。《新唐书·卢坦传》：“旧制，官(职事官)、阶(散官)、勋(勋官)俱三品，始听立戟，后虽转四品官，非贬削者，戟不夺。”故又称贵显之家为戟门。

与太白同之东洛，至栎阳，太白染疾驻行，予九月二十五日至华岳寺，雪后望山

共作洛阳千里伴，老刘因疾驻行轩。今朝独自山前立，

雪满三峰①倚寺门。

【题解】

此诗贞元二十年(804)作于自长安赴洛阳途中。太白,即刘敦质。栎阳,唐京兆府属县,治所在今陕西临潼北,当渭北东出同州之要冲并置驿。诗作缘题而赋。

【注释】

①三峰:西岳华山主峰有三:东峰朝阳、南峰落雁、西峰莲花。

野狐泉柳林

去日野狐泉上柳,紫牙初绽拂眉低。秋来寥落惊风雨,叶满空林踏作泥。

【题解】

此诗贞元二十年(804)作于自长安赴洛阳途中。野狐泉,在今陕西华阴潼关境内。诗借野狐泉上之柳春去秋来的变化,抒写今昔之感。当代诗人赵家怡以“自古秋柳诗语多萧瑟,今反其意”而作《秋柳图诗》,其中有一首云:

> 空林风雨恼微之,我道为泥胜昔时。待护百花明岁发,花丛含笑遣君知。(《南村诗词集》)

也可见出元稹诗歌在后世接受状况之一斑。

酬胡三凭人问牡丹

窃见胡三问牡丹,为言依旧满西栏。花时何处偏相忆,寥落衰红雨后看。

【题解】

此诗约贞元十九年(803)前作于长安。胡灵之原唱已佚。诗写惜花怀友。友人问及牡丹花事的情况,作者告诉他,牡丹依旧栽满西栏。花开时节,你在外地还思念着它。现在只有我一个人,在凄清的雨后看着凋谢了的牡丹。末句写出不胜思念友人之意。

酬乐天秋兴见赠,本句云:莫怪独吟秋兴苦,比君校近二毛年

劝君休作悲秋赋,白发如星也任垂。毕竟百年同是梦,长年何异少何为。

【题解】

此诗贞元十八年(802)或稍前作于长安。二毛年,指三十二岁。潘岳《秋兴赋》序:"余春秋三十有二,始见二毛。"白居易原唱《秋雨中赠元九》:

> 不堪红叶青苔地,又是凉风暮雨天。莫怪独吟秋思苦,比君较近二毛年。

写秋思之苦,心情怆凉,因而就过早地衰老了。元作诗意紧承白诗,也认为友人悲秋之作太多,但相劝的理由却颇低调而灰色,本身也不免悲剧意味。元白这一阶段作品的特点正是如此,偏重表现个人生活和闲适,风格平易流畅。

雪后宿同轨店,上法护寺钟楼望月

满山残雪满山风,野寺无门院院空。烟火渐稀孤店静,月明深夜古楼中。

【题解】

此诗贞元二十年(804)作于自长安赴洛阳途中。同轨店,在今河南宜阳西北,法护寺在其附近。诗人置身于空山野寺的钟楼上,孤月当空,触景生情而写是诗。纵观全诗,无一处谈禅,而处处皆禅,诗味禅味,水乳交融,实在是禅诗中的上乘佳作。禅是一种空灵静寂,不可言说的精神境界,因此,空洞地说教,不仅无从入禅,反而会背道而驰。诗人在诗中所表现的空灵、静寂、韵外之致,正是用形象喻禅,既起到不可言传、只能意会的功效,也表达了作者的诗情禅趣。

陪韦尚书丈归履信宅,因赠韦氏兄弟

紫垣驺骑入华居,公子文衣护锦舆。眠阁书生[①]复何事,也骑羸马从尚书。

【题解】

此诗贞元十九年(803)作于洛阳。韦尚书,指韦夏卿。曾为检校工部尚书、东都留守。履信宅,在洛阳定鼎门街,韦氏有宅在此。诗中写出的,可以理解为是一副趋炎附势之态。

【注释】

①眠阁书生:时元稹为秘书省校书郎,闲淡无事,故自称云。

永贞二年正月二日,上御丹凤楼,赦天下,予与李公垂、庾顺之闲行曲江,不及盛观

春来饶梦慵朝起,不看千官拥御楼。却着闲行是忙事,数人同傍曲江头。

【题解】

此诗元和元年(806)作于长安。丹凤楼,长安大明宫正南门丹凤门的门楼,每大赦天下,皇帝即御此楼。李公垂、庾顺之,指李绅、庾敬休。诗写元稹与此二人不但不参加唐宪宗的改元盛典,而是“闲行曲江”,而且明知纪元已改元和,却偏以“永贞二年”标其题。这种明显支持已经失败了的“永贞革新”的政治态度,最终导致了元稹在宪宗一朝的悲剧性遭遇。

韦居守晚岁,常言退休之志,因署其居曰大隐洞,命予赋诗,因赠绝句

谢公潜有东山意①,已向朱门启洞门。大隐犹疑恋朝市,不如名作罢归园。

【题解】

此诗贞元十九年(803)作于洛阳。韦居守,韦夏卿。居守,留守。大隐,住在闹市而怀隐逸之情者。诗作把韦夏卿比作谢安,对其退隐意愿采取积极促成的态度。

【注释】

①“谢公”句:谢安出仕前,曾隐居于会稽东山,屡征不出。《世说新语·排调》:“谢公始有东山之志,后严命屡臻,势不获已,始就桓公司马。”

赠李十二牡丹花片,因以饯行

莺涩余声絮堕风,牡丹花尽叶成丛。可怜颜色经年别,收取朱栏一片红。

【题解】

此诗元和元年(806)作于长安。李十二,岑仲勉《唐人行第录》:"余疑是李二十之倒错,即绅也。"本年李绅进士及第,元白为之送行。诗写暮春时节,牡丹凋谢,残蕊纷飞,堕满朱栏,收拾落花为友人饯行。"可怜颜色经年别"句,意谓凋谢了的牡丹,要想再见到她美丽的容颜,还得经过一年。依依别情,尽在其中。

题李十一修行里居壁

云阙[①]朝回尘骑合,杏花春尽曲江闲。怜君虽在城中住,不隔人家便是山。

【题解】

此诗或元和十年(815)作于长安。李十一,李建。修行里,即修行坊,在朱雀门街。诗写友人虽住在繁华的帝都城中,然而却已是与山林无人家之隔了。尘俗缘尽,且寄心于山林,自乐其乐,一个"怜"字,足以见出坦然叙事背后所隐藏的悲感。

【注释】

①云阙:即宫门前高耸的观阙,因其高大入云,故称。此借指皇城。

靖安穷居

喧静不由居远近,大都车马就权门。野人住处无名利,草满空阶树满园。

【题解】

此诗贞元十九年(803)前作于长安。靖安,在长安朱雀门街,元稹有宅在此。孟郊《伤时》诗有云："有财有势即相识，无财无势同路人。"在唐代诗人笔下，都市中的人际交往一般围绕着权势、金钱两个维度而进行。权势维度是封建城市的政治性本质的"朝"的一面在人际关系上的延伸。古代都市人际交往中趋炎附势的情形似乎并不少见，诗人对此也多有感叹，所谓"长安车马客，倾心奉权贵"（元稹《元和五年予官不了罚俸西归……思怆曩游因投五十韵》）。其时犹未为官的元稹，所居地僻房窄，除了像白居易这样的诗友经常造访外，平时少有车马，门庭冷落。诗作正是当时此种情况的自我写照。

赠乐天

等闲相见销长日，也有闲时更学琴。不是眼前无外物，不关心事不经心。

【题解】

此诗或贞元十九年至二十一年(805)作于长安。诗写静修体悟的流露。自己平常闲时与朋友聚会，聊天吟诗以打发时光。没有聚会时，也自己学学琴。闲到如此地步，并非是隐居深山，无所事事了，而是心中无事，无所用心的缘故。佛法是心法，心闲一切闲。只要自己心不闹，处处事事，何处不闲？欲觅一不闲而不可得。但欲觅一个闲，也是不可得。

使东川

并序。此后并御史时诗

元和四年三月七日，予以监察御史使东川，往来鞍马间，赋诗凡三十二章，秘书省校书郎白行简为予手写为东川卷。今所录者，但七言绝句长句[①]耳，起《骆口驿》，尽《望驿台》二十二首云。

【注释】

①长句：即长调，指七言诗。李贺《申胡子觱篥歌》序："尔徒能长调，不能作五字歌诗。"

骆口驿二首

东壁上有李二十员外逢吉、崔二十二侍御韶使云南题名处，北壁有翰林白二十二居易题拥石关云开雪红树等篇，有王质夫和焉。王不知是何人也

邮亭壁上数行字，崔李题名王白诗。尽日无人共言语，不离墙下至行时。

二星徼外通蛮服①，五夜②灯前草御文。我到东川恰相半，向南看月北看云。

【题解】

骆口驿，骆谷道北口有骆谷关，在盩厔县西南一百二十里处，骆口驿约在此处。严耕望《唐代交通图考》以为在真符县南傥谷中。诗写作者经行此驿，通过墙壁这一媒介来获取白居易的讯息，以至于不舍得离开，仿佛在与好友促膝而谈。白居易《骆驿旧题诗》云：

> 拙诗在壁无人爱，鸟污苔侵文字残。唯有多情元侍御，绣衣不惜拂尘看。

元白之所以在墙壁上寻找诗歌，是因为他们非常熟悉题壁是一种有效的传播途径，既处于交通要道，人来人往便于传播，又不受时空的限制，可以随兴所至，恣意挥洒。

【注释】

①"二星"句：二星，即二位星使的省称，指李逢吉和崔韶。古代以为天节八星，主使臣事，因称帝王的使者为星使。蛮服，古代王畿方千里之外，每方五百里分为一服，共分为九服。蛮服在卫服之外，夷服之内，为第六

服。此泛指远离京畿的边远地区。

②五夜:《文选》李善注引《汉旧仪》:“昼夜涌起,省中用火,中黄门持五夜:甲夜、乙夜、丙夜、丁夜、戊夜也。”此指戊夜,即五更。

清明日

行至汉上,忆与乐天、知退、杓直、拒非、顺之辈同游

常年寒食好风轻,触处相随取次行①。今日清明汉江上,一身骑马县官迎。

【题解】

知退,即白行简,白居易之弟。杓直,即李建。拒非,指李复礼。顺之,指庾敬休。诗写清明日行至汉江上,因忆往昔与友同游情形。

【注释】

①“触处”句:触处,到处,随处,极言其多。取次,任意,随意。

亚枝红

往岁与乐天曾于郭家亭子竹林中,见亚枝红桃花半在池水,自后数年,不复记得。忽于褒城驿池岸竹间见之,宛如旧物,深所怆然

平阳池上亚枝红,怅望山邮是事同。还向万竿①深竹里,一枝浑卧碧流中。

【题解】

郭家,指郭子仪家。诗中所云“平阳池”,即在长安朱雀门街郭子仪宅

中。诗作如序所云，感叹世事沧桑。有趣的是，王士禛《渔洋诗话》卷上曾云：

余尝梦中得诗云："溪流翡翠映烟云，溪上飞桥落彩虹。爱玩花丛忆元相，一枝浑卧碧流中。"既觉，不知所谓。及使蜀，乃悟是元微之《亚枝红》诗，即使东川作也。

在古代，类似的梦中得诗的记载不胜枚举。又如袁枚《随园诗话》补遗卷一〇所记，更是有如聊斋一般："严小秋丁巳二月十九夜梦访随园。过小桃源，天暗路滑，满地葛藤，非平日所行之路。不数武，见二碑，苔藓斑然，字不可识。时半钩残月，树丛中隐约有茅屋数间，一灯如豆。急趋就之，隔窗闻一女郎吟曰：'默坐不知寒，但觉春衫薄。偶起放帘钩，梅梢纤月落。'又一女郎吟曰：'瘦骨禁寒恨漏长，勾人肠断月茫茫。伤心怕听旁人说，依旧春风到海棠。'方欲就窗窥之，忽闻犬吠惊觉。此殆女鬼而能诗者耶？"

【注释】

①竿：卢本、《纪事》、《全诗》作"茎"。

梁州梦

是夜宿汉川驿、梦与杓直、乐天同游曲江，兼入慈恩寺诸院。倏然而寤，则递乘及阶，邮使已传呼报晓矣

梦君同绕曲江头，也向慈恩院院游。亭吏呼人排去马，忽惊身在古梁州。

【题解】

汉川驿，在汉中盆地。递乘，驿站所供备的驿车。诗写夜宿汉川驿，梦见与李建和白居易一起游览曲江，并到了慈恩寺里的各个僧院。后来突然惊醒，换乘的马已牵到阶下，送公文书信的使节已呼叫天亮了，这才知道自己身在古老的梁州。白行简《三梦记》有云：

元和四年，河南元微之为监察御史，奉使剑外。去逾旬，予与仲兄

乐天、陇西李杓直同游曲江，诣慈恩佛舍，遍历僧院，淹留移时……命酒对酌，甚欢畅。兄停杯久之，曰："微之当达梁矣。"命题一篇于屋壁，其词曰："春来无计破春愁，醉折花枝作酒筹。忽忆故人天际去，计程今日到梁州。"实二十一日也。十许日，会梁州使适至，获微之书一函，后寄《纪梦诗》一篇，其词曰……日月与游寺题诗日月率同。盖所谓此有所为而彼梦之者矣。

计有功《唐诗纪事》卷三七亦云：

微之元和四年为御史，鞫狱梓潼，乐天昆仲送至城西而别。后旬日，昆仲与李侍郎建闲游曲江及慈恩寺，饮酣作诗曰："花时同醉破春愁，醉折花枝作酒筹。忽忆故人天际去，计程今日到梁州。"后旬日得元书，果以是日至褒，仍寄诗曰："梦见兄弟曲江头，也到慈恩院院游。驿吏唤人排马去，忽惊身在古梁州。"千里魂交，合若符契，自有《感梦记》，备叙其事。

相比而言，元诗前两句写梦境，情调欢乐，兴致浓烈；后两句写梦醒，笔锋转折，收于宦游之苦，怅然若失。布置得法，情味调度，胜于白居易寄作。

有必要提及的是，方诗铭、黄永年曾撰文考辨过《三梦记》之伪，并据《本事诗》自序题"光启二年"，认为《三梦记》伪造的时代不可能早于唐末；又据《太平广记》没有收录的情况，判定北宋初年编纂《广记》时伪《三梦记》还未流传；计有功编写《唐诗纪事》时已有采录，可见南宋时伪《三梦记》已流传于世。当然，也有学者认为《三梦记》所记并非全伪。

南秦雪

帝城寒尽临寒食，骆谷春深未有春。才见岭头云似盖，已惊岩下雪如尘。千峰笋石千株(一本作千条。)玉，万树松萝万朵银。飞鸟不飞猿不动，青骢御史上南秦。

【题解】

南秦，梁州的别称。东晋侨置秦州，治南郑。宋、齐因之，兼置南秦州。

诗作慨叹艰险旅程。白居易《南秦雪》可参读：

往岁曾为西邑吏，惯从骆口到南秦。三时云冷多飞雪，二月山寒少有春。我思旧事犹惆怅，君作初行定苦辛。仍赖愁猿寒不叫，若闻猿叫更愁人。

江楼月

嘉川驿望月、忆杓直、乐天、知退、拒非、顺之数贤，居近曲江，闲夜多同步月①

嘉陵江岸驿楼中，江在楼前月在空。月色满床兼满地，江声如鼓复如风。诚知远近皆三五，但恐阴晴有异同。万一帝乡还洁白(一本作皎洁。)，几人潜傍杏园东。

【题解】

嘉川，在今四川广元北。嘉川驿当在嘉川属地。诗写嘉川驿望月，回忆与诸贤曲江步月。看似写驿楼江上明月，驿楼面江，明月当空，月色满床，涛声似鼓，江声如风，无论远近，同是三五明月夜，但阴晴有异同，抑郁担忧，实为政治斗争漩涡中忧谗畏讥心情的流露与反映。白居易《江楼月》云：

嘉陵江曲曲江迟，明月虽同人别离。一宵光景潜相忆，两地阴晴远不知。谁料江边怀我夜，正当池畔望君时。今朝共语方同悔，不解多情先寄诗。

【注释】

①闲：原作“间”，据杨本、董本、《全诗》改。

惭问囚

蜀门夜行，忆与顺之在司马炼师坛上话出处时

司马子微坛上头，与君深结白云俦。尚平[1]村落拟连买，王屋山泉为别游。各待陆浑求一尉，共资三径便同休。那知今日蜀门路，带月夜行缘问囚。

【题解】

司马炼师坛，在王屋山。司马承祯字子微，盛唐著名道士，开元十五年玄宗令其择居王屋山。炼师，《唐六典》卷四："道士有三号……其德高思精者谓之炼师。"刘肃《大唐新语》卷一〇所载"终南捷径"的著名逸事，从侧面反映出司马承祯在当时官僚士大夫间的影响。司马承祯对士人隐居求道虚伪风气的讥嘲态度，体现了他高蹈的风格及见解的机智。直到中唐时，正如元稹此诗题注所云，王屋山上司马承祯道坛仍是文人游历驻足之处，文人间对他仍保持着真挚的崇敬之情，同时也表明后者对诗坛的深远影响。

【注释】

①尚平：东汉人向平。隐居不仕，通老、易。子女嫁娶既毕，离家出游，不知所终。向，晋皇甫谧《高士传》作"尚"。

江上行

闷见汉江流不息，悠悠漫漫竟何成。江流不语意相问，何事远来江上行。

【题解】

本组纪行诗中的这首《江上行》，立意聚焦于“竟何成”三字，诗人借江流自问，这些年来的风尘仆仆（不似作者所“闷见”的“江流”那般“悠悠漫漫”），有何成就？这种追问所要表达的，是对自己当时仕宦状态的不满。

汉江笛

三月十五日夜，于西县白马驿南楼闻笛怅然，忆得小年曾与从兄长楚写汉江闻笛赋，因而有怆耳①

小年为写游梁赋②，最说汉江闻笛愁。今夜听时在何处，月明西县驿南楼。

【题解】

白马驿，因西县旧白马关而得名，即元稹诗篇名所云“西县驿”。白居易《江上笛》曰：

> 江上何人夜吹笛，声声似忆故园春。此时闻者堪头白，况是多愁少睡人。

元诗与白诗一样，先写明笛声的主题，再写闻笛思乡的情感，语意明朗，情思清晰，不作晕染与烘托，这跟元、白尚俗求易的风格也是一致的。

【注释】

①汉江笛，卢本、杨本、董本、《全诗》作“汉江上笛”。三月，原作“二月”。元稹三月七日始自长安发赴东川，故此处“二”应为形近之讹。卢本、杨本、董本末有“一本作有怀”。

②游梁赋：即题注所谓《汉江闻笛赋》。西县属梁州辖县，故云。

邮亭月

于骆口驿见崔二十二题名处，数夜后于青山驿玩月，忆得崔生好持确论，每于宵话之中，常曰：人生昼务夜安，步月闲行，吾不与也。言讫坚卧，他人虽千百其词，难动摇矣。至是怆然思此题因有献

君多务实我多情，大抵偏嗔步月明。今夜山邮与蛮嶂①，君应坚卧我还行。

【题解】

青山驿，在真符县骆谷道中，为当时自关中入蜀的必经之路。诗作缘题注而赋，写对月多情，忆友坚卧我还行，落脚点正在略带嗔怪意谓的“我还行”三字上。

【注释】

①蛮嶂：指崔韶所去之地。崔出使云南，故云。

嘉陵驿二首篇末有怀①

嘉陵驿上空床客，一夜嘉陵江水声。仍对墙南满山树，野花撩乱月胧明。

墙外花枝压短墙，月明还照半张床。无人会得此时意，一夜独眠西畔廊。

【题解】

嘉陵驿，《蜀中广记》卷二四：“驿路有曰问津。《志》云：昔孔明行师，于此问津，故名。按，即古嘉陵驿也，在治西一里。”诗作如黄叔灿《唐诗笺注》卷九所评，以“索莫情怀与凄凉景色夹写”。白居易《嘉陵夜有怀二首》云：

露湿墙花春意深，西廊月上半床阴。怜君独卧无言语，惟我知君此夜心。

不明不暗胧胧月，非暖非寒慢慢风。独卧空床好天气，平明闲事

到心中。

【注释】

①篇末有怀，卢本、杨本、董本作题下小字注。

百牢关

奉使推小吏任敬仲

嘉陵江上万重山，何事临江一破颜。自笑只缘任敬仲，等闲身度百牢关。

【题解】

被审问之小吏任敬仲，见元稹《弹奏剑南东川节度使状》所云："臣昨奉三月一日敕，令往剑南东川详覆泸川监官任敬仲赃犯，于彼访闻严砺在任日擅没前件庄宅、奴婢等，至今月十七日详覆事毕。"诗写"等闲"度关，只缘奉使推吏，不禁临江破颜一笑，颇显苦涩无奈之意。

江花落

日暮嘉陵江水东，梨花万片逐江风。江花何处最肠断，半落江流半在空。

【题解】

此诗通过对江花飘落的瞬间展示，意在表现一种人生的飘零感。基于此，诗人将语言作了精心选择与安排。全诗四句，每句都有一个"江"字，分别放在第五个、第六个、第一个和第三个字上。这个"江"字在错落有致、起伏跌宕的声韵中，构成了一种象征和暗示。它如同一个浮标，在情感之流里的不同变化，正象征和暗示江花在江风鼓荡下的上下翻飞，以及人在无根状态，为某种社会必然性所裹挟，因而不得不处于飘零之中的可怜与无奈。

嘉陵江二首

秦人惟识秦中水，长想吴江与蜀江[①]。今日嘉川驿楼下，可怜如练绕明窗。

千里嘉陵江水声，何年重绕此江行。只应添得清宵梦，时见满江流月明。

【题解】

第一首诗说我这个从秦地来的人，只认识秦地的河川，对吴地和蜀地的江河只能想象。如今在所住的嘉陵驿楼下，嘉陵江像一匹光彩夺目的白色丝绢，在窗前绕行。第二首诗说嘉陵江绵延千里，江水声伴随着我的旅程，不知何年才能重新沿着这条迷人的江水航行。如今思念只能变成深夜里的梦境，时时见到明亮的月光在满江的波浪上闪耀。

【注释】

①吴江与蜀江：吴江，即吴淞江，本源出太湖，东入大海，明以后汇入黄浦江。蜀江，指今四川岷江及岷山口以下之长江。

西县驿

去时楼上清明夜，月照楼前撩乱花。今日成阴复成子，可怜春尽未还家。

【题解】

此诗写思乡之情。王楙《野客丛书》卷九“诗句纪时”条以为权德舆作，恐非是：

张华《劳还师歌》曰：“昔往冒隆暑，今来白雪霏。”刘禹锡曰：“昔看黄菊与君别，今见玄蝉我却回。”权德舆曰：“去时楼上清明夜，月照楼前撩乱花。今日成阴复成子，可怜春尽未归家。”皆纪时也。此祖《诗》“昔我往矣，杨柳依依。今我来思，雨雪霏霏”之意。方干诗曰：“去时初种庭前树，树已胜巢人未归。”

望喜驿

满眼文书堆案边，眼昏偷得暂时眠。子规[①]惊觉灯又灭，一道月光横枕前。

【题解】

望喜驿，《读史方舆纪要》卷六八《广元县》：“县北四十里有望喜驿，唐名也，今曰沙河驿。”诗写望喜驿中眼昏暂眠，为子规惊觉，但见月光横枕，不禁勾起思归之情。

【注释】

①子规：杜鹃别名，相传为蜀帝杜宇魂魄所化，常夜鸣，声音凄切。

好时节

身骑骢马峨眉[①]下，面带霜威卓氏[②]前。虚度东川好时节，酒楼元被蜀儿眠。

【题解】

诗写因为碍于面子，没能像巴蜀之人那样无所顾忌地开怀痛饮，叹息自己虚度了大好时光。

【注释】

①峨眉：山名，在今四川峨眉山市西南，为我国佛教四大名山之一，因有山峰相对如蛾眉，故名。

②卓氏：指卓文君。

夜深行

夜深犹自绕江行，震地江声似鼓声。渐见戍楼疑近驿，百牢关吏火前迎。

【题解】

此诗写在漆黑一片的深夜，看不到远处的一切，而湍急的嘉陵江水却一刻不停地奔腾向前，传来震天动地的声响。这对第一次身临其境的作者来说，情景颇为恐怖，思想难免紧张。大概是百牢关的驿吏提前得到“戍楼”上传递过来的信息，出于职责的考虑，也担心元稹的安全，急急忙忙前来迎候的吧！

望驿台

三月尽

可怜三月三旬足，怅望江边望驿台。料得孟光今日语，不曾春尽不归来。

【题解】

望驿台，在今四川广元。冯浩《玉溪生诗详注》卷二《望喜驿别嘉陵江水二绝》注：“按：香山《酬元九东川路诗》中有嘉陵县望驿台，即望喜驿也。”作者此篇用真挚而朴素的口语，写出对妻子的思念。三月的三十天都过去了，可怜我正在江边望驿台上惆怅地眺望长安，料想我那贤惠的妻子今天会自言自语地说，从没有过，春天都过尽了，他还不曾回来。黄周星《唐诗快》卷一五评末句云：“分明说从来春尽必归耳，却反言之，愈觉句法之妖冶。”

白居易也和作过一首《望驿台(三月三十日)》：

> 靖安宅里当窗柳，望驿台前扑地花。两处春光同日尽，居人思客客思家。

用旁观者的口吻和互文般的笔触，描摹分处两地的元稹夫妻，在春光将尽之际，相互思念对方的情景。可以参读。

赠咸阳少府萧郎

莫怪逢君泪每盈，仲由多感有深情。陆家幼女托良婿，阮氏诸房无外生。① 顾我自伤为弟拙，念渠能继事姑名②。别时何处最肠断，日暮渭阳③驱马行。

【题解】

此诗贞元末至元和五年(810)作于长安，时元稹大姐已卒。萧郎，元稹外甥女婿。诗作充溢亲情，尤其是末二句，既写出自己夕阳下在渭水之阳策马而行的实景，又不留痕迹地化用渭阳之典，表明自己与所赠诗者之间的舅甥关系。

【注释】

①“陆家”二句：据元稹《夏阳县令陆翰妻河南元氏墓志铭》，大姊适吴郡陆翰，生“二女，曰燕，曰迎”。良婿，指萧郎。“阮氏”句，谓陆氏诸房无外

甥，即萧郎夫妇尚无子。

②“念渠”句：谓陆家幼女能继其母“事姑如母”的美德。

③渭阳：渭水之阳，此指咸阳。《诗·秦风·渭阳》：“送我舅氏，曰至渭阳。”朱熹集传：“舅氏，秦康公之舅，晋公子重耳也。出亡在外，穆公召而纳之。时康公为太子，送之渭阳，而作此诗。”后用为表示舅甥情谊的典故。

赠吕二校书

与吕校书同年科第，后为别七年，元和己丑岁八月，偶于陶化坊会宿①

同年同拜校书郎，触处潜行烂熳②狂。共占花园争赵辟，竞添钱贯定秋娘。③七年浮世皆经眼，八月闲宵忽并床。语到欲明欢又泣，傍人相笑两相伤。

【题解】

此诗元和四年(809)作于洛阳。吕二校书，吕炅。陶化坊，在洛阳定鼎门街，吕炅有宅在此。七年，指贞元十九年至元和四年。诗写偶遇友人，“并床”话旧到天明，悲喜交集的心情。白居易酬和为《和元九与吕二同宿话旧感怀》：

见君新赠吕君诗，忆得同年行乐时。争入杏园齐马首，潜过柳曲斗蛾眉。八人云散俱游宦，七度花开尽别离。闻道秋娘犹且在，至今时复问微之。

【注释】

①二：原作“三”，据元稹《酬哥舒大少府寄同年科第》自注、岑仲勉《唐人行第录》改。

②烂熳：放浪不拘形迹。

③“共占”二句：赵辟，即赵地的美女，此泛指美女。辟，同“躄”。秋娘，唐代歌妓女伶的泛称。

封　书

鹤台[①]南望白云关，城市犹存暂一还。书出步虚[②]三百韵，蕊珠文字[③]在人间。

【题解】

此诗贞元二十年(804)作于济源。诗末二句，有可说处。佛教讲究寂灭，所以趋向于恬静；道家讲究飞升，所以趋向于浪漫。佛教对诗人的影响是精神的内敛，诗歌中所表现出来的是恬淡静穆；道教对诗人的影响是个性的张扬，诗歌中所表现出来的是恣肆夸张。但是在"澄怀观道"这一点上，佛教与道教是相通的。和禅诗一样，道教影响下的诗歌也有两种内容和形式：一种是直接宣传道教，被称为"步虚声"，相当于佛教的"梵呗"；一种则是受道家思想影响而表现为想象奇特、浪漫恣肆的诗歌风格。

诗中所云《步虚声》的内容，基本上都是道教所宣扬的轻举飞升之类的事，这是非常浪漫而又引人遐想的，它的旋律和表演形式大概也很优美，所以很受人们的喜爱。佛、道之别，从修为境界上简单地讲，就是"无生"与"永生"之别。佛教和道教都讲修持果报。但佛教讲苦行，求来世，按照佛家的说法，如果不能修到佛、菩萨、声闻、缘觉四果位，仍然要进入六道轮回。而道教宣扬的是肉身飞升，一人得道，鸡犬皆可升天，所以对一般人更有吸引力。除了《步虚声》以外，唐代歌曲涉及道家神仙的，还有《洞仙歌》、《女冠子》，等等。

【注释】

①鹤台：指丁令威化鹤至辽东时所停息之华表。

②步虚：《乐府诗集》卷七八："《乐府题解》曰：'步虚词，道家曲也，备言众仙缥缈轻举之美。'"

③蕊珠文字：指道教经籍，此借指与道教有关的文字。

仁风李著作园醉后寄李十

胧明春月照花枝，花下音声是管儿[①]。却笑西京李员外，五更骑马趁[②]朝时。

【题解】

此诗元和五年(810)作于洛阳。仁风，即仁风坊，在洛阳定鼎门街。李著作，无考。著作，即著作郎、著作佐郎的省称。李十，岑仲勉《唐人行第录》以为乃"李十一"之夺文，与诗中"李员外"或均应指李建。白居易酬和为《和微之十七与君别及胧明花枝之咏》(兼和元稹另一首诗)。

【注释】

①"花下"句：音声，音乐。音，钱校、《全诗》"一作"作"莺"。是，钱校作"似"。管儿，李著作家的歌伎。

②趁：到某处去，犹上街之上、赶集之赶。

灯　影

洛阳昼夜无车马，漫挂红纱满树头。见说平时灯影里，玄宗潜伴太真游。

【题解】

此诗元和四年至五年(810)作于洛阳。诗中"见说"二句写的是用影戏表演杨贵妃、唐玄宗的故事。这表明，早在中唐时期，洛阳已经有了成熟的影戏。有学者研究指出，唐代影戏的各种技术手段已经初步完备，如影偶、弄影术等。从活动主体来看，影戏的最初表演者是术士僧人。至中唐时期，影戏已经扩散至市井民间用来表演故事，加入弄影者行列的有民间艺人，甚至还有儿童。影戏的最初演出场所是寺院。随着演出内容的逐步拓展，影戏成为民间节日活动中重要的娱乐形式，走向了世俗的舞台，如元宵节的影戏便很繁盛。在表演内容上，初期的影戏还没有从巫术和佛教“以影说法”中剥离出来，其内容大多为宣讲佛教的宗旨和宗教故事，后来表演题材扩大，开始关注众生万象，演述诸如李、杨之类的爱情故事。影戏的唱词体例与唐代俗讲有相似之处，但犹未发展为代言体。

贬江陵途中寄乐天、杓直。杓直以员外郎判盐铁，乐天以拾遗在翰林

此后并在江陵士曹时诗。杓直，李建字[①]

想到江陵无一事，酒杯书卷缀新文。紫芽嫩茗和枝采，朱橘香苞数瓣分。暇日上山狂逐鹿，凌晨过寺饱看云。算缗[②]草诏终须解，不敢将心远羡君。

【题解】

此诗元和五年(810)作于自长安赴江陵途中。元稹的次韵诗创作从被贬江陵开始，于通州达到高峰，浙东期间热情依然不减。这主要归因于主观上有着对文体创新的自觉追求，当然也与被贬期间有闲暇进行创作有关。这一点，走在江陵途中的元稹就曾已经想象过，即如本篇中“想到江陵无一事，酒杯书卷缀新文”所云。至于在通州，则更是“睡到日西无一事”(《通州》)。

【注释】

①杓直杓直：杨本、董本、季本作“杓直”。杓直李建字，卢本、杨本、董本、《全诗》作“李建字杓直”。

②算缗：古代穿钱之绳为缗，钱一贯称一缗。李建时判盐铁，掌盐铁税收，故云。

渡汉江

去年春奉使东川，经嶓冢山下①

嶓冢去年寻漾水②，襄阳今日渡江濆③。山遥远树才成点，浦静沉碑④欲辨文。万里朝宗⑤诚可羡，百川流入渺难分。鲵鲸归穴东溟溢，又作波涛随伍员⑥。

【题解】

此诗元和五年(810)作于自长安赴江陵途中。嶓冢山，在汉中盆地西部(今陕西宁强西北)。诗写赴任贬所途中渡汉江，忆及去年春奉使东川时事，两相比对，不禁哀怨难平。

【注释】

①“去年”至“山下”，卢本、杨本、董本作大字。

②漾水：即汉水上游，源出嶓冢山。漾，原作“汉”，据杨本、董本、《全诗》改。

③江濆(fén)：江边。

④沉碑：典出《晋书·杜预传》：“预好为后世名，常言‘高岸为谷，深谷为陵’，刻石为二碑，纪其勋绩，一沉万山之下，一立岘山之上，曰：‘焉知此后不为陵谷乎？’”

⑤朝宗：古代诸侯朝见天子。此指江河注入大海。《周礼》孔颖达疏：“朝宗是人事之名，水无性识，非有此义。以海水大而江汉小，以小就大，似诸侯归于天子，假人事而言之也。”

⑥伍员：即伍子胥。《吴越春秋·夫差内传》：伍子胥谏吴王，吴王怒，令其自裁，子胥遂伏剑而死。“吴王乃取子胥尸，盛以鸱夷之器，投之于江中……子胥因随流扬波，依潮来往，荡激崩岸。”

哀病骢，呈致用

枥上病骢啼袅袅，江边废宅路迢迢。自经梅雨长垂耳，乍食菰蒋[1]欲折腰。金络头衔光未灭，玉花衫色瘦来燋。[2]曾听禁漏惊衙鼓[3]，惯蹋康衢怕小桥。夜半雄嘶心不死，日高饥饿尾还摇。龙媒薄地天池远，何事牵牛在碧霄。[4]

【题解】

此诗约元和五年(810)作于江陵。《全唐诗》卷四一二归元稹，卷六六四又作罗隐诗，题《病骢马》，有异文。致用，指李景俭，卒于长庆二年(822)，罗隐生于大和七年(833)，年齿不相及，诗非其作无疑。元稹作此诗时致用任户曹。《四部丛刊》本罗隐《甲乙集》卷一〇误收此诗。诗作内容如同咏物，从中寄托对失意之士的同情。又，首联即为对仗句，是对律诗句式或对仗规定的人为强化。

【注释】

①菰蒋：多年生水生宿根草本植物。

②“金络”二句：金络头衔，金饰的马笼头与嚼衔。燋，干枯，委顿，无精神。

③“曾听”句：衙鼓，古代官衙所设用以集散官吏之鼓。

④“龙媒”二句：龙媒，《汉书》颜师古注引应劭曰：“言天马者，乃神龙之类。今天马已来，此龙必至之效也。”后因称良马为龙媒。薄，接近，逼近。龙媒薄地而牵牛碧霄，此事理乖戾之甚者。元稹借哀病骢，以悲自己与李景俭之被贬。

送岭南崔侍御

我是北人长北望，每嗟南雁更南飞。君今又作岭南别，南雁北归君未归。洞主参承惊豸角，岛夷安集慕霜威。[①]黄家贼用镩刀利，白水郎行旱地稀。[②]蜃吐朝光楼隐隐，鳌吹细浪雨霏霏。毒龙蜕骨轰雷鼓，野象埋牙劚[③]石矶。火布垢尘须火浣，木绵温软当绵衣。桄榔面碜[④]槟榔涩，海气常昏海日微。蛟[⑤]老变为妖妇女，舶来多卖假珠玑。此中无限相忧事，请为殷勤事事依。

【题解】

此诗元和五年至九年(814)作于江陵。崔侍御，无考。侍御，侍御史、殿中侍御史、监察御史的省称。跟另外的两首《送崔侍御之岭南二十韵》、《和乐天送客游岭南二十韵》一样，元稹此篇也有较多的想象性描写。没有岭南生活体验，这三首诗思路相近，而又力避重复，就将主要笔墨放在"南方物候饮食与北土异"的想象性刻画上。前此高适《李云南征蛮诗》就不是这样，即使写到南方，注意力也不放在南方风物上。对南方风物抱有极大兴趣，岭南奇异风俗在诗人笔下显得新奇和刺激，元稹在律诗这一写作难度极大的诗体中，勇于创新，敢于突破，因难见巧，创作出花样翻新的律诗，从而丰富了唐诗体裁，拓宽律诗题材。

这首排律在使用对仗句方面灵活多变，其最具特色的一点，是大量对仗句兼有句中对。如开首二句，以"流水对"的形式构成一联对仗，同时，上句以"北"字、下句以"南"字，又各自构成工巧的句中对。再往下读，"火布"、"木绵"及"桄榔"、"海气"两联也都兼有句中对，只是各句中的"火"、"绵"、"榔"、"海"诸字，所居位置不同，不似开首一联的句中对那样工整，但变化层出，自有奇趣。

【注释】

①"洞主"二句：洞主，古代南方少数民族部落首领之称。豸角，上有珠为獬豸形之冠，御史台官员所戴之冠。岛夷，古代指我国东部沿海一带及海岛的居民。

②"黄家"二句：黄家贼，指以黄少卿等人为首的少数民族起事者。此

泛指南方少数民族。镩(cuàn)刀,短矛类兵器。白水郎,此泛指水乡居民。

③劚(zhú):砍削。

④碜(chěn):食物中杂有沙子。

⑤蛟:同“鲛”。

酬乐天八月十五夜禁中独直玩月见寄

一年秋半月偏深,况就烟霄极赏心。金凤台①前波漾漾,玉钩帘下影沉沉。宴移明处清兰路,歌待新词促翰林②。何意枚皋正承诏,瞥然尘念到江阴。

【题解】

此诗元和五年(810)作于江陵。白居易母元和六年四月卒,解翰林学士任,退居下邽。白居易原唱为《八月十五日夜禁中独直对月忆元九》:

> 银台金阙夕沉沉,独宿相思在翰林。三五夜中新月色,二千里外故人心。渚宫东面烟波冷,浴殿西头钟漏深。犹恐清光不同见,江陵卑湿足秋阴。

因挚友元稹被流放到江陵,诗人在月明之夜是如此思念他,尽管同样希求在赏月中心灵获得慰藉,但却担心不能共有一轮明月。元诗答谢。

【注释】

①金凤台:禁苑中凤凰池畔的台榭。

②“歌待”句:《松窗杂录》载,开元中,沉香亭前牡丹繁开,玄宗召杨贵妃赏花,李龟年及一众梨园名手将欲歌之,上曰:“赏名花,对妃子,焉用旧乐词为?”遂命李龟年持金花笺赐翰林供奉李白,立进《清平调》三章。白欣然承诏,犹苦宿酲未解,因援笔草书三章。此借李白称美白居易。

予病瘴,乐天寄通中散、碧腴垂云膏,仍题四韵,以慰远怀,开拆之间,因有酬答

紫河变炼红霞散,翠液煎研碧玉英。①金籍真人天上合,

盐车病骥轭前惊。[②]愁肠欲转蛟龙吼，醉眼初开日月明。唯有思君治不得，膏销雪尽意还生[③]。

【题解】

此诗元和八年(813)作于江陵。通中散，有大、小通中散，为治瘴病之药。碧腴垂云膏，亦名垂云膏，治诸疮肿等，有大小之分。白居易原唱为《闻微之江陵卧病以大通中散碧腴垂云膏寄之因题四韵》：

> 已题一帖红消散，又封一合碧云英。凭人寄向江陵去，道路迢迢一月程。未必能治江上瘴，且图遥慰病中情。到时想得君拈得，枕上开看眼暂明。

元诗则写获好友寄赠药物，心怀安慰。末尾笔锋一转，谓身患瘴病可以用药物医治，但对曾经朝夕相处的好友的无限思念之情，又如何能够医得好呢。元白唱和诗就是这样，在这些日常小事的叙述中见出两人间深厚、真挚的友谊。

【注释】

①“紫河”二句：紫河，道家称修炼而成的仙液。红霞散，指题中之通中散。碧玉英，指题中之碧腴垂云膏。

②“金籍”二句：金籍真人，即仙人。金籍，道教称仙籍为金籍。真人，对白居易的美称。盐车病骥，《战国策·楚策四》：“夫骥之齿至矣，服盐车而上太行，蹄申膝折，尾湛胕溃，漉汁洒地，白汗交流，中阪迁延，负辕不能上。伯乐遭之，下车攀而哭之，解纻衣以羃之。骥于是俯而喷，仰而鸣，声达于天，若出金石声者，何也？彼见伯乐之知己也。”后因喻贤能之士而服贱役。

③“膏销”句：无药可治思君之病。膏、雪分别指碧腴垂云膏、通中散。

陪诸公游故江西韦大夫通德湖旧居有感，题四韵，兼呈李六侍御，即韦大夫旧寮也

高墉[①]行马接通湖，巨壑藏舟感大夫。尘壁暗埋悲旧札，

风帘吹断落残珠。烟波漾日侵颓岸，狐兔奔丛拂坐隅。唯有满园桃李下，膺门偏拜阮元瑜[②]。

【题解】

此诗元和五年至九年(814)作于江陵。江西韦大夫，指韦丹。永贞元年曾任右谏议大夫，元和二年曾任洪州刺史、江南西道观察使。通德湖旧居，在江陵府东。李六侍御，指李景俭。元稹的园林诗，与白居易相类，也是浅近而富有浓厚的身世感、沧桑感、时代感，可以多篇并读。

【注释】

①墉(yōng)：城墙。

②"膺门"句：膺门，《后汉书·李膺传》："是时朝廷日乱，纲纪颓阤，膺独持风裁，以声名自高。士有被其容接者，名为登龙门。"此借指名高望重者之门。偏，通"徧"，遍。阮元瑜，指阮瑀。《三国志·魏书·王粲传》："瑀少受学于蔡邕。建安中，都督曹洪欲使掌书记，瑀终不为屈。太祖并以琳、瑀为司空军谋祭酒，管记室。军国书檄，多琳、瑀所作也。琳徙门下督，瑀为仓曹掾属。"

送友封二首

黔府窦巩字友封

桃叶成阴燕引雏，南风吹浪飐樯乌。瘴云拂地黄梅雨，明月满帆青草湖[①]。迢递旅魂归去远，颠狂酒兴病来孤。知君兄弟怜诗句，遍为姑将恼大巫[②]。

惠和坊[③]里当时别，岂料江陵送上船。鹏翼张风期万里，马头无角[④]已三年。甘将泥尾随龟后[⑤]，尚有云心在鹤前。若见中丞[⑥]忽相问，为言腰折气冲天。

【题解】

此二诗元和六年(811)作于江陵。黔府,窦群为巩之兄,时为黔州观察使。巩此次南行,即赴黔州其兄之处。诗作表面上是送别窦巩,并顺便给黔州观察使窦群捎个口信,实际上是向同情他的诗友、迫害他的宿敌表明:自己虽然在权贵、宰臣和宦官集团的合力打击下,遭受贬斥,但正如次首末二句"若见中丞忽相问,为言腰折气冲天"所云,自己决不会屈服。

【注释】

①青草湖:古五湖之一,在今湖南岳阳西南,与洞庭湖相连,因青草山而得名。一说湖中多青草,冬春水涸,青草弥望,故名。

②"遍为"句:姑将,谓且将。大巫,比喻自己所敬服之人。姑,卢本作"拈"。

③惠和坊:在洛阳定鼎门街,窦群居此。

④马头无角:此指出使东川回长安后遭遇打击,升迁无望。

⑤"甘将"句:《庄子·秋水》:"庄子钓于濮水,楚王使大夫二人往先焉,曰:'愿以境内累矣。'庄子持竿不顾,曰:'吾闻楚有神龟,死已三千岁矣,王巾笥而藏之庙堂之上。此龟者,宁其死为留骨而贵乎?宁其生而曳尾于涂中乎?'二大夫曰:'宁生而曳尾涂中。'庄子曰:'往矣,吾将曳尾于涂中。'"

⑥中丞:指窦群,元和三年曾为御史中丞。

放言五首

近来逢酒便高歌,醉舞诗狂渐欲魔。五斗解酲[①]犹恨少,十分飞盏未嫌多。眼前仇敌都休问,身外功名一任他。死是老[②]闲生也得,拟将何事奈吾何。

莫将心事厌长沙[③],云到何方不是家。酒熟餔糟学渔父,饭来开口似神鸦。[④]竹枝待凤千茎直,柳树迎风一向斜。总被天公沾雨露,等头成长尽生涯。

霆轰电烻数声频，不奈狂夫不藉[5]身。纵使被雷烧作烬，宁殊埋骨飏为尘。得成蝴蝶寻花树，傥化江鱼棹[6]藉锦鳞。必若乖龙[7]在诸处，何须惊动自来人。

安得心源处处安，何劳终日望林峦。玉英惟向火中冷[8]，莲叶元来水上干。宁戚饭牛图底事，陆通歌凤也无端[9]。孙登不语启期乐[10]，各自当情各自欢。

三十年来世上行，也曾狂走趁浮名。两回左降[11]须知命，数度登朝何处荣。乞我杯中松叶满，遮渠肘上柳枝生。[12]他时定葬烧缸地，卖与人家得酒盛。[13]

【题解】

这一组诗元和五年(810)作于江陵。作者在诗中表现出宁折不弯、兀傲独立、我行我素、积极乐观的精神风貌。这些愤世嫉俗的诗篇，激昂慷慨的言辞，是诗人一生创作中最有个性特色的部分，也是最能打动读者的。白居易读了之后，在所和《放言五首》序中这样说：

> 元九在江陵时，有《放言》长句诗五首，韵高而体律，意古而词新。予每咏之，甚觉有味。虽前辈深于诗者，未有此作。唯李颀有云："济水至清河至浊，周公大圣接舆狂。"斯句近之矣。予出佐浔阳，未届所任，舟中多暇，江上独吟，因缀五篇，以续其意耳。

赞赏之意甚明。

【注释】

①五斗解酲：《晋书·刘伶传》："尝渴甚，求酒于其妻。妻捐酒毁器，涕泣谏曰：'君酒太过，非摄生之道，必宜断之。'伶曰：'善！吾不能自禁，惟当祝鬼神自誓耳。便可具酒肉。'妻从之。伶跪祝曰：'天生刘伶，以酒为名。一饮一斛，五斗解酲。妇儿之言，慎不可听。'仍引酒御肉，隗然复醉。"

②老：钱校、《全诗》作"等"。

③"莫将"句：《汉书·贾谊传》："天子议以谊任公卿之位，绛、灌、东阳侯、冯敬之属尽害之，乃毁谊曰：'雒阳之人，年少初学，专欲擅权，纷乱诸

事。'于是天子后亦疏之，不用其议，以谊为长沙王太傅。谊既以適去，意不自得，及度湘水，为赋以吊屈原。"

④"酒熟"二句："酒熟"句，《楚辞·渔父》："渔父曰：'圣人不凝滞于物而能与世推移，世人皆浊，何不淈其泥而扬其波？众人皆醉，何不餔(bū)其糟而啜其釃'""饭来"句，范成大《吴船录》："庙有驯鸦，客舟将来，则迓于数里之外，或直至县下，船过亦送数里，人以饼饵掷空，鸦仰喙承取，不失一，土人谓之神鸦，亦谓之迎船鸦。"

⑤藉：顾惜。

⑥棹：胡本、《全诗》作"掉"。

⑦乖龙：传说中的孽龙。

⑧"玉英"句：玉在火而色不变，喻君子坚持其操守。

⑨"陆通"句：春秋楚人陆通，以昭王政令无常，佯狂不仕。孔子至楚，通狂歌于孔子之前，辞有"凤兮凤兮，何如德之衰也"。

⑩"孙登"句：晋孙登不轻易发言，以避世祸。启期乐，《列子·天瑞》："孔子游于太山，见荣启期行乎郕之野，鹿裘带索，鼓琴而歌。孔子问曰：'先生所以乐何也？'对曰：'吾乐甚多。天生万物，唯人为贵，而吾得为人，是一乐也。男女之别，男尊女卑，故以男为贵，吾既得为男矣，是二乐也。人生有不见日月、不免襁褓者，吾既已行年九十矣，是三乐也。贫者士之常也，死者人之终也，居常得终，当何忧哉？'"

⑪两回左降：指元和元年被贬河南县尉与元和五年被贬江陵士曹参军。

⑫"乞我"二句：松叶，酒名，用松叶煮水，加适量米所酿成之酒。遮渠，任随他。

⑬"他时"二句：三国吴郑泉性嗜酒，临卒，与人云："必葬我陶家之侧，庶百岁之后化而成土，幸见取为酒壶，实获我心矣。"

【辑评】

明叶廷秀《诗谭》卷九："平生豪爽，诗中尽露。微之亦于世上能讨便宜去，士君子须看得功名生死俱轻，而后无事不可为，亦无地不可乐。但信得前定有命，不可力争，素位而行，何入不得？许鲁斋诗曰：'此理分明是天命，便须相顺莫相违。’又曰：‘世间万事难前定，付与无心却较安。’乃行法俟命之意云。”

刘二十八以文石枕见赠，仍题绝句，以将厚意，因持壁州鞭酬谢，兼广为四韵

枕截文琼珠缀篇，野人酬赠壁州鞭。用长时节君须策，泥醉风云我要眠。歌眄彩霞临药灶，执陪仙仗引炉烟。张骞却上知何日，随会①归期在此年。

【题解】

此诗元和六年(811)作于江陵。刘二十八，指刘禹锡。文石枕，富有纹理的石枕。元稹时患头风，故刘禹锡以之相赠。壁州鞭，壁州(治所在今四川通江)所产的马鞭。刘禹锡原唱为《赠元九侍御文石枕以诗奖之》：

文章似旌气如虹，宜荐华簪绿殿中。纵使凉飙生旦夕，犹堪拂拭愈头风。

首句借写文石枕的美好，以称赞元稹的文学才华和刚正不阿的气概。次句是说这枕头最配送给元稹。后两句表达对元稹的同情和支持。元稹作此诗酬谢并祝其还朝后，刘禹锡又写了一首《酬元九侍御赠壁州鞭长句》：

碧玉孤根生在林，美人相赠比双金。初开郢客缄封后，想见巴山冰雪深。多节本怀端直性，露青犹有岁寒心。何时策马同归去，关树扶疏敲镫吟。

由竹鞭想到冰雪里的竹子，借以称赞元稹不折不挠的节操。最后，借何时归去，敲镫高吟的发问，表达出对贬谪生活的不满和对友人的怀念。

【注释】

①随会：即士会，因封于随，故称。以随会比喻刘禹锡，谓其归朝之日可期。

奉和严司空重阳日同崔常侍、崔郎中及诸公登龙山落帽台佳宴

谢公秋思眇天涯[①]，蜡屐[②]登高为菊花。贵重近臣光绮席，笑怜从事落乌纱。萸房[③]暗绽红珠朵，茗碗寒供白露芽。咏碎龙山归去号，马奔流电妓奔车。

【题解】

此诗元和六年至九年(814)作于江陵。严司空，指严绶。崔常侍，疑指宦官崔潭峻，诗中所谓"贵重近臣"也。崔郎中，疑指崔倰。龙山，在今湖北江陵西北，山势蜿蜒如龙。严绶原唱已佚。诗作表现出典型的幕府唱和之作的特征。此诗《全唐诗》卷四一三归元稹，卷三三四又作令狐楚诗，微有异文。《古今岁时杂咏》卷三五附令狐楚诗后，未署作者姓名。题中所述，与元稹、严绶等人事迹相合。

【注释】

①"谢公"句：谢公，借指严绶。秋，原作"愁"，据杨本、董本、《类苑》改。

②蜡屐：以蜡涂木屐。后因指悠闲雅致的生活。

③萸房：茱萸花的子房。茱萸香气辛烈，俗以重阳节佩之能祛邪辟恶。

送王十一郎游剡中

越州都在浙河湾，尘土消沉景象闲。百里油盆镜湖水，千峰钿朵会稽山[①]。军城楼阁随高下，禹庙[②]烟霞自往还。想得王[③]郎乘画舸，几回明月坠云间。

【题解】

此诗约元和九年(814)作于江陵。王十一郎，指王行周。剡(shàn)中，即剡县(今浙江嵊州)，唐时为越州属邑。李绅酬和为《遥知元九送王行周游越》：

江湖随月盈还缩，沙渚依潮断更连。伍相庙中多白浪，越王台畔少晴烟。低头绿草羞枚乘，刺眼红花哭杜鹃。莫倚西施旧苔石，由来破国是神仙。

【注释】

①会稽山：在今浙江绍兴东南，相传大禹曾大会诸侯于此计功，故名。

②禹庙：在今浙江绍兴东南禹陵右侧，相传夏启与少康均曾立禹庙。

③王：杨本、董本、马本、《全诗》作“玉”。

重送友封[1]

轻风略略柳欣欣，晴色空濛远似尘。斗柄未回犹带闰，江痕潜上已生春。[2]兰成宅里寻枯树，宋玉亭前别故人。[3]心断洛阳三两处，窈娘堤抱古天津[4]。

【题解】

此诗元和六年(811)作于江陵。友封，即窦巩。诗写因于贬所送别故人而“心断”神伤。

【注释】

①重：原无，据蜀本总目、卢本、杨本总目与卷目、董本总目与卷目补。

②“斗柄”二句：谓元和六年闰十二月，闰月尚未过完，而春意已悄然降临。斗柄，指北斗七星的第五星至第七星。

③“兰成”二句：兰成宅，即庾信宅。庾信因侯景之乱，自建康遁归江陵，居宋玉故宅。宅中有亭。

④“窈娘”句：窈娘堤，在洛阳。堤，原作“提”，据卢本、胡本、《全诗》改。天津，古浮桥名。

送致用

泪沾双袖血成文，不为悲身为别君。望鹤眼穿期海外，待乌头白老江濆。遥看逆浪愁翻雪，渐失征帆错认云。欲识九回肠断[1]处，浔阳流水九条分[2]。

【题解】

此诗元和七年至九年(814)作于江陵。元和七年，李景俭犹在江陵。全诗以极其沉挚的语言，叙述了对李景俭的深厚感情，直到结尾处，才点明送别地点，颇为新颖别致。

【注释】

①九回肠断：形容愁苦至极。司马迁《报任安书》：“是以肠一日而九回，居则忽忽若有所亡，出则不知其所往。”

②“浔阳”句：江州，天宝元年改为浔阳郡，乾元元年复为江州。流，孙淇校作“江”。九，《全诗》作“逐”。

早春登龙山静胜寺，时非休浣，司空特许是行，因赠幕中诸公

谢傅知怜景气新，许寻高寺望江春。龙文远水吞平岸，羊角[1]轻风旋细尘。山茗粉含鹰觜嫩，海榴[2]红绽锦窠匀。归来笑问诸从事，占得闲行有几人。

【题解】

此诗元和七年至九年(814)作于江陵。静胜寺,在江陵西十五里。休浣,指古代官吏按规定休假。司空,指严绶,其至江陵已是元和六年夏。

【注释】

①羊角:因局部受热不均所导致的小旋风。《庄子》成玄英疏:"旋风曲突,犹如羊角。"

②海榴:《山堂肆考》卷二〇〇引《格物丛话》:"榴花,其始来自安石国,故名曰石榴,或曰安榴。亦有来从新罗国者,故又以海榴名之。"

【辑评】

黄叔灿《唐诗笺注》卷五:"望中景色俱带早春写照。'山茗'一联赋物尤工。结语托起,特许是行,极欣幸之意。"

书乐天纸

金銮殿里书残纸,乞与荆州元判司①。不忍拈将等闲用,半封京信半题诗。

【题解】

此诗元和五年(810)作于江陵。本年冬,白居易曾寄书元稹。"金銮殿里书残纸",可见这纸不算特别珍贵。但诗人使用时,态度却是那样郑重:一半用来封缄写给白居易的信,一半用来题诗。从这件小事以及描述这件小事时的诙谐笔调,可以看出元白交谊的深厚。

【注释】

①元判司:元稹自谓。判司,唐代节度使、州郡长官僚属的统称。元稹时为江陵士曹参军,故云。

酬孝甫见赠十首各酬本意次用旧韵[1]

宋玉秋来[2]续楚词，阴铿官漫足闲诗。亲情书札相安慰，多道萧何作判司。

杜甫天材颇绝伦，每寻诗卷似情亲。怜渠直道当时语，不着心源傍古人。

十岁荒狂任博徒，挼莎五木掷枭卢。[3]野诗良辅偏怜假，长借金鞍迓酒胡。[4]

曾经绰立[5]侍丹墀，绽蕊宫花拂面枝。雉尾扇开朝日出，柘黄衫对碧霄垂。[6]

一自低心翰墨场，箭靫[7]抛尽负书囊。近来兼爱休粮药，柏叶莎罗杂豆黄。[8]

莫笑风尘满病颜，此生元在有无间。卷舒莲叶终难湿，去住云心一种闲。

无事抛棋侵虎口，几时开眼[9]复联行。终须杀尽缘边敌，四面通同掩太荒[10]。

原宪甘贫每自开，子春伤足少人哀。[11]巷南唯有陈居士[12]，时学文殊一问来。

每识闲人如未识，与君相识便相怜。经旬不解来过宿，忍见空床夜夜眠。

开拆新诗展大璆，明珠炫转玉音浮。[13]酬君十首三更坐，减却当[14]时半夜愁。

【题解】

这组诗元和五年至九年(814)作于江陵。孝甫，无考，其原唱已佚。其中如第二首，是与孝甫论诗。元稹对杜甫诗极其倾仰，诗中后二句“怜渠直道当时语，不着心源傍古人”，颇能道出杜甫于诗有创新之功，但老杜之创新实从继承古人而变化得来，观其《戏为六绝句》可知。元诗所谓“不着心源傍古人”，言其不一味依傍古人，而非轻视古人，仍与杜甫“不薄今人爱古人”之旨无妨。钱锺书《谈艺录》即云：据微之《乐府古题序》、《和李校书新题乐府序》二节，则直道时语、不傍古人，是指新乐府而言，乃不用比兴、不事婉隐之意，非泛谓作诗不事仿古也。又如第六首，写诗人此时病颜憔悴，但对于穷通寿夭，也不怎么放在心上了。所谓“莫笑”，实在是笑不笑都无所谓，不妨一笑。“卷舒”二句，谓莲叶不沾水，水不能使之湿，以喻清净本源，任众生种种颠倒，不能使之染垢减损；任贤圣累劫勤修，不能使之净明增益。悟得此道，任云去云住，动静染净，心只是闲歇，此是大自在。诗人于此当有所得，所以能于违顺境界，皆坦然处之。

【注释】

①孝：杨本作“李”。各酬本意次用旧韵，杨本、董本、卢校作小字注。

②秋来：钱校、《全诗》作“悲秋”。

③“十岁”二句：博徒，赌徒。挼(ruó)莎，揉搓，搓摩。五木，古代博具，以斫木为子，一具五枚。古博戏樗蒲用五木掷彩打马，其后则掷以决胜负。后世所用樗子，相传即由五木演变而来。枭卢，古代博戏樗蒲的两种胜彩名称，幺为枭，最胜；六为卢，次之。

④“野诗”二句：野诗良辅，贞元、元和时期武将，以名雄于边塞。后为陇州刺史，朝廷遣使至吐蕃，吐蕃辄言，唐家称和好，岂妄耶？不尔，安得任良辅为陇州刺史！怜假，因崇重而宽纵之。迓，迎接。

⑤绰立：卓立，昂首端立。

⑥“雉尾”二句：开元中，萧嵩上疏建议，皇帝每月朔、望受朝于宣政殿，上殿前，用羽扇障台，俯仰升降，不令众人见，待坐定后始开扇，从此定为朝仪。柘黄衫，赤黄色之袍，隋文帝始服，后特指皇袍。

⑦箭靫(chá)：用皮革制成的盛箭器具。

⑧“近来”二句：休粮药，停食谷物之药。“柏叶”云云，即制此药的成分。莎，原作“纱”，据杨本、卢本、钱校、《全诗》改。

⑨开眼：围棋术语，即做眼。

⑩太荒：指辽远的地域。

⑪“原宪”二句：《史记·仲尼弟子列传》：“孔子卒，原宪亡在草泽中。子贡相卫，而结驷连骑，排藜藿，入穷阎，过谢原宪。宪摄敝衣冠见子贡，子贡耻之，曰：‘夫子岂病乎？’原宪曰：‘吾闻之，无财者谓之贫，学道而不能行者谓之病。若宪，贫也，非病也。’子贡惭不怿而去，终身耻其言之过也。”《大戴礼记》：“乐正子春下堂而伤其足，数月不出，犹有忧色。门弟子曰：‘夫子伤足瘳矣，数月不出，犹有忧色，何也？’乐正子春曰：‘善如尔之问也，吾闻之曾子，曾子闻诸夫子曰：天之所生，地之所养，人为大矣。父母全而生之，子全而归之，可谓孝矣。不亏其体，不辱其身，可谓全矣。故君子顷步之不敢忘也。今予忘夫孝之道，予是以有忧色。’”

⑫陈居士：疑指元稹《春月》所谓“南有居士俨”的陈俨。

⑬“开拆”二句：璆(qiú)，美玉。浮，高远貌，高昂貌。

⑭当：杨本、董本、《全诗》作“常”。

和乐天招钱蔚章看山绝句

碧落[①]招邀闲旷望，黄金城[②]外玉方壶。人间还有大江海，万里烟波天上无。

【题解】

此诗元和三年(808)作于长安，时元稹犹在母郑氏丧服中。钱蔚章，即钱徽，钱起之子，元和三年自祠部员外郎充翰林学士。诗篇与同期所作偏重于游赏宴集的闲情逸致稍有不同，而是同时围绕个人的亲身经历，叙写“一时一物”、“一笑一吟”，充满真情理趣。白居易原唱为《绝句代书赠钱员外》：

欲寻秋景闲行去，君病多慵我兴孤。可惜今朝山最好，强能骑马出来无。

【注释】

①碧落:道家称东方第一层天为碧落。此指禁中。钱徽时任翰林学士,故云。

②黄金城:神仙所居之城,此借指长安城。

折枝花赠行

樱桃花下送君时,一寸春心逐折枝。别后相思最多处,千株万片绕林垂。

【题解】

此诗或元和元年(806)作于长安。诗作前两句写折花送行,让行者牢记分别时的情景。后两句则写送者对行者的深深依恋之情,只要看到樱桃花开,就会更加思念行者。赠行对象,周相录《元稹集校注》疑为李绅。绅元和元年进士及第,旋即南归,时在春末夏初。

寄刘颇二首

平生嗜酒颠狂甚,不许诸公占丈夫。唯爱刘君一片胆,近来还敢似人无。

前年碣石烟尘起①,共看官军过洛城。无限公卿因战得,与君依旧绿衫行。

【题解】

此二诗元和六年(811)作于江陵。诗写对刘颇十分推崇,又为他和自己一样不得志而惋惜。元稹至迟在本年江陵府士曹参军任上已是从九品上阶的“文林郎”，按照常服制度，九品阶官应该穿“青”服，但元稹却在此诗中说自己穿的是“绿”衫袍。其缘由，一种可能是诗人用词不甚讲究，虽穿青袍但泛写作“绿”。另一种可能是遵循了《王涯奏文》中的规定“服青碧者，许通服绿”。当然，《王涯奏文》的时间要晚于元稹上述诗作，因此如果元稹在任文林郎时确实穿的是“绿袍”的话，则可以说《王涯奏文》的规定只是对此前官场上已经流行的习俗的认定罢了。

【注释】

①“前年”句：指元和四年成德军节度使王承宗之叛。碣石，山名，在今河北昌黎北。

晨起送使，病不行，因过王十一馆居二首

自笑今朝误夙兴，逢他御史疟相仍。过君未起房门掩，深映寒窗一盏灯。

密宇深房小火炉，饭香鱼熟近中厨。野人爱静仍耽寝，自问黄昏肯去无。

【题解】

此二诗元和八年(813)作于江陵。王十一，或即王行周。诗写晨起送御使不得，因过访王氏馆居。

送孙胜

桐花暗淡柳惺憁，池带轻波柳带风。今日与君临水别，可怜春尽宋亭中。

【题解】

此诗元和五年至九年(814)作于江陵。孙胜,不详。诗写与友临别之际触景而生情,借以抒发失意的慨叹。

游三寺回,呈上府主严司空,时因寻寺,道出当阳县,奉命覆视县囚,牵于游衍,不暇详究,故以诗自诮尔

谢公恣纵颠狂掾,触处闲行许自由。举板支颐对山色,当筵吹帽落台头。贪缘稽首他方佛,无暇精心满县囚。莫责寻常吐茵吏,书囊赤白①报君侯。

【题解】

此诗约元和六年(811)作于江陵。诗、序合观,可见作者有时漫不经心地对待严绶交办的公务,严氏也较为宽容。

【注释】

①书囊赤白:谓书囊中装满游览美景时所作的诗篇。

远　望

满眼伤心冬景和,一山红树寺边多。仲宣无限思乡泪,漳水①东流碧玉波。

【题解】

此诗元和七年(812)作于江陵。本年十月,元稹赴襄阳拜谒山南东道节度使李夷简。诗作寄寓贬黜之悲,兼以王粲自比,抒发思乡之恨。

【注释】

①漳水：源出今湖北南漳西北荆山，东南流至当阳东南汇沮水南入长江。

早春寻李校书

款款春风淡淡云，柳枝低作翠栊裙。梅含鸡舌[①]兼红气，江弄琼花散绿纹。带雾山莺啼尚小，穿沙芦笋叶才分。今朝何事偏相觅，撩乱芳情最是君。

【题解】

此诗元和十三年(818)作于通州。李校书，指李景信，景俭之弟。元和十年于长安送元稹赴通州任，十三年自忠州至通州访元稹，时忠州刺史为李景俭。诗作所写如题，非涉轻艳。

【注释】

①鸡舌：即丁香，其种仁由两片形似鸡舌的子叶抱合而成。

【辑评】

金圣叹《贯华堂选批唐才子诗》卷五：

"(前解)前解写早春。此解虽写早春，然只起句是清朝晏起，以下二、三、四句，一路推窗看柳，巡檐嗅梅，出门观江，便是渐渐行出高斋，闲闲漫寻江岸，一头虽是赏心寓目，一头已是随步访人也。逐句细玩之。(后解)后解写寻李校书。五、六非又写早春，正是独取'尚小'、'才分'字，言一时春物，绝无只以撩乱我心者，然则今日之寻，乃是得以为君，而君不可不知也。"

过襄阳楼，呈上府主严司空，楼在江陵节度使宅北隅

襄阳楼下树阴成，荷叶如钱水面平。拂水柳花千万点，隔林莺舌两三声。有时水畔看云立，每日楼前信马行。早晚暂教王粲上，庾公应待月分明。①

【题解】

此诗元和六年至九年(814)作于江陵。在江陵，元稹在节度使严绶幕中时有唱和，或与府主唱和，或与同僚酬唱，此首之外，尚有如《奉和严司空重阳日同崔常侍崔郎中及诸公登龙山落帽台佳宴》、《早春登龙山静胜寺时非休浣司空特许是行因赠幕中诸公》。中晚唐幕府唱和风气很盛，幕府文士的这种创作活动，和后来的诗社差不多，只是它没有宗旨，而是天然的组织。幕府为文士提供了一个很好的创作环境，中晚唐较之初盛唐在诗人数量上的激增，不能不说与遍布全国的幕府文学创作活动有关。

【注释】

①“早晚”二句：王粲，汉末曾避难荆州，登当阳楼而作《登楼赋》。元稹以此自寓。庾公，指庾亮，此借指严绶。

【辑评】

清金圣叹《贯华堂选批唐才子诗》卷五上：“(前解)最先是沈云卿《龙池篇》，以五‘龙’字，四‘天’字，金翅摇空。其次是崔汴州《黄鹤楼》，以三‘黄鹤’、一‘白云’，玉虬凌海。落后便是李太白《凤凰台》，以二‘凤凰’，《鹦鹉洲》以三‘鹦鹉’，刻意效颦，全然失步，至今反遭学语小儿指摘，无有了时也。所以然者，崔实不知沈作在前，李却亲睹崔诗在上。从来文章一事，发由自己性灵，便听纵横鼓荡。一受前人欺压，终难走脱牢笼。此皆所谓理之一定、事之固然者也。微之此诗，呈上府主司空，欲登襄阳楼上，则亦前解叙楼，后解叙意，此自为律诗寻常旧格，亦既由来久矣。今乃忽然出手写

楼，忽然接手写水；忽然顺手承之再写水，忽然顺手承之再写楼，于是连自家亦更留手不得也。因而转笔，索性再又写水，再又写楼。而后之读者，乃方全然不觉，反叹一气浑成。由此言之，世间妙文，本任世间妙手写到。世间妙手，孰愁世间妙文写完！后人固不必为前人邈真，前人亦何足为后人起稿？如微之此诗，真是不受一人欺压，只听自己鼓荡。龙池、鹤楼不得占断于昔日，凤凰、鹦鹉枉自惨淡于当时也。前解写久觑此楼，眼热如火。(后解)其实，此诗前解一、二，原自只写襄阳楼下，树荫荷钱，平平作起耳，不知何故，三乃偶然误写'拂水'二字。若在他人，只是连忙改去便休，独有微之偏不然，偏要反更写'隔楼'二字对之，一似我乃故意作此重叠者。于是，一时奇兴既发，妙笔又能相赴，索性后解五、六亦再写此'有时水畔'、'每日楼前'之二句也。言有时只是楼前立，每日只是楼前行，并不能得上楼。若幸而得上楼，则真司空之赐也。后解写得上此楼，心感如获。"

八月六日与僧如展、前松滋主簿韦戴同游碧涧寺，赋得扉字韵，寺临蜀江，内有碧涧穿注两廊，又有龙女洞能兴云雨，诗中喷字以平声韵

空阔长江碍铁围[①]，高低行树倚岩扉。穿廊玉涧喷红旭[②]，踊塔金轮拆翠微[③]。草引风轻驯虎睡，洞驱云入毒龙[④]归。他生莫忘灵山别，满壁人名后会稀。

【题解】

此诗元和六年(811)作于江陵。诗写与友人同游碧涧寺，美景良时，一想到从此一别，后会难期，不禁心生感慨。后来(陶敏、陶红雨《刘禹锡全集编年校注》认为作于元和十年，高志忠《刘禹锡诗编年校注》以为长庆元年作)刘禹锡有追和之作《碧涧寺见元九侍御和展上人诗有三生之句因以和》：

廊下题诗满壁尘，塔前松树已皴鳞。古来唯有王文度，重见平生竺

道人。

【注释】

①铁围：佛国索诃世界的须弥山，又称铁轮山。此处借指松滋的群山。

②红旭：指涧水溅起的水雾在阳光照射下所形成的彩虹。

③“踊塔”句：金轮，佛塔上的相轮。拆，即“坼”，裂开，绽开。翠微，青翠微淡的山色，此处泛指青山。

④毒龙：佛本身曾作大力毒龙，众生受其害，但受戒后，忍受猎人剥皮，小虫食身，以至身干命终，最终成佛。

奉和窦容州

明公莫讶容州远，一路潇湘景气浓。斑竹初成二妃庙，碧莲遥耸九疑峰。[1]禁林闻道长倾凤，池水那能久滞龙。自叹风波去无极，不知何日又相逢。

【题解】

此诗元和八年(813)作于江陵。窦容州，指窦群，原唱已佚。诗写送别窦氏之情，难舍之外兼有劝慰之意。即如“禁林”二句所谓，窦群在朝中被人排挤，贬谪在外，但优秀之人不会久滞外任，很快就会腾飞九天。

【注释】

①“斑竹”二句：斑竹，茎上有紫色斑点的竹，亦称湘妃竹。二妃庙，在今湖南宁远南九疑山湘水发源处。

卢头陀诗

并序

道泉头陀，字源一，姓卢氏，本名士衎，弟曰起居[1]郎士玫[2]，则官阀可知也。少力学，善记忆，戡[3]解职仕，不三十余，历八诸侯府，皆掌剧事。性强迈，不录幽琐，为吏所构，谪官建州。无何，有异人密授心契，冥失所在。卢氏既为大门族，兄弟且贤豪，惶骇求索无所得。胤子[4]某积岁穷尽荒僻，一夕于衡山佛舍众头陀中灯下识之，号叫泣血无所顾。然而先是众以为姜头陀，自是知其为卢头陀矣。尔后往来湘潭间，不常次舍[5]，只以衡山为诣极[6]。元和九年，张中丞[7]领潭之岁，予拜张公于潭，适上人[8]在焉。即日诣所舍东寺一见，蒙念不碍小劣[9]，尽得本末其事，列而序之。仍以四韵七言为赠尔。

卢师深话出家由，剃尽心花[10]始剃头。马哭青山别车匿，鹊飞螺髻见罗睺。[11]还来旧日经过处，似隔前身梦寐游。为向八龙兄弟说，他生缘会此生休。

【题解】

此诗元和九年(814)作于潭州。头陀，梵文音译，意为抖擞，即去除尘垢烦恼，因用以称呼僧人。诗为四韵七律，而诗序二百余字似乎成了一篇人物传记，主要补充交代诗的首句："卢师深话出家由。"卢头陀之性格、身世变化皆包含在其中，故事有起因、发展、高潮和结局，从性刚强而被贬官到"冥失所在"，人物失去了行踪，从而为读者设置了悬念；当其子多年寻找无果后在衡山佛舍中认出时，悲喜交加，号叫泣血，将故事推向高潮；尽管如此，卢头陀竟不为所动，本年作者得以与其相见，交代了人物的结局。本诗如果不用诗序来交代，也可以像其《智度师》那样对素材作大跨度的剪接，给人以想象的空间，但是却失去了故事性。

【注释】

①居：原无，据《类苑》补。卢士玫元和七八年入朝为起居郎。

②玫：原作"玟"，据杨本、《全诗》改。

③戡：通"堪"，胜任。

④胤子：嗣子。

⑤次舍：止息之所。《周礼》郑玄注："次，其宿卫所在；舍，其休沐之处。"

⑥诣极：最终的归宿。

⑦张中丞：指张正甫，曾以侍御史知台中杂事，元和八年由苏州刺史迁湖南观察使。

⑧上人：《释氏要览》引古师云："内有德智，外有胜行，在人之上，名上人。"南朝宋以后，多用作对和尚的尊称。

⑨小劣：元稹谦辞。

⑩心花：比喻机巧之心。

⑪"马哭"二句：释迦牟尼出生时，其家青衣复产一儿，厩中白马亦乳白驹。奴字车匿，马曰犍陟。释迦牟尼年十九，夜半呼车匿勒犍陟跨之，将出家。离别之际，犍陟屈膝舔足，泪落如雨。罗睺（hóu）为释迦牟尼之子，十九岁时，偶乘车出游，见生老病死，深悟世间无常，遂决意出家。后于雪山习诸禅定，鹊巢顶，芦穿膝，苦行六年。此处形容卢头陀的苦修。

醉别卢头陀

醉迷狂象别吾师，梦觉观空始自悲。①尽日笙歌人散后，满江风雨独醒时。心超几地②行无处，云到何天住有期。顿见佛光身上出，已蒙衣内缀摩尼③。

【题解】

此诗元和九年（814）作于潭州。诗写醉别卢头陀，兼以自悲。

【注释】

①"醉迷"二句：狂象，比喻妄心狂迷，难以禁制。观空，佛教谓观见万法皆空，了知世界虚幻不实，毕竟是空。

②几地：犹初地，为菩萨十地中最初之位。菩萨入此位，始获圣性，具证二空，能自利利他，心生大喜，故又称欢喜地。

③摩尼：梵语宝珠的音译。佛经载摩尼宝珠有种种神奇功效，如能消灾却病，变化出一切所欲之物等等。

陪张湖南宴望岳楼，稹为监察御史，张中丞知杂事[①]

观象楼[②]前奉末班，绛峰[③]只似殿庭间。今日高楼重陪宴，雨笼衡岳是南山。

【题解】

此诗元和九年(814)作于潭州。张湖南，指张正甫，曾以侍御史知台中杂事。望岳楼，在长沙城中。诗作着重描绘宴会所在地的景色。这种写法，适宜于写胜地佳境之处的宴饮，且宴饮者气度高雅闲暇，并非酒徒酒鬼，其意不在酒，而在于山水景色之间。若铺陈酒菜之丰盛，场面之热闹，酒醉之狂态，未免就真的有些“煞风景”了。

【注释】

①稹为监察御史张中丞知杂事：《类苑》作小字注。

②观象楼：大明宫观象楼的门楼。

③绛峰：此指终南山的山峰。

岳阳楼

岳阳楼上日衔窗，影到深潭赤玉幢[①]。怅望残春万般意，满棂[②]湖水入西江。

【题解】

此诗元和九年(814)作于自江陵赴潭州途中。岳阳楼，在今湖南岳阳旧城西门上，下临洞庭，为极目之胜地。诗作先点题，想象楼影映湖面，一片赤红，倒影一定映印在洞庭龙王的水晶宫上。接着说登楼观赏本为赏心乐事，却生惜春之叹，人生抑郁失意之感，诸般况味一齐涌上心头。最后写映入湖中的岳阳楼窗棂，随着湖水流入长江。实际上说满腹忧愁，一腔谪意，何时才能如同湖水一样西入长江，得以解脱。大有黄庭坚“岳阳楼上望君山”(《雨中登岳阳楼望君山》)的迁谪感慨。全篇视角独特，含蕴深沉。前者是指不像其他作品着力于岳阳楼雄奇壮观描写，而写倒影深潭的神奇，新颖独到。别有意蕴，言其登楼观赏，醉翁之意不在酒，借以表达彷徨失意之怀，只可意会不可言传。更有意思的是，此次登楼观赏后不久，元稹即奉诏西归长安。

【注释】

①“影到”句：到，同“倒”。赤玉幢，以赤玉所造经幢，形容落日倒映湖面的景象。

②棂(líng)：窗格。

寄庾敬休

小来同在曲江头，不省春时不共游。今日江风好暄暖，可怜春尽古湘州①。

【题解】

此诗元和九年(814)作于潭州。庾敬休，元稹诗友，与元稹有姻懿。诗作在今昔对比中写出惆怅之意。

【注释】

①湘州：潭州(今湖南长沙)的旧称。

花栽二首①

买得山花一两栽，离乡别土易摧颓。欲知北客②居南意，看取南花北地来。

南花北地种应难，且向船中尽日看。纵使将来眼前死，犹胜抛掷在空栏。

【题解】

此二诗元和九年(814)作于自潭州返江陵途中。诗中以南花北迁与北客居南相对照，爱花之情虽殷切，但无可奈何之意也展露无遗，且有写花喻己、怀才不遇之意。

【注释】

①诗题：钱校、《全诗》“一作”作“买花栽”。

②北客：元稹自称。元稹郡望洛阳，生于长安，被贬江陵，故云。

宿石矶

石矶江水夜潺湲[①]，半夜江风引杜鹃。灯暗酒醒颠倒枕，五更斜月入空船。

【题解】

此诗元和九年(814)作于江陵与潭州间。诗写石矶船上夜宿的寂苦情状。

【注释】

①潺湲(yuán)：水流动貌。

遭风二十韵

洞庭瀰漫接天回，一点君山似措杯。暝色已笼秋竹树，夕阳犹带旧楼台。湘南贾伴乘风信①，夏口篙工厄溯洄。后侣逢滩方拽筵②，前宗到浦已眠桅。俄惊四面云屏合，坐见千峰雪浪堆。罔象睢盱频逞怪，石尤翻动忽成灾。③腾凌岂但河宫溢，坱轧浑忧地轴摧。④疑是阴兵致昏黑，果闻灵鼓借喧豗⑤。龙归窟穴深潭漩，蜃作波涛古岸颓。水客暗游烧野火，枫人夜长吼春雷。⑥浸淫沙市儿童乱，汩没汀洲雁鹜哀。自叹生涯看转烛，更悲商旅哭沉财。樯乌斟折头仓掉，水狗斜倾尾缆开。⑦在昔讵惭横海志，此时甘乏济川才。历阳旧事曾为鳖，鲧穴相传有化能。⑧闭目唯愁满空电，冥心真类不然灰⑨。那知否极休征至⑩，渐觉宵分曙气催。怪族潜收湖黯湛，幽妖尽走日崔嵬。紫衣将校临船问，白马君侯⑪傍柳来。唤上驿亭还酩酊，两行红袖拂樽罍⑫。

【题解】

此诗元和八年(813)作于张伯靖班师途中，为纪实之作，描写亲身遭遇的洞庭湖上的一场大风。这样的内容，是很适合用排律来表现的。诗题标明“二十韵”，全诗除首二句和末二句外，尽为律句，且各联相粘，完全符合律诗的格律要求。早先，杜甫曾创作过若干七言排律，可以视为“高度律化的歌行”，仍阑入歌行之中。到了中唐，由于七言律诗更为普及，更多的诗人具备了写作七言排律的条件，又由于诗歌创作总体上出现了向客观描写、铺叙演进的趋势，而这一点正是排律之所长。因此，元稹笔下就出现了较多“七言排律式的歌行”(薛天纬《唐代歌行论》)，此篇为其代表性篇章之一。

【注释】

①“湘南”句：贾伴，一起经商者。风信，随季节变化应时吹来之风。

②筵(niàn)：拉船的竹縴。

③“罔象”二句：罔象，古代传说中的水怪名。石尤，即石尤风，打头逆

风。相传石氏女嫁为尤郎妇，尤为商远行不归，妻思念成疾，临死叹曰：吾不能阻其行，以至于此。今凡有商旅远行，吾当作大风为天下妇人阻之。

④“腾凌”二句：腾，原作“胜”，据杨本、董本、《类苑》、胡本改。坱（yǎng）轧，高低不平貌。此指湖水上下颠簸。

⑤“果闻”句：灵鼓，六面鼓。喧豗（huī），喧闹声。

⑥“水客”二句：水客，渔夫。水，胡本、《全诗》、何校作“木”。枫人，老枫树上所生的瘿瘤，因似人形，故称。

⑦“樯乌”二句：樯乌，桅杆上的鸟形风向仪。樯，原作“墙”，据胡本、《全诗》改。斗折，曲折。掉，摇摆。水狗，水獭。

⑧“历阳”二句：《淮南子》高诱注：“历阳，淮南国县名，今属江都。昔有老妪，常行仁义，有二诸生过之，谓曰：‘此国当没为湖。’谓妪视东城门阃有血便走，上北山，勿顾也。自此，妪便往视门阃，阍者问之，妪对曰如是。其暮，门吏故杀鸡，血涂门阃。明旦，老妪早往视门，见血，便上北山，国没为湖。及门吏言其事，适一宿耳，一夕旦而为湖也。”鲧，即鲧。

⑨“冥心”句：《庄子·齐物论》：“南郭子綦隐几而坐，仰天而嘘，嗒焉似丧其耦。颜成子游立侍乎前，曰：‘何居乎？形固可使如槁木，而心固可使如死灰乎？’”

⑩否极休征至：否极泰来。否与泰为《易》之两卦，天地交，万物通，谓之“泰”；不通闭塞，谓之“否”。

⑪白马君侯：即白马将。后为统军将领的代称。

⑫樽罍（léi）：酒樽。

赠崔元儒

殷勤夏口阮元瑜①，二十年前旧饮徒。最爱轻欺杏园客，也曾辜负酒家胡。②些些风景闲犹在，事事颠狂老渐无。今日头盘③三两掷，翠娥潜笑白髭须。

【题解】

此诗大和四年(830)作于武昌。崔元儒,元和五年登进士第。诗作以回顾往昔为比,写出今日之“凄凉”,说你即是说我。“殷勤”四句,回味当年的酒色享受,可见唐代娱乐业对作家创作影响之深。

【注释】

①“殷勤”句:夏口,又称汉口、沔口,夏水注入长江处,此指武昌。阮元瑜,阮瑀,借指崔元儒。

②“最爱”二句:杏园客,指科举新及第者。酒家胡,本指酒店当垆的胡姬,此泛指卖酒女性。

③头盘:骰盘,掷色子所用之盘,古代行酒令所用之具。

鄂州寓馆严涧宅

时涧不在①

凤有高梧鹤有松,偶来江外寄行踪。花枝满院空啼鸟,尘榻无人忆卧龙②。心想夜闲唯足梦,眼看春尽不相逢。何时最是思君处,月入斜窗晓寺钟。

【题解】

此诗元和九年(814)作于自江陵赴潭州途中。严涧,未详。诗作创造出一种雅洁空灵的境界,表达出隐约朦胧的情思。前四句点明环境气氛,后四句作自由联想,表达某种特定的思念之情。或即黄周星《唐诗快》卷一一所云:“还只恐双文之梦耳。”又或仅为写自己寓居在严涧宅中,正好严氏不在,一夜无眠。

【注释】

①时:杨本、董本、《类苑》无。

②卧龙:借指有卓绝之能而未显于世者。

【辑评】

清金圣叹《贯华堂选批唐才子诗》卷五上:“(前解)此‘偶来江外寄行踪’,非云偶来寄行踪,乃云虽偶来江外,而必于君子寄行踪也。盖凤必有梧,鹤必有松,观远人必以其所为主,若使我来江外,而不于君寄寓,且当于谁寄寓者?故虽满院啼鸟,空榻无人,君自不在,我自竟住,言更无处又他去也。(后解)前解寓严宅,后解想严人也,易解。”

清王尧衢《古唐诗合解》卷一一:“‘凤有’句,凤非梧桐不栖,以比高士宅。鹤多巢松,亦比高士宅。‘偶来’句,写‘寓’字,言严涧高雅,卜宅江边,聊以寄托行迹于此。‘花枝’句,涧宅中花虽满枝,而主人不在。无人在院,有鸟啼花,故谓之空。‘尘榻’句,涧已出,榻虽设而尘满,以无人之故。是榻也,向有卧龙,今何往乎?只令人虚忆而已。孔明有卧龙之称。‘心想’句,此以己之忆涧作转,因寓馆故心想于夜间之时,惟有梦足,而相逢杳然。‘眼前’句,此时已春尽矣,眼睁睁看他过去,若说相逢,则今春未有期也。‘何时’句,夜想已深,相逢念切,岂不是思,然尚未为最也。试问最思君处,却在何时,所以喝起下句。‘月入’句,此是最思君时也,月入斜窗,天色将晓,此际之梦已醒,而晨钟乍发,万虑澄清,静里怀人,思当十倍,且晓天寂寂,尤人所难尽也。”

送杜元颖[1]

江上五年同送客,与君长羡北归人。今朝又送君先去,千里洛阳城里尘。

【题解】

此诗元和九年(814)作于江陵。首句“江上五年”指元和五年至九年贬官江陵士曹时期,即为是篇系年依据。诗作通过比较归者与留者,表达不得归去的悲怨。诗中,作者将归京友人与自己的状况罗列在一起,既有对友人的祝贺,又有自怨自艾。虽未直言归朝,但在对比之中,留者的怨怼不平之气已充溢于楮墨，似乎比直接明言更显沉郁凝重。可以对读的还有，如白居易《送韦侍御量移金州司马》中的“留滞多时如我少，迁移好处似君稀”，一个“少”，一个“稀”，看似相近，实则是两个极端，判若霄壤，正杜甫《自京赴奉先县咏怀五百字》中所谓“荣枯咫尺异，惆怅难再述”。

【注释】

①颖：原作“颍”，据《全诗》改。

贻蜀五首

并序

元和九年，蜀从事韦臧文告别。蜀多朋旧，稹性懒为寒温书[①]，因赋代怀五章，而赠行亦在其数。

病马诗寄上李尚书

万里长鸣望蜀门，病身犹带旧疮痕。遥看云路心空在，久服盐车力渐烦。尚有高悬双镜眼，何由并驾两朱轓[①]。唯应夜识深山道，忽遇君侯一报恩。

【题解】

诸诗皆元和九年(814)作于江陵。李尚书，指李夷简。诗人以“病马”自喻，表现出自己在逆境中仍然不失进取之心，其中隐含着希望得到提拔之意。这属于干谒一类的作品。

【注释】

①朱轓(fān)：车乘两旁的红色障泥。后因指显贵之车。

李中丞表臣

韦门同是旧亲宾，独恨潘床簟有尘。[①]十里花溪锦城丽，五年沙尾白头新。[②]倅戎何事劳专席[③]，老掾甘心逐众人。却待文星[④]上天去，少分光影照沉沦。

【题解】

李中丞表臣，指李程，曾为御史中丞。后四句，是期待李程有大材大用的一天，能够“少分光影”，对自己有所眷顾。

【注释】

①“韦门”二句：元稹与李程同为京兆韦氏的女婿。元稹妻韦丛为韦夏卿幼女。潘床，潘岳之床。岳早年丧妻，故用作丧妻之典。

②“十里”二句：花溪，浣花溪，在今四川成都西郊。锦城，即锦官城，故址在今四川成都南，汉主管织锦之官驻此，后亦用作成都的别称。沙尾，沙滩的边缘，此借指江陵。

③“倅(cuì)戎”句：倅戎，出任武将的副手。专席，独坐一席。李程时带御史中丞衔为剑南西川节度行军司马，故云。

④文星：即文昌星、文曲星。

卢评事子蒙

为我殷勤卢子蒙，近来无复昔时同。懒成积疹[①]推难动，禅尽狂心炼到空。老爱早眠虚夜月，病妨杯酒负春风。唯公两弟闲相访，往往潸然一望公。

【题解】

评事，即大理寺评事，从八品下，掌出使推覆。此为卢子蒙所带朝衔。诗写自己近来因老病而与往日心境大不同，见公之两弟来访，不禁潸然。

【注释】

①疹(zhěn)：病。

张校书元夫

未面西川张校书，书来稠叠颇相于[①]。我闻声价金应敌，众道风姿玉不如。远处从人须谨慎，少年为事要舒徐。劝君便是酬君爱，莫比寻常赠鲤鱼。

【题解】

校书，唐中书省集贤院与太子司经局置，各四人，正九品下，掌校理典籍，刊正讹误。张元夫为幕府官而带朝衔者。元夫，张正甫兄式之子。诗写对张元夫的赞美与劝诫。从诗中“远处从人须谨慎，少年为事要舒徐”二句所宣扬的观点来看，说明作者改变了当年“锋锐”的作风而委曲求进，对自己所奉行的正直之道，失去了信心。

【注释】

①相于：相厚，相亲近。

韦兵曹臧文

处处侯门可曳裾，人人争事蜀尚书[①]。摩天气直山曾拔，澈底心清水共虚。鹏翼已翻君好去，乌头未变我何如。殷勤为话深相感，不学冯谖待食鱼[②]。

【题解】

兵曹，兵曹参军事之省，掌戎器、管钥等事，为诸府属官之一。韦臧文，剑南西川节度府从事，余不详。诗写与“鹏翼已翻”的韦臧文临歧之际，殷勤为话，深有所感。

【注释】

①蜀尚书：指李夷简。

②冯谖（xuān）待食鱼：《战国策·齐策四》：“齐人有冯谖者，贫乏不能自存，使人属孟尝君，愿寄食门下。孟尝君曰：‘客何好？’曰：‘客无好也。’曰：‘客何能？’曰：‘客无能也。’孟尝君笑而受之曰：‘诺。’左右以君贱之也，食以草具。居有顷，倚柱弹其剑，歌曰：‘长铗归来乎，食无鱼。’左右以告。孟尝君曰：‘食之，比门下之客。’居有顷，复弹其铗，歌曰：‘长铗归来乎，出无车。’左右皆笑之，以告。孟尝君曰：‘为之驾，比门下之车客。’于是乘其

车，揭其剑，过其友，曰：'孟尝君客我。'后有顷，复弹其剑铗，歌曰：'长铗归来乎，无以为家。'左右皆恶之，以为贪而不知足。孟尝君问：'冯公有亲乎？'对曰：'有老母。'孟尝君使人给其食用，无使乏。于是冯谖不复歌。"

赠严童子

严司空孙字照郎，十岁能赋诗，往往有奇句，书题有成人风①

卫瓘诸孙卫玠珍，可怜雏凤②好青春。解拈玉叶③排新句，认得金环识旧身。十岁佩觿娇稚子，八行飞札老成人。④杨公莫讶清无业⑤，家有骊珠不复贫。

【题解】

此诗元和六年至九年(814)作于江陵。严司空，指严绶。题注中"书题"云云，书题指书信，谓童子工于翰墨。潘德舆以"书题"作"诗题"，并由此发过一通议论：

> 元微之《赠严童子》诗自注："童子十岁能赋诗，诗题有成人风。"此注最有见。今人诗固不逮古人，即诗题已不堪入目矣。然微之诗，如《以州宅夸于乐天》、《初除浙东妻有沮色因以四韵晓之》之类，其制题犹未甚高雅简洁也。(《养一斋诗话》卷九)

诗作以卫瓘(guàn)、卫玠为比，赞颂严绶之孙照郎，小小年纪便诗、书俱佳，颇为难得。末二句"杨公莫讶"云云，意谓在作者看来，拥有这样的才艺，便是拥有了一笔财富，也是严家之福。

关于"十岁"句，清人杭世骏《订讹类编》卷一曾云："佩觿、佩韘，是成人之式，童子止宜佩容臭。觿韘不宜佩而佩之，故诗人刺其躐等。今作童子正面用，岂诗人之意哉？读内则，亦宜知其误矣。元微之《赠严童子》诗云：'十岁佩觿娇稚子。'知唐时已误用，非讥之也。"

【注释】

①严童子：蜀本总目、杨本、董本、《类苑》作"童子郎"。

②雏凤:称美资质佳绝的少年。

③玉叶:指优质笺纸。

④"十岁"二句:佩觿(xī),佩戴牙锥,表示已成年,具有才干。觿,象骨制成用以解绳结的角锥,亦用作饰物。八行,指书信。

⑤"杨公"句:《后汉书·杨震传》:"性公廉,不受私谒,子孙常蔬食步行。故旧长者或欲令为开产业,震不肯,曰:'使后世称为清白吏子孙,以此遗之,不亦厚乎?'"

【辑评】

清金圣叹《贯华堂选批唐才子诗》卷五上:"(前解)'青春'上又加'好'字,'好'字上又加'可怜'二字,便画出此'雏凤',人固断断不忍料其便能作诗也。三、四承之,只是一昂一低,再翻作诗。言口中已成七字,而手中初探双环,犹俗言人身尚未全也。(后解)前解写童子,此解又写其福也。言'十岁'不过稚子,而'八行'早如老成,掌中有此奇宝,便将光照一世,岂犹以清白吏愁饥寒邪!"

桐孙诗

并序。此后元和十年诏召入京,及通州司马已后诗

元和五年,予贬掾江陵。三月二十四日,宿曾峰馆。山月晓时,见桐花满地,因有八韵寄白翰林诗[①]。当时草蹙,未暇纪题,及今六年,诏许西归。去时桐树上孙枝已拱矣,予亦白须两茎而苍然斑鬓,感念前事,因题旧诗,仍赋《桐孙诗》一绝,又不知几何年复来商山道中。元和十年正月题。

去日桐花半桐叶,别来桐树老桐孙。城中过尽无穷事,白发满头归故园。

【题解】

此诗元和十年(815)作于自江陵赴长安途中。桐孙,桐树新生的小枝。

结合诗序来看，诗作借咏桐孙以嗟贫叹老，通俗平易，而有深沉感慨溢于言外。诗人此时年未不惑，谈何“白发满头”，叹甚“树老桐孙”？所谓“过尽无穷事”，苦辣酸甜全在官场沉浮，风云变幻，这才是症结所在。

【注释】

①“因有”句：指元稹《三月二十四日宿曾峰馆夜对桐花寄乐天》。白居易元和二年至六年为翰林学士。

西归绝句十二首

双堠频频减去程，渐知身得近京城。春来爱有归乡梦，一半犹疑梦里行。

五年江上损容颜，今日春风到武关①。两纸京书临水读，（得复言、乐天书。）②小桃花树满商山。

同归谏院韦丞相，（韦丞相贯之。）共贬河南亚大夫。（裴中丞度。）③今日还乡独憔悴，几人怜见白髭须。

只去长安六日期，多应及得杏花时。春明门④外谁相待，不梦闲人梦酒卮。

白头归舍意如何，贺处无穷吊亦多。左降去时裴相宅，（裴相公垍。）旧来车马几人过。

还乡何用泪沾襟，一半云霄一半沉。世事渐多饶怅望，旧曾行处便伤心。

闲游寺观从容到，遍问亲知次第寻。肠断裴家光德宅⑤，无人扫地戟门深。

一世营营死是休，生前无事定无由。不知山下东流水，何事长须日夜流。

今朝西渡丹河⑥水，心寄丹河无限愁。若到庄前竹园下，殷勤为绕故山流。(丹，浙庄之东流。)

寒窗风雪拥深炉，彼此相伤指白须。一夜思量十年事，几人强健几人无。(宿窦十二[⑦]蓝田宅。)

云覆蓝桥[⑧]雪满溪，须臾便与碧峰齐。风回面市[⑨]连天合，冻压花枝着水低。

寒花带雪满山腰，着柳冰珠满碧条。天色渐明回一望，玉尘[⑩]随马度蓝桥。

【题解】

这一组诗元和十年(815)作于自江陵赴长安途中或长安。诗写归时情境，尽在目前。

【注释】

①武关：在今陕西商南西北，地当长安东出东南大道之要。

②得复言、乐天书：卢本、杨本、董本、《全诗》在本诗尾，以下注亦均在相应诗尾。复言，指李谅。曾参与永贞革新。与元、白友善。

③“同归”二句：韦贯之永贞元年为监察御史，转右补阙，元稹元和元年为左拾遗，同属谏诤之官吏。韦贯之元和九年以尚书左丞同中书门下平章事。又，元稹曾与裴度同时被贬河南府。亚大夫，指裴度，元和九年官御史中丞，御史中丞在御史大夫之下，故云。

④春明门：古长安城门名，为城东三门之中门，东进、东出长安多由此门。

⑤裴家光德宅：光德坊在朱雀门街，裴垍宅在焉。

⑥丹河：今之丹江，源出今陕西商县西北秦岭，东南流至今湖北均县注入汉水。

⑦窦十二：不详。

⑧蓝桥：即蓝桥驿，在今陕西蓝田东南蓝桥镇。

⑨面市：喻大雪覆盖的街市。

⑩玉尘：形容随风扬起的细雪。

【辑评】

俞陛云《诗境浅说续编》："微之五年远役，归至武关，得书而喜，临水开缄细读。前三句事已说尽，四句乃接写武关所见，晴翠商山，依然到眼，小桃放红，如含笑迎人，入归人之目，倍觉有情，非泛写客途风景也。"

题蓝桥驿，留呈梦得、子厚、致用[①]

泉溜才通疑夜磬，烧(去声)烟余暖有春泥。千层玉帐铺松盖，五出[②]银区印虎蹄。暗落金乌[③]山渐黑，深埋粉堠路浑迷。心知魏阙无多地，十二琼楼[④]百里西。

【题解】

此诗元和十年(815)作于自江陵赴长安途中，述身致通显之志。梦得，刘禹锡。子厚，柳宗元。致用，李景俭。

【注释】

①题蓝桥驿：卢本、杨本、董本、《全诗》作题下注。

②出：向外突出的部分，此指虎蹄之瓣。

③金乌：古代神话传说，太阳中有三足乌，因为太阳的代称。

④十二琼楼：古代神话传说中神仙居处。

小碎诗篇[①]

小碎诗篇取次[②]书，等闲题柱意何如[③]。诸郎到处应相问，留取三行代鲤鱼。

【题解】

此诗元和十年(815)作于自江陵赴长安途中。诗中"小碎诗篇"即"小碎篇章”;“等闲”,轻易、随意。可见此类诗歌的创作并非郑重其事,字斟句酌,而是随心感悟,信笔写来。诗末句取汉乐府《饮马长城窟行》“呼儿烹鲤鱼,中有尺素书”意,以“鲤鱼”代称书信;诗既代书信之用,内容便与国家大事、理乱之道关系不大,而应如古诗所谓“上言加餐食,下言常相忆”,传达对对方的关心与思念,告知最近的经历与心情,具有世俗化、家常化、生活化的特点。同时,“鲤鱼”在古诗中多指男女间的书信往来,所以,“小碎篇章”中有不少涉及男女恋情之作,元稹所作另外一首《鱼中素》可以为证。

【注释】

①诗篇:杨本、董本、《类苑》无,蜀本总目作“小碎”。

②取次:任意,随便。

③“等闲”句:元和十年春,元稹应召回京,途经蓝桥驿,题诗于柱,留呈同时被召的刘禹锡、柳宗元、李景俭诸人。

和乐天高相宅

莫愁已去无穷事,漫苦如今有限身。二百年[①]来城里宅,一家知换几多人。

【题解】

此诗元和十年(815)作于长安。高相,指高郢。白居易贞元十六年进士及第,其年高郢知贡举,故白氏原唱《重到城七绝句·高相宅》云:

> 青苔故里怀恩地,白发新生抱病身。涕泪虽多无哭处,永宁门馆属他人。

感叹高相宅第已属他人,物是人非。世事沧桑,富贵无常。元氏此诗虽为和作,实具普遍意义,又兼语近旨遥,意显情切,当能使汲汲于富贵者警醒。

【注释】

①二百年:自唐朝定都长安至写作此诗,历时近二百载。

和乐天仇家酒

病嗟酒户①年年减，老觉尘机渐渐深。饮罢醒余更惆怅，不如闲事不经心。

【题解】

此诗元和十年(815)作于长安。仇家，长安善酿酒之家。白居易原唱为《重到城七绝句·仇家酒》：

年年老去欢情少，处处春来感事深。时到仇家非爱酒，醉时心胜醒时心。

是说喝醉了比酒醒好，醉了可以什么都不想。而元诗则说醉了总还会醒，醒了会更加惆怅，还是“闲事不经心”，也就是不借酒浇愁的好，因为“尘机”渐深，多想无益。

【注释】

①酒户：酒量。酒量大者称大户或上户，酒量小者称小户或下户。

和乐天赠恒寂僧①

欲离烦恼三千界，不在禅门八万条。②心火③自生还自灭，云师无路与君销。

【题解】

此诗元和十年(815)作于长安。恒寂僧，长安僧，白居易与之有交往。白居易原唱为《恒寂师》：

旧游分散人零落，如此伤心事几条。会逐禅师坐禅去，一时灭尽定中消。

元诗谓，坐禅入定并不能消尽烦恼，禅师的本领不过在于教人修习禅观罢了，既然坐禅不能消除像“旧游分散人零落”这样自生自灭的烦恼，禅师也就别无妙法为君消解烦恼了。

【注释】

①恒：原作“云”，据白居易原唱改。

②“欲离”二句：三千界，三千大千世界的省称。佛教以须弥山为中心，七山八海交绕之，更以铁围山为外郭，同一日月的四天下为一小世界。合一千小世界为小千世界，合一千小千世界为中千世界，合一千中千世界为大千世界，总称三千大千世界。八万条，八万四千条之省，佛教形容事物众多的数字。

③心火：指内心的激动或愤怒等情绪。

澧西别乐天、博载、樊宗宪、李景信两秀才、侄谷三月三十日相饯送①

今朝相送自同游，酒语诗情替别愁。忽到澧西总回去，一身骑马向通州。

【题解】

此诗元和十年(815)作于自长安赴通州途中。澧西，澧水之西，指鄠县的东蒲池村。樊宗宪，疑为樊泽之子，宗师之弟。侄谷，元稹之侄元谷，宝历中为御史。诗写留别相送诸人，“酒语诗情替别愁”。

【注释】

①“博载”以下：原无，据卢本、杨本、董本、《全诗》补。

寄昙、嵩、寂三上人

长学对治死苦处①，偏将死苦教人间。今因为说无生死，无可对治心更闲。

【题解】

此诗元和十年(815)作于长安。昙嵩寂，昙，长安慈恩寺僧。嵩，疑为洛阳僧。寂，恒寂，长安僧。悟人生之苦，是追求解脱的起点。唐代诗人的很多作品，即蕴涵着佛教的人生为苦观念，表现出试图以佛教精神纾解焦虑的努力。如元稹此篇，即明显地受到了佛教“死苦”观念的影响。

【注释】

①“长学”句：对治，佛教语，谓断烦恼。死，原作“思”，据卢本改。

题漫天岭智藏师兰若，僧云住此二十八年

僧临大道阅浮生，来往憧憧利与名。二十八年何限客，不曾闲见一人行。

【题解】

此诗元和十年(815)作于自长安赴通州途中。漫天岭，在今四川广元北嘉陵江边，上有雪峰寺，智藏或即驻锡于此。兰若，梵语阿兰若之省，谓寂静无烦恼之处。此处指寺院。诗作先以僧人的独特视角，观照尘世中的芸芸众生。“来往憧憧”云云，活灵活现地刻画出世俗之人熙来攘往，追逐名利的情形。再转进一笔，写出阅人无数的僧人，却不曾看到有一个闲人从寺院前走过。

苍溪县寄扬州兄弟①

苍溪县下嘉陵水，入峡穿江到海流。凭仗鲤鱼将远信，雁回时节到扬州。

【题解】

此诗元和十年(815)作于自长安赴通州途中。苍溪县,治所苍溪(今属四川)。扬州兄弟,不详。诗写远谪通州,夜宿苍溪馆,心情灰暗,写信给扬州兄弟,以抒愁闷。雁为候鸟,秋来春去。信到扬州,正是初秋。

【注释】

①扬:原作"杨",据董本、《全诗》改。

赠吴渠州从姨兄士则

忆昔分襟童子郎,白头抛掷又他乡。三千里外巴南恨,二十年前城里狂。[①]宁氏舅甥俱寂寞,荀家兄弟半沦亡。[②]泪因生别兼怀旧,回首江山欲万行。

【题解】

此诗元和十年(815)作于自长安赴通州途中。元稹与表兄们感情深笃,多少年后,忆及当年的情境,在各种不同的场合,如此篇的赠别场合,仍能描述得历历在目。不过,跟与表兄们建立起的深厚感情相比,这段生活本身给元稹留下的回忆显然更为多姿多彩。即如在《答姨兄胡灵之见寄五十韵》、《寄吴士矩端公五十韵》等诗中屡屡提及时,总是津津乐道,作长篇铺叙,尽情回味。

【注释】

①"三千"二句:巴南,四川南部地区,此指渠州。"二十年前"句,元稹于父亲辞世后,赴凤翔,"依倚舅族,分张外姻",与吴士则等相游处。贞元十年前后回到长安,与吴等分别,至元和十年,历时二十余载,故云。

②"宁氏"二句:宁氏舅甥,《晋书·魏舒传》:"魏舒,字阳元,任城樊人也。少孤,为外家宁氏所养。宁氏起宅,相宅者云:'当出贵甥。'外祖母以魏氏甥小而慧,意谓应之。舒曰:'当为外氏成此宅相。'……及山涛薨,以

舒领司徒，有顷即真。”

长滩梦李绅

孤吟独寝意千般，合眼逢君一夜欢。惭愧梦魂无远近，不辞风雨到长滩。

【题解】

此诗元和十年(815)作于自长安赴通州途中。长滩，渠江上游流江之滩名。诗作中李绅冒着风雨、远来长滩的生动形象，其实是“孤吟独寝”的作者因想念故人而塑造出来的。如此写来，不言思念，却更能显出思念的深切。

新政县

新政县前逢月夜，嘉陵江底看星辰。已闻城上三更鼓，不见心中一个人。须鬓暗添巴路雪，衣裳无复帝乡尘。曾沾几许名兼利，劳动生涯涉苦辛。

【题解】

此诗元和十年(815)作于自长安赴通州途中。新政县，今属四川。诗写远在异乡新政的月夜，没有朋友可以倾诉，只好看嘉陵江的星辰以自慰。一路行来，虽然已非帝乡之人，但往昔之事，别人却总以为是为了名利。全篇不言一个“愁”字，而能反映出万般愁苦的心境。

南昌滩

渠江明净峡逶迤，船到明滩拽篸迟。橹窡[1]动摇妨作梦，巴童指点笑吟诗。畬余宿麦黄山腹[2]，日背残花白水湄。物色可怜心莫恨，此行都是独行时。

【题解】

此诗元和十年(815)作于自长安赴通州途中。南昌滩，嘉陵江支流渠江中的滩名。诗写所经此滩的峡险水急和通州的风土人情，流露出屡遭贬谪、孤身远行的落寞心情。此首，《全唐诗》卷四一五归元稹，卷三一七又作武元衡诗，后者应属误题。

【注释】

①窡(zhuó)：即橹脐，系橹的孔眼。

②"畬余"句：畬，焚烧田中草木以作肥料的耕作方法。宿麦，即冬麦，隔年成熟的麦子。

见乐天诗

通州到日日平西，江馆无人虎印泥。忽向破檐残漏处，见君诗在柱心题。

【题解】

此诗元和十年(815)作于通州。诗写偶然发现被某人题于壁间的好友之诗时，见诗如见人的惊喜。"破檐残漏"云云，既可见"江馆"荒凉之甚，更能反衬诗人何以如此高兴。可与白居易酬和之作诗题并读：

微之到通州日，授馆未安，见尘壁间有数行字，读之，即仆旧诗。其落句云："渌水红莲一朵开，千花百草无颜色。"然不知题者何人也。微之吟叹不足，因缀一章，兼录仆诗本同寄。省其诗，乃十五年前初及第时，赠长安妓人阿软绝句。缅思往事，杳若梦中，怀旧感今，因酬长句。

惜白氏绝句仅存此"渌水红莲"二句。

夜　坐

雨滞更愁南瘴毒，月明兼喜北风凉。古城楼影横空馆，湿地虫声绕暗廊。萤火乱飞秋已近，星辰早没夜初长。孩提万里何时见，狼藉家书满卧[①]床。

【题解】

此诗元和十年(815)作于通州。首联写天气的变化：先是阴雨连绵，心情压抑，更加担心南方的瘴气和毒雾；后来忽然天宇放晴，推出一轮明月，并且刮起了北风，感到十分清凉，心情也略好了些。中间两联在夏夜景色描写中，包含着诗人多少复杂的感情：被贬谪的苦闷、独处异地的孤寂、感染时疫毒气的担心和对幼儿的思念，等等。这从诗句用词色彩的暗淡和景象的凄清中，完全可以感受得到。尾联先以问句提出何时能见到离此万里的孩子，结句则说他所写的家书已是狼藉满床。

【注释】

①满卧：杨本、董本、《类苑》作"卧满"。

闻乐天授江州司马

残灯无焰影幢幢[①]，此夕闻君谪九江。垂死病中惊坐起[2]，暗风吹雨入寒窗。

【题解】

此诗元和十年(815)作于通州。诗写作者在听到好友被贬时，内心强烈的感同身受之情。以“垂死病中”反衬“惊坐起”，刻画形体动作而包蕴着极丰富的感情，表现震动之强烈，于是作者的愤怒和悲痛之情便跃然纸上。而“暗风”一句又在不动声色的景物描写中，将作者所有的感伤和凄凉包蕴其间，设境尤极凄其，所以倍觉沉挚。

【注释】

①幢幢：摇曳不定貌。

②惊坐起：卢本、杨本、董本、《全诗》作“仍怅望”。

【辑评】

清徐增《而庵说唐诗》：“此诗重‘此夕’二字。大凡诗中用字，最不可杂乱，此诗若‘残’字，若‘无焰’字，若‘谪’字，若‘垂死’字，若‘惊’字，若‘暗’字，若‘寒’字，如明珠一串，粒粒相似，用字之妙，无逾于此。”

清黄叔灿《唐诗笺注》卷九：“残灯病卧，风雨凄其，俱是愁境，却分两层写，当此残灯影暗，忽惊良友之迁谪，兼感自己之多病，此时此际，殊难为情。末句另将风雨作结，读之味逾深。”

清王尧衢《古唐诗合解》卷六：“读此诗，叹古人友谊之厚。‘残灯’句，灯残则无光焰，而其影幢幢不明，夜境病境愁境，都从此七字写出。‘此夕’句，此夕，即此灯残愁惨之夕。至友左降，却在愁病无聊之夕，闻之更为分外扫兴。‘垂死’句，病而垂死，痛之至也；惊而坐起，惊之甚也。元、白二人心知至友，休戚相关，其情如此。‘暗风’句，此时失惊坐起，呆呆想去，无可为力，但觉半明不灭之灯影中，暗风吹雨从窗而入，令人心骨俱寒，至情所激，其凄凉甚矣。他日乐天语人云：‘此语他人尚不可闻，况仆心哉。’”

岁日赠拒非

君思曲水[1]嗟身老，我望通州感道穷。同入新年两行泪，白头翁[2]坐说城中。

【题解】

此诗元和十二年(817)作于兴元。拒非,指李复礼。诗写岁日“身老”“道穷”之感。

【注释】

①曲水:文州治所。

②翁:钱校、《全诗》作“闲”。

送卢戡

红树蝉声满夕阳,白头相送倍相伤。老嗟去日光阴促,病觉今年昼夜长。顾我亲情皆远道,念君兄弟欲他乡。红旗满眼襄州路,此别泪流千万行。

【题解】

此诗元和六年至九年(814)作于江陵。首联点明送别的季节和送别时凄凉暗淡的心情。颔联和颈联写在诗人老病难耐、度日如年的情况下,亲戚朋友远走的远走,他去的他去。尾联写目送卢戡踏上前往襄州的道路,终于分别时的无限感伤情状。全诗首尾呼应,感情深沉。

雨　声

风吹竹叶休还动,雨点荷心暗复明。曾向西江船上宿,惯闻寒夜滴篷声。

【题解】

此诗元和五年至九年(814)作于江陵。诗写客舟听雨的茫茫愁思。诗人们往往把风雨视为人生坎坷的象征。李商隐《风雨》中的“黄叶仍风雨”,是感叹人生多舛。杜荀鹤在旅舍中听雨:“半夜灯前十年事,一时和雨到心头。”韩偓在春夜听雨:“一夜雨声三月尽,万般人事五更头。”崔道融在秋夜听雨:“一夜雨声多少事,不思也尽到心头。”是不约而同地想起身世的凄凉。黄庭坚说“江湖夜雨十年灯”(《寄黄几复》),是对漂泊生涯的形象概括。陆游说“茅檐一夜萧萧雨,洗尽平生幻妄心”(《四月二十八日作二首》其二),是壮志销尽后的黯然回首。对待“风雨”的态度,就是一种对待人生态度的隐喻。

奉和荥阳公离筵作

南郡生徒辞绛帐①,东山妓乐拥油旌②。钧天排比箫韶待,犹顾人间有别情。

【题解】

此诗元和十一年(816)作于兴元。荥阳公,指郑馀庆,荥阳(今属河南)人,原唱已佚。诗写离筵别情。

【注释】

①“南郡”句:以马融称美郑馀庆,谓其离兴元与生徒相别。

②“东山”句:东山妓,《世说新语·识鉴》:“谢公在东山畜妓,简文曰:‘安石必出。既与人同乐,亦不得不与人同忧。’”此以谢安称美郑馀庆。油旌,古代一种用作仪仗的旗帜。

嘉陵水

此后并通州诗

古时应是山头水，自古流来江路深。若使江流会人意，也应知我远来心。

【题解】

此诗元和十年(815)作于自长安赴通州途中。诗作后二句“若使江流会人意，也应知我远来心”的欲语还休，写出了作者贬任通州的心态。

阆州开元寺壁题乐天诗

忆君无计写君诗，写尽千行说向谁。题在阆州东寺壁，几时知是见君时。

【题解】

此诗元和十二年(817)作于自兴元返通州途中。阆州，治所在今四川阆中。开元寺，天授元年十月，两京及天下诸州，各置大云寺一所。开元二十六年六月，并改为开元寺。诗写因思念老友白居易，而不能得见，也无人可以诉说，于是将他的诗作题写在阆州东寺壁上，以解相思之苦。

诗中所谓“题壁”，是指将有关文字或图画题写在寺壁、驿壁、屋壁、桥梁等建筑物的壁面上，以传播信息、发表言论、发布文学或书法绘画作品等。中唐以降，题壁之风及其相关的形式大盛，成为文人生活的一部分，所谓“题诗本是闲中趣”(陆游《村居闲甚戏作》)。与元稹此诗相关，白居易也有一首《题诗屏风绝句》:“相忆采君诗作障，自书自勘不辞劳。障成定被人争写，从此南中纸价高。”序云:

十二年冬，微之犹滞通州，予亦未离湓上，相去万里，不见三年，郁郁相念，多以吟咏自解。前后辱微之寄示之什，殆数百篇，虽藏于箧中，永以为好，不若置之座右，如见所思。由是掇律句中短小丽绝者，凡一百首，题录合为一屏风，举目会心，参若其人在于前矣。前辈作事，多出偶然。则安知此屏，不为好事者所传，异日作九江一故事尔？因题绝句，聊以奖之。

白居易与元稹多年未见，于是从元稹寄给他的数百篇诗中挑出一百首，题写在屏风上，放在家中随时欣赏，见诗如见其人。白居易还预料，这样的风雅举动必定会被时人传诵，以至于纷纷前来传抄诗句，在史书上平添一段佳话。由此观之，白居易是有意题屏，目的就是希望能使诗得到流传，这是白居易自觉的传播行为。在屏风上题录百首诗歌后，白居易又题七绝《答微之》，题下自注："微之于阆州西寺，手题予诗。予又以微之百篇，题此屏上。各以绝句，相报答之。"诗云："君写我诗盈寺壁，我题君句满屏风。与君相遇知何处，两叶浮萍大海中。"可见，元白对诗歌传播的方式、行为、效应，已经有了较为清晰的认识，具备了参与传播活动的自觉意识，并主动以自己的传播行为在唐诗的文化传播中发挥了作用。

凭李忠州寄书乐天

万里寄书将出[①]峡，却凭巫峡寄江州[②]。伤心最是江头月，莫把书将上庾楼。

【题解】

此诗，吴伟斌认为元和十四年(819)正月九日作于自通州转任虢州长史经由忠州时。李忠州，指时任忠州刺史李景俭。周相录认为元和十三年作于通州，时李景俭之弟景信自忠州至通州拜访元稹，复回忠州。作者从与一位友人的相聚中，自然也想到了与另一位友人白居易的分离，转托友人"寄书"时，一想起上次误投的事情，不禁心生感伤之意，所谓"伤心最是江头月，莫把书将上庾楼”。

【注释】

①出：原作“上”，据《全诗》改。

②“却凭”句：巫，卢本作“沿”，杨本、马本、《类苑》、胡本作“冰”。江州，今江西九江。白居易元和十年八月贬江州司马，十二年十二月离任。

得乐天书

远信入门先有泪，妻惊女哭问何如。寻常不省曾如此，应是江州司马书。

【题解】

此诗元和十三年(818)作于通州。短短四句，虽然全部都是对行为动作、场景情节的描写刻画，却把诗人与白居易的友谊之深表现得极为充分。诗作先写见到白居易的信，未读内容就先流泪，有一些杜诗“喜心翻倒极”(《喜达行在所》其二)的意思。“先有泪”三字含蕴极广极深，难以用语言穷其究竟，只是在最亲挚者之间而又有某种境遇为背景时，才会有这样的感情震荡。这首诗只开头一句写自己，其余三句都是写妻女的反应。对于诗人的流泪，妻女先是惊讶，继而寻思揣测，终于断定唯有白居易的信才会使他如此激动。以妻女的反应来表明白居易是诗人最亲密的朋友，曲折生动，更富于生活情味。诗人在极短的篇幅内，只凭生活中的一个片断，便表现出了十分丰富的感情，很见写实功夫。

寄乐天

无身尚拟魂相就，身在那无梦往还。直到他生亦相觅，不能空记树中环。

【题解】

此诗元和十年至十三年(818)作于通州。诗作写出了作者对白居易的感情。生以梦往返,死以魂相随,这就是至死不渝的友情。

酬知退

终须修到无修处,闻尽声闻始不闻。莫着妄心销彼我,我心无我亦无君。

【题解】

此诗元和十三年(818)作于自通州赴虢州途中。知退,即白行简。诗作表达对于修悟佛道的见解,劝诫又自勉。首二句讲修道贵在有所成就。只有修得了佛道,才能修出声尘之境而方始“不闻”。后二句讲修道之要在去除妄心。众生之所以产生分别心,是由于不明白真如平等无差别的缘故。消除了“妄心”,就不会再区分种种差别,也就无所谓你我了,就能达到禅定,静观世界。

通　州

平生欲得山中住,天与通州绕郡山。睡到日西无一事,月储三万[①]买教闲。

【题解】

此诗元和十二年(817)作于自兴元返通州后。诗写无所事事的烦闷,正话反说。表面看来,作者仿佛是在接踵而至的政治打击和忧患折磨下,流露出了一定的超越倾向。但实际上,这种“旷达”远未达到真正的超越者所具有的那种静默虚淡、无所挂碍的境界,因为其背后隐寓着一腔有激而成的愤懑，用世之心并未因贬谪而锐减。

【注释】

①月储三万：陈寅恪《元微之〈遣悲怀〉诗之原题及其次序》谓：此自是指司马之月俸而言，然据《唐会要》、《册府元龟》、《新唐书·食货志》诸书，上州司马之俸似应在五万左右，今言三万，为数过少，或“三”为“五”之误欤？

酬乐天书后三韵

今日庐峰霞绕寺，昔时鸾殿凤回书。两封相去八年后，一种俱云五夜初。渐觉此生都是梦，不能将泪滴双鱼。

【题解】

元和十二年(817)三月，江州司马白居易营建庐山草堂，四月十日夜，于草堂作书与元稹。而该年秋或冬，元稹始自兴元回通州，故此诗当于次年作于通州。诗写友情深厚，但难得相见的遗憾。白居易原唱为《山中与元九书因题书后》：

忆昔封书与君夜，金銮殿后欲明天。今夜封书在何处，庐山庵里晓灯前。笼鸟槛猿俱未死，人间相见是何年。

元、白二诗不但各联均无对仗，声律上也是有对无粘，所以不应归于“六句律诗”之列，而是有点像白居易自己说的“小律”(《与元九书》)，即比律诗稍“小”的三韵诗诗体。不过，白居易在“小律”前加了“新艳”二字，据其上下文语境，所作数量不算太少，并且颇为自得。“小律”是一个奇怪的说法。

相忆泪

西江流水到江州，闻道分成九道流。我滴两行相忆泪，遣君何处遣人求。除非入海无由住，纵使逢滩未拟休。会向伍员潮上见，气冲[1]顽石报心仇。

【题解】

此诗元和十三年(818)作于通州。诗写忆及好友，不禁泪流难止。末二句“会向伍员潮上见，气冲顽石报心仇”，将几近绝望的满腹辛酸之情，出之以比拟手法，凌厉无匹。

【注释】

①冲：原作“充”，据何校改。

喜李十一景信到

何事相逢翻有泪，念君缘我到通州。留君剩住君须住，我不自由君自由。

【题解】

此诗元和十三年(818)作于通州。本年春，李景信自忠州来通州访元稹。诗作于欢喜之中写出二人的深情厚谊，以及两相对照下作者的处境之苦。

与李十一夜饮

寒夜灯前赖酒壶，与君相对兴犹孤。忠州刺史[1]应闲卧，江水猿声睡得无。

【题解】

此诗元和十三年(818)作于通州。元和九年前，李景信曾参与平定淮西之役。次年，元稹赴通州，景信曾为之饯行。诗写与友人寒夜对饮，却意兴阑珊，原因在于一会便别，会更令人不堪。“闲卧”云云，似酒间与李景俭相关之戏语。否则，前后各两句之间的关联性，实在是令人费解。

【注释】

①忠州刺史：指李景俭。元和十三年为忠州刺史。

赠李十一

淮水连年起战尘，油旌三换一何频。[1]共君前后俱从事[2]，羞见功名与别人。

【题解】

此诗元和十三年(818)作于通州。诗借赠行李景信回忆往昔的共同经历，委婉抒发对今日双方类似境遇的感叹。又，据此诗可知，元稹与“李十一”曾先后“从事”于征淮西幕。或以为“李十一”乃李景俭，但景俭行六而非十一，且曾为唐邓行军司马(白居易《闻李六景俭自河东令授唐邓行军司马以诗贺之》)，而行军司马位在节度使与副使之下，其余幕僚之上，似不宜云“共君前后俱从事”。

【注释】

①“淮水”二句：元和九年，淮西节度使吴少阳死，子元济擅为帅，发兵攻舞阳，朝廷以河阳节度使乌重胤为河阳怀汝节度使，驻汝州以防淮西，以忠武节度副使李光颜为忠武节度使，以(荆南节度使)严绶为申光蔡等州招抚使，都督诸道进讨。元和十年，会宣武节度使韩弘等十六道兵进攻淮西。严绶以讨叛无功，改以韩弘为都统。元和十一年，以李愬为唐随邓节度使。元和十二年，裴度以宰相兼总戎事，不久李愬雪夜入蔡州擒吴元济，淮西平。

②“共君”句：谓与李景信均曾入讨伐淮西之幕府。元和九年十月，元稹为山南东道节度使兼充申光蔡等州招抚使严绶从事，参与平定吴元济之

役，但年底即被召回长安。

寒食日

今年寒食好风流，此日一家同出游。碧水青山无限思，莫将心道是涪州[①]。

【题解】

此诗元和十三年(818)作于通州。诗写一家人寒食日踏青游乐，徜徉于青山碧水之间，好不“风流”。

【注释】

①涪州：治所在今重庆涪陵。涪，钱校、《全诗》作“通”。

三兄以白角巾寄遗，发不胜冠，因有感叹

病瘴年深浑秃尽，那能胜置角头巾。暗梳蓬发羞临镜，私戴莲花[①]耻见人。白发过于冠色白，银钉少校颔中银[②]。我身四十犹如此，何况吾兄六十身。

【题解】

此诗元和十三年(818)作于通州。三兄，元稹的族兄。白角巾，白色丝织物所制有棱角的头巾，为古代布衣或隐士的冠饰。诗写族兄寄来白角巾，但是自己病瘴态窘，发难胜冠，发白过于冠色，因生感叹。

【注释】

①莲花：指形状似莲花的白角巾。

②颔中银：指下巴的白色胡须。

别李十一五绝[1]

巴南分与亲情别，不料与君床并头。为我远来休怅望，折君灾难是通州。

京城每与闲人别，犹自伤心与白头。今日别君心更苦，别君缘是在通州。

万里尚能来远道，一程那忍便分头。鸟笼猿槛君应会，十步向前非我州。

来时见我江南岸，今日送君江上头。别后料添新梦寐，虎惊蛇伏(一作乱)是通州。

闻君欲去潜销骨，一夜暗添新白头。明朝别后应肠断，独棹破船归到州。

【题解】

这一组诗元和十三年(818)作于通州。李景信曾与白居易送元稹于蒲池村，此次相会，自然是感慨殊深。景信临行，元稹所写的这一组赠别诗同时也表现出了对通州的厌恶情绪。

【注释】

①五绝：卢校："宋本四绝，无次首。"

酬乐天醉别

前回一去五年别[1]，此别又知何日回。好住[2]乐天休怅望，匹如[3]元不到京来。

【题解】

此诗元和十年(815)作于自长安赴通州途中。白居易原唱为《醉后却寄元九》:

> 蒲池村里匆匆别,澧水桥边兀兀回。行到城门残酒醒,万重离恨一时来。

从"醉"写到"醒",从以醉来麻木情感写到酒醒后的万重离恨,淋漓尽致地刻画两人之间的深厚情谊。元稹和作有忍痛安慰好友之意。两首诗好似姊妹篇,一呼一应,内容和形式都是沟通的。这种沟通,是建立在严格的格律要求基础上的,与游戏文字有霄壤之别。

【注释】

①"前回"句:自元和五年贬掾江陵,至元和十年被召回长安,元、白五年天涯暌隔。

②好住:行人临别时慰嘱居留者之辞,犹安心保重。

③匹如:譬如。

酬乐天雨后见忆

雨滑危梁性命愁,差池一步一生休。黄泉便是通州郡,渐入深泥渐到州。

【题解】

此诗元和十年(815)作于自长安赴通州途中。诗写栈道本身十分艰险,再加上连宵淫雨,赴通州路途之艰辛,超乎寻常。白居易原唱为《雨夜忆元九》:

> 天阴一日便堪愁,何况连宵雨不休。一种雨中君最苦,偏梁阁道向通州。

白居易格外惦记正行走在阁道上的友人,这种设身处地的担心,感同身受的体贴,正是真挚友情在诗歌中的积淀和升华,感人至深。

和乐天过秘阁书省旧厅

闻君西省重徘徊[①],秘阁书房次第开。壁记欲题三漏合,吏人惊问十年来。[②]经排蠹简怜初校,芸长陈根识旧栽。司马[③]见诗心最苦,满身蚊蚋哭烟埃。

【题解】

此诗元和十年(815)作于自长安赴通州途中。诗写见老友重过秘书旧房所作诗,俯仰今昔,不禁心生同感,甚而哀苦过之。白居易原唱为《重过秘书旧房因题长句》:

阁前下马思徘徊,第二房门手自开。昔为白面书郎去,今作苍须赞善来。吏人不识多新补,松竹相亲是旧栽。应有题墙名姓在,试将衫袖拂尘埃。

【注释】

①“闻君”句:西省,中书省的别称。秘书省属中书省辖司,故云。元稹与白居易同时供职秘书省,故感慨系之。

②“壁记”二句:壁记,嵌在墙上的碑记。三漏,犹三更。十年,元稹与白居易自贞元十九年任秘书省校书郎,三年后解任,至元和十年为十年。

③司马:元稹自谓,时任通州司马。

和乐天赠杨秘书

旧与杨郎在帝城,搜天斡地觅诗情。曾因并句[①]甘称小,不为论年便唤兄。刮骨直穿由[②]苦斗,梦肠翻出[③]暂闲行。因君投赠还相和,老去那能竞底名[④]。

【题解】

此诗元和十年(815)作于长安。杨秘书,指杨巨源,行十二,上年入朝为秘书郎。白居易原唱为《赠杨秘书巨源》,末二句“不用更教诗过好,折君官职是声名”写得非常巧妙。妙在并不是白居易真的劝杨巨源写诗不要精益求精,也不是真的认为杨巨源官小,是因为诗名太大的缘故,而是用这种委婉的方式,夸奖杨巨源作诗一丝不苟,不断进取的精神,称赞杨巨源诗名传扬四海,同时为他的官职太卑小而抱不平。

元稹的这篇和作写过去和杨巨源在长安时,经常一起搜索枯肠作诗,联句吟咏,自己甘称小辈,不只是因为他年长,而是因为他诗才高明。杨巨源吟诗之苦,如同刮骨直透,甚至要到梦中将诗吟妥,才肯暂时到外边走走。最后一句“老去那能竞底名”,似乎是同时针对杨巨源和白居易而说的:人都快老了,何必还要为了诗名而如此发愤呢?这就不仅直接体现出两首诗的关联酬唱之意,而且还透漏了元白唱和诗的具体思路之一种,所谓相反相成,相得益彰。

【注释】

①并句:即联句。

②由:《全诗》作“犹”。

③梦肠翻出:《文选》李善注引《新论》:“雄作《甘泉赋》一首,始成,梦肠出,收而内之,明日遂卒。”

④底名:此名。

和乐天题王家亭子

风吹笋箨飘红砌,雨打桐花盖绿莎。都大资人无暇日①,泛池全少买池多。

【题解】

此诗元和十年(815)作于长安。王家,指王起,元和六年入朝为殿中侍御史兼集贤殿学士。白居易原唱为《题王侍御池亭》：

朱门深锁春池满，岸落蔷薇水浸莎。毕竟林塘谁是主，主人来少客来多。

都写出客人对池亭美景的喜爱，也透露出中唐以来，文人买田置园，但不一定常来享受的信息。

【注释】

①“都大”句：都大，总是。资人，富户，富人。

酬乐天频梦微之

山水万重书断绝，念君怜我梦相闻。我今因病魂颠倒，唯梦闲人不梦君。

【题解】

此诗约元和十三年(818)追和于通州。白居易原唱为《梦微之》：

晨起临风一惆怅，通川湓水断相闻。不知忆我因何事，昨夜三更梦见君。

从对面着笔，不直说自己苦思成梦，却反以元稹为念，问他何事忆我，致使我昨夜梦君。白诗记梦以抒念旧之情，元氏此诗一反其意，以不能入梦写凄苦心境，所谓“唯梦闲人不梦君”，不仅入骨三分，而且是在次韵唱和、韵脚受限制的情况下，翻出新意，更为难得。

琵　琶

学语胡儿撼玉玲，甘州破里最星星①。使君自恨常多事，不得功夫夜夜听。

【题解】

此诗长庆三年(823)至大和三年(829)作于越州。诗写对于琵琶悦耳的倾心赏爱,自然地联想到胡语的听觉审美记忆,异于汉语发音的胡音胡语,仿佛都在别致地诉说乐音给人的听觉经验。惟其如此,诗末才不免发出深深的感慨,遗憾不能夜夜都来听这美妙的音乐。

【注释】

①“甘州”句:甘州,即《甘州曲》,盛唐教坊大曲名,后用作词牌。破,音乐术语。《唐音癸签》卷一五:“唐人以曲遍中繁声为入破,陈氏乐书以为曲终者非也。如《水调歌》凡十一叠,第六叠为入破,当是曲半调入急促,破其悠长者为繁碎,故名破耳。”星星,形容音乐美妙动听。

春　词

山翠湖光似欲流,蜂[①]声鸟思却堪愁。西施颜色今何在,但看春风百草头。

【题解】

此诗或长庆三年(823)至大和三年(829)作于越州。诗写山色湖光青翠欲滴,而蜂声鸟鸣却触动了愁思。即便像西施那样赫赫有名的人物,随着岁月的流逝,她那美丽的姿色如今又在哪里呢?只剩下春风吹绿的百草长满坟头。所谓好景不长,人生易逝。全篇以乐衬悲,喜中有悲,更增添了感染力。

【注释】

①蜂:杨本作“蛙”。

酬乐天春寄微之

鹦心明黠雀幽蒙,何事相将尽入笼。君避海鲸惊浪里,我随巴蟒瘴烟中。千山塞路音书绝，两地知春历日同。一树梅花数升酒，醉寻江岸哭[①]东风。

【题解】

此诗元和十三年(815)作于通州。首联先从普遍意义的角度，把遭受贬谪比作鸟之入笼，不管是聪慧狡黠的鹦鹉，还是懵懂糊涂的檜雀，都没有逃脱被关到笼子里的命运。次联缩小描述范围，仍用比喻，叙写“君”、“我”谪居生活的危险：现在，你在江州，就像生活在大海的惊涛骇浪中，时时要躲避鲸鱼的吞噬；我在巴蜀，天天与蟒蛇毒虫一道，生活在瘴疠之中。第二联写身危，第三联便写心苦：这里千山万岭，交通闭塞，难以见到亲友的书信，我们都是度日如年哪！尾联写诗人在梅花开放之时，寻觅到江边，面对从江州吹过来的东风，哭泣着举起酒杯，以表达对共饮一江水的挚友的无限思念。这首诗首联总写，次联分写，第三联合写，尾联独写诗人，层次极为分明。全诗以叙事来抒情，用比喻以表意，十分形象地描绘出了谪居生活的危险与苦难，很好地抒发了自己遭受贬谪后的恐惧、苦闷、悲伤和愤懑的情感。并且，由于叙写虚实结合，又使得对谪居生活之身心苦痛的描写，在唐宋贬谪诗歌中具有普遍性的意义。白居易原唱为《忆微之》：

与君何日出屯蒙，鱼恋江湖鸟厌笼。分手各抛沧海畔，折腰俱老绿衫中。三年隔阔音尘断，两地飘零气味同。又被新年劝相忆，柳条黄软欲春风。

【注释】

①哭：卢本作“笑”。

酬乐天舟泊夜读微之诗

知君暗泊西江岸，读我闲诗欲到明。今夜通州还不睡，满山风雨杜鹃声。

【题解】

此诗元和十年(815)作于通州。末句以风雨啼鹃写不眠外景，而思家念友之情，一齐托出，用笔不粘不脱，令人味之愈永。元稹与白居易友情深厚，而遭受政治打击的经历也几乎相同，因此，他们的感伤诗往往出之以寄怀酬答的形式。元氏此诗与白居易原唱《舟中读元九书》相比：

把君诗卷灯前读，诗尽灯残天未明。眼痛灭灯犹暗坐，逆风吹浪打船声。

表达同样的感情，诗境诗风亦几无可辨。

酬乐天武关南见微之题山石榴花诗

比[①]因酬赠为花时，不为君行不复知。又更几年还共到，满墙尘土两篇诗。

【题解】

此诗元和十年(815)作于通州。白居易原唱为《武关南见元九题山石榴花见寄》：

往来同路不同时，前后相思两不知。行过关门三四里，榴花不见见君诗。

意思是，每每见到这些题壁诗，就会想起对方，就会想到自己在最难的时候，却不是最孤独的。所以，当他们天各一方时，彼此总是通过征途上的题诗去追踪寻觅对方的行迹。元稹《见乐天诗》云：“忽向破檐残漏处，见君诗在柱心题。”白居易《蓝桥驿见元九诗》亦云：“每到驿亭先下马，循墙绕柱觅君诗。”当苦忆白居易而又读不到他的题诗时，元稹干脆用白居易的诗题壁，以寄思念，如《阆州开元寺壁题乐天诗》中所写：“忆君无计写君诗，写尽千行说向谁。题在阆州东寺壁，几时知是见君时。”在这里，题诗不仅成为了两人友谊的桥梁，更是精神的纽带。

【注释】

①比：本来，原来。

酬乐天见寄

三千里外巴蛇穴，四十年来司马官。瘴色满身治不尽，疮痕刮骨洗应难。常甘人向衰容薄，独讶君将旧眼看。前日诗中高盖字，至今唇舌遍长安。

【题解】

此诗元和十年(815)作于通州。诗写年近四十，还只是在这个巴蛇出没、远离京城的通州任司马闲职，真有一事无成之叹。通州地区，瘴气郁结，外地人到此，尤易病瘴。加以为政敌中伤，连续外贬，受到的伤害已是太多太深。友人在诗中对此表示同情，但是非之词仍然传遍京城。

周相录《元稹集校注》认为，这首诗可能是《酬乐天得微之诗知通州事因成四首》其四错简致误。姑备一说。

酬乐天得稹所寄纻丝布白轻庸制成衣服以诗报之

湓城万里隔巴庸[1]，纻薄绨轻共一封。腰带定知今瘦小，衣衫难作远裁缝。唯愁书到炎凉变，忽见诗来意绪浓。春草绿茸云色白，想君骑马好仪容。

【题解】

此诗元和十三年(815)作于通州。轻庸，亦作"轻容"，无花薄纱。诗写当时寄去衣料，还担心因路途遥远，天气变化，而派不上用场。现在收到来信，知道已经做成了衣服，想象着老友穿在身上的仪容，不禁意绪甚浓。

【注释】

①“湓(pén)城”句：湓城，即湓口，故址在今江西九江，汉初灌婴始筑此城，以地当湓水入长江处而得名。巴庸，指今湖北与四川、重庆接壤的地区。巴，古国名、郡名，辖境在今四川东部。庸，故址在今湖北竹山东。

和乐天寻郭道士不遇

昔常为僧，于荆州相别①

昔年我见杯中渡，今日人言鹤上逢。②两虎定随千岁鹿，双林添作几株松。③方瞳应是新烧药，短脚知缘旧施春。（为僧时先有脚疾。）④欲请僧繇⑤远相画，苦愁频变本形容。

【题解】

此诗元和十三年(815)作于通州。郭道士，指郭虚舟，元稹始识之于江陵。白居易原唱为《寻郭道士不遇》：

郡中乞假来相访，洞里朝元去不逢。看院只留双白鹤，入门惟见一青松。药炉有火丹应伏，云碓无人水自舂。欲问参同契中事，更期何日得从容。

元稹早年曾有在道观中居住的体验，此诗中更是与白居易一样，都表现出对郭虚舟炼丹术的羡慕。元白二人在诗文里经常对虚无缥缈的神仙之说表示怀疑和批评，但又都同样地热衷于丹药。

【注释】

①昔常为僧于荆州相别：卢本、杨本、董本、《全诗》无。

②“昔年”二句：杯中渡，《高僧传》卷一：“杯渡者，不知姓名，常乘木杯渡水，因而为目……尝于北方寄宿一家，家有一金象，渡窃而将去。家主觉

而追之，见渡徐行，走马逐而不及。至孟津河，浮木杯于水，凭之渡河，无假风棹，轻疾如飞。俄而渡岸，达于京师。”谓郭道士曾为僧人。鹤上逢，谓郭氏今为道士。

③“两虎”二句：千岁鹿，白鹿，仙人坐骑。双林，婆罗双树之林，释迦牟尼在拘尸那城化身涅槃处。

④“方瞳”二句：方瞳，方形瞳孔，古人以为长寿之相。“短脚”句，谓持之以恒，勤苦修行。

⑤僧繇：张僧繇，南朝梁时吴人，著名画家。《历代名画记》以其作品为上中之品。

酬乐天寄生衣

秋茅处处流痎疟[①]，夜鸟声声哭瘴云。羸骨不胜纤细物，欲将文服却还君。

【题解】

此诗元和十年(815)作于通州。生衣，绢制之轻薄夏衣。诗写生衣尽管轻似雾，薄于云，但因为自己体弱，几不胜衣。元稹当时头发也脱落了，连三兄寄来的白角巾也没有办法用。白居易原唱为《寄生衣与微之因题封上》：

浅色縠纱轻似雾，纺花纱袴薄如云。莫嫌轻薄但知著，犹恐通州热杀君。

【注释】

①痎(jiē)疟：疟疾的通称。

酬乐天得微之诗知通州事因成四首

茅檐屋舍竹篱州，虎怕偏蹄蛇两头。(通州元和二年偏蹄虎害人，比之白额。两头蛇处处皆有之也。）暗蛊[①]有时迷酒影，浮尘向日似波流。沙含水弩[②]多伤骨，田仰畬刀少用牛。知得共君相见否，近来魂梦转悠悠。

平地才应一顷余，阁栏都大似巢居。（巴人多在山坡架木为居，自号阁栏头也。）入衙官吏声疑鸟，下峡舟船腹似鱼。市井无钱论尺丈，田畴付火罢耘锄。此中愁杀须甘分，惟惜平生旧著书。（本句云："努力安心过三考[③]，已曾愁杀李尚书[④]。"又，予病甚，将平生所为文，自题云"异日送白二十二郎"也。）

哭鸟[⑤]昼飞人少见，伥魂夜啸虎行多。满身沙虱[⑥]无防处，独脚山魈不奈何。甘受鬼神侵骨髓，常忧岐路处风波。南歌未有东西分，敢唱沧浪一字歌。（本句云："时时三唱濯缨歌。"）[⑦]

荒芜满院不能锄，甑[⑧]有尘埃圃乏蔬。定觉身将囚一种，未知生共死何如。饥摇困尾丧家狗[⑨]，热暴枯鳞失水鱼。苦境万般君莫问，自怜方寸本来虚。

【题解】

这一组诗元和十年(815)作于通州。作者到任后写信给白居易，叙述其创作情况、艺术见解及通州情况、抑郁心情等。白居易写了《得微之到官后书备知通州之事怅然有感因成四章》，说从元稹通州来信得知通州的山川形势、荒凉景象及民俗风情、刀耕火种状况，劝慰元稹无论环境，善于自救，并感叹无人同情、无人援救。元稹读了白居易的诗之后，又写了本组诗。第一首，抓住巴人生活习俗的特点，描写被贬通州后，茅舍竹篱，虎蛇遍地，蛊热毒气，水蜮伤人，刀耕火种的生产落后状况、民俗风情及对朋友魂牵梦绕的思念。第二首，进而描写巴人架木为屋、巢居野处，以物易物、付火耘锄及诗人入衙下峡、公干游赏乃至甘愿忧愁、怜惜著述的情愫。后面两首，写初贬江陵还志气十足的作者，随着贬谪日久，便哀伤悲苦不能自持，如"定觉身将囚一种，未知生共死何如。饥摇困尾丧家狗，热暴枯鳞失水鱼水鱼”四句所云，以“丧家狗”、“失水鱼”自况其苦境与悲哀，发出“苦境万般君莫问，自怜方寸本来虚”的无可奈何的呼喊。

【注释】

①暗蛊：人工培养在阴暗处的毒虫。

②水弩：蜮的俗称，传说中的水中毒虫，以其于水中含沙射人，故名。

③三考：唐制，对官吏的考课，一般每年进行一次，称小考；三年进行一次，称大考。小考只定等第，记入考状备案；大考综合小考确定等第，以决定对官吏的赏罚黜陟。

④李尚书：李实。贞元末加检校工部尚书，永贞元年二月由京兆尹贬通州长史，后遇赦量移虢州，卒于道。

⑤哭鸟：啼声如哭之鸟，如鸱鸺。

⑥沙虱：一种细小而甚毒的虱子。

⑦“南歌”二句：上古时期，南歌分周南、召南，无东西之别，故云。南歌，沧浪水即汉水，地处南方，故称《濯缨歌》为南歌。濯缨，比喻超脱世俗，操守高洁。一字歌，犹短歌。

⑧甑(zèng)：古代蒸食物的炊具，底部有许多透气小孔，置于鬲或鍑上蒸煮。

⑨丧家狗：《史记·孔子世家》：“孔子适郑，与弟子相失。孔子独立郭东门。郑人或谓子贡曰：‘东门有人，其颡似尧，其项类皋陶，其肩类子产，然自要以下不及禹三寸，累累若丧家之狗。’子贡以实告孔子，孔子欣然笑曰：‘形状，末也，而谓似丧家之狗，然哉！然哉！’”

【辑评】

元方回《瀛奎律髓》卷四二：“原批：〔其四〕微之为御史，以弹劾严砺分司东都；又劾宰相亲，故贬江陵士曹。移通州司马，未为大戚，乐天以朋友之议伤之则可，微之答和乃全述通州衰恶，若不能一朝居者，词虽善而意已陋矣。异日由宦官进得相位，仅三月，贻终古羞，盖其本心志在富贵也。四诗往往酸苦太过，选附白诗以识其非。纪昀批：与香山诗工拙相敌。”

酬乐天闻李尚书拜相以诗见贺

初因弹劾死东川，又为亲情弄化权。（予为监察御史，劾奏故东川节度使严砺，籍没衣冠等八十余家，由是操权者大怒；分司东台日，又劾奏宰相亲因缘，遂贬江陵士曹耳。）百口①共经三峡水，一时重上两漫天。尚书入用虽旬月，司马衔冤已十年。若待更遭秋瘴后，便愁平地有重泉②。

【题解】

此诗元和十三年(818)作于通州。李尚书，指李夷简，本年三月迁门下侍郎同平章事。诗写李尚书当宰相虽刚满一月，而自己从当初因为弹劾权臣贵戚，含冤被贬，到今天已将近十年。如果还要等到再遭受此地瘴气的侵袭后召回长安，可能人都已经不在了。白居易原唱为《闻李尚书拜相因以长句寄贺微之》：

> 怜君不久在通川，知已新提造化权。夔卨定求才济世，张雷应辨气冲天。那知沦落天涯日，正是陶钧海内年。肯向泥中抛折剑，不收重铸作龙泉。

【注释】

①百口：全家。

②重泉：深渊。

酬乐天叹穷愁见寄

病煎愁绪转纷纷，百里①何由说向君。老去心情随日减，远来书信隔年闻。三冬有电连春雨，九月无霜尽火云。并与巴南终岁热，四时谁道各平分。

【题解】

此诗元和十三年(818)作于通州。诗写老来穷愁,无人诉说,又因交通不便,友人远隔天涯,书信久久不能收到,心情越来越差,因而发出慨叹。白居易原唱为《寄微之》:

> 帝城行乐日纷纷,天畔穷愁我与君。秦女笑歌春不见,巴猿啼哭夜常闻。何处琵琶弦似语,谁家呙堕髻如云。人生多少欢娱事,那独千分无一分。

【注释】

①百里:指百里奚,此处以百里奚的不遇自比。

酬乐天三月三日见寄

当年此日花前醉,今日花前病里销。独倚破帘闲怅望,可怜虚度好春朝。

【题解】

此诗元和十三年(818)作于通州。三月三日,即上巳日。白居易原唱为《三月三日怀微之》:

> 良时光景长虚掷,壮岁风情已暗销。忽忆同为校书日,每年同醉是今朝。

元和初年,正是元白奋发有为之时,他们都立志报国,想干一番兼济天下的大事业,每当回想起这些,都感到心情十分激动,不能自已。

酬乐天叹损伤见寄

前途何在转茫茫,渐老那能不自伤。病为怕风多睡月,起因行[①]药暂扶床。函关气索迷真侣[②],峡水波翻碍故乡。唯有秋来两行泪，对君新赠远诗章。

【题解】

此诗元和十四年(819)作于虢州。诗写遭受贬谪的哀伤，对于好友的关怀，既理解又感激。白居易原唱为《寄微之(时微之为虢州司马)》：

高天默默物茫茫，各有来由致损伤。鹦为能言长剪翅，龟缘难死久榰床。莫嫌冷落抛闲地，犹胜炎蒸卧瘴乡。外物竞关身底事，谩排门戟系腰章。

【注释】

①行：原作“花”，据卢本、胡本、何校、《全诗》改。

②“函关”句：《艺文类聚》卷七八引《关令内传》：“关令登楼四望，见东极有紫气西迈，喜曰：‘……法应有圣人经过京邑。’至期，乃斋戒，其日果见老子。”索，卢本作“紫”。

瘴塞

瘴塞巴山哭鸟悲，红妆少妇敛啼眉。殷勤奉药来相劝，云是前年欲病时。

【题解】

此诗元和十二年(817)作于通州。“红妆少妇”指裴淑，“前年”即元和十年。元稹当时与继室裴淑结缡于涪州，而刚到通州即患病。诗中所言“病”，似亦难免包含有几年来挥之难去的心理伤痛在内。

红荆

庭中栽得红荆树，十月花开不待春。直到[①]孩提尽惊怪，一家同是北来人。

【题解】

此诗元和十三年(818)作于通州。紫荆，因花开紫红色，又称红荆，在北方，一般是在春天开花。韦应物即有《见紫荆花》咏之：

杂英纷已积，含芳独暮春。还如故园树，忽忆故园人。

在南方，如果碰上“十月小阳春”的气候，仲秋开花“不待春”的情况也是有的。但对于全家“同是北来人”的元稹，尤其是他最小的小孩来说，就不免因此而“惊怪”。作者以日常情景入诗，在由衷的赞赏中，表露出艳羡之情，写出了生活本身的美。

【注释】

①直到：即“直得”，致得，由于……致使……。韩偓《寄京城亲友二首》其二：“相思凡几日，日欲咏离衿。直得吟成病，终难状此心。解衣悲缓带，搔首闷遗簪。西岭斜阳外，潜疑是故林。”

黄草峡听柔之琴二首

胡笳[1]夜奏塞声寒，是我乡音听渐难。料得小来辛苦学，又应知向峡中弹。

别鹤凄清觉露寒，离声渐咽命[2]雏难。怜君伴我涪州宿，犹有心情彻夜弹。

【题解】

此二诗元和十四年(819)作于自通州赴虢州途中。黄草峡，一名黄葛峡，在今重庆涪陵县西长江之上。诗写赴任途经此峡时，听裴淑为自己弹琴的心情。裴氏“小来辛苦”学习，琴艺甚是了得。凄清的峡江之夜，一曲《别鹤操》，直弹到露寒声咽，令人愁肠百转，亦且情难自已，非徒消解旅途寂寥而已。又，裴淑不仅善琴，似乎还能吹奏胡笳，诗中"胡笳夜奏"云云可为一证。"乡音"撩乱乡愁，已经感受到"塞声寒"的诗人，仍言"听渐难"，可见离乡既久，回味种种不堪，此中确有不忍听者。

【注释】

①胡笳：原为我国古代少数民族的乐器，传说由张骞自西域传入。

②命：召唤，呼唤。

书　剑

渝工剑刃皆欧冶[①]，巴吏书踪尽子云[②]。唯我心知有来处，泊船黄草夜思君。

【题解】

此诗亦元和十四年(819)自通州赴虢州途中，"泊船黄草"所作。

【注释】

①欧冶：即欧冶子，春秋时铸剑名匠。相传曾为越王铸五剑，为楚王铸三剑。

②子云：扬雄。

内状诗寄杨白二员外

时知制诰

天门暗辟玉琤鍧[①]，昼送中枢晓禁清。彤管内人书细腻，金奁御印篆分明。[②]冲街不避将军令，跋敕兼题宰相名。[③]南省[④]郎官谁待诏，与君将向世间行。

【题解】

此诗元和十五年(820)秋或冬作于长安。内状,即内廷文书。《太平广记》卷一二一引《朝野佥载》云:"(来俊臣)起谓(周)兴曰:'有内状勘老兄,请兄入此瓮。'"杨巨源元和末迁虞部员外郎,白居易元和十五年夏自忠州刺史迁司门员外郎,题中因称"二员外"。诗中前六句,尤其是"冲衔不避"、"跋敕兼题"云云,非仅泛泛描述之笔,其情态志意,统收入末二句,尤其是"与君将向世间行"中,明显可以看出作者当时志得意满的心情。

【注释】

①玉琤鍧(chēng hōng):玉佩相互撞击,声响交织在一起。

②"彤管"二句:彤管,杆身漆朱之笔,古代女史记事所用。内人,宫中女官。金奁,盛放玉玺的金匣。篆,御印上的篆形文字。

③"冲衔"二句:谓知制诰位尊权重,上值之时,不避夜禁之令;处理制敕,兼署宰相之名。

④南省:指尚书省。唐代中书、门下、尚书三省办公地点俱在宫城之南,而尚书省更在中书、门下之南,故称。

别毅郎

此后工部侍郎时诗①

尔爷只为一杯酒,此别那知死与生。儿有何辜才七岁,亦教儿作瘴江行。

爱惜尔爷唯有我,我今憔悴望何人。伤心自比笼中鹤,剪尽翅翎愁到身。

【题解】

此二诗长庆元年(821)作于长安。诗中所写"只为一杯酒",是指本年十二月发生在中唐历史上著名的"使酒骂座"事件:

其年十二月，景俭朝退，与兵部郎中冯宿、库部郎中知制诰杨嗣复、起居舍人温造、司勋员外郎李肇、刑部员外郎王镒等同谒史官独孤朗，乃于史馆饮酒。景俭乘醉诣中书谒宰相，呼王播、崔植、杜元颖名，面疏其失，辞颇悖慢。宰相逊言止之，旋奏贬漳州刺史。是日同饮于史馆者皆贬逐……景俭未至漳州而元稹作相，改授楚州刺史。(《旧唐书·李景俭传》)

起因在于，时相杜元颖、崔植不知兵，没有妥善安置朱克融，误放其返归幽州，成为促成幽州叛乱的原因之一。而征讨半年，毫无进展之后，又是王播、杜元颖、崔植，竭力主张赦免朱克融。对此，李景俭等人极为不满。“面疏其失”，即当面指责王播等三人在处理河朔叛乱中的过失。结果，相关人员多遭贬逐。

李景俭之子毅郎，亦不得不随父同赴漳州贬所，诗中所写“儿有何辜才七岁，亦教儿作瘴江行”即此。对此，元稹是非常同情的，却也暂时无能为力。所谓“别毅郎”，即借以同情、惜别景俭。当时，曾于十二月十一日上奏《论左降独孤朗等状》相救的白居易，也是同样的态度。从稍后李景俭改授楚州刺史一事来看，元稹诗中“爱惜尔爷唯有我”所言不虚。

“伤心自比笼中鹤，剪尽翅翎愁到身”，是由李景俭父子的遭遇而发出的深沉感慨。这种使用伤禽、笼鹰等意象的写法，可借以更深刻地表现自我生命之受创、被囚的程度，表现失去自由后内心郁积的沉重苦闷。元稹所作，即另有如“鹤笼闲警露，鹰缚闷牵韝”(《酬许五康佐》)、“心虽出云鹤，身尚触笼鹰……铩翮鸾栖棘，藏锋箭在弸”(《纪怀赠李六户曹崔二十功曹五十韵》)。白居易所作，则有“悯然向隅心，摧颓触笼翅”(《早秋晚望兼呈韦侍御》)、“白鸥毛羽弱，青凤文章异。各闭一笼中，岁晚同憔悴”(《感秋怀微之》)、“七年囚闭作笼禽，但愿开笼便入林”(《戊申岁暮咏怀三首》其三)。以诗、史互证，可见这种写法也是中唐贬谪文学的一个特点。

【注释】

①卢本、杨本、董本、《全诗》“此后”下有“三首”二字。胡本无此二字，并云：“据宋本，注疑有误。”

【辑评】

明陆时雍《唐诗镜》卷四六：“痛语。”

自　责

犀带金鱼束紫袍①，不能将命报分毫。他时得见牛常侍，为尔君前捧佩刀。②

【题解】

此诗长庆二年(822)作于长安，时为工部侍郎同中书门下平章事。元稹因他人诬陷而被罢去翰林承旨学士之职，当牛元翼被围时，已无救援之力，但仍对自己身居要位，虽经努力而未能救出牛氏深感愧疚。这便是这首《自责》的创作缘起。

这是一首削藩诗。诗人在自责自悔，在对平叛战将长期被围深感不安的背后，也有对昭雪、赦免叛镇的愤愤不平。元和削藩，是唐王朝力图用武力打击分裂割据势力，维护封建国家统一的行动，元和诗人身处其间，身历其境，作为歌诗，包括元稹的这一首，都有其现实意义。

【注释】

①"犀带"句：犀带，即犀角带，饰有犀角的腰带，为品官之饰物。金鱼，金质鱼符。《新唐书·车服志》："随身鱼符者，以明贵贱，应召命。左二右一，左者进内，右者随身。皇太子以玉契召，勘合乃赴。亲王以金，庶官以铜，皆题某位姓名。官有贰者加左右，皆盛以鱼袋，三品以上饰以金，五品以上饰以银。刻姓名者，去官纳之，不刻者传佩相付。"

②"他时"二句：牛常侍指深冀节度使牛元翼。元稹用于方之计，图救元翼于重围，事泄罢相，故以己谋事不周而深愧于元翼。

送公度之福建

此后并同州刺史时作

棠阴犹在建溪矶[1]，此去那论是与非。若见白头须尽敬，恐曾江岸识胡威[2]。

【题解】

此诗长庆二年至三年(823)作于同州。公度，疑为元义方之子，元公庆之弟，元稹从孙。元稹观察浙东时，公度曾入其幕。诗中称美公度之父观察福建时的善政，是期望公度也能像他的父亲那样有所建树。此亦送别诗题中应有之义。

【注释】

①“棠阴”句：棠阴，周武王时，召公姬奭为西伯，有善政，相传曾憩于甘棠树下，百姓为纪其功德而作《甘棠》诗。此处称美元义方的美政。建溪，亦称建阳溪，源出武夷山，为闽江的上游。

②“恐曾”句：《三国志》裴松之注引《晋阳秋》：“(胡)威字伯虎，少有志向，厉操清白。质之为荆州也，威自京都省之。家贫，无车马僮仆，威自驱驴单行，拜见父。停厩中十余日，告归。临辞，质赐其绢一匹，为道路粮。威跪曰：‘大人清白，不审于何得此绢?’质曰：‘是吾俸禄之余，故以为汝粮耳。’威受之，辞归。”此处称美元义方为官之清廉。

喜五兄自泗州至

眼中三十年来泪，一望南云一度垂。惭愧临淮李常侍，远教形影暂相随。

【题解】

此诗长庆二年至三年(823)作于同州。五兄,元稹同宗兄长,当曾为官于泗州(即诗之末句所云“形影暂相随”)。诸家均疑即元积。泗州,治所在今江苏盱眙,诗中因谓“一望南云”一垂泪。又,诗中“临淮李常侍”,陶敏《全唐诗人名汇考》考定为李进贤,而非一般所推测的长庆三年泗州刺史李宣臣。其依据是:白居易有《前河阳节度使魏义通授右龙武军统军前泗州刺史李进贤授右骁卫将军并检校常侍兼御史大夫制》;泗州临淮郡;《旧唐书·宪宗纪》云:“(元和九年二月)丁丑,贬前振武节度使李进贤为通州刺史。”

杏　花

常年出入右银台,每怪春光例早回。惭愧杏园行在景,同州园里也先开。

【题解】

此诗长庆三年(823)春作于同州。诗人上年六月贬同州刺史,本年八月转浙东观察。诗写在同州见到杏花开放的不胜今昔之感。先由眼前的杏花勾起对往日京城银台生活的回忆。元稹自重新回到长安,一时宠荣至极,正所谓“常年出入右银台”。春风得意时,物象与心境是完全一致的,感觉杏花总是早早地开放,就好像春光提前洒上了杏树。一个“怪”字,正写出了一种受宠若惊的喜悦之情,即人间的春光也同样早早地降临到了自己身上。可惜,没过多久,诗人便被贬来同州,让人深感仕途坎坷,命运多舛。

如今,同州园里的杏花也开放了,而且一如当初京城杏园的杏花那般占得春光之先,这使得诗人既惊讶,又惭愧。惊讶的是,同州的杏花虽远离帝都的杏园,可它们照例关不住满园春色。惭愧的是,同样面对杏花,自己却已是判若两人,由原来京城的显贵达官沦为外放的地方官员。自嘲之余,也借以表达出了聊以自慰的坚定个性,就像报春的杏花,不会因为环境的变迁而改变物性。

第三岁日咏春风,凭杨员外寄长安柳[①]

三日春风已有情,拂人头面稍怜轻。殷勤为报长安柳,莫惜枝条动软声。

【题解】

此诗约元和十五年(820)作于长安。第三岁日,指农历新年第三日。杨员外,杨巨源,元和末为虞部员外郎。诗写"有情"柳枝将四面八方的人心系在了一起,即便分开,也能时时记挂心间。此篇后来被增入《广群芳谱·天时谱二》。

【注释】

①咏:胡本作"讶"。

【辑评】

明杨慎《升庵诗话》卷二:"第三岁日,正月初三日也。杨员外名汝士,亦诗人。此诗题甚奇,可作诗家故事。"

赠别杨员外巨源

忆昔西河县下时,青衫憔悴宦名卑。[①]揄扬陶令缘求酒,结托萧娘只在诗。朱紫衣裳浮世重,苍黄岁序长年悲。白头后会知何日,一盏烦君不用辞。

【题解】

此诗长庆元年(821)作于长安。杨巨源元和、长庆之际自虞部员外郎改凤翔少尹。首联回忆二人早年出游汾州西河情形。“青衫憔悴”，感慨入仕艰难。颔联应该是指他们后来出游杨巨源家乡蒲州的情形。“揄扬陶令缘求酒”，极写官职卑微者仕途的艰难。颇为值得注意的，是“结托萧娘只在诗”。景凯旋《〈侯鲭录·辨传奇莺莺事〉疏证》认为，这实际上包含着元稹在河中府期间与崔莺莺相遇的一段秘闻。对于这段奇缘，杨巨源十分清楚，所以两人后来回忆其事，咀味其情，是十分自然的。颈联写当前的心境。作者自元和五年贬江陵以来，仕途沉浮，故友相别话旧，自然有浮世苍凉之感。尾联写对未来的展望。杨巨源时已年近七旬。后会难期，所以才会发出如此感喟。这里面的情绪，作者在另外的一首《酬杨司业十二兄早秋述情见寄》中也有相类似的表达：“白发故人少，相逢意弥远。往事共销沉，前期各衰晚。”

【注释】

①“忆昔”二句：西河县，治所在今山西汾阳。青衫，原作“青山”，据杨本、董本、何校改。

寄乐天二首

荣辱升沉影与身，世情谁是旧雷陈[①]。唯应鲍叔犹怜我，自保曾参不杀人。山入白楼沙苑暮，潮生沧海野塘春。老逢佳景唯惆怅，两地各伤何限神。

论才赋命不相干，凤有文章雉有冠。羸骨欲销犹被刻，疮痕未没又遭弹[②]。剑头已折藏须尽[③]，丁字虽刚屈莫难。休学州前罗刹石[④]，一生身敌海波澜。

【题解】

此二诗长庆三年(823)作于同州，为诗人自伤之作，所谓仕途一再受挫的“伤弓”之言。上年五月，李赏受李逢吉指使，诬告元稹欲遣人刺杀裴度，诏下三司按验，无状，而元稹与于方合谋反间而出牛元翼事因之公开。六月，元稹罢相，出为同州刺史。

【注释】

①雷陈：《后汉书·雷义传》："雷义字仲公，豫章鄱阳郡人也……举茂才，让于陈重，刺史不听，义遂佯狂被发走，不应命。乡里为之语曰：'胶漆自谓坚，不如雷与陈。'三府同时俱辟二人。"

②"疮痕"句：谓脱离谪籍犹未久长，即遭他人弹劾。元稹谪宦十年，元和末入京，旋遭谗毁，被挤出京。

③尽：原作"盖"。

④罗刹石：杭州钱塘江中险石名。

听妻弹别鹤操

别鹤声声怨夜弦，闻君此奏欲潸然。商瞿五十知无子[①]，便付琴书与仲宣[②]。

【题解】

此诗或大和二年(828)作于越州。诗写作者听妻弹《别鹤操》，想到作此琴曲的商陵无子的传说，不禁潸然。同样无子的白居易，虽对此感触亦深，仍作《和微之听妻弹别鹤操因为解释其义依韵加四句》稍为宽解，正如其后四句所云："无儿虽薄命，有妻偕老矣。幸免生别离，犹胜商陵氏。"古代礼教有无子出妻之条，白诗因而特别强调了珍重夫妻情义之意。这一点，跟他在《雨中听琴者弹别鹤操》中表达的意思基本一致：

> 双鹤分离一何苦，连阴雨夜不堪闻。莫教迁客孀妻听，嗟叹悲啼泥杀君。

谢思炜《白居易诗选》以为，上述白氏和作宝历元年(825)作于苏州。

【注释】

①"商瞿"句：元稹大和二年五十岁。《史记·仲尼弟子列传》："瞿年长

无子，其母为取室。孔子使之齐，瞿母请之，孔子曰：'无忧。瞿年四十，后当有五丈夫子。'已而累然。”

②“便付”句：仲宣，王粲之子。《三国志·魏书·王粲传》：（蔡邕）“闻粲在门，倒屣迎之。粲至，年既幼弱，容状短小，一坐尽惊。邕曰：'此王公孙也，有异才，吾不如也。吾家书籍文章，尽当与之。'”

和王侍郎酬广宣上人观放榜后相贺

渥洼徒自有权奇①，伯乐书名世始知。竞走墙前希得儁②，高县日下表无私。都中纸贵流传后，海外金填姓字时。珍重刘繇因首荐，（进士李景述以同判解头及第。）③为君送和碧云诗④。

【题解】

此诗长庆三年（823）作于同州。王侍郎，指王起，长庆二年、三年以礼部侍郎知贡举，得士甚精。广宣，蜀中人，元和、长庆时奉诏居安国寺红楼院，以诗应制供奉十余年。

诗中“都中纸贵”句，本来是借左思《三都赋》发表后大受欢迎，人们竞相传抄，结果令洛阳一时纸贵的典故，以称美赠别对象广宣上人的诗才，却也间接牵涉到了唐代举子的科考消费。这方面的例子并非一见。如范摅《云溪友议》卷下即记载，元载到长安游学应考，妻王韫秀即言之曰：“妾有奁幌资装，尽为纸墨之费。”此“纸墨”当然是泛指，也表明纸墨是科考消费的内容之一。“尽为”云云，又说明唐代纸张价格之昂贵。又，唐代科举中的礼部试不糊名，糊名只用于考中后在吏部的释褐试。因此，知贡举等主试官员除详阅试卷外，有权参考举子平日的作品和才誉决定去取。在政治上、文坛上有地位的人及与主试官关系特别密切者，皆可推荐人才，参与决定名单名次，谓之“通榜”。应试举人为增加及第的可能和争取名次，多将自己平日诗文加以编辑，写成卷轴，在考试前送呈有地位者，以求推荐，此后形成风尚，即称为“行卷”。（案：“行卷”之外，又有“温卷”，赵彦卫《云麓漫钞》卷八曰：“唐之举人，多先藉当世显人以姓名达之主司，然后以所业投献。逾数日又投，谓之温卷。如《幽怪录》、《传奇》等皆是也。盖此等文备众体，可以见史才、诗笔、议论。至进士则多以诗为贽，今有唐诗数百种行于世者，是也。”）有意味的是，当此“行卷”之风盛行之际，也是因为纸贵的缘故，甚至会造成某些贫穷士人无法行卷的窘困情状。如光化三年（900）登第的卢延让，未第之前，薄游荆渚，就曾因“贫无卷轴”（王定保《唐摭言》卷六）而无法干谒当地节度使吴融。好在，当时像诗中所称道的王起这样“无私”的“伯乐”，还是大有人在。如此，则金榜题名对于考官和考生两方，都不失为一件可喜可贺的事情。

【注释】

①权奇：奇谲非凡，多形容良马善行。

②“竞走”句：希，杨本、董本、《类苑》作“稀”。得儁（jùn），谓俘获敌方猛将勇士。此处谓及第。儁，古同“俊”。

③“珍重”句：《三国志·吴书·刘繇传》：“举孝廉，为郎中，除下邑长。时郡守以贵戚托之，遂弃官去……平原陶丘洪荐繇，欲令举茂才。刺史曰：‘前年举公山（繇兄岱之子），奈何复举正礼乎？’洪曰：‘若明使君用公山于前，擢正礼于后，所谓御二龙于长途，骋骐骥于千里，不亦可乎？’会辟司空掾，除侍御史，不就……诏书以为扬州刺史。”同判，同州对被举荐举子的裁判意见。唐代举子参加地方政府考试后，由地方政府判定优劣等差，向上级政府推荐。解头，即解元。

④碧云诗：江淹《休上人（释汤惠休）怨别》有“日暮碧云合，佳人殊未来”之句，因以“碧云诗”为表达离别或赠别之意的诗歌。

酬乐天喜邻郡

此后并越州酬和，并各次用本韵

蹇驴瘦马尘中伴，紫绶朱衣[1]梦里身。符竹偶因成对岸[2]，文章虚被配为邻[3]。湖翻白浪常看雪，火照红妆不待春。老大那能更争竞，任君投募醉乡人。

【题解】

此诗长庆三年(823)作于自同州赴越州途中。白居易原唱为《元微之除浙东观察使喜得杭越邻州先赠长句》：

稽山镜水欢游地，犀带金章荣贵身。官职比君虽校小，封疆与我且为邻。郡楼对玩千峰月，江界平分两岸春。杭越风光诗酒主，相看更合与何人。

末二句谓看来除了你和我，谁还更合适在杭州和越州优美的风光中成为诗酒的主人呢，真实地表达欢喜之意。相比而言，元稹此次除官浙东实质上还是继续贬谪，所以和诗中就不免显得稍稍低落、悲观一些，颇有自嘲自解的怨艾之情。

【注释】

①紫绶朱衣：高官的服、饰。

②"符竹"句：谓杭州与越州一水之隔。符竹，《汉书》颜师古注引应劭曰："铜虎符第一至第五，国家当发兵，遣使者至郡合符，符合乃听受之。竹使符皆以竹箭五枚，长五寸，镌刻篆书，第一至第五。"后因指郡守职权。

③"文章"句：谓虽然元白并称，而自己的实际成就不如白氏。

再酬复言和前篇

经过二郡逢贤牧[1]，聚集诸郎宴老身。清夜漫劳红烛会，白头非是翠娥邻。曾携酒伴无端宿，自入朝行便别春。潦倒微之从不占，未知公议道何人。

【题解】

此诗长庆三年(823)作于自同州赴越州途中。复言，指李谅，原唱已佚。与上述白居易原唱并元稹上一首，当可视为唱和诗中叠韵唱和之始，惟元稹二诗皆略带“潦倒”之气，与白作笔调较为欢快轻松有所不同。杜明通《古典文学储存信息备览》认为，次韵风气之开，恐怕不在中唐而在盛唐，不过中唐、晚唐才有著录行世罢了。

【注释】

①“经过”句：二郡，指苏州与杭州。贤牧，指李谅、白居易，时二人分别为苏州、杭州刺史。

赠乐天

莫言邻境易经过，彼此分符[1]欲奈何。垂老相逢渐难别，白头期限各无多。

【题解】

此诗长庆三年(823)作于自同州赴越州途中，写垂老难别之意。

【注释】

①分符：古代帝王封官授命，分与符节之半，合则验命。

重　赠

乐人商玲珑能歌，歌予数十诗[1]

休遣玲珑唱我诗，我诗多是别君词。明朝又向江头别，月落潮平是去时。

【题解】

此诗长庆三年(823)作于自同州赴越州途中。商玲珑，馀杭歌者。这首赠别诗，前两句实写当前情景，是说两位老友久别重逢后，喜不自禁，诗人再也不愿听到离别的歌声。后两句以虚笔写出想象中的“明朝”与老友再次分别的情景，也是补充说明，不愿意听到离歌，是因为明朝月落潮平之际，是老友又将离别之时。以悬想别时情境作结，见往日离情不堪重忆，今日之欢弥堪珍重。这种虚实相生的艺术手法，恰到好处地描述了人生聚散无常的普遍现象，正如陆时雍《诗镜总论》所评：“凡情无奇而自佳者，景不丽而自妙者，韵使之然也。”

【注释】

①商：卢本、杨本、董本作“高”。

【辑评】

清高士奇辑、清何焯评《唐三体诗评》卷一：“寄君诗则无非离别之辞，起下二句轻巧无痕。不忍更听，便藏得千重别恨。末句只从将别作结，自有黯然之味，正用覆装以留不尽。”

俞陛云《诗境浅说续编》：“首二句非但见交情之厚，酬唱之多，兼有会少离多之意，故第三句以‘又’字表明之，言明日潮平月落，又与君分手江头。题曰《重赠乐天》，见临别言之不尽也。”

别后西陵晚眺

晚日未抛诗笔砚，夕阳空望郡楼台。与君后会知何日，不似潮头暮却回。

【题解】

此诗长庆三年(823)作于自同州赴越州途中。西陵，今浙江萧山西兴镇古称。白居易酬和为《答微之泊西陵驿见寄》：

> 烟波尽处一点白，应是西陵古驿台。知在台边望不见，暮潮空送渡船回。

二诗均收入乾隆《萧山县志》卷三六《艺文》三。

以州宅夸于乐天[①]

州城迥绕拂云堆，镜水稽山[②]满眼来。四面常时对屏障，一家终日在楼台。星河似向檐前落，鼓角惊从地底回。我是玉皇香桉吏[③]，谪[④]居犹得住蓬莱。

【题解】

此诗长庆三年(823)作于越州。元稹作次韵律诗，当兴致勃发时，就会出现同一主题循环吟咏的情况。如在江陵期间作《送崔侍御之岭南二十韵》，于是引起白居易的兴趣，拟元诗作《送客春游岭南二十韵》，这又进一步激发元稹的诗情，次用白氏原韵作《和乐天送客游岭南二十韵》，这实际上构成以送别为线索的一组岭南风俗诗。这种情况，到元稹后期在浙东显得尤为突出，往往是由元稹挑起话头，让对方作答，最后再以次韵的形式酬答，直到战胜而罢。如元稹作此诗，白氏以《答微之夸越州州宅》作答却并未和韵，而元稹又以次韵方式作《重夸州宅旦暮景色》，这样就也构成了一组以越州为中心的景物诗。这样的"组"诗，既有传统联句特性，但是又独立成篇；有传统组诗的影子，区别在于作者不同而主题又更集中。总之，它是律体的又一新的尝试，需要丰富的想象力和高超的用韵技巧。这种酬唱，元稹甚至将次韵对象扩展到两人以上，如同期所作与白居易、李谅酬唱之篇，实际上是进一步加大了创作的难度。

【注释】

①《英华》题作"越中寄白乐天"。

②镜水稽山：镜湖与会稽山。

③玉皇香桉吏：随侍皇帝的近臣。玉皇，道教称天帝为玉皇大帝，简称玉皇。此借指唐穆宗。香桉，即香案。

④谪：《英华》、《全诗》作"降"。

【辑评】

宋王十朋《梅溪先生文集》后集卷一《蓬莱阁赋并叙》:“越中自古号嘉山水,而蓬莱阁实为之冠。昔元微之作《州宅》诗,世称绝唱。近代张公伯玉三章,脍炙人口。好事者从而和之,独未闻有赋之者……言未毕,客有指斯阁而谓予曰:‘子亦知夫阁之所以得名者乎?盖始于元和才子也。以玉皇案吏之尊,拥旌麾于千里也。蓬莱隔弱水三万里,以笔力坐移于是也。齐名有白,从事有巩。胸中有万顷之湖,真一代之奇伟也。诗章一出,遂能发秦望之精神,增鉴湖之风采。兰亭绝唱,亘古今而莫拟也。子亦读夫才子之传否乎?姑问讯其从何而来,集乎彼而至于此也。才子之才,固足以起吾子数百年之耸慕。才子之所以获侍玉皇者,亦吾子之所喜攻而深耻也,夫何惜之有!’”

元方回《瀛奎律髓》卷四:“冯班评:以结句至今有蓬莱驿。陆贻典评:微之比乐天较能修饰,然本质近,又不如也。无名氏评:宅在绍兴。与左司‘身多疾病’二句并看,便见身分。”

清黄叔灿《唐诗笺注》卷五:“州宅在城中高处。起言州回绕,而镜湖之水会稽之山皆在眼前,‘屏障’、‘楼台’,形容尽致。星河在檐,鼓角在地,俱言其高。结语虽系夸美,亦风流极矣。按本传,微之入相,李逢吉构罢之,出为同州刺史,再徙浙东观察使,故曰‘谪居’。”

清余成教《石园诗话》卷二:“元微之通州诗云:‘暗蛊有时迷酒影,浮尘向日似波流。’‘入衙军吏声疑鸟,下峡舟船腹似鱼。’他日以宅州夸于香山云:‘四面常时对屏障,一家终日在楼台。’‘绕郭烟岚新雨后,满山楼阁上灯初。’念前此之苦境,万般君莫问;抚后此之仙都,难画亦难书。作者固情随事遂,读者不能不为之动色也。”

重夸州宅旦暮景色,兼酬前篇末句

仙都难画亦难书,暂合登临不合居。绕郭烟岚新雨后,满山楼阁上灯初。人声晓动千门辟①,湖色宵涵万象虚。为问西州罗刹岸[②],涛头冲突近何如[③]。

【题解】

此诗长庆三年(823)作于越州。跟上一首一样,都是元稹以越州风景夸示白氏,相比而言,尤以此首为佳。

白居易有酬和之作,为《微之重夸州居其落句有西州罗刹之谑因嘲兹石聊以寄怀》。

【注释】

①辟:开启,打开。

②"为问"句:西州,指杭州,因在越州之西,故云。岸,钱校、《英华》作"石"。

③"涛头"句:涛头,钱校、《英华》作"风波"。句末钱校有"乐天答微之诗云'落句有西州罗刹之谑'"。

【辑评】

元方回《瀛奎律髓》卷四:"方回评:长庆中,乐天知杭州,微之知越州,以筒寄诗自此始。微之《夸州宅》,蓬莱阁所以名亦自此始。二公前贬九江、忠州、江陵、通州,往来诗不胜其酸楚,至此乃不胜其夸耀,亦一时风俗之弊,只知作诗,不知其有失也。纪昀评:此论甚确,大抵元、白为人皆浅,小小悲喜必见于诗。全集皆然,不但此也。查慎行评:'千门'无乃太夸。"

清黄叔灿《唐诗笺注》卷五:"首句跟上首'蓬莱'说,次句言仙都似可暂临登望,不宜为人世之居,正以答前篇'居'、'住'二字,更极形州宅之妙也。中四句俱分贴旦暮说,雨后烟岚,灯初楼阁,景色可想。三联'湖色宵涵'句,从空际写照,更非寻常笔墨。西州指杭州。钱塘江一名罗刹江。"

俞陛云《诗境浅说》:"此以州宅重夸于乐天也。上句谓山当雨后,则湿云半收,苍翠欲滴,胜于晴霁时之山容显露,所谓雨后山光满郭青也。下句谓群山入夜,则楼阁隐入微茫,迨灯火齐张,在林霭中见明星点点。乐天诗云'楼阁参差倚夕阳',乃言向晚之景;此言夜景,各极其妙。凡远观灯火,最得幽静之致。'两三星火是瓜洲',与此诗之满山灯火,虽多少不同,皆绝妙夜景,为画境所不到。此二句之写景,胜于前诗夸州宅之'四面常时对屏障，一家终日在楼台’句也。”

酬乐天吟张员外诗见寄，因思上京每与乐天于居敬兄升平里咏张新诗

乐天书内重封到，居敬堂前共读时。四友一为泉路客，三人两咏浙江诗。[1]别无远近皆难见，老减心情自各知。杯酒与他年少隔，不相酬赠欲何之。

【题解】

此诗长庆三年(823)作于越州。张员外，指张籍，上年迁水部员外郎。上京，古代对国都的通称，此指长安。居敬，指元宗简。升平里，即升平坊，在长安朱雀门街，元宗简有宅在此坊。诗写元白与张籍昔日的诗学交游。白居易原唱为《张十八员外以新诗二十五首见寄郡楼月下吟玩通夕因题卷后封寄微之》：

> 秦城南省清秋夜，江郡东楼明月时。去我三千六百里，得君二十五篇诗。阳春曲调高难和，淡水交情老始知。坐到天明吟未足，重封转寄与微之。

张籍和作为《酬杭州白使君兼寄浙东元大夫》：

> 相印暂离临远镇，掖垣出守复同时。一行已作三年别，两处空传七字诗。越池江山应共见，秦天风月不相知。人间聚散真难料，莫叹平生信所之。

【注释】

①“四友”二句：四友，指元稹、白居易、元宗简、张籍。元宗简长庆二年春卒。两咏浙江诗，元稹、白居易为越州、杭州刺史，分属浙江东、西道，故云。

寄乐天

闲夜思君坐到明，追寻往事倍伤情。同登科后心相合，初得官时髭未生。二十年来谙世路，三千里外老江城。犹应更有前途在，知向人间何处行。

【题解】

此诗长庆四年(824)作于越州。白居易酬和为《答微之咏怀见寄》：

阁中同直前春事，船里相逢昨日情。分袂二年劳梦寐，并床三宿话平生。紫微北畔辞宫阙，沧海西头对郡城。聚散穷通何足道，醉来一曲放歌行。

作者与白居易都是少怀壮志，年轻气盛，以济世拯民为己任。两人意气相投，一同致力于朝政革新，但仕途险恶，同被远谪。诗中回忆年轻时的往事，对比今日的处境，不胜岁月蹉跎、有志难伸之感，为白居易悲伤，也是为自己悲伤。瞻望未来，前途何在？虽不曾意绪消沉，却也迷惘困惑。诗人的九折回肠、百般伤感，在诗中以常语出之而浅中见深，表现出志士失路、才人沦落的悲哀，令人慨叹不已。

戏赠乐天复言

此后三篇同韵①

乐事难逢岁易徂②，白头光景莫令孤。弄涛船更曾观否，望市(望市楼，苏之胜地也。)③楼还有会无。眼力少将寻案牍，心情且强掷枭卢。孙园虎寺随宜看④，不必遥遥羡镜湖。

【注释】

①此后三篇同韵：杨本、董本无。

②徂：去，往。

③《类苑》、胡本注在“楼”字后。

④“孙园”句：孙园，一云在桃花坞西侧。虎寺，即虎丘寺。

重酬乐天

红尘扰扰日西徂，我与[1]云心两共孤。暂出已遭千骑拥，故交求见一人无。百篇书判从饶白[2]，八采诗章未伏卢[3]。最笑近来黄叔度，自投名刺占陂湖。[4]

【注释】

①与：原作“兴”。

②“百篇”句：百篇书判，白居易应试，曾试作判词百篇。从，通“纵”。白，白居易。

③“八采”句：《北史·卢思道传》：“文宣帝崩，当朝文士各作挽歌十首，择其善者而用之。魏收、阳休之、祖孝征等不过得一二首，唯思道独有八篇，故时人称为‘八采卢郎’。”采，原作“米”，据卢本、董本、马本改。

④“最笑”二句：东汉黄宪字叔度，以学行见重于时。郭泰谓叔度汪汪若千顷陂，澄之不清，淆之不浊，不可量也。名刺，犹今之名片。

再酬复言

绕郭笙歌夜景徂，稽山迴带月轮孤。休文欲咏心应破，道子[1]虽来画得无。顾我小才同培塿，知君险斗敌都卢。[2]不然岂有姑苏郡[3]，拟著陂塘比镜湖。

【题解】

以上三首，皆长庆三年(823)作于越州。复言，指李谅，长庆二年至宝历元年为苏州刺史。白居易任杭州刺史。第一首之所以题“戏赠”，主要是因为所作虽然对仗工整，平易流畅，但内容情调却确实具有“戏”味。白居易次韵酬和，作《酬微之夸镜湖》：

我嗟身老岁方徂，君更官高兴转孤。军门郡阁曾闲否，禹穴耶溪得到无。酒盏省陪波卷白，骰盘思共彩呼卢。一泓镜水谁能羡，自有胸中万顷湖。

几乎每联都依元韵，并兼用元意。看来白氏所言不擅此体，并非故作谦逊。元稹一鼓作气，又次用原韵作了两首。这后两首诗，在写法上最大的特点是化实为虚，借用前朝文人雅士的掌故来夸越地山水，兼及对方诗才。对韵脚字的使用也灵活多变，如首句由前篇的“岁易徂”及白氏的“岁方徂”转变为具体的“日西徂”和“夜景徂”；“孤”、“无”、“卢”三韵字，词义皆有变化，在次韵的灵活多变方面确实高出白氏一筹。

【注释】

①道子：指吴道子。

②“顾我”二句：培塿(lǒu)，本作部娄，小土丘。都卢，古国名，在南海一带，国中之人善爬竿之技。

③姑苏郡：即苏州，因境内有姑苏山，故名。

郡务稍简，因得整比旧诗，并连缀焚削封章，繁委箧笥，仅逾百轴，偶成自叹，因寄乐天①

近来章奏小年诗，一种成空尽可悲。书得眼昏朱似碧，用来心破发如丝。催身易老缘多事，报主深恩在几时。天遣两家无嗣子，欲将文集与它谁。

【题解】

此诗长庆三年(823)作于越州。诗题所云“整比旧诗”是元稹第四次编次己集,因为目的在于传世,所以态度较为谨慎,“焚削”了一些自觉不宜流传之作。编集过程中有所感慨,因作此诗。白居易酬和为《酬微之》:

满帙填箱唱和诗,少年为戏老成悲。声声丽曲敲寒玉,句句妍辞缀色丝。吟玩独当明月夜,伤嗟同是白头时。由来才命相磨折,天遣无儿欲怨谁。

元稹曾经四次编次自己的作品集。第一次,在元和七年至元和十年任江陵士曹参军期间,是应友人李景俭之请,编次自己十六岁以来的诗章,凡十体二十卷,计八百余首。其中难免有向人显示多才多艺之嫌,故在突出精品的基础上,尽量求全。第二次,在元和十四年,编次古、律诗五卷,是献给令狐楚的。意在谋求进取,间有为自己辩解之意。第三次,在长庆元年,是奉旨向穆宗进呈杂诗十卷。后面这两次,所辑多为诗作之精华,是两个倾向性明确的诗歌选本。所有这些集子,至宋初都已散佚。

【注释】

①仅:将近。

酬乐天余思不尽,加为六韵之作

律吕①同声我尔身,文章君是一伶伦。众推贾谊为才子,帝喜相如作侍臣。(乐天先有《秦中吟》及百节判,皆为书肆市贾题其卷云“白才子文章”。又乐天知制诰词云:“览其词赋,喜与相如并处一时。”)次韵千言曾报答,(乐天曾寄予千字律诗数首,予皆次用本韵酬和,后来遂以成风耳。)直词三道共经纶。(乐天与予同应制科,并求前辈切直词策,以尽经邦之术,其事已具之字诗注中尔。)②元诗驳杂真难辨,(后辈好伪作予诗,传流诸处,自到会稽,已有人写宫词百篇及杂诗两卷,皆云是予所撰,及手勘验,无一篇是者。)白朴流传用转新。(乐天于翰林中书③,取书诏批答词等,撰为程式,禁中号曰白朴。每有新入学士求访,宝重过于《六典》[4]也。)蔡女图书虽在口,(蔡琰口诵家书四百余篇。)于公门户岂生尘[5]。(乐天常赠予诗云:"其心如肺石,动必达穷民。东川八十家,冤愤一言申。"因感无儿之叹,故予自有此句。)商瞿未老犹希冀,莫把籯金[6]便付人。

【题解】

此诗长庆三年(823)作于越州。白居易原唱为《余思未尽加为六韵重寄微之》:

> 海内声华并在身,箧中文字绝无伦。(美微之也。)遥知独对封章草,忽忆同为献纳臣。走笔往来盈卷轴,(予与微之前后寄和诗数百篇,近代无如此多有也。)除官递互掌丝纶。(予除中书舍人,微之撰制词;微之除翰林学士,予撰制词。)制从长庆辞高古,(微之长庆初知制诰,文格高古,始变俗体,继者效之也。)诗到元和体变新。(众称元、白为千字律诗,或号元和格。)各有文姬才稚齿,(蔡邕无儿,有女琰,字文姬。)俱无通子继余尘。陶潜小男名通子。琴书何必求王粲,与女犹胜与外人。

元、白之诗并自注两相结合,不仅写出二人改革朝廷官文书方面的努力,也可见出他们对自身的次韵之创体还是很得意的。

【注释】

①律吕:古代校正乐律的器具,用竹管或金属管制成,共十二管,管径相等,以管之长短确定音之高低。从低音管算起,成奇数之六管曰律,成偶数之六管曰吕,合称律吕。此借指乐律。

②夹注原无,据卢本、杨本、董本("一切"讹作"功","注"讹作"谨")、《全诗》补。制科,皇帝下诏甚或亲临主持以选拔非常人才之特殊考试科目,所试内容主要为与现实相关的策论,举子登第后直接授予美官。

③书:《白朴》当是白居易初官翰林学士时所编,《野客丛书》无"书"字。

④《六典》:《大唐六典》省称,包括理典、教典、礼典、政典、刑典、事典,开元二十六年成书。

⑤"于公"句:《汉书·于定国传》:"父于公为县狱吏、郡决曹,决狱平,

罹文法者，于公所决皆不恨。郡中为之立生祠。""始定国父于公，其门闾坏，父老方共治之。于公谓曰：'少高大闾门，令容驷马高盖车。我治狱多阴德，未尝有冤，子孙必有兴者。'至定国为丞相，永为御史大夫，封侯传世云。"

⑥籯(yíng)金：一籯之金。籯，竹器，古人常用以存放金银财宝。

寄乐天

莫嗟虚老海壖西[①]，天下风光数会稽。灵汜桥前百里镜[②]，石帆山崦五云溪[③]。冰销田地芦锥[④]短，春入枝条柳眼低。安得故人生羽翼，飞来相伴醉如泥。

【题解】

此诗长庆四年(824)作于越州。诗作描写并赞美杭越优美的山水风光，抒发自己被"摇荡"起来的感情。黄叔灿《唐诗笺注》卷五即评云："中四句皆是夸会稽'灵汜'一联，天然图画之山水也。而'冰销'一联，又就眼前景色言之，造句新颖，画工布景，俱有经营匠心，不是一味铺写。末句是寄。"白居易酬和之作为《答微之见寄》：

> 可怜风景浙东西，先数馀杭次会稽。禹庙未胜天竺寺，钱湖不羡若耶溪。摆尘野鹤春毛暖，拍水沙鸥湿翅低。更对雪楼君爱否，红阑碧甃点银泥。

与元作毫不相让，也将自己对西子湖景色的喜爱形诸笔墨，甚至有点自负自乐的味道。

【注释】

①海壖(ruán)西：指浙东观察使辖境。壖，水边地。

②"灵汜(sì)"句：灵汜桥，在今浙江绍兴南。百里镜，指镜湖。

③"石帆"句：石帆山，在今浙江绍兴东南。崦(yān)，古代神话所说的日入之处。五云溪，若邪溪。

④芦锥:即芦笋,因笋形如锥,故云。

酬乐天雪中见寄

知君夜听风萧索,晓望林亭雪半糊。撼落不教封柳眼,扫来偏尽附梅株。敲扶密竹枝犹亚,煦暖寒禽气渐苏。坐觉湖声迷远浪,回惊云路在常[①]途。钱塘湖上蘋先合,梳洗楼前粉暗铺。[②]石立玉童披鹤氅,台施瑶席换龙须。满空飞舞应为瑞,寡和高歌[③]只自娱。莫遣拥帘伤思妇,且将盈尺慰农夫。称觞彼此情何异,对景东西事有殊。镜水绕山山尽白,琉璃云母世间无。[④]

【题解】

此诗长庆三年(823)作于越州。诗作用比喻手法描写雪景,追求形似,却也显得比较宏大,同时表现出对百姓生产生活的关心。署袁枚著《诗学全书》卷二评云:"首二破题。次四句咏'雪中'近景。'坐觉'六句,写'雪中'远景。'满空'四句,言'雪中'之情。末四写'酬寄'。"白居易原唱为《雪中即事答微之》:

> 连夜江云黄惨淡,平明山雪白模糊。银河沙涨三千里,梅岭花排一万株。北市风生飘散面,东楼日出照凝酥。谁家高士关门户,何处行人失道途。舞鹤庭前毛稍定,捣衣砧上练新铺。戏团稚女呵红手,愁坐衰翁对白须。压瘴一州除疾苦,呈丰万井尽欢娱。润含玉德怀君子,寒助霜威忆大夫。莫道烟波一水隔,何妨气候两乡殊。越中地暖多成雨,还有瑶台琼树无。

则又可见出,白、元唱和之作的篇章结构也是相同的。

【注释】

①常:《全诗》作"长"。

②“钱塘”二句:钱塘湖,即杭州西湖。梳洗楼,所在多有,此当指杭州梳洗楼,详情无考。

③寡和高歌:指《白雪歌》。此美称白居易原唱。

④“镜水”二句:镜水,即镜湖。云母,矿石名。

和乐天早春见寄

雨香云淡觉微和,谁送春声入棹歌。萱近北堂穿土早,①柳偏东面受风多。湖添水剂②消残雪,江送潮头涌漫波。同受新年不同赏,无由缩地③欲如何。

【题解】

此诗长庆四年(824)作于越州。白居易原唱为《早春忆微之》:

> 昏昏老与病相和,感物思君叹复歌。声早鸡先知夜短,色浓柳最占春多。沙头雨染斑斑草,水面风驱瑟瑟波。可道眼前光景恶,其如难见故人何。

诗作通过对美好春景的描写,抒发对白居易的深沉思念之情,表达二人之间的深挚友谊。首联总写春意渐浓:细雨中飘来花香,春云淡薄,已经逐渐感受到春天温和的气息;春的声音还融入了船工的棹歌。后面这层意思用问句来表述,显得更加空灵而耐人寻思。颔联写春天的萱草和柳树:种植在北堂边的萱草早已破土发芽,偏于东面的柳树感受风最多。选择能忘忧的萱草,是针对白居易原诗叹老嗟卑的衰颓情绪的,希望他乐观旷达些,忘去忧愁;选择赠别的柳树,是为了加重抒写“受侮不少”(高士奇辑注《三体唐诗》卷三)的他与好友的别离之情。颈联写湖边残雪消融,江中春潮澎湃,进一步放笔渲染春天的气息。白居易原诗写早春的景象,带有较浓的惨淡色彩,而元稹和诗写仲春的景象,则已显得较为明媚温煦了。尾联写两人不能共同欣赏新春的景色,又没有缩地之术可以缩短两人间的距离,真是无可奈何!这一神来之笔把元稹对于白居易的思念之深和两人友谊的挚厚抒写得非常充分。

【注释】

①“萱近”句:《诗·卫风·伯兮》:“焉得谖草,言树之背。”毛传:“谖草令人忘忧。背,北堂也。”北堂,古代居室东房的后部。

②剂:《全诗》作“色”。

③缩地:传说东汉人费长房有神术,能使千里地脉缩于眼前。

【辑评】

清金圣叹《贯华堂选批唐才子诗》卷五:“(前解)一,从‘雨’、‘云’、写一‘觉’字,言体中已有早春消息;二,从‘棹歌’写一‘谁’字,言耳畔又有早春消息;三、四,从‘萱’、‘柳’写‘穿’字、‘受’字,言眼前果已尽是早春消息也,看他写早春消息,渐渐由微而著,真笔墨与元化为徒也。(后解)前解写早春,此解写乐天见寄,而欲缩地同赏也。五,言雪消水添,本可放船直下也;六,言潮涌波漫,于是欲泛还止也。七、八易解。”

酬复言长庆四年元日郡斋感怀见寄

腊尽残宵①春又归,逢新别故欲沾衣。自惊身上添年纪,休系心中小是非。富贵祝来何所遂,聪明鞭得转无机。(祝富贵、鞭聪明,皆正旦童稚俗法。)羞看稚子先拈酒,怅望平生旧采薇②。去日渐加余日少,贺人虽闹故人稀。椒花丽句③闲重检,艾发衰容惜寸辉④。苦思正旦酬白雪,闲观风色动青旗⑤。千官仗下炉烟里,东海西头意独违。

【题解】

此诗长庆四年(824)作于越州。李谅原唱为《苏州元日郡斋感怀寄越州元相公杭州白舍人》:

称庆还乡郡吏归,端忧明发俨朝衣。首开三百六旬日,新知四十九年非。当官补拙犹勤虑，游宦量才已息机。举族共资随月俸，一身惟忆故山薇。旧交邂逅封疆近，老牧萧条宴赏稀。书札每来同笑语，篇章时到借光辉。丝纶暂厌分符竹，舟楫初登拥羽旗。未知今日情何似，应与幽人事有违。

诗写在欢乐的节日感叹时光流逝，更加珍惜亲友间的情谊。

【注释】

①宵：原作“销”，据何校改。

②采薇：《史记·伯夷列传》：“武王已平殷乱，天下宗周，而伯夷叔齐耻之，义不食周粟，隐于首阳山，采薇而食之。”此借指归隐。

③椒花丽句：《晋书·列女传·刘臻妻陈氏》：“刘臻妻陈氏者，亦聪辩能属文。尝正旦献《椒花颂》，其词曰：‘旋穹周回，三朝肇建。青阳散辉，澄景载焕。标美灵葩，爰采爰献。圣容映之，永寿于万。’”正旦即农历正月初一。此与下一韵中“白雪”均借美李谅原唱。

④“艾发”句：艾发，苍白色的头发。寸辉，犹寸阴。

⑤青旗：青色之旗，象征春天之旗。

代郡斋神答乐天

虚白堂①神传好语，二年长伴独吟时。夜怜星月多离烛，日滉②波涛一下帷。为报何人偿酒债，引看墙上使君诗。

【题解】

此诗长庆四年(824)作于越州。白居易原唱为《留题郡斋》：

吟山歌水嘲风月，便是三年官满时。春为醉眠多闭阁，秋因晴望暂褰帷。更无一事移风俗，唯化州民解咏诗。

记录、传达的是让自己身心欢适的山水、风月、饮酒等等，使之成为“自适”的途径之一。悦性情，而不再是“伤民病”，说明江州之后，白居易的兼济理想已然消退。元稹的和作代郡斋神立言，同样道出了挚友心中怅然，独酌微吟的情景，可见相知之深。

【注释】

①虚白堂：在杭州。虚白，语本《庄子·人间世》："虚室生白，吉祥止止。"

②滉(huàng)：水深广貌。

酬乐天重寄别

却报君侯听苦辞，老头抛我欲何之。武牢关①外虽分手，不似如今衰白时。

【题解】

此诗长庆四年(824)作于越州。白居易原唱为《重寄别微之》：

凭仗江波寄一辞，不须惆怅报微之。犹胜往岁峡中别，滟滪堆边招手时。

老头，老时，即诗末"衰白时"。元白一和一唱，心情有阴阳之别。

【注释】

①武牢关：即虎牢关，在今河南荥阳汜水镇。

和乐天重题别东楼

山容水态使君知，楼上从容万状移。日映文章霞细丽，风驱鳞甲浪参差。鼓催潮户凌晨击，笛赛婆官彻夜吹。①唤客潜挥远红袖，卖垆高挂小青旗②。剩铺床席春眠处，高③卷帘帷月上时。光景无因将得去，为郎抄在和郎诗。

【题解】

此诗长庆四年(824)作于越州。东楼,在凤凰山杭州刺史治所内。白居易原唱为《重题别东楼》:

> 东楼胜事我偏知,气象多随昏旦移。湖卷衣裳白重叠,山张屏障绿参差。海仙楼塔晴方出,江女笙箫夜始吹。春雨星攒寻蟹火,秋风霞飐弄涛旗。宴宜云髻新梳后,曲爱霓裳未拍时。太守三年嘲不尽,郡斋空作百篇诗。

诗写白氏离杭还京前重登望海楼,往日情景浮现眼前,因记其“东楼胜事”之难忘者。元稹的和作,也是从各种角度歌咏杭州“光景”。

【注释】

①“鼓催”二句:潮户,海上船户,因朝夕与潮水周旋,故称。婆官,传说中的风神孟婆。

②“卖垆”句:卖垆,即卖酒。青旗,酒旗。

③高:《全诗》作“乍”。

馀杭周从事以十章见寄,词调清婉,难于遍酬,聊和诗首篇,以答来贶

扰扰纷纷旦暮间,经营闲事不曾闲。多缘老病推辞酒,少有功夫久羡山。清夜笙歌喧四郭,黄昏钟漏下重关。何由得似周从事,醉入人家醒始还。

【题解】

此诗长庆四年(824)作于越州。馀杭,即杭州。周从事,指句曲人周元范,一作周光范,白居易任杭州、苏州刺史时的幕僚。宝历二年十月白罢苏刺后,入元稹浙东幕。诗借和周氏诗写出自己当时“经营闲事不曾闲”的生存状态,也是一种矛盾的精神状态,与周从事之“醉入人家醒始还”者有所不同。

周元范原唱已佚。《诗人主客图》列周氏为广大教化主白居易及门十人之一，录其断句二："谁云蒿上烟，随云依碧落。"(《投白公》)"莫怪西陵风景别，镜湖花草为先春。"(《贺朱庆馀及第》)。所存完整诗篇，仅见《全唐诗》卷四六三所录《和白太守拣贡橘》一首：

离离朱实绿丛中，似火烧山处处红。影下寒林沉绿水，光摇高树照晴空。银章自竭人臣力(一作分)，玉液谁知造化功。看取明朝船发后，余香犹尚逐仁风。

不比断句更能当得元稹此首诗题中"词调清婉"之评。

寄浙西李大夫四首

柳眼梅心渐欲春，白头西望忆何人。金陵太守①曾相伴，共蹋银台一路尘。

蕊珠深处少人知，网索西临太液池。②浴殿晓闻天语后，步廊骑马笑相随。③

禁林同直话交情，无夜无曾不到明。最忆西楼人静后，玉晨钟磬两三声。(玉晨观，在紫宸殿后面也。)

由来鹏化便图南，浙右虽雄我未甘。④早渡西江好归去，莫抛舟楫滞春潭⑤。

【题解】

这一组诗或长庆四年(824)作于越州。李大夫，指李德裕，长庆二年九月带御史大夫衔为浙西观察使、润州刺史。组诗用绝大篇幅回忆与李德裕同在翰林禁苑的一段生涯，不仅在于写出两人秉性、情趣相投，更在于表明自己不甘心屈居浙郡，盼望东山再起，重归魏阙，再展鸿图的迫切心愿，正第四首末二句所谓"早渡西江好归去，莫抛舟楫滞春潭"。

【注释】

①金陵太守：金陵，中晚唐人习以润州为金陵。时李德裕为润州刺史、

浙西观察使，驻节润州，故称金陵太守。

②“蕊珠”二句：蕊珠，指蕊珠殿，道家、道教经籍中神仙所居之处，此借指皇帝所居之处。太液池，在唐大明宫含凉殿后，故址在今陕西西安东北。

③卢本、杨本、董本、《全诗》末有小字注“网索在太液池上，学士侯封，歇于此”（杨本、董本、《全诗》无“池”）。

④“由来”二句：图南，谓飞往南海，比喻志向远大。浙右，浙水之右，即钱塘江之右，借指浙西观察使辖境。我，指李德裕。

⑤“莫抛”句：似元稹曾提携李德裕，故希望李归朝后，不忘旧恩，援手于己。

初除浙东，妻有阻色，因以四韵晓之

嫁时五月归巴地，今日双旌上越州。[①]兴庆首行（平声）千命妇，（予在中书日，妻以郡君朝太后于兴庆宫，猥为班首。）会稽旁带六诸侯。[②]海楼翡翠闲相逐[③]，镜水鸳鸯暖共游。我有主恩羞未报，君于此外更何求。

【题解】

此诗长庆三年（823）作于自同州至越州途中。诗写晓妻以理，动妻以情。末二句“我有主恩羞未报，君于此外更何求”，既绾结全篇报浩荡恩荣之旨，又透漏出唐人初除官的心情。

【注释】

①“嫁时”二句：“嫁时”句，指元和十年五月与继室裴淑于涪州结婚后赴通州任通州司马事。双旌，朝廷赐予节度、观察等使的成对旗幡。

②“兴庆”二句：《雍录》卷四：“明皇开元二年七月，以宅为宫，既取隆庆坊名以为宫名，而帝之二名其一为隆，故改隆为兴，是为兴庆宫也。其曰南内者，在太极宫东南也。”命妇，古代受封号的妇人。嫔妃称内命妇，臣僚之

妻、母称外命妇。六诸侯，指浙东观察使管越州及婺州、衢州、处州、温州、台州、明州。

③“海楼”句：海楼，望海楼，沿海各地多有之，此指会稽的望海楼。翡翠，鸟名，雄曰翡，雌曰翠。

【辑评】

清金圣叹《贯华堂选批唐才子诗》卷五上：“（前解）因夫人是新婚，先生是新除，故以‘五月’、‘双旌’字对写为戏也。言昨者登车远来，其时正值五月，犹尚触热相就；今何被命南上，俨然已发双旌，顾反娇啼见难耶？三、四即双旌先报越州之头行，言夫人是兴庆宫中命妇班首，相公是中书门下平章观察。一任算是夫荣妻贵亦得，算是夫唱妇随亦得，言更不可不行也。（言外宛然新婚相谑。）（后解）前解盛述恩荣，此解细商恩义也。言陆则有翡翠，水则有鸳鸯，既是配合雄雌，无不宛转相逐，可以人不如鸟，而作差池背飞耶？末因更以五伦大义压之，言我于朝廷为君臣，子于闺房为夫妇，既我君臣义在莫逃，即子夫妇胡可相失也。”

清宋邦绥《才调集补注》卷五：“‘嫁时五月归巴地’，《纪事》：稹先妻京兆韦氏，名蕙丛，后娶河东裴氏，字柔之，归巴地，当是参军江陵时，所娶盖裴氏也。江陵有巴东县，县有巴山，故曰巴地。‘今日双旌上越州’，《唐书·百官志》：节度使初授，具兵仗，诣兵部辞见，观察使亦如之。辞日赐双旌双节，行则建节，树六纛。‘兴废首行千命妇’，《唐书·地理志》：兴废宫在皇城东南，距京城之东，开元初置，至十四年又增广之，谓之南内。‘会稽旁带六诸侯’，《后汉书》：左雄曰：今之墨绶，犹古之诸侯。注：墨绶谓令长，即古子男之国也。按《唐地理志》，会稽郡会稽县，县旁有六县，故曰六诸侯。曰山阴，曰诸暨，曰馀姚，曰剡，曰萧山，曰上虞。‘海楼翡翠闲相逐’，胡夔亨曰：越滨海，故曰海楼。‘镜水鸳鸯暖共游’，《寰宇记》：镜湖在会稽山阴两县界。按《舆地志》云：山阴南湖，萦带郊郭，白水翠岩。互相映发若图画，故逸少云：山阴路上行，如在镜中游。”

为乐天自勘诗集，因思顷年城南醉归，马上递唱艳曲，十余里不绝。长庆初，俱以制诰侍宿南郊斋宫，夜后偶吟数十篇，两掖诸公洎翰林学士三十余人惊起就听，逮至卒吏莫不众观，群公直至侍从行礼之时，不复聚寐。予与乐天吟哦，竟亦不绝，因书于乐天卷后。越中冬夜风雨，不觉将晓，诸门互启关锁，即事成篇

春野醉吟十里程，斋宫潜咏万人惊。今宵不寐到明读，风雨晓闻开锁声。

【题解】

此诗长庆四年(824)作于越州。顷年，往年。斋宫，郊祀前供斋戒的宫室。两掖，唐代门下、中书两省官衙分别位于皇宫正门左右两侧，因以指门下、中书两省。

题长庆四年历日尾

残历半张余十四，灰心雪鬓两凄然。定知新岁御楼后，从此不名长庆年。①

【题解】

此诗长庆四年(824)作于越州，“灰心”失落之情，溢于言表。基本上是因为一朝君子一朝臣的缘故，作者已经清楚地知道，自己的光荣与梦想，随

着新帝敬宗登基，将从此一去不复返。仅仅是在两年之前，同州刺史任上，元稹还曾经声泪俱下地给穆宗上表：

> 臣所恨今月三日，尚蒙召对延英，此时不解泣血，仰辞天颜，便至今日窜逐。臣自离京国，目断魂销，每至五更朝谒之时，臣实制泪不得。若余生未死，他时万一归还，不敢更望得见天颜，但得再闻京城钟鼓之音，臣虽黄土覆面，无恨九原。（《同州刺史谢上表》）

梦想着有朝一日，再沐天恩。又，陈寅恪《元白诗笺证稿》曾尖锐指出：

> 微之于元和十五年十二月任祠曹时，曾草状谏穆宗驾幸温汤，而长庆二年刺同州时又进马助翠华巡游昭应，其间相距，不出二年，而一矛一盾，自翻自复，尤为可笑也。

其实，此一时，彼一时也，地位变化自然引起态度变化。元稹终生汲汲于进而不稍减退，难免陷于可笑又可悲境地，是不足为怪的。

【注释】

①“定知”二句：长庆四年正月，穆宗崩，敬宗即位。次年正月，依例敬宗御丹凤楼，大赦改元。

戊编

乐府

乐　府

有序

《诗》讫于周，《离骚》讫于楚，是后，诗之流为二十四名：赋、颂、铭、赞、文、诔、箴、诗、行、咏、吟、题、怨、叹、章、篇、操、引、谣、讴、歌、曲、词、调，皆诗人六义之余。而作者之旨，由操而下八名，皆起于郊祭、军宾、吉凶、苦乐之际。在音声者，因声以度词，审调以节唱。句度短长之数，声韵平上之差，莫不由之准度。而又别其在琴瑟者为操、引，采民甿[2]者为讴、谣，备曲度者总得谓之歌、曲、词、调，斯皆由乐以定词，非选词[3]以配乐也。由诗而下九名，皆属事而作，虽题号不同，而悉谓之为诗可也。后之审乐者往往采取其词，度为歌曲，盖选词以配乐，非由乐以定词也。而纂撰者由诗而下十七名，尽编为乐录。乐府等题，除铙吹、横吹、郊祀、清商等词在乐志者，其余《木兰》、《仲卿》、《四愁》、《七哀》之辈，亦未必尽播于管弦明矣。后之文人，达乐者少，不复如是配别，但遇兴纪题，往往兼以句读短长为歌、诗之异。刘补阙云[4]：乐府肇于汉魏。按仲尼学《文王操》，伯牙作《流波》、《水仙》等操，齐牧犊作《雉朝飞》，卫女作《思归引》，则不于汉魏而后始，亦以明矣。况自风雅至于乐流，莫非讽兴当时之事，以贻后代之人。沿袭古题，唱和重复，于文或有短长，于义咸为赘剩，尚不如寓意古题，刺美见事，犹有诗人引古以讽之义焉。曹、刘、沈、鲍[5]之徒，时得如此，亦复稀少。近代唯诗人杜甫《悲陈陶》、《哀江头》、《兵车》、《丽人》等，凡所歌行，率皆即事名篇，无复倚傍。余少时与友人乐天[6]、李公垂辈谓是为当，遂不复拟赋古题。昨梁州[7]见进士刘猛、李馀各赋古乐府诗数十首，其中一二十章咸有新意，予因选而和之。其有虽用古题，全无古义者，若《出门行》不言离别，《将进酒》特书列女之类是也。其或颇同古义，全创新词者，则《田家》止述军输，《捉捕》词先蝼蚁之类是也。刘、李二子方将极意于斯文，因为粗明古今歌诗同异之旨焉。

【题解】

此序及以下十首诗，均元和十二年(817)作于兴元。序文前半部分讲乐府诗题与乐的关系，意在说明“后之文人，达乐者少”，诗题与音乐已不复“配别”。自“刘补阙云”以下部分，是关于歌行和乐府的理论观点。后一部分内容表达了以下基本观点：

其一，乐府自肇始以来，在内容方面即形成了“莫非讽兴当时之事，以贻后代之人”的传统。

其二，后世所作“古题乐府”，有两种情况：一种是“沿袭古题，唱和重复”，这样的作品“于义咸为赘剩”，事实上背离了乐府“讽兴当时之事”的传统精神；另一种是“寓意古题，刺美见事”，这样的作品体现了“引古以讽之义”，即继承了乐府的传统。刘猛、李馀的“古题乐府”中，有一些“咸有新意”之作，就属于“寓意古题，刺美见事”一类，其具体写法，又有两种：一是“虽用古题，全无古义”，即不再沿袭古题的规定题旨，而只是借用了一个古题的题目，诗的内容与古题毫无关系；二是“颇同古义，全创新词”，即在沿用古题的同时，也沿袭了古题的传统题旨，但使用了全新的诗料和诗歌语言，这同样实现了内容的创新。

其三，杜甫“凡所歌行，率皆即事名篇，无复倚傍”。也就是说，杜甫的“歌行”都是“新题乐府”。在杜甫的影响下，作者自己和白居易、李绅也都不再写作拟“古题乐府”。

此外，在《叙诗寄乐天书》中，元稹对自己的诗歌作品进行分类，谓“词实乐流，而止于模写物色者，为新题乐府。”所谓“模写物色”，即从内容及表现方式上强调了“新题乐府”的客观叙事性质。(参薛天纬《唐代歌行论》)

篇中“古今歌诗同异之旨”云云，如果结合相关文献并歌诗作品进行分析，也可以认为是关于唐代诗歌创作与歌诗传唱之间关系的一个明确的理论阐发：元白等人主张在音乐的内容上恢复古雅，但在形式上却采用了适应当时音乐的新题乐府的形式。这就很好地处理了新乐府复与变的关系，使新乐府获得成功。盛唐以来，自元德秀开始，人们就试图对朝廷的音乐进行改造，但由于这种改造从内容到形式都将时下音乐排斥在外，走上了恢复古乐古诗的死胡同，一直没有成功。直到王建、张籍，才抛弃了这一思路，将讽谕现实和时下音乐结合起来，从而写出有声有色的乐府歌诗。元稹、白居易进一步将其发扬光大，并在理论上做了明确的阐发。（参吴相洲《唐诗创作与歌诗传唱关系研究》）

【注释】

①卢本、蜀本、杨本、董本题作“乐府古题序丁酉”。

②甿（méng）：同“氓”。

③词：原作“调”，据《文粹》改。

④刘补阙云：刘补阙，刘餗，刘知几之子，官终右补阙。《新唐书·艺文志》曾著录其《乐府古解题》。云，原作“之”，据卢本、《文粹》改。

⑤曹、刘、沈、鲍：指曹植、刘桢、沈约、鲍照。

⑥乐天：卢本、《文粹》作“白乐天”。

⑦梁州：蜀本、《文粹》作“南梁州”。

【辑评】

宋王灼《碧鸡漫志》卷一：“元微之序乐府古题云：‘操、引、谣、讴、歌、曲、词、调八名……非由乐以定词也。’微之分诗与乐府作两科，固不知事始，又不知后世俗变。凡十七名，皆诗也。诗即可歌、可被之管弦也。元以八名者近乐府，故谓由乐以定词，九名者本诸诗，故谓选词以配乐。今乐府古题具在，当时或由乐定词，或选词配乐，初无常法。习俗之变，安能齐一？”

明胡应麟《诗薮》内编卷三：“观微之此序，则唐人亦自推毂少陵乐府。近时诸公多主斯说，而微之序人少知者，故特录之。又，元和中，李绅作新乐府二十章，元稹取其尤切者十五章和之，如《华原磬》、《西凉伎》之类，皆风刺时事，盖仿杜陵为之者，今并载郭氏《乐府》。语句亦多仿工部，如《阴山道》、《缚戎人》等，音节时有逼近。第得其沉著，而不得其纵横；得其浑朴，而不得其悲壮。乐天又取演之为五十章，其诗纯用己调，出元下。世所传《白氏讽谏》是也。”

和刘猛古题乐府十首[1]

梦上天

梦上高高[2]天，高高苍苍高不极。下视五岳块累累，仰天依旧苍苍色。蹋云耸身身更上，攀天上天攀未得。西瞻若木兔轮低，东望蟠桃海波黑。[3]日月之光不到此，非暗非明烟塞塞[4]。天悠地远身跨风，下无阶梯上无力。来时畏有他人上，截断龙胡斩鹏翼[5]。茫茫漫漫方自悲，哭向青云椎素臆[6]。哭声厌咽旁人恶，唤起惊悲泪飘露。千惭万谢唤厌人[7]，向使无君终不寤。

【题解】

这是一首很奇特的缘题抒情诗。诗人写自己的一个梦，梦中上了高天。诗作把他在“宇宙空间”的感受，想象得具体而充满神秘感，并有天才的猜测，如说“日月之光不到此，非暗非明烟塞塞”。诗人在“下无阶梯上无力”的情况下，产生了恐惧与后悔，这也是很真实的想象。诗末被人唤醒，结束了这场梦。其言不尽意处，似在于仕宦之途，深有戒悟。后来，辛弃疾、魏源的一词一诗，都称得上是月亮想象与诗思“神悟”（王国维《人间词话》）的优秀篇章：

可怜今夕月，向何处、去悠悠。是别有人间，那边才见，光景东头。是天外，空汗漫，但长风浩浩送中秋。飞镜无根谁系，姮娥不嫁谁留。

谓经海底问无由。恍惚使人愁。怕万里长鲸，纵横触破，玉殿琼楼。虾蟆故堪浴水，问云何玉兔解沉浮。若道都齐无恙，云何渐渐如钩。（《木兰花慢·中秋饮酒将旦，客谓前人诗词有赋待月，无送月者，因用〈天问〉体赋》）

月兮月兮劝汝一杯酒，安得广寒宫里一携手。月中仙人笑回头，视如大地同一浮。汝言桂树修玉斧，谁知大地河山影万古。汝言三五有盈缺，谁知四大海水如圆玦。潮消潮长月盈虚，云蔽云开冰皎洁。影落江心月一轮，千江一片光如雪。一旦乘风来月中，还看天地如明月。（《呼月吟》）

【注释】

①和刘猛古题乐府十首：蜀本、卢本、董本、《全诗》无，但于首篇题下注“此后十首并和刘猛”。

②高高：《文粹》、宋刻本《乐府诗集》（简称《乐府》，下同）、钱校作“高天”。

③“西瞻”二句：若木，古代神话传说中的树名。木，原作“水”，据杨本、《文粹》、《乐府》、《全诗》改。兔轮，月亮的别称。蟠桃，即蟠木，传说中的神木名。

④塞塞：往来流动貌。

⑤“截断”句：截断龙胡，《汉书·郊祀志上》：“黄帝采首山铜，铸鼎于荆山下。鼎既成，有龙垂胡须下迎黄帝。黄帝上骑，群臣后宫从上龙七十余人，龙乃上去。”

⑥“哭向”句：椎，《全诗》、《文粹》、《乐府》作“搯”。素臆，胸口，胸膛。

⑦“千惭”句：唤厌人，将做噩梦者唤醒之人。厌，魇的古字，噩梦；原作“旁”，据蜀本、卢本、《全诗》、《文粹》、《乐府》改。

【辑评】

清钱良择《唐音审体》卷三：“题注：本题自序云‘和刘猛、李馀古题乐府十九首’，而《梦上天》等十二题，吴氏《古题要解》不载，郭氏《乐府诗集》分《将进酒》等七首入古题中，分《梦上天》等十二首入新乐府中，是不可晓。吴氏解题极备，郭氏辨体极严，不应有误。疑自序所谓‘颇同古意，全创新词’者，已不复用古题。郭氏洞晰其义，故分之不疑，决非无据而紊本集位置也。其《连昌宫词》、《望云骓马歌》等篇，本集入新乐府中，《文苑英华》入歌行中，《乐府诗集》不载，彼此异同，盖不可考矣。是编一以郭氏为宗，不依本集。又评曰：元相之委婉曲折，变化不测，亦是千古一人，实出白傅之上。‘下视五岳块累累，仰天依旧苍苍色’，去地已极远，去天仍不近，喻登进之无尽境也。'来时畏有他人上，截断龙胡斩鹏翼'，嫉人之进而绝其路，遂致己亦无路可退。'千惭万谢唤厌人，向使无君终不寤'，所谓觉而后知其为梦也。圣贤仙佛，乃真唤厌人也。"

冬白纻

吴宫夜长宫漏款①，帘幕四垂灯焰暖。西施自舞王自管，雪纻②翻翻鹤翎散(上声)。促节牵繁舞腰懒，舞腰懒，王罢饮，盖覆西施凤花锦。身作匡床③臂为枕，朝佩枞玉④王晏寝。寝醒阍报门⑤无事，子胥死后言为讳。近王之臣论王意，共笑越王穷惴惴，夜夜抱冰寒不睡⑥。

【题解】

吴兢《乐府古题要解》释《白纻歌》曰："古词盛称舞者之美，宜及芳时为乐。其誉白纻曰：质如轻云色如银。制以为袍余作巾，袍以光躯巾拂尘。"沈约作《四时白纻歌》，有春、夏、秋、冬、夜之分，共五首，见《乐府诗集》卷五六，其《冬白纻》中有"寒闺昼寝罗幌垂，婉容丽心长相知"云云，盖内容已由古辞写舞者之美演化为写美人侍寝。

相对于沈约诗而言，元稹的拟作属于"颇同古义，全创新词"一类。其内容对沈约同题之作有所沿袭，但为达到通过"专讽吴王"（钱良择《唐音审体》卷一）而作"醒世语"（陆时雍《唐诗镜》卷四六）的目的，设计了西施、吴王以及越王等人物，并平添了许多情节。如黄周星曾就诗中细节评论道："越王卧薪尝胆，此更添出抱冰，非真抱冰也，直是无西施臂为枕耳。'身作匡床臂为枕'，此岂草草玉体横陈者！"（《唐诗快》卷七）

【注释】

①款：缓慢。

②雪纻：白色苎麻制成的衣服。

③匡床：安适之床。

④朝佩枞(cōng)玉：谓百官上朝。枞，通"摐"，撞击，碰撞。枞玉，《文

粹》作“瑽瑽”,《全诗》、钱校作“摐摐”。

⑤寝醒阍(hūn)报门:杨本、钱校、《文粹》作“醒来閤门报”。阍,守门人。

⑥“夜夜”句:《吴越春秋·勾践归国外传》:“越王念复吴仇非一旦也,苦身劳心,夜以接日,目卧则攻之以蓼,足寒则渍之以水;冬常抱冰,夏还握火;愁心苦志,悬胆于户,出入尝之,不绝于口。”

【辑评】

宋葛立芳《韵语阳秋》卷一五:“《宋书·乐志》有《白纻舞》,《乐府解题》誉白纻曰:‘质如轻云色如银,制以为袍余作巾,袍以光躯巾拂尘。’王建云:‘新缝白纻舞衣成,来迟邀得吴王迎。’元稹云:‘西施自舞王自管,雪纻翻翻鹤翎散。’则白纻,舞衣也。”

清贺裳《载酒园诗话》又编:“未读微之《冬白纻》,觉王建首篇亦佳:‘天河漫漫北斗灿,宫中乌啼知夜半。新缝白纻舞衣成,来辞邀得吴王迎。低鬟转面掩双袖,玉钗浮动秋风生。酒多夜长夜未晓,月明灯光两相照,后庭歌声更窈窕。’摹写骄淫,疑为穷尽。至元诗曰……不徒叙述骄奢纵恣,其写王狎昵处,真有樊通德所云:‘淫于色,非慧男子不至。’慧则通,通则流,流而不得其防,意殆非经为荡子者不知。至写群臣谐媚,俨然江、孔口角,觉王诗伧父矣。”

将进酒

将进酒,将进酒。酒中有毒鸩主父,言之主父伤主母。① 母为妾地父妾天,仰天俯地不忍言。阳为僵踣② 主父前,主父不知加妾鞭。旁人知妾为主说,主将泪洗鞭头血。推(他雷反)椎主母牵下堂,扶妾遣升堂上床③。将进酒,酒中无毒令主寿。愿主回恩归主母,遣妾如此由④ 主父。妾为此事人偶知,自惭不密方自悲。主今颠倒安置妾,贪天僭地谁不为。

【题解】

《战国策·燕策一》载苏代为燕王所讲一故事曰:昔周之上地尝有之。

其丈夫官三年不归，其妻爱人。其所爱者曰:“子之丈夫来，则且奈何乎?”其妻曰:“勿忧也，吾已为药酒而待其来矣。”已而其丈夫果来，于是因令其妾酌药酒而进之。其妾知之，半道而立，虑曰:“吾以此饮吾主父，则杀吾主父;以此事告吾主父，则逐吾主母。与杀吾父，逐吾主母者，宁佯踬而覆之。”于是因佯僵而仆之。其妻曰:“为子之远行来之，故为美酒，今妾奉而仆之。”其丈夫不知，缚其妾而笞之。

元稹此诗开篇至“主父不知加妾鞭”，即述以上主母杀夫、婢妾相救事。自“旁人知妾为主说”以下，诗人虚构婢妾求归主母，不愿“贪天僭地”等情节，非但曲折感人，亦且与前人作此题者之“古辞言饮酒放歌，宋辞以荒志为戒，梁辞但叙饮酒”(钱良择《唐音审体》卷一)，用意大为不同。钱良择认为，这就是《乐府古题序》所说的“虽用古题，全无古义”。

【注释】

①“酒中”二句:主父、主母，婢妾、仆役对男、女主人的尊称。

②僵踣(bó):跌倒。

③床:椅、凳之类坐具。

④由:《全诗》、《乐府》、钱校作“事”。

采珠行

海波无底珠沉海，采珠之人判死采。万人判死一得珠，斛量买婢人何在[①]。年年采珠珠避人，今年采珠由海神。海神采珠珠尽死，死尽明珠空海水。珠为海物海属神[②]，神今自采何况人。

【题解】

此诗写采珠人拼死(“判死”)采珠的辛酸。今年海神自采，所以海中无珠，采珠人的命运就更不堪设想。末二句“珠为海物海属神，神今自采何况人”，含蕴诗人的深沉喟叹。

【注释】

①“斛量”句:《太平广记》卷三九引《岭表录异》:“绿珠井在白州双角山

下，昔梁氏之女有容貌，石季伦为交趾采访使，以圆珠三斛买之。梁氏之居，旧井存焉。”

②海属神：《乐府》作“属海神”。

董逃行

董逃董逃董卓逃，揩铿[①]戈甲声劳嘈。剜剜深脐脂焰焰，人皆叹[②]曰，尔独不忆年年取我身上膏。膏销骨尽烟火死，长安城中贼毛[③]起。城门四走公卿士，走劝刘虞[④]作天子。刘虞不敢作天子，曹瞒篡乱从此始。董逃董逃人莫喜，胜负相环相枕倚。缝缀难成裁破易，何况曲针不能伸巧指，欲学裁缝须准拟[⑤]。

【题解】

《乐府诗集》卷三四引《古今注》曰：“《董逃歌》，后汉游童所作也。终有董卓作乱，卒以逃亡。后人习之为歌章，乐府奏之以为儆戒焉。”元稹此诗依据历史记载，续写了董卓死后的事情，并于诗末发了一通有关破坏易而建设难的感慨，所谓“缝缀难成裁破易，何况曲针不能伸巧指，欲学裁缝须准拟”。诗的内容大体切题，但却是前人同题之作从未写过的内容。这属于“颇同古义，全创新词”的一类。

【注释】

①揩铿：金属撞击声。

②叹：杨本、季本作“数叹”。

③贼毛：古代统治者对农民起义者的蔑称，此指东汉末年黄巾起义军。

④刘虞：汉宗室，本幽州刺史。董卓专政，政局动荡，消息隔塞，袁绍等北方军阀谋推刘虞为天子，虞不应，后为公孙瓒所杀。

⑤准拟：准备，安排。

【辑评】

明胡应麟《诗薮》内编卷一：“《董逃行》实缘董卓作，然本曲已全无此意。至魏武乃言长生，陆机则感时运，傅玄复托夫妇，咸自足传；玄诗遂为六言绝唱。唐元稹、张籍，竟用本事，而卑弱靡琐，了无发明。余谓拟魏、晋乐府，尽仍其误不妨，乃反有古色。正如二王字，律之六书，有大谬者，后人皆故学之。近时诸公，自是正论，余恐面目愈合，形神愈离，复阐兹义，第难为拘拘者道也。明李、何乐府，《董逃》、《秋胡》亦止用本调。彼非不知事实者，政恐离去耳。"

忆远曲

忆远曲，郎身不远郎心远。沙随郎饭俱在匙，郎意看沙那比饭。水中书[①]字无字痕，君心暗画谁会君。况妾事姑姑进止[②]，身去门前同万里。一家尽是郎腹心，妾似生来无两耳。妾身何足言，听妾私劝君。君今夜夜醉何处，姑来伴妾自闭门。嫁夫恨不早，养儿将备老，妾自嫁郎身骨立[③]。老姑为郎求娶妾，妾不忍见姑郎忍见，为郎忍耐看姑面。

【题解】

女子嫁夫后不为夫所爱，但供驱使。夫虽在家，两心不属，如在万里之外。唯有一心事奉婆母，听候进止。既不为夫所爱，故举家上下均贱此妇，故曰"尽是郎腹心"，言与己不相关。既以见外于夫之一家，所受闲言闲语必多，听不胜听，不如不理，故曰"生来无两耳"。末后写夫之放荡，全家怜爱此妇者，唯有一姑。我本无生趣，所以"为郎忍耐"者，"看姑面"而已。诗用代言体，通篇皆为"妾"对"身不远"却"心远"的"郎"所说的话，抒写"妾"的孤独失落感。

【注释】

①书：杨本、《乐府》、《全诗》作"画"。

②进止：命令，旨意。

③骨立：形容人消瘦至极。

【辑评】

陆时雍(《唐诗镜》卷四六)："真趣深情，痛哀剖出。"

夫远征

赵卒四十万，尽为坑中鬼。赵王未信赵母言，犹点新兵更填死。填死之兵兵气索[①]，秦强赵破括敌起。括虽专命起尚轻，何况牵肘之人牵不已。坑中之鬼妻在营，髽麻戴绖鹅雁鸣。[②]送夫之妇又行哭，哭声送死非送行。夫远征，远征不必戍长城，出门便不知死生。

【题解】

《史记·廉颇蔺相如列传》载：(赵孝成王)七年，秦与赵兵相距长平，时赵奢已死，而蔺相如病笃，赵使廉颇将攻秦，秦数败赵军，赵军固壁不战。秦数挑战，廉颇不肯。赵王信秦之间。秦之间言曰："秦之所恶，独畏马服君赵奢之子赵括为将耳。"赵王因以括为将，代廉颇。蔺相如曰："王以名使括，若胶柱而鼓瑟耳。括徒能读其父书传，不知合变也。"赵王不听，遂将之。赵括自少时学兵法，言兵事，以天下莫能当。尝与其父奢言兵事，奢不能难，然不谓善。括母问奢其故，奢曰："兵，死地也，而括易言之。使赵不将括即已，若必将之，破赵军者必括也。"及括将行，其母上书言于王曰："括不可使将。"王曰："何以？"对曰："始妾事其父，时为将，身所奉饭饮而进食者以十数，所友者以百数，大王及宗室所赏赐者尽以予军吏士大夫，受命之日，不问家事。今括一旦为将，东向而朝，军吏无敢仰视之者。王所赐金帛，归藏于家而日视便利田宅可买者买之。王以为何如其父？父子异心，愿王勿遣。"王曰："母置之，吾已决矣。"括母因曰："王终遣之，即有如不称，妾得无随坐乎？"王许诺。赵括既代廉颇，悉更约束，易置军吏。秦将白起闻之，纵奇兵，佯败走。而绝其粮道，分断其军为二，士卒离心。四十余日，军饿，赵括出锐卒自搏战，秦军射杀赵括。括军败，数十万之众遂降秦，秦悉坑之。

元稹此诗自开篇以迄"何况牵肘之人牵不已"，即咏上述长平之战事。但自"坑中之鬼妻在营"以下，撇开史事，只写"送夫之妇"悲哀的哭声，既强化了诗歌的抒情性质，又借以表达出强烈反对穷兵黩武的意旨，并在借古讽今中，使之具备普遍意义。与白居易的《新丰折臂翁》异曲同工。

【注释】

①索：尽，空。

②“髽（zhuā）麻”句：髽麻戴绖（dié），犹披麻戴孝。髽，古代妇女的丧髻。以麻线束发。绖，古代丧期结在头上或腰间的麻带。鹅雁鸣，形容哭喊之声纷乱嘈杂。

【辑评】

明陆时雍《唐诗镜》卷四六：“古意冤恨。”

清钱良择《唐音审体》卷三：“‘何况牵肘之人牵不已’，赵无牵肘之人，当是借赵事以刺时事。‘坑中之鬼妻在营，髽麻戴绖鹅雁鸣’，喻哭声之喧闹。”

织妇词

织妇[1]何太忙，蚕经三卧行欲老。蚕神女圣[2]早成丝，今年丝税抽征早。早征非是官人恶，去岁官家事戎索。征人战苦束刀疮，主将勋高换罗幕。缫丝[3]织帛犹努力，变缉撩机[4]苦难织。东家头白双女儿，为解挑纹嫁不得。（予掾荆时，目击贡绫户有终老不嫁之女。）檐前袅袅游丝上，上有蜘蛛巧来往。羡他虫豸解缘天[5]，能向虚空织罗网。

【题解】

唐朝统治者重织造品，在荆州、扬州、宣州、成都等地都设专官剥取织户人力物力，督造各种织品。此诗正写出织户所受的痛苦。末四句“檐前袅袅游丝上”云云，借蜘蛛作喻，说到人不如虫。可与白居易《红线毯》中“地不知寒人要暖，少夺人衣作地衣”，以及《缭绫》中“昭阳殿里歌舞人，若见织时应也惜”等参读。

【注释】

①妇：原作“夫”，据蜀本、杨本、胡本、《文粹》、《乐府》、钱校改。

②蚕神女圣：古代嫘祖发明养蚕抽丝，泽被后世，被尊称为蚕神女圣。

③缲（sāo）丝：煮茧抽丝。缲，同“缫”。

④变缉撩机：在织机上变换丝线纹理，挑成各式新款花纹。缉，蜀本、卢本、杨本、《文粹》、《乐府》作“纚”。撩，钱校作“掩”。

⑤解缘天：能够在天空中织来织去。解，能够。

【辑评】

清钱良择《唐音审体》卷三：“‘今年丝税抽征早’，此作祝神之词。‘变缉撩机苦难织’，花纹不用旧样，尤少解挑纹者。”

田家词

牛吒吒（许角反），田确确，[①]旱块敲牛蹄趵趵[②]（音剥）。种得官仓珠颗谷，六十年[③]来兵簇簇，月月食粮车辘辘。一日官军收海服[④]，驱牛驾车食牛肉。归来收得牛两角，重铸锄犁作斤劚[⑤]。姑舂妇担去输官[⑥]，输官不足归卖屋。愿官早胜雠早覆，农死有儿牛有犊，誓[⑦]不遣官军粮不足。

【题解】

唐朝自安史乱后，增加兵费，尤其是加重了对农民的剥削。此诗正写出农民所受的残酷征粮之苦。末三句“愿官早胜”云云，以决绝的口吻表达出发自内心的愤怒与悲怆情绪。跟上一首《织妇词》相比，作者并未因所表现民生疾苦的角度不同，而改变某种固定的写法，即都是以诗人旁白式的叙事，作为全篇的基本内容，同时也构成立论的基础，再在结尾部分借诗中人物之口，直陈作者胸臆。

【注释】

①“牛吒（ma）”二句：吒吒，牛喘气之声。原作“叱叱”，据蜀本、卢本、杨本、马本、董本改。确确，坚硬貌。

②趵趵：牛蹄敲击坚硬地面的声音。

③六十年：自天宝十四年安史之乱爆发，至元和十二年淮西吴元济之

叛被平定，藩镇割据此伏彼起，平叛战争前后相继，历时约六十年。

④海服：沿海地区。服，古代指王畿以外的地区。此泛指边地。

⑤“重铸”句：锄，蜀本、杨本、《类苑》作“楼”，《乐府》作“耧”。斤斸(zhú)，均为锄类的农器。

⑥去输官：钱校、《文粹》作“输促促”。

⑦暂：《文粹》、《乐府》无。

【辑评】

明陆时雍《唐诗镜》卷四六：“语色雅称。”

明邢昉《唐风定》卷一〇：“骨力莽苍，白集无此一篇。”

清沈德潜《唐诗别裁集》卷八：“音节入古。”

侠客行

侠客不怕死，怕在[①]事不成。事成不肯藏姓名，我非窃贼谁夜行。白日堂堂杀袁盎[②]，九衢草草人面青。此客此心师海鲸，海鲸露背横沧溟，海波分作两处生。分[③]海减海力，侠客有谋人不识[④]测，三尺铁蛇延二国[⑤]。

【题解】

西汉景帝时代，诸侯跋扈，袁盎尝教帝抑制诸侯，会梁王有恨于袁盎，遣客刺之死。元稹此诗咏此事，与前人所作此题内容不同——张华《游侠篇》写战国四公子事，李白《侠客行》咏信陵君门客事，与张华诗在内容上有联系——只写侠客为人报仇事，不问袁盎是非曲直，也属于“颇同古义，全创新词”的一类。

综合以上诸篇“古题乐府”来看，元稹似乎是在有意识地给自己在《乐府古题序》中表述的理论提供创作上的支撑，并为当世作者提供写作上的示范。

【注释】

①在：钱校作“死”。

②“白日”句：《史记·袁盎晁错列传》：“袁盎虽家居，景帝时时使人问筹策。梁王欲求为嗣，袁盎进说，其后语塞。梁王以此怨盎，曾使人刺盎。刺者至关中，问袁盎，诸君誉之皆不容口。乃见袁盎曰：‘臣受梁王金来刺君，君长者，不忍刺君，然后刺君十余曹，备之。’袁盎心不乐，家又多怪，乃之棓生所问占。还，梁刺客后曹辈果遮刺杀盎安陵郭门外。”

③分：《文粹》、《乐府》上有“海鲸”。

④不识：《文粹》、《乐府》、《全诗》、季本、钱校作“莫”。

⑤“三尺”句：三尺铁蛇，指剑。《史记·平原君虞卿列传》：秦围赵之邯郸，赵使平原君与楚合从。平原君与楚王言合从利害，日出而言，日中不决。毛遂按剑而前曰：“王之所以叱遂者，以楚国之众也。今十步之内，王不得恃楚国之众也，王之命悬于遂手，吾君在前，叱者何也？且遂闻汤以七十里之地王天下，文王以百里之壤而臣诸侯，岂其士卒众多哉，诚能据其势而奋其威。今楚地方五千里，持戟百万，此霸王之资也。以楚之强，天下弗能当。白起，小竖子耳，率数万之众，兴师以与楚战，一战而举鄢郢，再战而烧夷陵，三战而辱王之先人。此百世之怨而赵之所羞，而王弗知恶焉。合从者为楚，非为赵也。吾君在前，叱者何也。”楚与赵乃定从。

【辑评】

宋胡仔《苕溪渔隐丛话》后集卷四引《复斋漫录》：“太白《侠客行》云：‘事了拂衣去，深藏身与名。’元微之《侠客行》云：‘侠客不怕死，怕死事不成。事成不肯藏姓名。’二公寓意不同。”

清王闿运《王闿运手批唐诗选》卷一一：“此乃歌咏刺武、裴之事，宜王船山以元为通贼。然已藏姓名，则不得为侠。”

和李馀古题乐府九首①

君莫非

鸟不解走，兽不解飞。两不相解，那得相讥。犬不饮露，蝉不啖肥。以蝉易犬，蝉死犬饥。燕在梁栋，鼠在阶基。各自窠窟，人不能移[②]。妇好针缕，夫读书诗。男翁女嫁，卒不相知。惧聋摘耳，效痛嚬眉[③]。我不非尔，尔无我非[④]。

【题解】

此诗以四言四句为一组，由鸟兽、犬蝉、燕鼠而夫妇、男女，再推及普遍性的“尔”“我”，言异类“相知”“相解”，两不相非之理，即卒章所谓“我不非尔，尔无我非”。全篇以浅近之语写来，于古拙中透出灵趣。

【注释】

①和李馀古题乐府九首：蜀本、卢本、董本、《全诗》无，而于首篇题下注“此后九首和李馀”。

②人不能移：钱校、《乐府》、《全诗》作“不能改移”。

③效痛嚬眉：《庄子·天运》：“故西施病心而矉其里，其里之丑人见而美之，归亦捧心而矉其里。其里之富人见之，坚闭门而不出；贫人见之，挈妻子而去之走。彼知美矉而不知矉之所以美。”矉，皱眉，后作颦。

④非：胡本、《全诗》作“不”。

田野狐兔行[①]

种豆耘锄，种禾沟甽[②]。禾苗豆甲，狐搰[③]兔剪。割鹄餧[④]鹰，烹麟啖犬。鹰怕兔毫，犬被狐引。狐兔相须[⑤]，鹰犬相尽（兹引反）。日暗天寒，禾稀豆损。鹰犬就烹，狐兔俱哂。

【题解】

此诗“善为隐语”（陆时雍《唐诗镜》卷四六），借写田野猎户烹“鹰犬”，引致“狐兔俱哂”之事，以讽朝廷对于当时人才用舍的不得当。适如贺裳《载酒园诗话》又编所评：“稹又有《野田狐兔行》，寄托妙甚，古今从无选者……从来姑息骄将，黜戮直臣，遂致寇盗蔓延，败亡由之。诵此殊为惕然。”

【注释】

①野：季本、《乐府》、钱校作“头”。

②甽(zhèn)：同“圳”，田边水沟。

③搰(hú)：掘出，刨出。原作“榾”，据《乐府》改。

④餧：喂食，后作“喂”。

⑤相须：亦作相需，相互依存，相互配合。

当来日大难行

当来日，大难行。前有坂，后有坑。大梁侧，小梁倾。两轴相绞，两轮相撑。大牛竖，小牛横。乌啄牛背，足趺力儜[①]。当来日，大难行。太行虽险，险可使平。轮轴自挠，牵制不停。泥潦渐久，荆棘旋生。行必不得，不如不行。

【题解】

此诗极言行路之难，以喻人世坎坷。诗中“太行虽险，险可使平。轮轴自挠，牵制不停”所包含的上下求索之意，略可与李白《行路难》其一中“长风破浪会有时，直挂云帆济沧海”云云相通。

【注释】

①足趺(fū)：双足交叠而卧。儜(níng)：疲困。

【辑评】

明陆时雍《唐诗镜》卷四六：“踌躇满志。”

人道短

古道天道长，人道短。我道天道短，人道长。天道昼夜回转不曾住，春秋冬夏忙，颠风暴雨电雷狂。晴被阴暗，月夺日光。往往星宿，日亦堂堂[①]。天既职[②]性命，道德人自强。尧舜有圣德，天不能遣寿命永[③]昌，泥金刻玉与秦始皇[④]。周公傅说何不长宰相[⑤]，老聃仲尼何事栖遑。莽卓恭显皆数十年富贵，梁冀夫妇车马煌煌。[6]若此颠倒事，岂非天道短，岂非人道长。尧舜留得神圣事，百代天子有典章。仲尼留得孝顺语，千年万岁父子不敢相灭亡。没后千余载，唐家天子封作文宣王。老君留得五千字，子孙万万称圣唐。谥作玄元帝[7]，魂魄坐天堂。周公周礼二十卷[8]，有能行者知纪纲。傅说说命三四纸[9]，有能师者称祖宗。天能夭人命，人使道无穷。若此神圣事，谁道人道短，岂非人道长。天能种百草，莸得十年有气息，蕣才一日芳。人能拣得丁沉兰蕙，料理百和香。[10]天解养禽兽，喂虎豹豺狼。人解和麴蘖，充礿祀烝尝。[11]杜鹃无百作，天遣百鸟哺雏，不遣哺凤皇。巨蟒寿千岁，天遣食牛吞象充腹肠。蛟螭与变化，鬼怪与隐藏。蚊蚋与利觜，枳棘与锋铓。赖得人道有拣别，信任天道真茫茫。若此撩乱事，岂非天道短，赖得人道长。

【题解】

此诗纵论天道与人道之短长，而归重于“人能宏道”。就内容性质言，与李白《日出入行》中“谁挥鞭策驱四运，万物兴歇皆自然”云云差似。此类作品虽非抒情之作，但旨在宣示作者对宇宙人生某一问题的看法，内容有很强的主观抒写性质，所以又与个人抒情之作有本质上的相通之处，而与其他说教性的韵文有别。全篇句式构撰十分灵活而不拘于一格，变化中又呈现出一定规律，充分显示了歌行的自由体品格。

【注释】

①堂堂：光耀明亮貌。

②职：主宰。

③永：原作“求”，据蜀本、杨本、《全诗》、《乐府》改。

④“泥金”句：秦始皇封泰山，禅梁父，埋金山顶，谓之“泥金”。刻字于玉，谓之“刻玉”。相传秦始皇得蓝田玉，雕为印，上纽交五龙，正面刻李斯

所写篆文“受命于天，既寿永昌”八字，是为传国玉玺。

⑤“周公”句：周公，姬旦，文王第四子，因采邑在周（今陕西岐山北），故称。曾佐武王伐纣等。傅说，商王武丁的辅臣，曾于傅岩从事版筑，武丁得以为相。

⑥“莽卓”二句：莽卓恭显，王莽、董卓、弘恭、石显的并称，后二者均为汉代宦官。梁冀，两妹先后为顺帝、桓帝皇后。顺帝死，梁冀专权达二十年，先后立冲、质、桓三帝，后伏诛。

⑦玄元帝：卢本作“玄元皇帝”。

⑧“周公”句：《周礼》原名《周官》，后因《尚书》中也有一篇《周官》，故避而改焉。书分天、地、春、夏、秋、冬官六篇。西汉时，河间献王得《周官》，缺《冬官》，以《考工记》补之。今本共四十二卷。二十，《乐府》、《全诗》作“十二”。

⑨“傅说”句：说命，《尚书·商书》的篇名。

⑩“人能”二句：丁沉兰蕙，指丁香、沉香、兰草、蕙芷，俱为香料名。百和香，由各种香料混和而成。

⑪“人解”二句：麹蘖（niè），酒麹。礿（yuè）祀烝尝，均为古代宗庙时祭之名。

【辑评】

明陆时雍《唐诗镜》卷四六：“此以议论行诗，故词格晚下。”

苦乐相倚曲

古来苦乐之相倚，近于掌上之十指。君心半夜猜恨生，荆棘满怀天未明。汉成眼瞥飞燕时，可怜班女恩已衰。①未有因由相决绝，犹得半年佯暖热。转将深意谕旁人，缉缀疵瑕遣潜说。一朝诏下辞金屋，班姬自痛何仓卒。呼天俯②地将自明，不悟寻时已销骨。白首宫人前再拜，愿将日月相挥③解。苦乐相寻昼夜间，灯光那得④天明在。主今被夺心应苦，妾夺深恩初为主。欲知妾意恨主时，主今为妾思量取。班姬收泪抱妾身，我曾排摈无限人。

【题解】

此诗本《老子》祸福倚伏之意，而取班姬、飞燕事说明之。抒写形式与上一首《人道短》相似，不过一论人道，一论人情。唐汝询有评云："人情之险，写得透彻。但不当以班姬作话柄。此姬谦退，决不排摈人者，泉下有知，必然拊心。"（周珽《唐诗选脉会通》卷三四引）实作者以之作话柄，纯系艺术创作，或亦有为而发，不必以史实求之。

【注释】

①"汉成"二句：班女、飞燕，指班婕妤、赵飞燕。汉成帝先宠爱班婕妤，后恩衰，而赵飞燕专宠。成，《乐府》、钱校作"皇"。眼瞥，卢本、蜀本作"聘币"。

②俯：《全诗》、《乐府》作"抚"，《文粹》作"拊"。

③挥：原作"辉"，据蜀本、卢本、《全诗》改。

④得：原作"有"，据蜀本、杨本、董本、《全诗》改。

【辑评】

元李冶《敬斋古今黈拾遗》卷五："元稹《苦乐相倚曲》云：'汉皇眼瞥飞燕时……缉缀疵瑕遣谗说。'后云：'白首宫人前再拜……我曾排摈无限人。'诗人之口，夫亦何所不有？此作虽借班姬以命意，褒贬初不主姬，然谓姬曾排摈无限人，则诬亦甚矣。按《汉书》，许皇后与班婕妤皆有宠于上，上赏游后庭，欲与婕妤同辇，婕妤力辞。太后闻之，喜曰：古有樊姬，今有班婕妤。婕妤又尝进侍者李平，得幸，亦为婕妤。又赵飞燕姊弟，贵倾后宫，许皇后、班婕妤皆失宠，于是飞燕谮告许皇后、班婕妤挟媚道，咒诅后宫，詈及主上。许后废黜昭台宫，后姊谒等皆诛死。考问班婕妤，对曰：妾闻死生有命，富贵在天。修正尚未蒙福，为邪欲以何望？使鬼神有知，不受不臣之诉。如其无知，诉之何益？故不为也。上善其对，赦之，赐黄金百斤。赵氏姊弟骄妒，婕妤恐久见危，乃求供养太后于长信宫。妇人中为人如婕妤者，古今罕俦，何尝有排摈之事哉？文人贪为夸辞，执此忘彼，救一失一，若是者不可胜数，学者固不可不知也。”

明周珽《唐诗选脉会通》卷二五引谭元春评：“深于涉世，乃能写得如此刻骨，君臣朋友之间，诵之惕然。”钟惺评：“世路平陂，人情倚伏，天道报应，借题发意。”

清黄周星《唐诗快》卷七：“‘古来苦乐之相倚，近于掌上之十指’，可谓能近取譬。‘犹得半年佯暖热’，可怜。‘转将深意谕旁人，缉缀疵瑕遣潜说’，枉自劳心。‘白首宫人前再拜’，分明仇人相见矣。‘欲知妾意恨主时，主今为妾思量取’，可谓顶门一针。岂非天道好还乎？可畏，可畏。”

清钱良择《唐音审体》卷三：“‘古来苦乐之相倚，近于掌上之十指’，二句突起作断。‘君心半夜猜恨生，荆棘满怀天未明’，言人情大概不可测也，下以班姬事作案。”

清贺裳《载酒园诗话》又编：“《苦乐相倚曲》尤妙，如‘君心半夜猜恨生……缉缀疵瑕遣潜说’，将闺房衽席之间，说得一团机械，凛凛可畏。然正是唐玄宗、汉武帝一辈，若陈叔宝之此处不留人，卫庄公之莫往莫来，正不须此。然陷阱愈深，冤酷愈烈矣。谭元春曰：‘深于涉世，乃能写得如此刻骨，君臣朋友之间，诵之惕然。’此评妙甚，亦当与此诗同不朽也。”

出门行

兄弟同出门，同行不同志。凄凄分歧路，各各营所为。兄上荆山巅，翻石辨虹气[①]。弟沉沧海底，偷珠待龙睡。出门不数年，同归亦同遂。俱用私所珍，升沉自兹异。献珠龙王宫，值龙觅珠次。但喜复得珠，不求珠所自。酬客双龙女，授客六龙辔[②]。遣充行雨神，雨泽随客意。雩夏钟鼓繁，禜秋玉帛积。[③]彩色画廊庙，奴僮被珠翠。骥騄[④]千万双，鸳鸯七十二。言者未摇舌[⑤]，无人敢轻议。其兄因献璞，再刖不履地。门户亲戚疏，匡床妻妾弃。铭心有所待，视足无所愧。持璞自枕头，泪痕双血渍。一朝龙醒寤，本问偷珠事。因知行雨偏，妻子五刑[⑥]备。仁兄捧尸哭，势友掉头讳。丧车黔首葬，吊客青蝇至[7]。楚有望气[8]人，王前忽长跪。贺王得贵宝，不远王所莅。求之果如言，剖出浮筠腻[9]。白珩无颜色，垂棘有瑕累。[10]在楚裂地封，入赵连城贵。秦遣李斯书，书为传国瑞。秦亡汉魏传，传者得神器。卞和名永永，与宝不相坠。劝尔出门行，行难莫行易。易得还易失，难同亦难离。善贾识贪廉，良田无稙穉[11]。磨剑莫磨锥，磨锥成小利。

【题解】

此诗写一侥幸一时以求小利者，与一经过艰苦努力终成大器者的不同命运。诗末“劝尔出门行，行难莫行易”云云八句，和盘托出美、刺之意，并借以宣示自己的人生观。

【注释】

①虹气：旧指天地之精气。

②六龙辔：天子的车驾。六龙，古代天子的车驾为六马，马八尺为龙，故称。

③“雩(yú)夏”二句：雩夏，古代夏季求雨的祭祀。禜(yǒng)秋，古代秋季为禳风雨、疠疫等而举行的祭祀。

④骥騄(lù)：良马。

⑤未摇舌：《全诗》、《乐府》、钱校作“禾稼枯”。

⑥五刑：五种轻重不同的刑罚，各代所指不一，隋唐时指死、流、徒、杖、笞。此泛指刑罚。

⑦“吊客”句：《三国志》裴松之注引《虞翻别传》：“翻放弃南方，云：‘自恨疏节，骨体不媚，犯上获罪，当长没海隅，生无可与语，死以青蝇为吊客，使天下一人知己者，足以不恨。’”

⑧望气：古代方士占候术之一，观测云气以预测吉凶。

⑨“剖出”句：出，《全诗》、《乐府》、钱校、何校作“则”。浮筠，玉的彩色。

⑩“白珩(héng)”二句：白珩，楚国宝玉名。垂棘，春秋晋国地名，以盛产美玉著称，此借指美玉。

⑪稙(zhī)穉:此处指种得早与种得晚。

捉捕歌

捉捕复捉捕,莫捉狐与兔。狐兔藏窟穴,豺狼妨道路。道路非不妨,最忧蝼蚁聚。豺狼不陷阱,蝼蚁潜幽蠹。切切[①]主人窗,主人轻细故。延缘蚀栾栌[②],渐入栋梁柱。梁栋尽空虚,攻穿痕不露。主人坦然意,昼夜安寝寤。网罗布参差,鹰犬走回互。尽力穷窟穴,无心自还顾。客来歌捉捕,歌竟泪如雨。岂是惜狐兔,畏君先后误。愿君扫梁栋,莫遣蝼蚁附。次及清道途,尽灭豺狼步。主人堂上坐,行客门前度。然后巡野田,遍张畋猎具。外无枭獍[③]援,内有熊罴驱。狡兔掘荒榛,妖狐薰古墓。用力不足多,得禽自无数。畏君听未详,听客有明喻。虮虱[④]谁不轻,鲸鲵谁不恶。在海尚幽[⑤]遐,在怀交秽污。歌此劝主人,主人那不悟。不悟还更歌,谁能恐违忤。

【题解】

此诗以狐兔、豺狼、蝼蚁分别比喻地方各处的贪污之流,当权当道的权臣政要,以及依附朝廷的宦官集团等祸国殃民者。唐朝宦官之害极大,故以摧折栋梁比之,劝人主欲安天下,必先剪除宦官,再推倒权奸,然后肃清贪官。全篇用意甚明。

【注释】

①切切:形容蝼蚁蛀窗木的轻细声。

②"延缘"句:延缘,缓慢推进。栾栌(lú),承梁之曲木曰栾,梁上的短柱曰栌。

③枭獍(jìng):亦作"枭镜",旧说枭为恶鸟,生而食母;獍为恶兽,生而食父,故以之比忘恩负义或狠毒之人。

④虮(jǐ)虱：虱及其卵，比喻卑贱或微小。

⑤幽：蜀本、杨本、董本、马本作“犹”。

古筑城曲五解

年年塞下丁，长作出塞兵。自从冒顿[①]强，官筑遮虏城[②]。
筑城须努力，城高遮得贼。但恐贼路多，有城遮不得。
丁口传父言，莫问城坚不。平城被虏围，汉斸城墙走。[③]
因兹请休和[④]，虏往骑来过。半疑兼半信，筑城犹嵯峨。
筑城安敢烦，愿听丁一言。请筑鸿胪寺[⑤]，兼愁虏出关。

【题解】

这一组诗写筑城本为防边，然以“贼路”之多，城不足以防贼，又且城坚反使虏不得出，必为内乱，故与其劳民筑城，不如善交邻国，争取和平。

【注释】

①冒顿：西汉初年匈奴单于名，秦二世元年杀父自立，后东灭东胡，西逐月支，北服丁零，南服楼烦、白羊。此泛指少数民族的首领。

②遮虏城：在今山西北部，用以防备北方少数民族势力的南侵。

③“平城”二句：平城在今山西大同东，汉高祖刘邦曾被冒顿围于平城，由陈平设计求和，斸(zhú)城而遁。斸，挖。

④“因兹”句：因兹，《文粹》、钱校作“兹虏”。请休，《乐府》、《全诗》作“虏请”。

⑤鸿胪寺：官署名，掌管接待外国及边疆少数民族与中央朝廷交往，包括使者接待、互市等事务的机构。

【辑评】

清钱良择《唐音审体》卷一：“题注：秦始皇筑长城，因有《筑城曲》。又有《筑城睢阳曲》，汉梁孝王筑睢阳城，造唱声，以小鼓为节，令筑者下杵以和之。”

估客乐

估客无住著，有利身则行。出门求火伴[1]，入户辞父兄。父兄相教示，求利莫求名。求名有所避，求利无不营。火伴相勒缚，卖假莫卖诚。交关但交假，本生(上声)得失轻。[2]自兹相将去，誓死意不更。亦解市头语，便无乡里情。[3]鍮石打臂钏，糯米吹项瓔。[4]归来村中卖，敲作金玉声。村中田舍娘，贵贱不敢争。所费百钱本，已得十倍赢。颜色转光静[5]，饮食亦甘馨。子本频蕃息，货贩日兼并。[6]求珠驾沧海，采玉上荆衡[7]。北买党项马，西擒吐蕃鹦。[8]炎洲[9]布火浣，蜀地锦织成。越婢脂肉滑，奚僮[10]眉眼明。通算衣食费，不计远近程。经游[11]天下遍，却到长安城。城中东西市，闻客次第迎。迎客兼说客，多财为势倾。客心本明黠，闻语心已惊。先问十常侍[12]，次求百公卿。侯家与主第，点缀无不精。归来始安坐，富与王者勍[13]。市卒[14]酒肉臭，县胥家舍成。岂唯绝言语，奔走极使令。大儿贩材木，巧识梁栋形。小儿贩盐卤，不入州县征[15]。一身偃[16]市利，突若截海鲸。钩距[17]不敢下，下则牙齿横。生为估客乐，判尔乐一生。尔又生两子，钱刀[18]何岁平。

【题解】

此诗极写商人种种唯利是图、狡诈奸猾之举，借以针砭时俗，富于批判的现实意义。当然，也流露出了古代士大夫轻利重义的传统思想，真实而普遍。

【注释】

①火伴：北魏时，军中以十人为火，共炊共食，故称同火者为火伴。此

泛指同伴。

②“交关”二句：交关，犹交易。但，蜀本、卢本、《乐府》、《全诗》作“少”。生，蜀本、卢本作“产”。

③“亦解”二句：亦，已经。市头语，意谓市场的习俗。乡，杨本作“邻”。

④“鍮(tōu)石”二句：鍮石，指铜与炉甘石共炼而成的黄铜。项瓔，用珠玉类物品缀成的项饰物。瓔，似玉之石。

⑤静：同“净”。

⑥“子本”二句：子本，利息与本金。贩，《全诗》、《乐府》作“赂”。

⑦“采玉”句：卞和曾于荆山得璞玉。荆衡，《尚书》孔颖达疏：“此州北界至荆山之北，故言据也。南及衡山之阳，其境过衡山也。”此借指荆山。

⑧“北买”二句：党项，古代羌族的一个支派，南北朝时分布于今青海、甘肃、四川边缘地区，唐时迁居今甘肃、宁夏、陕北一带，从事畜牧业，所产之马负盛名于一时。吐蕃，公元七至九世纪我国古代藏族建立的政权，据有今西藏全部及部分周边地区。

⑨炎洲：泛指南方炎热地区。

⑩奚僮：北方少数民族未成年的男仆。奚，古族名，分布在今内蒙古自治区境内，后渐与契丹人同化。此泛指北方少数民族。

⑪游：《全诗》、《乐府》作“营”。

⑫十常侍：东汉灵帝时宦官张让、赵忠等十二人，均曾任中常侍。

⑬“富与”句：者，《全诗》、《乐府》作“家”。勍(qíng)，强大，强劲。

⑭市卒：看守市场门禁的小吏。

⑮“不入”句：古代国家施行盐铁等专营专卖，以征收可观的税钱。

⑯偃：通“安”。

⑰钩距：一种古代兵器，竿前有钩，可钩致敌方士卒。此借指司法监察、审察与惩罚等。

⑱钱刀：钱币。刀，古代一种刀形钱币，此泛指金钱。

【辑评】

宋刘克庄《后村诗话》前集卷一：“元稹《咏估客》云：‘尔又生两子，钱刀何岁平。’薛郁《和蕃》诗云：‘君王莫信和亲策，生得胡雏患更多。’往岁黑风峒贼首诈降，朝家以通直郎镇南佥幕招之，不出，使其弟来吉州谒帅，帅以角妓奉之。丰宅之戏云：'遗下贼种奈何。'"

连昌宫词

连昌宫中满宫竹，岁久无人森似束。又有墙头千叶桃①，风动落花红蔌蔌。宫边老人为予泣，小年进食曾因②入。上皇正在望仙楼，太真同凭栏干立。楼上楼前尽珠翠，炫转荧煌照天地。归来如梦复如痴，何暇备言宫里事。初过寒食一百六，店舍无烟宫树绿。夜半月高弦索鸣，贺老琵琶定场屋。③力士传呼觅念奴，念奴潜伴诸郎宿。④须臾觅得又连催，特敕街中许然烛。春娇满眼睡红绡⑤，掠削云鬟旋装束。飞上九天歌一声，二十五郎⑥吹管逐。逡巡大遍凉州彻，色色龟兹轰录续。⑦李谟擫笛傍宫墙，偷得新翻数般曲。（念奴，天宝中名倡，善歌。每岁楼下酺宴，累日之后，万众喧隘，严安之、韦黄裳辈，辟易不能禁，众乐为之罢奏。玄宗遣高力士大呼于楼上曰："欲遣念奴唱歌，邠二十五郎吹小管逐，看人能听否？"未尝不悄然奉诏。其为当时所重也如此。然而玄宗不欲夺侠游之盛，未尝置在宫禁。或岁幸汤泉，时巡东洛，有司潜遣从行而已。又，玄宗尝于上阳宫夜后按新翻一曲，属明夕正月十五日，潜游灯下，忽闻酒楼上有笛奏前夕新曲，大骇之。明日，密遣捕捉笛者，诘验之，自云其夕窃于天津桥玩月，闻宫中度曲，遂于桥柱上插谱记之。臣即长安少年善笛者李谟也。玄宗异而遣之。）⑧平明大驾发行宫，万人鼓舞途路中。⑨百官队仗避岐薛，杨氏诸姨车斗风。⑩明年十月东都破，御路犹存禄山过。⑪驱令供顿不敢藏，万姓无声泪潜堕。两京定后六七年，却寻家舍行宫前。庄园烧尽有枯井，行宫门闭树宛然。尔后相传六皇帝⑫，不到离宫门久闭。往来年少说长安，玄武楼[13]成花萼废。去年敕使因[14]斫竹，偶值门开暂相逐。荆榛栉比塞池塘，狐兔骄痴缘树木。舞榭欹倾基尚在，文窗窈窕纱犹绿。尘埋粉壁旧花钿，乌啄风筝[15]碎珠玉。上皇偏爱临砌花，依然御榻临阶斜。蛇出燕巢盘斗拱[16]，菌生香案正当衙。寝殿相连端正楼[17]，太真梳洗楼上头。晨光未出帘影黑，至今反挂珊瑚钩。指似[18]傍人因恸哭，却出宫门泪相续。自从此后还闭门，夜夜狐狸上门屋。我闻此语心骨悲，太平谁致乱者谁。翁言野父[19]何分别，耳闻眼见为君说。姚崇宋璟作相公[20]，劝谏上皇言语切。燮理阴阳[21]禾黍丰，调和中外无兵戎。长官[22]清平太守好，拣选皆言由至[23]公。开元之[24]末姚宋死，朝廷渐渐由妃子。禄山宫里养作儿，虢国门前闹如市。[25]弄权宰相不记名，依稀忆得杨与李[26]。庙谟颠倒四海摇，五十年来作疮痏。[27]今皇神圣丞相明，诏书才下吴蜀[28]平。官军又取淮西贼[29]，此贼亦除天下宁。年年耕种宫前道，今年不遣子孙耕。老翁此意深望幸[30]，努力庙谋休用兵。

【题解】

此诗元和十二年或十三年(818)七月前作于通州。连昌宫，唐行宫名，故址在今河南宜阳，高宗显庆三年建。全篇通过“宫边老人”这位亲历者的见闻，把离宫的兴废与唐王朝的盛衰自然联系起来，尽收“安史之乱”前后半个多世纪的沧桑巨变于笔下，揭露并批判乱前朝政的腐败，追溯招致祸乱的因由。卒章“年年耕种宫前道，今年不遣子孙耕。老翁此意深望幸，努力庙谋休用兵”显志，借老人之口提出政治清明、国泰民安的愿望。诗人通过艺术真实所反映的社会生活，具有高度的概括性。以平、仄韵交互使用，且仄声韵脚多于平声，全诗情绪因而显得压抑低回。以诗人与人问答来表现主题，较之《代曲江老人百韵》，更能以形象鲜明取胜。语言丰富生动，叙事层次分明而波澜起伏，引人入胜。

与白居易《长恨歌》齐名的这首《连昌宫词》，也是唐代叙事诗的典范之作，最能说明元稹在新乐府创作上的成熟程度。

【注释】

①千叶桃：即碧桃。

②进食曾因：钱校、《英华》、《全诗》、《文粹》、《纪事》作“选进因曾”。

③“夜半”二句：月高，《纪事》作“高楼”。贺老，指贺怀志，唐玄宗时乐工，以弹琵琶著名。定场屋，犹压场，常形容艺人技艺高超。

④“力士”二句：力士，指高力士。本姓冯，内官高延福收为养子，改姓高，唐玄宗甚倚重之。诸郎，供奉宫廷的男性年轻艺人。

⑤睡红绡：睡，蜀本、卢本作“泪”。绡，胡本、《纪事》、季本作“消”。

⑥二十五郎：指嗣邠王李承宁，善吹笛。

⑦“逡巡”二句：大遍，唐宋大曲用语。遍，乐曲之一章，每套大曲由十余遍组成，凡完整演奏各遍者，称大遍。彻，乐曲终止。“色色”句，谓各种龟兹乐曲更番迭奏。轰录续，谓接续着热热闹闹地演奏。

⑧注中自“桥柱”句下：桥柱上插谱记之，《文粹》作“天津桥柱以爪画谱记之问其谁氏奏云”。善笛者，《文粹》无。而遣之，《文粹》作“之赐物遣去”。

⑨“平明”二句：平明，犹黎明。鼓，原作“歌”，据蜀本、杨本、董本、马本改。

⑩“百官”二句：岐薛，指岐王李范、薛王李业，睿宗子，皆卒于开元中。而杨玉环得幸，乃开元二十八年后事。二事两不相及。杨氏诸姨，杨贵妃三姊，帝呼为姨，封韩、虢、秦国三夫人。斗，比赛。

⑪“明年”二句：天宝十四年十二月，东都洛阳被安禄山攻陷。禄山，原名轧荦山，父康国人，母突厥人，后母嫁安国人安延偃，改姓安。仕至平卢、范阳、河东三镇节度使。天宝十四年冬，与史思明起兵范阳，史称安史之乱。

⑫六皇帝：《全唐诗》注云：“肃、代、德、顺、宪、穆”，但据下文，“今皇”指唐宪宗无疑，宪、穆二宗不应在“六皇帝”之列。又据“两京”云云，肃宗亦不应预“六皇帝”之列。

⑬玄武楼：大明宫北门玄武门的门楼，中宗神龙三年八月改玄武楼为制胜楼，德宗贞元五年重修，为神策军宿卫之处。

⑭敕使因：《纪事》、《全诗》、季本作“因敕使”。

⑮风筝：亦称铁马，悬挂于殿阁檐塔下的金属片，风起作声。宫中的风筝，亦有以玉片制成者。

⑯斗拱：古代木结构建筑中的支撑构件。在立柱与横梁交接处，从柱顶探出的穹形肘木曰拱，拱与拱之间的方形垫木曰斗。斗拱承重结构，可使屋檐较大程度外伸，形式优美，为我国古代建筑造型重要特征之一。

⑰端正楼：在骊山华清宫。

⑱指似：指点，指与。似，原作“示”，据蜀本、杨本、董本、《英华》改。

⑲野父：村父。父，从事某种行业的人的通称。

⑳相公：对宰相的称呼。唐代官员，凡加“同中书门下平章事”，即为宰相，无论真宰相还是使相，均可称“相公”。

㉑燮理阴阳：古代宰相无专门职掌，其责任是辅佐皇帝论道经邦，修明政治，故云。

㉒长官：县令。

㉓至：蜀本、杨本、董本、马本作“相”。

㉔之：钱校、《英华》、《文粹》、《纪事》作“欲”。

㉕“禄山”二句：安禄山母事杨贵妃。虢国，指虢国夫人。

㉖杨与李：指杨国忠与李林甫。杨国忠，杨贵妃堂兄，赐名国忠。天宝十一年，李林甫死，代为右相，兼吏部尚书，又兼领四十余使。十五年，被禁军杀死于马嵬驿。李林甫，唐宗室，开元二十三年迁礼部尚书、同中书门下三品。在位十九年，致使政事日非。

㉗“庙谟”二句：庙谟，宗庙社稷大计。疮痏（wěi），伤痕。

㉘吴蜀：指江南东道节度使李錡与西川节度使刘辟。元和元年，唐朝平定刘辟之乱，次年平定李錡之乱。

㉙淮西贼：指发动叛乱的淮西节度使吴元济，元和十二年十一月被平定。

㉚望幸：谓臣民希望皇帝驾临。幸，古代指皇帝亲临。《史记》裴骃《集

解》引蔡邕曰:“天子车驾所至,民臣以为侥幸,故曰幸。”

【辑评】

宋潘淳《潘子真诗话》引曾巩曰:“《津阳门诗》(郑嵎作)、《长恨歌》、《连昌宫词》俱载开元、天宝间事。微之之词,不独富艳。至‘长官清平太守好,拣选皆言由相公’,委任责成,治之所兴也。‘禄山宫里养作儿,虢国门前闹如市’,险詖私谒,无所不至,安得不乱?稹之叙事,远过二子。”

宋洪迈《容斋随笔》卷一五:“元微之、白乐天在唐元和、长庆间齐名,其赋咏天宝时事《连昌宫词》、《长恨歌》皆脍炙人口,使读之者情性荡摇,如身生其时,亲见其事,殆未易以优劣论也。然《长恨歌》不过述明皇追怆贵妃始末,无他激扬,不若《连昌词》有监戒规讽之意。”

宋张邦基《墨庄漫录》卷五:“白乐天作《长恨歌》,元微之作《连昌宫词》,皆纪明皇时事也。予以为微之之作过乐天。白之歌,止于荒淫之语,终篇无所规正。元之词,乃微而显,其荒纵之意皆可考,卒章乃不忘箴讽,为优也。”

清毛先舒《诗辨坻》卷三:“《连昌宫词》虽中唐之调,然铺次亦见手笔。起数语自古法。‘杨氏诸姨车门风’,陡接‘明年十月东都破’,数语过禄山,直截见才。俗手必将姚宋杨李置此,迤逦叙出兴废,便自平直。‘尔后相传六皇帝’一句,略而有力,先为结语一段伏脉。于此复出‘端正楼’数语,掩映前文,笔墨飞劲。后追叙诸相柄用,曲终雅奏,兼复溯洄有致。姚宋详,杨李略。通篇开阖有法。长庆长篇若此,固未易才。”

清黄周星《唐诗快》卷七:“‘连昌宫中满宫竹’,一篇绝大文字,却如此起法,真奇。初过寒食一百六,接法又奇。‘上皇正在望仙楼,太真同凭栏干立’,宛然如见。‘明年十月东都破’,忽接此语,大是扫兴,然有前半之燥脾,定有后半之扫兴。天下岂有燥脾到底者乎?‘去年敕使因斫竹’,此处才一应起句。通篇只起首四句,与中间‘我闻’二句,结语一句,是自作,其余皆借老人野父口中出之,而其中章法、承转,无不妙绝。至于盛衰理乱之感,又不足言。”

署清袁枚《诗学全书》:“首段叙目前,引起二段‘宫边’二十八句述连昌宫之盛。念奴,名娼,善歌。三段‘明年’二十句,叙连昌宫之衰。四段‘上皇’十二句，因连昌宫而及西都宫之兴废。末二十六句，借与老翁问答之言，反覆以明治乱之故也。此七言换韵句数多寡不一长古风。”

清潘德舆《养一斋诗话》卷三：“‘力士传呼觅念奴，念奴潜伴诸郎宿’，‘侍儿扶起娇无力，始是新承恩泽时’，此南北曲中猥亵语耳，词家不肯道此，而况诗哉！然元之诗品，又不逮白，而《连昌宫词》收场用意，实胜《长恨歌》。艳《长恨》而亚《连昌》，不知诗之体统者也。‘寂寞古行宫’二十字，只赅《连昌宫词》六百余字，尤为妙境。诗品至微之，犹非浪得名也。”

清王闿运《王闿运手批唐诗选》卷一一：“‘力士传呼觅念奴，念奴潜伴诸郎宿’，写宫中无法禁，而沈德潜乃以为亵，何也？‘上皇偏爱临砌花，依然御榻临阶斜’，写出荒凉，岂无委员看守耶？‘至今反挂珊瑚钩’，此则或有之。‘依稀忆得杨与李’，又岂可由相公耶。唐人重相权，不顾邪正。”

胡适《白话文学史》：“近年敦煌石室发见了无数唐人写本的俗文学，其中有《明妃曲》、《孝子董永》、《季布歌》、《维摩变文》……等等（另有专章讨论）。我们看了这些俗文学的作品，才知道元白的著名诗歌，尤其是七言的歌行，都是有意仿效民间风行的俗文学的。白居易的《长恨歌》、元稹的《连昌宫词》，与后来的韦庄的《秦妇吟》，都很接近民间的故事诗。”

陈寅恪《元白诗笺证稿》：“元微之《连昌宫词》实深受白乐天、陈鸿《长恨歌》及《传》之影响，合并融化唐代小说之史才诗笔议论为一体而成。其篇首一句及篇末结语二句，乃是开宗明义及综括全诗之议论，又与白香山《新乐府序》所谓“首句标其目，卒章显其志”者有密切关系……总而言之，《连昌宫词》者，微之取乐天《长恨歌》之题材，依香山新乐府之体制，改进创造而成之新作品也。”

马茂元、赵昌平选注《唐诗三百首新编》：“陈说颇有见地，而犹有可补者。《连昌宫词》之接近于《新乐府》处，还在于其句格有别于被视作千字律诗的《长恨歌》之旎丽流转，而表现出乐府诗的凝重朴茂。”

望云骓马歌

并序

德宗皇帝以八马幸蜀，七马道毙，唯望云骓来往不顿。贞元中，老死天厩。臣稹作歌以记之。

忆昔先皇幸蜀时，八马入谷七马疲。肉绽筋挛四蹄脱，七马死尽无马骑。天子蒙尘天雨泣，巉岩[①]道路淋漓湿。峥嵘白草眇难期，総洞黄泉安可入。（白草、総洞，并雒谷中地名。古谚云：総洞入黄泉。）朱泚围兵抽未尽，怀光寇骑追行及。[②]嫔娥相顾倚树啼，鹓鹭无声仰天立。圉人初进望云骓，形色憔悴众马欺。[③]上前喷吼如有意，耳尖卓立节踠[④]奇。君王试遣回胸臆，撮骨锯牙骈两肋。蹄悬四蹋（或作矩）[⑤]脑颗方，胯耸三山尾株直。圉人畏诮仍相惑，此马无良空有力。频频啮掣辔难施，往往跳趫鞍不得。色沮声悲仰天诉，天不遣言君未识。亚身受取白玉羁[⑥]，开口衔将紫金勒。君王自此方敢骑，似遇良臣久凄恻。龙腾鱼鳖啅然惊，骥盼驴骡少颜色。[⑦]七圣心迷运方厄，五丁力尽路犹窄。[⑧]橐它山上斧刃堆，望秦岭下锥头石。[⑨]五六百里真符县，八十四盘青山驿。掣开流电有辉光，突过浮云无朕迹[⑩]。地平险尽施黄屋，九九属车十二纛。[⑪]齐映前导引骓头，严震迎号抱骓足。[⑫]路傍垂白天宝民，望骓礼拜见骓哭。皆言玄宗当时无此马，不免骑骡来幸蜀。雄雄猛将李令公[⑬]，收城杀贼豺狼空。天旋地转日再中，天子却坐明光宫[⑭]。朝廷无事忘征战，校猎朝回暮球宴[⑮]。御马齐登拟用槽，（厩中号乘舆之副曰拟用槽。）君王自试宣徽殿。[⑯]圉人还进望云骓，性强步阔无方便。分鬃摆杖头太高，擘肘回头项难转。人人共恶难回跋，潜遣飞龙减刍秣[17]。银鞍绣韂[18]不复施，空尽（兹引反）天年御槽活。当时鄙[19]谚已有言，莫倚功高浪开阔。登山纵似望云骓，平地须饶红叱拨。长安三月花垂草，果下翩翩紫骝好[20]。千官暖热李令闲[21]，百马生狞望云老。望云骓，尔之种类世世奇。当时项王乘尔祖，分配英豪称霸主。尔身今日逢圣人，从幸巴渝[22]归入秦。功成事遂身退天之道，何必随群逐队到死蹋红尘。望云骓，用与不用各有时，尔勿悲。

【题解】

望云骓事，《唐国史补》卷上云："德宗幸梁洋，唯御骓号望云骓者。驾还京，饲以一品料，暇日牵而视之，至必长鸣四顾，若感恩之状。后老死飞龙厩中，贵戚多图写之。"吴景旭《历代诗话》卷五〇则说："元微之诗'登山纵似望云骓，平地须饶红叱拨'。吴旦生曰：《长庆集》此歌自序云云。余按八马幸蜀，玄宗事也，其七毙于栈道，云骓独存。而德宗幸梁，亦充御马。《国史补》云云，则德宗以八马幸蜀，过矣。又，李方舟《博物志》云：天宝中，大宛进汗血马六匹，一曰红叱拨，二曰紫叱拨，三曰青叱拨，四曰黄叱拨，五曰丁香叱拨，六曰桃花叱拨。上乃制名曰红玉辇，曰紫玉辇，曰平山辇，曰凌云辇，曰飞香辇，曰百花辇。后幸蜀，遂以平山、凌云为识。"

元稹此诗约元和四年（809）作于洛阳。全篇咏史兼咏物，记述了兴元元年李怀光反时，德宗以宝马望云骓作为乘骑幸蜀的故事，通过望云骓的前后遭遇，抒发人才"用与不用各有时"的感慨。篇中纵横捭阖处，神似子美。韦庄编《又玄集》卷中选入此首及《连昌宫词》，似为十种唐人选唐诗选本中除《才调集》入选 57 首以外所仅见。又，《全唐诗录》卷六六云："臣按此诗为李令公晟而作，用意深长，与《连昌词》并美。"则元作意旨，或有略同于"贵戚多图写之"者之处。

【注释】

①巉岩：多石高显貌。

②“朱泚”二句：朱泚，建中三年，其弟滔叛，唐政府免泚凤翔陇右节度使之职，使留长安。四年，泾原兵变，德宗出奔奉天(今陕西乾县)，乱兵拥泚为帝，国号秦，年号应天。明年，改国号为汉，年号天皇。不久为李晟所取，逃至宁州彭原，为部将所杀。怀光，指李怀光，本姓茹，后以军功赐姓李。朱泚乱起，率兵数败之。后德宗信谗，不许人觐，即愤而与朱联手，致使德宗南幸汉中。贞元元年，于河中兵败自缢。

③“圉(yǔ)人”二句：圉人，古官名，掌养马放牧等事。此泛指养马之人。形，蜀本、杨本、董本、胡本、《英华》作“衫”。

④踠(wǎn)：脚与蹄相连接的弯曲处。

⑤蹄悬四蹰：谓四蹄腾空，奔走如飞。蹰，蜀本、卢本、杨本、《全诗》作“踠”。

⑥“亚身”句：谓望云骓俯下身子，让人套上白玉装饰的马笼头。羁，《英华》、钱校、《全诗》作“鞍”。

⑦“龙腾”二句：啅(zhuó)然，骚乱貌。盼，原作“盻”，据卢本改。蜀本、《英华》作“眄”。

⑧“七圣”二句：七圣心迷，此借指德宗蒙难南幸梁州。五丁，传说中的五大力士。

⑨“橐(tuó)它”二句：橐它山，即骆驼岭，在今陕西洋县境内。望秦岭，在今陕西洋县北群山中。

⑩朕迹：缝隙。

⑪“地平”二句：黄屋，古代帝王专用的黄缯车盖。此借指皇帝的车乘。九九属车，秦汉以来，皇帝大驾属车八十一乘，法驾属车三十六乘，分左中右三列行进。属车，皇帝出行时的侍从车。纛，皇帝仪仗队的大旗。

⑫“齐映”二句：《旧唐书·齐映传》：“兴元初，从幸梁州。每过险，映常执辔。会御马遽骇，奔跳颇甚，帝惧伤映，令舍辔，映坚执，久之乃止。帝问其故，曰：‘马奔蹶，不过伤臣。如舍之，或犯清尘，虽臣万死，何以塞责？’上嘉奖无已，在梁州，拜给事中。”严震，兴元初为山南西道节度使。德宗幸梁

州，震奉迎甚谨。

⑬李令公：李晟。朱泚兵变，晟率师讨伐，收复长安，平李怀光，甚有功勋，兴元元年为司徒、中书令。

⑭“天子”句：却，表示动作的继续或重复，相当于“再”、“又”。明光宫，宫殿名。此代指唐长安的宫殿。

⑮“校猎”句：校猎，遮拦禽兽以猎取之。球，打球、秋千、施钩之戏。唐代也有马球，甚为时人所好，其法为参赛者分为两队，骑马持杖击球，以角胜负。

⑯“厩中”二句：副，原作“马”，据蜀本、卢本、杨本、《英华》改。宣徽殿，在长安大明宫。

⑰“潜遣”句：飞龙，指飞龙使。刍秣，生马的饲料。

⑱韂（chàn）：垂覆于马腹两侧以遮挡泥土的小障泥。

⑲鄜：原作“邹”，据蜀本、卢本、《英华》、《全诗》改。

⑳“果下”句：果下，马之矮小者，乘之可行于果树之下，故名。紫骝，古良马名。

㉑“千官”句：平定朱泚后，德宗患将臣生事，复置张延赏当国，与李晟有隙，劝德宗解晟兵权，李晟遂处闲地。

㉒巴渝：指今四川南部及重庆一带。德宗幸蜀，未至重庆地区，此泛指蜀地。

【辑评】

清翁方纲《石洲诗话》卷二：“元相《望云骓歌》，赋而比也；玉川《月蚀赋》点逗恒州事，则亦赋而比也，而元则更切本事矣。”

清王闿运《王闿运手批唐诗选》卷一一：“‘朝廷无事忘征战’四句，此等发议论处，必须用典以为色泽，乃增气势。‘长安三月花垂草’四句，神力拉入不自知，比杜子美硬用三抬头，有工拙灵笨之异。此模仿沛水自清笔法。”

和李校书新题乐府十二首

并序

予友李公垂贶予乐府新题二十首，雅有所谓，不虚为文。予取其病时之尤急者，列而和之，盖十二而已。昔三代①之盛也，士议而庶人谤。又曰：世理则词直，世忌则词隐。予遭理世而君盛圣，故直其词以示后，使夫后之人谓今日为不忌之时焉。

【题解】

这一组诗，均元和四年(809)作于长安或洛阳。李校书，指李绅，本年为秘书省校书郎。综合以下作品来看，元稹的"新题乐府"具有这样几个共同特点：

其一，取旁观的立场，或以旁白式的写法，来反映客观的社会事件或问题。这些事件或问题在作者看来，都具有重大意义，也就是所谓"病时之尤急者"。

其二，具有叙事性。对于社会问题一般只述其大略，而在遇到客观场景(如音乐、舞蹈表演)的描写时，往往调动多种艺术手段，进行全方位的、淋漓尽致的再现，在显示出极高的语言技巧的同时，充分展现歌行恣意铺排的特点。

其三，着意体现诗人自己的主观态度，许多诗篇是以第一人称写成，尽管作为诗题的简洁主题词，看上去是不持观点的。主观态度的表达，有时只是表明主观看法，有时则伴随着感情抒写。

元稹这十二首和李绅"新题乐府"的题目，全在白居易《新乐府五十首》的题目中(白氏新题除了这十二个之外，尚有《七德舞》、《二王后》、《海漫漫》、《新丰折臂翁》、《太行路》、《司天台》、《捕蝗》、《昆明春水满》、《城盐州》、《道州民》、《骊宫高》、《百链镜》、《青石》、《两朱阁》、《八骏图》、《涧底松》、《牡丹芳》、《红线毯》、《杜陵叟》、《缭绫》、《卖炭翁》、《母别子》、《时世妆》、《李夫人》、《陵园妾》、《盐商妇》、《杏为梁》、《井底引银瓶》、《官牛》、《紫毫笔》、《隋堤柳》、《草茫茫》、《古冢狐》、《黑潭龙》、《天可度》、《秦吉了》、《鸦九剑》、《采诗官》等)。由此可知,当时李绅、元稹、白居易三人写作"新题乐府",实际包含了一种互相唱和的行为。元稹的诗题,是三个人都写过的,所以,这组诗对认识这一时期"新题乐府"的创作,具有特殊的、重要的意义。

【注释】

①三代:指夏、商、周,古人以为理想之治世。

上阳白发人

天宝年中花鸟使,(天宝中密号采取艳异者为花鸟使。)撩花狎鸟含春思。满怀墨诏[①]求嫔御,走上高楼半酣醉。醉酣直入卿士家,闺闱不得偷回避,良人顾妾心死别,小女呼爷血垂泪。十中有一得更衣[②],永配深宫作宫婢。御马南奔胡马蹙[③],宫女三千合宫弃。宫门一闭不复开,上阳花草青苔地。月夜闲闻洛水声,秋池暗度风荷气。日日长看提象门[④],终身不见门前事。近年又送数人来,自言兴庆南宫[⑤]至。我悲此曲将彻骨,更想深冤复酸鼻。此辈贱嫔何足言,帝子天孙古称贵。诸王在阁四十年,十宅六宫门户閟。[⑥]隋炀枝条袭封邑,(近古封前代子孙为二王三恪。)肃宗血胤无官位。(肃宗已后诸王并未出阁。)王无妃媵主无婿,阳亢阴淫结灾累。[⑦]何如决壅顺众流,女遣从夫男作吏。

【题解】

上阳,洛阳宫殿名,后为失宠及未进御宫人所居之冷宫。此诗先叙天宝以来上阳宫中三千宫女遭弃的命运,又言及命运相同的兴庆南宫的宫人。紧接着的"我悲此曲将彻骨,更想深冤复酸鼻"二句,诗人以第一人称直接抒情。“此辈贱嫔何足言”句以下，是诗人联想到的另一个严重问题，即宫中尚有“王无妃媵主无婿”的情况。结末二句“何如决壅顺众流，女遣从夫男作吏”，直陈己见，开出解决这一问题的药方，显示了与白居易新乐府相同的“卒章显其志”的特点。白居易同题之作，则通过描写一位上阳宫女长达四十余年的幽禁遭遇，揭示“后宫佳丽三千人”的悲惨命运，强烈控诉封建帝王强征民女以满足自己淫欲的行径。

【注释】

①墨诏：皇帝亲笔书写的诏书。

②“十中”句：有一得，钱校、《乐府》、《全诗》作“一得预”。更衣，侍候皇帝更换衣服，此指被皇帝召幸。

③“御马”句：指安史之乱爆发，唐玄宗南奔入蜀。蹙，逼近。

④提象门：上阳宫的宫门。

⑤兴庆南宫：即长安兴庆宫，在大明宫之南，故亦称南内，失势的皇帝及其嫔御随从常居此。

⑥“诸王”二句：在阁，皇子出就封国或公主出嫁曰出阁，皇子滞留京城或公主未出嫁曰在阁。十宅，《新唐书·十一宗诸子》：“开元后，皇子幼，多居禁内。既长，诏附苑城为大宫，分院而处，号‘十王宅’，所谓庆、忠、棣、鄂、荣、光、仪、颍、永、延、盛、济等王，以十举全数也。”十，原作“七”，据钱校、《乐府》改。六宫，此指诸王之宫。

⑦“王无”二句：媵（yìng），古代指随嫁，亦指随嫁的人。主，指公主、郡主、县主。婿，《乐府》、钱校、《全诗》作“夫”。“阳亢”句，古人认为男性属阳，女性属阴，“王无妃媵主无婿”，导致“阳亢阴淫”，天人相感，苍天就会降下自然灾害。

【辑评】

清钱良择《唐音审体》卷三：“题注：杨妃专宠，后宫无复进幸，六宫有美色者，辄置别所，上阳其一也，贞元中尚存。‘天宝年中花鸟使’，时密号采取艳异者为花鸟使。”

华原磬

李传云：天宝中，始废泗滨磬，用华原石

泗滨浮石裁为磬①，古乐疏音少人听。工师小贱牙旷②稀，不辨邪声嫌雅正。正声不屈古调高，钟律参差管弦病。铿金戛瑟徒相杂，投玉敲冰杳然零。③华原软石易追琢，高下随人无雅郑。弃旧美新由乐胥，自此黄钟不能竞。④玄宗爱乐爱新乐，梨园弟子⑤承恩横。霓裳才彻胡骑来⑥，云门未得蒙亲定。我藏古磬藏在心，有时激作南风咏。伯夔⑦曾抚野兽驯，仲尼暂和春雷盛。何时得向笋簴⑧悬，为君一吼君心醒。愿君每听念封疆，不遣豺狼剿人命。

【题解】

此诗批判玄宗爱新乐而弃古调、废泗滨磬而以华原石代之的行为。“我藏古磬藏在心”句以下，以第一人称直接抒写诗人自己崇古器薄今乐的看法。篇末二句“愿君每听念封疆，不遣豺狼剿人命”，希求君主励精图治、安抚人民，也是卒章显志的写法。

【注释】

①“泗滨”句：《尚书·禹贡》孔颖达疏：“石在水旁，水中见石，似若水中浮然，此石可以为磬，故谓之浮磬也。”泗，泗水，发源于今山东泗水东，四源并发，故名。

②牙旷：春秋时伯牙与师旷的并称，二人皆以善乐名世。此泛指精通音乐之人。

③“铿金”二句：铿金戛瑟，形容后起之俗乐铿锵急促。零，原作“震”，据杨本、《全诗》、《乐府》改。

④“弃旧”二句：乐胥，从事音乐工作的小吏。黄钟，古代打击乐器之一，多用于庙堂音乐的演奏。此指庙堂音乐。

⑤梨园弟子：《雍录》卷九：“开元二年，置教坊于蓬莱宫，上自教法曲，

谓之梨园弟子。至天宝中，即东宫置宜春北苑，命宫女数百人为梨园弟子，即是。梨园者，按乐之地，而预教者，名为弟子耳。”

⑥“霓裳”句：霓裳，即《霓裳羽衣曲》，盛唐教坊大曲，法曲，商调，主体部分为开元中西凉节度使杨敬述所献，初名《婆罗门曲》。后唐玄宗为制散序，改用今名。胡骑，指安史叛军。

⑦伯夔：即夔，相传为虞舜时乐官。

⑧笋簴：古代悬挂钟磬的支架，横者为笋，竖者为簴。

五弦弹

赵璧五弦弹徵调，徵声巉绝何清峭。[①]辞雄皓鹤警露啼，失子哀猿绕林啸。风入春松正凌乱，莺含晓舌怜娇妙。呜呜暗溜咽冰泉，杀杀[②]霜刀涩寒鞘。促节频催渐繁拨，珠幢斗绝金铃掉[③]。千靫鸣镝发胡弓，万片清球击虞庙。[④]众乐虽同第一部[⑤]，德宗皇帝常偏召。旬休节假暂归来，一声狂杀长安少。主第侯家最难见，挼(苏雷反)歌[⑥]按曲皆承诏。水精帘外教贵嫔，玳瑁筵心伴中要。[⑦]臣有五贤非此弦，或在拘囚或屠钓[⑧]。一贤得进胜累百，两贤得进同周邵[⑨]。三贤事汉灭暴强，四贤镇岳宁边徼。[⑩]五贤并用调五常，五常既序三光曜。赵璧五弦非此贤，九九何劳设庭燎[⑪]。

【题解】

《乐府诗集》卷九六题解引《唐书·乐志》曰：“五弦，琵琶稍小，盖北国所出。”又引《乐府杂录》曰：“唐贞元中，赵璧妙于此伎。”此诗借弦论贤，借音乐论政治，先写赵璧五弦琵琶乐声之美妙，再写“德宗皇帝”时朝廷上下沉迷于中，用了许多偶句，来铺排一时盛况。自“臣有五贤非此弦”以下，提出还有比五弦琵琶更重要的“五贤”，朝廷应求贤治理天下。白居易同题之作，以“恶郑之夺雅”为旨，虽与其篇中“吾闻正始之音不如是”等有自相矛盾处，整体而言仍可收补察得失之功效。

【注释】

①“赵璧”二句：赵璧，贞元前后善乐者。巉绝，声音高亢嘹亮。

②杀杀：形容刀剑锋利，寒光逼人。

③“珠幢”句：珠幢，舟车上形如车盖的珠饰帷幕。斗，通“陡”，突然。

④“千鞘(chá)”二句：鞘，箭袋。清球，指声音清越的玉磬。

⑤第一部：即燕乐，狭义的燕乐即专指十部乐的第一部，坐部伎演奏的六部乐的第一部即燕乐。

⑥掺歌：击打节拍而歌。

⑦“水精”二句：水精帘，即水晶帘，用水晶装饰的帘子，此比喻晶莹华美的帘子。玳瑁筵，指豪华珍美的筵席。中要，中贵要人，指有权势的宦官。

⑧“或在”句：指周文王与吕尚事。

⑨周邵：周成王时共同辅政的周公旦与邵公奭，二人分陕而治，皆有善政。

⑩“三贤”二句：三贤事汉，汉代张良、萧何、韩信辅佐刘邦，代秦朝而立汉，结束天下纷争局面。四贤镇岳，《尚书·尧典》：“帝曰：‘咨，四岳。’”孔传：“四岳，即上羲和之四子，分掌四岳之诸侯，故称焉。”

⑪“九九”句：九九，乘法算术名，其术终于九九，故称九九之术。庭燎，古代庭中照明的火炬，朝觐会同与郊庙祭飨之事皆设之。

西凉伎

吾闻昔日西凉州①，人烟扑地桑柘稠。蒲萄酒熟恣行乐，红艳青旗朱粉楼。楼下当垆称卓女，楼头伴客名莫愁。乡人不识离别苦，更卒②多为沉滞游。哥舒开府设高宴，八珍九酝当前头。③前头百戏竞撩乱，丸剑跳踯霜雪浮。④师子摇光毛彩竖，胡姬醉舞筋骨柔。⑤大宛来献赤汗马，赞普亦奉翠茸裘。⑥一朝燕贼乱中国，河湟忽尽空遗丘。⑦开远门前万里堠，今来蹙到行原州。⑧（平时开远门外立堠，云去安西⑨九千九百里，以示戎人不为万里行，其就盈数矣[10]。）去京五百而近何其逼，天子县内半没为荒陬，西凉之道尔阻修。连城边将但高会，每听[11]此曲能不羞。

【题解】

此诗以“吾闻”开头，据所闻知，大力铺排凉州昔日的繁华景象，特点是大量使用偶句。“一朝燕贼乱中国”句以下，转叙安史乱后凉州的衰败和朝廷边境的局促，抒发今昔盛衰之感。结末二句“连城边将但高会，每听此曲能不羞”，以旁观发问方式，抒写诗人自身的感慨。陈寅恪《元白诗笺证稿》于此有评：

> 自安史乱后，吐蕃盗据河、湟以来，迄于宪宗元和之世，长安君臣虽有收复失地之计图，而边镇将领终无经略旧疆之志意。此诗人之所以同深愤慨，而元、白二公此篇所共具之历史背景也。

又曰：

> 微之少居西北边镇之凤翔，殆亲见或闻知边将之宴乐嬉游，而坐视河湟之长期沦没。故追忆感慨，赋成此篇。颇疑诗中所咏，乃为刘昌辈而发……既系确有所指，而非泛泛之言，此所以特为沉痛也。

均可参。

【注释】

①西凉州：即凉州，今甘肃武威。

②更卒：古代轮番服役的士卒。

③“哥舒”二句：哥舒，指唐代武将哥舒翰，唐玄宗朝曾长时间为陇右节度使。开府，古代高级官员（如三公、大将军等）有权成立府署，选置僚属，称开府。八珍九酝，泛指珍馐与美酒。九酝，一种经过重酿的美酒，以湖北宜城所产最著名。

④“前头”二句：百戏，古代众多乐舞杂技的总称。丸剑，古代杂技名，以铃剑为表演道具，故名。

⑤“师子”二句：师子，即狮子。摇光，谓光芒闪动。姬，蜀本、《乐府》、

《全诗》作“腾”。

⑥“大宛”二句：大宛，西域三十六国之一，北通康居，西面与西南与大月氏接，产汗血马。赞普，吐蕃君长的称号。

⑦“一朝”二句：燕贼，指安禄山、史思明等叛乱之人。安、史等为范阳节度使、平卢节度都知兵马使，辖地为古燕国之地，故云。中国，上古时期，华夏族建国于黄河流域，以为居天下之中，故称中国，后泛指中原。河湟(huáng)，黄河与其支流湟水的并称，此指二水所在的地区。忽，钱校、《英华》作“汩”，季本作“没”。

⑧“开远”二句：开远门，西出长安三门中最北之门，西进或西出长安多由此门。行原州，在原原州之外另设的原州。

⑨安西：即安西都护府，统龟兹、焉耆、于阗、疏勒四镇，治所在今新疆维吾尔自治区库车。

⑩其就盈数矣：卢本作“其实就盈数矣”。

⑪听：蜀本、杨本、董本、马本作“说”。

法曲

吾闻黄帝鼓清角，弭伏熊罴舞玄鹤。①舜持干羽苗革心，尧用咸池凤巢阁。②大夏濩武皆象功，功多已讶玄功薄。③汉祖过沛亦有歌，秦王破阵非无作。作之宗庙见艰难，作之军旅传糟粕。明皇度曲多新态，宛转侵淫易沉著。赤白桃李取花名，霓裳羽衣号天落。④雅弄虽云已变乱，夷音未得相参错。自从胡骑起烟尘，毛毳腥羶满咸洛⑤。女为胡妇学胡妆，伎进胡音务胡乐(音岳)⑥。火凤声沉多咽绝，春莺啭罢长萧索。⑦胡音胡骑与胡妆，五十年来竞纷泊。

【题解】

法曲，东晋南北朝称作法乘，因其用于佛教法会而得名。法曲原为融有外来音乐成分的西域各族音乐，后与汉族的清商乐结合，逐渐形成隋代的法曲，其音清而近雅。其乐器主要有铙、钹、钟、磬、幢箫、琵琶。至唐代，复汇合道曲而发展至极盛阶段。名曲有《赤白桃李花》、《霓裳羽衣曲》。《乐府诗集》卷九六题解则谓，天宝十三载，始诏道调法曲，与胡部新声合作。次年冬，安禄山反。此诗也像上一首《西凉伎》一样，以“吾闻”开头，历述法曲的流变，至明皇时，虽然雅弄已变乱，但夷音仍未得参错。自“自从胡骑起烟尘”句以下，说到法曲的衰亡，及至五十年后的今天，则是胡音胡乐“竞纷泊”。末数句，如闻诗人基于忧患意识的沉重叹息。

【注释】

①“吾闻”二句：《韩非子·十过第十》：“平公曰：‘《清角》可得而闻乎？’师旷曰：‘不可。昔者黄帝合鬼神于泰山之上，驾象车而六蛟龙，毕方并辖，蚩尤居前，风伯进扫，雨师洒道，虎狼在前，鬼神在后，腾蛇伏地，凤皇覆上，大合鬼神，作为《清角》。今主君德薄，不足听之，听之将恐有败。’”《乐书》卷四一：“先王之作乐，合生气之和，著万物之理，而万物莫不以类相动，故后夔奏《箫韶》，凤凰为之来仪；师旷奏《清角》，玄鹤为之率舞。”

②“舜持”二句：干指武舞，羽指文舞。咸池，古乐曲名，相传为尧乐。一说为黄帝之乐，尧增修沿用。

③“大夏”二句：大夏，周代六舞之一，相传本为夏禹时代的乐舞。濩(hù)，周代六舞之一，相传为成汤作。武，周代六舞之一，相传本为周武王时作。象功，模拟象征帝王的功勋。玄功，影响深远的功业。

④“赤白”二句：赤白桃李，即《赤白桃李花》，林钟角调。天落，从天降落，意谓“此曲只应天上有”，形容音乐极其美妙。

⑤“毛毳(cuì)”句：毛毳，鸟的细毛。咸洛，咸阳与洛阳的并称，此指唐的东西二京长安与洛阳。

⑥岳：蜀本、卢本、杨本、董本、《全诗》作“洛”。

⑦“火凤”二句：火凤，唐琵琶曲名。春莺啭，软舞曲名。

驯犀(李传云：贞元丙子岁，南海来贡，至十三年冬，苦寒，死于苑中)

建中之初放驯象，远归林邑近交广。[1] 兽返深山鸟构巢，鹰雕鹞鹘无羁鞅。贞元之岁贡驯犀，上林[2] 置圈官司养。玉盆金栈非不珍，虎啖狴牢鱼食网。渡江之橘逾汶貉③，反时易性安能长。腊月北风霜雪深，蜷跼④鳞身遂长往。行地无疆费传驿，通天异物罹幽枉。乃知养兽如养人，不必人人自敦奖。不扰则得之于理，不夺有以多于赏。脱衣推食⑤衣食之，不若男耕女令纺。尧民不自知有尧，但见安闲聊击壤。⑥前观驯象后驯犀，理国其如指⑦诸掌。

【题解】

《旧唐书·德宗纪》曰："（贞元九年十月）癸酉，环王国献犀牛，上令见于太庙。（十二年）十二月己未，大雪平地二尺，竹柏多死。环王国所献犀牛，甚珍爱之，是冬亦死。"与题注中李传所云不同。此诗记叙了德宗建中年间放驯象，以及贞元年间豢养驯犀，而终于致死的教训，将养兽之道推及于养人，提出简政安民、不扰不夺的理国原则。通篇叙事与议论相结合，态度严正凛然。与白居易同题之作相比，陈寅恪《元白诗笺证稿》认为："微之是篇，议论稍繁，旨意略嫌平常，似不如乐天此篇末数语，俯仰今昔，而特以'为善难终'为感慨之深挚也。"

【注释】

①"建中"二句：大历十四年五月，代宗崩，德宗即位，改元建中。林邑，南海古国名，故址在今越南中南部。交广，今越南河内与广州。

②上林：古代宫苑名。此泛指皇家禁苑。

③"渡江"句：《周礼·考工记》："橘逾淮而北为枳，鸜鹆不逾济，貉逾汶则死。"

④蜷跼：局曲不伸貌。

⑤脱衣推食：《史记·淮阴侯列传》："汉王授我上将军印，予我数万众，解衣衣我，推食食我，言听计用，故吾得以至于此。"

⑥"尧民"二句：相传尧在位时，"天下大和，百姓无事，有五十老人击壤于道，观者叹曰：'大哉！帝之德也。'老人曰：'吾日出而作，日入而息，凿井而饮，耕田而食，帝何力于我哉？'"后因以歌颂太平盛世。

⑦指:卢本作“视”。

【辑评】

明陆时雍《唐诗镜》卷四六:“宕荡纵横,是乐府本色。”

清王闿运《王闿运手批唐诗选》卷二:“‘不若男耕女令纺’,宰相语,而在官无称,何也?”

立部伎

李传云:太常选坐部伎,无性灵者退入立部伎。又选立部伎,无性灵者退入雅乐部,则雅乐可知矣。李君作歌以讽焉)①

胡部新声锦筵坐,中庭汉振②高音播。太宗庙乐传子孙,取类群凶阵初破。戢戢攒枪霜雪耀,腾腾击鼓风雷磨。③初疑遇敌身启行,终象由文士宪左④。昔日高宗常立听,曲终然后临玉座。如今节将⑤一掉头,电卷风收尽摧挫。宋晋郑女歌声发,满堂会客齐喧呵。⑥珊瑚⑦佩玉动腰身,一一贯珠随咳唾。顷向圜丘见郊祀,亦曾正旦亲朝贺。⑧太常雅乐备宫悬,九奏未终百寮惰。⑨惉懘难令季札辨,迟回但恐文侯卧。⑩工师尽取聋昧人,岂是先王作之过。宋沇尝传天宝季,法曲胡音忽相和。明年十月燕寇来,九庙⑪千门虏尘涴。(太常丞宋沇传汉中王旧说云:玄宗虽雅好度曲,然而未尝使蕃汉杂奏。天宝十三载,始诏道调法曲与胡部新声合作,识者异之。明年禄山叛。)我闻此语叹复泣,古来邪正将谁奈。奸声入耳佞入心,侏儒饱饭夷齐饿。⑫

【题解】

《乐府诗集》卷九六题解曰:“《新唐书·礼乐志》:太宗贞观中,始造燕乐。其后又分为立、坐二部,堂下立奏谓之立部伎,堂上坐奏谓之坐部伎。李公垂传曰:太常选坐部伎,无性识者退入立部伎。又选立部伎,无性识者退入雅乐部,则雅乐可知矣。故作歌以讽焉。”诗中记叙了朝廷中胡乐占领坐部，立部伎又被用于郊祀和朝贺典礼，雅乐日见衰落的情况，于今昔对比中寓其感慨。结四句“我闻此语叹复泣，古来邪正将谁奈。奸声入耳佞入心，侏儒饱饭夷齐饿”，对这种邪正倒置的现实深表叹泣。

【注释】

①部则雅乐：原无，据卢本、《全诗》、《乐府》补。钱校本作“则雅乐”。

②汉振：如汉朝的继衰而盛，大振天威。

③“戢戢”二句：戢戢，密集貌。风，蜀本、《全诗》、钱校、《乐府》作“云”。

④“终象”句：由文，遵循礼仪。士宪左，《礼记·乐记》：“武坐致右宪左。”《礼记集说》卷九九引山阴陆氏曰：“宪读如字，宪左谓县左膝不致地。”

⑤节将：指节度使之类地方官吏，因其持节将兵，故云。

⑥“宋晋”二句：女，原作“友”，据卢本、《全诗》、钱校、《乐府》改。

⑦瑚：《全诗》、钱校、《乐府》作“珊”。

⑧“顷向”二句：圜丘，国都南郊帝王祭天的圆形高坛。郊祀，古代皇帝于南郊祭天，北郊祭地，称郊祀。正旦，农历正月初一。本日，百官朝见皇帝。

⑨“太常”二句：宫悬，古代钟磬等乐器悬挂于架，其形制因用乐者的身份而有别，帝王悬挂四面，象征宫室四面的墙壁，故称“宫悬”。九奏，指古代行礼时所奏的九曲。

⑩“沾灔（zhān chì）”二句：沾灔，声音不和谐貌。季札，即公子札，春秋时吴国公侯，曾观乐于鲁，论盛衰之势；聘周，能辨十五国风之音。文侯，指魏文侯。

⑪九庙：古时帝王立庙祭祀祖先，有太祖庙及三昭、三穆庙。王莽时增为祖庙五、亲庙四，共九庙。后历朝皆沿此制。九，原作“元”，据蜀本、杨本、《全诗》、胡本、《乐府》、何校改。

⑫“奸声”二句：入，原作“人”，据蜀本、《全诗》、《乐府》、卢校改。夷齐，此泛指高人隐士。

骠国乐

李传云：贞元辛巳岁，始来献

骠之乐器头象驼，音声不合十二和[1]。促舞[2]跳趫筋节硬，繁词变乱名字讹。千弹万唱皆咽咽，左旋右转空傞傞[③]。俯地呼天终不会，曲成调变当如何。德宗深意在柔远，笙镛不御停嫔[④]娥。史馆书为朝贡传，太常编入鞮靺科[⑤]。古时陶尧作天子，逊遁亲听康衢歌[⑥]。又遣遒人持木铎，遍采讴谣天下过。[⑦]万人有意皆洞达，四岳[⑧]不敢施烦苛。尽令区中击壤块，燕及海外覃恩波。[⑨]秦霸周衰古官废，下堙上塞王道颇[⑩]。共矜异俗同声教，不念齐民方荐瘥[⑪]。传称鱼鳖亦咸若[⑫]，苟能效此诚足多。借如牛马未蒙泽，岂在抱瓮[⑬]滋鼋鼍。教化从来有源委，必将泳海先泳河。非是倒置自中古[⑭]，骠兮骠兮谁尔诃。

【题解】

骠国，古国名，在今缅甸境内。《旧唐书·骠国》云："古未尝通中国。贞元中，其王闻南诏异牟寻归附，心慕之。十八年，乃遣其弟悉利移因南诏重译来朝，又献其国乐凡十曲，与乐工三十五人俱。乐曲皆演释氏经论之词意。"题注中"辛巳"，即贞元十七年(801)，与《旧唐书》所记有异。《乐府诗集》卷九七题解引《唐会要》云："骠国在云南西，与天竺国相近，故乐曲多演释氏词云。"又引《新唐书·礼乐志》，谓所献"大抵皆夷狄之器，其声曲不隶于有司，故无足采"。此诗记载这一史实，并发表了自己的看法。认为骠国乐无益于教化，朝廷应念齐民之病痛，不必是非倒置，过于看重骠乐。末二句"非是倒置自中古，骠兮骠兮谁尔诃"，慨叹的语气颇为强烈。白居易的同题之作，用意相同，正其题注所谓"欲王化之先迩后远也"。

【注释】

①十二和：唐代乐曲名。唐初祖孝孙斟酌南北，考证古音，修定雅乐而制成，其名目为豫和(后避代宗李豫讳，改元和)、顺和、永和、肃和、雍和、寿和、太和、舒和、昭和、休和、正和、承和。

②促舞：节奏急促之舞。促，原作"从"，据《全诗》、《英华》改。

③傞傞(suō):舞时失态貌。

④嫔:《全诗》、《英华》作“娇”。

⑤“太常”句:太常,《唐六典》卷一四:“太常卿之职,掌邦国礼乐、郊庙、社稷之事,以八署分而理焉。”鞮靺(dī mò),古代少数民族的乐器。

⑥“逊遁”句:逊遁,退避,此指微服出访。康衢歌,称颂盛世之歌。

⑦“又遣”二句:谓古代帝王派出使臣了解民情。

⑧四岳:相传为共工的后裔,因佐禹治水有功,赐姓姜,封于吕,并使为诸侯长。一说为尧臣羲和四子,分掌四方诸侯。此借指地方长吏。

⑨“尽令”二句:区中,天下。燕,通“宴”,宴饮。覃恩波,广施恩惠。

⑩“下堙(yīn)”句:堙,堵塞。颇,不公平。

⑪“不念”句:齐民,犹平民。荐瘥(cuó),深重的灾祸。荐,通“洊”。

⑫咸若:《尚书·皋陶谟》:“皋陶曰:‘都! 在知人,在安民。’禹曰:‘吁! 咸若时,惟帝其难之。’”后因陈扬帝王的教化,谓万物皆能顺其性,应其时,得其宜。

⑬抱瓮:传说中孔子的弟子子贡,游楚返晋,过汉阴时,见一老人,一次次抱瓮去浇菜,用力甚多而见功寡。

⑭“非是”句:非是,《全诗》、《英华》作“是非”。中古,《全诗》、《英华》作“古有”;次于上古的时代,因古人所处时代不同而所指不一,此指秦汉魏晋南北朝。

胡旋女

李传云:天宝中,西国来献

天宝欲末胡欲乱,胡人献女能。旋得明皇不觉迷,妖胡奄到长生殿。[2]胡旋之义世莫知,胡旋之容我能传。蓬断霜根羊角疾,竿戴朱盘火轮炫。骊珠迸珥逐龙星[3],虹(音降)晕轻巾掣流电。潜鲸暗吸笡(残谢反)海波[4],回风乱舞当空霰。万过其谁辨终始,四座安能分背面[5]。才人观者相为言,承奉君恩在圆变。[6]是非好恶随君口,南北东西逐君盼,柔软依身看[7]佩带,徘徊绕指同环钏。佞臣闻此心计回,惑乱[8]君心君眼眩。君言似曲屈如钩，君言好直舒为箭。巧随清影触处行，好[9]学春莺百般啭。倾天侧地用君力，抑塞周遮恐君见。翠华南幸万里桥，玄宗始悟坤维转。（僧一行尝奏玄宗曰："陛下行幸万里，圣祚无疆。"故天宝中岁幸洛阳，冀充盈数。及上幸蜀，至万里桥，乃叹谓左右曰："一行之奏，其是乎？"）[10]寄言旋目与旋心，有国有家当共谴。

【题解】

天宝末年，康居国献来胡旋女，能立于一小圆球上，纵横腾掷，两足终不离球。此诗以戒近习为主题，首先以第一人称语气，用一连串偶句，活灵活现地描写了胡旋舞的表演场面，重在此舞急转如风的特点，以及胡旋女的华丽服饰。接着，揭露朝中佞臣由此生发的"荧惑君心君眼眩"的奸计，其结果是导致了玄宗末年的变乱。末二句"寄言旋目与旋心，有国有家当共谴"感怀激烈，是对这些"旋目与旋心"之徒义正词严的愤怒声讨。白居易同题之作，也以"数唱此歌悟明主"为主题，而稍逊于元作的流利痛快。

【注释】

①胡旋：古代西北少数民族的舞蹈，出自中亚之康国，唐时传入中原，以各种旋转动作为主。

②"旋得"二句：明皇，唐玄宗谥至道大圣大明孝皇帝，故称。皇，原作"王"，据卢本、胡本、张校宋本改。奄，骤然。长生殿，唐代长生殿不止一处，此指华清宫内的长生殿。

③"骊珠"句：骊珠，泛指珠宝。迸珥，焕发四射的光芒。珥，日、月两旁的光晕。龙星，东方苍龙七宿的统称。七宿中任一宿，亦可称龙星。龙，《全诗》、《乐府》作"飞"。

④"潜鲸"句：笡(chèng)，掌，同"撑"。海波，《全诗》、《乐府》作"波海"。

⑤背面：背面与正面。

⑥"才人"二句：才人，宫中女官名，正五品(后升为正四品)，多为妃嫔的称号。圆变，指胡旋舞。

⑦看:《全诗》、《乐府》作"著"。

⑧惑乱:《全诗》、《乐府》作"荧惑"。

⑨好:《全诗》作"妙"。

⑩"翠华"二句:翠华,天子仪仗中以翠羽为饰的旗帜或车盖。万里桥,在今四川成都南。坤维,即地维,大地的四角。古谓地为坤,地形方,故云。注中"僧一行"上,蜀本、卢本、杨本、董本有"纬书云",《全诗》有"纬书曰"。

蛮子朝

李传云:贞元末,蜀川始通蛮酋[①]

西南六诏[②]有遗种,僻在荒陬路寻壅。部落支离君长贱,比诸夷狄为幽冗。犬戎[③]强盛频侵削,降有愤心战无勇。夜防钞盗保深山,朝望烟尘上高冢。鸟道绳桥[④]来款附,非因慕化因为[⑤]悚。清平官系金呿嵯,求天叩地持双珙。[⑥]益州大将韦令公,顷实遭时定汧陇。[⑦]自居剧镇无他绩,幸得蛮来固恩宠。为蛮开道引蛮朝,接[⑧]蛮送蛮常继踵。天子临轩四方贺,朝廷无事唯端拱[⑨]。漏天走马春雨寒,泸水飞蛇瘴烟重。[⑩]椎头丑类除忧患,瘇足役夫劳汹涌。[⑪]匈奴互市岁不供,云蛮通好辔长駷。[⑫]戎王养马渐多年,南人耗悴西人恐。

【题解】

《乐府诗集》卷九七题解引《唐书》曰:"贞元之初,韦皋招抚诸蛮。至九年四月,南诏异牟寻请归附,十四年又遣使朝贺。"此诗如实记录了这一史实,并点明是"益州大将韦令公"促成其事。在后世看来,通南诏以牵制吐蕃,不失为当时国防外交之一策,但诗人对此似乎并不很赞赏,一则说韦令公以此而固宠,继则说朝廷与南诏通好后,加重了役夫的负担,造成"南人耗悴"的后果。相比而言,白居易的同题之作,则通过叙述六诏合一、西洱河战争、南诏王入朝、唐王赐宴衣食、唐与南诏和好等场面,流露出欣慰之感。

【注释】

①酋：蜀本、张校宋本作“首”，《全诗》、《乐府》作“国”。

②六诏：唐代位于今云南及四川西南乌蛮六部落的总称，即越析诏、浪穹诏、邆赕诏、施浪诏、蒙巂诏、蒙舍诏。“诏”即王或首领，其帅有六，故称“六诏”。开元末，蒙舍诏吞并其他五部，因其地居五部之南，史称南诏。

③犬戎：古戎族之一，殷周时居于我国西部，此指吐蕃。

④鸟道绳桥：狭险蜿蜒的山间小径与用绳索连接两岸并铺以竹木之桥，此处形容道途艰险。

⑤为：《全诗》、《乐府》作“危”。

⑥“清平”二句：清平官，南诏王以下最高行政长官。系，原作“击”，据《全诗》、《乐府》改。呿(qù)嵯，韦带，此泛指腰间的带子。珙，玉璧。

⑦“益州”二句：益州，指四川。韦令公，指韦皋，贞元十七年十月，加中书令，故称。汧(qiān)陇，汧水陇山一带，此泛指陇右节度使辖地。

⑧接：《全诗》、《乐府》作“迎”。

⑨端拱：正坐拱手，谓王者无为而治。

⑩“漏天”二句：漏天，地名，在今四川雅安境内，其地多雨，故称。泸水，指今金沙江在四川宜宾以上云南与四川交界处的一段。

⑪“椎头”二句：椎头丑类，对南诏少数民族的蔑称。椎头，即椎发，边远地区少数民族的发式。瘇(zhǒng)，足肿。

⑫“匈奴”二句：互市，指民族或国家间互相买卖物品的贸易活动，古代多在边境地区设置交易场所以互通有无。駷(sǒng)，掣动马嚼子使马快走。

缚戎人

近制，西边每擒蕃囚，例皆传置南方，不加剿戮，故李君作歌以讽焉

边头大将差健卒，入抄禽生快于鹘。但逢赪面即捉来，半是蕃人半戎羯。① 大将论功重多级②，捷书飞奏何超忽。圣朝不杀谐至仁，远送炎方示微罚。万里虚劳肉食费，连头尽

被毡裘喝[3]。华茵重席卧腥臊，病犬愁鸪声咽嗢[4]。中有一人能汉语，自言家本长安[5]窟。小年随父戍安西，河渭瓜沙眼看没。[6]天宝未乱前数载，狼星四角光蓬勃。中原祸作边防危，果有豺狼四来伐。蕃马膘成正翘健，蕃兵肉饱争唐突。烟尘乱起无亭燧，主帅惊跳弃旄钺。[7]半夜城摧鹅雁鸣，妻啼子叫曾不歇。阴森神庙未敢依，脆薄河冰安可越。荆棘深处共潜身，前困蒺藜后䠞跪[8]。平明蕃骑四面走，古木深林尽株榾[9]。少壮为俘头被髡，老翁留居足多刖。[10]乌鸢满野尸狼藉，楼榭成灰墙突兀。暗水溅溅入旧池，平沙漫漫铺明月。戎王遣将来安慰，口不敢言心咄咄[11]。供进腋腋（音夜）御叱般，岂料穹庐拣肥腯。[12]五六十年消息绝，中间盟会又猖獗。眼穿东日望尧云，肠断正朝[13]梳汉发。（延州镇李如暹，蓬子将军之子也。尝没西蕃，及归，自云蕃法唯正岁一日许唐人没蕃者服衣冠。如暹当此日，由是悲不自胜，遂与蕃妻密定归计。）近来如此思汉者，半为老病半埋骨。尚教孙子[14]学乡音，犹话平时好城阙。老者傥尽少者壮，生长蕃中似蕃悖。不知祖父皆汉民，便恐为蕃心矻矻。缘边饱喂十万众，何不齐驱一时发。年年但捉两三人，精卫衔芦塞溟渤。

【题解】

《乐府诗集》卷九七题解引李绅传曰："近制：西边每禽蕃囚，皆传置南方，不加剿戮。故作歌以讽焉。"朝廷这一措施造成了一种荒唐的现象，即边地一些久陷蕃中的汉人，往往被俘后当成蕃人而送往炎方，吃尽苦头。如蕃法惟正岁一日，许唐人没蕃者服衣冠，所谓"肠断正朝梳汉发"。此诗先记述这一史实，而后自"中有一人能汉语"句以下，写了一个边人的遭遇。通过他的自述，道出他们所经历的辛酸和不公正，发泄他们的怨愤。这实际上是对朝廷不恤民命的间接批评。

【注释】

①“但逢”二句：赪(chēng)面，用红颜色涂面，为古代某些少数民族的习俗。蕃，钱校、《全诗》、《乐府》作“边”。戎羯(jié)，戎与羯，泛指西北少数民族。

②级：《后汉书》李贤注：“秦法，斩首一，赐爵一级，故因谓斩首为级。”

③“连头”句：连头，一个挨一个。毡裘，古代游牧民族用毛皮制成的衣物。暍(yē)，通“褐”。

④“病犬”句：谓被俘者如生病之犬、忧愁之鸪声音悲切。咽嗢(wà)，形容声音滞涩悲噎。

⑤安：钱校、《全诗》、《乐府》作“城”。

⑥“小年”二句：安西，治龟兹城(今新疆库车)。河渭瓜沙，陇右道东部的河州、渭州与西部的瓜州、沙州。此泛指河西走廊及附近地区。

⑦“烟尘”二句：亭燧，古代筑于边境上的烽火亭，用作侦伺或报警。旄钺，军中仪仗，旄为饰以旄牛尾之旗，钺为方形大斧。

⑧鵩鵩(niè wù)：动摇不安貌。

⑨“古木”句：木，蜀本、杨本、马本、《全诗》、《乐府》作“墓”。株榾(gǔ)，残根断树。

⑩“少壮”二句：髡(kūn)，古代男子例留长发，剃去头发亦为刑罚之一种。蕃俗剃发，但在被俘汉人看来，是一种使人蒙受奇耻大辱的刑罚。翁，季本作“弱”。刖，古代酷刑之一，砍掉犯罪人的脚，一说割断脚筋。

⑪咄咄：斥骂。

⑫“供进”二句：腋腋，畏人觉察而竭力掩饰貌。腋同掖。叱般，即叱拨，良马名。穹庐，古代游牧民族所居的毡帐。此代指以游牧为业的少数民族。肥腯(tú)，牲畜膘肥肉厚，此指肥壮的牲畜。

⑬正朝：每年正月初一的朝会。

⑭孙子：孙子和儿子。下文“祖父”同此，指祖父和父亲。

阴山道

李传云：元和二年，有诏悉以金银酬回纥马价

年年买马阴山道，马死阴山帛空耗。元和天子念女工，

内出金银代酬犒。臣有一言昧死进，死生甘分答恩焘。费财为马不独生，耗帛伤工有他盗。臣闻平时七十万匹马，关中不省闻嘶噪。四十八监选龙媒，时贡天庭付良造。①如今垧野十无一，尽在飞龙相践暴。②万束蒭茭供旦暮，千钟菽粟长牵漕。③屯军郡国百余镇，缣缃岁奉春冬劳。税户逋逃例摊配，官司折纳仍贪冒。挑纹变鑷④力倍费，弃旧从新人所好。越縠缭绫织一端，十疋素缣功未到。⑤豪家富贾逾常制，令族亲班无雅操⑥。从骑爱奴丝布衫，臂鹰小儿云锦韬⑦。群臣利己要⑧差僭，天子深衷空悯悼。绰立花砖鹓凤行⑨，雨露恩波几时报。

【题解】

阴山，即今横亘于内蒙古自治区南境、东北与大兴安岭相接的山脉，盛产良马。回纥（hé），古代民族名兼国名，初受突厥统辖，天宝三年灭突厥后建立政权，贞元四年改称回鹘，后为点戛斯所灭。《乐府诗集》卷九七题解引李绅传曰："元和二年，有诏，内出金帛酬回纥马价。"此诗是以臣子身份向朝廷进言，指出马政的失误，不但"耗帛伤工"，而且造成"豪家富贾逾常制，令族清班无雅操"、"群臣利己要差僭，天子深衷空悯悼"的不良影响。

【注释】

①"四十"二句：四十八监，政府机构名。《资治通鉴》胡三省注："唐制，凡马五千匹为上监，三千匹以上为中监，一千匹以上为下监。麟德中，置八使，分总监坊。秦、兰、原、渭四州及河曲之地，凡监四十八。南使有监十五，西使有监十六，北使有监七，盐州使有监八，岚州使有监二。自京师西属陇右，有七马坊，置陇右三使领之。"良造，古代著名善御者王良与造父的并称。造父，因献八骏而有宠于周穆王。

②"如今"二句：垧（shǎng），计算土地面积的单位，各地不同。飞龙，官署名，唐朝仗内六闲厩之一，武则天万岁通天元年始置，其马于闲厩中

最良。

③“万束”二句：蒭茭，亦作刍茭，干草，牛马的饲料。牵漕，指漕运，通过水路运输粮食以供京师或军需。

④挑纹变鑷(niè)：在织机上变换丝线挑成各式花纹。

⑤“越縠”二句：越縠缭绫，越地所产极为精致的丝织品，以质地轻柔、细致华丽而著称，唐代曾作为贡品进入宫廷。端，帛类物品的长度单位。疋(pǐ)，同“匹”。

⑥“令族”句：令族，名门世族。亲，蜀本、《全诗》、《英华》作“清”。

⑦云锦韬：用云锦制成的臂套。

⑧要：《乐府》、季本、钱校作“安”。

⑨“绰立花砖”句：唐制，御史入殿，立花砖之上。鹓凤行，指朝官的行列。鹓凤，凤鸟，传说中的瑞鸟，比喻君子、贤者。

有鸟二十章

庚寅

有鸟有鸟名老鸱，鸱张[1]贪狠老不衰。似鹰指爪唯攫肉，戾天羽翮徒翰飞[2]。朝偷暮窃恣昏饱，后顾前瞻高树枝。珠丸弹射死不去，意在护巢兼护儿。

有鸟有鸟毛似鹤，行步虽迟性灵恶。主人但见闲慢容，许占蓬莱最高阁。弱羽长忧俊鹘拳，疽肠[3]暗著(一作把)鹓雏啄。千年不死伴灵龟，枭心鹤貌何人觉。

有鸟有鸟如鸛雀，食蛇抱礜[4]天姿恶。行经水浒为毒流，羽拂酒杯为死药。汉后忍渴天岂知，骊姬坟地[5]君宁觉。呜呼为有白色毛，亦得乘轩谬称鹤。

有鸟有鸟名为鸠，毛衣软毳心性柔。鹘缘暖足怜不吃，鹞为同科曾共游。飞飞渐上高高阁，百鸟不猜称好逑。佳人许伴鹓雏食，望尔化为张氏钩[6]。

有鸟有鸟名野鸡，天姿耿介行步齐。主人偏养怜整顿，玉粟充肠瑶树栖。池塘潜狎不鸣雁，津梁暗引无用鹈。秋鹰迸逐霜鹘远，鵩鸟护巢当昼啼。主人频问遣妖术，力尽计穷音响凄。当时何不早量分，莫遣辉光深照泥。

有鸟有鸟群翠碧[7]，毛羽短长心并窄。皆曾偷食渌池鱼，前去后来更逼迫。食鱼满腹各自飞，池上见人长似客。飞飞竞占嘉树林，百鸟不争缘凤惜。

有鸟有鸟群纸鸢[8]，因风假势童子牵。去地渐高人眼乱，世人为尔羽毛全[9]。风吹绳断童子走，余势尚存犹在天。愁尔一朝还到地，落在深泥谁复怜。

有鸟有鸟名啄木，木中求食常不足。偏啄邓林求一虫，虫孔未穿长觜秃。木皮已穴虫在心，虫蚀木心根柢覆。可怜树上百鸟儿，有时飞向新林宿。

有鸟有鸟众蝙蝠，长伴佳人占华屋。妖鼠多年羽翮生，不辨雌雄无本族。[10]穿墉伺隙善潜身，昼伏宵飞恶明烛。大厦虽存柱石倾，暗啮栋梁成蠹木。

有鸟有鸟名为鸮，深藏孔穴难动摇。鹰鹯绕树探不得，随珠弹尽声转娇。主人烦惑罢擒取，许占神林为物妖。当时幸有燎原火，何不鼓风连夜烧。

有鸟有鸟名燕子，口中未省无泥滓。春风吹送廊庑间，秋社驱将嵌孔里[11]。雷惊雨洒一时苏，雪[12]压霜摧半年死。驱去驱来长信风，暂托栋梁何用喜。

有鸟有鸟名老乌，贪痴突悖[13]天下无。田中攫肉吞不足，偏入诸巢探众雏。归来仍占主人树，腹饱巢高声响粗。山鸦野鹊闲受肉，凤皇不得闻罪辜。秋鹰掣断架上索，利爪一挥毛血落。可怜鸦鹊慕腥膻，犹向巢边竞纷泊。

有鸟有鸟谓白鹇，雪毛皓白红觜殷。贵人妾妇爱光彩，行提坐臂怡朱颜。妖姬谢宠辞金屋，雕笼又伴新人宿。无心为主拟衔花[14]，空长白毛映红肉。

有鸟有鸟群雀儿，中庭啄粟篱上飞。秋鹰欺小嫌不食，凤皇容众从尔随。大鹏忽起遮白日，余风簸荡山岳移。翩翾[15]百万徒惊噪，扶摇势远何由知。古来妄说衔花报，纵解衔花何所为。可惜官仓无限粟，伯夷饿死黄口肥。

有鸟有鸟皆百舌，舌端百啭声咄喹[16]。先春尽学百鸟啼，真伪不分听者悦。伶伦凤律乱宫商，蟠木天鸡误时节。[17]朝朝暮暮主人耳，桃李无言[18]管弦咽。五月炎光朱火盛，阳焰烧阴幽响绝。安知不是卷舌星[19]，化作刚刀一时截。

有鸟有鸟毛羽黄，雄者为鸳雌者鸯。主人并养七十二，罗列雕笼开洞房[20]。雄鸣一声雌鼓翼，夜不得栖朝不食。气息榻然[21]双翅垂，犹入笼中就颜色。

有鸟有鸟名鹞雏，铃子眼精[22]苍锦襦。贵人腕软怜易臂，奋肘一挥前后呼。俊鹘无由拳狡兔，金雕不得擒魅狐。文王长在苑中猎，何日非熊休卖屠。[23]

有鸟有鸟名鹦鹉，养在雕笼解人语。主人曾问私所闻，因说妖姬暗欺主。主人方惑翻见疑，趁[24]归陇底双翅垂。山鸦野雀怪鹦语，竞噪争窥无已时。君不见隋朝陇头姥，娇养双鹦嘱新妇。一鹦曾说妇无仪，悍妇杀鹦欺主母。一鹦闭口不复言，母问不言何太久。鹦言悍妇杀鹦由，母为逐之乡里丑。当时主母信尔言，顾尔微禽命何有。今之主人翻尔疑，何事笼中漫开口。

有鸟有鸟名俊鹘，鹞小雕痴俊无匹。雏鸭拂爪血迸天，狡兔中拳头粉骨。平明度海朝未食，挟[25]上秋空云影没。瞥然飞下人不知，搅碎荒城魅狐窟。

有鸟有鸟真白鹤，飞上九霄云漠漠。司晨守夜悲鸡犬，啄腐吞腥笑雕鹗。尧年值雪度关山，晋室闻琴下寥廓。[26]辽东尽尔千岁人，怅望桥边旧城郭。

【题解】

这组诗元和五年（810）作于江陵。但据作者《虫豸诗七篇》总序中“始辛卯年（811），予掾荆州之地，洲渚湿垫，其动物宜介，其毛物宜翅羽。予所舍，又荆州树木洲渚处，昼夜常有翅羽百族闹，心不得闲静，因为《有鸟二十章》以自达”云云，则应作于元和六年。

这是一组咏物的“新题乐府”，以二十种鸟喻指二十种人，如“鸱张贪狠”的鸱，贪痴突悖的老乌，察言观色的鸳鸯，善解人语的鹦鹉，等等，从而揭示现实社会中所见不同人群的生存状态与人格品性，讽而示戒。其中，有十五首为七言八句，四首为七言十二句，一首为二十句。如第七首，以纸鸢讽刺假借他人之力高攀者，此辈一旦失势，则不免堕地为泥。第九首，以蝙蝠讽刺伺隙潜身、怕见光明的阴险之徒，此辈暗啮大厦，危害甚巨。第十五首，以百舌讽刺那些以伪言惑乱主人的谗巧之徒，指出他们的如簧巧舌终不免被“截”。

元稹在创作实践中对歌行的形式做了多方面的尝试，写作歌行组诗就是这种尝试的结果。《有鸟二十章》和《有酒十章》这两组歌行组诗，每首诗的首句皆曰“有鸟有鸟”或“有酒有酒”云云，这种形式显然是受了杜甫《乾元中寓居同谷县作歌七首》（其一至其四）的影响，只不过，有时候稍显松弛乏力，逊于老杜。

【注释】

①鸱张：如鸱鸟之张翼，比喻嚣张、凶暴。

②翰飞：高飞。

③疽肠：犹言狠毒的心肠。

④礐(què)：礐石，五毒之一。

⑤坟地：地名凸起如坟。

⑥“望尔”句：《搜神记》载，长安张氏独处一室，有鸠自外而入，止于床。张氏祝曰：“鸠来为我祸也，飞上承尘；为我福也，即入我怀。”鸠飞入其怀。张氏以手探之，则不知鸠之所在，惟金钩在焉。张氏宝之，自是子孙渐富。

⑦翠碧：即翠鸟。

⑧纸鸢：以细竹为骨，扎成鸟形，以纸或薄绢蒙糊其上，斜缀以线，可以引线乘风而上。五代李邺作纸鸢，于鸢首以竹为笛，使风入作声如筝鸣，故又称风筝。

⑨“世人”句：为，通“谓”。羽毛，卢本作“毛羽”。

⑩“妖鼠”二句：妖鼠，古人以为蝙蝠乃鼠变化而成，故谓蝙蝠为妖鼠。无本族，蝙蝠似鼠而有鸟翼，古人以为非禽非鸟，故名。

⑪“秋社”句：谓燕子在秋天来临后即进入冬眠时期。秋社，古代秋季祭祀土地神的活动。

⑫雪：原作“云”，据蜀本、胡本、《全诗》改。

⑬突悖：鲁莽，反常。

⑭拟衔花：东汉杨宝年九岁，至华阴山北，见一黄雀为鸱枭所搏，坠于树下，复为蝼蚁所困。宝取之以归，置巾箱中，唯食黄花。百余日，毛羽成，乃飞去。其夜有黄衣童子至，以白环四枚相赠，曰：“令君子孙洁白，且从登三公，事如此环矣。”

⑮翩翾(xuān)：轻快翻飞貌。

⑯咄喹：说话无节制，喋喋不休。

⑰“伶伦”二句：伶伦，传说为黄帝时的乐官。天鸡，古代传说中天上报时之鸡。

⑱桃李无言：《史记·李将军列传》：“谚曰：‘桃李不言，下自成蹊。’此言虽小，可以喻大也。”司马贞《索隐》：“姚氏云：‘桃李本不能言，但以华实感物，故人不期而往，其下自成蹊径也。’”此以桃李喻雅正的音乐。

⑲卷舌星：星宿名。

⑳洞房：连接相通的房屋。

㉑榻然：气息微弱貌。

㉒眼精：眼球。

㉓“文王”二句：《文韬·文师》：文王将猎渭滨，行前占卜，辞曰：“田于渭阳，将大得焉，非龙非彲，非虎非罴，兆得公侯，天遗汝师，以之佐昌。”后果见姜太公渭滨垂钓，与之语，大悦，遂同载而归，拜之为师。古代熊罴连称，遂以非熊为姜太公的代称。卖屠，姜太公遇文王前曾以屠牛为业。

㉔趁：驱逐，驱赶。

㉕挟：蜀本、杨本、《全诗》作“拔”。

㉖“尧年”二句：《异苑》卷三：“晋太康二年冬，大寒，南州人见二白鹤语于桥下，曰：‘今兹寒不减尧崩年也。’”《史记·乐书》：晋平公好音乐，使师旷鼓悲音，“师旷不得已，援琴而鼓之。一奏之，有玄鹤二八集乎廊门。再奏之，延颈而鸣，舒翼而舞。”

【辑评】

陆时雍《唐诗镜》卷四六：“近情切理，原自老杜脱胎，第其筋力缓纵。”

有酒十章

有酒有酒鸡初鸣，夜长睡足神虑清。悄然危坐心不平，浩思一气初彭亨[①]。澒洞浩汗真无名，无名[②]胡不终浑成。胡为沉浊以升清，矗然分画高下程。天蒸地郁群动萌，毛鳞裸介如挐鬡[③]。呜呼万物纷已生，我可奈何兮杯一倾。

有酒有酒东方明，一杯既进吞元精[④]。尚思天地之始名，一元既二分浊清。地居方直天体明，胡不八荒圢圢[⑤]如砥平。胡为[⑥]山高屹崒海泓澄，胡不日车杲杲昼夜行[⑦]。胡为月轮灭缺星䁅盯[⑧]。呜呼不得真宰情，我可奈何兮杯再倾。

有酒有酒兮湛渌波，饮将愉兮气弥和。念万古之纷罗，我独慨然而浩歌。歌曰：天耶，地耶，肇万物耶，储胥大庭之君耶[9]。恍耶，忽耶，有耶[10]，传而信耶，久而谬耶。文字生而羲农作耶，仁义别而圣贤出耶。[11]炎始暴耶，蚩尤炽耶，轩辕战耶，不得已耶。仁耶，圣耶，愍人之毒耶。天荡荡耶，尧穆穆耶。岂其让耶，归有德耶。舜其贪耶，德能嗣耶。岂其让耶，授有功耶。禹功大耶，人戴之耶。益不逮耶，启能德耶。[12]家天下耶，荣后嗣耶。于后嗣之荣则可耶，于天下之荣其可耶。呜呼，远尧舜之日耶，何弃舜之速耶。辛癸[13]虐耶，汤武革耶。顺天意耶，公天下耶。踵夏荣嗣私其公耶，并建万国均其私耶。专征递伐斗海内耶，秦扫其类威定之耶。二代而陨守不仁耶，汉魏而降乘其机耶。短长理乱系其术耶，尧耶，舜耶，终不可逮耶。将德之者不位，位者不逮其德耶。时耶，时耶，时其可耶，我可奈何兮一杯又进歌且歌。

有酒有酒兮黯兮溟，仰天大呼兮，天漫漫兮，高兮，青高兮，漫兮，吾孰知天否与灵。取人之仰者，无乃在乎昭昭乎日与夫月星[14]。何三光之并照兮，奄云雨之冥冥。幽妖倏忽[15]兮水怪族形，鼋鼍岸走兮海若斗鲸。河溃溃兮愈浊，济翻翻兮不宁。蛇喷云而出穴，虎啸风兮屡鸣。污高巢而凤去兮，溺厚地而芝兰以之不生。葵心倾兮何向，松影直而孰明。人惧愁兮戴荣，天寂默兮无声。呜呼，天在云之上兮，人在云之下兮，又安能决[16]云而上征。呜呼，既上征之不可兮，我奈何兮杯复倾。

有酒有酒香满尊，君宁不饮开君颜。岂不知君饮此心恨，君今独醒谁与言。[17]君宁不见飓风[18]翻海火燎原，巨鳌唐突高焰延。精卫衔芦塞海溢，枯鱼喷沫救池燔。筋疲力竭波更大，鳍燋甲裂身已干。有翼劝尔升九天，有鳞劝尔登龙门。九天下视日月转，龙门上激雷雨奔。螗蜋虽怒谁尔惧，鹖旦虽啼谁尔怜。搏空意远风来壮，我可奈何兮一杯又进消我烦。

有酒有酒歌且哀，江春例早多早梅。樱桃桃李相续开，间以木兰之秀香徘徊。东风吹尽南风来，莺声渐涩花摧颓。四月清和艳残卉，芍药翻红蒲映水。夏龙痡毒[19]雷雨多，蒲叶离披艳红死。红艳犹存榴树花，紫苞欲绽高笋牙。笋牙成竹冒霜雪，榴花落地还销歇。万古盈亏相逐行，君看夜夜当窗月。荣落亏盈可奈何，生成未遍霜霰过。霜霰过兮复[20]奈何，灵芝夐绝荆棘多。荆棘多兮可奈何，可奈何兮终奈何。秦皇尧舜俱腐骨，我可奈何兮又进一杯歌复歌。

有酒有酒方烂漫，饮酣拔剑心眼乱。声若雷砰目流电，醉舞翻环身眩转。乾纲倒轧坤维旋，白日横空星宿见。一夫心醉万物变，何况蚩尤之蹴蹋，安得不以熊罴战。呜呼，风后力牧[21]得亲见，我可奈何兮又进一杯除健羡。

有酒有酒兮告临江，风漫漫兮波长。渺渺兮注海，海苍苍兮路茫茫。彼万流之混入兮，又安能分若畎浍淮河与夫岷吴[22]之巨江。味作咸而若一，虽甘淡兮谁谓尔为良。济涓涓而缕贯，将奈何兮万里之浑黄。鲸归穴兮渤溢，鳌载山兮低昂。阴火然兮众族沸渭[23]，飓风作兮昼夜猖狂。顾千珍与万怪兮，皆委润而深藏。信天地之潴蓄[24]兮，我可奈何兮一杯又进兮包大荒。

有酒有酒兮日将落，余光委照在林薄[25]。阳乌撩乱兮屋上栖，阴怪[26]跳趫兮水中跃。月争光兮星又繁，烧横空兮焰仍烁。我可奈何兮时既昏，一杯又进兮聊处廓[27]。

有酒有酒兮再祝，祝予心兮何[28]欲。欲天泰而地宁，欲人康而岁熟。欲凤翥而鸩随兮，欲龙亨而骥逐。欲日盛而星微兮，欲滋兰而歼毒。欲人欲而天从，苟天未从兮，我可奈何兮一杯又进聊自足。

【题解】

这组诗，约元和六年(811)作于江陵。这是一组个人抒情歌行，句式多变，有些为齐言，有些为极度参差的杂言，还有些为骚体。对酒之际，诗人的思绪飞腾于宇宙天地、古今上下、人类万物间，思维进入虚拟的、幻想的状态，胸中激情撞击似不能自抑，遂发为这样的诗句。如第一首，凌晨危坐，思维活跃起来，感到天地间万物的差异，因而心生不平，开始饮酒。第四首，诗思仍在天地万物间飞舞，结末又想象“决云”而“上征”。带有“兮”字的句子似骚非骚，貌似随意构撰而成。第十首，诗人恢复了理智和平静，举杯发出美好的祝愿。

作为一个整体，《有酒十章》应视为七言歌行。但如果就局部看，就像其中的第三首，实际上完全不具有七言诗的形式特征。歌行之“别调”发展到元稹，差不多已经走到了极端。这种情况说明，歌行作为自由体的诗歌样式，固然具有作者们普遍认同的某些形式要求，但有时也会发生逸出常规的个例。

【注释】

①彭亨：骄满貌。

②无名：原无，据卢校补。

③“毛鳞”句：毛鳞裸介，毛指兽类动物，鳞指有鳞甲的动物，裸指人类，介指有甲壳的动物。鬇鬡，蓬乱貌。

④元精：天地之精气。

⑤圢圢(tǐng)：平坦貌。

⑥为：原无，据卢本补。

⑦“胡不”句：日车，指神话传说中太阳所乘由六龙驾驭之车，此处指太阳。古人以为日行于天，犹人乘车行于地。杲杲，明亮貌。

⑧矃(měng)盯：直视貌。

⑨“储胥”句：储胥，栅栏，藩篱，此处为卫护意。大庭，大庭氏，传说中

的远古氏族首领。或以为古国名。

⑩有耶：其下何校以意增“无耶”。

⑪“文字”二句：羲农，伏羲氏与神农氏的并称，传为中华民族的始祖。圣贤，蜀本作“贤圣”。

⑫“益不”二句：益，即伯益，佐禹治水有功，禹欲让位于益，益避居箕山之北。启，即夏启，姒姓。

⑬辛癸：商纣、夏桀的并称。商纣名帝辛，夏桀名履癸，均为著名暴君。

⑭“无乃”句：日，原作“曰”，据卢本、杨本、董本改。月，原作“日”，据卢本改。

⑮忽：蜀本、卢本作“闪”。

⑯决：冲破，突破。

⑰“岂不”二句：佷，通“很”，不听从。今，蜀本作“又”，杨本、董本、胡本作“人”。

⑱飓风：古代典籍中常以台风为飓风。

⑲痡(pū)毒：犹毒害。痡，危害，为害。

⑳复：原作“无”，据蜀本、卢本、杨本、《全诗》改。

㉑风后力牧：相传二人均为黄帝的大臣。

㉒岷吴：四川与江浙地区。

㉓沸渭：形容声音喧腾嘈杂。

㉔潴(zhū)蓄：积聚。

㉕林薄：交错丛生的草木。

㉖阴怪：指月亮，月亮属阴，故云。

㉗处廓：《楚辞》王逸章句：“孤立特止，居一方也。”

㉘何：蜀本作“何所”。

华之巫

景戎

有一人兮神之侧，庙森森兮神默默。神默默兮可奈何，愿一见神兮何可得。女巫索我何所有，神之开闭予之手。我能进若神之前，神不自言寄予口。尔欲见神安尔身，买我神钱沽我酒。我家又有神之盘，尔进此盘神尔安。此盘不进行路难，陆有摧车舟有澜。我闻此语长太息，岂有神明欺正直。尔居大道谁南北，恣矫神言假神力。假神力兮神未悟，行道之人不得度。我欲见神诛尔巫，岂是因巫假神祜[1]。尔巫尔巫，尔独不闻乎。与其媚于奥，不若媚于灶。[2]使我倾心事尔巫，吾宁驱车守吾道。尔巫尔巫且相保，吾心自有丘之祷[3]。

【题解】

此诗元和元年(806)作于自长安赴洛阳途中。在实际生活中，唐人和神打交道，仍然采用一种原始互惠的办法，即以隆重的仪式，丰厚的酬报，来换取神的救助。求神祭祀的时候，唐人首先强调“人贵聪而神贵明”(韩赏《告太华府君文》)。如果享尽供奉，而看不到任何灵验，地位马上会下降。只有那些被证明为神通广大的神灵，才会拥有广泛的信徒。唐人的华山信仰，典型地奉行了这一原则。至于元稹诗中“恣矫神言假神力”云云，是指贞元、元和时，在华岳庙求神赐福者越来越多，女巫借香火旺盛之机牟取暴利。这种局面，至迟在开元间玄宗封华岳神后不久就开始了。王建《华岳庙二首》之一即云：“女巫遮客买神盘，争取琵琶庙里弹。”张籍《华山庙》亦云：“金天庙下西京道，巫女纷纷走似烟。手把纸钱迎过客，遣求恩福到神前。”

【注释】

①祜(hù)：大福。

②“与其”二句：奥，指堂屋深处，擅权者所居。灶，灶神，传说灶神每年升天汇报人之善恶，苍天据以赏善罚恶。比喻求祐于巫，不如受道以求祐于天。

③丘之祷：指努力事功，祸福听之于天。

庙之神

我马烦兮释我车，神之庙兮山之阿。予一拜而一祝[1]，祝予心之无涯。涕汍澜而零落，神寂默而无哗。神兮神兮，奈神之寂默而不言，何复再拜而再祝。鼓吾腹[2]兮歌吾歌，歌曰：今耶，古耶，有耶，无耶，福不自神耶，神不福人耶。巫尔惑耶，稔而诛耶。谒不得耶，终不可谒耶。返吾驾而遵吾道，庙之木兮山之花。

【题解】

此诗元和元年(806)作于自长安赴洛阳途中。与上一首《华之巫》内容上前后相接，所用词语的含义也大致相同，应视为姊妹篇。所不同的是，《华之巫》中对宪宗还抱有幻想，以为只是权幸从中阻拦、破坏。而在本篇中，诗人的幻想已经彻底破灭，完全被宪宗的昏庸、狡诈激怒。当此之际，诗人别无他法，唯有呼天抢地，不停地向上苍发问而已。

【注释】

①祝：用言语向鬼神祈祷求福。

②鼓吾腹：拍击腹部，以应歌之节拍。

村花晚

庚寅

三春已暮桃李伤，棠梨花白蔓菁黄。村中女儿争摘将，插刺头鬟相夸张。田翁蚕老迷臭香，晒暴gb敞[1]薰衣裳。非无后秀与孤芳，奈尔千株万顷之茫茫。天公此意何可量，长教尔辈时节长。

【题解】

此诗元和五年(810)作于自长安赴江陵途中。诗写暮春季节,桃花、李花已经凋谢,而洁白的棠梨花却昂首盛开,村姑们争相采摘,将花簪在头上作为发饰。末二句"天公此意何可量,长教尔辈时节长",点出对不入群芳谱的棠梨花的赞美之意。

【注释】

①皦皦:相及,相接。

紫踯躅

紫踯躅,灭紫桤裙倚山腹。文君新寡乍归来,羞怨春风不能哭。我从相识便相怜,但是[①]花丛不回目。去年春别湘水头,今年夏见青山曲。[②](青山,驿名。)迢迢远在青山上,山高水阔难容足。愿为朝日早相暾,愿作轻风暗相触。尔踯躅,我向通川尔幽独。可怜今夜宿青山,何年却向青山宿。山花渐暗月渐明,月照空山满山绿。山空月午夜无人,何处知我颜如玉。

【题解】

此诗元和十年(815)作于自长安赴通州途中。踯躅,杜鹃花的别名。与以下二首一样,都用了新题乐府"首句标其目"的写法。诗旨,也确实同样体现在末二句"山空月午夜无人,何处知我颜如玉"中,却颇费斟酌。一似因山间紫踯躅花的"幽独",而引起贬谪的伤感,亦即以花自喻,怀才不遇。又或似真有一位女子,曾与诗人相识,并使他产生"但是花丛不回目"

的眷恋之情(与元稹名句"取次花丛懒回顾"相似,也是判断诗旨的一个理由),此次过青山而不得见,遂生出无限怅惘之情。

【注释】

①但是:只要是,凡是。

②"去年"二句:"去年"句,指元稹元和九年自江陵赴潭州拜谒湖南观察使张正甫之役。"今年"句,元稹元和十年赴通州司马任,经过此驿时已是四月天气。

山枇杷

山枇杷,花似牡丹殷(乌间反)泼血。往年乘传[1]过青山,正值山花好时节。压枝凝艳已全开,映叶香苞才半裂。紧搏红袖欲支颐[2],慢解(贺买反)绛囊初破结。金线丛飘繁蕊乱,珊瑚朵重纤茎折。因风旋落裙片飞,带日斜看目精[3]热。亚水依岩半倾侧,笼云隐雾多愁绝。绿珠语尽身欲投,汉武眼穿神渐灭。秾姿秀色人皆爱,怨媚羞容我偏别[4]。说向闲人人不听,曾向乐天时一说。昨来谷口先相问,及到山前已消歇。左降通州十日迟,又与幽花一年别。[5]山枇杷,尔托深山何太拙。天高万里看不精,帝在九重[6]声不彻。园中杏树良人[7]醉,陌上柳枝年少折。因尔幽芳喻昔贤,磻溪[8]冷坐权门咽。

【题解】

此诗元和十年(815)作于自长安赴通州途中。诗以大半篇幅,描写往年所见生长于青山的山枇杷,写它花色的美艳和花开的繁盛,并曾将自己对山枇杷花的欣赏说给友人白居易听。今日左降通州再次经过青山,山枇杷却已过了开花时节,遂留给诗人深深的遗憾。篇末感叹山枇杷因为生长深山，得不到世人的珍重。结二句用新题乐府“卒章显其志”的写法，直接点出此诗以幽芳喻贤人的用意，自比山枇杷，流落外州，不得亲近君上。

【注释】

①乘传：乘坐驿站所备的车马。

②“紧搏”句：搏，卢本作“摶”。支颐，手托下巴貌。

③目精：即眼睛。

④别：辨别，此处引申为赏爱。

⑤“左降”二句：元和十年三月二十五日，诏命元稹司马通州；三月二十九日，离京上路。十日后行至青山驿时，已是夏天，山枇杷花已凋谢。

⑥九重：古人认为天有九层，因以“九重”指天。

⑦良人：犹美人。

⑧磻(pán)溪：水名，在今陕西宝鸡东南，传说中吕尚未遇文王时垂钓之处。此处借指吕尚。

树上乌

癸卯

树上乌，洲中有树巢若铺。百巢一树知几乌，一乌不下三四雏，雏又生雏知几雏。老乌未死雏已乌，散向人间何处无。攫麑[①]啄卵方可食，男女群强最多力。灵蛇万古唯一珠，岂可抨弹千万亿。吾不会天教尔辈多子孙，告诉[②]天公天不言。

【题解】

此诗长庆三年(823)作于同州或越州。传说隋侯出游时，遇一蛇重伤，遂以药疗之，痊愈而去。后来，此蛇衔来一颗寸径的明珠作为报答。作者化用其典，尤其是通过篇末“吾不会”二句——我不懂上天为什么让你们这些乌鸦子孙众多，为害人间，我向天公申诉，天公却不言语，表达珠贵而少，乌贱而多，难以尽评之意。或以为言朝廷小人之多，亦或以为不满强藩及其子孙拥兵自立。元稹贬谪时期的新乐府诗中，有的作品出现晦涩的缺点，乃“世忌则词隐”（《和李校书新题乐府十二首》序）所致，与诗人的造诣无关。

【注释】

①麑（ní）：幼鹿。

②告诉：向上级申诉。

琵琶歌

寄管儿兼诲铁山。此后并新题乐府

琵琶宫调八十一，旋宫三调弹不出。[①]玄宗偏许贺怀智，段师[②]此艺还相匹。自后流传指拨衰，昆仑善才徒尔为。[③]澒声少得似雷吼，缠(去声)弦不敢弹羊皮[④]。人间奇事会[⑤]相续，但有卞和无有玉。段师弟子数十人，李家管儿称上足[⑥]。管儿不作供奉儿[⑦]，抛在东都双鬓丝。逢人便请送杯盏，著尽功夫人不知。李家兄弟皆爱酒，我是酒徒为密友。著作曾邀连夜宿，中碾春溪华新绿[⑧]。平明船载管儿行，尽日听弹无限曲。曲名无限知者鲜，霓裳羽衣偏宛转。凉州大遍最豪嘈，六么散序多笼捻。[⑨]我闻此曲深赏奇，赏著奇处惊管儿。管儿为我双泪垂，自弹此曲长自悲。泪垂捍拨[⑩]朱弦湿，冰泉呜咽流莺涩。因兹弹作雨霖铃，风雨萧条鬼神泣。一弹既罢又一弹，珠幢夜静风珊珊。低徊慢弄关山思，坐对燕然[⑪]秋月寒。月寒一声深殿磬，骤弹曲破音繁并。百万金铃旋(去声)玉盘，醉客满船皆暂醒。自兹听后六七年，管儿在洛我朝天。游想慈恩杏园里，梦寐仁风[12]花树前。去年御史留东台，公私蹙促颜不开。今春制狱正撩乱，昼夜推囚心似灰。暂辍归时寻著作，著作南园花拆萼。胭脂耀眼桃正红，雪片满溪梅已落。是夕青春值三五，花枝向月云含吐。著作施尊命管儿，管儿久别今方睹。管儿还为弹六幺，六幺依旧声迢迢。猿鸣雪岫来三峡，鹤唳晴空闻九霄。逡巡弹得六幺彻，霜刀破竹无残节。幽关鸦轧胡雁悲[13]，断弦砉騞层冰裂。我为含凄叹奇绝，许作长歌始终说。艺奇思寡尘事多，许来寒暑又经过。如今左降在闲处，始为管儿歌此歌。歌此歌，寄管儿。管儿管儿忧尔衰，尔衰之后继者谁。继之无乃在铁山，铁山已近曹穆[14]间。（二善才姓。）性灵甚好功犹浅，急处未得臻幽闲。努力铁山勤学取，莫遣后来无所祖。

【题解】

此诗元和五年（810）作于江陵，是一首就事命题的讽谕之作。叙写艺人流落，惋惜琵琶绝艺失传，表达对管儿琵琶绝艺的赞赏及对艺人境遇的惋惜。诗末用“努力铁山勤学取，莫遣后来无所祖”作结，劝勉管儿与铁山续传琵琶绝艺，表达了诗人无限的期待之情。诗中运用大量的形象比喻表现音乐之美：乐音的嘈繁，用“百万金铃旋玉盘”；音乐的低抑，用“泪垂捍拨朱弦湿，冰泉呜咽流莺涩”等；写音乐效果，用“醉客满船皆暂醒”等。但选取的部分意象比较晦暗：如“风雨萧条鬼神泣”、“幽关鸦轧胡雁悲，断弦砉騞层冰裂”等。另外，诗中介绍的一批琵琶演奏家，如贺怀智、曹善才、康昆仑、段善本，以及提到的一些曲子，如《无限曲》、《霓裳》、《凉州》、《六幺》、《雨霖铃》，都有音乐史料价值。

此诗与白居易的《琵琶行》有诸多共同之处，这与二人对盛唐音乐艺术的挚爱，着意改革弊政的共同志向，共同提倡新乐府的诗艺追求，以及共同经历了唐由盛转衰的变迁有关。不过，主要是因为在立意上高下有别，而不仅仅是写作技巧和遣词造句方面的缘故，元诗稍逊于白诗。陈寅恪《元白诗笺证稿》即认为，作于元和十六年的《琵琶行》，是白氏得见元作而后，就同一性质题目，加以改进的结果。《琵琶歌》只不过是元稹答应了为管儿作一诗，而许久没有写出来，后来降职担任闲差，乃得补偿了他的诺言写成的，因之，元诗的宗旨是平凡肤浅的。而《琵琶行》，则"既专为此长安故倡女感今伤昔而作，又连绾己身迁谪失路之怀。直将混合作此诗之人与此诗所咏之人，二者为一体。真可谓能所双亡，主宾俱化，专一而更专一，感慨复加感慨。岂微之浮泛之作，所能企及者乎！"

【注释】

①"琵琶"二句：《梦溪笔谈》卷六："元稹诗有'琵琶宫调八十一，三调弦中弹不出'。琵琶共有八十四调，盖十二律各七均，乃成八十四调。稹诗言'八十一调'，人多不喻所谓。予于金陵丞相家，得唐贺怀智《琵琶谱》一册，其序云：'琵琶八十四调，内黄钟、太蔟、林钟宫声弦中弹不出，须管色定弦。其余八十一调，皆以此三调为准，更不用管色定弦。'始喻稹诗言。"旋宫，古代以十二律配七音，每律均可作为宫音，旋相为宫，故云。自秦而后，旋宫声废。唐高祖时，祖孝孙修定雅乐，旋宫之声复起。

②段师：指庄严寺僧段善本，当时琵琶名手。

③"自后"二句：指拨，指法与拨法的合称。用左手扣弦、揉弦是指法，用右手顺下拨或反手回拨是拨法。昆仑，指少数民族艺人康昆仑，贞元年间琵琶第一。善才，本唐代琵琶名手的通称，此指曹保之子曹善才，亦精琵琶。

④"缠弦"句：缠弦，琴弦的一种。羊皮，指用羊皮所做的弦。

⑤会：应当。

⑥"李家"句：李家，李著作家，无考。上足，犹高足。

⑦供奉儿：以某种技艺侍奉皇帝的人。

⑧"中碾"句：唐代制茶为饼，然后碾碎冲水饮用。

⑨"凉州"二句：凉州，宫调曲，原为凉州一带地方乐曲，开元中由西凉府都督郭知运进奉。六么，又名《绿腰》，盛唐教坊大曲名。么为小之意，因此调羽弦最小，节奏繁急，故名。散序，隋唐燕乐大曲的开始部分，散板，节

奏自由，器乐独奏、轮奏或合奏，不歌不舞。笼捻，琵琶弹奏的两种指法。拢指用左手指扣弦，捻指用左手指揉弦。

⑩捍拨：弹奏琵琶的拨子，因其质地坚硬，故称。

⑪燕然：山名，今名杭爱山，在今蒙古人民共和国中部，此泛指北方的山脉。

⑫仁风：在洛阳定鼎门街，李著作有宅在此坊。

⑬"幽关"句：幽关，犹深关。关，门閂。鸦轧，门户启闭之声。

⑭曹穆：曹指曹保及其子善才、孙纲。穆所指不详。

【辑评】

宋胡仔《苕溪渔隐丛话》前集卷一六引《蔡宽夫诗话》："近时乐家，多为新声，其音谱转移，类以新奇相胜，故古曲多不存。顷见一教坊老工言，惟大曲不敢增损，往往犹是唐本，而弦索家守之尤严。故言《凉州》者，谓之濩索，取其音节繁雄。言《六么》者，谓之转关，取其声调闲婉。元微之诗云：'凉州大遍最豪嘈，录要散序多笼捻。'濩索、转关，岂所谓豪嘈、笼捻者耶？唐起乐皆以丝声，竹声次之，乐家所谓细抹将来者是也。故王建《宫词》云：'琵琶先抹绿腰头，小管丁宁侧调愁。'近世以管色起乐，而犹存细抹之话，盖沿袭弗悟尔。《绿腰》本名《录要》，后讹为此名，今又谓之《六么》。然《六么》白乐天时已若此云，不知何义也。"

宋程大昌《演繁露》卷一二："叶少蕴《石林语录》谓琵琶以放拨重为精，丝弦不禁即断，故精者以皮为之，欧公时士人杜彬能之，故公诗云：'坐中醉客谁最贤，杜彬琵琶皮作弦。'因言杜彬耻以技传，丐公为改。予考公集所载《赠沈博士歌》诚有此两句，然其下续云：'自从彬死世莫传，玉练缫声入黄泉。'则公咏皮弦时彬已死，安得有丐改事，恐石林别见一诗也。陈后山亦疑无用皮者。然元稹《琵琶歌》'涸声少得似雷吼，缠弦不敢弹羊皮'，又曰：'鹍弦铁拨声如雷'，房千里《大唐杂录》载春州土人弹小琵琶，以狗肠为弦，声甚凄楚。合三物观之，以皮造弦，不为无证。若详求元语，恐是羊皮为质，而练丝缠裹其上，资皮为劲，而其声还出于丝，故欧公亦曰'玉练缫声'也。"

明朱承爵《存余堂诗话》："苕溪渔隐评昔贤听琴、阮、琵琶、筝诸诗，大率一律，初无的句，互可移用。余谓不然……听琵琶，如白乐天云：'大弦嘈嘈如急雨，小弦切切如私语。嘈嘈切切错杂弹，大珠小珠落玉盘。间关莺语花底滑，幽咽泉流冰下滩。'元微之云：'月寒一声深殿磬，骤弹曲破音繁并。'欧阳公云：'春风和暖百鸟语，花间叶底时丁丁。'王仁裕云：'寒敲白玉声何缓，暖逼黄莺语自娇。'自是听琵琶诗，如曰听琴，吾不信也。"

小胡笳引

桂府王推官出蜀匠雷氏金徽琴，请姜宣弹

雷氏金徽琴，王君宝重轻千金。三峡流中将得来，明窗拂席幽匣开。朱弦宛转盘凤足[①]，骤击数声风雨回。哀笳慢指董家本[②]，姜生得之妙思忖。泛徽[③]胡雁咽萧萧，绕指辘轳圆衮衮。吞恨缄情乍轻激，故国关山心历历。潺湲疑是雁[④]鸊鹈，砉騞如闻发鸣镝[⑤]。流宫变徵渐幽咽，别鹤欲飞猿欲绝。秋霜满树叶辞风，寒雏坠地乌啼血。哀弦已罢春恨长，恨长何恨怀我乡。我乡安在长城窟，闻君虏奏心飘忽。何时窄袖短貂裘，胭脂山下弯明月[⑥]。

【题解】

此诗元和五年至九年(814)作于江陵。桂府，贵州都督府。王推官、姜宣，均未详。诗写姜宣应桂府王推官之请，用推官拿出的蜀地工匠雷氏制造的金徽琴，根据董庭兰的曲谱弹奏一事。一曲《小胡笳》，使人心旷神怡，恨不能着胡装，跨飞骑，去欣赏西域的明月夜……姜宣高超的弹奏技艺，也在作者所描述的听琴的诸般感受中，完美地体现出来。王小盾《琴曲歌辞〈胡笳十八拍〉的作者与时代》一文提出，当《大胡笳十八拍》已经配有歌辞而流行的时候，《小胡笳》仍然是一支篇幅短小、无确定故事内容的纯器乐曲。从作为文献依据的元稹此诗可以知道，当时的《小胡笳》是个纯器乐曲，融合了《别鹤》、《乌夜啼》等琴曲的表现方法，以故国关山为主题，但无文姬归汉一类确定的题材内容，“哀笳慢拍”是它的主要的音乐风格特色。

此首，《全唐诗》卷四二一归元稹，卷七八六又作无名氏诗，题作《姜宣弹小胡笳引歌》，题注云：“《蜀中方物记》：桂府王推官出蜀匠雷氏金徽琴。请姜宣弹《小胡笳引》，时有为作歌者云。”然朱翌《猗觉寮杂记》卷上已属元稹，元稹集各本亦皆收之，据知，当是在流传中偶佚作者姓名。

【注释】

①凤足：琴上攀弦之物的美称。

②“哀笳”句：指，蜀本、杨本作“拍”。董家，指董庭兰，玄宗、肃宗时著名乐师，曾为房琯门客，以演奏胡笳著称。

③泛徽：弹琴技法之一，左手轻按琴弦，右手轻击琴弦。

④雁：卢校：“疑”。

⑤鸣镝（dí）：响箭。

⑥“胭脂”句：胭脂山，即燕支山，以盛产燕支草而得名，在今甘肃山丹东南。明月，此指弓。

去杭州

送王师范

房杜王魏[1]之子孙，虽及百代为清门。骏骨凤毛真可贵，岗头泽底[2]促足论。（近世不以勋贤之胄为令族，而以岗卢泽李为甲门。）去年江上识君面，爱君风貌情已敦。与君言语见君性，灵府坦荡消尘烦。自兹心洽迹亦洽，居常并榻游并轩。柳阴覆岸郑监水，李花压树韦公园。[3]每出新诗共联缀，闲因醉舞相牵援。时寻沙尾枫林夕，夜摘兰丛衣露繁。今君别我欲何去，自言远结迢迢婚。简书五府已再至[4]，波涛万里酬一言。为君再拜赠君语，愿君静听君勿喧。君名师范欲何范，君之烈祖遗范存。永宁昔在抡鉴表[5]，沙汰沉浊澄浚源。君今取友由[6]取士，得不别白清与浑。昔公事上尽忠谠，虽及死谏誓不谖。[7]今君佐藩如佐主，得不陈露酬所恩。昔公为善日不足，假寐待旦朝至尊。今君三十朝未与，得不寸晷倍玙璠[8]。昔公令子尚贵主，公执舅礼妇执笲[9]。返拜之仪自此绝，关雎之化皎不昏。君今远娉奉明祀[10]，得不齐励亲蘋蘩。斯言皆为书佩带，然后别袂乃可扪。别袂可扪不可解，解袂开帆凄别魂。魂摇江树鸟飞没，帆挂樯竿乌尾翻。翻风驾浪指何处，直指杭州由上元。[11]上元萧寺[12]基址在，杭州潮水霜雪屯。潮户迎潮击潮鼓，潮平潮退有潮痕。得得为题罗刹石，古来非独伍员冤。

【题解】

此诗元和五年至九年(814)作于江陵。友人王师范将往杭州就婚，并将入杭州藩幕，诗人以此赠别。诗中回顾了与王师范的交谊，而后赠言，希望友人继承其烈祖的遗范，诗末抒写别情。全首长达五十六句，而通篇不换韵。篇中以“昔公”、“今君”构成的排比句，甚有特点；“斯言皆为书佩带”以下十二句的蝉联句式，纠结勾连，连成一串，特色更为鲜明。这说明，在歌行的发展过程中，其语言的运用时时打破各种程式，而听凭诗人的即兴创造，正是歌行作为自由体的特点。

【注释】

①房杜王魏：初唐四位著名大臣，即房玄龄、杜如晦、王珪、魏徵，前两者善智谋，后两者善谏诤。

②岗头泽底：唐代门第观念犹重，崔、卢、李、郑为当时甲门四姓，其中卢氏称岗头卢，李氏称泽底李。此泛指豪门士族。

③“柳阴”二句：郑监，指郑审，大历初为秘书监，后出为江陵少尹。韦公，指韦丹，在江陵府东有别业。

④“简书”句：简书，指官府文书。五府，古代五官署的合称，不同时期所指不一。此泛指高等官署。

⑤“永宁”句：永宁，指王珪。抡鉴，鉴识选拔。

⑥由：通“犹”。

⑦“昔公”二句：公，指王珪。上，蜀本、杨本、董本、马本、《全诗》作“主”。谖，欺诈。

⑧寸晷倍玙璠(yú fán)：犹言一寸光阴一寸金。

⑨执笲(fán)：执笲礼。笲，古代盛干果类物品的竹器。

⑩“君今”句：明祀，对重大祭祀的美称，古代惟明媒正娶的正妻方有资格“奉明祀”。

⑪“翻风”二句：指，原作“拍”，据蜀本、卢本、杨本改。上元，今江苏南京。

⑫萧寺：佛寺的代称。

【辑评】

宋葛立方《韵语阳秋》卷一：“杜子美《曹将军丹青引》云：‘将军魏武之子孙，于今为庶为清门。’元微之《去杭州》诗亦云：‘房杜王魏之子孙，虽及百代为清门。’则知老杜于当时，已为诗人所钦伏如此。残膏剩馥，沾丐后代，宜哉。故微之云：诗人以来，未有如子美者。”

南家桃

南家桃树深红色，日照露光看不得。树小花狂风易吹，一夜风吹满墙北。离人自有经时别，眼前落花心叹息。更待明年花满枝，一年迢递空相忆。

【题解】

此诗创作时地不详。诗作简洁而又情浓，纯粹以简单意象，表达出极美的境界。“日照露光”，红艳耀目；“一夜风吹”，落红啼血。用眼前落花写“经时”离散之叹，以“迢递”写一种无着无落的牵挂空虚，不必针对任何具体对象，又似乎能够无往而不在。咏物至于此极，难怪《广群芳谱·花谱五》作为代表性的篇章，将其增入。可以附带提及的是，邻家的桃花，吹落自己的院子里，这也引起诗人的叹息，真可说是“何其多情”了。白居易《欲与元八卜邻先有是赠》有句云：“明月好同三径夜，绿杨宜作两家春。”不知是否受到此诗的启发或者影响了此诗。

志坚师

嵩山老僧披破衲，七十八年三十腊。① 灵武朝天② 辽海征，宇宙曾行三四匝。初因怏怏剃却头，便绕嵩山寂师③ 塔。淮西未返半年前，已见淮西阵云合。

【题解】

此诗创作时地不详。诗作前六句介绍志坚生平，据知当系肃宗灵武时期的扈从功臣，中唐时期北宗禅僧。末二句“淮西未返半年前，已见淮西阵云合”并非无缘无故地一转，应与淮西平叛有关。

【注释】

①“嵩山”二句：破，蜀本作“旧”。三十腊，佛教戒律规定，比丘受戒后每年夏季三个月安居一处，修习教义，称一腊。故用以指僧侣受戒后的岁数或泛指年龄，三十腊即为僧已满三十年。

②灵武朝天：天宝十五年七月，太子李亨即位于灵武，改元至德，是为肃宗。灵武，在今宁夏回族自治区灵武南。

③寂师：指普寂，俗姓冯，神秀弟子，嵩山寺僧，开元二十七年终于上都兴唐寺，时称北宗七祖。杜甫《秋日夔府咏怀奉寄郑监李宾客一百韵》：“身许双峰寺，门求七祖禅。”案：杜诗中“七祖”，钱谦益、杨伦、仇兆鳌等认为是

指神会，浦起龙认为是指南岳怀让。

答子蒙

报卢君，门外雪纷纷。纷纷门外雪，城中鼓声绝。强梁御史人觑步①，安得夜开沽酒户。

【题解】

此诗或元和四年(809)前作于洛阳。诗写与卢真言酒事，用三五七言排比，作雪绝、觑步两韵叶，全诗六句分作三段式，成短歌之又一体。

【注释】

①觑步：边走边看的样子，引申为刺探。

辛夷花

问韩员外

问君辛夷花，君言已斑驳。不畏辛夷不烂开，顾我筋骸官束缚。缚遣推囚名御史，狼藉囚徒满田地。明日不推缘国忌①，依前不得花前醉。韩员外家好辛夷，开时乞取三两枝。折枝为赠君莫惜，纵君不折风亦吹。

【题解】

此诗元和五年(810)作于洛阳。辛夷花，又名玉兰。韩员外，指韩愈，元和初召为国子博士，迁都官员外郎。诗作开篇即紧扣题面，接下来以叙事与抒情相结合的方式，围绕辛夷花反复做文章。先说身为官缚，没有赏花的自由。再具体说不自由的情况，身为御史，平日要推囚；明日不推囚，却也因为是国忌日，纵使花“已斑驳”，仍然不能饮酒赏乐，这就彻底没有自由了。为了不辜负这“好辛夷”，无奈之下，只好向友人乞取花枝，聊为精神上的小补。乞花之际，又担心友人惜而不折，便又给他做了一番开导：花事将阑，“纵君不折风亦吹”。全篇层递转折，开阖有致。

【注释】

①国忌：旧指帝、后的忌日。辛夷花正月、二月开放，唐德宗卒于贞元二十一年正月癸巳（二十三），顺宗卒于元和元年正月甲申（十九），国忌当指德宗或顺宗忌日。

【辑评】

宋洪迈《容斋随笔》卷三：“《刑统》载唐大和七年敕：‘准令，国忌日唯禁饮酒举乐，至于科罚人吏，都无明文。但缘其日不合厘务，官曹即不得决断刑狱，其小小笞责，在礼律固无所妨，起今以后，纵有此类，台府更不要举奏。’《旧唐书》载此事，因御史台奏均王傅王堪男国忌日于私第科决作人，故降此诏。盖唐世国忌休务，正与私忌义等，故虽刑狱亦不决断，谓之不合厘务者也……元微之诗云：‘缚遣推囚名御史，狼藉囚徒满田地。明日不推缘国忌。’又可证也。”

厅前柏

厅前柏，知君曾对罗希奭。我本癫狂耽酒人，何事与君为对敌。为对敌，洛阳城中花赤白。花赤白，囚渐多，花之赤白奈尔何。

【题解】

此诗元和五年(810)作于洛阳。诗作借咏洛阳御史台厅前的柏树，以抒诗人对所任职事的感喟。因于诗中提及自己所不愿意成为的那种人，如恶名昭著的罗希奭。此君于唐玄宗天宝初，以李林甫姻娅，自御史台主簿迁殿中侍御史。八年，迁刑部员外郎，转郎中。与酷吏吉温竞相罗织对手罪名，时号“罗钳吉网”。再结合诗末“囚渐多”云云，颇能显出自谓为“癫狂耽酒人”的作者的无奈之意。

篇中种种情绪的宣泄，也与其所用短歌体式相得益彰。具体而言，此首用顶真续麻法，以三言一句起带七言一句至三句。用柏白韵叶，而末句却在句中夹韵，结语反又失韵作散言，创短歌以感叹词收束之先例。

夜别筵

夜长酒阑灯花长，灯花落地复落床。似我别泪三四行，滴君满坐之衣裳。与君别后泪痕在，年年著衣心莫改。

【题解】

此诗创作时地不详。前四句，夜深酒阑，灯花四溅，似泪洒满座满衫，是叙写别筵上哀而不伤的景象。后两句，在淡淡的临别嘱托中，吐露出对别者的深深依恋之情，语浅情深：想来与君别后，衣服上的那些离别泪应该还在，真希望你年年穿此衣，日日惦记我，千万莫变心。本篇艺术上的显著特点，是通过成功运用比兴手法，以质朴无华的语言，在生活细节的描绘中，细致入微地进行心理刻画。

三泉驿

三泉驿内逢上巳，新叶趋尘花落地。劝君满盏君莫辞，别后无人共君醉。洛阳城中无限人，贵人自贵贫自贫。

【题解】

此诗元和五年(810)作于自洛阳赴长安途中。三泉驿,在河南宜阳。自觉仕途茫茫的作者,回京途中经过三泉驿,正逢上巳,自然不能无酒。满眼所见,又都是恰好能够折射出此时此地心境的“新叶趋尘花落地”,由此及彼,由彼及此,不禁心生凄凉之感。末二句“洛阳城中无限人,贵人自贵贫自贫”,在交织着不满与厌倦情绪的发泄中,也写出了对当时社会黑暗及其不平的深刻认识。

何满子歌

张湖南座为唐有态作[①]

何满能歌能宛转,天宝年中世称罕。婴刑系在囹圄间,下调[②]哀音歌愤懑。梨园弟子奏玄宗,一唱承恩羁网缓。便将何满为曲名,御谱亲题乐府纂。鱼家入内本领绝,叶氏有年声气短。自外徒烦记得词,点拍[③]才成已夸诞。我来湖外拜君侯,正值灰飞仲春琯。广宴江亭为我开,红妆逼坐花枝暖。此时有态蹋华筵,未吐芳词貌夷坦。翠蛾转盼摇雀钗,碧袖歌[④]垂翻鹤卵。定面凝眸一声发,云停尘下[⑤]何劳算。迢迢击磬远玲玲,一一贯珠匀款款。犯羽含商移调态,留情度意抛弦管。湘妃宝瑟水上来,秦女玉箫空外满。缠绵叠破[⑥]最殷勤,整顿衣裳颇[⑦]闲散。冰含远溜[⑧]咽还通,莺泥晚花啼渐懒。敛黛吞声若自冤,郑袖见捐西子浣。阴山鸣雁晓断行,巫峡哀猿夜呼伴。古者诸侯飨外宾,鹿鸣三奏陈圭瓒[⑨]。何如有态一曲终,牙筹[⑩]记令红螺碗。

【题解】

此诗元和九年(814)作于潭州。张湖南,指张正甫,上年十月由苏州刺史迁湖南观察使。诗写作者到潭州(古代以京城为中心,潭州在洞庭湖以南,故称湖外)拜见地方长官张正甫,江亭广宴,听当时的著名歌伎唐有态演唱《何满子》。

诗作首先叙述何满子超凡绝伦的歌唱技能,以及《何满子》歌的形成。再描写唐有态歌唱《何满子》的经过,着重表现了歌唱时的情态和音乐效果:唐有态未曾发声时,姿态安详,回首四顾,头钗摇曳,碧袖翻飞。凝神定睛一声发,犹如远处传来的磬声一样清悠嘹亮,又如同贯珠一般圆润流转,云停尘下,仿佛都在静静地聆听。如此等等,不一而足。全篇将叙述、描写、议论融为一体,开阖自如,韵味深长。中晚唐盛产描写音乐的诗歌,元稹写人声歌唱的这首《何满子歌》,跟写乐器演奏的名篇《琵琶行》、《听颖师弹琴》、《李凭箜篌引》既相区别又有联系,也是一篇难得的佳作。

【注释】

①唐有态:原作"唐有熊",据蜀本、胡本、《全诗》、《纪事》改。

②下调:低沉的乐调。下,《全诗》作"水"。

③点拍:音乐的节拍。

④欹:原作"歌",据蜀本、卢本改。

⑤云停尘下:对音声嘹亮的美称。云停,出《列子·汤问》所记秦青"响遏行云"典。尘下,陆机《拟东城一何高》:"一唱万夫叹,再唱梁尘飞。"李贤注引《七略》曰:"汉兴,鲁人虞公善雅歌,发声,尽动梁上尘。"

⑥叠破:乐曲开始叠奏。

⑦颇:蜀本作"争",卢本、《纪事》、《全诗》作"事"。

⑧冰含远溜:冰层下水急流之状。

⑨圭瓒(zàn):古代祭祀时盛酒的器皿,以玉制成。

⑩牙筹:用象牙或骨、角等制成的计数筹码,此专指酒筹。

通州丁溪馆夜别李景信三首[①]

月蒙蒙兮山掩掩，束束别魂眉敛敛。蠡盏[②]覆时天欲明，碧幌青灯风滟滟（以陕切）[③]。泪消语尽还暂眠，唯梦千山万山险。

水环环兮山簇簇，啼鸟声声妇人哭。离床别[④]脸睡还开，灯灺暗飘珠蔌蔌。山深虎横馆无门，夜集巴儿扣空木[⑤]。

雨潇潇兮鹃咽咽，倾冠倒枕灯临灭。倦僮呼唤应复眠，啼鸡拍翅三声绝。握手相看其奈何，奈何其奈天明别。

【题解】

这一组诗元和十三年(818)作于通州。前两首，描绘的是幽冷清寂的通州寒夜：微月濛濛，冷风透窗，残灯明灭，猛兽横门，“青”、“碧”写凄冷之状，“啼鸟”摹断肠之声，“兮”字的运用，更浓化了楚风所特有的神秘、诡谲气氛。第三首中，诗人又描写了凌晨时分的潇潇冷雨和杜鹃哀咽，把贬地的寂寥、艰苦和孤独烘托到极致。在这样的环境中，谁不想早日脱身？所以，才会有与李景信依依惜别之际，意切情深的“握手相看”、“泪消语尽”。与后来柳永《雨霖铃》中的“执手相看泪眼，竟无语凝噎”相比，临歧场景不殊，而心境不能没有不同。三首诗作法相同，又各有侧重，可以合并读解。

【注释】

①三首：蜀本、杨本、董本作小字注。

②蠡盏：螺形小酒杯。

③“碧幌”句：滟滟，飘动貌。以陕切，蜀本、卢本、董本作“以陕反”。

④别：扭，转。

⑤“夜集”句：巴儿，猿的别称，这里指野兽。扣空木，敲打木梆。

酬郑从事四年九月宴望海亭次用旧韵

海亭树木何茏葱，寒光透坼秋玲珑。湖山四面争气色，旷望不与人间同。一拳墺伏东武小，（龟山别名。）两山斗构秦望雄。[①]（两峰为秦望、望秦二山。）嵌空古墓失文种，（墓在州城西山上。《图经》：湖水到山，迎棺柩入海，今所存古穴耳。）突兀怪石疑防风[②]。舟船骈比有宗侣，水云滃泱无始终。[③]雪花布遍稻陇白，日脚插入秋波红。兴余望剧酒四坐，歌声舞艳烟霞中。酒酣从事歌送我，歌云此乐难再逢。良时年少犹健羡，使君况是头白翁。[④]我闻此曲深叹息，唧唧不异秋草虫。忆年十五学构厦，有意盖覆天下穷。安知四十虚富贵，朱紫束缚心志空。妆梳妓女上楼榭，止欲欢乐微茫躬。虽无趣尚[⑤]慕贤圣，幸有心目知西东。欲将滑甘[⑥]柔藏府，已被郁噎冲喉咙。君今劝我酒太醉，醉语不复能冲融。劝君莫学虚富贵，不是贤人难变通。（一本"富贵不是贤人通"。）

【题解】

此诗长庆四年(824)作于越州。郑从事，指郑鲂，元稹观察浙东时的幕僚。诗写忆昔望海亭上，景美辰良，耳热酒酣之际，歌舞烟霞，乐难再逢。郑君作歌送我，我闻此曲叹息，回顾生平，乐极生"悲"。以"劝君莫学虚富贵，不是贤人难变通"作结，正所谓"醉语不复能冲融"。全首章法结构，有似白居易的传世名篇《琵琶行》。而篇终同样不在乎山水之乐的"醉翁之意"，也似乎与后来欧阳修的《醉翁亭记》隐隐相通。

郑鲂原唱已佚。不过，原唱中的部分内容或大致意思，当已包含在元稹和作自"歌云"以下三句中，如"良时年少犹健羡，使君况是头白翁"。

【注释】

①“一拳”二句：墺(ào)，可居住的地方。斗构，对峙。

②“突兀”句：突，蜀本、杨本、董本、马本作“骨”。防风，古代传说中的部落酋长名。

③“舟船”句：比，蜀本、卢本、《全诗》下有“毗必反”三字，杨本、董本“毗”字阙。滃(wěng)泱，水云弥漫无际貌。

④“良时”二句：健羡，横恣与贪欲。使君，汉朝对州刺史的尊称，后世因之，尊称州郡长官。

⑤尚：蜀本作“向”。

⑥滑甘：古代用于菜肴调味的佐料。

已编 | 补遗

酬张秘书因寄马赠诗[①]

丞相功高厌武名，牵将战马寄儒生。四蹄荀距藏虽尽，六尺须头见尚惊。[②]减粟偷儿憎未饱，骑驴诗客骂先行。劝君还却司空着，莫遣衙参傍子城。[③]

【题解】

此诗元和十五年(820)作于长安。裴度为司空在本年九月，张籍亦于是年由国子助教迁秘书郎。

张籍为感谢裴度赠送名马，曾写过一首《谢裴司空寄马》：

> 騄耳新驹骏得名，司空远自寄书生。乍离华厩移蹄涩，初到贫家举眼惊。每被闲人来借问，多寻古寺独骑行。长思岁旦沙堤上，得从鸣珂傍火城。

颔联尤称形象生动。裴度从张诗颈联生发，也写了一首答谢之作《酬张秘书因寄马赠诗》：

> 满城驰逐皆求马，古寺闲行独与君。代步本惭非逸足，缘情何幸枉高文。若逢佳丽从将换，莫共驽骀角出群。飞控著鞭能顾我，当时王粲亦从军。

二诗流传开来，成为一时佳话。韩愈、白居易、刘禹锡、李绛、张贾也随之加入进来，分别写了《贺张十八秘书得裴司空马》、《和张十八秘书谢裴相公寄马》、《裴相公大学士见示答张秘书谢马诗并群公属和因命追作》、《和裴相国答张秘书赠马诗》、《和裴司空答张秘书赠马诗》。诸公争为之咏，群起而贺，说明物亦因人而贵。不过，相比于其他几位诗人的美意，尤其是白诗末二句“丞相寄来应有意，遣君骑去上云衢”而言，元稹的这首和作，就多少带有借题发泄对裴度的不满之意，如“莫遣”句即云不要因为得了马而受其束缚，也许不为无故，却仍不免有失温厚。又，综观唱和诸律，可见其技巧至元和已臻于成熟，但豪迈刚健之气，则稍逊盛唐。

【注释】

①胡本题作“酬张秘书谢裴相公赐马诗”。

②“四蹄”二句：距，动物腿后部突出如脚趾的部分。须头，即流苏，用五彩羽毛或丝线制成的穗子，可作马匹的垂饰。

③“劝君”二句：司空，与前文“丞相”(元和十年首度拜相)均指裴度。衙参，古代官吏到上司衙门排班参见，禀白公事。

春　游

此一篇乃白乐天所书，钱穆父在越模刻于蓬莱阁下，今亡矣

酒户年年减，山行渐渐难。欲终心懒慢，转恐兴阑散。镜水波犹冷，稽峰雪尚残。不能辜物色，乍可怯春寒。远目伤千里，新年思万端。无人知此意，闲凭小栏干。

【题解】

此诗拓本与白居易一手札见于历史博物馆所藏明莫云卿收藏之《宋拓四名人法书》册页。《容斋五笔》卷二、《全唐诗》卷四二三收于元稹名下，朱彝尊《曝书亭集》卷四九、顾学颉《顾学颉文学论集》则以为白居易作。兹附录洪迈、朱彝尊所云，以备参稽。洪氏云：“白乐天书之，题云‘元相公《春游》’。钱思公藏其真迹，穆父守越时，摹刻于蓬莱阁下，今不复存。”钱思公即钱惟演，穆父指钱勰。朱氏云：“‘散’字《广韵》未收，而毛晃《增注礼部韵略》有之，引白诗为证，且注云‘重增’。”唯今之《广韵》已非唐韵之旧。

梦游春诗七十韵

斯言也，不可使不知吾者知，知吾者亦不可使不知。乐天知吾

也，吾不敢不使吾子知。

昔君[1]梦游春，梦游何所遇。梦入深洞中，果遂平生趣。清泠浅漫溪[2]，画舫兰篙渡。过尽万株桃，盘旋竹林路。长廊抱小楼，门牖相回互。楼下杂花丛，丛边绕鸳鹭。池光漾彩霞[3]，晓日初明煦。未敢上阶行，频移曲池步。乌龙不作声，碧玉曾相慕。[4]渐到帘幕间，徘徊意犹惧。闲窥东西阁，奇玩参差布。格子碧油糊，驼钩[5]紫金镀。逡巡日渐高，影向人将寤[6]。鹦鹉饥乱鸣，娇娃[7]睡犹怒。帘开侍儿起，见我遥相谕。铺设绣红茵，施张钿妆具[8]。潜褰翡翠帷，瞥见珊瑚树。不见[9]花貌人，空惊香若雾。回身夜合偏，敛态晨霞聚。[10]睡脸桃破风[11]，汗妆莲委露。丛梳百叶髻，金蹙重台屦。[12]纰软钿头裙，玲珑合欢袴。[13]鲜妍脂粉薄，暗淡衣裳故。最是[14]红牡丹，雨来春欲莫。梦魂良易惊，灵境难久寓。夜夜望天河，无由重沿溯。结念心所期，返如禅顿悟。觉来八九年，不向花回顾。杂洽[15]两京春，喧阗众禽护。我到看花时，但作怀仙句。浮生转经历，道性[16]尤坚固。近作梦仙诗，亦知劳肺腑。一梦何足云，良时自[17]婚娶。当年二纪初，嘉节三星度。[18]朝蕣玉佩迎，高松女萝附。韦门正全盛，出入多欢裕。甲第涨清池，鸣驺引朱辂。[19]广榭舞萎蕤，长筵宾杂厝[20]。青春讵几日，华实潜幽蠹。秋月照潘郎，空山怀谢傅。[21]红楼嗟坏壁，金谷[22]迷荒戍。石压破阑干，门摧旧梐枑[23]。虽云觉梦殊，同是终难驻。悰绪竟何如，棼丝不成絇。[24]卓女白头吟，阿娇金屋赋。重璧盛姬台，青冢明妃墓。[25]尽委穷尘骨，皆随流波注。幸有古如今，何劳缣比素[26]。况余当盛时，早岁谐如务。诏册冠贤良，谏垣陈好恶。[27]三十再登朝，一登还一仆[28]。宠荣非不早，遭回[29]亦云屡。直气在膏肓，氛氲日沉痼。不言意不快，快意言多忤。忤诚人所贼，性亦天之付。乍可沉为香，不能浮作瓠。[30]诚为坚所守，未为明所措。事事身已经，营营计何误。美玉琢文珪，良金填武库。徒谓自坚贞，安知受砻铸[31]。长丝羁野马，密网罗阴兔[32]。物外各迢迢，谁能远相锢。时来既若飞，祸速当如骛。曩意自未精，此行何所诉。努力去江陵，笑言谁与晤。江花纵可怜，奈非心所慕。石竹逞奸黠，蔓菁夸亩数。[33]一种薄地生，浅深何足妒。荷叶水上生，团团水中住。泻水置叶中，君看不相污。

【题解】

此诗，白居易有酬和之作《和梦游春诗一百韵(并序)》，序云：

微之既到江陵，又以《梦游春》诗七十韵寄予，且题其序曰："斯言也，不可使不知吾者知，知吾者亦不可使不知。乐天知吾也，吾不敢不使吾子知。"予辱斯言，三复其旨，大抵悔既往而悟将来也。然予以为苟不悔不悟则已，若悔于此，则宜悟于彼也。反于彼，而悟于妄，则宜归于真也。况与足下外服儒风，内宗梵行者，有日矣。而今而后，非觉路之返也，非空门之归也，将安反乎？将安归乎？今所和者，其章旨卒归于此。夫感不甚，则悔不熟，感不至，则悟不深。故广足下七十韵为一百韵，重为足下陈梦游之中所以甚感者，叙婚仕之际所以至感者，欲使曲尽其妄，周知其非，然后返乎真，归乎实，亦犹《法华经》序火宅、偈化城，《维摩经》入淫舍、过酒肆之义也。微之，微之，予斯文也，尤不可使不知吾者知，幸藏之云尔。

据知乃元稹初到江陵的元和五年(810)所作。原题作《梦游春词三十六韵》，注云："乐天集云七十韵，是今尽缺其半矣。"此处所录，自"甲第涨清池"句以下，据《全唐诗》卷四二二补，题亦遂改。又，"斯言也"等句诗序，原无，据白诗之序补。

作者追忆少日风流事迹，而托之于梦游。全篇可分为七个部分：其一，一起至“见我遥相谕”，写月夜访双文约会情景。其二，自“铺设绣红茵”至“灵境难久寓”，写与双文遇合事。其三，自“夜夜望天河”至“良时自婚娶”，写弃去双文后别娶官宦之女。其四，自“当年二纪初”至“同是终难驻”，追述昔年二十四岁与韦丛新婚燕尔情形。其五，自“悰绪竟何如”至“何劳缣比素”，言昔日之事，皆同流水，以古拟今，无劳相比。其六，自“况余当盛时”至“营营计何误”，追述少时仕路坎坷，皆因坚贞自守，不肯俯仰由人。其七，自“美玉琢文珪”以下，自言怀才不遇，想来都是由于往日计划不周，而今又向谁说？如今被贬到江陵，无可奈何，也只有自守坚贞。（参苏仲翔《元白诗选注》）

此诗在元稹诗作中，属于其《上令狐相公诗启》中所谓“思深语近，韵律调新。属对无差，而风情宛然”的精心结撰者，允称上乘。陈寅恪《元白诗笺证稿》曾有过精辟论断：

> 微之自编诗集，以悼亡诗与艳诗分归两类。其悼亡诗既为元配韦丛而作。其艳诗则多为其少日之情人所谓崔莺莺者而作。微之以绝代之才华，抒写男女生死离别悲欢之情感，其哀艳缠绵，不仅在唐人诗中不可多见，而影响及于后来之文学者尤巨……至《梦游春》一诗，乃兼涉双文成之者……实非寻常游戏之偶作，乃心仪浣花草堂之巨制，而为元和体之上乘，且可视作此类诗最佳之代表者也……吾国文学，自来以礼法顾忌之故，不敢多言男女间关系，而于正式男女关系如夫妇者，尤少涉及。盖闺房燕昵之情意，家庭米盐之琐屑，大抵不列载于篇章，唯以笼统之词，概括言之而已。此后来沈三白《浮生六记》之闺房记乐，所以为例外创作，然其时代已距今较近矣。微之天才也。文笔极详繁切至之能事。既能于非正式男女间关系如与莺莺之因缘，详尽言之于《会真诗传》，则亦可推之于正式男女间关系如韦氏者，抒其情，写其事，缠绵哀感，遂成古今悼亡诗一体之绝唱。实由其特具写小说之繁详天才所致，殊非偶然也。

【注释】

①君:《才调集》、胡本、《全诗》作“岁”。

②溪:《才调集》、胡本、《全诗》作“流”。

③彩霞:《才调集》、胡本、《全诗》作“霞影”。

④“乌龙”二句:乌龙,指犬。碧玉,本为南朝宋汝南王妾之名。此借指年轻貌美的婢妾。

⑤驼钩:弯曲如驼峰之大钩,用以挂住门帘或窗帘。

⑥“影向”句:向,《才调集》、胡本、《全诗》作“响”。寤,睡醒。

⑦娃:马本、胡本作“狌”,明香雪居刻本《古本西厢记》作“猧”。

⑧“施张”句:摆放着用来化妆的用具。

⑨见:《才调集》、胡本、《全诗》作“辨”。

⑩“回身”二句:回身,《才调集》、胡本、《全诗》作“身回”。敛态,《才调集》、胡本、《全诗》作“态敛”。

⑪桃破风:谓桃花迎春风而盛开。

⑫“丛梳”二句:百叶髻,一种古代女性所梳多层重叠的发髻。髻,《才调集》、胡本下有小注:“时势头。”重台屦(jù),古代妇女所穿的高跟鞋,始于南朝宋。屦,《才调集》、胡本下有小注:“踏殿样。”

⑬“纰软”二句:纰软,稀薄柔软。钿头裙,镶绣金花的华丽裙子。裙,《才调集》、胡本下有小注:“瑟瑟色。”合欢袴,绣或染有对称图案花纹的丝裤。袴,《才调集》、胡本下有小注:“夹缬名。”

⑭是:《才调集》、胡本、《全诗》作“似”。

⑮杂洽:相与混同。

⑯道性:修道者超凡脱俗的性情。

⑰自:《才调集》、胡本、《全诗》作“事”。

⑱“当年”二句:二纪,二十四年。三星,指参宿三星或心宿三星。

⑲“甲第”二句:甲第,古代豪门贵族的宅第。鸣驺,古代随从权贵出行并传呼喝道的骑卒。朱辂(lù),漆成红色的车乘,古代天子或贵族的乘具。

⑳杂厝:亦作“杂错”。

㉑“秋月”二句:“秋月”句,言已如潘岳早年丧妻。“空山”句,言夏韦卿已逝。谢安,卒赠太傅,此借指夏韦卿。

㉒金谷:指石崇于洛阳西北金谷涧所筑的馆舍。此借喻豪门贵族的宅第。

㉓梐枑(bì hù)：古代用木条交叉制成的栅栏，置于官署前遮拦人马，又称行马。

㉔"悰(cóng)绪"二句：悰绪，思绪。"棼(fén)丝"句，纷乱之丝整理不出头绪。絇(qú)，用丝缕搓成绳索。

㉕"重璧"二句：盛姬，周穆王宠妃。明妃，王昭君，以避晋文帝司马昭讳而改。坟墓在今内蒙古自治区呼和浩特南。传说当地多白草而此冢独青。

㉖缣(jiān)比素：缣，浅黄色丝绢。素，白色生绢。此取缣不如素之意。

㉗"诏册"二句："诏册"句，指元稹元和元年制策试以第三次等充敕头事。谏垣，谏官的官署。指元稹元和元年曾任左拾遗。

㉘"一登"句：指元和四年被授予监察御史与元和五年被贬江陵士曹参军。

㉙邅(zhān)回：难行不进貌。

㉚"乍可"二句：浮作瓠(hù)，《庄子·逍遥游》："子有五石之瓠，何不虑以为大樽而浮乎江湖，而忧其瓠落无所容?"

㉛砻(lóng)铸：磨砺铸造。

㉜阴兔：古人认为兔属阴，故云。

㉝"石竹"二句：石竹，多年生草本植物。蔓菁，即芜菁。

【辑评】

清宋邦绥《才调集补注》卷五："冯班评：此即《会真记》也。'昔岁梦游春'，冯舒评：直起。'果绥平生趣'，殷元勋注：《会真记》：遂朝隐而出，暮隐而入，同安于西厢者几一月。以下细细叙出。'灵境难久寓'，殷元勋注：《会真记》：张以文调及期，又西去。明年，文战不利，遂止于京，因贻书于崔，以广其意。崔氏报书。所善杨巨源为赋《崔娘诗》一绝云：'清润潘郎玉不如，中庭蕙草雪消初。风流才子多春思，肠断萧娘一纸书。'后岁余，崔已委身于人，张亦有所娶。'韦门正全盛'，宋邦绥注：白居易作《墓志》：前夫人京兆韦氏，淑懿有闻。'华实潜幽蠹'，殷元勋注：以下悼韦氏之亡。'秋月照潘郎'，宋邦绥注：潘岳《悼亡诗》：'皎皎窗中月，照我室南端。清商应秋至，溽暑随节阑。''空山怀谢傅'，宋邦绥注：《晋书》：羊昙为谢安所爱重，安葬后，辍乐弥年，行不由西州路。尝因石头大醉，扶路唱乐，不觉至州门，左右白曰：此西州门。昙悲叹不已，以马策叩扉，诵子建诗曰：'生存华屋处，零落归山邱。'恸哭而去。诗以谢傅比韦公。'重壁盛姬台'，宋邦绥注：《穆天子传》：盛姬，盛伯之子也，天子为之台曰重璧之台。'幸有古如今'，宋邦绥注：言古来红粉尽委黄泥，亦如今日此聚散之常，聊遣悲怀也。朱希真词：'浮生事，长江水，几时闲。幸是古来如此且开颜。'即幸有古如今意也。'何劳缣比素'，宋邦绥注：《古诗》：'新人工织缣，故人工织素。织缣日一匹，织素五丈余。将缣来比素，新人不如故。'何劳缣比素，言不欲再妻。盖此时尚未续裴柔之也。'谁能远相锢'，殷元勋注：野马不受羁绊，阴兔巧脱网罗，故下接言不能相锢，叹己之转不如也。'努力去江陵'，殷元勋注：《唐书》本传，宰相以稹失宪臣体，贬江陵士曹参军。'荷叶水上生，团团水中住。泻水置叶中，君看不相污'，冯舒评：奇妙之语。"

古艳诗二首

即传所谓立缀春词二首是也

春来频到宋家东①，垂袖开怀待好风。莺藏柳暗无人语，惟有墙花满树红。

深院无人草树光，娇莺不语趁阴藏。等闲弄水流②花片，流出门前赚阮郎。

【题解】

此二诗贞元十六年(800)作于蒲州。诗为莺莺作，曰"古艳"者，盖"有所讳也"(苏仲翔《元白诗选注》)。第一首从头到尾充满暗喻，表面写景，实则写人，包括希望莺莺能像多情的"东家之子"对宋玉那样，答应自己的求爱，充分表现了元稹对莺莺的追求和失望。第二首，以深院无人、草木繁茂以及莺趁阴藏之景，衬托出氛围的冷落。再运用红叶题诗的典故，变化其意，反映莺莺的机灵和自己的一片痴情。

【注释】

①宋家东：宋玉《登徒子好色赋》："玉曰：'天下之佳人，莫若楚国；楚国之丽者，莫若臣里；臣里之美者，莫若臣东家之子。东家之子，增之一分则太长，减之一分则太短，著粉则太白，施朱则太赤。眉如翠羽，肌如白雪，腰如束素，齿如含贝。嫣然一笑，惑阳城，迷下蔡。然此女登墙窥臣三年，至今未许也。'"此借指所恋女性的居所。

②流：《才调集》、《全诗》作"浮"。

古决绝词三首

乍可[①]为天上牵牛织女星，不愿为庭前红槿枝。七月七日一相见，相见[②]故心终不移。那能朝开莫飞去，一任东西南北吹。分不两相守，恨不两相思。对面且如此，背面当何如[③]。春风撩乱伯劳语，况是此时抛去时。握手苦相问，竟不言后期。君情既决绝，妾意亦[④]参差。借如死生别，安得长苦悲。

噫春冰之将泮[⑤]，何予怀之独结。有美一人，于焉旷绝。一日不见，比一日于三年，况三年之旷别。水得风兮小而已波，笋在苞兮高不见节。矧[⑥]桃李之当春，竞众人之攀折。我自顾悠悠而若云，又安能保君皑皑之若雪[⑦]。感破镜之分明，睹泪痕之余血。幸他人之既不我先，又安能使他人之终不我夺[⑧]。已焉哉，织女别黄姑[⑨]，一年一度暂相见，彼此隔河何事无。

夜夜相抱眠，幽怀尚沉结。那堪一年事，长遣一宵说。但感久相思，何暇暂相悦。虹桥薄夜成，龙驾侵晨列。[⑩]生憎野鹤[11]性迟回，死恨天鸡识时节。曙色渐曈曈[12]，华星欲明灭。一去又一年，一年何时[13]彻。有此迢递期，不如生死别[14]。天公隔是妒相怜，何不便教相决绝。

【题解】

此三诗贞元十九年(803)作于长安。作者冠诗题以“古”字，出之以乐府古题的形式，实质上是为了自晦其迹。《乐府诗集》卷四一即题作《决绝词》。

这三首诗可以视为一个整体，其中交织的情事复杂而隐晦，对照元稹与莺莺的情感经历以及彼时元稹矛盾而又痛苦的心境，当为元稹自述。第一首，设想莺莺由对自己的日夜思念逐渐变为怨恨，并主动说出“君情既决绝，妾意亦参差”的绝情之语，用意或在于减轻始乱终弃的心理愧疚感。第二首，自表心境。本来，双方尤其是自己对莺莺的爱恋是“一日不见，比一日于三年”，但分离既久，彼此之间自然就有可能什么事情都会发生，至少不能保证什么事情都不会发生。通过不断、反复的疑问，表露出内心的重重疑虑。第三首，以议论作结。与其忍受这年复一年、遥遥无期的分离的折磨，还不如干脆一刀两断、恩断义绝了吧。

【注释】

①乍可：宁可。

②相见：原无，据《才调集》、胡本、《全诗》补。

③何如：《才调集》、胡本、《全诗》作“可知”。

④亦：《才调集》、胡本、《全诗》作“已”。

⑤泮(pàn)：通“判”，分，散。

⑥矧(shěn)：况且。

⑦“又安能”句：皑皑，《才调集》作“皟皟”，《全诗》“一作”作“皓皓”。若，《才调集》、胡本、《全诗》作“如”。

⑧“又安能”句：使，《才调集》作“后”。之，胡本无。

⑨黄姑：《荆楚岁时记》：“河鼓、黄姑，牵牛也，皆语之转。”

⑩“虹桥”二句：薄夜，傍晚。龙驾，龙拉之车，此泛指神仙的车驾。

⑪鹤:《才调集》、胡本、《全诗》"一作"作"鹊"。

⑫曈曈(tóng):日初出渐明貌。《才调集》、胡本作"曈曨",《全诗》"一作"作"曨曨"。

⑬时:《才调集》、胡本、《全诗》作"可"。

⑭"不如"句:如,原作"知",据《才调集》、胡本、《全诗》改。生死,《才调集》、胡本作"死生"。

【辑评】

清宋邦绥《才调集补注》卷五:"冯舒评:此章立词颇伤忠厚。冯班评:诗人以敦厚为教,元公如此,宜其焚尸不成敛也。'乍可为牵牛织女星',宋邦绥注:《荆楚岁时记》:天河之东有织女,天帝之子也,年年织杼劳役,织成云锦天衣。天帝怜其独处,许嫁河西牵牛郎。嫁后遂废织纴。天帝怒,责其归河东,但许一年一度相会。'不愿为庭前红槿花',宋邦绥注:《南方草木状》:朱槿花,其花深红色,朝开暮落。'相见故心终不移',宋邦绥注:谢玄晖诗:'故人心尚尔,故心人不见。'沈约诗:'寸心终不移。''春风撩乱伯劳语',宋邦绥注:《酉阳杂俎》:百劳,博劳也。相传伯奇所化,取其所踏枝鞭小儿,能令迷语。'握手苦相问,竟不言后期',冯班评:薄甚。'借如死生别,安得长苦悲',宋邦绥注:甄后诗:'念君长苦悲'"、"冯班评:疑他别有所好,又放他不下,忍心割舍,作此以决绝,至今读之,犹使人伤心。'我自愿悠悠而若云,又安能保君皑皑之如雪',宋邦绥注:卓文君《白头吟》:'皑如山上雪,皎若云间月。''织女别黄姑',宋邦绥注:《天禄识余》:《尔雅》:河鼓,牵牛星也。《荆楚岁时记》云:黄姑织女时相见,'黄姑'即'河鼓'声之转也。太白诗:'黄姑与织女,相去不盈尺。'是皆以牵牛为黄姑。按《尔雅》河鼓作何鼓"、"冯班评:微之弃双文只是疑他有别好,刻薄之极。二人情事如在目前,细看只是元公负他。'天公隔是妒相怜',冯班评:隔是,古语也,唐诗多用。《容斋随笔》:隔是,犹言已是。'虹桥薄夜成,龙驾侵晨列',宋邦绥注:卢思道诗:'虹椅别有羊车路。'刘铄《咏牵牛》:'龙驾凌晨发。''生憎野鹊性迟回,死恨天鸡识时节',宋邦绥注:《淮南子》:乌鹊填河成桥而渡织女。憎野鹊之填河必俟七夕也。易乌鹊为野鹊,欲与天鸡对耳。此句承虹桥句说。《郭氏元中记》:桃都山有大树曰桃都,枝相去三千里,上有天鸡,日初出照此树，天鸡即鸣，天下鸡皆随之。恨天鸡，即名妓刘国容书‘欢寝方浓，恨鸡之声断爱’意。此句承龙驾说”。

清王闿运《王闿运手批唐诗选》卷一一：“‘我自顾悠悠而若云，又安能保君皑皑之如雪’，小人之语，是微之本色。”

王桐龄《会真记事迹真伪考》：“《古决绝词》三首，叙其始乱终弃之理由。其中若‘我自顾悠悠而若云，又安能保君皑皑之如雪……幸他人之既不我先，又安能使他人之终不我夺。’则明明以己之心，度人之心，疑莺莺别有私矣。”

离思五首

自爱残妆晓镜中，环钗谩篸绿云丛[①]。须臾日射胭脂颊，一朵红酥旋欲融。

山泉散漫绕阶流，万树桃花映小楼。闲读道书慵未起，水晶帘下看梳头。

红罗著压逐时新，杏子花纱嫩麹尘[②]。第一莫嫌才[③]地弱，些些纰缦[④]最宜人。

曾经沧海难为水，除却巫山不是云。取次[⑤]花丛懒回顾，半缘修道半缘君。

寻常百种花齐发，偏摘梨花与白人。今日江头两三树，可怜枝[⑥]叶度残春。

【题解】

这一组诗，或元和四年(809)作于自长安赴东川途中。《才调集》中，加上并以《莺莺诗》作为第一首，题为《离思六首》。可见，它们应该都是为莺莺而作。从内容上看，这组诗也与每首第三句都用“忆得双文”句式的《杂忆五首》一样，描写莺莺在不同场合中的种种情态，如极富画面感的第二首，就并非一般想象所能得。稍有不同的是，从第四首中“曾经沧海难为水，除却巫山不是云”的说法，明显可以见出这组诗对莺莺的赞美，要比《杂忆五首》更甚。而赞美之甚，显然是由于眷念之深、思念之切所致。

具体说到元稹诗中最广为人知的这组诗中的第四首。其意旨，一说为回忆蒲城之恋而作。“半缘修道半缘君”之“君”，即双文。若此，则诗当为与双文分手之后不久，尚未识韦丛时所作，立意在写爱之深挚专一。一说为悼念亡妻韦丛之作，“君”乃韦丛，立意在伤逝悼亡。无论此“君”为谁，终归都是因为所爱至深，失爱之后伤感亦深，故而“取次花丛懒回顾”，淡然而疲惫，无意于他顾。当然，至少就元稹而言，诗中的情感跟生活中的情感终难完全一致，尽管不专未必就不真。综观元稹情诗中与莺莺有关的篇章，格调往往与众不同，尤其是与悼亡题材的庄重相比，大多露情溢态，充满风流浪子气息。这第四首诗却是一个符合受众审美期待的例外，这也许也是它之所以闻名遐迩的缘由之一。又，后人也往往引申“曾经沧海”二句诗的原意，用以比喻阅历极广而眼界极高。

【注释】

①“环钗”句：篸（zān），通“簪”。绿云丛，指乌黑的头发。云，《才调集》、胡本、《全诗》作“丝”。

②“杏子”句：杏子，《才调集》、《全诗》作“吉了”。

③才：《才调集》、胡本、《全诗》作“材”。

④纰缦（pī màn）：经纬稀疏无文采之帛。

⑤取次：随笔，不经意。

⑥枝：《才调集》、胡本、《全诗》作“和”。

【辑评】

清黄周星《唐诗快》卷一五：“世间恐无此一幅好画。仙乎仙乎，能无怀乎”、“此皆为双文而作也。胡天胡地，美至乎此，无怪乎痴人之想莺莺也”。

清宋邦绥《才调集补注》卷五：“第一首《会真记》作莺莺诗，直为莺赋。以下五首乃微之为妻韦氏作者。韦字蕙丛。韦逝，为诗悼之，曰‘曾经沧海难为水’云云，见《本事诗》。是五诗明是悼妻之作，不可概以为忆莺也”、“《会真记》：郑厚张之德，因饰馔宴之，命女莺莺出拜。久之，辞疾，强而后至。常服睟容，不加新饰，垂鬟黛接双脸，断红而已。颜色艳异，光辉动人。张惊，为之礼，因坐郑傍。以郑之抑而见之也，凝睇怨绝，若不胜其体。时生年十七矣。低眉隐笑原无笑，何逊诗：'相看独隐笑。''须臾日射咽脂颊'，《杂事秘辛》：吴姁以诏书如莹燕处，闭中阁子，时日晷薄晨，穿窗，光著莹面上，如朝霞和雪，艳射不能正视"、"'除却巫山不是云'，王右军于从兄洽处见张昶《华山碑》，叹曰：巫云洛水外，云水宁足贵哉？元微之'除却巫山不是云'亦本右军。见书影。'曾经沧海难为水'，陆云《为顾彦先赠妇诗》：'浮海难为水，游林难为观'"。

清秦朝釪《消寒诗话》："元微之有绝句云云。或以为风情诗，或以为悼亡也。夫风情固伤雅道，悼亡而曰'半缘君'，亦可见其性情之薄矣。微之始为谏官，号敢言，后晚节不终，由中人荐为宰相，至与裴晋公为难，阻挠其兵机，使元勋重望无功，而河北遂不可问，则微之适成为半截人矣。若白乐天性情便厚，故能始终一节。言为心声，信矣。"

清王闿运《王闿运手批唐诗选》卷一三："妙在'和叶'二字。"

杂忆五首

今年寒食月无光，夜色才侵已上床。忆得双文通内里①，玉栊深处暗闻香。

花笼微月竹笼烟，百尺丝绳拂地悬。忆得双文人静后，潜教桃叶送秋千②。

寒轻夜浅绕回廊，不辨花丛暗辨香。忆得双文胧月下，小楼前后捉迷藏。

山榴似火叶相兼③，亚拂低墙半拂檐④。忆得双文独披掩，满头花草倚新帘。

春冰消尽碧波湖，漾影残霞似有无。忆得双文衫子里⑤，钿头云映褪红酥。

【题解】

这一组诗，或元和四年(809)作于自长安赴东川途中。作者通过真切鲜明的细节描写，表达对于当年与“双文”相处的美好时光的深刻记忆，使五首合为一首。后来者的著名拟和之作，如钱谦益的《和元微之杂忆诗十二首》(选其一、四、五、六、十、十二)：

春灯试罢早梅开，风景催人次第来。忆得隔墙明月夜，满身花露立苍苔。

妆成忽报橹声催，欲别堂前首重回。忆得徘徊难寄语，向人佯道几时来。

雁头笺杳却三秋，惆怅佳晨似水流。忆得早寒鬟未整，炉香亲送一停眸。

经年信隔似银河，一见相看掩翠蛾。忆得门前方问讯，凭栏低语泪痕多。

姊妹行中笑语稀，春怀都被野蜂知。忆得掩关寒食夜，月明人静两相疑。

香焦金鸭是离情，三月花开百媚城。忆得楼中人乍起，晓莺残月半天明。

以及纳兰性德的《和元微之杂忆诗》三首：

卸头才罢晚风回，茉莉吹香过曲阶。忆得水晶帘畔立，泥人花底拾金钗。

春葱背痒不禁爬，十指掺掺剥嫩芽。忆得染将红爪甲，夜深偷捣凤仙花。

花灯小盏聚流萤，光走琉璃贮不成。忆得纱幮和影睡，暂回身处妒分明。

都是如此着笔，并以自己的创造，参与到了这一题材类型及其创作模式的经典化进程中。

【注释】

①“忆得”句：双文，指崔莺莺。内里，内室。

②秋千：相传为齐桓公从北方山戎引进。一说本作千秋，为汉武帝宫

中祝寿之词，取千秋万岁之意，后倒读为秋千，又转为鞦韆。

③兼：相连。

④“亚拂”句：亚，《古本西厢记》作“半”。低墙，《才调集》、胡本、《全诗》作“砖阶”。

⑤里：《才调集》、胡本、《全诗》作“薄”。

【辑评】

清黄周星《唐诗快》卷一五：“观此数诗，则《会真记》可以不作。”

清宋邦绥《才调集补注》卷五：“‘忆得双文通内里’，《会真记》所云‘朝隐而出，暮隐而入’时也。‘玉栊深处暗闻香’，张景阳诗：‘房栊无行迹。’《说文》：栊，房屋之疏也。玉栊，以玉饰疏也”、“‘潜教桃叶送秋千’，《荆楚岁时记》：春节悬长绳于高木，女子袨服立其上，推引之，名曰打秋千”、“‘小楼前后捉迷藏’，《致虚杂俎》：明皇与玉真恒于皎月下以锦帕裹目，在方丈之间互相捉戏，玉真轻捷，上每失之。一夕，玉真于袿服袖上多结流苏香囊，与上戏，故以香囊惹之，上得香囊无数，谓之捉迷藏”、“‘山榴似火叶相兼’，《本草纲目》：山踯躅，处处山谷有之，高者四五尺，低者一二尺，春生苗，叶浅绿色，枝少而叶繁，一枝数萼，二月始开，花如羊踯躅，而蒂似石榴，一名红踯躅，一名山石榴，一名映山红，一名杜鹃花”、“‘钿头云映退红苏’，而庵云：古妇人饰，挽发为髻，则用珠翠为花以绕之，谓之钿头。按此则钿头云即云髻也，言云髻之光与脸上之淡红相映”。

清王闿运《王闿运手批唐诗选》卷一三：“大亵。”

莺莺诗

殷红浅碧旧衣裳，取次梳头暗淡妆。夜合带烟笼晓日①，牡丹经雨泣残阳。依稀似②笑还非③笑，仿佛闻④香不是⑤香。频动横波娇不语⑥，等闲教见小儿郎。

【题解】

此诗或贞元十六年(800)作于蒲州,写作者怀念昔日与莺莺夜间幽欢情景。《全唐诗》卷四二二题下有注:"一作《离思》诗之首篇。"作者对莺莺的描写,在装扮、姿态和神态等三个方面都颇见功力,着墨不多,却让我们看到了一个活生生的、充满人间生活气息的女性形象。花季少女莺莺,在正当打扮的年纪,只是穿着暗红配淡绿的旧衣裳,发式随便,首饰也平常。这种质朴淡雅,恰恰是作者心目中的莺莺所特有的美。那时那刻的莺莺,恰似晓月中烟雾笼罩的夜合花,夕阳下含着雨露的牡丹花,带给人红润欲滴的朦胧美感。表情像是在笑又不是笑,脉脉含情,楚楚动人。身上散发出的香气不是脂粉的香味,似有若无,似断还续。含蓄、神秘之美,再加上面对"小儿郎"时的娇嗔、矜持与羞涩,着实活灵活现,惟妙惟肖,让人神魂颠倒。

【注释】

①日:《才调集》、胡本作"月"。

②依稀似:《才调集》、胡本、《全诗》作"低迷隐"。

③还非:《才调集》作"元非",胡本、《全诗》作"原非"。

④仿佛闻:《才调集》、《全诗》作"散漫清"。

⑤是:《才调集》、《全诗》作"似"。

⑥"频动"句:横波,比喻女性眼神流动如水。娇不语,《才调集》、胡本、《全诗》作"嗔阿母"。

【辑评】

清黄周星《唐诗快》卷一一:"嗟乎,此一莺莺也,据墓碑所载,不过礼部尚书郑恒夫人耳。古今来如此夫人,何啻恒河沙数,无不与草木同朽者,亏煞微之《会真》一记,实甫《西厢》一剧,遂令其名与天地相终始。然则人生最不可少者,其惟谤污之口乎?"

春　晓

半欲天明半未明,醉闻花气睡闻莺。狌① 儿撼起钟声动,二十年前晓寺情。

【题解】

此诗或元和十四年(819)作于虢州。当时,距元稹初识莺莺已经过去整整二十年了,但由于天欲明未明、人半梦半醒之际的“钟声”,契合了当年的特定情境,便立即引动那“二十年前晓寺情”,即《莺莺传》中所述初欢情景及其后幽会情事:

> 张生游于蒲,蒲之东十余里有普救寺,张生寓之……有顷,寺钟鸣,天将晓,红娘促去。崔氏娇啼宛转,红娘又捧之而去……自是复容之,朝隐而出,暮隐而入。

使得怀念和怅惘交织,心潮起伏,久久不能平静,因作此诗。清宋邦绥即谓:“此诗正忆其情也。”(《才调集补注》卷五)此类忆双文之作,颇见眷恋旧情之意。然往事如梦,当日情人早已劳燕分飞,唯余此种种温馨记忆而已。《杂忆五首》可参读。

【注释】

①娃(wá):黄色小犬。《才调集》作“娃”,《古本西厢记》作“猧”。

【辑评】

清王闿运《王闿运手批唐诗选》卷一三:“宰相自供冶游,非荡子可比。”

赠双文

艳极翻含态,怜多转自娇。① 有时还暂笑,闲坐更无聊。② 晓月行看堕,春酥见欲销。③ 何因肯垂手④,不敢望回腰。

【题解】

关于元稹早年的恋情,流传最广的是《会真诗三十韵》。《会真诗三十韵》作为《莺莺传》的一部分,表面上写小说中张生与崔莺莺幽会,实则抒写的是作者自己当年的蒲城恋情。元稹的其他诗作，也有可与《会真诗三十韵》比观者。如此诗，贞元十六年（800）作于蒲州，即写幽会时双文的美色与情态，表达艳羡之意。

宋邦绥《才调集补注》卷五注此首云：

> "晓月行看堕"，谢灵运《东阳溪中赠答》二首："可怜谁家妇，缘流洒素足。明月在云间，苕苕不可得。""可怜谁家郎，缘流乘素舸。但问情若为，月就云间堕。""何因肯垂手"，《乐府杂录》：舞有《大垂手》、《小垂手》，或象惊鸿，或如飞燕。"不敢望回腰"，梁简文帝诗："讵知长沙地，促舞不回腰。"

很明显，对于一首或一类可能别有幽微情怀的诗作，如果仅仅依靠像这样的单纯的字句笺释，恐怕也无助于从整体上加深对其所蕴含的情感内容的理解。

【注释】

①"艳极"二句：态，《才调集》、胡本、《全诗》作"怨"。自，《才调集》、胡本、《全诗》作"暂时"。

②"有时"二句：更，《才调集》、《全诗》作"爱"。聊，胡本作"憀"。

③"晓月"二句：晓月，指挽成月形的发髻。春酥，指女性裸露于服饰外的胸部。

④垂手：《乐府诗集》卷七六："《乐府解题》曰：《大垂手》、《小垂手》，皆言舞而垂其手也。"

会真诗三十韵

微月透帘栊，萤光度碧空。遥天初缥缈，低树渐葱胧①。龙吹过庭竹，鸾歌拂井桐。罗绡垂薄雾，环佩响轻风。绛节随金母②，云心捧玉童。更深人悄悄，晨会雨濛濛。珠莹光文履，花明隐绣栊。③瑶④钗行彩凤，罗帔掩丹虹。言自瑶华圃，将朝碧帝宫。⑤因游李城北，偶向宋家东。⑥戏调初微拒，柔情已暗通。低鬟蝉影动，回步玉尘蒙。转面流花雪，登床抱绮丛。鸳鸯交颈舞，翡翠合欢笼。眉黛羞频[7]聚，唇朱暖更融。气清兰蕊馥，肤润玉肌丰。无力慵移腕，多娇爱敛躬。汗光珠点点，发乱绿松松。[8]方喜千年会，俄闻五夜穷。留连时有限，缱绻意难终。慢脸含愁态，芳词誓素衷。赠环明运合，留结表心同。啼粉留清镜，残灯绕暗虫。[9]华光犹冉冉，旭日渐曈曈。乘鹜[10]还归洛，吹箫亦上嵩。衣香犹染麝，枕腻尚残红。幂幂[11]临塘草，飘飘思渚蓬。素琴鸣怨鹤，清汉望归鸿。海阔诚难度，天高不易冲。行云无定[12]所，萧史在楼中。

【题解】

此诗贞元十七年(801)作于长安，录自元稹所作传奇《莺莺传》，为追忆与崔莺莺欢会事。会真，犹言与仙人相会。唐人多称情人或妓女为真、为仙。全篇每十韵为一个段落，第一部分写相会的环境及莺莺的到来，第二部分具体描写欢会之事，最后一部分写欢后两人的分手。唐代诗文与传奇小说交相辉映，蔚为大观。且不论《莺莺传》中所云“河南元稹亦续生《会真诗三十韵》”是否为小说家言，此诗本集不载，似乎也是文人别集编纂的一般原则。就像如果编纂曹雪芹集，也不会单独收录他为《红楼梦》中人物所代拟的诗作等一样。不过，鉴于《才调集》卷五已选入此首，殿于其人之末，姑附录于此，以备参详。

【注释】

①胧：《全诗》、《才调集》、胡本、《古本西厢记》作“茏”。

②“绛节”句：绛节，古代神话传说中天帝或仙君仪仗之一。金母，古代神话传说中的女神，俗称西王母。此指崔莺莺之母。

③“珠莹”二句：文履，饰有文采的鞋子。襱，原作“龙”，据季本改。

④瑶：《全诗》、《才调集》、胡本作“宝”。

⑤“言自”二句：瑶华圃，古代神话传说中神仙所居之处。圃，《全诗》、

《才调集》、胡本、《太平广记》作“浦”。碧帝宫，玉皇大帝所居之宫，此借指长安。帝，《太平广记》、《古本西厢记》作“玉”。

⑥“因游”二句：萧统《名士悦倾城》：“美人称绝世，丽色譬花丛。经居李城北，来往宋家东。”李，原作“洛”，据《全诗》、《才调集》、胡本、《古本西厢记》改。

⑦频：《才调集》、《太平广记》、《古本西厢记》作“偏”。

⑧“汗光”二句：光，《太平广记》作“流”。发乱，原作“乱发”，据《全诗》、《才调集》、胡本改。松松，《才调集》、胡本、《太平广记》作“葱葱”。

⑨“啼粉”二句：留，原作“流”，据《才调集》改。清，《太平广记》作“宵”。灯，原作“炉”，据《全诗》、《才调集》、胡本、《太平广记》改。绕，《太平广记》作“远”。

⑩乘鸾：《全诗》、《才调集》、胡本作“鸾乘”。

⑪羃羃：原作“幕幕”，据《全诗》、《才调集》、胡本改。

⑫定：《才调集》、胡本、《古本西厢记》、《太平广记》作“处”。

桐花落

莎草遍桐阴，桐花满莎落。盖覆相团圆，可怜无厚薄。昔岁幽院中，深堂下帘幕。同在后门前，因论花好恶。君夸沉檀样，云是指撝作。暗淡灭紫花，句连蹙金[①]萼。都绣六七枝，斗成双孔雀[②]。尾上稠叠花，又将金解络[③]。我爱看不已，君烦睡先著。我作绣桐诗，系君裙带著。别来苦修道，此意都萧索。今日竟相牵，思量偶然错。

【题解】

此诗据《全唐诗》卷四二二补，作于元和五年(810)自长安赴江陵途中。诗作采用倒叙手法，末四句“别来苦修道”云云，既是全篇主旨，也是写作缘起。前面的绝大篇幅，即为“思量”所及的部分内容。如与恋人赏花，对方绣成美丽的花样，而自己则作了《绣桐诗》，趁她睡着时系在她的裙带上。能够对恋爱中曾经发生的一些细节，作出如此具体、细致的描绘，说明对其记忆之深刻。可见，所谓“别来”云云，真正的意思应该是，既然事已至此，也只好把偶尔的回味当成是为了忘却的纪念。

【注释】

①蹙金：一种刺绣方法，用金线绣花而皱缩其线纹，使其紧密而匀贴。

②“斗成”句：《埤雅》卷七：“《博物志》云：孔雀尾多变色，或红或黄，喻如云霞，其色无定，人拍其尾则舞。尾有金翠，五年而后成，始生三年，金翠尚小，初春乃生，三四月后复凋，与花萼相衰荣。”斗，相对。

③金解络：用金色丝线绣饰图案。解络，一种刺绣方法。

梦昔时

闲窗结幽梦，此梦谁人知。夜半初得处，天明临去时。山川已久隔，云雨两无期。何事来相感，又成新别离。

【题解】

此诗据《全唐诗》卷四二二补，作于贞元十七年（801）后。作者所写的这个“幽梦”，同样是由昔日“夜半初得”、“天明临去”的那一特定情境所触发。梦醒之后，诗人深感山川久隔，云雨无期，因而发出“何事来相感”的痴问。因为梦境一过，则又造成新的别离，使旧伤更添新痛。明知梦假，却又以梦为真，可见思之深，情之浓。所谓“此梦谁人知”，说的也就是在现实中无法实现的恋情，便转而在梦境中宣泄，从而得到心理上的补偿和满足。整篇的意境，与白居易虽小却好的一首朦胧诗《花非花》颇为相近：

花非花，雾非雾。夜半来，天明去。来如春梦不多时，去似朝云无觅处。

恨妆成

晓日穿隙明，开帷理妆点。傅粉贵重重，施朱怜冉冉。柔鬟背额垂，丛鬓随钗敛。凝翠晕蛾眉，轻红拂花脸。满头行小梳[①]，当面施圆靥[②]。最恨落花时，妆成独披掩。

【题解】

此诗据《全唐诗》卷四二二补，贞元十六年(800)作于蒲州。诗作以绝大篇幅描绘清晨梳妆的情景，非常细致，显然是建立在细心观察的基础上。这与中唐以前诗文中写意式的美人描写相比，可说是很接近于工笔式的写生了。末二句“最恨”云云，写伊人妆成之时，暗自嗟叹，担心这良辰美景会像摇曳的落花一样，不能被永远镌刻在那一刹那。

【注释】

①“满头”句：古代一种流行装束，在头上别上数把梳子，既固定头发，又作装饰。

②圆靥：一种女性化妆样式。高承《事物纪原》卷三：“近世妇人妆喜作粉靥，如月形，如钱样，又或以朱若燕脂点者，唐人亦尚之……靥，钿之名。”

【辑评】

清宋邦绥《才调集补注》卷五：“‘傅粉贵重重，施朱怜冉冉’，《留青日札》：美人妆面，既傅粉，复以胭脂调匀掌中，施之两颊，浓者为酒晕妆，浅者为桃花妆，薄薄施朱以粉罩之为飞霞妆。”

樱桃花

樱桃花，一枝两枝千万朵。花砖曾立摘花人，窣破[①]罗裙红似火。

【题解】

此诗据《全唐诗》卷四二二补，贞元十六年（800）作于蒲州。首二句描绘樱桃花盛开的图景，引出下面两句对往事的追忆。在那花砖旁，曾经站立过一位采摘樱桃花的女郎，手里握着的樱桃花，就像突然间撕破了的女郎的罗裙，彤红似火，花面相映，令人难忘。此首短歌体式，似仄韵七绝减去首句四字而成。《才调集》列入古律杂歌。沈雄《古今词话·词话》上卷云："此亦长短句，比《章台柳》少叠三字，然不可列于古风也，录之为《樱桃歌》。"所载《樱桃歌》中，"摘花"作"采花"。曾昭岷等编《全唐五代词》据《古今词话》录存，并云："此首本长短句诗，既非声诗，亦非词。兹入副编。"

【注释】

①窣（sū）破：形容细小的摩擦声。和凝《采桑子》："丛头鞋子红编细，裙窣金练。"孙光宪《思帝乡》："六幅罗裙窣地，微行曳碧波。"

曹十九舞绿钿

急管清弄①频，舞衣才揽结。含情独摇手，双袖参差列。騕褭柳牵丝，炫转风回雪。②凝眄娇不移，往往度繁节。

【题解】

此诗据《全唐诗》卷四二二补，创作时地不详。绿钿，即《绿钿子》，《教坊记》有此曲。诗写曹十九应《绿钿子》之节而舞的生动情态。

【注释】

①清弄：不歌不舞，单纯演奏乐器。

②"騕褭"二句：形容舞蹈节奏如神马之迅疾。

闺　晚

红裙委砖阶，玉爪剺朱橘①。素臆光如砑②，明瞳艳凝③溢。调弦不成曲，学书徒弄笔。夜色侵洞房，香④烟透帘出。

【题解】

此诗据《全唐诗》卷四二二补，或贞元十九年(803)作于长安。素臆如砑，明瞳艳溢，红裙委阶，玉爪剺橘，“调弦不成曲，学书徒弄笔”，诗中前六句极写闺中美人及其百无聊赖之态。最可注目者在末二句“夜色侵洞房，香烟透帘出”，一则起到烘托环境和气氛的作用，二则点明百无聊赖的因由，并将闺中人此时的相思愁绪，形象化为缭绕升腾、透帘而出的“香烟”，有余不尽。

【注释】

①“玉爪”句：玉爪，形容美人光润的指甲。剺(lí)，割开，划开。

②“素臆”句：素臆，光洁滑润的肌肤。砑，光滑貌。

③凝：《才调集补注》谓当作“疑”。

④香：原作“春”，据《才调集》、胡本、季本改。

晓将别

风露晓凄凄，月下西墙西。行人帐中起，思妇枕前啼。屑屑命僮御，晨装俨已齐。将去复携手，日高方解携。

【题解】

此诗据《全唐诗》卷四二二补，贞元十八年(802)作于蒲州。诗作将依依别情，淡淡写来，结末乃见其情而措语又甚为克制。

蔷薇架

清水驿

五色阶前架，一张笼上被。殷红稠叠花，半绿鲜明地。风蔓罗裙带，露英莲脸泪。多逢走马郎，可惜帘边思。

【题解】

此诗据《全唐诗》卷四二二补，作于元和五年(810)自长安赴江陵途中。清水驿，疑在今湖北襄阳附近。如柳宗元《清水驿丛竹天水赵云余手种一十二茎》即云："檐下疏篁十二茎，襄阳从事寄幽情。"诗作细腻描摹驿所蔷薇，亦花亦人，末二句"多逢走马郎，可惜帘边思"兴发感慨，点明意旨，也可以理解成从对面着笔，表达羁客好景难常的无奈之感。

月　暗

月暗灯残面墙泣，罗缨斗重知啼湿。真珠帘断蝙蝠飞，燕子巢空萤火入。深殿门重夜漏严，柔□□□□年急。君王掌上容一人，更有轻身何处立。

【题解】

此诗据《全唐诗》卷四二二补，创作时地不详。诗作借赵飞燕之典写宫怨。不过，从末二句"君王掌上容一人，更有轻身何处立"来看，似乎也不能断然否认诗人自写身世遭遇的可能性。因为男子的幽怨，一向有一种特别的文学表现形态，即将自己置于比拟君臣关系的夫妇关系中的"妇"的位置，借以发抒不得用世的焦虑感和哀怨心绪，也就是传统的所谓“香草美人”式的寄托。

新　秋

旦莫已凄凉，离人远思忙。夏衣临晓薄，秋影入檐长。前事风随扇，归心燕在梁①。殷勤寄牛女，河汉正相望。

【题解】

此诗据《全唐诗》卷四二二补，或贞元十六年(800)作于蒲州。诗写一早一晚的天气，已现出令人凄婉的凉意；离家在外的游子，频生悠远的思家愁绪。夏天穿出来的衣服，已不能抵御清早的凉风；屋檐在秋天的阳光下，投下长长的阴影。从前那些挂心的事情，都随风飘散不再去想；归心似箭之时，偏又看见燕子安栖在梁上。到了夜里频频地仰望天空，向牛郎织女星寄寓自己的思归之情；它们隔着银河遥遥相望的情景，正如同自己身在异乡盼家的处境一样。

【注释】

①“归心”句：谓春天已经来临，远在异乡之人发归乡之思。

春　别

幽芳本未阑，君去蕙花残。河汉秋期远，关山世路难。云屏留粉絮①，风幌引香兰。肠断回文锦，春深独自看。

【题解】

此诗据《全唐诗》卷四二二补，或贞元十六年(800)作于蒲州或长安。

诗作用正统的艳诗的方法，以咏物诗的形式，吟诵了一位思念情郎的女子。她的情郎远去边塞，戍守关山。当然，由此诗可见，基于亲身经历所作的艳诗，如《赠双文》，才是元稹的所长。（参［日］山口博《元稹的艳诗和日本平安文学》）

【注释】

①“云屏”句：云屏，有云形彩绘的屏风或用云母作装饰的屏风。粉絮，柳絮。

和乐天示杨琼

我在江陵少年日，知有杨琼初唤出。腰身瘦小歌圆紧，依约年应十六七。去年十月过苏州，琼来拜问郎不识。青衫玉貌何处去，安得红旗遮头白[1]。我语杨琼琼莫语，汝虽笑我我笑汝。汝今无复小腰身，不似江陵时好女。杨琼为我歌送酒，尔忆江陵县中否。江陵王令骨为灰，车来嫁作尚书妇。卢戡及第严涧在，其余死者十八九。我今贺尔亦自多，尔得老成余（一作亦）白首。（杨琼本名播，少为江陵酒妓。去年姑苏过琼叙旧，及今见乐天此篇，因走笔追书此曲。）

【题解】

此诗据《全唐诗》卷四二二补，长庆四年（824）作于越州。诗作可以说是为一位地位低贱，但技艺超群的歌妓杨琼立了一篇小传。作者是有地位的人，但在诗中却把自己放在与杨琼平等的地位上，两人像老友一样饮酒忆旧，谈笑风生。所以，这首诗更能体现元稹诗歌语言朴实，如诉家常，亲切感人的艺术特色。白居易原唱为《寄李苏州兼示杨琼》：

真娘墓头春草碧，心奴鬓上秋霜白。为问苏台酒席中，使君歌笑与谁同。就中犹有杨琼在，堪上东山伴谢公。

【注释】

①“安得”句：元稹时任浙东观察使、越州刺史，为方面大员，年已四十六，故云。

鱼中素

重叠鱼中素，幽缄手自开。斜红[①]余泪迹，知著脸边来。

【题解】

此诗据《全唐诗》卷四二二补，贞元十七年(801)作于长安。鱼中素，即元稹另外的一首《小碎诗篇》中“留取三行代鲤鱼”之意，指书信。而此“鱼中素”又“斜红余泪迹”，则寄信人显系女性无疑。宋邦绥《才调集补注》卷五引《谢氏诗源》云：“灼灼与河东人神通目授，不复可见，以软绢帕裹红泪寄之。”可知这里用的是一段爱情典故，则这首诗自然也应列入艳情诗的范围；由于艳情诗题材的独特性，所以元稹此类作品除了世俗化、家常化等特点之外，还具有私人化、情感化的特征。陈寅恪指出，“杯酒光景间之小碎篇章”“实亦包括微之所谓艳体诗中之短篇在内”(《元白诗笺证稿》)。但从句法上看，他并不认为艳体诗就是“小碎篇章”的全部，可惜未曾言明除此之外还应包括哪些作品。

【注释】

①斜红：沈自南《艺林汇考·服饰篇》引《妆台记》：“美人妆面，既傅粉，复以燕脂调匀掌中，施之两颊，浓者为酒晕妆，浅者为桃花妆，薄薄施朱以粉罩之为飞霞妆。梁简文诗云：‘分妆间浅靥，绕脸傅斜红。’则斜红绕脸，即古妆也。”

代九九

昔年桃李月，颜色共花宜。回脸莲初破，低蛾柳并垂。

望山多倚树，弄水爱临池。远被登楼识，潜因倒影窥。隔林徒想像，上砌转逶迤。谩掷庭中果[①]，虚攀墙外枝。强持文玉佩，求结麝香缡。[②]阿母怜金重，亲兄要马骑。把将娇小女，嫁与冶游儿。自隐勤勤索，相要事事随。每常同坐卧，不省暂参差。才学羞兼妒，何言宠便移。青春来易皎，白日誓[③]先亏。僻性嗔来见，邪行醉后知。别床铺枕席，当面指瑕疵。妾貌应犹在，君情遽若斯。的[④]成终世恨，焉用此宵为。鸾镜灯前扑，鸳衾手下隳。参商[⑤]半夜起，琴瑟一声离。努力新丛艳，狂风次第吹。

【题解】

此诗据《全唐诗》卷四二二补，创作时地不详。诗作述说九九迫于母兄之命，嫁给一个性行邪僻的冶游儿，而终于离异之事。末二句“努力新丛艳，狂风次第吹”，从九九的口吻中透漏出的怨恨之意，也可以看成是作者的谴责之声。

【注释】

①“谩掷”句：掷果，谓女性对男性表达爱慕之意。

②“强持”二句：文玉佩，五彩的玉佩。“求结”句，古代女子临嫁，其母为之系结佩巾，以示至男方家后奉事公婆，操持家务。缡(lí)，女子出嫁时所系佩巾。

③白日誓：永不分离的誓言。

④的：必定，肯定。

⑤参商：比喻彼此对立，不和睦。《左传·昭公元年》：“昔高辛氏有二子，伯曰阏伯，季曰实沈。居于旷林，不相能也。日寻干戈，以相征讨。后帝不臧，迁阏伯于商丘，主辰，商人是因，故辰为商星；迁实沈于大夏，主参，唐人是因，以服事夏商。”

卢十九子蒙吟卢七员外洛川怀古六韵，命余和

闻道卢明府，闲行咏洛神。浪圆疑靥笑，波斗忆眉嚬。蹀躞[①]桥头马，空濛水上尘。草芽犹犯雪，冰岸欲消春。寓目终无限，通辞未有因。子蒙将此曲，吟似[②]独眠人。

【题解】

此诗据《全唐诗》卷四二二补，元和五年（810）作于洛阳。卢七员外，周相录《元稹集校注》疑即卢元辅，宋宁娜《李商隐其人其诗》认为就是卢简求。洛阳洛河北岸有著名的魏王堤，元稹此诗及其诗题中透露出来的信息，表明诗人们当年经常在洛水边聚会，“浪圆”八句所云，也是他们在作品中经常写到的内容，借“咏洛神”以表达“独眠人”的情思。

【注释】

①蹀躞（dié xiè）：小步行走貌。

②似：与，给。贾岛《剑客》：“今日把似君，谁为不平事。”

【辑评】

清宋邦绥《才调集补注》卷五：“《唐诗纪事》：卢贞字子蒙，会昌五年为河南尹。乐天九老会，贞年未七十，亦与焉。曹子建《洛神赋》序：黄初三年，余朝京师，还济洛川。古人有言，斯水之神名曰宓妃。感宋玉对楚王神女之事，遂作斯赋。‘浪圆疑靥笑’，《洛神赋》‘靥辅承权’注：辅，腮也。靥辅言辅上有靥文也。权，两颊。《古乐府》：‘泪痕犹尚在，笑靥自然开。’‘空濛水上尘’，《洛神赋》：‘凌波微步，罗袜生尘。’‘通辞未有因’，《洛神赋》：‘托微波而通辞。’‘吟似独眠人’，圆至云：‘似者，呈似之’，似犹言向也。”

刘阮妻一作山二首

仙洞千年一度开，等闲偷入又偷回。桃花飞尽东风起，

何处消沉去不来。

芙蓉脂肉绿云鬟，罨画[1]楼台青黛山。千树桃花万年药，不知何事忆人间。

【题解】

此二诗据《全唐诗》卷四二二补，或长庆三年(823)至大和三年(829)作于越州。作者借刘晨、阮肇游仙之典，以富于象征性的画面，婉曲流露情感方面因为曾经短暂拥有而留下的深刻记忆，以及失去之后的莫名惆怅。沈祖棻《唐人七绝诗浅释》即云："表面上是咏叹古代一个仙凡恋爱的故事，事实上却是怀念旧日情人崔莺莺的。"

【注释】

①罨(yǎn)画：色彩鲜明的绘画，多用来形容自然景物或建筑物的明丽。

【辑评】

明都穆《南濠诗话》："元微之《题刘阮山》诗云云。后元遗山云：'死恨天台老刘阮，人间何恋却归来。'正祖此意。予顷见杨廉夫诗迹，亦有是作云：'两婿原非薄幸郎，仙姬已识姓名香。问渠何事归来早，白首糟糠不下堂。'较之二元，情致不及，而忠厚过之。"

清钱良择《唐音审体》卷一七："三句叠下六事，一句挽出正意，此格从太白《越中览古》脱胎，而作法尤奇。"

清宋邦绥《才调集补注》卷五："刘阮妻是借以说双文。'罨画楼台青黛山'，郝天挺云：罨画，丹青生色图画也。"

清王闿运《王闿运手批唐诗选》卷一三："三句堆砌，又是一格。"

桃　花

桃花浅深处，似匀深浅妆。春风助肠断，吹落白衣裳。

【题解】

此诗据《全唐诗》卷四二二补，贞元十六年(800)作于蒲州。诗作写出桃花的神韵，道尽红颜的哀伤。桃花虽美，可惜伤春，狂风吹落，殷红片片，就像“人面”一样令人怀念。

莫　秋

看著墙西日又沉，步廊回合戟门深。栖乌满树声声绝，小玉上床铺夜衾。

【题解】

此诗据《全唐诗》卷四二二补，贞元十六年(800)作于蒲州。诗作犹如镜头从外到内，由四幅画面组成。首句暗示时间已是傍晚时分，为全诗创造了特定的气氛；次句写居住环境，回廊曲折，极其幽深；第三句写门前景物，栖乌照应首句“日又沉”，进一步渲染气氛；尾句为侍女无言之动作，则使得整个画面活动起来，能起到烘云托月的作用，女主人公呼之欲出。全篇善于布置画面，创造静谧气氛，并以富有暗示性的诗句调动人们的丰富联想，因而显得空灵蕴藉。

【辑评】

清宋邦绥《才调集补注》卷五：“‘步廊回合戟门深’，《上林赋》‘步栏周流’注：步栏，言其下可步行，即今步廊也。‘小玉上床铺夜衾’，《玉台新咏》有鲍令晖《代沙门妻郭小玉诗》。《长恨歌》：‘转教小玉报双成。’”

压墙花

野性大都迷里巷，爱将高树记人家。春来偏认平阳宅，为见墙头拂面花。

【题解】

此诗据《全唐诗》卷四二二补，约贞元十九至二十一年(805)作于长安。诗写作者偶来寻觅，被墙花唤起美妙而又凄清的回忆，落寞情怀与清幽景色融为一体。据元稹《酬翰林白学士代书一百韵》中“墙花拂面枝”句下注所云：“昔予赋诗云：‘为见墙头拂面花。’时唯乐天知此。”“墙头拂面花”或即指之前与莺莺“拂墙花影动”的特定情境。

【辑评】

明王骥德《古本西厢记校注》：“又按《辨证》谓‘莺声爱娇小，燕翼玩逶迤’，正指莺莺事。然微之《寄乐天百韵诗》首语：‘昔岁俱充赋，同年游有司。八人称迥拔，两郡滥知名。’又乐天《寄微之百韵诗》首语：‘忆在贞元岁，初登典校司，身名同日授，心事一言知。’微之诗注：‘同年八人，乐天拔萃登科，余平判入等。’盖微之与乐天同以贞元十八年中制科，此诗皆叙及第后游宴事。游蒲之年，尚未识乐天。‘莺声’、‘燕翼’及上注‘为见墙头拂面花，时唯乐天知此事’等语，恐别有所指，未必崔氏也。”

清宋邦绥《才调集补注》卷五：“冯班评：此诗有所指也，却叙得蕴藉。‘春来偏认平阳宅’，班固《汉武故事》：上幸平阳公主家，置酒作乐，子夫为讴者，善歌，能造曲，每歌挑上，上喜，起更衣，子夫因侍尚衣轩中，遂得幸。上见其美发，悦之，遂纳于宫中。”

王桐龄《会真记事迹真伪考》：“《压墙花》七绝之‘为见墙头拂面花……’等语，暗点其秘密来往所由之路。”

舞　腰

裙裾旋旋手迢迢，不趁音声自趁娇。未必诸郎知曲误，一时偷眼为回腰。①

【题解】

此诗据《全唐诗》卷四二二补，创作时地不详。这位映入眼帘的舞伎，裙裾远远飞旋，手肢舒展，神态娇媚可人，并非来自音乐的陪衬，蓦然被一个“回腰”的瞬间镜头定格，其灵动鲜活的神韵令人叫绝。至其诗作主题，适如吴乔《围炉诗话》卷一所评：

> 唐人诗意不必在题中。如元微之“未必周郎知曲误，一时偷眼为回腰”，亦是胸有所不快，适于舞者发之也。崔国辅云：“悔不盛年时，嫁于青楼家。”亦必有故，意不易见也。

【注释】

①“未必”二句：反用“曲有误，周郎顾”之典。回腰，舞曲名，此处双关。

【辑评】

清宋邦绥《才调集补注》卷五：“‘裙裾旋旋手迢迢’，吴均《乐府》：‘垂手忽迢迢，飞燕掌中娇。’‘未必诸郎知曲误’，《三国志》：周瑜少精意于音乐，虽三爵之后，有阙误必知之，故时人谣曰：‘曲有误，周郎顾。’”

白衣裳二首

雨湿轻尘隔院香，玉人初著白衣裳。半含惆怅闲看绣，一朵梨花压象床。

藕丝衫子柳花裙，空著沉香慢火熏。闲倚屏风笑周昉，枉抛心力画朝云。

【题解】

此二诗据《全唐诗》卷四二二补，贞元十六年(800)作于蒲州。第一首对人物作剪影式的刻画，极富诗情画意：雨后的院落散发出淡淡的幽香，在梨花底下坐着一位身着白裙的姑娘，双手绣花，眉头半皱，若有所思。似非亲身经历者所能写出。第二首通过纤巧的轻薄罗衫子、如柳絮般白的裙，沁透出沉香的馨香，写出“玉人”的天姿绰约，淡妆宜人。“闲倚”二句，谓以仕女画冠绝古今的周昉，所画妇女多为丰厚态度，东坡曾有诗云：“书生老眼省见稀，画图但觉周昉肥。”(《作书寄王晋卿忽忆前年寒食北城之游走笔为此诗》)笑周昉，亦即笑其画之肥也，以此反衬白衣裳的雅淡。又，《全唐诗》卷五〇八载李馀《临邛怨》，首二句作：“藕花衫子柳花裙，多著沈香慢火熏。”

【辑评】

清宋邦绥《才调集补注》卷五：“此诗亦为双文作也。观《会真记》‘常服睟容，不加新饰’，盖性爱雅淡，不喜艳服，而自有天然美丽者。‘闲倚屏风笑周昉’，《后汉书》：宋宏当宴，见御座新屏风图画列女”、“‘枉抛心力画朝云’，《伽蓝记》：河间王琛有婢朝云，善吹篪，能为《团扇歌》、《陇上声》”。

忆　事

夜深闲到戟门边，却绕行廊又独眠。明月满庭池水渌，桐花垂在翠(一作绣)帘前。

【题解】

据《全唐诗》卷四二二补，或贞元十六年(800)作于蒲州。诗作近似无题诗，只写氛围而不及情事本身，含蓄而味长。在元稹为莺莺所作爱情诗中，算是写得较好的。题为《忆事》，表明对往事留恋之深，似不应看作虚写，而是有着自己的某种体验。黄周星《唐诗快》卷一五评云：“此亦必为双文而作。尔时双文亦知之否？”如果从诗中地点、情境与诗人其他艳诗保持一致这一点来看，的确不无道理。

寄旧诗与薛涛，因成长句

序在别卷

诗篇调态人皆有，细腻风光我独知。月夜咏花怜暗淡，雨朝题柳为欹垂。长教碧玉藏深处，总向红笺写自随。老大不能收拾得，与君闲似好男儿①。

【题解】

薛涛(770—832)，字洪度。长安(今陕西西安)人。幼随父薛郧做官来到蜀地，父死后与母居成都。贞元元年至五年(785—789)入乐籍。通音律，善诗文。《全唐诗》卷八〇三(题下注“此首集不载”)、《唐诗纪事》卷七九作薛涛诗，题作《寄旧诗与元微之》。然《才调集》卷五、《全唐诗》卷四二二作元稹诗。张蓬舟《薛涛诗笺·真伪诗考》云：

> 其诗头、尾两联，自述只身归隐，制笺赋诗之迟暮情景，颇有自怨自艾之意。题为《寄旧诗与元微之》，藉以表其专为稹而作……如系稹寄涛之作，其头尾两联直说不通矣。

姑两存之。诗写多情公子深为伊人绮丽的情意而沉醉。

【注释】

①“与君”句：闲，季本作“间”，《类苑》作“开”。好，《类苑》作“教”。

友封体

黔府窦巩字友封

雨送浮凉夏簟清，小楼腰褥怕单轻。微风暗度香囊转，胧月斜穿隔子明。桦烛焰高黄耳吠，柳堤风静紫骝声。频频闻动中门锁，桃叶[①]知嗔未敢迎。

【题解】

此诗据《全唐诗》卷四二二补，元和六年(811)作于江陵。窦巩赴黔府窦群处，于江陵与元稹相会。诗写小楼消夏，享受雨后清爽的凉意。中间连用两个细节描写，说明此时此刻士大夫生活环境的清净如水：微风悄悄吹入，带动半空中的香囊兀自转动；月光斜射到纸糊的格子门上，让门扇微微透着明光。在这里，可以摆脱一切人世的烦嚣，所以宁愿杜门谢客，明知有贵人光临，也迟迟不去迎接。诗中的微妙语气，也透漏出这样的信息：虽然闭门隐居，却也有贵客殷勤造访，这才是真正让人得意的地方。从这首诗中，可以很深刻地体验到唐代士大夫生活中清雅恬适的一面。当然，只有知道唐代香囊是金属圆球的造型，用吊链悬在半空，才能明白何以一丝微风就会让它轻转；知道这随风轻转的香囊在圆球外壳上布满镂空花，内里有炭火低燃，焚着名香，细弱的烟缕从外壳的镂花中悄悄散出，也才能更细致地体会这首诗优美的意境。(参孟晖《夜帐香深》)

【注释】

①桃叶：此泛指侍女。

【辑评】

清宋邦绥《才调集补注》卷五："'桦烛焰高黄耳吠'，《国史补》：元日、冬至，宰相朝贺，桦烛至数百炬，曰火城。按桦烛者，以桦木皮卷松脂为烛。《晋书》：陆机有骏犬，名黄耳，甚爱之。'柳堤风静紫骝声'，《南史·羊侃传》：车驾幸乐游苑，侃预宴，时新造两刃矟成，帝赐侃河南国紫骝，令试之。"

看　花

努力少年求好官，好花须是少年看。君看老大逢花树，未折一枝心已阑。

【题解】

此诗据《全唐诗》卷四二二补，创作时地不详。这里的“看花”或“折花”当然不只指一般的赏花，艳丽的花枝象征着女色、繁华、荣名和人间各种得意之事。花就是世俗幸福的体现，它转瞬之间便会凋谢，正所谓“花开堪折直须折，莫待无花空折枝”（杜秋娘《金缕衣》）。元稹的这首诗特别露骨地把及时行乐的思想与“先据要路津”的功名心结合在一起。诗人认为，只有趁年富力强的时候取得权力，才能享尽荣华富贵，而花的隐喻则明显地突出了女色。在诗人的心目中，她就是一首香艳的诗。（参康正果《风骚与艳情——中国古典诗词的女性研究》）

斑　竹

得之湘流

一枝斑竹渡湘沅，万里行人感别魂。知是娥皇庙前物，远随风雨送啼痕。

【题解】

此诗据《全唐诗》卷四二二补，元和九年(814)作于潭州。诗作咏物而不滞于物，只末句“远随风雨送啼痕”，便将一枝渡湘沅而来的斑竹作了入木三分的刻画。全篇用语浅近，哀婉多情，寄慨深遥。后曾被录入道光《洞庭湖志》卷一四。

筝

莫愁私地爱王昌①，夜夜筝声怨隔墙。火凤有凰求不得，春莺无伴啭空长。急挥舞破催飞燕，慢逐歌词弄小娘[②]。死恨相如新索妇，枉将心力为他狂。

【题解】

此诗据《全唐诗》卷四二二补，创作时地不详。诗以代言方式写一种痛悔之情。那悲戚的筝声犹如哀怨深长的诘问声，让人感到失去爱情的痛彻心扉。

【注释】

①“莫愁”句：私地，暗中，背地里。王昌，俊美风流的男性，无考。非《襄阳耆旧传》等所载之王昌。

②“慢逐”句：弄，戏弄，调戏。小娘，古代年轻的歌女或妓女。

有所教

莫画长眉画短眉，斜红伤竖莫伤垂。人人总解争时势，都大[①]须看各自宜。

【题解】

此诗据《全唐诗》卷四二二补，创作时地不详。诗作写出对眉之长短的独到建议，一面承认“人人总解争时势”是大势所趋，一面也要根据自己的情况随机应变，也即“都大须看各自宜”。清人马星翼曾将元稹的这类艳诗比作宫体诗，对其《叙诗寄乐天书》中自谓的干教化之说不予认同：

> 元微之自汇其诗为十体，末为艳诗，晕眉约鬓，匹配色泽，极妇人之怪艳者，盖皆宫体也。（《东泉诗话》。案：“宫体”之说，当肇自晁公武《郡斋读书志》卷一七：“〔元稹〕有《长庆集》百卷，今亡其四十卷。又有《外集》一卷，诗五十二篇，皆宫体也。”）

其实，诗干教化的做法跟中唐的时代风尚有关。在一个百废待兴的时代，特别需要士大夫们作出一种姿态，挽狂澜于既倒，救生民于水火，重整纲纪，淳化世风；同时，诗人同样生活在真实中，他们也有七情六欲，这些也会时常流露出来。

【注释】

①都大：多大。

襄阳为卢窦纪事

帝下真符召玉真，偶逢游女暂相亲。[1]素书[2]三卷留为赠，从向人间说向人。

风弄花枝月照阶，醉和春睡倚香怀。依稀似觉双环动，潜被萧郎[3]卸玉钗。

莺声撩乱曙灯残，暗觅金钗动晓寒。犹带春酲[4]懒相送，樱桃花下隔帘看。

琉璃波面月笼烟，暂逐萧郎走上天。今日归时最肠断，回江还是夜来船。

花枝临水复临堤，闲照江流（一作清江）亦照泥。千万[5]春风好抬举，夜来曾有凤凰栖。

【题解】

这一组诗，据《全唐诗》卷四二二补。岑仲勉《全唐诗札记》、卞孝萱《元稹年谱》均考证为元稹贬江陵士曹时所作，周相录《元稹集校注》更进一步认为是元和八年(813)作于襄阳。卢窦，卢指卢真，窦或指窦晦之。其中第五首，题下有注曰："一作马戴诗，题作《襄阳席上呈于司空》。"诗作因其艳情主题而受到后人讥评。宋邦绥《才调集补注》卷五引《诗话类编》云：

元微之过襄阳，夜召名妓剧饮，将别作诗，有花枝临水云云。谢师厚作襄倅，闻妓与二胥好，此妓乞扇，遂改下句云：“寄语春风好抬举，夜来曾有老鸦栖。”按此则五诗，乃微之自叙其事托名卢窦耳。

《王闿逗手批唐诗选》卷一三的看法则有所不同：“女去男看，殊无艳情，而看去似靡曼。”

【注释】

①“帝下”二句：真符，即仙符。真即古所谓仙人。玉真，仙人，此特指仙女。游女，古诗文多咏汉滨大堤游女。后因指伎女。

②素书：用朱墨写在白绢上的道书。

③萧郎：唐人常作男性情人或夫君的代称。此泛指女性爱慕的男性。

④春酲：春日醉酒后的困倦。

⑤千万：犹务必，表示恳切叮咛。

【辑评】

清宋邦绥《才调集补注》卷五：“‘帝下真符召玉真’，李白《玉真仙人词》：‘玉真之仙人，时往太华峰。’‘素书三卷留为赠’，《列仙传》：女丸者，沽酒妇人也，仙人过其家饮酒，以《素书》五卷为质，丸开视其书，乃养性交接之术，丸私写其文要，更设房室，纳诸少年饮美酒，与止宿，行文书之法，如此三十年，颜色更如二十时。”

句

光阴三翼①过。

【题解】

此断句据宋阮阅《诗话总龟》后集卷四九补，创作时地不详。

【注释】

①三翼：古代战船有大、中、小之分，故称。据《容斋四笔》卷一一，分别广一丈五尺三寸，长十丈；广一丈三尺五寸，长九丈；广一丈二尺，长五丈六尺。

奉和浙西大夫李德裕述梦四十韵，大夫本题言赠于梦中诗赋以寄一二僚友，故今所和者，亦止述翰苑旧游而已，次本韵[①]

闻有池塘什，还因梦寐遭。攀禾工类蔡，咏豆敏过曹。庄蝶玄言秘，罗禽藻思高。（本篇称六句皆梦中作，三联亦多征故事也。）戈矛排笔阵，貔虎让文韬。彩缋鸾凰鶵，权奇骥騄髦。[②]神枢千里应，华衮[③]一言褒。李广留飞箭，王祥得佩刀。传乘司隶马[④]，继染翰林毫。辨颢洵超脱，词锋岂足囊。[⑤]金刚锥透玉，镔铁剑吹毛[⑥]。（自戈矛而下，皆述大夫刀笔赡盛，文藻秀丽，翰苑谟猷，纶诰[⑦]褒贬，功多名将，人许三公[⑧]，世总台纲，充学士等矣。）顾我曾陪附，思君正郁陶[⑨]。近酬新乐录，仍寄续离骚。（近蒙大夫寄觱篥歌，酬和才毕，此篇续至。）阿阁偏随凤，（大夫与稹偏多同直。）方壶共跨鳌。借骑银杏叶，（学士初入，例借飞龙马。）横赐锦垂萄。（解已具本篇。）冰井[⑩]分珍果，金瓶贮御醪。独辞珠有戒，廉取玉非叨。麦纸侵红点[⑪]，（书诏皆用麦纹纸。）兰灯[⑫]焰碧高。（麻制[⑬]例皆通宵勘写。）代予言[⑭]不易，承圣旨偏劳。（稹与大夫相代为翰林承旨[⑮]。）绕月同栖鹊，惊风比夜獒。吏传开锁契，（学士院密通银台，每旦常闻门使勘契[⑯]开锁声，甚烦多。）神撼引铃絛。（院有悬铃，以备夜直。警急文书出入，皆引之以代传呼。每用兵，铃辄有声如人引，声耗缓急具如之，曾莫之差。）渥泽深难报，危心过自操。犯颜诚恳恳，腾口惧忉忉[⑰]。佩宠虽緺绶，安贫尚葛袍。[⑱]宾亲多谢绝，延荐必英豪。（自阿阁而下，皆言稹同在翰林日，居处深秘，与频繁奉职，勤劳畏慎周密等事也。）分阻杯盘会，闲随寺观遨。（学士无过从聚会之例，大夫与稹，时而相期于寺观闲行而已矣。）祇园[19]一林杏（慈恩），仙洞万株桃（玄都[20]）。澥海[21]沧波减，昆明劫火熬。未陪登鹤驾[22]，已讣堕乌号。痛泪过江浪，冤声出海涛。尚看恩诏湿，已梦寿宫[23]牢。（本篇言此两句是梦中作，故言梦字。）再造承天宝，新持济巨篙。[24]犹怜弊簪履，重委旧旌旄[25]。（渤海以下，皆言举感先恩、捧荷新泽等事。）北望心弥苦，西回首屡搔。九霄难就日，两浙仅容舠[26]。暮竹寒窗影，衰杨古郡濠。鱼虾集橘市，鹤鹳起亭皋。（越州宅窗户间尽见城郭。）朽刃休冲斗（自谓），良弓枉在弢（窃论）。早弯摧虎兕，便铸垦蓬蒿。[27]渔艇宜孤棹，楼船称万艘。量材分用处，终不学滔滔。

【题解】

此诗据《全唐诗》卷四二三补，宝历二年（826）作于越州。李德裕原唱为《述梦四十韵（有序）》，详尽展示了唐代翰林供职学士的处地、生活起居、日常工作情况种种，虽然未曾明言，但诗序中所说“以寄一二僚友”，似乎非元稹、李绅莫属。李诗依次写自负同僚皆系英俊之才，同受恩遇，不负圣望；学士供职生涯优裕自得，欢情甚洽；屡受皇帝赐赏，恩遇有加；诗末则为处浙西时回顾往昔的留恋之情。元稹次韵相和，以示其文采之胜，内容与李诗大体相同，称颂李德裕刀笔赡盛，文藻秀丽，翰苑谟猷；述与李德裕相得之游，经常于寺观闲行；叙二人在翰林院时秉公直道以报皇恩，其中当然也有自夸之意；诗末抒发感慨。

当时，元稹在浙东，刘禹锡在历阳（治今安徽和县），三地相距不远。刘禹锡也有和作《浙西大夫述梦四十韵并浙东相公继有酬和斐然继声本韵次用》，同样是以洋洋洒洒四十韵“述翰苑旧游”。不过，与李德裕、元稹诗末分云“阅川终古恨，惟见暮滔滔”、“量材分用处，终不学滔滔”相比，刘诗所云“今翰比潘陆，江海更滔滔”，反映出当时三人处境、遭遇虽有相似之处，又各有不同性格的特点。

【注释】

①李德裕，瞿氏藏明本《李文饶文集》无。诗赋，胡本、《李文饶文集》作“赋诗”。

②“彩缋(huì)”二句：缋，同“绘”。鵛(jìng)，通“颈”。权奇，奇谲非凡，多形容良马的善行。骥騄(lù)，良马。髦，马颈上的长毛。

③华衮：古代王公贵族多彩的礼服，常用以表示极高的荣宠。

④“传乘”句：传，驿站所备的车马。司隶，《周礼·秋官》之属官，掌理使役奴隶刑徒，捕治盗贼，负责王宫及郊野馆舍的治安。此借咏李德裕曾为监察御史。

⑤“辨颍”二句：辨颍，即辨颖。洵，原缺，据李德裕《会昌一品集》补。櫜(gāo)，收藏，收敛。

⑥“镔(bīn)铁”句：镔铁，精铁。吹毛，形容刀剑极为锋利，吹毛可断。

⑦纶诰：皇帝的诏令文告，由有草诏权的中书舍人、知制诰、翰林学士等起草，代皇帝立言。

⑧三公：唐以太尉、司徒、司空为三公，此泛指中央高级官员。

⑨郁陶：忧思积聚貌。

⑩冰井：古代藏冰的地窖，天寒之时取冰封藏，天热之时取而用之。

⑪红点：正式制诰用朱笔书写，故云。

⑫兰灯：燃烧兰膏的灯烛。《楚辞》王逸注：“兰膏，以兰香炼膏也。”

⑬麻制：唐代委任宰执大臣的诏命，写在白麻纸上，故称。

⑭代予言：代皇帝草拟诏书。

⑮翰林承旨：即翰林承旨学士。

⑯勘契：检验鱼契。其制，以檀木刻鱼形，分为左右，左留中，右置门使处，鱼契左右相合始开门。

⑰“腾口”句：腾口，放言无忌。忉忉(dāo)，忧思貌。

⑱“佩宠”二句：緺(guā)绶，紫青色的绶带，古代高级官员用作印纽或服饰。葛袍，葛指用葛布制成的夏服，葛布俗称夏布。袍指厚暖的冬衣。此泛指日常生活用品。

⑲祇园：祇树给孤独园的省称，印度佛教圣地之一。相传释迦牟尼成

道后，憍萨罗国的给孤独长者用大量黄金购置卫城南祇陀太子园地，建筑精舍，请释迦说法。祇陀太子也奉献园内的树木，故以二人之名字命名。此借指慈恩寺。

⑳玄都：即玄都观，北周、隋、唐道观名，原名通道观，隋开皇二年改为玄都观，在陕西长安南。

㉑瀣(xiè)海：古代称东海的一部分，即渤海。

㉒登鹤驾：死的讳称。鹤驾，相传周灵王太子晋成仙后，曾乘白鹤驻足缑氏岭并乘之而去，故谓仙驾为鹤驾。此指唐穆宗之死。

㉓寿宫：陵墓，此指唐穆宗光陵。

㉔“再造”二句：“再造”句，指唐敬宗登基事。天宝，指玉玺。济巨篙，即济川之篙，比喻治理天下的才能。

㉕旄旄(máo)：军中用以指挥的旗帜。

㉖舠(dāo)：小船。

㉗“旱弯”二句：谓销兵器为农具，消弭战争，发展经济。虎兕(sì)，虎与犀牛，比喻凶恶残暴之人。

过东都别乐天二首①

君应怪我留连久，我欲与君辞别难。白头徒侣渐稀少，明日恐君无此欢。

自识君来三度别②，这回白尽老髭须。恋君不去君须会，知得后回相见无。

【题解】

此二诗据《全唐诗》卷四二三补，大和三年(829)作于自越州赴长安途中。元白二人一生交游，别多会少，此次一见，可谓分外动情。白居易在酬和之作《酬别微之》中也劝勉元稹“承明重入莫拘牵”，希望他能有所作为。

可惜，元稹当年的锋锐资性并没有改变，下车伊始，便一次贬出七人；加之朝廷上的党派斗争又有新的发展，李宗闵得势，元稹很快贬出京城，出镇武昌。所以，以上第二首诗中颇有感伤之意的那句“知得后回相见无”，竟然不幸成为“诗谶”，直至一年多以后突然去世，元稹再也没有和白居易见过面，正白居易《祭微之文》所谓“终以诗诀”者。

可以提及的是，胡适《每天一首诗》(含续选稿)中选录的元稹诗作，只有这两首；其《白话文学史》中选列的，则除了这两首之外，还有《连昌宫词》、《人道短》、《将进酒》、《上阳白发人》、《织妇词》、《田家词》、《遣悲怀三首》、《听庾及之弹乌夜啼引》等十首。

【注释】

①题下原有注：“乐天在洛，太和中，稹拜左丞，自越过洛，以二诗别乐天。未几，死于鄂。乐天哭之曰：‘始以诗交，终以诗诀。兹笔相绝，其今日乎。’见《纪事》。”乃后人所加，不录。

②三度别：分别指元和十年元稹司马通州时与白氏别于蒲池村、元和十四年元白各赴新任时别于夷陵、长庆三年元稹赴越州时别于杭州。

和严给事闻唐昌观玉蕊花下有游仙

一作玉蕊院真人降，见唐人绝句

弄玉①潜过玉树时，不教青鸟②出花枝。的应未有诸人觉，只是严郎不③得知。

【题解】

此诗据《全唐诗》卷四二三补，大和三年(829)作于长安。严给事，指严休复，宝历元年迁给事中。唐昌观，在长安朱雀门街。严休复原唱为《唐昌观玉蕊花折有仙人游怅然成二绝》：

终日斋心祷玉宸，魂销目断未逢真。不如满树琼瑶蕊，笑对藏花洞里人。

羽车潜下玉龟山，尘世何由睹蕣颜。唯有多情枝上雪，好风吹缀绿云鬟。

元稹和诗开玩笑地说严休复不知道女仙来临并不奇怪，因为她们悄悄来到玉蕊花树旁之前，并没有叫使者青鸟到花枝前下个通知。

刘禹锡、张籍和白居易也都有和作。白居易《酬严给事〈闻玉蕊花下有游仙绝句〉》写得最为含蓄：

赢女偷乘凤去时，洞中潜歇弄琼枝。不缘啼鸟春饶舌，青琐仙郎可得知。

是说女仙下凡，花枝无人玩赏了，才有多舌的鸟儿飞来站在枝头上鸣叫，这就使仙郎知道仙女不在洞府中了。言外之意，凡间的玉蕊花比神仙洞府的“琼枝”要可爱多了，所以才引得女仙下到凡间来赏玩。

【注释】

①弄玉：此泛指仙女。

②青鸟：神话传说中为西王母取食传信的神鸟。此泛指仙鸟。

③不：胡本作“卜”。

戏酬副使中丞窦巩见示四韵

莫恨暂橐鞬①，交游几个全。眼明相见日，肺病欲秋天。五马②虚盈枥，双蛾浪满船。可怜俱老大，无处用闲钱。

【题解】

此诗据《全唐诗》卷四二三补，大和四年(830)作于武昌。副使中丞，指窦巩，元稹节度武昌时辟为副使，带御史中丞衔。窦巩原唱为《忝职武昌初至夏口书事献府主相公》：

白发放橐鞬，梁王爱旧全。竹篱江畔宅，梅雨病中天。时奉登楼燕，间修上水船。邑人兴谤易，莫遣鹤支钱。

临老从戎，颇为伤感。元诗戏和之语中，有开解之意。二人唱和之作传到洛中，引来相和。白居易和元诗，题作《戏和微之答窦七行军之作》；裴度、令孤楚和窦诗，分别题为《窦七中丞见示初至夏口献元戎诗辄戏和之》、《和寄窦七中丞》。

次年，元稹辞世，白居易有诗哀之：

> 八月凉风吹白幕，寝门廊下哭微之。妻孥朋友来相吊，唯道皇天无所知。
>
> 文章卓荦生无敌，风骨英灵殁有神。哭送咸阳北原上，可能随例作灰尘。（《哭微之二首》）

据刘禹锡《西川李尚书知愚与元武昌有旧远示二篇吟之泫然因以继和二首（来诗云：元公令陈从事求蜀琴，将以为寄，而武昌之讣闻，因陈生会葬）》："如何赠琴日，已是绝弦时。无复双金报，空余挂剑悲。""宝匣从此闭，朱弦谁复调。只应随玉树，同向土中销。"知李德裕亦有两首五绝悼亡诗，已佚。

【注释】

①櫜鞬（gāo jiān）：櫜，盛箭矢的器具。鞬，盛弓的器具。唐代节度使为一地之戎帅，专诛杀。

②五马：汉太守之车用五匹马，因指太守车驾。元稹时为鄂州刺史、武昌节度使，故云。

【辑评】

元方回《瀛奎律髓》卷四二："原批：乐天一贬江州司马，移忠州刺史，后归朝为中书舍人，出知杭州，召复为苏州，未尝远贬，其殆借此为题，以夸笔端之富妙，于铺叙南土风景欤？微之相与倡和，尤长于斯。予所选五言律止于十韵，惟此至十二韵，亦破例也。纪昀批：敷衍是香山家法，此首序次整洁，措词亦雅，不妨存此一格。结亦竭情。然《长庆集》自为门户，不能以古法绳之。云梦洞庭，明言其地曾经，句亦岂捏造耶？破例云云，不知何例。"

赠柔之

穷冬到乡国，正岁[①]别京华。自恨风尘眼，常看远地花。碧幢[②]还照曜，红粉莫咨嗟。嫁得浮云婿，相随即是家。

【题解】

此诗据《全唐诗》卷四二三补，大和四年(830)作于长安。柔之，元稹继室裴淑之字。诗作劝慰之意甚明，也包含一己屡遭贬谪的苦涩心绪。“嫁得”末二句，是说既然嫁给了一个有如浮云般漂泊天涯的夫婿，只要时时跟随着他，任何地方都可以当作是自己的家。

【注释】

①正岁：指夏历正月。

②碧幢：隋唐以来，高级官员舟车上所挂以青油涂饰的帷幔。

修龟山鱼池示众僧

劝尔诸僧好护持，不须垂钓引青丝。云山莫厌看经坐，便是浮生得道时。

【题解】

此诗据《全唐诗》卷四二三补，长庆三年(823)至大和三年(829)作于越州。龟山鱼池，在今浙江绍兴。诗写戒僧以护生之意。此事尚有后话，范摅《云溪友议》卷上即有记载云：

> 先是，元相公廉察江东之日，修龟山寺鱼池，以为放生之铭，戒其僧曰(诗略)。李公(指李绅)到镇，游于野寺，睹元公之诗而笑曰：“僧

有渔罟之事，必投于镜湖。”后有犯者，坚而不恕焉。复为二绝而示之云：“剃发多缘是代耕，好闻人死恶人生。祇园说法无高下，尔辈何劳尚世情。”“汲水添池活白莲，十千鬌鬛尽生天。凡庸不识慈悲意，自葬江鱼入九泉。”

《云溪友议》所记唐诗故事，核以史实，多有错误。前人努力考证澄清，以还历史真相，但也难以作出全部解释。有学者因而提出，有必要从唐诗民间传播的立场重新认识这部著作：这位唐末越州处士，虽自称曾游历山水，交结名流，但其本人并没有诗歌存世，文学交游圈很窄，对本朝故实的掌握和辨识能力很差，所以，留下的只能算是唐诗民间传播的特殊文本。（参陈尚君《范摅〈云溪友议〉：唐诗民间传播的特殊记录》

寄赠薛涛①

锦江滑腻蛾眉秀②，幻③出文君与薛涛。言语巧偷鹦鹉舌，文章分得凤凰毛④。纷纷辞客多停笔，个个公卿⑤欲梦刀。别后相思隔烟水，菖蒲花发五云高。

【题解】

此诗据《全唐诗》卷四二三补。元、薛情事，是一桩著名的公案，聚讼纷纷，莫衷一是。狎妓冶游，本为唐代士大夫生活方式之一种，甚至可以说概莫能外。关键的一点，是两人的感情纠葛也是基于才华的互相吸引。所以，诗作所云，尤其是末二句“别后相思隔烟水，菖蒲花发五云高”，可以看出还是寄寓了作者很深的缅怀之情的。单就作品而言，黄叔灿之评可谓得其雅意：

> 起言涛为山川名秀所生，却妙以文君伴说。“滑腻”二字，“秀”字，切女郎，更工妙。下言其巧于言语，具有文才，故诗人搁笔，官官争思梦刀，用三刀梦益州事。菖蒲花不得见，五云高不可攀，借以喻会合之难也。此等诗极香艳，却无香奁俗气。（《唐诗笺注》卷五）

【注释】

①题下原有注,乃后人所加,不录。

②“锦江”句:锦江,岷江支流之一,流经四川成都。传说蜀人濯锦其中则锦色鲜艳,他处则非,故称。

③幻:《纪事》作“生”。

④凤凰毛:凤凰羽毛五色,此处比喻薛涛富有文采。

⑤公卿:胡本、《纪事》作“君侯”,季本作“公侯”。

【辑评】

唐范摅《云溪友议》卷下:“安人元相国,应制科之选,历天禄畿尉,则闻西蜀乐籍有薛涛者,能篇咏,饶词辩,常悄悒于怀抱也。及为监察,求使剑门,以御史推鞫,难得见焉。即就除拾遗,府公严司空绶,知微之之欲,每遣薛氏往焉。临途诀别,不敢挈行。洎登翰林,以诗寄曰:‘锦江滑腻云云。’乃廉问浙东,别涛已逾十载。方拟驰使往蜀取涛,乃有俳优周季南、季崇及妻刘采春,自淮甸而来,善弄陆参军,歌声彻云。篇韵虽不及涛,容华莫之比也。元公似忘薛涛。”

赠刘采春

新妆巧样画双蛾,谩里常州透额罗[①]。正面偷匀光滑笏[②],缓行轻踏破纹波。言辞雅措风流足,举止低回秀媚多。更有恼人肠断处,选词能唱望夫歌。(即《罗唝》之曲也。)

【题解】

此诗据《全唐诗》卷四二三补,长庆三年(823)至大和三年(829)作于越州。诗写刘采春画着新巧式样的双眉,头上裹着常州出产的罗巾。脸上光润如象牙笏板,慢步缓行犹如踏在轻微的波浪上。言词文雅,风度翩翩,举止大方,秀丽迷人。更为令人难忘的是,她总是选唱《望夫歌》。

《望夫歌》，是刘采春演唱的拿手歌曲《罗唝曲》，内容都是女子思念远方的丈夫。据《全唐诗》卷八〇二所载，《罗唝曲》有六首，看来应该是当时广泛流传的民歌(范摅《云溪友议》卷下谓“采春所唱一百二十首，皆当代才子所作。其词五、六、七言，皆可知矣”)，由于刘采春演唱得特别好，所以就归在了她的名下。录以附读：

不喜秦淮水，生憎江上船。载儿夫婿去，经岁又经年。

借问东园柳，枯来得几年。自无枝叶分，莫怨太阳偏。

莫作商人妇，金钗当卜钱。朝朝江口望，错认几人船。

那年离别日，只道住桐庐。桐庐人不见，今得广州书。

昨日胜今日，今年老去年。黄河清有日，白发黑无缘。

昨日北风寒，牵船浦里安。潮来打缆断，摇橹始知难。

《罗唝曲》又作《啰唝曲》，万树《词律》卷一收为词调，以上录第二首为正体，云：“亦五言绝，首句可起韵。”《钦定词谱》卷一则以上录第一首为正体，以起句用韵的第六首为又一体，且并列“刘采春”的另一首同名七绝：“闲向江头采白蘋。常随女伴赛江神。众中不敢分明语，暗掷金钱卜远人。”(案：此首，《才调集》卷七、《乐府诗集》卷二六、《全唐诗》卷一九均作于鹄《江南曲》，“闲向江头”、“常随”分别作“偶向江边”、“还随”。)又，直至晚清时期，仍然有词人填制《啰唝曲》，只是不再书写其传统的主题。如嘉定余德壎即有一首《啰唝曲·古钱砚》：“莫谓五铢烂，中多金错刀。略无铜臭气，愈见石孤高。”被夏敬观录入《忍古楼词话》。

【注释】

①常州透额罗：常州产专用于女性裹发的轻罗。

②“正面”句：正面，修饰面部。笏，古代官员朝见皇帝时所执的狭长板子，用玉、象牙或竹木制成，简记所奏之事于其上以防遗忘。

醉题东武①

役役行人事，纷纷碎簿书。功夫两衙②尽，留滞七年余。

病痛梅天发，亲情海岸疏。因循未归得，不是忆(一作恋)鲈鱼。

【题解】

此诗据《全唐诗》卷四二三补，大和三年(829)作于越州。东武，亭名，在浙江绍兴镜湖龟山上，元稹建，春秋为竞渡大设会之所。李绅《东武亭》题注云："亭在镜湖上，即元相所建。亭至宏敞，春秋为竞渡大设会之所。余为增以板槛，延入湖中，足加步廊，以列环卫。"诗写思亲念家，重于从情感出发，直率流露，不深隐或寄托于"秋风鲈鱼"意象，自成一种完整的境界。就此而言，李颀《古今诗话》所评似不免有曲解附会之嫌，姑附于此：

> 元稹廉察浙东，喜官妓刘采春，稹尝有诗云："因循未归得，不是忆鲈鱼。"人注之曰："恋镜湖春色耳。"谓刘采春也。

【注释】

①胡本题作"题东武亭"。

②两衙：上午与下午，官吏两次坐衙处理公务，接受属吏参谒，故云。

崔徽歌

崔徽，河中府娼也。裴敬中以兴元幕使蒲州，与徽相从累月。敬中使还，崔以不得从为恨，因而成疾。有丘夏善写人形，徽托写真寄敬中，曰："崔徽一旦不及画中人，且为郎死。"发狂卒。①

崔徽本不是娼家，教歌按舞②娼家长。使君知有不自由，坐在头时立在掌③。

有客有客名丘夏，善写仪容得艳姿④。为徽持此寄⑤敬中，以死报郎为终始。

眼明正似琉璃瓶，心荡秋水横波清。

吏感徽心关锁开。

凤凰宝钗为郎戴。
舞态低迷误招拍。
凤钗乱折金钿[6]碎。

【题解】

以上诗序与断句，依次据程毅中校《绿窗新话》卷上、陈尚君《全唐诗续拾》卷二五据《绿窗新话》卷上、《全唐诗续拾》卷二五据《绿窗新话》卷上、宋施元之等注《东坡先生诗》卷一五《百步洪》注引、宋任渊《山谷诗注》卷九《出礼部试院王才元惠梅花三种皆妙绝戏答三首》注引、宋陈元龙《片玉集注》卷二《秋蕊香》注引、《片玉集注》卷八《蝶恋花》之二注引、《片玉集注》卷二《忆旧游》注引补。其中，第一、二首《全唐诗》卷四二三误为一首。据卞孝萱《考〈崔徽歌〉的写作年代》，此诗元和十五年(820)作于长安。

这首《崔徽歌》在唐宋流传较广。罗虬《比红儿诗(并序)》中即有云："一首长歌万恨来，惹愁漂泊水难回。崔徽有底多头面，费得微之尔许才。"秦观、毛滂都曾将诗中故事写成转踏词。秦观另外还有一首《南乡子》：

妙手写徽真。水剪双眸点绛唇。疑是昔年窥宋玉，东邻。只露墙头一半身。往事已酸辛。谁记当年翠黛颦。尽道有些堪恨处，无情。任是无情也动人。

【注释】

①"使还"，原作"使便"，据胡本改。高丽活字本宋任渊《山谷诗注》卷一二《送晁无咎守蒲中》注引元稹《崔徽歌序》，文字与此有异同："蒲女崔徽善舞，有容艳，裴敬中尝使蒲，徽一见为动。敬中使罢言旋，徽不得从，狂累月。"

②按舞：按照乐曲的节拍起舞。

③"坐在"句：头，原作"显"，据《全诗》、胡本改。立在掌，相传汉成帝皇后赵飞燕体态轻盈，能为掌上舞。此形容崔徽之受宠。

④艳姿：《全诗》、胡本作"姿把"。

⑤寄：《全诗》、胡本作"谢"。

⑥金钿：妇人首饰之嵌金花者。

句

儿歌杨柳叶，妾拂石榴花。

【题解】

此断句据《全唐诗》卷四二三补，创作时地不详。《全唐诗》句下注云“见《纪事》”，实《诗人主客图》早已载录。

句

松门待制应全远，药树监搜可得知。①

【题解】

此断句据《全唐诗》卷四二三补，或元和四年(809)作于长安。

【注释】

①《文昌杂录》卷一：“盖有唐宣政殿为正衙，殿廷东西有四松，松下待制官立班之地，旧图至今犹存。”又，殿门外有药树，监察御史监搜之位在焉。唐制，百官入宫，殿门必搜，监察所掌也。太和元年，乃下诏，宰臣奏事，停其监搜。

李娃行

髻鬟峨峨高一尺，门前立地看春风。

平常不是堆珠玉，难得门前暂徘徊。

玉颜亭亭阶下立。

【题解】

以上断句分别据《全唐诗》卷四二二、童养年《全唐诗续补遗》卷五据宋任渊《后山诗注》二《徐氏闲轩》注引、《全唐诗续补遗》卷五据宋任渊《后山诗注》二《黄梅五首》之三注引补。据卞孝萱《〈李娃传〉的原标题及写作年代》，白行简《李娃传》写成于元和十四年(819)，元稹作诗在其后，可暂系于此年。

【辑评】

宋许顗《彦周诗话》："诗人写人物态度，至不可移易。元微之《李娃行》云：'髻鬟峨峨高一尺，门前立地看春风。'此定是娼妇。退之《华山女》诗云：'洗妆拭面著冠帔，白咽红颊长眉青。'此定是女道士。东坡作《芙蓉城》诗，亦用'长眉青'三字，云：'中有一人长眉青，炯如微云淡疏星。'便是神仙风度。"

送晏秀才归江陵

长堤纤草河边绿，近郭新莺竹里啼。

【题解】

此断句为陈尚君《全唐诗续拾》卷二五据[日]大江维时《千载佳句》卷上《四时部·早春》补，创作时地不详。晏秀才，未详。

日人所编诗歌选本涉及唐诗者，主要有《千载佳句》与《和汉朗咏集》(原名《倭汉朗咏集》)。《千载佳句》专选唐代七言近体诗句，共收153家的1082联，按内容分类编次，共分75部258门。所选诗以白居易为最多，凡507联，约占全书之半。其他收诗较多的有元稹、许浑、章孝标、杜荀鹤、杨巨源、方干、温庭筠等。其中多存唐人逸诗，市河世宁辑《全唐诗逸》时即据采《全唐诗》未收的逸诗 263 联，新见作者 73 人，但仍有遗漏。《和汉朗咏集》收录适宜朗咏的中日诗句 804 则，其中唐代诗人入选者 29 人，选诗 232 首，白居易多达 142 首，以下依次为元稹、许浑、章孝标等。据二书可知日人对唐诗，包括元稹诗的接受状况。（参陈尚君《隋唐五代文学与海外汉籍》）

早春书情

空城月落方知晓，浅水荷香始觉春。

【题解】

此断句为陈尚君《全唐诗续拾》卷二五据《千载佳句》卷上《四时部·春情》补，创作时地不详。

雨后书情

溪上懒蒲藏钓艇，窗前新笋长渔竿。

【题解】

此断句为陈尚君《全唐诗续拾》卷二五据《千载佳句》卷上《四时部·暮春》补，创作时地不详。

雨后感情

瓮开白酒花间醉，帘卷青山雨后看。

【题解】

此断句为陈尚君《全唐诗续拾》卷二五据《千载佳句》卷下《宴喜部·醉后》补，创作时地不详。陈尚君疑其与上录之《雨后书情》为一首诗。

雨后感怀

云际日光分万井，烟消山色露千峰。

【题解】

此断句为陈尚君《全唐诗续拾》卷二五据《千载佳句》卷上《天象部·晴霁》补，创作时地不详。

封　书

每书题作上都①字，恨望关东②无限情。寂寞此心新雨后，槐花高树晚蝉声。

【题解】

此诗为陈尚君《全唐诗续拾》卷二五据《千载佳句》卷上《四时部·早秋》补，元和五年(810)作于洛阳。诗作以景托情，写出早秋封书所引发的“相思”之情。白居易《答梦得闻蝉见寄》可与参读：

开缄思浩然，独咏晚风前。人貌非前日，蝉声似去年。槐花新雨后，柳影欲秋天。听罢无他计，相思又一篇。

【注释】

①上都：古代对陪都(下都)而言，称首都为上都。

②关东：指洛阳，因在函谷关、潼关以东，故云。

题李端

新笋短松低晓露，晚花寒沼漾残晖。

【题解】

此断句为陈尚君《全唐诗续拾》卷二五据《千载佳句》卷上《人事部·文藻》补，创作时地不详。

春情多

白发镜中惭易老，青山江上几回春。

【题解】

此断句为陈尚君《全唐诗续拾》卷二五据《千载佳句》卷上《人事部·老》补，创作时地不详。

蔷　薇

千重密叶侵阶绿，万(一作百)朵闲花向日红。

【题解】

此断句为陈尚君《全唐诗续拾》卷二五据《千载佳句》卷下《草木部·蔷薇》补，创作时地不详。

夜　花

灯照露花何所似，馆娃宫[①]殿夜妆台。

【题解】

此断句为陈尚君《全唐诗续拾》卷二五据《千载佳句》卷下《草木部·杂花》补，创作时地不详。

【注释】

①馆娃宫：春秋吴王夫差为西施所造，故址在今江苏苏州西南灵岩寺。吴人呼美女为娃。

春　词

一双玉手十三弦

一双玉手十三弦[①]，移柱高低落鬓边。即问向来弹了曲，羞人不道想夫怜[②]。

【题解】

此诗为陈尚君《全唐诗续拾》卷二五据《千载佳句》卷下《宴喜部·筝》补，或贞元十六年(800)作于蒲州。诗写伊人弹筝情态，末句“羞人不道想夫怜”尤能得其神味。

【注释】

①十三弦：指筝。

②想夫怜：曲调名，相府莲的讹传。

送故人归府

落日樽前添别思，碧潭滩上荻花秋[1]。

【题解】

此断句为陈尚君《全唐诗续拾》卷二五据《千载佳句》卷下《离别部·饯别》补，创作时地不详。

【注释】

①“碧潭”句：碧潭滩，未详。荻，多年生草本植物，与芦同类。

送刘秀才归江陵

花间祖席[1]离人醉，水上归帆落日行。

【题解】

此断句为陈尚君《全唐诗续拾》卷二五据《千载佳句》卷下《离别部·饯别》补，创作时地不详。刘秀才，未详。

【注释】

①祖席：古代出行时祭祀路神曰祖，后因称饯行的宴席曰祖席，亦称祖筵、祖宴。《汉书》颜师古注：“祖者，送行之祭，因飨饮也。昔黄帝之子累祖好远游，而死于道，故后人以为行神也。”

送裴侍御

欲知别后思君处，看取湘江秋月明。

【题解】

此断句为陈尚君《全唐诗续拾》卷二五据《千载佳句》卷下《离别部·秋别》补，创作时地不详。裴侍御，未详。

上西陵留别

□忧去国三千里，遥指江南一道云。

【题解】

此断句为陈尚君《全唐诗续拾》卷二五据《千载佳句》卷下《离别部·留别》补，长庆三年(823)作于自同州赴越州途中。

旅舍感怀

因依客路烟波上，迢递乡心夜梦中。

【题解】

此断句为陈尚君《全唐诗续拾》卷二五据《千载佳句》卷下《离别部·水行》补，创作时地不详。

罢弊务思归故国寄知友

如今欲种韩康药[1]，未卜云山第几峰。

【题解】

此断句为陈尚君《全唐诗续拾》卷二五据《千载佳句》卷下《隐逸部·思

隐》补，创作时地不详。

【注释】

①韩康药：《后汉书·韩康传》："韩康字伯休，一名恬休，京兆霸陵人。家世著姓。常采药名山，卖于长安市，口不二价三十余年。时有女子从康买药，康守价不移，女子怒曰：'公是韩伯休耶？乃不二价乎？'康叹曰：'我本欲避名，今小女子皆知有我，焉何用药为？'乃遁入霸陵山中。"

闭门即事

数竿修竹衡门[①]里，一径松杉落日中。

【题解】

此断句为陈尚君《全唐诗续拾》卷二五据《千载佳句》卷下《隐逸部·幽居》补，创作时地不详。

【注释】

①衡门：横木为门。此指极其简陋之门。

题王右军遗迹

生卧竹堂虚室白，逍遥松径远山青。

【题解】

此断句为陈尚君《全唐诗续拾》卷二五据《千载佳句》卷下《隐逸部·幽居》补，长庆三年(823)至大和三年(829)作于越州。王右军，指王羲之，曾为右军将军，今绍兴戒珠寺即其旧宅。

宫　词

外人不识承恩处，唯有罗衣染御香。

【题解】

此断句为陈尚君《全唐诗续拾》卷二五据［日］藤原公任《倭汉朗咏集》卷下《妓女》补，创作时地不详。

再酬复言和夸州宅

会稽[①]天下本无俦，任取苏杭作辈流。断发仪刑千古学[②]，奔涛(一作腾)翻动万人忧。石缘类鬼名罗刹，寺为因坟号虎丘。莫著诗章远牵引，由来北郡似南州[③]。

【题解】

此诗据宋孔延之《会稽掇英总集》卷一补，长庆三年(823)作于越州。复言，指李谅，原唱已佚。诗作大体延续作者《以州宅夸于乐天》、《重夸州宅旦暮景色兼酬前篇末句》的思路，既认为“会稽天下本无俦”，又认为“由来北郡似南州”，似乎意味着几人之间的“诗战”暂告一段落。又，王谠《唐语林》卷二云：

> 白居易，长庆二年以中书舍人为杭州刺史，替严员外休复。休复有时名，居易喜为之代。时吴兴守钱徽、吴郡守李穰皆文学士，悉生平旧友，日以诗酒寄兴。官妓高玲珑、谢好好巧于应对，善歌舞。后元稹镇会稽，参其酬唱，每以筒竹盛诗来往。

筒竹盛诗，其实不是诗人的创造，而是得自于通行的邮驿制度，不过，因为有此一段文士风流为之添助风雅浪漫气息，以后便成为诗文中的常用典故。

【注释】

①会稽：郡名，秦置，在今江浙交接之处，此指唐之越州。

②“断发”句：断发，剪短头发。古代吴越一带风俗，剪短头发，身刺花纹，可避水中蛟龙之害。仪刑，为人楷模、典范。

③“由来”句：北郡，指苏州与杭州，时白居易为杭州刺史，李谅为苏州刺史。南州，指越州。

游云门

遥泉滴滴度更迟，秋夜霜天入竹扉。明月自随山影去，清风长送白云归。

【题解】

此诗据宋孔延之《会稽掇英总集》卷六补，长庆三年(823)至大和三年(829)作于越州。云门，寺名，在今浙江绍兴东南。诗作前两句着重渲染云门寺的宁静清幽、遍洒清晖，后两句着力展现寺外山中秋夜景色。全篇看似单纯写景，实无一字离开诗人自身的活动，是在通过人物的移动及其目光描绘、欣赏美景。

题法华山天衣寺

马踏红尘古塞平，出门谁不为功名。到头争似栖禅客，林下无言过一生。

【题解】

此诗据宋孔延之《会稽掇英总集》卷八补。诗作借题寺表露出强烈的功名之心。周相录《元稹集校注》有考辨曰：

> 《白居易外集》卷中有《题法华山天衣寺》，出处同元诗，然二诗俱可疑。第一，大中始有天衣之名，其时元白俱已殁世。第二，元白诗俱不见于正集。第三，白诗如不伪，白氏当有会稽之行，然白氏成年后从未南游会稽。如此，或孔延之误以他人诗为元白作，或有意作伪以壮会稽之名。

朱金城《白居易集笺校》则认为，白诗或作于长庆三年至四年(824)，时任杭州刺史，附录如下：

> 山为莲宫作画屏，楼台迤逦插青冥。云生座底铺金地，风起松梢韵宝铃。龙喷水声连击磬，猿啼月色闲持经。时人不信非凡境，试入玄关一夜听。

当然，两首诗境界迥异，超乎寻常，尤其是元诗，确实不能排除伪作嫌疑。

拜禹庙

恢能咨岳日，悲慕羽山秋。[①]父陷功仍继，君名礼不雠。[②]洪水襄陵后，玄圭菲食由。[③]已甘鱼父子，翻荷粒[④]咽喉。古庙苍烟冷，寒亭翠柏稠。马泥真骨动，龙画活睛留。祀典稽千圣，孙谋绝一丘。[⑤]道虽污世载，恩岂酌沉浮。[⑥]洞穴探常近，图书[⑦]即可求。德崇人不惰，风在俗斯柔。茭色湖光上，泉声雨脚收。歌诗呈志义，箫鼓渎清猷[⑧]。史亦明勋最，时方怒校酋[⑨]。还希四载术，将以拯虔刘。[⑩]

【题解】

此诗据宋孔延之《会稽掇英总集》卷八补，宝历二年(826)作于越州。

元稹在浙东七年，兴修水利，大大提高了当地的农业生产能力，有人曾写诗称赞这是继承大禹的事业："何言禹迹无人继，万顷湖田又斩新。"（章孝标《上浙东元相》）元稹对大禹很是崇敬，曾率官员谒拜禹庙并写下此诗，连同自己与僚属十一人官位名氏刻于禹穴碑后，俨然以大禹继承人自居。（案：此据嘉泰《会稽志》卷一六《碑刻》。同书同卷另载："《禹穴碑》，郑昉撰，元稹铭，韩杼材行书，陆洿篆额。宝历景午秋九月作。后有大和元年八月三日中山刘蔚续记二行。在龙瑞宫。"赵明诚《金石录》卷九亦载："第一千七百七十六，唐禹穴碑。郑鲂撰序，元稹铭，韩梓材行书。宝历二年九月。"

【注释】

①"恢能"二句：咨岳，咨询治国之道于四方诸侯。羽山，山名，舜杀鲧之所。

②"父陷"二句：谓舜虽以治水失败杀禹之父鲧于羽郊，但仍任命禹承继治水之业，而禹仍以舜为君，不以舜为雠。

③"洪水"二句：襄陵，谓洪水漫上山陵。襄，上。玄圭，一种黑色玉器，古代用以赏赐建立殊功伟业者。菲食，饮食节俭。由，践行。

④粒：以谷米为食。

⑤"祀典"二句：稽，即稽首，一种跪拜礼，叩头至地。孙谋，顺应天下人心的谋略。丘，孔丘。

⑥"道虽"二句：后世的记载，虽有污禹之盛德处，但禹的恩泽当不以后世评说的不同而有所变化。禹以位传子启，旧以为家天下之始，后人因之而有不同看法。

⑦图书：相传禹于会稽宛委山得黄帝之书而复藏之。

⑧"箫鼓"句：箫鼓，指民间祭祀活动。清猷，清明的谋划。

⑨校酋：谓刑罚。校，古代刑具。酋，杀。

⑩"还希"二句：四载术，泛指治理天下之术。四载，古代四种交通工具。虔刘，杀戮，劫掠。

山　茶

冷蜂寒蝶（一作冷蝶寒蜂）尚未来。

【题解】

此断句据宋郑元佐《朱淑真断肠诗集注》卷二《春归》、卷三《窗西桃花盛开》注引补，创作时地不详。

咏李花

苇绡开万朵。

【题解】

此断句据唐冯贽《云仙杂记》卷七引《高隐外书》补，题依周相录《元稹集校注》所拟，创作时地不详。

贬江陵途中见石榴花，吟寄乐天

深红山木艳彤云，路远无由摘寄君。恰似牡丹如许大，浅深看取石榴裙。

向前已说深红木，更有轻红说向君。深叶浅花何所似，薄妆愁坐碧罗裙。

【题解】

此二诗据宋阮阅《诗话总龟》卷二七引《唐贤抒情》补，题依周相录《元稹集校注》所拟然稍嫌直质，陈尚君《全唐诗续拾》拟作《奉使往蜀路傍见山花吟寄乐天》，杨军《元稹集编年笺注》拟作《山枇杷花二首》，元和五年(810)作于自长安赴江陵途中。白居易《山石榴寄元九》中数句可参读："拾遗初贬江陵去，去时正值青春暮。商山秦岭愁杀君，山石榴花红夹路。题诗报我何所云，苦云色似石榴裙。"

句

任添铛[①]脚作三人。

【题解】

此断句据宋阮阅《诗话总龟》前集卷二七引《唐贤抒情》补。

【注释】

①铛:古代温器。

正月十五夜呈幕中诸公

宵游二万七千人,独坐重城圈一身。步月游山俱不得,可怜辜负白头春。

【题解】

此诗据扬州诗局本《全唐诗》补,长庆三年(823)至大和三年(829)作于越州。《全唐诗》卷四七四误署徐凝,间接判断依据是,《全唐诗》同卷另录有徐凝次韵元稹之作《奉酬元相公上元》:

> 出拥楼船千万人,入为台辅九霄身。如何更羡看灯夜,曾见宫花拂面春。

徐凝受元稹知遇颇深,故于诗中恭维其仪仗威严,备受宠幸的尊贵,并说你是看过长安上元节的宫灯的,越州的也就不算什么了,以表达宽慰之意。

句

东凌石门险,西表金华瑞。[①]

【题解】

此断句据宋祝穆《宋本方舆胜览》卷六六《利州东路·兴元府·山川》补，或元和四年(809)作于自长安出使东川途中。

【注释】

①石门，在今陕西汉中东。金华，金华山，在陕西南郑境内。

句

眼长看地不称意。

【题解】

此断句据宋陈应行《吟窗杂录》卷三五引《历代吟谱》补，创作时地不详。

季春感怀

几家台榭凤城东，野岁平分处处通。眼见落花留不得，此时多少恨春风。

【题解】

此诗据宋谢维新《古今合璧事类备要》前集卷一三《季春》补，题依周相录《元稹集校注》所拟，创作时地不详。

句

谗谮①消骨髓。

【题解】

此断句据宋潘自牧《记纂渊海》卷五〇《谗谮》补，创作时地不详。

【注释】

①谮(zèn)：中伤。

句

尽日弄花梳洗晚。

【题解】

此断句据宋潘自牧《记纂渊海》卷八一《妆饰》补，创作时地不详。

和浙西李大夫晚下北固山，喜松径成荫，怅然怀古，偶题临江亭

自公镇南徐①，三换营门柳。

【题解】

此断句据宋卢宪《嘉定镇江志》卷一四补，题依傅璇琮《李德裕年谱》所拟，宝历元年(825)作于越州。李德裕原唱已佚。

【注释】

①南徐：东晋侨置徐州于京口城，南朝宋改称南徐，即今江苏镇江。历齐、梁、陈，至隋开皇年间废。

春分投简阳明洞天作

中分春一半，今日半春徂。老惜光阴甚，慵牵兴绪孤。偶成[1]投秘简，聊得泛平湖。郡邑移仙界，山川展画图。旌旗遮屿浦，士女满阛阓[2]。似木吴儿劲，如花越女姝。牛侬惊力直，蚕妾[3]笑睢盱。怪我携章甫，嘲人托鹧鸪。闾阎随地胜，风俗与华殊。跣足沿流妇，丫头[4]避役奴。雕题虽少有，鸡卜尚多巫。[5]乡味尤珍蛤，家神爱事乌。舟船通海峤，田种绕城隅。栉比千艘合，袈裟万顷铺[6]。亥茶[7]阛小市，渔父[8]隔深芦。日脚[9]斜穿浪，云根远曳蒲。款风[10]花气度，新雨草芽苏。粉坏梅辞萼，红含杏缀珠。薅余秧渐长，烧后葑犹枯。[11]绿綖高悬柳，青钱[12]密辫榆。驯鸥眠浅濑，惊雉迸平芜。水净王余见，山空谢豹呼。[13]燕狂捎蛱蝶，螟挂集蒲卢。浅碧鹤新卵，深黄鹅嫩雏。村扉以白板，寺壁耀赪糊。禹庙才离郭，陈庄恰半途。石帆何峭峣，龙瑞本萦纡。穴为探符坼，潭因失箭刳。堤形弯熨斗，峰势踊香炉。幢盖迎三洞，烟霞贮一壶。[14]桃枝蟠复直，桑树亚还扶。鳖解称从事，松堪作大夫。荣光飘殿阁，虚籁合笙竽。庭狎仙翁鹿，池游县令凫。[15]君心除健羡，扣寂入虚无。[16]罡蹋翻星纪[17]，章飞动帝枢。东皇提白日，北斗下玄都。[18]骑吏裙皆紫，科车[19]幰尽朱。地侯鞭社伯，海若跨天吴。[20]雾喷雷公怒，烟扬灶鬼趋。投壶怜玉女，噀饭笑麻姑。[21]果实经千岁，衣裳重六铢[22]。琼杯传素液，金匕进雕胡。掌里承来露，柈[23]中钓得鲈。菌生悲局促，柯烂觉须臾。[24]稊米休言圣，醯鸡益伏愚。[25]鼓鼙催暝色，簪组缚微躯。遂别真徒侣，还来世路衢。题诗叹城郭，挥手谢妻孥。幸有桃源近，全家肯去无。

【题解】

此诗据《全唐诗》卷四二三补，大和三年(829)作于越州。本年春分在农历二月初十日(3月18日)。投简，古代为祈求神灵降福，于名山洞府投放刻有文字的金、银、铜质或玉质版片。阳明洞天，在今浙江绍兴宛委山龙瑞宫。全篇以工致之笔，描绘越州仲春风俗，表达出作者对这片土地的热爱。白居易酬和为《和微之春日投简阳明洞天五十韵》，次韵唱和(仅元诗中有一个韵脚字“卢”白诗作“都”)。有学者曾对所有元、白次韵诗进行过对比分析，结论是：元稹开始次韵唱和的时间，要比白居易早；元稹次用白居易原韵的数量，要比白居易多；元稹次用白居易原韵，最多为一百韵，白居易最多者为五十韵。可见，白居易自己在《和微之诗二十三首》小序中所说的“大凡依次用韵，韵同而意殊，约体为文，文成而理胜：此足下素所长者，仆何有焉”，的确是事实。

【注释】

①成：胡本作“因”。

②闉阇(dū)：古代城门外瓮城的重门。此泛指城门。

③蚕妾：古代育蚕的女奴，此泛指育蚕的女性。

④丫头：谓头发梳成丫形发髻，古代属下层人的装束。

⑤“雕题”二句：雕题，古代南方少数民族以丹青雕刻花纹于额，称雕题。鸡卜，古代占卜法之一，以鸡骨或鸡卵占验吉凶祸福。

⑥“袈裟”句：此谓块块田地相连，如同和尚的百衲衣。袈裟，梵语的音译，原意为不正色，指佛教僧尼的法衣。佛制，僧尼须避免用青、黄、赤、白、黑五种正色，而用似黑之色，故称。

⑦亥茶：亥日售茶。

⑧父：《古今岁时杂咏》作“火”。

⑨日脚：太阳穿过云隙照射至地表的光线。

⑩款风：柔风。款，原作“凝”，据《古今岁时杂咏》改。

⑪“薅（hāo）余”二句：薅，去掉。葑（fēng），又名芜青，蔓青，一年或二年生草本植物。

⑫青钱：榆钱，榆树上所结扁圆形果实。

⑬“水净”二句：净，原作“静”，据《古今岁时杂咏》改。王余，鱼名。《文选》刘逵注：“王余鱼，其身半也。俗云：越王鲙鱼未尽，因以其半弃水中，为鱼，遂无其一面，故曰王余也。”谢豹，鸟名，即子规、杜鹃。《树萱录》：“昔人有饮于锦城谢氏，其女窥而悦之。其人闻子规啼，心动，即谢去。女恨甚，后闻子规啼，则怔忡若豹鸣，使侍女以竹枝驱之，曰：‘豹！汝尚敢至此啼乎？’故名子规为谢豹。”

⑭“幢盖”二句：三洞，道教经典分洞真、洞玄、洞神三部，合称三洞。此借指道教的名山洞府。壶，即蓬壶。

⑮“庭狎”二句：仙翁，指葛洪。县令凫，《后汉书·方术列传》：“王乔者，河东人也。显宗世，为叶令。乔有神术，每月朔望，常自县诣台朝。帝怪其来数，而不见车骑，密令太史伺望之。言其临至，辄有双凫从东南飞来。于是候凫至，举罗张之，但得一只舄焉。乃诏上方珍视，则四年中所赐尚书官属履也。”

⑯“君心”二句：君心，主宰自己的心灵。扣寂，构思为文时的思维活动，此借指写作诗文。

⑰“罡蹋”句：罡蹋，即蹋罡，道教法师祈天或作法步伐之一种，表示脚踏在天宫罡星之上。星纪，星次名，十二次之一，与十二辰之丑相对应，二十八宿中之斗、牛二宿属之。此泛指岁月。

⑱“东皇”二句：东皇，即东皇泰一，东方司春之神太皞。玄都，传说中神仙所居之处。

⑲科车：无盖饰之车。

⑳“地侯”二句：地侯，土地神。社伯，即社公。海若，海神名。天吴，水神名。

㉑“投壶”二句：投壶，古代宴会礼制之一，亦为娱乐活动之一。其制设壶一，宾主依次投矢其中，负者饮酒。玉女，指仙女。噀（xùn）饭，喷饭，谓

惹人发笑。麻姑，古代传说中的仙女，手似鸟爪，搔痒甚佳。

㉒铢：古代重量单位，据《说文》，铢为二十四分之一两。

㉓柈（pán）：同槃（盘），盛物之器皿。

㉔“菌生”二句：《庄子·逍遥游》：“朝菌不知晦朔，蟪蛄不知春秋。”《述异记》卷上：“信安郡石室山，晋时王质伐木至，见童子数人棋而歌，质因听之。童子以一物与质，如枣核，质含之，不觉饥。俄顷，童子谓曰：‘何不去？’质起视，斧柯尽烂。既归，无复时人。”

㉕“稊米”二句：醯鸡，虫名，天将雨，群飞塞路，古人以为乃酒酐之白霉变化而成。

除夜酬乐天

引傩绥旆乱毶毶[1]，戏罢人归思不堪。虚涨火尘龟浦[2]北，无由阿伞凤城南[3]。休官期限元同约，除夜情怀老共谙。莫道明朝始添岁，今年春在岁前三。

【题解】

此诗据《全唐诗》卷四二三补，大和二年（828）作于越州。本年立春在春节前三天。白居易原唱为《除夜寄微之》：

> 鬓毛不觉白毶毶，一事无成百不堪。共惜盛时辞阙下，同嗟除夜在江南。家山泉石寻常忆，世路风波子细谙。老校于君合先退，明年半百又加三。

元氏酬和，白居易又有《和除夜作》酬之：

> 君赋此诗夜，穷阴岁之余。我和此诗日，微和春之初。老知颜状改，病觉肢体虚。头上毛发短，口中牙齿疏。一落老病界，难逃生死墟。况此促促世，与君多索居。君在浙江东，荣驾方伯舆。我在魏阙下，谬乘大夫车。妻孥常各饱，奴婢亦盈庐。唯是利人事，比君全不如。我统十郎官，君领百吏胥。我掌四曹局，君管十乡闾。君为父母

君，大惠在资储。我为刀笔吏，小恶乃诛锄。君提七郡籍，我按三尺书。俱已佩金印，尝同趋玉除。外宠信非薄，中怀何不摅。恩光未报答，日月空居诸。磊落尝许君，局促应笑予。所以自知分，欲先歌归欤。

除夕是阖家团圆、辞旧迎新的传统节日，当此之际，纵情欢乐本是题中应有之义，所谓“蟋蟀在堂，岁聿其莫。今我不乐，岁月其除”。（《诗·唐风·蟋蟀》）元、白之作，你来我往，友情荡漾，仿佛促膝叙旧思今，联袂展示出了一个属于他们两人的、特别的除夕。

【注释】

①“引傩”句：傩（nuó），古代腊月驱除疫鬼、黻除不祥的迷信仪式，是原始巫舞之一。汉代以后，逐渐向娱乐方面演变，成为一种民间舞蹈形式。绥旆，垂旒舒展的旗幡。毵毵（sān），散乱貌。

②龟浦：越州地名。

③“无由”句：长庆元年，元白俱官五品，侍从唐穆宗南郊祭天，故云。珂原作“阿”。凤城，长安的美称。杜甫《夜》仇兆鳌注引赵次公曰：“秦穆公女吹箫，凤降其城，因号丹凤城。其后言京城曰凤城。”

酬白乐天杏花园①

刘郎不用闲惆怅，且作花间共醉人。算得（一作屈指）贞元旧朝士，几人（一作员）同见太和②春。

【题解】

此诗据《全唐诗》卷四二三补，大和二年（828）作于越州。杏花园，在长安曲江附近。本年春，刘禹锡至长安，除主客郎中。白居易原唱为《杏花园下赠刘郎中》：

怪君把酒偏惆怅，曾是贞元花下人。自别花来多少事，东风二十四回春。

元稹的次韵和作与白氏原唱均含宽解之意，谓“刘郎”此前仕途虽屡有起落浮沉，但终于能够等来春回花开日，便无须惆怅。刘禹锡到长安后所作《再游玄都观绝句(并引)》可参看，序云：

> 余贞元二十年为屯田员外郎，时此观未有花。是岁出牧连州，寻贬朗州司马。居十年，召至京师，人人皆言有道士手植仙桃，满观如红霞。遂有前篇以志一时之事。旋又出牧。今十有四年，复为主客郎中，重游玄都，荡然无复一树，唯菟葵燕麦动摇于春风耳。因再题二十八字以俟后游。时大和二年三月。

诗云：“百亩庭中半是苔，桃花净尽菜花开。种桃道士归何处，前度刘郎今又来。”序中所谓“前篇”，是指《游玄都观》：“紫陌红尘拂面来，无人不道看花回。玄都观里桃千树，尽是刘郎去后栽。”

【注释】

①《诗人主客图》题作《感兴》。

②太和：《诗人主客图》作“太平”。诗句中所注“一作”云云，均出自《诗人主客图》。

八月十四日夜玩月

犹欠一宵轮未满，紫霞红衬碧云端。谁能唤得姮娥下，引向堂前子细看。

【题解】

此诗据《全唐诗》卷四二三补，创作时地不详。后二句“谁能唤得姮娥下，引向堂前子细看”，是说希望有人把月宫里的嫦娥引到凡间，让自己仔细打量一番，看她究竟长得有多美。神奇想象之笔，写来别具一格，饶有情趣。只是，相比于李商隐的“姮娥无粉黛，只是逞婵娟”(《月》)，尽管可能同为望月怀人之作，但似乎不免有高下之别。又，古人写月，即使不是中秋，也会经常抱着“玩”的态度，如李白的《玩月金陵城西孙楚酒楼》，元稹也还有一首《泛江玩月十二韵》。

寒食夜

红染桃花雪压梨，玲珑鸡子斗赢时[①]。今年不是明寒食，暗地秋千别有期。

【题解】

此诗据《全唐诗》卷四二三补，创作时地不详。后二句“今年不是明寒食，暗地秋千别有期”，承上文桃梨灿烂盛开之景，斗赢彩蛋之意，顺势写出抒情女主人公对寒食夜能与别离恋人相会的期盼。韩偓同题之作可以对读：

恻恻轻寒剪剪风，小梅飘雪杏花红。夜深斜搭秋千索，楼阁朦胧烟雨中。

相比而言，韩作将“那人”不见的虚空之感，“纤手香凝”的绮丽之思貌似信手写来，诗境实更朦胧，意味更深长。

【注释】

①“玲珑”句：流行于六朝、唐代寒食节的风俗，富贵人家在鸡蛋上彩绘刻镂花纹，争奇斗胜。鸡子，鸡蛋。

三月三十日程氏馆饯杜十四归京

江春今日尽，程馆祖筵开。我正南冠[①]絷，君寻北路回。谋身诚太拙，从宦苦无媒。处困方明命，遭时不在才。逾年长倚玉，连夜共衔杯。涸溜沾濡沫，余光照死灰。行看鸿欲翥，敢惮酒相催。拍逐飞觥绝，香随舞袖来。消梨抛五遍，娑葛殪三台。[2]已许尊前倒，临风泪莫颓。

【题解】

此诗据《全唐诗》卷四二三补，元和九年（814）作于江陵。程氏馆，不详。杜十四，指杜元颖。诗写饯别杜氏情形，并依依惜别与祝福之意。中间“谋身诚太拙，从宦苦无媒”八句，借机抒发作者贬谪江陵时期的感慨。

【注释】

①南冠：指春秋时楚人之冠。后借指囚犯。元稹被贬江陵，故云。

②“消梨”二句：描写筵席上的情景。消梨，即香水梨，巡传行令之物。抛五遍，意谓酒令已进行五巡。娑葛，突厥首领名。殪（kè），死。三台：唐代用于催酒的歌舞曲。《演繁露》卷一一：“其所谓《三台》者，众乐未作乐，部首一人举板，连拍三声，然后管色以次振作，即《三台》曲度也。”

和浙西李大夫听薛阳陶吹觱篥歌

代马嘶风猿坟（喷）霜，挽（辘）轳紧辊[1]圆复长。千含万爵（嚼）声不尽，百鸟欲飞迎曙光。

【题解】

此残句为陶敏等《刘禹锡全集编年校注》据晏殊《类要》卷二九辑出，宝历元年（825）作于越州。李大夫，指李德裕。觱篥（bì lì），一种吹奏乐器。冯翊《桂苑丛谈》云，咸通中，李蔚移镇淮海，“一旦，闻浙右小校薛阳陶监押度支，运米入城，公喜其姓同曩日朱崖（指李德裕）左右者，遂令询之，果是其人矣。公愈喜，似获古物，乃命衙庭小将代押，留止别馆。一日，公召陶同游，问及往日芦管之事，陶因献朱崖、陆亀、元、白所撰歌一曲，公亦喜之，即于兹亭奏之。其管绝微，每于一觱篥管中常容三管也，声如天际自然而来，情思宽闲。公大佳赏之，亦赠其诗，不记终篇，其发端云：‘虚心纤质雁衔余，风吹龙吟定不如。'于是赐赉甚丰。出其二子，皆授牢盆倅职。"《全唐诗》卷四七五载李德裕《霜夜听小童薛阳陶吹笛》残句："君不见，秋山寂历风飙歇，半夜青崖吐明月。寒光乍出松篠间，万籁萧萧从此发。忽闻歌管吟朔风，精魂想在幽岩中。"

白居易有和作《小童薛阳陶吹觱篥歌（和浙西李大夫作）》，从乐器的形制，说到吹觱篥的名手过去有关璀，继有李衮，李衮的继承者则是薛阳陶。接下来的部分，专注于描写这位当时还只十二岁的小童吹奏技艺之高。结尾略作评论："嗟尔阳陶方稚齿，下手发声已如此。若教头白吹不休，但恐声名压关李。"据知，元氏残句也应出于与白诗类似的中间大段描绘部分。同时代的张祜也有一首《听薛阳陶吹芦管》：

> 紫清人下薛阳陶，末曲新笳调更高。无奈一声天外绝，百年已死断肠刀。

特写一曲终了处传达出的"断肠"之意。可以参读。

【注释】

①辊（gǔn）：车毂匀整齐一。

咏廿四气诗

立春正月节

春冬移律吕[①]，天地换星霜。冰泮游鱼跃，和风待柳芳。早梅迎雨水，残雪怯朝阳。万物含新意，同欢圣日长。

雨水正月中

雨水洗春容，平田已见龙[②]。祭鱼盈浦屿[③]，归雁□山峰。云色轻还重，风光淡又浓。向春入二月，花色影重重。

惊蛰二月节

阳气初惊蛰，韶光大（一作天）地周。桃花开蜀锦。鹰老化春（一作为）鸠。时候争催迫，萌芽互（一作护）矩修[④]。人间务生事，耕种满田畴。

春分二月中

二气莫交争，春分两处行[⑤]。雨来看电影，云过听雷声。山色连天碧，林花向日明。梁间玄鸟[⑥]语，欲似解人情。

清明三月节

清明来向晚，山渌正光华。杨柳先飞絮，梧桐续放花。鴽[⑦]声知化鼠，虹影指天涯。已识风云意，宁愁雨谷（一作谷雨）赊[⑧]。

谷雨三月中

谷雨春光晓，山川黛色青。桑间鸣戴胜[⑨]，泽水长浮萍。暖屋生蚕蚁，暄风引麦葶[⑩]。鸣鸠徒拂羽，信矣不堪听。

立夏四月节

欲知春与夏，仲吕（侣）启朱明[⑪]。蚯蚓谁教出，王菰[⑫]自合生。帘（一作簇）蚕呈茧样，林鸟哺雏声。渐觉云峰好，徐徐带雨行。

小满四月中

小满气全时，如何靡草[⑬]衰。田家私黍稷，方伯问蚕丝。杏麦修镰钐，锄菰坚棘篱。[⑭]向来看苦菜[⑮]，独秀也何为。

芒种五月节

芒种看今日，螗螂应节生。彤云高下影，鴳鸟[⑯]往来声。渌沼莲花放，炎风暑雨清[⑰]。相逢问蚕麦，幸得称人情。

夏至五月中

处处闻蝉响，须知五月中。龙潜渌水坑，火助太阳宫[⑱]。过雨频飞雷，行云屡带虹。蕤宾[⑲]移去后，二气各西东。

小暑六月节

倏忽温风至，因循小暑来。竹喧先觉雨，山暗已闻雷。

户牖深青霭，阶庭长绿苔。鹰鹯新习学，蟋蟀莫相催。

大暑六月中

大暑三秋近，林钟[20]九夏移。桂轮开子夜，萤火照空时。苽果邀儒客，菰蒲长墨池。绛纱浑卷上，经史待风吹。

立秋七月节

不期朱夏尽，凉吹暗迎秋。天汉成桥鹊，星娥会玉楼。寒声喧耳外，白露滴林头。一叶惊心绪，如何得不愁。

处暑七月中

向来鹰祭鸟，渐觉白藏深。[21]叶下空惊吹，天高不见心。气收禾黍熟，风静草虫吟。缓酌尊中酒，容调膝上琴。

白露八月节

露沾蔬草白，天气转青高。叶下和秋吹，惊看两鬓毛（一作毫）。养羞因野鸟，为客（讶）蓬蒿。火急收田种，晨昏莫告[22]劳。

秋分八月中

琴弹南吕调[23]，风色已高清。云〔散〕飘飖影，雷收振怒声。乾坤能静肃，寒暑喜（一作合）均平。忽见新来雁，人心敢不惊。

寒露九月节

寒露惊秋晚，朝看菊渐黄。千家风扫叶，万里雁随阳。化蛤悲群鸟[24]，收田畏早霜。因知松柏志，冬夏色苍苍。

霜降九月中

风卷晴霜（一作清云）尽，空天万里霜。野豺先祭兽[25]，仙菊遇重阳。秋色悲疏木，鸿鸣忆故乡。谁知一尊酒，能使百愁[26]亡。

立冬十月节

霜降向人寒，轻冰渌水漫。蟾将纤（一作轻）影出，雁带几行残。田种收藏了，衣裘制造看。野鸡投水日，化蜃不将难。[27]

小雪十月中

莫怪虹无影，如今小雪时。阴阳依上下[28]，寒暑喜分离。满月光天汉，长风响树枝。横琴对渌醑[29]，犹（一作独）自敛愁眉。

大雪十一月节

积阴成大雪，看处乱霏霏。玉管鸣寒夜，披书晓绛帷。黄钟随气改，鴠[30]鸟不鸣时。何限苍生类，依依惜暮晖。

冬至十一月中

二气俱生处，周家正立年。[31]岁星瞻北极[32]，舜（一作景）日照南天。拜庆朝金殿，欢娱列绮筵。万邦歌有道，谁敢动征边。

小寒十二月节

小寒连大吕，欢鹊垒新巢。拾食寻河曲，衔柴[33]绕树梢。霜鹰延北首，雊雉隐蘩茅。[34]莫怪严凝切，春冬正欲[35]交。

大寒十二月中

腊酒自盈尊，金炉兽炭温。大寒宜近火，无事莫开门。冬与春交替，星周[36]月讵存。明朝换新律，梅柳待阳春。

【题解】

这一组诗，为陈尚君《全唐诗续拾》卷二五据伯二六二四、斯三八八〇卷补，有按语云：

此组诗存两个钞本。伯二六二四卷较完整，卷首题“卢相公咏廿四气诗”。斯三八八〇卷卷首已缺雨水、春分、谷雨、小满、夏至(此首仅存末八字)等五首,卷末题“甲辰年夏月上旬写记。元相公撰,李庆君书。”今以伯二六二四卷为底本,以斯三八八〇卷参校。至其作者,二书有异。元相公可确定为元稹,卢相公不详为谁。究为谁作,今已难甄辨。亦有可能元、卢二人皆为依托之名。今姑从一说录附元稹之末。

日本学者池田温《中国古代写本识语集录》认为,作于后晋天福九年(944)。大陆学者徐俊《敦煌诗集残卷辑考》认为,写作时间上限为长庆二年(824),下限为中和四年(884);周相录《元稹集校注》认为,长庆四年(826)夏前作。前两位学者的作年推测中,也部分地包含了对组诗作者的判断信息。

这组诗吟咏二十四节气,是依据黄河流域的中原气候,并与物候、农事活动相结合,更辅以生活与民俗等内容,因而具有广阔的辐射面和极大的社会生活容量,得以经中原传入敦煌。组诗以其丰富的内容与别样的构思手法,置于同类题材的唐、宋两代咏节气诗以及唐代山水田园诗系列中,也堪称上品。

【注释】

①“春冬”句:古人以十二律配十二月,正月为由冬到春之时,故律吕亦随之变换。律吕本为古代校正乐律之器具,以律吕与历法附会,以十二律对应十二月,始于《吕氏春秋》。

②“平田”句:《左传》杜预注:“龙见,建巳之月。苍龙宿之体,昏见东方,万物始盛。待雨而大,故祭天,远为百谷祈膏雨也。”“建巳之月”即夏历四月。夏历以子月(十一月)为岁首,故实为后来二月。

③“祭鱼”句:獭常捕鱼陈列水际,如同陈列祭品以祭祀。

④矩修:或指植物初出地表时弯曲之形。

⑤“春分”句:两,原作“雨”,据伯二六二四改。句谓春分后,阴阳二气分行,阳气上升而阴气下降。

⑥玄鸟:燕子。玄,黑色,燕子羽毛之色。

⑦鴽(rú):鹌鹑之类小鸟。

⑧赊:遥远。

⑨“桑间”句：桑，原作“叶”。戴胜，鸟名，状似雀，头有冠，五色如方胜，故称。

⑩“暄风”句：暄，原作“喧”，据伯二六二四改。麦葶（tíng），麦与葶。麦指麦类作物，葶指葶藶植物。

⑪“仲吕”句：仲吕，农历四月的代称。朱明，夏季。

⑫王苽（gū）：即王瓜，一名土瓜。

⑬靡草：《礼记》郑玄注：“旧说云靡草，荠、亭历之属。”

⑭“杏麦”二句：镰釤（shàn），此泛指镰刀类农具。釤，长柄大镰。锄（péng）苽，菜名。

⑮苦菜：越年生菊科植物，茎叶嫩时可食用，略带苦味，故名。

⑯鶪（jú）鸟：即伯劳。鶪，原作“鷃”，据伯二六二四、斯三八三〇改。

⑰清：原作“情”，据伯二六二四、斯三八三〇改。

⑱太阳宫：佛教称日天子居于太阳之中，太阳为日天子之宫殿。

⑲蕤宾：古乐十二律之第七律。此指农历五月。

⑳林钟：古乐十二律有六律六吕，林钟为六吕之一。

㉑“向来”二句：鹰祭鸟，鹰擒杀鸟而设之若祭。白藏，秋季代称。

㉒告：原作“辞”，据伯二六二四、斯三八三〇改。

㉓南吕调：古代十二律之一，南吕配属八月。

㉔“化蛤”句：《礼记·月令》：“（季秋之月）鸿雁来宾，爵入大水为蛤。”

㉕兽：原作“月”，据斯三八三〇改。

㉖愁：原作“秋”，据伯二六二四改。

㉗“野鸡”二句：《礼记·月令》：“（孟冬之月）水始冰，地始冻，雉入大水为蜃，虹藏不见。”

㉘阴阳依上下：《礼记·月令》：“（仲冬之月）律中黄钟。”高诱注：“阳气聚于下，阴气盛于上，萌于黄泉下，故曰黄钟。”

㉙渌醑（xǔ）：美酒名。渌，同“醁”。

㉚鶡（hé）：原作“鷃”，据伯二六二四、斯三八三〇改。

㉛“二气”二句：冬至后，太阳直射点自南回归线向北移动，古人认为是时阳气始生。周朝以每年十一月为岁首。

㉜岁星：即木星。古人认识到木星约十二年运行一周天，其轨道与黄道相近，因将周天分为十二分，称十二次。木星每年行经一次，即以其所在星次来纪年，故称岁星。北极，北极星。

㉝柴：原作“紫”，据伯二六二四、斯三八三〇改。

㉞“霜鹰”二句：谓不畏霜寒之鹰，正迎北蹲伏于树枝或山冈，而鸣叫之野雉，却隐藏于草丛间。延，原作“近”，据伯二六二四、斯三八三〇改。北首，北向。雊(gòu)，雉鸡叫。

㉟欲：原作“月”，据伯二六二四、斯三八三〇改。

㊱星周：即“星回”，谓星宿运动回复故位，为一年将尽之时。《礼记》孔颖达疏：“谓二十八宿随天而行，每日虽周天一匝，早晚不同，至于此月，复其故处，与去年季冬早晚相似，故云‘星回于天’。”

句

从兹罢驰骛，遮莫[1]寸阴斜。

【题解】

此断句据宋胡仔《苕溪渔隐丛话》后集卷八引严有翼《艺苑雌黄》补。

【注释】

①遮莫：《苕溪渔隐丛话》后集卷八引《艺苑雌黄》：“俚语，犹言尽教也，自唐以来有之。”

句

离怀处处动悲凉。

【题解】

此断句为金程宇《〈全唐诗补编〉订补》据朝鲜时代《东文选》卷一三录存高丽林惟正所作集句诗《和德岭驿诸使臣留题》补，创作时地不详。金文载《学术研究》2004 年第 5 期。

句

民食罄稻蟹[①]。

【题解】

此断句据清孙之騄《晴川蟹录》卷四《忆蟹》补。

【注释】

①稻蟹：食稻之蟹。《国语·越语下》："今其稻蟹不遗种，其可乎？"韦昭注："蟹食稻。"

石榴花

寥落山榴深映叶，红霞浅带碧霄云。麴尘[①]枝下年年见，别似衣裳不似裙。

【题解】

此诗据《永乐大典》卷八二一引《瓮牖闲评》补，创作时地不详。诗作借写"寥落山榴"，而忆及曾经"年年见"于石榴枝下的伊人，那榴叶的淡淡黄色，正像她别时所穿"衣裳"的颜色，两相映照，令人难忘。写法与作者另外的一首《樱桃花》相近。

《瓮牖闲评》所评，解元诗末句"别似衣裳不似裙"之意为"榴花不可以比裙”，恐不无差误：

> 余观元微之《石榴花》诗云云。谓榴花不可以比裙也。至欧阳公《榴花》诗云：“东堂榴花好，点缀裙腰鲜。”又《榴花》诗云：“榴花最晚今又坼，红绿点缀如裙腰。”乃特以比裙者，岂亦证微之之误耶？

若此，则所引分别出自《书怀感事寄梅圣俞》、《绿竹堂独饮》的欧阳修诗句，恐怕不能收到所谓“证”“误”的功效。

【注释】

①麴尘：酒曲上所生菌，因色淡黄如土，故称。此借指淡黄色。

题生公影堂

我有三宝①一百僧，伟哉生公道业弘。金声玉振②神迹远，古窟灵龛天香滕。

【题解】

此诗据陈翀据日本蓬左文库藏那波道圆本《白氏文集》补。陈文载《文学遗产》2009年第3期，诗题另拟作《题虎丘山生公讲堂影牌》。周相录《元稹集校注》据陈文录入，并认为作于大和三年(829)自越州归朝途中。

稍早前，陈尚君《〈全唐诗补编〉以外新见唐五代逸诗辑存》一文已据它种文献补得此诗：

> 见池田温《中国古代写本识语集录》收《白氏文集》卷十一日僧惠萼会昌四年题记，叙其诗云：“寒食三月八日断火，居士惠萼九日游吴王剑池武岳东寺。到天竺道生法师昔讲《涅槃经》时，五百阿罗汉化出现，听经座石上，分明今在生公影堂里，影侧牌诗。”下录元诗，并云“石龛中置影像”。

诗题拟作《题生公影堂》。本书所录，诗题即据陈书所拟。诗中“生公”，系尊称晋末高僧竺道生。“道业弘”云云，当是指竺道生的涅槃佛性说和顿悟成佛说，至元稹的时代，早已被唐代的禅宗所继承和发挥而言。

【注释】

①三宝：佛教语，指佛、法、僧。

②金声玉振：谓以钟发声，以磬收韵，奏乐自始至终。《孟子·万章下》："集大成也者，金声而玉振之也。金声也者，始条理也；玉振之也者，终条理也。始条理者，智之事也；终条理者，圣之事也。"此处比喻声名昭彰。

图书在版编目（CIP）数据

元稹诗全集 / 谢永芳编著. -- 武汉 : 崇文书局,
2016.4（2024.5 重印）
ISBN 978-7-5403-4093-3

Ⅰ. ①元… Ⅱ. ①谢… Ⅲ. ①唐诗－诗集 Ⅳ.
① I222.742

中国版本图书馆 CIP 数据核字 (2016) 第 047585 号

选题策划　王重阳
项目统筹　程可嘉
责任编辑　程可嘉　罗　升
封面设计　甘淑媛

元稹诗全集

出版发行　长江出版传媒｜崇文書局
地　　址　武汉市雄楚大街 268 号 C 座 11 层
电　　话　(027)87679712　邮政编码　430070
印　　刷　中印南方印刷有限公司
开　　本　880mm×1230mm　1/32
印　　张　21.5
字　　数　550 千字
版　　次　2016 年 4 月第 1 版
印　　次　2024 年 5 月第 5 次印刷
定　　价　88.00 元

中国古典诗词校注评丛书

（已出书目）

诗经全集
汉乐府全集
曹操全集
曹丕全集
曹植全集
陆机诗全集
谢朓全集
庾信诗全集
陈子昂诗全集
孟浩然诗全集
王维诗全集
高适诗全集
杜甫诗全集
韦应物诗全集
刘禹锡诗全集
元稹诗全集
李贺全集
温庭筠词全集
李商隐诗全集
韦庄诗词全集
韩偓诗全集
李煜全集
花间集笺注
林逋诗全集
张先诗词全集
欧阳修词全集
苏轼词全集
秦观词全集
周邦彦词全集
李清照全集
陈与义诗词全集
张元幹词全集
朱淑真词全集
辛弃疾诗词全集
姜夔词全集
吴文英词全集
草堂诗馀
王阳明诗全集
纳兰词全集
龚自珍诗全集